卯城 卯时

这是一群追梦的少年，这是一群疯狂的少年，人生之初正如一天之临的卯时

黄尧 著

天津出版传媒集团
百花文艺出版社

图书在版编目(CIP)数据

卯城卯时 / 黄尧著. -- 天津 : 百花文艺出版社,
2015.9
ISBN 978-7-5306-6621-0

Ⅰ. ①卯… Ⅱ. ①黄… Ⅲ. ①长篇小说-中国-当代
Ⅳ. ①I247.5

中国版本图书馆 CIP 数据核字(2015)第 212669 号

责任编辑:齐红霞 **装帧设计:**郭亚红
责任校对:魏红玲

出版人:李勃洋
出版发行:百花文艺出版社
地址:天津市和平区西康路 35 号 **邮编:**300051
电话传真:+86-22-23332651(发行部)
+86-22-23332656(总编室)
+86-22-23332478(邮购部)
主页:http://www.baihuawenyi.com
印刷:永清县金鑫印刷有限公司
开本:720×970 毫米 1/16
字数:483 千字 **插页:**2 页
印张:25.5
版次:2015 年9 月第1 版
印次:2015 年9 月第1 次印刷
定价:39.00 元

卯城卯时

目录

上卷

中卷

卯城 卯时

目录

上卷

楔　子

——“我们的城市只有八百年的历史。在中国，它算年轻的子弟，就像刚满八岁的孩子。我们的城市是伟大的城市，因为，它有一群英勇的少年，他们不喜欢城市古老的命名：‘卯城’，而乐于叫它‘猫城’。前三年的‘打狗运动’消灭了最后一只昆明犬，三年后的今天，这里只有猫，占据着城市所有的屋顶，当太阳初升时，它们迎来第一缕阳光，开始集体撤离制高点，从各个秘密通道潜行到我们的床前，用它们的尾巴搔醒懒睡的孩子，于是，它们去睡了，我们翻开日历，从厨房抓起妈妈准备的饭团，飞也似的呼叫着奔向学校……”

1955年10月，由省会城市教育局举办每学期一届的小学生征文活动，命题是《我们的城市》。全城四区一百二十三所小学校参加。评件小组检出了上面那篇征文，传阅后觉着匪夷所思，呈送评审小组组长蓝西。蓝西是区教育局副局长、昆华职业教育社社长。他的年龄和这个革命的教育组织一样。征文是名叫柯男的中华实验小学二年级学生写的。

这个柯男在1954年秋季举办的第一届全市征文活动中得了一等奖第一名。那届的命题是《我的志愿》，他说：“我的志愿是做一名勘探队员”，“大地山川、江河湖海是祖国母亲的怀抱”，“快乐的小鸟总要从妈妈的怀抱里飞出去，有的做了屋檐上的麻雀，有的做了池塘里的鸭子……我们要做高飞的大雁和鹰隼”，当然也有切题的小段文字“要为祖国寻找珍贵的矿产”、“让钢花像礼炮布满天空”等等。那时的评审小组组长蓝西大觉讶异，原本，小学一年级学生不参加“征文”，是班主任竭力推荐的。有史以来，一个小学一年级的学生尚在“认字”阶段，即使二三年级也大略在“组词造句”和“作文初试”阶段，绝不可能写出这样的文章，他甚至懂得起承转合、排比、比喻，更别说寓意高拔。为了慎重起见，他约谈了这个孩子，这个孩子和别的孩子没有什么不同，只是他显得单弱些，白衬衣很白，红领巾很规整。蓝西当场验证,叫孩子写一篇三百字的日记。这个叫柯男的孩子从文具盒里取出铅笔,迅速关紧笔盒,在中字格的本子上写下:“今天是明天的开始。我和柯婴约好要去采菌子。这是我们最喜爱的活动,因为金殿的后山有一种叫凉姜的植物,它的花像孔雀的羽毛一样美丽,它的根可以做好吃的咸菜;还有满地松塔,其实我们更喜欢它们蹲坐在树枝上的样子,像一个个小佛……”除了个别错字,如“殿”字右偏旁写成“文”,“蹲”字少了笔画,算是文从字顺,活泼可爱,书写清秀不苟。蓝西说:“不要写了,很好。”先前,他注意到这个孩子飞快关上笔盒的动作,说:“我能看看你的文具盒吗?”柯男打开笔盒,里面整齐排列着三四支削得很整齐、笔尖尖锐的铅笔,还有一片灰色的羽毛。大约是鸽子的翮羽。

“你养鸽子?”他问。柯男微微点头。大约这是一个不好多言且内秀的孩子。蓝西过后荒废了下午读报的时间,无所适从且莫名兴奋。那次,广播电台播出了颁奖仪式结束后对这个孩子的采访,他没有按事先要求说“谢谢!我一定好好学习”之类的话,而是问采访他的阿姨:“我说完可以回家吗?”这个机智的电台记者却问:“你还准备写一篇文章?能不能告诉我你的题目,或者你要写什么?”柯男说:“今天是弟弟的生日。”这段采访播出后市民大受感动。据说,他家邻居争相去祝贺,他的母亲在锅灶前正忙活,只淡淡说了一句:“他该的。”

1955年春季的第二届征文活动柯男以一篇《我的老师》再次获得一等奖。他称他的班主任老师是“粉笔头妈妈”,“她抖抖她的齐耳短发,把雪末子般的粉笔灰撒向教室前排的孩子。于是,我们就会低头看看她身后是不是有一架雪橇?但她从来不穿圣诞老人的红色衣服。后来我们明白了,她的浅蓝色衣裳上有许多小小的花朵——像田埂上的报春。”这篇征文后来印发到所有小学作为范文,有的老师还组织孩子诵读。

但眼下这篇征文颇有些怪异,大约他的学校和语文老师已经放弃对这个“天才”孩子的“指导”——这种情况通常会有,抑或在判定征文优劣上同样处置困难。问题在孩子认为他的城市是“猫”城!下面还有一段堪称奇诡的文字:“猫从很高的楼上跳下来,这个城市在夜里弹了一下又一下,我们的城市像枝叶上的蠕虫做着颤动的梦。如果有一天这个城市会像庞贝一样毁灭,它会带领残存生灵逃逸吗?”——“庞贝”?“城市毁灭”?这孩子有些邪魔,竟然发出可怕的“预言”。“蠕虫”又是什么?一个老师说:“是蛆吗?”

显然,这是一篇完全不合时宜的征文。但这个孩子已经是城市里的小名人。谁让他出名了?要宣布这个叫柯男的孩子从此消失?

蓝西在“地下时期”是个职业教育家,也是进步老报人,他的学生有的成为这个城市现在的领导。他明白,孩子的早熟和突现异才,并不鲜见。然而,他们中的大多数恰如第一季落果,很快就归于腐土泥淖,湮没无闻。但这所有经验似乎于这个孩子都不尽符合。他还是在案头、书架上搜寻了一阵,找到一丛《地方史志》——这让他大吃一惊,这个城市西北至西南一廓果然有个别称,叫"卯城",地方沿革史料上说,省会城市滥觞于唐宋,经略于元初,建成于明中,拓展于清末——这些他当然知道,但因为明季按风水之谱,将昆明城建成"神龟"形制,龟头衔接蛇山之首,兴建城门,故建成的五座城门都仿照神龟的四足与尾,非正向东西南北四门,而是东北、东南、南、西南、西北五门,加上南门瓮城,俗间,昆明人称"东南六城"。这样叫,很费解。于是清初除南门沿袭旧称,其余五门按地支"子丑寅卯辰"依序排列,西北城区就叫卯城——这,一个孩子怎么会知道呢?卯,并不成"城",但道光年间战乱,各处自筑围子,也可称"附廓",说得过去——这,孩子从哪里得知?至于"打狗运动"——有清匪反霸、减租退押、"三反五反"、抗美援朝、土改和爱国主义卫生运动、公私合营的工商业改造运动——哪里有"打狗运动"?

蓝西的老伴儿郭佩珊是红十字会医院妇科医生,蓝西问:"有过运动叫'打狗运动'吗?"郭大夫回不过神儿来,反问:"什么狗?打狗?"蓝西换了问法:"你每日去医院,见过街上有狗吗?从圆通街、平正街转武成路,有时你走小绿水河、皇河巷、华山南路、翠湖……"家住虹化桥的郭大夫每日要穿过半个"卯城"。这一悠缓渐进的提示,让她回想一个周天:"哎,你别说,还真的没见有一条狗!倒是广东会馆那条街有个狗肉摊子……"蓝西不无讥讽地道:"那是烹杀之走狗。狗之殉难,人之朵颐!我也不喜欢'卯城'了!"郭大夫的思索还在延伸,她说:"是不是,前年,不,好像更早,我们医院接到通知防治狂犬病……听说还收治过病人,有几个都是孩子……"

突然,窗前掠过一记黑色闪电,千万丛聚的幽蓝色里有两扇灼然如炬圆圆的小窗,被竖直的一条褐色杆关闭又撑开,绝无惧色地对视着蓝西!他惊愕地喊了出来:"猫——"郭大夫无所谓地说:"这屋后有一群猫,我见天从医院带些东西来喂它们……"蓝西险些晕过去,他仍存一丝微茫的希望:"不会是那些胎盘什么的吧?"郭大夫已经走进厨房,回身应了一句:"医院有什么?我总不能带活体器官、尸解样本吧?胎盘——科里的医生是轮着要的。你不也吃了吗?"

蓝西差点儿呕出来……

柯男的征文里每个字都在成倍放大,变成无数荧眼。蓝西迅速合上纸页,将它夹在《地方史志》的任意一个层缝里,放在书柜的最底层。

第二天,评审组的一位老师告诉他,学校送来了柯男的另一篇作文,写的是"有一个季节,滇池东升的太阳和西沉的月亮同在一个天上,白色的船帆上一面是红光,一面是银光","我们的城市是天上之水漂来的,山水交杯欢宴,大水走了,留下一池美酒"。蓝西的老花镜强烈反光,在两片明晃晃的玻璃里,这位评审组老师有些萎缩变形，他说了一堆话，意思是这篇文章仅有几处捎带提到“我们的城市”，显然，学校再次推荐的意思是用以替换那篇“莫名其妙”的征文，但评审组为难处在于截稿期已过。

蓝西是从镜片上方来看这位老师的，问：“我们的城市是大水漂来的?！请注意，这个孩子最后说，我们像一群在水里潜泳的小鱼，在水与草之间，我们梦想着长成巨鲸——‘巨鲸’，他这么组词！巨鲸，还是巨头鲸，你有空去查查词典……”

第 一 章

1

柯男与弟弟柯婴是在下午五点才回到家的。东门外的这所西式花园大宅门口有两名解放军的留守警卫。

那年春天的昆明在间歇性的狂喜和慵倦中度过。入城的解放军睡在大树营的泥水地里，柯男的妈妈就领着大东新村的姊妹们将他们迎进新村，她把一个司号排安排在自家大客厅里。接着是每天在大场子上的军民秧歌联欢。她还动员城乡一万名妇女给解放军纳鞋缝袜，五天就赶制了十万双鞋袜。袜子是比着解放军袜子的样子用生白布做的，有点像京剧朝靴里的衬子，柯男觉着“大军”就应当是“八字步”迈开步伐！他赤脚套上，在地上走了一圈，吃了妈妈一巴掌，但解放军当天就把他扛在脖子上，去南屏大剧院看了一场《长坂坡》，但到了张飞大吼、河水倒流时，他像一条虫窝在茧壳里在椅子上睡着了。是警卫排排长王麻子用军大衣把他裹回来的。也是这天晚上，在大场子上，解放军首长带头举手，把妈妈选成了东城区妇女委员会主委。

父亲那些日子不知到哪里去了，回来的父亲换了一身有四个兜的蓝色制服，胸前有省人民政府的三角证章，棉耳帽与解放军的一个模样。他把柯男、柯婴和大女儿柯兰、二女儿柯慧召集到书房里，郑重宣布“解放了”。以后每个礼拜六，家里都要开民主生活检讨会。“今天是第一次，从我开始。孩子们，新社会到来了。这个社会人人平等。以后废止虚礼，尤其封建礼教！我和你们从此是同志关系了。对旧观念要深自省察。比如我，有面子思想，不愿与‘泥腿子’坐一条板凳，今天就被省军管会主任开导了一次。你们，要每周开一次思想检讨会。自己来说有哪些行为举止不符合新社会！然后呢，大家帮助，互相检讨。民主，过去有之，为运动；如今家庭兴焉，为自教，极有益于国民开化……”——柯男立即想到，父亲原先的要求是“吾日必三省吾身”，这一下，每周才“省”一次，松活多了。

“你，柯男，尤其要注意了。许多事，不要以为别人不知道。九岁入宰，辅弼国家，你近六岁尚且懵懂浑噩，鲁莽行事。如何指望在新社会成才？至于功课，尤须在心！”父亲指的功课是：《声律启蒙》《诸子家训》等蒙学书本和大小楷每日一篇、“日志”每日百字。自四岁拜孔夫子，从未中辍——柯男觉着自己一点也没有被“解放”。

爸爸是这个行省银行的副总经理，柯男知道，是他在新中国成立前夕将整卡车的银圆“大头”拉到前线，作为军饷分发给两支起义的保安旅。如若不然，这些“乌龟屁牢”就会调转枪口来打卢汉将军。围城的有老蒋两个正规军，用卡宾枪，打出的是“开花子弹”，能将一头猪炸成八瓣，即时就可以下锅；美国飞机扔下的汽油弹可以把全城烧成火海。最危急时，父亲在一天深夜里与全家告别，他感谢母亲代他服侍二老。对两个女儿说：“这家里就你们大，要代妈妈多劳。”随后摸摸柯男的头说：“读好你的书，我回来要你背“辛稼轩”听！”他转身与警卫走了，一辆大吉姆的车灯将深夜切成两半，从明晃晃的隧道里载走了整个黑夜。

第二天，省临时军政委员会就将柯男一家转移到滇池边的庾家花园。蚊子和老蒋的轰炸机一样多，落叶与海浪排空卷来。看着滇池一片空蒙，柯男在想，爸爸就是一个单骑走麦城的英雄！后来，昆明市的学生、店员、工人上阵打“昆明保卫战”，孩子们去送干粮，用沙袋筑街垒，坚持了十五天。所以，“我们的城市”是英雄的城市！但敌人的“开花子弹”没有开花，而金凤子开花了。妈妈在花园里年年种金凤子，二姐用小兜似的花瓣包指甲，红红的，三天不褪色。大姐是高中生，她穿着制服裙子去游行。“新社会”是扭着秧歌来的，扭回来的大姐把柯慧、柯男和四岁的小弟柯婴召集在大阳台上说：“我现在教你们唱三支歌。柯男！抬头、挺胸、收腹——什么叫收腹？不是叫你撅屁股！像二姐那样！对！看我的拍子！开始！”

你是灯塔，照耀着黎明前的海洋；你是舵手，掌握着航行的方向！伟大的中国共产党，你就是核心，你就是方向！我们永远跟着你走，人类一定解放！我们永远跟着你走，人类一定解放。

柯男太喜欢这首歌了！他觉得这就是他的歌。他每个早上站在阳台上唱给东方金马山脊上那个稀稀软软的太阳，唱得它像一团大火燃烧起来！

至于“辛稼轩”，父亲和他都早忘了。

总之,那些日子是把十个“老年”捆在一起过,天天是节日。柯男有两次吃了三个枕头大的“解放”包子,撑坏了,三天动弹不得又拉稀;一次从通讯员的马背上摔下来,跌伤了左手腕;一次将卫生员小王的手榴弹从弹兜里偷出来,扔出窗外,吓得三个“同志”立即卧倒。还有一次抓了一条蛇在手里,无论红花蛇怎么咬死活不松手,被警卫排排长王麻子救了下来,当场“枪毙”了蛇,他挨了妈妈两鞋底子。除此之外,他和解放军一起生活了一年半,当了排尾的“屁股兵”,“齐步跑”时他竟然跑在了排头兵前头,惹得全排大笑。妈妈忙着慰问、捐献,无暇过问这个孩子。至于小他两岁的柯婴,是个病孩子,他在一岁半时得了小儿麻痹症,治愈后,仍是妈妈一块心病。奶奶和她的大金丝猫及柯婴,仿佛是一个箩筐里的三个米花球,黏手,很甜,其实他们更像三只蜷在一起取暖的金丝猫。柯男很烦弟弟要跟他出去玩儿。原因是弟弟一条腿瘸,在“打野战”时,他充当先锋不行,殿后也不行。因为弟弟被欺负,柯男已经与大东新村6号的大疤他们一伙血战了三个回合。

大东新村临时驻扎一个营,营长叫刘长俊。抗美援朝誓师大会在村中央的大场子上开,前排整齐地排列着四十多挺轻重机枪和机炮连的四门野战炮。刘营长早上来见母亲,请她代表东城人民做一个讲话。母亲说:“你们的新词我拢共学会十来个,怎么凑也凑不成文章是不是?再说,我们妇女委员会事前开会了,推举的是东城店员工会的宋主任。”刘营长大笑:“师团首长定下来的可是您!这样吧,您先讲,几句都行。我们战士穿的都是您动员来的鞋!今天与乡亲们告别,全营一律是‘新村一式’滚边黑绒布毛边鞋。誓师以后,就是志愿军报名,但我们十三军一营是整建制出国作战……”母亲一听,眼睛立时红了:“怎么,就要走?我让你们打地铺一年!你们身子凉,我心里凉!我愧对子弟兵!你们怨?”刘营长连忙说:“我们过黄河、过长江,打了三千里,到了这里,是您把我们接进花园楼房来,早先我们睡的是铺草席子,过夜就卷走,一地飞花一地土,战士们开玩笑说,我们是滚地龙。”母亲说:“你们要去朝鲜?真去?去了还能回来多少?老百姓可是热捧着你们,一个‘熟’字,热气腾腾,掉的草茬儿里的渣都有三分情五分义!”刘营长不说话了,这个英雄营营长眼睛也湿了。母亲说:“好吧,我讲!”——那天母亲登台,师团首长就离座敬礼,她的讲话有六次被掌声打断,她说:“你们解放全中国,解放的是全体人民!这里,有我和东城十三万妇女代表,此前,她们只是从属于封建法权夫权的精神奴隶。我六岁就被迫缠足,我在进入女校时自己解放了自己的脚,但为这个,我被家族长辈歧视和侮辱;但你们来了,一下全解放了!解放的不只是我们的脚,解放的是妇女的头脑和全部身心!”一下子,站立在大场子外围的妇女群起欢呼,全体战士鼓掌经久不息。她说:“美帝国主义,就是一个‘主意’,他们和他们的走狗不喜欢中国人站起来——我们趴着,他们踩着我们的脊背,坐上洋车,前头拽车跑的还是中国人。坐在车里的外国人还一个劲儿地扇扇子、洒香水,嫌我们的汗水有臭味——姐妹们,你们不是见过这种情景吗？"下面回应："见过！"她突然举臂："打倒美帝国主义！"——这是柯男见过的母亲最伟大的时刻。她甚至比父亲伟大，因为父亲从来不在几千人的大会上讲话。柯男那天就在台子下，看着他玩儿成了大朋友的警卫排排长王麻子、司号排排长李吉成、卫生员小王……他们竟然都落泪了。他们打仗时肯定不是这个样子——他一再这样说服自己。

但，他们还是走了，他们把整个大花园的每片叶子都洗得发亮，用白毛巾把地板擦得像镜子，给水塔压满水，直到三层楼房高的水塔变成一个喷泉，柯男还指挥加力，大嚷："天降豪雨！地涌金莲！天兵天将，无往不胜——"

他们还去后院告别奶奶爷爷，奶奶慌乱地一个劲儿作揖道："阿弥陀佛！阿弥陀佛！"爷爷却说："老朽怎么值得叨扰长官啊！"柯男就放声大笑。凑近爷爷的耳朵说："我教给你，你应当说：同志们辛苦了！他们就会敬礼说：为人民服务！就够你受用了！"爷爷其实耳背，说："我那里还有三十两旧花银，你去拿来，人家长官来拜望了——那是下驾，还不得马上还情！那地方我知道，前清就使纹银……凑个盘缠也好。"柯男一下笑得满地打滚。

父亲回家，绝少。定然有事，且是大事无疑。

父亲说，解放军撤走了。家里一下空了，大军是很负责的，怕我们不习惯，也担心一些复杂的事情发生，因为，社会上还有潜伏特务，要报复起义人员。但留守警卫也不会长久。今天，叫你们来，是与你向叔叔告别，原本说在映江楼包个席。但你向叔是"归队"！不合队伍规矩。所以免了。"你！"他指着柯男，"是你向叔抱着你从昆明一路穿过战火，到上海，再从无锡、南京回来！你知道，你在他大衣里睡了吐、吐了睡，发烧、咳嗽——他用命换来的你！"柯男知道，爸爸说的是抗战以后，云南财政金融需要整顿省外、海外业务，父亲受命坐镇海防、香港、上海三地。1947 年底，全家迁往上海，是从陆路上去的，那时，柯男不到两岁。母亲病弱，也不耐颠簸，是父亲的侍卫向叔一路服侍他。向叔是共产党，是"地下组织"派去保卫父亲和全家的，所以叫"归队"。

柯男往前扑了一步跪下，父亲大笑："嗨！你跪什么？起来起来！你还当他是常山赵子龙单骑救主？你是后主阿斗？折人又损己。"柯男真不知道如何感谢向叔。还是向叔把他往身边拢了拢，拉拉他的手也就算完了。向叔穿一身米色西服，不似往常他总是一袭长衫。柯男知道他之所以长衫马褂，是便于藏一两件武器。他常用的有短管左轮、加拿大的"拉八"。他抱着柯男，柯男老感觉他腰间有硬物硌着他的脚踝，很不舒服。四岁的柯婴嫉妒了，要向叔抱，西装革履的向叔就抱起他，柯男突然十分鄙弃弟弟，也感到傲视柯婴是理所当然，他哪见过世面！向叔抱着弟弟一掂，牵了柯男往外走。大约前头父母与他该说的说尽了，站在台阶上一摆手就算告别了。

柯男问："你也要去朝鲜？"向叔说："不。上级调我是安排了别的工作。过几天就知道了。"柯男说："你还没有教我打枪，你答应过的！"向叔说："你太小。长大就会了。"柯男沮丧至极："什么时候长大？你们总这么说。"向叔说："很快。过一夜就长一截。"柯男兴奋了："是不是做梦从高处往下坠，飘飘的和飞一样，就是长了？我昨晚就做这样的梦了！"向叔摸摸他的头："差不多……"

父亲仍站在台阶上，说："事情没完，你们过来。"由他单独引导他们兄弟来到车库，司机正试着发动车，看父亲过来，立刻熄了火。车库铁锁上拴着家里的狼狗"宝郎"。它七岁，是柯男生下后不久父亲央人找来护家的。它在三岁时就出架，长得身材魁伟，棕黄毛色，长鼻阔口，虎牙尖锐。但柯男一点儿也不喜欢这条纯种昆明犬。它似乎也不喜欢柯男，它只听父亲和向叔的话，极端蔑视孩子。好似它是朝廷命官什么监察御使，它两次背叛柯男，将他埋在大桉树下的死鸽子刨出来，证实了柯男确实身负命案——用弹弓射杀了 17 号苏小三的鸽子；还有一次，它执行父亲的搜查任务，从柯男的床下拖出了一条毛毯，上面两个剪开的洞证实了柯男曾经用它在草地上搭过帐篷。但柯男怀疑是柯婴告发了他，因为他参与了那次野营。最近的一次是它咬伤了一个来家送新鲜蚕豆的乡亲，柯男开门见是老旺，就去争抢他背上沉重的背篓，拉扯之间，宝郎误以为这个农民伤害自家小主人，扑上去就咬住老旺的膀子，幸好烂棉衣挡着只落下一排牙印——这说明宝郎愚忠且势利。它还一贯地欺负奶奶的大黄金丝猫，人家十岁了，且是母猫，但宝郎执行宵禁，将"大黄"的地盘圈定在后院奶奶的斋房外一丈，这说明它不分长幼辈序，失教不孝。总之……

父亲说："你们也来与宝郎告个别吧。政府昨天颁布命令了：卯城发现狂犬病！已经有三人死于传染。柯男！知道什么是'狂犬病'吗？就是在狗之间流行的传染病，也叫'疯狗病'——这个你肯定听说了！民国三十一年、三十四年，昆明城乡死于此种疫病的有上千人！家家关门闭户！感染的犬只在发作时见人就咬，伤者立死！当然，现在政府正调集医药。但作为预防例规——最有效的办法，就是要打狗！全部收容、消灭……"

柯婴"哇"的一声，号啕起来。

柯男猛地搡他："哭什么哭！没出息！"

父亲缓缓道："他不懂的道理你当哥哥的慢慢给他讲——宝郎在家六七年了，看家护园子功劳很大，我不在家时日多，就凭它来守护你们，也从未出过事，舍不得它走啊。但，我决定不能等打狗队来打！打算把它远远委托出去，开远一个朋友的园子可以安置。你们别难过，我尽力了，军队那里也问了，但他们没有警犬配属。这是一只很好的种犬啊……"接下来的是无尽的叹息，他一直在抚摩宝郎的颈和额头，它乖顺地蹲伏着，伸出长长的舌头，报以主人温湿的舔舐。

柯男虽然尤其腻烦狗舌头上面带黏液的舔舐，很小的时候，他就感觉自己遭这一舔，就会变成一道菜。但他开始有些难受了，宝郎在他四岁时把他从河沟里拽出来过，帮他打赢无数次架，甚至为此独对17号、18号、21号苏小三一伙的三条狗而伤痕累累……

宝郎当然不是第一次坐轿车，但它什么都明白，哼哼地，哼哼地，把骄傲的头颅垂得很低很低，甚至俯身去舔柯男的脚和水泥地面……最终，它还是顺从地上了后座，将两只前爪紧紧贴在窗玻璃上……

2

妈妈大叫："关门！关门——"

大门是关闭的。在凌晨三点，这个新村的所有人家都绝不可能不关门。接着是楼梯上噔噔噔的脚步声，妈妈冲进柯男的房间，迷蒙中的柯男才看清她一手揪着柯婴的领子，像拎一只病鸡，一下将他搡在柯男的床上："听好了，门，我要反锁。整天不许出门！"柯男马上意识到是打狗队进村了。满世界都是狗吠声，惨白的月亮立刻就颤抖起来，有一块云彩破布一样从撕裂的天空坠下来，在村口的那对罗马柱和拱门上纠缠一阵，就变成一个圆筒状光柱，直捅新村的所有屋顶、围墙和大门，接着游弋开来……

"是探照灯！"柯婴颤颤地说。

柯男大吼一声："裹好你的被子！不准开灯！笨蛋！是我先说的探照灯！"在这里的窗台上可以俯瞰新村大场子和解放军弄的篮球架、跑道、沙坑，还有一个烂了的鞍马。一队黑色人影从光影里摇晃着走出来，他们手里各有长短器械，影子越来越长，整个新村即刻没入移动的黑森林……所有的狗，大狗小狗合力狂吠——这不需要侦察，打狗队开始分散行动。

"他们真厉害，选这个时候进村，没有哪家的狗藏得住！"柯男周身打着寒战。

"当头那个是柴四！"柯婴眼睛很好，真是柴四！交三桥头的一个旧警察，怎么是他当打狗队队长呢？至少应当是一个"连长"！柯男极度难受和失望——要是解放军不去朝鲜，哪有这等牛牛马马的事情发生。

"是非牛非马！"柯婴纠正哥哥。

"住口！你才四岁，你知道什么——"柯男按着弟弟的头，他看见先是17号的门开了，主人家探头来看究竟，似乎是苏小三他老舅——一个货车司机，接着苏小三家的"大头王"——一只金毛狮子犬就从他胯下冲出来了——柯男暗里骂了一声"笨蛋！"，只见埋伏在大门左侧那个蒙面人往斜里引，"大头王"就追。突然，横里出来仨人，为首的柴四飞起一棍，真准！金毛狮子犬一下滚倒，但它毕竟是与宝郎对阵过的，拖着半个瘫软的身子仍往上扑，柴四再起一棍，直击金毛颅顶，这动物就不动了。狗叫得更加厉害了，大多人家都吃熬不住这末日惊悚；大多数人家并不知道他们的洋楼毗连的花园新村会在第一个打狗日沦陷，大多数人家都是汉奸苗子，因为他们有钱——最蠢的当数24号的夏老板，他已经知道发生了什么样的事，捧着一沓钱出来为他们家的德国牧羊犬说情，还说那狗是上了口套的绝不会咬人，结果自愿交出“灰马”的链子，柴四肯定收了钱，接着拽住德国犬，一下就塞进一个大麻布袋里，就在夏老板面前，棍棒齐下，夏老板当场晕倒。最惨烈的是11号的尚姨家，其时尚姨家客厅灯火辉煌，这个做金子生意的独身老女人与她丈夫的两个姨娘和一个厨娘共同伺候一个丈夫，那个七十来岁的军阀四年前死于脑中风，尚姨就率领着他的两个小姨太昏天黑地地打了四年的麻将，三缺一时，厨娘就上，坐尚姨对面；军阀带过一个旅，却只养一只卷毛狮子狗；厨娘是从上海带回来的，会做扬州菜，眼睛也会左右翻飞，往对面送牌，所以平日不是厨娘上阵，上则必吵，是一个年轻男人来补缺。偏偏这天只有四个女人，又是在下层客厅，对高墙外的战事一无所知。尚姨是抱着短鼻子的卷毛来应门的，还问：“侬恁么为(回)事，告(吵)得来比附(仿)世界大战！”门开一缝，伸进来的手就从她怀里夺走了卷毛！尚姨年轻时是跟军阀打到过广西的，枪林弹雨里与老倌滚一个地窝子抽大烟，哪里认这个！立即飞也似的射出去，一边狂喊：“将(强)盗将(抢)人啦——”这一吆喝，三个娘子络绎出来，眼见此情，一下叠罗汉似的叠了上去，抓的抓，掐的掐，咬的咬，只听柴四的呼救声比狗叫还惨！外围黑衣人，看四女与狗和“队长”滚作一团，刀叉棍棒皆无从下手，足有三刻，力竭方休。卷毛不是打死的，而是被撕碎了。

3

黎明前，新村终于战事平息，再无狗叫。也有集体投诚的，于是交出爱犬。它们被装在一个囚笼车里拉走。

尚姨哭了三天，将卷毛重殓，葬在她家花园的李子树下。其实，尚姨是好人，她在捐献飞机大炮时，一下就捐了二十两黄金。夏老板除了小气，也不算坏人，日本来打云南时，他的车队拉回最后一批军用物资，他挨过一颗日本炸弹，头皮被削了一半，四季戴毡帽，但人家还是叫他“半瓢”。他对解放军出兵朝鲜最赞成，在村口当众讲演说：“美国支持日本，我早就看出来了！原子弹是糖煮软鸡蛋！先疼后补！”只有苏小三家活该，他做假墨水，把新村大塘子和纱厂沟染黑了，沟边一坝田的谷子都是黑的，麻雀啄了就从天上掉下来！

柯男就是这么想的。

打狗队还在行动。柴四脸上裹着白纱布，愈战愈勇。柯男说："杂种是金刚不毁之身！"妈妈立即警告："脏话！你上午带弟弟出门了？"柯男承认他们去凭吊了所有"好狗"。谁能躲过她的眼睛，她追问："拿铲子去干什么？还有推车？是夏家的吧？"柯男如实交代："是。我们去铲地上的血。尚姨问，你妈妈吓着没有？她还说，如果伤着哪里，要去医院打针。"妈妈不说话了。

区政府的公告是下午贴到新村罗马柱上的。

夏老板看看，说："打狗队先下手，拿新村杀鸡吓猴，是邀功请赏！"

但当"打狗运动"正式开展时，再无人评论。动员城乡居民交出饲养的犬只，由政府收容处理。同时，预防"狂犬病"流行，发现散走犬只和咬人事件，一要立即躲避，二要马上向当地公安机关报告。"坚决扑灭狂犬病！打胜这场危害人民生命财产的特殊战争！"东城妇女委员配合政府做了一些宣传工作，关于美帝国主义在朝鲜使用细菌弹的宣传资料占了主要位置，两下参照，新村突然弥散着莫名的恐惧。苏小三他爸出来说："幸好！幸好！"尚姨来家，让她的上海厨娘带来一篮子新鲜菠菜，说："柯太，听说勿(没)有？菠菜喀(杀)细菌！侬买来的波(白)菜上黏虫啵？"妈妈说，菠菜是好，但没有听说杀细菌，黏虫是昆虫，不是细菌。尚姨就说，上海带来的霉干豆、芽菜、带鱼、黄花鱼她都不吃了，那地方离朝鲜近！妈妈说，吃素一些好。尚姨眉开眼笑说："吾侬就是窝(和)得来！"

从城市中心开始的围歼，被称之为"卷心菜"战术。但这个战术很快被否定。一两只狗蹿入学校，造成极大的恐慌。第二波的打狗改为城市逐户排查，劝说交出犬只由"打狗办"收容处理。城里立即传说，南城外有大量"狗皮褥子"售卖，价钱极廉。政府调查，全无实据，公开辟谣，并要市民警惕"美蒋特务散布谣言"。对散走的狗，仍采取最有效的柴四战术，即夜间剿灭，城市郊县再设一道围堵收网。这样，历时两月，子丑寅卯辰南六区已吠声消弭，夜静如墓。"打狗办"公布的战果是共"收容处理"犬只十一万四千余只。市民大吃一惊，这相当于政府公布在全省剿灭的武装土匪、蒋残部队和潜伏特务的总数！对于尚处经济艰难、民生恢复时期的城市，"狂犬"的助纣为虐性质显而易见。

最后一波的"重点清查"仍在进行，有传说，对窝藏犬只的居民劝说无效，将采取强行入户收缴。卯城普照寺一个和尚，竟然窝藏一对"袖犬"！累受检举，却累次漏网！因为那犬实际只有拳头大小，比一只很小的猫要小，比稍大的老鼠大！那是一种什么样的犬呢？传疯了！亲眼见过"袖犬"的人说，那犬是一个大德高僧从西藏携来馈赠给普照寺住持灵光大师的，大师圆寂后由历代住持饲养，灵光大师是清中期圆寂的，这样算来，这犬有两百余岁了！而眼见者，言之凿凿：那犬平时就藏在和尚袖子里，轻易不显露，昼日则须臾不离老和尚的两肘，盘绕厮磨，如胶似漆，其耳如细柳，目如悬铃，通体光洁，毛胜丝绒。但闻经咒，则闭目禅定。老和尚若有唾出，则一一舔食，故储纳精气若此，长寿不衰。后来风声渐紧，老和尚突然不见了，据说云游他方去了——那里肯定不打狗！这明确表示，那犬已经非犬，俨然神物，是不在捕杀范围的。

但卯城有个“胜村”，前清时是督抚衙门的一个别所，据说，里面三户人家都是督抚家的猎户，围院宏大，占据芹菜塘这个卯城北去枢纽，平日赶街百姓无不绕行，高墙内储有恶犬十数只，凶悍异常，路人被攻击的事时有发生。这个村早先为首的曾是绿营百夫长，继后传之子孙。但这是老皇历！三年前，这里窝藏过从重庆流窜潜伏的杀害革命人士的特务，为了防备猎犬的攻击，当时公安局是经周密部署采取了诱捕一策才一举擒获两个特务的。拓东体育场开过公审大会，两犯就地正法！这是昆明六城百姓都了然的事实。公安局拔除这个祸民据点，先是围而不打，由打狗队投掷“饵弹”——即把炸弹藏在大块牛肉里抛进墙内炸死恶犬。于是，害犬除尽，罪犯伏法，坦坦大道复归于民。

4

但就在这消息传出的第三天，柯男夜间不时惊醒，天渐亮时，他听到了村内骚动，大门砰砰有撞击声，妈妈似乎也听到了。起初柯男以为是爸爸回来了——他一个礼拜没有回家，只有一个电话说他在卯城小西门开办“储蓄所”，在代表云南省人民银行收购适宜做储蓄所地段的房产时，遇到绝大难处，业主抬价，相持不下，他虽位为“主任”，但不能容忍敲诈国家的行为等等。妈妈喊：“柯男！下去看看——”柯男披了衣裳跑下楼，就听到一两声哼哼，声极微弱，是宝郎！它的爪子在大铁门上唰唰地挠，间或，又绝望地将前爪从底下门缝里伸进来。那是一个惨不忍睹布满血污的残肢！柯男忙着下锁，但柯婴跟来了，他一瘸一跛地冲上来喊：“是宝郎！它回来了！妈妈——”柯男已经听到周遭有窸窸窣窣的脚步移动声，回身喊道：“你个笨蛋，回去！”门开了，是宝郎，它一跃，伏在小主人身上，竟有两行泪浑浑地从暗蓝色的眼睑里横着流出来，它只剩一团乱毛，支棱着肋骨的上腹有伤口裂开着，分不清是血还是一种类似油漆的东西，它无限眷恋地舔着柯男的手和脸，咿咿呜呜地诉说什么——这里离你的发落处总有六七百里，你是怎么找了回来的？你这是自投罗网！柯男知道一丛黑影围上来了，杀气像冰冷的霜风扑来，他使劲儿拽住宝郎往门里拖，但宝郎四爪死撑，不肯挪移，那分量足有千斤。柯男在那一秒绝望了，他紧紧搂定宝郎大吼：“你们谁敢上来！先踏我的尸身！”他四处乱抓，似乎触到了那条链子锁，但宝郎突然倏地跳开，往斜里蹿了。一个蒙面人喊：“这畜生不会走远！张网张网！”——柯男确实听到那一连串的“它不会走远”！脑子里即刻轰地一炸：完了！宝郎不会走，它只会愚笨地围绕着自己原本的家园逡巡，它只会沿着自家的墙脚奔突，它误以为天下降灾，它要来保卫这个家园！柯男最后喊出的是：“走！你快走——”突然，他耳畔响起一阵喊叫：“着了！着了！哈——”宝郎没有将自己最后殉难的样子呈现给苍苍青天，也没有呈现给软弱的主人，它不能突破那张用三十根细铜丝张成的电网，那里预留了一个陷阱——一个洞孔，它以为可以钻出去，但360伏的电流在它周身放射出一丛蓝色的电光，它便还原成一张焦黑的皮，只有獠牙森白尖锐……

第二章

5

爸爸是第二天晚上回来的。

没有车送他，是由两个陌生的穿制服的男人陪同来的。这两个人在客厅喝白水等候，并不理会任何招呼。气氛显得有些异常。

在和妈妈短暂的交谈后，爸爸就回到自己的书房，开始整理一大堆公文和柜子里的东西，大约是一些历年公务记录和原本就散乱摆放的文具、钥匙和他随身带着的眼镜及一个象牙烟嘴。妈妈对柯男说："记住！现在家里就你一个男人！知事莫如不问，懂吗？现在，你回去！回你爷爷奶奶那里去。弟弟自打狗的事情后一直在发高烧。只你奶奶看着他我不放心，还有你爷爷……总之，后院交给你，后天，你姐她们就回来。去吧！"柯男当然没有走，他预感家里有巨大变故，他蹲在屋外，用一柄拖把遮掩着……

书房里，爸妈的声音压得很低。

爸爸说："报纸上固然有他们自己的话！不必认真。我，就是奉命离职学习，也不止我一个。运动嘛，跟跑场子、练体操差不多，接受改造，理当如此。至于'三反五反'，那是工商界首当其冲，至于银行金融界，刚完成接管，恢复经济任务很重，运动完了，不是还要下场子来工作吗……"

妈妈对这个家以外的事件，尽皆淡淡，却思虑沉重："我知道的没那么多，但你也别只宽慰别人，凡事往坏里想，谁撒网不往底里沉？你自己保重……无论什么事，全身回来……"

爸爸说："家里有劳你了。孩子半大不大，柯男是不是还去圣光幼稚园？现在他六岁多一点，'新法'是七岁上学，他小学也上不了啊，这样野马山丘，正当闯祸的年龄……”

妈妈说：“家里是不能再添一点儿事了。最难的是他爷爷，卧床三个月了，昨天还咳血，医生前天来……还是那些话。说腹水自然消，哪里的事？抓来的药吃了一房子！现在是往冥道里走，怕是熬不过这冬了……是不是去叫他叔他小姑来？至少带上一眼。”

父亲无话，大约是在摇头。

妈妈说：“还有，柯婴也不好，我担心前头德国大夫说的话……他的心脏……”

爸爸说：“孩子，天养一半，是地上直生根的苗！长一天，得一天的气，往好里看吧……”

门关上了。弟弟的“心脏”？爷爷的“冥道”？爸爸要去哪里？这家，仿佛悬崖上一座要倾倒的房子。柯男并不知道这一重重大幕后面有什么。

只给孩子一半世界，另一半是黑夜，可恶！可恶！

柯男已经知道对自己的发落——去圣光幼稚园。大水塘的东面有个天主教会学校，新村里的孩子都是在那里读书的。幼稚园是小学的附属部分，由三个嬷嬷管护三十多个孩子，四岁时柯男就曾有过一次发配，但后来“解放”了，他先把自己“解放”——彻底逃学了。什么幼稚园？他极其厌恶那个被管风琴声笼罩的玻璃罩子，所有男孩女孩全是傻瓜，他们只会拉起手来跳圆圈舞，嗲声嗲气地唱“在青青的山坡上，阳光给我们带来春天，我们给羊儿吃青草，美丽的蝴蝶飞来飞去……”唱到这里，像一株大树一样的巴尔干嬷嬷就倏地挺直她的上半身，重重地敲击一下风琴的台板，她的黑皮鞋猛然踩踏一下，“嗡”的一声，男孩女孩就拉起手来旋转，末了是每一个男孩牵起一个女孩的手，成双成对地穿过一个歪歪斜斜的扎花小拱门……大唱“圣母光辉”的颂歌！柯男第一次就拒绝跳舞，另一个美国的瘦嬷嬷——她有一个秤杆似的长鼻子——就用蓝色玻璃球似的眼睛盯住他，低沉的驱赶声一步步逼来：“Go！Go！Go！Ke Nan！”什么“狗”？“狗”不都在你们的天堂里了吗？这个幼稚园，没有一件他喜欢的东西，他觉得圣母肯定是被熨衣服的熨斗烫在板壁上的，那个“圣婴”有点儿像柯婴，瘦弱有病却有一双羊的眼睛，这尤其令他厌恶。羊自己会吃草，我们为什么要去“喂”呢？为什么是“蝴蝶飞来飞去”而不是蜻蜓飞来飞去、青蛙跳来跳去？只有一个中国嬷嬷玛丽·万(Mary Wan)有点儿像妈妈，在柯男第五次逃学后被妈妈强行押送到幼稚园时，她用胖胖的仿佛一团棉花似的手抚摩着柯男的头对妈妈说：“柯男很聪明，这样的孩子总有些不合群，随他一阵没有什么。”——这太遂柯男的心愿了！玛丽·万接着握住她的胖拳头，让柯男猜哪个拳头里有东西——这算什么游戏？柯男的脊背被妈妈顶了一下，他随意点了一下，玛丽·万松开手指，果然有两枚纽扣，是柯男背带裤上的——他讨厌穿索筋背带裤，是他故意扯了的，然后将松紧带横扎在腰间——有点儿像武松的短打。不想中国嬷嬷捡到纽扣还收起来，并当着妈妈的面给柯男缝上。

这一轮的押送，是让他自己去上学？柯男在估算妈妈眼下的能力，自从爸爸被通知去“驻学”，妈妈一半心焦一半多虑，对他“放马”是不得已了。如果这样的话，村口的大水塘那三个鱼洞，可以先投饵，放学就下钩，渔竿可以藏在苇子棵里……

中午，在大观楼第五中学上寄宿高中的大姐回来了。她的长辫子盘在头上，这让妈妈非常不舒服。“你这算是什么样子？你有三十岁啦？”妈妈正烦恼当头，看什么都扎眼！柯男开始为大姐担心，她已经三次要把长辫子剪成齐耳短发，妈妈严厉呵斥：“你进步了？也不必这么赶紧啊！十五的街子初一赶？姑娘要有姑娘的样子！再说了，你留了十几年的头发剪了也太可惜。”后面这句话已经渐趋缓和。但这次的冲突是必然的了，大姐立即回嘴：“我还想削光去当尼姑呢！”——这什么话，妈妈领受的不仅仅是冲撞，她立即明白过来了，放下手中的活计，正面来对女儿——十五岁时她与自己的母亲就是出名的“姊妹美人花”，但凡出得人前，或那些应酬节庆的亲族宴会，妈妈不时会带上她，不一般的身材，不一般的纯美，却只是一个丝绒旗袍，一个洋呢裙装，至于翡翠佩饰，不需多，稍一点缀，满堂“啧啧”——那时大姐是直长发戴卡和发箍，那头垂直秀发“黑缎子”似的，叫同龄女孩称羡不已……

大姐先自泪流满面，歇斯底里跳着脚大喊：“……什么叫‘打老虎’？人家都叫我‘剥削阶级’！没有人搭理我！”妈妈的回应叫人惊愕，她扬手就给了大姐一耳光，妈妈自己也愣了，两人都在一个抽空气息的空间里僵固了——这是她有女儿以来第一次出手打了她，她定下的家规是“女儿要养得尊贵一些，要让我们家的女儿在人前端得住，要有头有脸”——现在，她出手如此狠，以致女儿被这一巴掌打得踉跄几步，大姐头发披散，仓皇护住左颊的手掩盖不了立即凸起的几道印子，她没有放声大哭，而是用同样错愕的泪眼看着妈妈，也许她希望妈妈也哭，接下来是拥住她诉说缘由。但母亲既已出手，绝不心软，她的狠话在后头：“什么‘剥削阶级’？我不懂！什么‘打老虎’？我也不懂！我只知道，你们家，你爷那辈，富贵门头挂蓑衣，柴门内里一锅粥！在你这个岁数上，你爸，衣无一袭不破，饭无一餐完饱，他十四岁就到银行做见习生，苦巴苦掖三十年！全凭为人忠恳，做事有信到了今天！要打要挨，是天谴地谴最终要有个道理！你拣得报纸上几句胡话，就站立不住了？家里是有难，难是一发大水一场火，也会过去，落得一地糊涂，还要生它一地青葱！原来指望你来帮我一把，可你怎么做的大姐？你还有弟妹……”

柯男的心遭了一刀，完了！这家一巴掌就要粉碎！一个噩梦被打醒！他想，姐姐完全有道理，他在幼稚园，那些穿制服裙和绅士装、白衬衣领子上一律玫瑰红领结的男孩女孩也不搭理他。这才是他常年“逃学”的根本原因！他们是生意人家的孩子，是捧着纸糊的“圣诞卡”领受礼物的小娇娇，是风一吹就飘走的雪花，却被装饰成美丽的冰花，用蜡光纸对折剪好了贴在粉色的玻璃窗上！我们怎么会是“剥削阶级”？解放军为什么不来救我们全家？爸爸已经三个月不归家了，他或许已经死了！爷爷也快死了！宝郎是英勇殉难的！“死”是一匹黑色的狼，在每个夜晚啃噬着他最珍爱的一切！

这个花园在春初是荒芜的。老碧桃没有开。

第三天，玛丽·万嬷嬷将他叫到跟前说：“你到贮藏室衣柜顶子上去午睡吧。你是个好孩子，Everyboby likes cute children！别老跟人家打架。你妈妈说过，你是个带刺的粘粘果——是仙人掌吗？”柯男高兴，这是一种保护性惩罚，将他单独隔离，以免和侮辱他的孩子发生冲突。也就在此刻，他决心已定，他要永远离开这个“圣母之光披洒的孩子们的乐园”，因为，他在妈妈的那一巴掌之后，注定不再是孩子！那天，在午睡最安静的时刻，他将衣柜上堆砌的枕头、被套、床单像扔手榴弹一样一股脑儿抛向熟睡中的冤家们，然后在一片噩梦醒来般的哭喊声中翻越后窗逃走，从此告别了幼稚园……

预料中的惩罚并没有到来。在行动前，他还用火柴棍儿塞死了两扇大门的钥匙孔，把偷偷带进来的一袋蚯蚓分放在最坏的两个坏男孩的大衣口袋里……

大约Nancy(美国嬷嬷南希)院长来过，陪同她的是玛丽·万嬷嬷，她们和妈妈秘密交谈。只听妈妈一个劲儿地说：“Oh，I'm sorry...”

过后妈妈只冷冷地斥问柯男：“你怎么不去点火烧房子？”回转身，她突然说：“你听着，家里现在没人了，你就是顶梁柱。你爷爷病重，你每天晚上去给我看着，有事情，马上告诉我……弟弟也要看好。得了，你上得梁山，这座次就排定了，去吧！”柯男高兴，这说明妈妈虽不认可他的造反，但正当多难时，她实在管不了那么多，故从轻发落。对“梁山座次”他并不满意，他虽不是晁盖、宋江，至少是浪子燕青之类。但这个任务很重大。

晚上，他换了一身行头，是给大表哥结婚做小傧相时穿的燕尾小西服，对镜梳了分头，上了凡士林，然后款步来到后院，他先巡视了奶奶那里，奶奶兀自惊讶：“我说什么人来啦，这身不好，跟个纸人似的！不见你来请早安，倒来请晚安了！不过，出贵！出贵！”柯男忙说：“奶奶大好！”柯婴没有睡觉，他总是不睡觉，柯男觉得应当严肃地与弟弟谈谈，他说：“你从被窝里出来！穿上衣服！”柯婴从被窝里钻出来问：“我们去看蝙蝠？”柯男正色地说：“看你个头！知道上朝是什么时辰吗？卯时就要在大殿候着！那就要在寅时打点行头，鞍马备齐！上路！算了。我现在是钦差。”奶奶大笑:“着古正经,要宣什么旨?尽管宣来,要老妇跪接?”柯男说:“奶奶,不关你的事,诰命夫人在上,小的主要是与弟弟明理分辩一番:弟弟,你听好了,以后这家我是顶梁柱,你至少是门杠子!第一,是要睡觉,别当夜猫了!第二,吃药不许掺和奶奶的冰糖,良药苦口!第三……”他没想好,柯婴接嘴:“第三,不许告嘴。”柯男说:“现在改成‘背叛’和说谎。”柯婴有些为难:“你不是天天撒谎吗?你逃学,每天去大桉树下睡到下课钟响,铆着时辰回来,装作放了学……”柯男急了:“怎么样?叛徒!骨子里就是!谁给你捎来的‘牛屎拱拱’?蛐蛐?还有成对的蜈蚣?受人之好,报人以祸——就是你!”他愤愤地转身要走,警告道:“你再告我的状!嘿!你小心!我不背你过河,也不背你去摘杨梅!”弟弟要哭了,奶奶说:“阿弥陀佛!你是护法二郎神,也不该提起金刚鞭就打哪吒啊!”柯男不理会,他还想起来最重要的一条:“第四,每天功课,背《三字经》一遍!字,新认五个,你一年下来,还是人、手、刀、口、牛、羊?”他走了,弟弟在后面喊冤:“我会一百个字了!”

柯男来到爷爷房里。爷爷半靠在床上,两床棉被将他裹成一条僵虫,大约他盼望太久,在被子里挣扎得将近力竭。但他就是他,应一句老话:“老鸹死了嘴壳硬”,插科打诨是他百年老店的招牌,他喊道:“啊哈!南柯太守驾到……昨夜梦见郡中如许何?”

柯男最烦爷爷将“柯男”叫成“南柯”,这样,他就可以尽情挖苦自己的孙子——其实,他曾不断申明他的名字源于妈妈在怀上他之前,真的梦见生了一个俊伟的男孩——因为这个家的“太子”——他的长兄,在1939年刚满四岁时在日本飞机轰炸下因跑警报在乡间死于恶性痢疾。妈妈为这个悲痛欲绝,七年过去,在有了两个姐姐后,先在梦里梦见他,之后生了他。爷爷对这个寓意伟大的故事不以为然,似乎根本不欢迎他的到来。这确实毫无道理!但他就这么想,他老说早夭的柯星是如何的聪敏,如何的孝顺,而“二郎神”的柯男是如何顽劣!其实,大哥柯星的死与爷爷的愚笨是有关联的。发现四岁的柯星拉肚子,他不是立即知照爸爸,而是找了乡间的庸医!这相当于当了“汉奸”!为这个,在1949年12月,再次跑老蒋的警报时,同样四岁的柯男在乡间疏散地的草坪上,用蚊子草结了很多“绊马索”,让跑茅厕的爷爷连续跌倒,变成“跟斗虫”!他还尤其烦这个黑牢似的屋子,他尽量远离他的痰盂,那里有许多喷射状的可疑污渍,弥散着一股哈喇味、烟味、尿味和其他杂合的臭味,他称之为“五味斋”。总之,柯男一点儿不喜欢这个性情古怪颇有攻击性的长辈,尽管他是爸爸的爸爸。

爷爷说:“你看我像是要死了吗?”柯男真还看了爷爷一眼,他两颧之下发黑,大约又因水肿,皮下锃亮,幽然生光,像挂了两面坟墓中的古镜。他说:“是的!”爷爷说:“你伸手来摸摸我的肚子!”说着就要掀起被子一角。柯男知道他的腹水三五天就要去医院抽一次。他说:“不了。你的肚子里是脓水,你以为你是被淹死的?”爷爷说："当然！我命里犯水！"柯男说："不对！柯有木。"爷爷大笑，接着是震天动地的咳喘："哈哈……咯咯……自以为有学问啦？'柯'乃上上祖为讳皇帝族诛而改的姓，木嘛，砍不尽杀不绝！早先可是一个正经大姓'公羊'，读过《公羊传》吗？"柯男说："'公羊'也好，'母羊'也罢，反正扯不上！"——这种故事是爷爷随性胡编的，他还说过祖上姓"端木"、姓"上官"，反正《百家姓》里的复姓他姓过一半——这一点，是柯男唯一喜欢爷爷的地方，他信口胡诌，有时比真的还真。要闲来无趣，听他海吹，如坐春风！

"你要死了，就说一声。"柯男打算完结自己的公事。

爷爷说："你过来，我给你透个秘事儿——"柯男略近一步。

爷爷说："三百年前我还在鱼肚子里的时候，叫一只蛤蟆吃了，吐到岸上成了一条旱龙……"柯男烦了，这算什么"秘事"？相似的言辞他听了一百遍了。

爷爷说："我死了要让我舒服，就要烧松明！起黑烟，直接天庭……"

柯男说："这容易。现时，家里我主事。"

爷爷说："拜托拜托！我在夜里走，不要电灯！也不要点灯！灯笼也不要！人啊，你以为？许多肮脏龌龊事都是白天干的！夜里，你能看到血吗？朱墨不辨，落得糊涂心快！灿灿之下所谓狡邪公行、义理明毁、行不由径、愚民欺世、天下亡矣。我要从太极白跳到太极黑那头，没入墨海，完我游鱼无踪之身……知我者，柯男也！万勿与你妈妈说。这种事她哪里懂得。"

"你究竟什么时候死？我好备松明柴。"柯男问。

爷爷说："等死的等得不耐烦，送死的熬得穷叮当，投生的望得眼欲穿，奈何桥头辨阴阳，阎罗却说：阴钱三天一大涨！你说找死难不难？"

6

柯男妈妈出去了两天。

银行监察部的人说"经理、主任的事不属我们管"，她一下急了，那么人到哪里去了？军代表在吗？我要见军代表！没有人回答，这里全是不认识的人，大多操外地口音，她方才想到这事完了。这时出来个年轻人，一身簇新解放服，留分头，大堂里一照面，即刻欠身微躬，她心一动，跟定了这个人。在穿过走廊时，这个年轻人突然转身，小声道："你去望城坡。不要说是我说的。"

她只知匆匆出来，不想何时落了雨，一地稀泥，蒙了半晌，"望城坡——"哪里是？她猛见绥靖路边有辆黄包车。车踏板外跷着一双脚，人坐在车里，下了帘子挡雨，只知是个女人。车夫也正急急忙忙披挂蓑衣，原本只是想上前打听，那车夫愣了一刻，道："上来吧！"随即回身对帘子里的女人喊："你下来！"女人撩开雨帘，是个青头呢！

竟脱了脚上的绣鞋，光着脚啪嚓啪嚓地踩着冰碴子泥水，跳到街沿上消失了。柯男妈又惊又愧地说："也不好撵了人家啊……"车拽了一下，车夫起步了，回身朗朗道："那是我相好！昼日无事，说是去看她娘，也不拣时候是吧？耽误生意！"

车是在啪嚓啪嚓的脚板拍打声中飞快行进的。一路无话。出了西门，卯城的小瓮城和炮台就甩在身后了。郊外落雪，山树皆白，难怪寒风似刀，但车夫暖暖的汗气还是透了进来。大约一个时辰，眼看荒村在望，有个漫漫长坡，车夫慢了下来，粗喘如牛，咳了一声道："是大房子啵？"柯男妈探出头来，真见一座有圆形拱门却绝少窗户的大房子，周遭疏林怪鸟，并无其他，但不能说是也不能说不是。车夫缓步，终于停了下来，说："太太，你上前问问那两个哨兵。我等着。"

柯男妈找到了下脚处，踩实了沙石路面，这有半里呢！远见一个女人过来，哨兵先就迎前几步示意不能前行。柯男妈看这兵不似她知道的兵，无论说什么，哨兵就一句话"不行"。她突然喊了一声："什么叫'不行'！'行'往哪里问，为何'不行'？一个大活人就跟这草上露、瓦上霜风吹吹就没了？'不行'——这是你们部队的训令？叫你的首长来见！"这一嗓子，唤来大拱门里一个穿蓝色中山装的中年人，问明缘由，道："太太请回去。现如今是不能见人。但我可以告诉你，你先生态度和思想觉悟是好的。要见面，一般说来要打报告等批准很难办……"柯男妈只要那中间一句话，颤颤地问："他人还在？你说他还好？"那中山装反倒听不懂了，说："是啊是啊……"她得此一句，飞也似的往回跑。车夫是个说年轻也不年轻的人，似乎什么都懂，预备着笑说："人在就好。这里以前是兵营，死人岗子一大片……太太，回去？"

又下起雪末，只听车夫马似的喷着鼻息。挨晚才到家，这一算跑了四十里！柯男妈妈左右一摸，她的随身小包袱不见了！她不动，使劲儿想，上车似乎是伸手把住棚杆的，没拿东西，小包袱就是扔银行监察那里了？她着棉旗袍，没储袋！车夫看在眼里："人有难处就怕乱。算了。"柯男妈妈突然瞅见自己脚上那双皮鞋，倏地脱下来，使袖子掸掸泥，成双地捧上前去："兄弟，这双鞋是新的，外埠货，真是新的，你瞅里外没蹭一点儿灰……你拿去。我瞅见你媳妇的脚了，与我的脚是一个模子……"车夫真接了过去，玩赏不止："哎呀，你不合算啊！十来个铜板，即使一个半开，买这个鞋印也不够！"柯男妈妈道："你要等得，我进门就取来脚钱……可我，你说怎么了，偏偏觉着要给你媳妇这双鞋，她穿……也配也当时！我是不合时了。"车夫拿起白汗巾擦拭着鞋底上的泥点："这棱鼓棱鼓的皮纹！这闪闪的跟儿！我们穷人家也玩儿上这了啊！"他是真爱。柯男妈道："新社会，没有穷人家，都一码了！是鳄鱼皮……还只是半高跟……"车夫谢过，眼见柯男妈也赤脚溅着泥水往家门里走，傻笑一回，拍拍鼓鼓的胸膛，走了。

7

第二天天未亮透,门就被敲炸了。柯男妈应的门,三个陌生人,身后竟然站着大姐。大姐见门开了,先自进来,脸色苍白。柯男妈一看三人有二男一女,胸前都佩戴方形胸章。一把抓住大姐:“怎么?押你来的?”大姐冷冷地说:“碰上的。”完了自己上楼,砰的一声摔上门。来人给柯男妈看了公文,大意是要“没收财产”。下款是红色印章,并无一二理由。妈妈淡淡一笑,将文告还给来人。那个女的,穿一身双排扣、大西服领、腰间煞一根带子的灰色半长服,柯男妈知道这是时兴的“列宁装”。她操上海腔:“这份是给侬的!”妈妈将三人让进客厅来,顺手将那份文告一扔,问:“人放不放?”三人面面相觑,为首的一个中年胖子犹豫一阵,择字择句地说:“当然。这关乎态度。当然,关乎被审查者的表现和问题性质……当然,还是教育改造嘛……”妈妈夺过话头儿:“后面的,先生不必讲。回答我,人,放还是不放?”胖子说:“夫人知道,这是运动。一股(个)一股(个)阶段的……”柯男妈道:“我明白了。就是要过这道坎儿!这样吧,但凡你们看得见的这楼、花园就是‘财产’,看不见的也别想藏着掖着,可以封账查账、街坊四邻地访查和掘地三尺!一个‘抄’——自古皆然不需学着来,不是吗?”突然,楼上咣的一声砸门,大姐噔噔噔冲下来,抓住妈妈的肩膀,却冲着来人大喊:“你们全拿去!我们只要人!”妈妈搡开她:“孩子家,不要掺和这些事。我看了,你们还限定时间。我且告诉你们:他罪与非罪,杀与不杀,我不代你们答复。但拆梁毁柱,稀里哗啦如同诛屠他全家——这,你们心里有数!如果这个家,只有我,现时不拍灰就走。可老的老,小的小,你们审查的人也是父母养的,现在他爷爷就停在病榻上!这时不能动!等咽了气行不行?要不,交给你们来办!棺木寿衣一应俱全。”胖子看来并不能主事,但还是默默点了下头,走了。那个“列宁装”还在院子里仰着头绕了一圈儿。

晚上,柯男妈对大姐说把柯慧叫回来,大姐说,不必了,她正在考试。“妈,我们什么都不要,只要这个家!”她紧紧拥住妈妈,泪水长流,“我们,我和你,我们有两双手,我们可以养活全家,做劳动人民,摘掉‘剥削阶级’这顶帽子!”这次,同样的话,妈妈没有搡开她,只说:“你是大的。不许在妹妹弟弟前流泪!”大姐说:“我,其实一点儿不难过,只是替爸爸屈——我一想起他去打保卫战,生离死别,他摸着我的头也说:你是家里最大的……他的手指就那样轻轻划过,我想着他以前总爱把手指绕在我的辫子上……”

柯男是从爷爷那里来的,说医生刚走,医生说“可以准备后事了。”妈妈、姐姐立即起身往后院跑。

8

天，只一丝淡亮，又黑了，仿佛是爷爷的眼睛。后院的苹果树上有两只乌鸦，还有三只小的在车库顶上蹲着，大的啄一口苹果，就“呱”一声，那小的也“呱呱”地应，只是不下来，群起劫掠树上的残果，通通吃干净。乌鸦守候并盗窃着果子，柯男觉着它们的胆小与贼心此时尤其可爱。但乌鸦每“呱”一声，爷爷就在床上动弹一下，甚至耸起一截，仿佛他与黑鸟有某种契合，只是他欲飞不能飞。他的唱和一直咿咿呀呀，不甚明确：“……道光年间那乱啊，杀人都懒得使刀，竹竿赶鸭子，半城人跳了盘龙江……嬷说你跳啊跳啊……我说我会凫水，淹不死下去也是水葫芦……辛亥年我第一个剪辫子当街第一个把‘老鼠尾巴’扔到房头上，嬷说你扔了可惜了，身体发肤受之父母不可毁伤，我上房去寻我的辫子，结果叫一只猫叼走了。我追追追，踩断三片瓦掉进滴水巷被挤夹了三天，救我出来的是烧饼老板，说你薄成一张纸了要还有层肉我就贴成锅盔卖了……‘护国’那会儿松坡将军见军中一竹竿，说拿来挑旗，旗子就插在了我头上……发我一支毛瑟枪，我第一枪走火就打在自己脚掌上……”

柯男妈说：“他爷怎么就是嘴不歇？这出气出得哒哒哒哒的，哪里要得！”

床前，奶奶窝在一把椅子里捻着念珠：“末了要报本身业，不是赶紧推脱罪过吗？也差不多了，就到民国了，他讨了盐道一个差，是民国销了的，接着是卖药材山货……”

果真，爷爷念念有词：“卖盐盐齁咸，卖药不闹人……”

屋子里挤夹，恶气熏人，柯男妈说：“别都在这里看着啊！柯男，你接气！其余的都找人去，备着热水、寿衣，还得赶紧把你二姐喊回来……”

柯男说：“妈！向叔来了！”

柯男妈回身见向叔，顿时松了一口气：“你来了。这家里抓不开了……”

向叔说：“要紧的是去接柯男他爸！我带车来了。”车灯未熄，把夜照得更黑。

柯男妈悲苦地摇着头：“别去了……别去了。”

向叔道：“太太，这个您别拦我。”说完噔噔噔地走了。

正这时，原先备下的专司“穿衣净身”的几个人由一个叫“马仙”的领来了，把一盏冒黑烟的马灯杵在地上。柯男妈一看，这几个人面生，四处交眼，动作起来手脚不对，即刻垮下脸来，扯了“马仙”到屋外问话：“这来的什么人？别是交三桥头的痞子窝里坐地要饭的！钱可是半年前就给了你的！按现世价，两根金条，连你一伙发送也够了！”

“马仙”觍着脸道：“太太，小仙不是一直等着先生召唤吗？”

柯男妈一听就明白了，厉声道：“是啊，先生不在。我告诉你，欺主？我认。世道嘛。但欺我家公，就是欺我三世六代，我第一个饶你不过！”

"马仙"连连作揖:"别别别,太太息怒!那仨小的是在下侄儿,不是找人不容易吗?早先我的下手,在桥头登记就业排队,我不好往外强拉啊!那和尚师傅做道场也就要到了,是马车去接的,快了快了……"

柯男妈一捋头发,抬手一指:"停灵在后院祠堂!支锅搭灶搭棚都一顺安排在那里!快!片刻不许耽误!"

她又转到爷爷屋里看动静。那躁动好似平复了许多。

柯男妈自语:"他爷这样子,怕是差不多了。"突然抽风似的四下看,嚷道,"猫呢?管住那猫,找笼子来!"俗说,猫跳棺材要惹大祸!

柯婴说:"大黄金丝猫不见一个礼拜了。"

妈妈说:"那也要找了来,拿笼子关了!"

奶奶闭目诵经,大约正在一百零八诵打收,在"阿弥陀佛"后面道:"自那狗殁了之后,猫自然解脱,大约在长春阁里呢!"

这时,柯男手指捻的棉花絮絮在爷爷鼻孔前飘飘的,只有出气了。妈妈陡然有些慌乱。柯男说:"妈,我去拿些麝香来吹?"

奶奶将念珠捻完,绕在腕上,摇摇手,这时俯近爷爷耳窝道:"你非佛非道,混个什么?做牛做马也做人,管是像他与不像!雷霆之下,巨木轰然,烧死个虫虫,原非灾难,来春又是一路青葱,若是修得踏露人,早去早回!"

忽地,爷爷喉头一阵耸动,身子一挺,又一沉,走了。

尸身从屋里往外挪,那么沉,柯男赶紧趴在架子下,被妈妈一把扯出来:"未到时辰!你这是干什么?"死了,死了死了死了的爷,忽然伸长了,又缩短了,像一个婴儿掩埋在大堆棉絮里。柯男不走,他俯近爷爷,他看见他两颧之下的黑云飞走了,他的面颊瞬间像面团一样白!上来几个人,撬开死人的牙关往里塞"口含"。天光了,倏地,飞来几只绿头大苍蝇,径直降落在他的眼窝里,它们钻进眼缝,争抢着舔食他的眼屎,即刻,爷爷的眼睛爆出扇动的翅膀和无数突起的黑钉……柯男胸口一阵堵,大呕起来……

妈妈厉声喊道:"人呢?拿盖脸布来啊!"

9

镲声响起来,乌鸦飞走了。柯婴说:"乌鸦是留鸟。"

柯男不愿回首一眼。不管是什么鸟!

妈妈过来了,把两块白布往兄弟两人头上一缠,对柯男说:"现在你去报丧!知道怎么做吗?你大叔、四叔、大堂兄、大表兄、小姑……他们那里,你都是去过的,进门要磕头。告诉他们,你爷爷走了!记好时辰:卯时一刻!去吧。要快!甑子里去抓一个饭团子。”

柯男飞跑到了东门外的如意巷口,这里第一户门口的街灯还亮着,他敲门,无人应,他使劲儿砸门环,那门环竟然脱落了。城里的夜怎生得那么黑!一个影子荡过来,是收灯的,长竿子往灯火上一罩,更黑了。他看见柯男额头上的孝布了,说了声:“你喊啊——”柯男往地上磕了一个头,一昂首,大喊:“大叔!柯家玄孙柯男前来报丧!我爷爷卯时一刻去了——”无人应,柯男再磕,大喊:“亲叔!柯讳金鉴公卯时已故!玄孙男特来禀报,开门呀!”无人应无人应无人应。收灯人摇摇头:“大半是无人。是你家爷?你爷爷不在了?”柯男一扭头道:“是的!”走了!

第二站是洗马河大堂兄家,第三站是南城门脚大表兄家,他喊了磕了。无人应。在这个半黑半明的城市,他的报丧声与钟鼓楼上的声音一起回荡,又穿过他的耳朵,钻透他的脑颅,几次将他轰倒。他累得不行了,糊里糊涂只觉得不能就这么回去,再次挨到如意巷口,刚喊一声,腿一软就倒下来了……他想起了那个饭团子,妈妈说要他去甑子里抓一个饭团子,是猪油饭团,妈妈在锅底上碾的……饭团子饭团子饭团子……他没有去抓?还是丢了?

一个老奶奶,不,许多个人,不相干的人围着这个头上缠孝布条子的孩子,一个人指指巷口的老柳树说:“娃娃,把孝布系在枝头上得了,这叫留(柳)报。反正你是来报过了。”

柯男爸没有被获准回家,即便是死爹这样的事。向叔大约还找人疏通,周旋至晚上,回来时灵堂已然烛照通明,纸钱高烧,他一头跪倒在灵前,哽咽着凄然喊道:“老太爷!向侄不贤不孝……”

大约父亲被禁囿事体特大,明明重于一个“前清余孽”的自然归去。世界通通知道,唯一一个跟随父亲十来年通晓暗战的人却明明不知,他哭得特别惨。柯男母亲是半点泪不落,只在他哭过后扶他起来说:“随他去了。这家里就这个样子了,房子交出去我们搬哪里还不知,扫地出门如何糊住一家老小的口,通通不知,也就不去想他,随风随水罢了。落叶自有归处,是吗?”向叔转身边走边哭。妈妈递了个眼色,柯男送他出门,向叔一把搂定他,使劲儿擂着他的后背:“……你,快快长大……”

叔、亲堂诸兄一个不来。母亲遇到绝大难题,“一七”将近,就要发丧。如何了得?那边,“马仙”的声调反倒高过了诵经声,意思是,若要“七七”道场,即便是使再多钱,那些人怕是持熬不住了,别处还有事,支的都是大道场,连报国寺的住持都请来了——“这个冬月,死了那么多人!鬼撵着似的!只是这里怎么不见族亲来磕头呢?

往太太这头想,人家会以为什么——”柯男妈妈一声喝止:“以为绝了户?还是老太爷是被人茅厕坑里揿死的?你想说的是不是这个?你抬眼看,这里有他的嫡孙,这就够了!有的人,只怕还没有这点儿福分!”“马仙”连连道:“那是,那是。”那边,柯男在院子里架起松明柴垛,通天黑云,犹如大霾,霏霏柴烬夹着细雨,一地一天的黑!

只是“二七”末,大表兄来了,先申明有事,看看就走,“不必留饭”。他和四叔都是三年前父亲从军统和警备司令部的牢子里“捞”出来又秘密渡出去的。后来,婶子、小姑、大堂兄的妻子和四叔的妻子一堆女眷也来磕头了,没来的就是“公出”了。这些人能哭,哭完灵在草地上圈成圈接着哭。然后用饭,喝完了整锅米汤后夸柯男妈妈的素餐做得地道。大堂兄不苟言笑,进门就大声斥问为什么不早报(丧)?柯男说:“反正是报了!留(柳)报!乌鸦都知道!”大堂兄就回身对妈妈说:“这孩子怎么龇咧怪样的?”

挨到这天,突然就人去楼空。满地白纸飘零,一树黑绫绕枝,冷风卷地旋空,灯烛兀自熄灭。棺材前背风处懒懒站着那三个“马仙”的外侄,跟鸡毛掸子似的。按择定的日子时辰算,当在午后三刻下圹。柯男妈妈一见这情景,急上火了。“马仙”是十点钟才坐着黄包车来的,拉车的人正是那个“鳄鱼皮”汉子,后面还有一辆,拉的是风水师——一个穿道袍绾高髮唇边留着鼠须的畸瘦人。妈妈正守在大门口,一时怒火冲顶,上去就踹了“马仙”一脚:“你存心怎么的?这么几个人,站的歪着,躺的睡着,我家老人几时上得了山?”“马仙”闪两闪仍站不稳,只说是“吃嗝”了,一夜翻腾也没怎么睡,这不,人都齐了,也没耽误啊。就喊“起——灵”!那三支鸡毛掸子加“马仙”试了一回,无论如何是“起”不了。“鳄鱼皮”与妈妈对上眼,即刻欠身,道:“太太别急——说来有缘,小的还与媳妇说过此生若再遇上您,若不嫌弃,就认您当干娘了。那鞋一套,那叫富贵!只敢供着看——现时说这个不合适——瞅您府上是有大事:老太爷西迁了?哎呀!事多啊!”言毕扑通跪下望门里磕了一个头,起身说话紧凑起来,“这些搓龌龊吃的是靠不住!您不驳,就是当我是干儿子,赏三尺孝布来!托老太爷福,谁有这好缘分啊!”回身对另一个车夫道:“你桥头喊一声!叫上十个八个兄弟来!”那人疯跑去了。“鳄鱼皮”道:“太太,您歇着,就跺三下脚的工夫!”

果然,只喘气歇气的一会儿,六七个精壮汉子呼喊着来了。一人拣一条孝布往头上一缠,腰间再煞一条长的,结一大朵的牡丹孝花,四人掮杠,二人抬“小牛”,专等风水先生号准时刻。“起灵——”一声喊,柯男揪住弟弟,急忙趴在地上,眼见爷爷的“老房子”从头顶上飞过,他掐了柯婴一下:“哭啊——”

肩上轿舆,水似的平,鞭炮噼啪,出门了!

柯男妈在后头喊:“谁腾出手来,抬走这一甑子饭?上头盖着五花火腿……”

柯男说:“我长大要去当一个车夫大王!”

10

昆明例规,又一个七日斋戒后,要上山去扶丧。柯男扛了把大锄头去。偌大坟山,就娘孙仨。柯男眼见爷爷不过一小冢,歪歪的,红土腥腥,白泥灰灰,将仿一个破碗。他从裤兜里掏出一根线,坠个石头,眯着眼要重新“吊中”。妈妈苦笑着道:“柯男啊,你哪里来的这一套?莫非要学阴阳不成?这是邪门!哪里黄土不埋人!你要真有心,替爷爷拈棵坟头草就罢了……”她突然呜咽起来,那个悲,是这些日子不见的!山树摇曳,柯男心颤抖起来,上去拥住妈妈的背说:“妈妈,我们什么都不怕!我给你挡风!”

爷爷既已发丧,家里顿时空落落的。银行监察部三天一来人。“发表”出来的“应缴”房产财物数是六个亿。一百元是一块,就是六百万,花园房子、车库和后院附属建筑,连带周边十来亩地拢共作价不过三百万。妈妈知道,这意味着她要将身家全部抵了进去尚且不足——总之是一个“干干净净”。至于这些数目哪里来的?胖子也糊涂了,挠挠后脑勺儿说:“总之是历年累计……比如年收入是多少两黄金,三十年就是多少……来折合。”柯男妈凄然苦笑:“那就是生的不该生、死的活该死?总之是搭伙儿糊涂。对吧?我认,还是那句话,人要回来!”至于腾房子,也有期限,是一个月。胖子说得很在理,这里的房产已经“调拨”出去,银行再无权力支配。“接收单位”反复来催,反倒不好说了,“于你,太太这样明理大度的人,与他们又不熟,发生纠葛反而难堪。”柯男妈谢过,道:“天下谦谦,君子却都是逼出来的。我们走!”

妈妈对大姐说:“主家的就你我。你什么时候放假?若是不放,也晚上回来收拾一下家里,值钱的通通打包交出去。”

挨晚,全家就灯下翻箱倒柜。爸爸东书房里那些字画古董,找了个“马棍”先生来,这里敲敲那里挑挑,掷下几百元,一马车拉走,好腾地方。妈妈并不在意赵孟頫、黄庭坚、唐寅、八大山人等,唯对担当和尚的一幅“芭蕉小鸡”舍不得,几次取看,几次放下——那是她少年时代天天伴随的情景。柯男选了一扎毛笔,几支“七紫三羊”的中小楷毛笔,尤其“长锋”是爸爸不准碰的,现在属于他了。还有几方端砚、“御制宝墨”和彩宣稿笺、册页,“马棍”连看也懒得看,也归属于他。这是既新鲜又充满劫掠惊喜的一夜。柯婴得了一只三彩猫和一把壶,柯男鄙夷地说:“三彩猫是难得的,那把宜兴壶你当是尿壶?你不会拣些好的,我隔天有主意了,说不定拿蜡笔与你换——笨蛋!”

田黄印章一组不见了,只有紫檀印盒。

柯婴说:"是'马棍'拿走了。他还顺走了两个象牙球。"
柯男说:"你怎么不捉住他喊抓贼,马后炮!"

抽屉翻过来抖,哗啦啦地响,柯男妈有些吃惊,叫道:"柯男,你过来!这是怎么回事?这些东西你们动过?"那是一些金条、金拖拉,平时是放在保险柜里的。柯男说:"我们搭积木玩儿过。保险柜压根儿就没上锁。"妈妈有些晕眩,叹口气道:"是啊,柜子从来就不锁,预备着遭打劫不是?要不,我又怎么伸手就找得出这些东西来?"她拿脚踢踢那沉沉一堆,"这些有多少?不够赎来一个脚指头吧!是啊,要它何用?何用?!"

三个夜下来,可以知照监察部来取了。黄金、外币、债券、股票通通放置在一个木箱子里。妈妈当然清楚,"财物"指的就是这些,别的人家似乎也不要。大姐累了:"妈,够爸爸回来了吧?"柯男妈捋捋垂在额前的头发,她把一绺头发挂在耳后,一俯身,它又滑落下来,似乎她就是这样被累倒的。"不够!不够!"她疯狂地念叨,她疯狂地回思、追想,眼睛灼灼地来回扫射这个居室的每个角落,突然,她大叫:"我怎么没有想起来?我傻了吗?我还有……"她几步上去,扑倒在大床上,这样她可以顺手拉开床头抽屉,她飞快地翻弄,终于她攫获了她的宝物——那是一枚近六克拉的巨大粉色钻戒!她仅仅戴过一次,抗战胜利日本宣布无条件投降第三天,省府庆贺胜利并欢送滇军入越受降,她陪同爸爸去参加宴会,就那次。其余就是柯男无数次将它拿来照太阳,将一个大卧室炫得七彩迷离!他也听妈妈无数次说起它的故事:那年,太平洋战事紧张,爸爸结束海外业务,却滞留在即将沦陷的香港,因要从海路转移至防城港入滇,道途艰危,同事们都匆匆将个人财物变现转存美国花旗银行,他却罄其所有,买下维多利亚港湾上最大最昂贵的钻戒,在踏进家门的那个夜晚,将它戴在妈妈手指上,说:"谢谢你多年代我孝敬二老,抚养孩子,你辛苦了!"——"我怎么就忘了还有它?"她那份惊异奇喜只轻轻一掠就沉沉地落下,但她还是笑着将这枚大戒指戴在无名指上,旋了一圈儿,让火焰般的光芒像战神的车轮在屋顶旋了一圈。大姐看到了妈妈眼睛里轻轻漾起一层清亮的波澜,妈妈却笑了:"它大了一圈,也太重,是不是?早先是有一个特别精美的匣子的,也不知哪里去了……"然后取下那个裸身的钻戒,当的一声,让它在空中没打一个旋,就直直落在了那只木箱里……

11

柯婴在发烧,妈妈将他领到自己卧室里睡,大姐取来体温计一量:40℃!她慌忙喊"拿酒精来",叫柯男把弟弟摆平周身地擦,弟弟手里攥着那只小三彩猫,也发烫。

"小祖宗!你千万别添乱了!"妈妈念叨着。柯婴睁开眼说:"你要答应让哥哥带我去大桉树脚和纱厂沟……找'大黄'……"妈妈奇怪了:"什么沟?什么'大黄',那猫不是不见许久了吗?好的,你只要好起来,怎么都行!"

果真,半夜,柯婴体温如常,还喝了一大碗米汤。

柯男气咻咻地说:"你装鬼是不是?"他觉得弟弟自来就很邪,用"发烧"来要挟妈妈,至少是大不义!柯婴却辩白说:"不信去问奶奶,我说胡话时她念了多少阿弥陀佛!"

柯男背起弟弟,来到大桉树下,安放在一个大草窝子里,初春的太阳暖烘烘的,有点点微风,蜜甜蜜甜的,似乎远处山脊上还在落雨,七彩霓虹像风车一样滚来滚去。柯男说:"我去打点儿野食来,我们野炊。回去,你不许告嘴!你已经当了很多次叛徒,你要不是我的弟弟,早枪毙你了!"柯婴无限满意也无限敬服,说:"是!我一点儿不动。"柯男收获了一大束刚灌浆的麦子和从大叶杨树心里掏出来的"柴虫",这种有拇指粗的大蠕虫肥得像猪板油, 小黑脑袋和满满的刺肢随着身上环节的蠕动一射一射的。柯男随即掏出火柴,将拢来的树枝点燃来烘烤,即刻,周遭就有了浓淡两种香味,柯男说:"这个季节最不适宜,要不就烤蚂蚱了!知了也是最好吃的!"麦子先熟,柯男把焦黄的穗子在手心里搓搓,噗!一吹再吹,秕壳净了,就把香喷喷软乎乎的淡绿色麦粒撮在弟弟手心里。接下来,"柴虫"也熟了,柯男说:"一般我们大人的话,要吃生一点的,含浆,生甜。你嘛,刚刚发过烧,就吃全熟的!糟了,忘了弄点儿酒和盐巴。"送到柯婴嘴前的"柴虫",把他吓得差点儿吐了,他死咬牙关,无论如何不肯吃。那虫其实在火焰的炼狱中没了狰狞头角,还原成了一尊椭圆物质。囫囵说,跟一种小型香肠没有太大区别,柯男恼了:"你看我吃——"他往嘴里扔了三个,嚼得咔吧响,"你知道你为什么生病?嗯!就因为你非佛非道,又非盗!你看绿林中人,哪个不是逮着什么吃什么!八碗过冈,虎狼难挡!比如,你跛腿,至少要多吃蚂蚱……"他又接连吃了几个半生的大虫,突然,胸膈一耸,哇地吐了一口!柯男小心回味一下:"他妈的,这柴虫还真难吃,臊得慌——八成是国民党撒了尿在树上!"

奶奶招呼柯男去,说"大黄"回来了,喵喵地围她转了一圈,撕了些碎布棉絮咬着又不见了,看那情形,就是"有产"了,要赶快去找!柯婴已经追去半天了。"'大黄'是头胎啊,阿弥陀佛!"

柯男料定弟弟走不远,大黄金丝猫也不会离开这个宅院。他巡了一圈,起先想到的是,"大黄"极有可能藏在车库里。自宝郎殉难后,它们的前仇旧恨一笔勾销,那车库领地就由它统领。很多个晚上哭诉般叫人胆寒的喵喵声就是从那个方向传来的。但车库里大吉姆已经被开走了,留下几个加仑筒,搜查一遍不过几分钟。

柯婴突然在外面怪叫,柯男直奔去竹棚脚,惨!惨绝了!柯男喊道:"不要看它!回来!"但为时已晚,"大黄"龇着牙,呼呼咆哮,它荧色的圆眼忽然张成一双巨烛,它几次要扑杀凑近的柯婴,全然不认主人。因不能在这个洞穴里腾跳,它疯狂地旋转,把一地的笋叶撕碎,发出金属断裂的可怕声响。就在弟弟退缩一步时,它倏地夺路而逃,瞬间没了踪影……

这是一个怎样的巢穴,它太简陋了,它其实在积水,是冰冷的雨水,它还漏风!它竟然用笋叶来做屋面,那种东西有刺人的毛!柯男小心翼翼地揭开巢穴,他直恶心,底层的碎布棉絮上有几段小小的残肢,血淋淋的细爪,分不清有几只小猫被杀害或被它咬死吞噬,总之,这是一个小小的极尽残忍的屠场!

柯婴一声叫:"还有一只,是活的!"

果真,是一只小小的猫,蜷缩在深处,小得如同一条毛辣虫,但却有猫的首尾!它蠕动着颤抖着,它甚至张开口,在空洞的幽暗里寻找什么,那只有一个指头大的口里,有嫩嫩的粉红色和细密的白牙。但它紧闭着眼睛——大约它的兄弟姐妹的死是它活着的唯一理由!柯男憎恨这只猫!

柯婴哭着把湿漉漉的小猫抱回去了。

奶奶说:"它妈再不会回来了。可怜它是头产,也不会带孩子是不是?那地方怎么能产崽呢?风吹树响,心里发紧是不是,大约还缺吃,没有奶水……"——好像说的是人。

二姐柯慧回来了,慎重地宣布要为死难的小猫们举行一个葬礼。在竹棚脚,柯男垒了一座小小的坟冢。"棺木"是二姐自愿捐献的一个木雕首饰盒。姐弟三人默立一分钟。二姐说,应当有悼词啊,大弟,你来写。柯男就在一张纸板上写:"奶奶弟弟所爱大黄一(遗)子,你们应当活着,我们是一个大家庭。去吧,你们回(会)变成报国寺的和尚吗?到时候,上香的人你我他不认。拜拜!"二姐说:"你写些什么呀?和尚?和尚怎么同猫咪扯一块儿?还有两个错字!"柯男就说:"不信你问奶奶去,猫就是和尚投生的!"

12

楼房已经腾空一半共三个房间,那个"列宁装"一日一次来催促,这时,柯男妈妈方才明白:所谓"接收单位"什么华工冶金公司的代表就是这个下江女人。上海人管江北人叫"干白佬",多有鄙视。大半原因是他们无论怎么板着上海口音,总不能掩盖那个"土气"。另有一则,是下江地瘠人贫,男人多离乡外出以开澡堂子、搓背、修脚和以一副挑担走街串巷给人剃头为生,这被视作下贱的行业。昆明所有的澡堂子都是下江人经营的,剃头挑子却东西各半。但昆明的百业小店主只能找下江人剃头修脚,因为他们实在是此业中天下第一!其不唯技艺精当,且谦卑恭敬一如奴仆;久之,"下江话"也就不觉扰耳了。而昆明唯寻常百姓和拉洋车的苦力才找老昆明的挑子剃头，不说也明白：便宜。虽则潦草和肮脏，但连剪耳毛这样的活计，昆明剃头匠也不会做，至于极其险恶的“挖耳”，简直就如杵粪瓢！而下江人则不然，单挖耳家什就一大串，银的、象牙的、角质的、铁的一应俱全，如同微型兵器。“先生，您这样……”轻言细语，稍稍叫你偏身，将一侧脑袋依在师傅肘上，“先生耳相难得，出贵出贵……生意毋庸操心来！”三两句可心话说完，活计就差不多了，“战果”就在你肘上，一片薄棉花上大有耳屎的无数金黄块垒！然后，使一精巧的小绒球在耳朵里一旋，那酥麻软和，令全身泰然！所以，昆明人对下江人绝无歧视，反倒心存敬意。但昆明人也要找些个下等人来使性子，比如呈贡、六甲、九甲人，世代当警察的多，前清是铺保、衙役；民国就是保丁、乡勇；再后来就是穿黑制服提棍子的警察，甚而世代相袭。但口音不变：“抄(车)！你乱得(蹬)！眼儿(人)！则则则(走走走)！”

什么水土什么人！什么年岁什么土！

“列宁装”来家第一次就把三合土的场子踩烂了，她的皮靴跟儿打着半寸长的铁钉，一步十窟窿，胜过先头驻扎的司号排，跟两辆坦克车一样。

“列宁装”第十二次来巡查，据说她身边的那个肥硕男人就是她的“老公”——柯男妈并不在意谁来，但这个男人不发一言，带随从，说明他是时下一个“官儿”，他的络腮胡子黑乎乎一片，楂儿高楂儿低，一丛耳毛从耳蜗里射出来，如同窝藏怪兽的丛林。于是，显见，下江女的男人并不是南方人，至少非“干白”。干白女姓邱，至少那个随从称她“邱科长”，也算官儿。

邱女士要妈妈把南书房打扫干净，她马上要来住了！南书房是个小书房，是二姐柯慧的房间，这让二姐很不舒服，为什么偏要她腾出来呢？爸爸的东书房大得很，早搬空了，为什么偏要她的小房子？妈妈好生劝说，这房暖和紧凑不是？反正全家都得搬走，你在乎这一会儿？柯男也不高兴，妈妈显然忘记了，二姐初中二年级就住校，恰在这时柯男闹牙疼、柯婴三天两头地发高烧，妈妈去妇女委员会工作，家里没人，营部卫生所的小王医生来家守了好几个晚上，就在这间小书房里打地铺。间断住了整整一年！现在小王叔大约是牺牲在朝鲜了，要不他的房子被占领他怎么不打回来？柯男认定他牺牲了，他心里的亲人般的英雄一个个全部牺牲，子弹都打穿了他们的前胸，一双双手臂在空中划完最后的弧线后沉沉倒下——他认定就这情景——前几天斯大林也逝世了！哀悼的汽笛呜呜地在城市上空垂下黑色翅膀，他独自在阳台上默哀三分钟——所以世界变了，他需要在庄重肃穆中承担苦难！

二姐极不情愿地搬她的东西，她的书不如柯男多，但有很多绒布和毛线。突然，她怪叫着从楼上冲妈妈大嚷：“你来看看，柯男把我的作业本涂成什么样子了？妈——姐——”大姐过来，看了她的作业哈哈大笑，在“唐诗：‘床前明月光’读后”下面没有来得及书写的空白处，让柯男满纸涂鸦：“床前不见光，一群大和尚；举首瓢对瓢，低头诵金刚！”大姐说：“不错！有意境。不过，你不该乱动你二姐的东西，你有自己的纸笔。”二姐哪里饶得过柯男，大嚷着：“什么呀！你还在墙上写字，乱七八糟地胡画！”

柯男傲然地宣布：“那是斯大林和王叔！我现在来给你们读我的文章：《纪念斯大林大元帅》！”他掏出一张纸片来——那是二姐的一张圣诞贺卡，柯男已经把圣诞老人改画成白胡子斯大林，小鹿上则骑着一位解放军战士，当然就是卫生员，因为他的“礼包”上面画着“红十字”。二姐要去抢夺，他冲上楼梯口高声朗诵：“战争的笑(硝)烟里，斯大林不在(再)往烟斗上放上他的烟丝，二(而)是世界的蜡烛！它在六(流)泪，我们也在六(流)泪。我们有七根火柴，已经烧完了六根，二姐姐，着(这)根火柴就放在你的钢笔盒里，你不要以为这是一根普通的火柴！现在，我们要去正(拯)救这个世界了！烟斗上的蜡烛如果熄灭，就是我已经牺牲，你在(再)把它点亮！再见！斯大林万岁！毛泽东万岁！人民勇士柯男。完了。”

大姐满眼泪花：“好！太好了！你的梦？人民勇士？你才六岁……”

柯男：“不，七岁！”

二姐：“六岁零九个月！”

13

昆明大东门外交三桥始建于元代至元年间，那时忽必烈大军早早征服云南。欲自云南发兵分三路灭南宋，于是将跨越盘龙江的一座栈桥命名为“交三桥”。交三桥附近河段也真有三条河水、三条陆路在此交汇。明洪武年间，明大军进云南，朱元璋的部将沐英自此桥进占省会城市昆明。一听有此传闻，下马拜桥，以其于兵家大有襄助，奉为神津，凡欲入主云南，必先克昆明，欲先克昆明，必先得此桥。但领有彩云之南首府者，必不望他人来犯，便断二水，截二路，拆引桥无数，独留“交三”和其下一水穿城绕西入滇池，在此筑要塞，扼重兵建昆明神龟新城。又广建庙宇于滇池群山，不侵平壤，不坏城池水网，果真得享云南福利三百年。清初吴三桂灭朱由榔得昆明，大兴土木，营造行宫，毁菜海子之半。当时就有卯卯道人云游至此，沿徐霞客之踪苦觅旧时山川，却见翠湖“九龙池”碧泉干涸，城周池淖港汊皆干旱如“灶爨”，万顷海子回水百里。便断言：昆明地势因龙蛇交会气象旺盛，故得四时如春，若坏此风水，必不久长。果然，康熙十四年吴氏举兵反清，死于湘中衡阳。到了辛亥“重九”举事、北校场埋伏之义军差点误事，恰是蔡锷秘遣小股兵马过交三桥，误导敌骑兵北走，才由南面入城占领五华山。护国兴兵，也由交三桥出城北上入川，鏖战四旬，终得全国讨袁响应，重振共和精神。到了 1949 年，蒋介石不敌共产党，欲图云南为反攻基地，大量特务由川入滇，严密监视卢汉。卢汉已经与共产党商量好要起义。但些微闪失，必毁大业。于是在诸多谋划之外，别开生面，在交三桥外，大东门之更东，这个兵家要地——恰若在战车辙下——开辟新区，建立新村样板，意图做出一副安逸自适、享乐升平、忘忧弃战、昏昏然一心推崇新生活运动的景象，以迷惑蒋帮。在大兴"亡乎家园，做海外寓公"的当口，一帮新兴实业家、商界精英、金融界领袖——大凡是还要依靠官僚发财与生存也心存某种民主情结、或深谙此中谋略的局中要人，只要薄有家资，无论愿与不愿，都被各种或明或暗的力量诱导着推怂着走进了这个完全西式、有着全新生活憧憬的政治地域中来，承担历史演进赋予的各种角色。

将所有疑惑的眼光分散后，卢汉自己则稳稳守在翠湖6号，这个卯城的核心，用绿色丝绒窗纱隔绝阳光与共产党的秘密使者策划明天。

柯男的爸爸属于最后一类人。

大东新村19号的号牌和地块，是柯男爸爸选中的。事实上，他与总规划师周仁甫约定，明白说了，他原不打算在乱世中起房置业，更不愿意离开卯城老家钱局街老宅，到荒村野坝的东门外来，但若因大势所迫，无奈屈从，只求稍许"久长"——"19"（要久）就是这么排定的。彼时，柯男爸爸已经奉调从上海回滇参与筹划举义，负责金融稳定和保护地方财政不受"中央"掠夺以平稳过渡，但国民党特务并没有因为"19"号这个小舞台的景致簇新，就被迷惑其中；也没有因为翠湖6号树荫浓重，就迷失聚焦，而是同时在两地，尤其在新村周遭秘密安排眼线，步步不舍，密置站点，风雨不透。

柯男爸也决然没有想到，在秋水横过、冰凌消融之后，他在此前、当下、往后的种种无奈会如此纠结，成为他和他家人妻儿的终生不解之结。

总之，当阳光大白，大东新村在历史大剧"换景"之后，用以遮掩过时情节的帷幕注定要落下，用以连接剧情转折的榫卯注定要脱落——昆明第一个新城区，有着维多利亚风格建筑群和罗马柱、雕花拱门——那些看似精美新派的一切立即败朽。在1953年冬落过一场大雪后，"村"东一个贮木场失火，烟尘齐天，三日不绝。人们惊异地发现，在那些堆积如山、枝节横陈的幽暗处，甚至还躲藏着一群群彼此并不相属的野狗，它们在烟火中飞蹿，吠声衰弱而类猫，于是即刻报警，已经解散的"打狗队"火速集结，新一轮的"打狗运动"再次展开。待风平浪静，人们发现这个城市极其罕见的春雪变成了"脏棉花"，黑白之下，其实不过碎砖烂瓦、死树残花。继后是夏天大水，新村顿成汪洋。

总之，那些从卯城搬过来、把黄金变成瓦渣的人发觉，自大军北战朝鲜，"移师"之后，"镇兽"远去，祥瑞消弭，这块地势低洼的地块忽露劣相，风水原来并不好。也有人看出来了，罗马柱下一对西派风格的础石狮子，竟然十分的像猫！一切灾异源出于此，那么，是不是要"打猫"呢？——有人问。

然而,不等有人作答,新村就疾速萧条。17 号苏小三他爹、三叔、老舅因涉嫌制造假墨水、假肥皂被逮捕。“肥皂事件”上了报纸,说肥皂是支前物资,是不是支援到了朝鲜给了志愿军用,并没有说。但人们宁愿相信就是给了志愿军,这与不法奸商用“黑心棉”给志愿军做棉衣,同属一种性质的犯罪。还有一说,这些肥皂是用“人油”做的。什么是“人油”?哪里来的“人油”?有许多死人在他们家的大锅里熬成了“油”吗?有些见识的人说哪里有这种事?不过就是死牛骨头里熬出来的油,是骨胶厂里弄出来的。早先法国人就这么做肥皂,好牛油不是涂在面包上让美国大兵吃了吗?这就愈发糊涂了,究竟是“支”了美国侵略军,还是骗了我们的志愿军呢?24 号夏老板发表权威言论,说“假肥皂”是潲水油加蓖麻籽做的,压根儿就没有牛油掺进去,里面掺的香精是日本“化学精”,从滇西原日本占领区弄来的“细菌”,使用之后周身起疙瘩,严重者溃疡流黄水。这就对了,他是漏网汉奸,掺和“日美同盟”来发动第三次世界大战!但夏老板与苏老板有不解宿仇,何况夏老板自己屁股上也有屎——他销售的美国汽车配件算“走私”,还偷逃税款,也被拘押了两个月。补税之后,夏老板的运输公司就垮台了。至于“汉奸加不法商人”苏家三佬自此消失无踪,17 号花园楼房连同纱厂沟的墨水厂一并罚没。

17 号被查封那晚,新村人都站一圈围观。好似来看一场哑语电影。苏小三在人群里找到柯男,伸出手来,要握别,柯男也伸出手,但彼此只抓住了对方一两个指头,就像“猜钉锤”似的甩甩了结。苏小三有十二岁了,个头比柯男高出一个脖子一个头,他还口吃,但发布“战令”机关枪似的从不含糊。“你你……你是我最最最佩服的……朋朋友……我我我爹老杂种……活活活该……我要去云游天天天下……出家师傅是明光大大大和和尚尚尚。我的法号肯肯定定是云中子子。后会有有期。”无论怎样,柯男是感动的。单凭苏小三再没有穿他的美国皮夹克,而是穿了一件缅了边的灰布衫子,斜挎一个和尚的“挂单袋”,就足以让人肃然而生敬意。

第二天,夏老板的儿子夏天、18 号的“果子”、21 号的“蚂蚱”等六七人——早先的“苏小三联盟”来“集体投降”。夏天说:“从此,我们就归你管了,你封头缸!小三不讲义气,临到要走,还要我们每人给他一块钱。蚂蚱只有五角,挨了他一巴掌!”柯男说:“你们各自的兵器就是你们的狗头!每天倒立青天一个时辰,反转过来看世界!滚!”

14

邱女士有一个谁都看不懂的名字,叫邱天花。她自己将已经接管到手的楼房上层和后院三间平房都贴上了“邱天花用宅”的条子。她自己占用了柯慧的南书房和盥洗间。按她的命令，在全部搬离前，柯男全家老少六口只能暂住车库。柯男妈与她商量，能不能将楼下客厅挪出一小半来，让老人，即奶奶“蹩”一下。因为车库是水泥地，生怕老人受潮染疾。还有，厨房能不能“共用”？因为没有任何地方可以起灶，一家人还要吃饭不是？邱女士老大不高兴，道：“侬要懂些古(个)道理！这个院坝，任是一粗(撮)头(土)，任是一片一(叶)都不是侬的了！”柯男妈说知道，只是人在难处，退也要有个退的“步”。她即刻垮下脸来：“侬不见客厅安了首长物件？巴掌大制品(纸片)都是骨架(国家)机密！侬懂不懂咪？”妈妈转身离开。厨房最终还是同意可以继续使用，代价是每天要熬一钵稀饭送到她的楼上去。

柯男妈总是让柯男将熬好的稀饭端上楼去。她知道“上海人”的口味，着意加了两碟不辣咸菜，酸干豆、甜冬菜之类。起初，端上的钵里剩一半，过后又加些青菜末，全尽净了。邱女士不知什么时候下来，悄无声息地猫进厨房，这里掀掀，那里翻翻，看见一家不过青白苦菜加几样鲊菜，犹有嫌疑。妈妈的风炉上熬着酸菜红豆汤，她用鼻子嗅嗅：“是火腿汤？吾喜欢恰(吃)！就跟阿拉上海的一古(个)味道。”柯男妈说，是熬了一个火腿骨在里面，喜欢吃尽管舀。邱女士说：“女人这个时候，酸是酸得来破(怕)打牙，甜是甜得来破(怕)窝心，侬给配两古(个)咸鸭蛋来！”——妈妈作难了，哪里去找咸鸭蛋呢？柯男说，有，交三桥头有个专门挑咸鸭蛋来卖的，白褥子捂着，还烫手！妈妈连忙搜搜口袋，倒出几个钱来，说，你就去，会不会拣？柯男说，那有什么难——那汉子我熟！板桥人。

邱女士通常只有两种动态：一是将脸贴在镜子上用尖锐的指甲剔除鼻翼两边的“堡垒”，但总除恶不净；二是无休无止地倒腾，弄得楼板咯噔咯噔响，柯男就说这是“老鼠拖秤砣”，其实，何止于此，似乎还有跑龙套走台步的声音，柯男熟悉这声音，他曾经在南屏大戏院后台去看京剧班子排练，扎着红白靠旗的武生转圈，翻跟斗，就是这种声响，间或，什么“兵器”咣啷一声落地，满楼震荡。没了声音，柯男以为红军得胜回朝，就蹑手蹑脚地上去，往钥匙孔里偷窥，只见圆圆的“镜圈”里，邱女士坐在木马桶上，形同一种极其怪异的功夫。只要没有声响，这个女人永远端坐在马桶上。她不使用隔壁的盥洗间，她的带盖儿的腰鼓形红漆马桶是她的爱物，就在她的床头，她像一头瑞兽永远坐镇这个似乎贮藏着什么珍稀的宝库。柯男就跟妈妈说，邱女士永远坐在马桶上，他若是送吃的汤菜上去，那女人就在紧闭的房门里“喔喔”两声，他只得将托盘和盆钵放在门下回来。妈妈就说，你去偷看人家这种行为很不好。人家自有自家的习惯，那盥洗间里的抽水马桶是陶瓷的，冷冷的，不习惯也正常。况且那木马桶是她从苏北带来的，进家来，随从背箱扛包，她就提着她的这个马桶。

邱女士也并非永远陷落在她的红马桶上，但凡天气晴好，她就会下楼来巡查一圈，看看屋檐上的雨水槽、落水管有哪里塌了，因为最早的巡查，她真的发现有一段铅皮笕塌了，雨水从那个豁口淅淅沥沥地流，就拉长脸对妈妈说："侬要注意了，鹧鸪(这个)是公鹅(公物)！侬要修好的！"妈妈又犯大愁，接着怨起建房屋的人，她其实早知道那是偷工减料的结果。这所楼房里，类似这样的问题多去了，最烦人的是水塔，压水的水泵老烧机芯，要用手扳压力管将井水泵到塔顶的贮水槽里，非一般人力可以。早先任家的解放军包了，两个大兵一左一右，呼哧呼哧地扳，直至水塔顶变成大水法！溢出来的水哗啦啦有如天漏，柯男兄弟就在一旁大叫："国民党、顽固精！吃了骨头还嚼筋！打败日本狗强盗，他兴内战害百姓！要逃就逃拉夫子，要当就当解放军！"——这是司号排的"呱嗒板"——那些日子哪用妈妈操心呢？可现在，哪里去找人修？妈妈又去找周仁甫工程师，周工程师穿了一件十分邋遢的烂棉衣，只有三个纽扣，腰间一根烂皮带，说："太太，说来惭愧，我家地下室也渗水，再来雨，就水漫金山！大塘子一倒灌，这里就是台湾岛，要解放才得行……"妈妈转身回来，看见邱女士还端坐在她的小板凳上晒太阳，手里拿着她的毛线针，没深没浅地戳。说明原委与无奈，那女人压根儿就没竖耳朵听，说："侬一手好针法！阿拉上海宁(人)巧手的都(多)得来，偏偏吾就不谓(不会)。这样得奥(好)，侬给打几身小御侮(衣服)送来，再叫叫(教教)吾打花样的！"柯男妈说："不过是把旧毛衣拆拆洗洗，给柯男兄弟织几件穿的，也只是平针，真要打花样，我也手生了。"

但柯男妈还是赶紧找了几扎新的开司米淡色毛线，连夜打了两身小毛衣送了去。邱天花眉开眼笑，大加称赞，说她小时候就是穿这种衣裳长大的，神似她一岁时就穿撒摆小腰裙了，简直就是上海宁(人)！妈妈没想到怎么为这位夫人做什么都成了"上海宁"的，但她还是解释自己在织毛衣这行，根本就不算好手，她自来"手紧"，毛衣打成后过于硬邦。但穿穿就好。她也纠正，娃娃本没有腰，所以打正身时是起好针，就一路放针，成太阳裙，不是"收腰的衣裳"。说完演示。邱天花立即叫柯男妈借给她各号毛线针，她自己挑了绿蓝铝材两色细针各一组，妈妈说，其实金属针很滑，伤手，并不好用，还是竹子针最好，又留竹针粗细各一扎给她。往还数次，妈妈回来说，不过，这人还是挺聪明的。

15

大姐回家两次，看到一家挤在车库里，完全不是安身之地。她说她独自去过银行监察部，问爸爸消息，人家连个正眼都不看。柯男妈正纳鞋底，抽线发狠劲儿，低头道："你去干什么？大姑娘求人，我最不愿！他们怎么不来？门槛只差踏平了！剩下的就是两箱子裘皮大衣，都放在典当行里——这种时候，有谁来买？我无奈，放下一句话，你们什么都搜尽了，'但凡石头底下藏只虾，我进去，它出来'！"大姐将头扭过去，道："妈，你太苦……我想过了，弟弟还小……"柯男妈一下举起手中的鞋底，大吼："什么？还是那句话？你不想考大学了？去工作？你懂什么工作？你黄萝卜打马还差一截呢！我可告诉你！休想！天塌地陷我一人担！你走你的正途，甭管它洪水滔天！"

这一吼叫，邱女士从窗口探身出来了。柯男妈回过神来，使使眼色道："不要转身！你千万不要回头看这个女人……"

柯男妈最担心的事还是发生了。

邱女士作为接管大员，她要如何地折腾，哪怕把房子拆了，是她的事。但一个苏北女人往楼上一住，能胜十万人马。她叫人拆了后墙，造一个月门，月门为何物却并不知道，结果兀自一个洞，墙外稻田里的青蛙、蛤蟆突然由一只红头蟾蜍率领，千千万万掩杀进来，蓦然一地绿皮飞身跃动，夺门上窗，大有夺城之势！邱天花不识好歹，竟然拿一把拂尘去赶，那拂尘是卯卯道人五百年前所遗祖上之物，蟾蜍又是月宫神使，哪里会相敌呢？柯男看在眼，只觉有好戏看了，只见那拂尘掸了过去，忽然银丝马尾翻将过来，凌空飞舞，如无数钢鞭在邱天花脸上抽杀，红头蟾蜍竟然一跃而起，半空就射浆，正中天花面门。于是，天花大呼救命！还是柯男过去抱起红头蟾蜍，好生劝慰——他们是老朋友，它、红头泥鳅和红头水蛇，号称此宅"三红"守护神，是决然不可冒犯的。比如发大水那年，解放军还在，人家就特别知事晓理，大水将红头泥鳅搁浅在苹果树下，是司号排排长李吉成发现的，如此硕大的泥鳅，惊怪的战士围观也多，于是叫了柯男去的。柯男将红头泥鳅捧起投放水井以暂避洪灾，过后，解放军打水，红头泥鳅还每每上升至水面吐"连珠泡"以"拜谢"——柯男知道，墙外有一条尺许宽的小道，是护院人走动巡察用的，每到农历五月，青蛙就要沿这条路去纱厂沟上游的水洼里产卵，天花破路拆墙，阻断蛙的生息之路，自然不免战争。他推倒木头支架，将破洞挡了，又将红头蟾蜍捧到路上，瞬间，一地绿皮飞了似的，空空如也，不留些许痕迹。天花还在地上拍脚大哭，"姆妈，吾为不为(会不会)得麻子？天哪……"柯男说："你是天花，哪里还会染麻子？"妈妈就给了他一巴掌。

天花又拔了三棵苹果树、两棵花红树，说挡了她的阳光。就有三只乌鸦飞来，将她晾在阳台上的小东小西叼走了，她的红色三角裤衩被挂在了大桉树最高的枝端上，像一面角旗在飞扬——她哪里知道，乌鸦是留鸟，大凡海棠、梨、苹果和芭蕉，秋采不能尽净，是要"留果"给乌鸦和鸟雀享用的——乌鸦也是大神，专司冥事，哪里能断粮以赶尽杀绝？当然就有战争。他们怎么如此喜欢战争呢——柯男判定，天花肯定是一个美国的潜伏特务。每天她占据的楼层里都有嘀嘀嗒嗒的声音，还有搬动什么物件的咣啷声……

岂止如此，到后来，大水顺着楼道哗哗淌，整个屋面哗哗啦啦如同天漏，天花蓬头垢面地在阳台上大声呼救:“姆妈!喔(不)得了啦!安(淹)死宁(人)啦……”楼房隔着大草坪和花园,天花的呼救是喊破天才传到园子角落的车库的。原来,天花把盥洗间的龙头弄坏了,而所有“下水口”包括洗澡盆和面盆的下水全部堵塞,不知道天花终日安坐如山的红漆马桶里储存了多少块垒, 她又往下水的盆缸里倾倒了什么东西。总之,对此类事,柯男妈既没有遇到过也毫无办法,只得到11号尚姨那里去找人。

尚姨说:“这个女人,我初见一眼,就见一副破相,两道眉毛剑似的,眼角翻白还斜里挑人,嘴,嘴你注意了?跟个锅铲似的——这种人碰到什么,什么东西就粉花瓤碎……死物活人都犯冲!”柯男妈说,甭管她是什么人了!你园子里不是有个花匠吗?叫他去救个急。花匠去了,见一地粪水屎尿,秽不可当,也不嫌弃,撸起袖子去下水管道里掏,竟得一大桶发丝、卷发筒、卫生纸和各种污秽不堪的东西。一试水,通了,就走了。

不出两日,阳台上又传来凄然喊叫:“姆妈!姆妈!喔(不)得了啦!侬管子喔得(没有)水了……”——原来,她把整个贮水塔的水尽数放光,龙头里滴水不出,而她倾倒的马桶秽物已经堆垒如丘,播散奇臭,满楼窒息……柯男妈飞快跑去摇水泵,柯男见妈妈力不能支,母子俩拼了命往水塔上压水。那里,天花一声高似一声:“姆妈!还喔(不)得水!姆妈——”

柯男一下扔了摇杆,冲到阳台下大吼:“谁是你的姆妈?她是我的妈妈!我的母亲!你再叫一声,我就撕烂你的嘴!”

天花初愣一刻,突然转身掖了个什么物件,高喊着往楼下冲。

也不知为何,此时,柯婴拖着一条跛腿正在楼口往上爬。

柯男怒不可遏,竟迎了上去。柯男妈是一点儿也没有醒过神儿来,她只知道拼命摇动吱嘎作响的T字形摇杆,满耳是吱吱的上水声……等她冲进楼来,见柯男正将滚倒的弟弟扶起来。柯男大喊:“她踢了弟弟!她打了他……她还骂他小瘸子……”说着,就要往楼梯上扑。

柯男妈突然失去任何反应,眼见柯男只差一步就要撞上去,突然厉声嘶喊:“柯男!站住!求你啦,我求求你……”

这是一种母兽般的哀号,柯男完全僵住了。

那个邱天花, 看见这个小男孩一步步倒退, 要去回身护他几乎跪倒在地的妈妈,邱天花傲然地扶着楼梯,挺挺身子悠悠道:“怎么?想打喔?喔初来就想告诉侬要明白:我们共产党就是要革侬资产嘎(阶)级的命!侬高兴也嗷(好),喔(不)高兴也嗷(好),足(总)得来鬼(跪)则(着)比脏(站)则(着)要嗷(好)……”

柯男扶起妈妈,回身道:“我们家有四个共产党!还有一个营的解放军!”

妈妈站稳了,她捋捋散落的头发,整整她的碎花旗袍,回身对柯男说:“别往外头扯！说的是当下的事！”她一步步走上楼梯，在与邱天花正面相对一尺远，道：“你，不消说那么大的话。小声点儿我也明白。我可以跪，跪下来。但我可以告诉你，跪着站着，道理都不变。解放——解放的是全中国的人。不管谁坐江山，都要顾恋苍生妇孺老百姓！我就认这个，认到底！说到‘革命’？呵！这也值得拿来说吗？那有什么呀？我，要当那时，也舍得起命！三岔路，终归一！邱女士，草木都有春秋命，你当真以为活到我这个岁数，遇到我这样的事，你会如得了我？”

她抱起柯婴，拽起柯男往外走。

柯男要甩脱，一个劲儿喊：“她打了弟弟，就是打了！我看见了！”

“她是要下楼梯，弟弟不是上梯下梯都要扒栏杆吗？挡了路，她无非搡了他一下，也算不上什么大事。”妈妈说。

柯男甩下膀子，站到一边，喊：“不！你别给我往爷爷那些话上扯，什么‘退后一步自然宽’——我听烦了！她欺负你！我要去当兵！”

16

事后，柯男妈觉得无论多难，家，是要搬了。要离开这里，越早越好。

要去“当兵”的柯男离家出走三日。妈妈并不追问，也实在无心去问，一家人的去向如何，哪里安顿？她发疯似的在东南六城转，把青丝丝头发想成霏霏雪，还是一个不成。自从柯男爸缴款令下达，不过半年余，家里直落千丈，已然一贫如洗，典当度日是刀尖上舔油星子，每有什么家什寄售下账，银行那里最先知道，就要取走全部所入。只有极少也并不惹眼的小东西，诸如什么派克水笔、瑞士对表、鎏金小菩萨、象牙镇纸什么的被人买走，会收来几十元钱，就是全家三餐伙食。小姑那里去了三趟，听说柯男妈想举债典下三间房子，一下子眼孔瞪得铜铃似的：“我嫂！那是高利贷啊！慢说你一点儿抵押没有，就是有，人家看看你家主人时下处境，不剔骨刮肉？先交整年租金，然后那边是水牛翻身利滚利！恰如活埋了你！这样得了，我这里，正厢房上有个端木先生，是我卖给他的一楼一底，当时抗战正紧，头上落炸弹，我随孩子他爹去重庆教书，要清空了身后去躲难——这，你和我哥是知道的。三十两银子啊，他是乘人之危，我呢，恰若白送——好了，现在他单租一个小阁子也有几十块月入。他的楼下有两耳一房，嫌潮，要租——他不能不认早先的情，我去说说看，就是地方小了点儿，后墙地面还要修，至少应免三个月租费，那也是三个月啊！”

柯男在金马山、长虫山一带野游三日。所谓风餐露宿，也不尽然。铁峰庵里的老尼奉奶奶为大施主，据说出家前与奶奶曾玉结姊妹，柯男曾数次陪奶奶坐轿子上山还愿，尤受老尼宠爱。不过，柯男只在那里待了一会儿，得了大包素食，就去石佛洞“参禅”了，他要去“参”他的世界。但达摩祖师的像无端被人毁了，他什么也没有参透，只是瑟缩了一夜。他看见，妈妈变成观世音，天下雨花，接着太阳就在山脊上跃出一齿，浓重的乌云啃噬了它的下半部，但红色的光焰还是在云顶透露出来，染红了整个无云的天空。他突然精神大振，一口气吞了三个水磨米面粑粑和一根黄萝卜，就像鸟一样飞下了山。

他进家时是昂首阔步的，背上弟弟就走，走到席子营的一片空地，指着一尊大冢说："我们要革命。我想好了：第一步是纪念死去的解放军，你要立正，我们不跪也不磕头，要敬军礼！"——这是新村驻军里唯一不战而亡的一个士兵，他突然得了一种怪病，翻腾一夜就死了，柯男并不知道他是谁。卫生员小王和营、连首长送他上山，还在他的墓碑上刻了一颗五角星，五角星上的红漆是首长叫柯男描的。自那时起他就知道自己已经完全地"革命"了！

"第二步，是你要在这里检讨你为什么要上楼！那里早就是国民党的占领区了！你想投靠蒋介石？"柯婴怀抱着那只小猫，想哭，他说："是它先上楼，我随了去的！"这可有点儿出乎柯男意料，柯男自来不喜欢这只瘦小的猫，即便是它的妈——"大黄"，也从不给正眼。但这小家伙从弟弟怀里蹦出来，竟然绕着坟墓走了三圈，末了，倏一下纵身上了坟头……

"你说如何办吧！"柯男拿眼斜睨着那只行为诡异的小猫咪，"要么处死它，以正王法，要么你来替罪！总之，违反纪律是要受惩罚的。"

柯婴说："我剃光头！"

柯男想了想："也行。"

小猫一个轻盈的跨越，上了墓碑，竟然俯下身来，舔着那颗红色五角星，红色顿时鲜亮放光。

柯婴大叫："你看你看！"

柯男自始就察觉这小家伙有些灵异，此时他不说，心里却扑腾一下。"它有名字吗？"他问。柯婴说："叫'毛辣叮'啊——你取的。"柯男想起救它出竹棚脚的情景，真像一个一踩就成泥团的小毛辣虫，他说："现在改了！叫'戈明'——你懂不懂，这叫谐声，'革命'嘛！这就定了！第三，我们要做有学问有用的人，自己养活自己。你能坐就不能爬，能站就不能坐！第四，要保卫妈妈！誓死保卫！我可能要先牺牲，你接着保卫！你起誓！向解放军敬礼！"

17

尚姨决定回上海，去吃她的大闸蟹、黄花鱼。决定有些匆匆忙忙，原因外人不得而知，但尚姨自认与柯男妈是最要好的朋友与"兰交"，就秘密邀约去冠生园西餐厅见面说话。柯男妈有些纳闷，天下还有哪一家的事情大过了自己家，究竟有哪份心思拉着苦瓜脸来听别人诉苦道情？她说，也别去什么大园子，就近，交三桥“晓白茶楼”如何？那里是柯男妈在女校时经常与好友同学聚会的地方，现在还有不少旧时同学去寻影子，楼下就有个饺面店，酸辣任选口味也不错。

尚姨最大好处是善解人意，立即洞穿柯男妈的意思，说：“你不就怕见人吗？但凡遇到熟人，问起柯男爸的事，要傲傲然说声不知道！人家定然以为你要弃家改嫁，你就加上一句：男人生来就一个命，战死怨死屈死劳死，总之是一个死。女人嘛，老鼠打洞要护儿，就知道讨生活，哪里顾得了许多——这样说就行，显着很无所谓！”

柯男妈说：“这种话哪里出得了口？”

尚姨说：“那要怎么说，去修万里长城？”

尚姨说的事，让柯男妈大出意料，原来两个姨娘要“分家析产”了！大的那个大约找着人了，是个纺织工程师，有家室，无子女，早先是包办成婚，现在《新婚姻法》一公布，“喜鹊拆窝扇翅膀了”，说起旧社会的婚姻，那男的来了段“翻身道情”，如何地委屈，如何地新婚拜了堂磕了头，当夜就逃走。二姨娘也陪着流了几滴眼泪，“说了些大无良心的话，说什么当初是我这个大老婆看上她，把她强扯到老头子跟前……你听听！”

柯男妈听起来怎么都像张恨水的小说。但说到是政府调解，男的自由离婚，而后二姨娘与工程师遂结秦晋，却使柯男妈觉得开了眼界。柯男妈关心的是三姨太芮恩，她只有二十一岁，过门一个月，老头子就死了。她是个大学生，对人谦和，谈吐文雅，也最漂亮，却在“八一三”上海沦陷时死了爹娘，跟舅舅流亡到昆明，民国三十七年，舅舅死于日本轰炸，终因无靠才进了这道门。听她诉说这“新编故事”，柯男妈每每流泪，叹息国难怎么就成了这一个人的难，叹好人命蹇运道不公。按尚姨的说法，她排队去登记就业，竟然被公安局录用了，做的事是外籍人员户籍登记，这大约因为她英文、法文朗朗的，还会一点儿什么“文”，反正能与昆明的犹太人打交道。公安局是什么衙门？她怎么敢去呢？结果人家许诺她，“外籍人员登记”确实是临时性工作，但事后可以协调安排其他工作——“她回来小包袱大了，里头有一套‘警服’，一根皮带，自个儿躲在房间里试，像个竹竿扎灯笼！还笑，笑什么笑！”“前头人家来查过，我说我三妹子压根儿就不是资产阶级，这家里资产是我的，阶级也就我高。她不过是新妆丫头！收房的事有是有，但老头没蹭她的皮就呜呼了——帮她瞒过了老头带她去加尔各答的事——可你看看，二姨太要分家析产，怂恿她三分天下，那天出庭，人民法官问她二姨太挨没挨我打？她说有的啊。又问怎么打，她说用裤衩套了头抽嘴巴，惹得哄堂大笑！用裤衩套她头，不是为她偷汉子吗？隔层布是碍着损了她的寡脸，出门难堪——这种事都抖搂出来，寒碜人不？”

柯男妈没心思听她的“全唐演义莲花落”，只想着自己的心事。看来尚姨非全然好心，她让柯男全家搬到她宅子里住，就说早先尚姨借过柯家钱，如今也是债权人。

柯男妈拒绝了。11号大老婆也没什么很深的恶意,看来是突发奇想。自解道:"也是的,柯男他爸那头还烦人呢?怎么拉你搅和这猫屎官司——明天又要开庭。我这一亩三分薄田上真是闹鬼了,那厨娘拿起菜刀也闹解放,说先回家乡参加土改,过后就要来清算我!我说你一个逃荒要饭的,就瞅你平头正脸,知道酱油是酱油、醋是醋,才炎天之下给你一巴掌阴凉,二十年了没短少你半分工钱。她说要清算的是剥削账!更奇的是——你猜芮恩那小柴柴今天早上是如何跟我说,她什么资什么产也不要!要净身出去——堂堂正正,重新做人!——说这种话了!你一个臭丫头,要老娘当初不收容你,没拿你给死老头垫棺材板儿,轮得着你说这话?有人撑腰,你拿三钱染料就开染坊?"

"没一个知恩图报的!"——她什么都恨,只是不知道该恨谁了。

柯男妈觉着她这会儿深恶的是肥肥的尚姨——一席话下来,这会儿柯男妈才呷了一口菊花茶,茶是翠绿的新炒碧螺春,花却是微黄带焦的隔年杭菊,两番味道交合,竟有一种说浓也淡、欲馨还苦的味儿——这世道真的变了!

18

大东新村说败落就败落,如拆了掌子的戏台、落了严霜的瓜架。

这时,发生了一件不可思议的事情,周工程师的两个女儿掉进村口的大水塘淹死了,大的才六岁多,小的不满五岁!

柯男妈说,不准去看!柯男还是偷偷去了,两只鹅在水面上优游,他多么希望这对鹅就是周伯的两个女儿,一登岸就变成穿白纱裙的小姑娘。他那天做了一个梦,大塘子变成涌泉,瞬间洪水滔天。

这个新村好不容易遇上一个可以说起来人人都觉得惊悚刺激的话题,于是乎像檐头落了一窝麻雀,叽叽喳喳,交头接耳,诡秘亢奋,恨不得像蚂蚁捡食地上的任何一点儿面包屑之类的残渣,往各自闲着的嘴里送。关于事件细节还在其次,无非是两姐妹,一个在塘子边捞浮萍、蝌蚪,却滑了下去,另一个忙去拉,结果也落下了水;最不堪的是说周家因设计了这个"短命"新村又"偷工减料"而遭此"报应"。

柯男妈赶去安慰周工程师的夫人。这个北京皇城根儿长大的柔弱多病的女人,"如同一只金丝雀",呼天抢地,"要随一双女儿去"。柯男妈默默陪着她,事实上在争取同情的阵线,终于还是尚姨出来大骂:要把散布闲言碎语的人"舌头上钉一颗钉子!"

总之,这个道貌岸然的新兴资产阶级巢穴,终于揭开表土,露出了腐败的坏根,那些穿开衩旗袍、貂皮大衣和海芙绒披肩的女人都长着粗毛的狼腿——至少这是柯男想象出来的。因为柯婴与四岁的周家小妹是同年同月生,是他"唯一的朋友"

——柯婴当天就病了,发高烧,说胡话。他叨叨的是“牵水牛来控水啊！牵水牛来给她们控水！”——这是奶奶说的,转到他梦魇里,变成一个令柯男的心阵阵挛缩的咒语。后来,他也像蚂蚁一样潜去啮食每一个细节,果真,当时,是牵来水牛,将两个女孩俯卧在牛背上控水的,穿白纱裙的她们像两朵夜荷花,妹妹长发上绕着一圈海菜花……

周家在善后当晚,就悄然搬离了新村,成了第一户离去而不复回首的人家。

奶奶用柏树枝熏弟弟,把他可怜的身子放在热水盆里用松毛枝抽打,还偷偷烧了一道符,和着香灰喂给他,柯婴就好了。好起来的柯婴眼睛特别亮。

奶奶就说:“游回来了,游回来了！你弟弟的鬼大！”并反复交代“不要把这种事告诉你妈”！柯男就说:“那么我的鬼呢？”奶奶退出一步道:“这是不能胡乱发问的！招魂才言鬼！”柯男傲傲然道:“我经常一个人去逛坟场,什么鬼都碰到过了。我用蒿子枝开路,蒿子露水有毒,鬼最害怕。不信,你问弟弟。”奶奶连忙合十:“阿弥陀佛！阿弥陀佛！”

为了奖赏柯婴“游魂”归来,柯男决定带他到大桉树下玩儿一次,并允许他的小猫随行。柯男曾经赐小猫名“戈明”,叫一声,还真灵,跟上来了。按柯婴事后的说法,他昏迷的时候,一直拽着戈明的尾巴。“猫是和尚变的”,故此节可信,但弟弟说,游地府时戈明一声喵,牛头马面就退下去了,马面神王还向他鞠躬——这立即遭到柯男的否定——这种情形只有他柯男才会碰到。但弟弟自复原后,一下就聪明了许多,居然想起来桉树的原名叫“尤加利树”,“牛屎拱拱”学名叫“蜣螂”,蝴蝶“羽化”,知了“蝉蜕”,他的猫“父本”肯定是美国“银色虎斑猫”——早先他只知道乌鸦是“留鸟”——这让柯男很吃惊。

他知道整个春天,柯婴常常带戈明去周家姐妹那里玩儿,只有她们对他好,不欺负他。他们常常围在火盆边听周家妈妈念书。柯婴回来就说,他们的故事叫“端来文明”。这惹得柯男哈哈大笑。“笨蛋！这本书叫《文明的开端》,是另一个美国笨蛋房龙写的。他开着飞虎队飞机来到中国,一看,泥鳅也戴红顶子,吓了一跳,赶快改叫房龙——和瓦虱毛虫差不多。”他训斥弟弟,“你以为你到人家家里翻了几本英文图画书,就学问大过我了？你还把太上老君说成泰山老井,韦陀说成饭坨！”但现在,他什么也不说了,他在想,周家的壁炉从来就是一个摆设,美国留学的工程师压根儿就没有想用它来烧暖整座房子,他们和所有昆明人家一样用栗炭盆烤火,那两只白天鹅就偎在红红的火炭盆边,柯婴怀抱他的手杖,像一个牧鹅人……现在,那座有着石膏雕花的壁炉一定游走着一群充满野心的蟑螂！

柯男说:“现在,我们来教你的戈明上树,这是最要紧的本领。”说着,柯男把一扎蚂蚱用棉线绑了起来,爬上最高的树梢,把诱饵垂下来荡悠,喊一声:“放！”柯婴纵出小猫,那猫立即垂下尾巴,蹑足几步,突然闪电般抓住树干,唰一下,就到了第一个树杈,蚂蚱悠来,它稍稍犹疑,似乎在揣量是否可以单凭一只爪子就能抓住,结果它扑了个空,掉下来了。如此数番,柯男故意让它凌空逮住了蚂蚱。他说,还可以。它如果换毛,就要加食,吃肉。如果是“金丝虎斑”,就是“好种”,不过,你要天天吊它的腿,它的腿太短,肚子大,跟它妈一样。戈明是小母猫,雄猫要长成这样,就是“太监”。他并没有决定以后是否对它好一点儿。

最后,柯男宣布:“现在美国正在发动第三次世界大战。我们家要搬家了,转移到卯城后,汉奸会很多。现在我们要演习,你要听我指挥!我可以借你一把弹弓和十发子弹,全是用火灰焐成的瓦弹,是用来消灭敌人的。平时,就用小石头来练习……”

19

小姑那里终于有了回话,端木先生答应腾出楼下三间房——两耳房一堂屋。只是所有修缮要自家完成,三个月后要按月租450元(45元)一次缴清全年十二个月房租。柯男妈是“不待有桥就过河,走一站看一段”,哪里顾得这个,咬咬牙应了下来。小姑说“妈也是我的妈”(指奶奶),所以“修地整砖粉墙的事,我就叫人做了”。虽弟妹几人中,柯男爸尤其疼爱自己的小妹,交往也笃,但听了这话柯男妈觉得耳底有些酥麻,隐约觉着这份人情她欠大了,往后若拿来说事,似乎她一个长子媳妇历尽艰难侍奉二老二十年,一旦式微人家就要平分秋色。即刻说,不必。好坏住下来再说。于是,央人拿皇历推了一下,第三天可以动迁,就决定搬了算了。也“通知”了邱女士。

这个江北女人半晌不出声。

柯男妈说,我带走的东西就那么一堆,你要不要去看一看?

江北女人还真去了,走到车库门口——原本车库就是两大敞门,可一览无余。地上就一堆包裹被褥的大包袱,两张拆散的床,一个五斗柜,几把椅子,几个罐子,再无多余。她惊讶得倒抽冷气。但她还是走到鲊菜坛子前,打开扑水盖,往里看——妈妈拦住了正在扫地的柯男。

说好的马车没有来。落了锁,车库就关闭了。柯男妈即刻吩咐道:“把柴棚拆几根来,搭一下,遮遮露水,狗皮褥子给你奶奶垫上。柯男,我们就露天过吧,好在只一夜!怎么不动?”柯男虽恨,看着瞬间就如同被弃置街头,替妈妈叫屈。但也有一份窃喜。露宿多好,何况是全家一起!

他知道大约还有一个小时,他可以执行他的计划。果然,天黑下来,妈妈在奶奶面前谢罪多次,甚至说为这一夜,她不怕自己过不了奈何桥。奶奶说,为难你了,罪身在我。再说光绪年，举家发配，我才柯婴那样豆大个人，也要跟着走几千里，可怜是小脚女眷，无论如何是走不动，第二天一早，就见姑嫂妯娌用裹脚布把自己吊死在树上，白花花一片啊……立夏都过了，外面凉爽，我八十年一回，新鲜……

柯男妈要去知照邻里。外面不张灯，黑压压一片。柯男叫上柯婴，对奶奶说要去小解，就顺墙角溜出来。占好地形，他发令："开炮！"柯婴就拉满弹弓，照准邱天花的窗子——这个花园唯一的亮处，嗖一声发射，只听咣啷一声，玻璃碎了！"发炮！发炮！发炮！"——咣啷！咣啷！咣啷！南书房的玻璃全部粉碎！灯黑了，没一点儿响动！柯婴有些失望："她怎么不出来，我们要不要攻进去？"柯男说："算了，没意思。"

天方亮，一辆马车就停在大门口。柯男妈看看赶车人面善，又是加长的双马大板车，是母子马，辕马特健硕，马具簇新，璎珞齐全，门鬃上一面镜子尤其闪亮，还特意在前头安了个软椅，铺上氍毹，心里觉着好笑，这是往些年西山赏花的格局啊。再问缘由，回答说，"过了子时"，今天才是"吉日"。妈妈哎呀一声，"我真昏头了！"

一两根皮条就把所有家什捆了个结实，奶奶坐在氍毹上，拿棉被围好，像个露头蚕茧。柯男觉着这挺好笑。柯婴抱着他的戈明。这时，邻里来告别，那个官司胜诉的二姨娘竟然哭得眼泪汪汪，已经褪了"姨娘"身份的芮恩竟梳起长辫子了，上来与妈妈握了个手，拉拉她的制服下摆，悄声说："不准改，我还是改了。看着合身不？"柯男妈说："就接袖的地方还要缅一点儿。其他都对了。"芮恩说："那要拆成散片，我哪有姐姐那针线功夫？"

柯男突然想起什么来，说声，我去一下，就从小门蹿进园子。

柯男妈这里一一话别，说的话一个样，却各人各腔。对18号果子他姨娘，她格外关注了一下，这个女人是果子他爹做轮胎生意时从加尔各答收在房中的印度姑娘，准确说是他爹生意伙伴的女儿，典型印度血统，黑皮肤，两眼黑白分明，这样一看，就显着白眼仁儿特别大。柯男妈知道抗战以来，昆明成了"联合国"，各色人等混杂，真是无奇不有，但这个已经大半改装，也看不出年龄的女人唯一称奇的是她弯弯的眉毛是连在一起的，在红色眉心印下成一条杠，一对大眼睛就藏在"杠"下，忽闪忽闪，像躲着两只机灵的小老鼠。她用布单子背着她与中国主人生的孩子——一个不到两岁咖啡色的卷毛小丫头，可肚子又隆起来了。平时，只是见面点头，这会儿印度姨娘双手捧上了一大瓶子咖喱，她怎么知道柯男妈做得一手好吃的咖喱牛肉呢？偌大个新村，竟声气相通。她有些感动，但身上别无长物可以回馈。连忙双手合十用英语回道，谢谢！谢谢！

这时，人群中忽地骚动起来，有人哦呀连声，倒抽冷气——柯男爬到水塔顶上去了。

柯男妈莫名惊诧："这孩子不大个人，整天自醒自醉，有点儿疯痰湿气！"

奶奶不回身就搭话："他是去找他爷爷的蛐蛐罐。"

柯婴说："他是去拿解放军留下的旗杆。"

只见柯男站在水塔顶，双手舞旗，大唱：

向前！向前！向前！我们的队伍向太阳，脚踏着祖国的大地，背负着民族的希望，我们是一支不可战胜的力量！……绝不屈服，英勇战斗，直到把反动派消灭干净，毛泽东的旗帜高高飘扬……听！风在呼啸军号响，听！革命歌声多嘹亮，同志们整齐步伐奔向解放的战场，同志们整齐步伐奔向祖国的边疆！向前！向前！我们的队伍向太阳，向最后的胜利，向全国的解放！

一群鸽子在水塔上空回旋绕飞，天特别蓝。

芮恩抬着头，从带金属风纪扣的制服领子里，伸长她优美的脖颈说："我也真想爬上去……你别喊他，让他自己慢慢下来。"

柯男妈倒一点儿不急，这头野马放纵惯了，只要不上房揭瓦点火，权当小事。

马夫催促要走了，过了点儿，就要从卯城的北环线绕行。这时，呼啦一下，新村留守的孩子全出来了。24 号夏老板的儿子夏天、18 号的果子、21 号的蚂蚱率着一班原本苏小三的部属后来归降的"兵"，整齐地站在落了地的柯男面前。柯男将手中的"旗"授予他们——其实根本不是"五星红旗"，充其量是一面稍大的角旗。夏天代表全体孩子赠送柯男一对鸽子。柯婴说："原本商量好的是一对'瓦灰'，这会儿送的是最好的'大雨点'！够义气！"柯男妈说不出什么滋味，只似笑非笑地摇着头。

马车终于启动了。刚行到村口，柯男妈叫停。她听见有人追上来了，是邱天花。其实，两腿吊着坐在车后的柯男早就看见邱女士从门里出来，在后面招手喊"停一下"。他故意敲着马车帮子，让车跑得快一点儿，好摆脱"追杀"，及至妈妈叫停，他想着她无非为昨晚"夜袭"的事来告状，反正抵死不认赔。

邱女士跑起来的姿势，在柯男看来极其可笑，那种自膝盖以下小腿往外撇的跑步，类似于鸭子。村里的道路早就失修，坑坑洼洼，邱女士间或有一两个小幅的跳跃，就更像是"狗撵鸭子"！柯男想，有此一笑也值了。

紧张的是妈妈，她甚至下车迎了上去。邱女士披头散发，脸上的残妆像斑驳的石灰墙，她喘气时伴有一种吹口哨的声音："柯遢遢(太太)……你的毛线针……"她手里拿着那扎毛线针，大约还有试针的一两团毛线也递了上来。

柯男妈兀自叹息："我以为什么事呢？就这个，你留着用就好，怎么还跑来送还？真是……"当邱女士抓住她的手，一下不想放开时，她只有等她说话了。

"对不起！实在对侬……过分了！对不起……我不会说话。"她低下头，样子很可怜。她压根儿没有提她的玻璃窗碎了,她或曾一夜惊魂。

柯男妈放开她的手道:“不必。过了。不是你我间的事——是吧?你自己倒是小心,诸如饮食起居,也要动一动,这样跑,就不必了。”

邱女士突然肩膀紧紧挛缩,又耸动,接着听到呜呜声,那就是哭了:“依实在对我好……西西(谢谢)西西(谢谢)……”

柯男妈轻轻点了她肩膀一下,那意思有一种推力:“回去吧,我看你就一身睡衣,再站一会儿,就着凉了。”

马车拐了个弯,上了路。左面是大塘子,魑魅之水,黑森森的!柯男将手里的一根木棍抛出去——这是一件他最称手的武器,栗木的,末端有刻出来的手把印,预备来斩杀最后的鬼魅——那旋转的抛法,使短棍在半空旋成一个风轮,潮湿的空气立即呜呜碎断,木棍啪地落在池塘中央,激起了大片扇形的水花——妈妈怎么想?她在这里迎来大军,在这里指挥电力公司架线造一个灯光如昼的大会场……如今,天光暗淡,马车轮毂发出有节奏的摩擦声……

“柯男!”妈妈回身叫,“你把钥匙扔了?”——什么也别想瞒过她的眼睛,刚才的木棍上是套着一串全家所有房门的钥匙,足有一斤重。

“反正他们要重新装锁……”柯男不想多辩解一字。

落雨了,远山却有金箔似的晴岚,飘飘地,不过来。妈说,到前面来坐,是斜风雨。柯男极不情愿地下车,又跳上前面车板,挨着妈妈将上半身偎在雨棚下。

许久没有挨过妈妈的身子,隔着薄薄的毛衣,他感到她的温暖——他忽地想起,就在大军入城前一天,大堂兄和四叔从“山那边”回来了,第一个要见的是爸爸,他们都穿着军装,大堂兄还挎着一把木匣盒子炮,他们邀约大家照一张“解放相”——柯男被安排在妈妈身边,紧紧挨着,他却跑开了,怎么喊也不回来。妈妈说:“男孩大了就这样,跟妈恨不得掰开似的生分——别管他!”——他现在想哭,大哭,这是冤屈!他现在唯愿道路永无尽头,就这样一直走下去……

沉默许久,妈妈说:“柯男,你在听吗?我要说话——”柯男“嗯”了一声。

“孩子!”她用一只手遮着射来的雨,“这天底下,何时不是一半暖日一半阴?人啊,不能只认白日晒暖身子,就不认夜半脊背寒,是吧?”

柯男一声不吭,他烦妈妈那只手在前面为他挡雨,原本它可以拢在自己肩上,这样也舒服些,那算什么雨啊!他还烦她老穿这件春花色的开襟毛衣,不紫不红的颜色他最恨;他还恼她刚才叫停车。“你为什么那样对她,她欺负过你,你就忘了?你还接她的针,让她留着扎她自己!”他说。

妈妈厉声道:“柯男!听明白:别那么狠。”她回思一阵,道,“她是害孩子,这时候都会心烦气躁。”

柯婴说:“妈,什么是‘害孩子’?”

柯男鼻子底下“哼”了一声,没说“笨蛋”。

妈妈说:“就是怀孩子,有身孕啊。”

柯婴不歇:“那为什么要说‘害’孩子呢?”

妈妈说:“我也不知道。俗话里就是这么说的。不过,细细想下来,往头里想,往以后想,还真是‘害’!”

柯男大声喝止:“妈——你不准说这个!”他哭了,用手恨恨地抹掉眼泪。

不说了。妈妈终于放下手,轻轻拢住柯男,轻声道:“人,要咬咬牙一直往晴里头奔,禁得住烈日曝晒;有时啊,也要侧着身子往背阴里躲躲,借它一两滴露水、一星一点的好来润着自己,才能活下来。这世界,妈,除了你们一群,别无他求!”

马车咯噔一下,前面已是交三桥,车夫回身道:“老太君、太太,坐稳了!”

第 三 章

20

蓝西终于在他的书柜底层找到了那沓用英文写的《日志》，共有四册。时间分别是1946年—1947年、1947年8月—1948年12月、1949年10月—1950年12月。中间似乎缺失了原编第三册1949年1月—1949年7月。这些本子大小不一，有的缺年、月，有的则相对完整。这他记得很清楚，1949年"7·15"前夕，他得到民盟执行委员会的"地下通知"，国民党特务将在近日展开大搜捕。他本人亦在名单之内。他几乎不加考虑，就将案头的第三本《日志》撕碎，匆匆投进火盆里——那里记录着与李公朴、杨青田先生等人交往的少许片段，是事后追记的。如果他还记得第一册有盟内的几次重要活动记录，那么首先要毁掉的应当是第一册。

至今他还记得撕扯笔记本的嘶啦声、装订线的断裂声和纸页在蓝色火焰下卷曲、边缘发黑、接着升起黄色火苗的样子——似乎那些文字和负载它的纸张在自我毁灭，不过需要一点儿人为的助力而已。因为尚在长夏，绝没有理由在屋里烤火，为不致招来嫌疑，情急之下，老伴儿是用医院带回来的酒精助燃的，但烟雾依旧很大。他有些庆幸，第二天晚上，昆明警备司令部的宪兵将他带走时，竟然没有嗅一嗅他的长衫，他自己也惊异，那上面，从领口到袖筒都有浓重的烟火味儿。宪兵只推了他一把，他就落在黑压压的被捕人堆里，与他的学生、教育界挚友和陌生青年男女混在一起。他身旁的两个女学生身上还有烧臭豆腐的味道，甘酸，微带一点儿煳辣椒的味道。

他要找的是一个不止一次出现在这本《日志》里的名字"Jing Ke"。这是一个代号，他的原名是柯知启(字长景)。代号各取字、姓组成。这个柯知启也许还有别的名号，但当时用的就这名。他是金融界领袖，重组的兴文银行、云南省银行、中央银行副总经理。在关押他的第三天，这个人，据说还有李根源等人代表卢汉来监所，带走了他和杨青田等一批教授。按当时的理解，柯先生固然知名，但从不过问政治，他以一个金融界人物的身份来与中统、军统周旋，无非是以身份保证用黄金赎买一切，至少保证这些人不会被酷刑虐待或立即拉出去枪毙。这十分合理。但蓝西等一批著名学者、报人是一个月后才获"保释"的，那天，他再次见到了这位一表人才、谈吐稳重、一顶毡帽压得低低的、穿一身蓝色呢子大衣的"Ke"。

不知为什么，他对年龄与自己相仿佛的"Ke"产生了一种无言的敬重。那蓝色竖领的呢大衣，在监狱出口的大风里撩起一角，仿佛是自由的招手。这一眼，挥之不去。

但这第三册《日志》已毁，万劫不复。

最后一组记录是在出狱后的一个月，被捕学生七百余人，陆续被释放。当天，一群学生来秘密告别，内中就有"Ke"的"侄子"和一个近亲堂弟。这层关系是在"侄子"说到他的"大伯"一再告诫"不可声张，宜速疏散"、"未到时刻，决不回返"时了解到的。按《日志》记录时序，应当在第四册。但这一册起讫日期正好空缺了 1949 年 7 月末至 1949 年 10 月前。他无法确认是否还有别的本子记录了以上这些重要的事实。而 1949 年年底的记录约略得很，显著的是卢汉宣布起义、成立临时军政委员会、"Ke"任财经委员等。如果不是"Ke"确凿地为玉成起义而努力，并在此前参与营救进步师生，恐怕连末了这一笔也不会提及这个人。

他的习惯是，对不能见诸报端而又有着史证价值的人事，略加记录。但眼下，似乎并不能奏效，一切，比他想象的复杂多了。

前天，他作为一界代表被通知去参加一个"人民法庭"的听证会。在镇压反革命运动初期，这样的"人民法庭"遍及城乡，不少双手沾满革命烈士鲜血罪不可赦的特务、反革命分子被公审，被执行枪决。这对巩固人民政权是绝对必要的。云南知识界受国民党特务迫害欺辱，血案可证。蓝西在政协会议上曾发言，要求惩办军统云南站站长沈醉。虽无明确回复，但传说的是沈醉认罪态度还好，另外，他在被卢汉拘押时，在"起义"声明上签了字，应算"起义人员"。

"人民法庭"听证会宣布了几条规定，接着公布听证内容，是"关于柯知启涉嫌参加国民党特务组织"的问题。他吃惊不小，"柯"是那个"Ke"吗？有没有弄错？但有一说背景材料已"证明"。他立即回到简单逻辑上，怎么会？环顾四周，没有他认识的人，旁听席上有位军代表他熟，是代表军管会联系教育界的。但隔得很远，不便交谈。

第一个出庭作证的人，更让他无地容身。唐会龙，他的外甥，中法大学肄业，后不知去向。大约 1949 年年初，他忽然来昆，夸夸其谈，曾炫耀他与重庆方面上层关系如何如何。未几，忽又说因想成家，用手头银钱去投资黄金，本利无收，全然失败。

如今一文不名，想到银行里混口饭吃，“请姨父融通融通”。蓝西说，穷不过教授，窘不过报贩，我哪里摸得着银行的金饭碗！唐一笑，“人家都说知道你，你怎么就回人家一个屁股帘儿呢？”蓝西问：“你说的哪一位？”唐一跷大拇指：“柯！”——就那一秒，他想起来了，他当时还有几分自得自赏，报人嘛！他的“时评”，龙主席也要看，换了卢主席也要看！不过，这个令他十分不悦，却又不便询问“唐”是如何攀上“柯”的呢？无论如何，他当时似乎为尽快摆脱纠缠，信手一笺云：“柯公(长景)台鉴：小甥……欲求阶下一粟，而今青年皆空怀其志亦难忍空腹之荒，乞请验其德能，量而裁用”等语——这是确有的，要不他怎么能复述函件的内容？

出庭作证的唐会龙坦言自己是中统局的特务，他的任务就是监视银行储备和资金流向以及员工的政治态度等等，但他的上线是柯，是柯发展他加入中统的。主审军代表说：你详细讲讲事情经过。唐侃侃道来，什么时间什么人什么地点多少次秘密联络，当说到在“大东新村19号”秘密接头开会时，场上哦呀一片。这倒不在于有多少人知道这个地址就是柯的家，这个门牌号码代表一个以清明进步美好而著称的大家庭，而在于能尽所有时间人物地点要素之翔实，就连一生从事新闻教育的蓝西也瞠目结舌——在大多数首次参加“听证会”的人听来——他们界别齐全，有店员工会代表、学生代表和市民代表——这事实已经确凿无疑。

唐是由两名法警押下去的。人们眼睁睁看见他伸出手，让法警铐上了手铐。

接下来是一名姓向的，大约叫向英葵(还是向英圭？)的人出庭。蓝西发觉当事人柯并未到庭，也就是说人民政府对审理这样的案件采取了极其慎重的态度，当事人身份特殊，有很大的社会影响，就在一年多以前，蓝西的报纸几乎间日有他的名字出现，诸如带头捐献飞机两架、在省军管会领导下主持省银行四办事处开展城乡储蓄及信贷以恢复工业、复苏商市、增加就业等等。稍前则是宣布起义、过渡到大军接管时，他参加的一系列活动。这相当于一个有控制的内部的“听证会”。不过几十人，与公审反革命完全不同。

主审军代表(不叫法官)介绍证人背景，称是“某某区区委委员”，其余一概略去，但仅此一点已经引起人们的兴趣，那就是说他是中共党员，至少现在还是。他进入证人席半天才开口，神情疲惫、烦躁，甚至极度沮丧，他说：自抗战胜利之后就跟随柯，负责他的安全护卫。当负责讯问的军代表问：你见过“唐会龙”这个人吗(出示照片)？他回答：见过。问：什么关系？答：只是面熟，从未讲过话。知道是银行一般职员。问：为何是一般职员？答：因跟从柯多年，平时还负责往还文书，全部银行科级以上人员都熟悉。问：你见过这个唐会龙与柯单独相处吗？无论在何时何地。答：没有。再问仍然是“没有”。问：你是一天二十四小时都跟从柯吗？回答：是。问：从未离开过，比如一小时两小时？——这个问题让姓向的大感困惑，他停顿了整整一分钟。直到再次发问，他答：比如送文件，去办一些必要的事，离开一两个小时是有的。

但,是送他回到家确认安全之后。问:为什么要确认他安全?这指的是什么?向的声音突然洪大起来:国民党中统、军统两系特务都预谋暗杀他!有当时大量情报说明……台下噪声哄起。主审官立即改问:你指的家,是东门外大东新村 19 号吗?答:是的。问题再次回到敏感的"大东新村 19 号",场上精神迅速提振。但讯问又开始了:你所指的"必要的事"是什么?向又犹豫了,显然他试着回避某些纪律要求至今仍要守密的问题,道:指有关起义的金融各环节,应向上峰报告的事。似乎要结束了,军代表在桌子上收整有关这一节的讯问资料,顺便似的问:关于转移省库资金库存硬通的事,你还有什么要补充的吗?答:所谓将威远街省银行库内资金、账本、国内外债券及黄金、美元现钞等硬通安全转移至西什库的事,全由卢汉主席一手安排,出入库对账,一盎司一盎司称验造册,新中国成立后移交也一样,全部重兵守卫,所谓"半路窃留",无论何人出言,等若无稽。

一声"好了",对向某的讯问结束。他下去了。由于他的江浙口音稍重,事实上,有的细节人们听得并不清楚。这会影响他作证的效果。蓝西发觉有个细节似乎是故意被遮蔽的,即向某既是中共人员,奉哪一级组织之命,又是如何到柯身边工作的?为何如"组织特务组织"这样的事,与卢汉共同运筹起义,周密细微、毫厘不爽的中共地下党会毫不知晓?如果"Ke"是"特务头子",整个省银行不是由国民党特务控制了吗?还会有军、政、财"全员起义"并成功一说吗?这在简单逻辑上也漏洞百出!

接下来的证人是省银行财会主任、襄理宋某。他说:唐会龙进入银行不过三个月,只是试用,大约在他进来前一个礼拜的一天早上,银行门口出现一个横躺在地上的年轻人,"几将饿毙",适柯公的车要进来被挡拦,不能就道,司机就下来问明缘由。宋某说这时他也在场,那年轻人还怀抱一本《会计手册》。"这样的事时有发生,又警惕是来搞暗杀的,所以由门卫特别检查了一下,那本《会计手册》只是薄薄一册,并无暗器可藏,所以,把人抬到一边,柯公只隔窗看了一眼就匆匆进了大门,整个过程不到一分钟。除司机,没有人下车。这个横在路上的人就是唐某!后来,这个姓唐的吃了我端来的一碗饺掺面就大醒了,拉着我的手说,他从四川步行到此,三天未果腹,只为在这道门里谋一碗饭吃。"

讯问的说:"简单一点。"宋即刻简约道:"我把他备好的履历翻了翻,有些疑惑,他不像是搞会计的。并未呈送。完了。"

"何其拙劣!"有人在蓝西身后骂了一句。

蓝西陡然心惊,有一刻,他觉着他是不是应当立即"规避",或者叫"逃走"!

最后一个证人是银行人事管理科科长,姓刘。他说,唐某并非为银行录用,只是试用,但还是经过董事会"过"了一下,按理,卢汉主席代财政厅厅长期间,凡进人,均须知照他。但起义前夕,财政厅厅长易人,加之起义环节太多,急需人员,是有些混乱。他记得有三个人曾开会甄别讨论，柯并非主持，只是点头而已。柯似乎还说了一句："就吃口饭而已，不要遍顾诸葛亮。"之后，这句话成了宗旨，又进来七八个年轻人。完了，就这些了。

蓝西心里猛然一震，那一"点头"、"吃口饭而已"不是他笺子里的意思吗？如此说来，是他把这个自称"国民党特务"的外甥送到柯的跟前的！他心乱如麻，太阳穴有如万箭洞穿！接下来，所有证词都直指"唐会龙"或者"唐义理"(他的另一个化名)如何在银行内部挑唆，"拉人下水"，甚至"公开"他中统的身份以胁迫他人加入其组织——看来，这是些原初的检举材料。自始，除了唐的"孤证"，无人提及柯是这一切的始作俑者！但同样没有人以直接证据否认是柯主动安排、接应或发展唐成为中统特务的。

蓝西想站起来，站起来做什么？他没有想清楚，但他出席过多种听证会，在没有会前安排并由"人民法庭"确认"证人"身份、大体了解作证内容的情况下，是不能贸然站起来"作证"的。这有扰乱法庭之嫌！但关键证词在他这里！在他手中！——是他一纸笺头将唐介绍去的，他是当事人！他可以答疑解惑，救无辜于冤狱！

宣布散会。

他慌乱地拨开人群，找到那个旁听席上的军代表，他结结巴巴地说——事实上他一点儿不结巴，他只是把要说的话重复了两遍："我能在听证会上发言吗？"

军代表着实惊讶："可以呀！怎么不可以！运动初期还有些混乱，这会要民主听证，人民当家嘛……"

军代表还说了什么？他当时脑子嗡嗡一片，记不起来了。

蓝西是如何回到家中的，他也不知道。他第一次感到这座他住了二十年的小楼房如此丑陋！如此肮脏！如此黑暗！如此猥亵！他倒下，再不想起来。

21

大姐柯兰回来，帮着收拾一切杂物。三间房，也没有多余的家具，只是地面凹凸不平，三张床和妈妈的五斗柜均要垫脚，柯男找来些瓦渣和木片，试了又试，终归立稳了。妈妈去烧开水，试灶。忽地柯兰一声叫："妈！差点儿忘了！玛丽·万老师来学校找到我，说过几天就要回美国……"

妈妈一下呆住了，她知道，在她与东城妇女委员会和居民委员会交接最后的工作时，区政府的一个办事员正传达一项政府令，由于朝鲜战争的原因，中国与美国已经是交战国，凡一切美籍人士均须限时离境。当时，怎么没有往玛丽·万那里想呢？事实上，对这一国际惯例，中国政府在执行时，是分别对待的。教会人员大约早些时候就离开了，至于诸多教会学校则视情延宕。她自己无法说清是什么感觉，她似乎自始没有把一个黑头发黑眼睛中国血统的玛丽·万看作美国人，也无法想象她，一个侍奉她的“主”，至今独身，虔敬柔弱的修女同那场战争有什么关系？但这一切都没有揣思的余地了，她喊了一声：“柯男！你换件衣裳。白衬衣……你不是有一条领带吗？算了……穿皮鞋！去看你的老师。”

大姐、妈妈推着柯男，在街口叫住一辆黄包车，就匆匆往巡津街去。

柯男知道，这是替他去向他的老师玛丽·万还一份情——他在幼稚园，没有正经上过一天学，他毁坏了几乎所有窗户、整年逃学、不断打架犯事、冲撞其他嬷嬷。他甚至在遭受惩罚时疯狂报复，把所有被褥枕头当武器，打得其他孩子鬼哭狼嚎——唯有玛丽·万没有责骂过他一句。从来没有！她永远将她短短的胖胖的手搁在他的肩上，她永远在与他说话时蹲下来，与他齐高；永远用她温湿的眼睛看他一眼，然后替他将衬衣熨平；她在无数次家庭访问时对妈妈说同一句话：“这是一个好孩子，上帝会看顾他。”

他曾经为这个恼火过，她应当“告状”，陈述他的劣迹，让妈妈知道他之所以这样，是他对横来的欺辱、歧视、排斥充满怨愤。但没有，她，把他用一团棉花轻轻包裹，他却永远不能挣脱。

现在，妈妈要把他打成一个“包裹”，作为“赔情”奉献给圣母的侍者。

妈妈说：“你要谢谢玛丽·万老师。其余的话，你自己想。你怎么不吭声？”

绿色的铁门打开后，是一个花园，隔着栅栏，是高高耸立的有尖顶的天主教堂。这样的教堂在昆明有许多座，柯男想，玛丽·万肯定是最后一个离开的，以后，这些教堂将是空空的，会有很多野鸽子为争夺这些古堡式的建筑，旋绕着塔尖拼死战斗，它们的羽毛将纷纷扬扬落在花园里那些疏疏朗朗的梧桐树上。柯男不喜欢梧桐。说什么“梧桐栖凤”，这是他早早认定的一个谎话。为这个他去金殿看了很多次，铜殿两旁的梧桐，死了一株，另一株连麻雀都没有。这种矮壮的植物善于伪装，在某一个夏日，它们会用裂叶状的大叶子把街道遮挡得不漏一点儿阳光！只有做糖人的小贩喜欢在下面摆摊，因为他们的糖人在阴凉里永远不化。

上了转楼，顶头，是一间很小的有点儿狭长的屋子，它干净得像一块手帕，白墙都像抹了雪花膏，只有一个小小的圣母像挂在壁炉上方，正环视所有踏入圣地的人。而她自己和那个模样古怪的圣婴则只有两支干干的烛台。

玛丽·万绾起了一个圆形的“盘盘头”，将鬓边的两绺长发捋起来，别在那个隐蔽在顶端的发鬏上，呈一个“八”字，这种发型，显示着某种庄重，密叠荷叶花边衬衣上，搭着白地紫花丝绸披肩——她的行装已经打点停当，仅仅一个皮箱和另一个更小的皮箱，搁在红色地板上——她真的要走了。

她说，她等了好一阵，总算等到了，她会想念柯男，想念妈妈和全家。

然后她蹲下来，如同前一百次一样，手搭在柯男肩上，说：“我藏着你的一件东西。如果你愿意，我将留作礼物。”她伸开手掌，是一枚纽扣！柯男知道，这是教会幼稚园为每一个孩子做的西服领、小燕尾制服上的纽扣。制服上只有两枚铜纽扣，但都镌刻着每个人名字的首字母，他的是“K”。他只在开园典礼上穿过，那天飞虎队的将军来了。过后，他就把纽扣扯了，将制服当侠客披风……

柯男说：“可以。可只有一个纽扣了。”

玛丽·万说：“是只有这一个，另一个在哪里呢？我们不是不知道吗？也许，它对我们并没有多大用处，但时常会感到它的存在，那我们就去找它吧！”

柯男说：“行。”他觉着她是要他知道有一种巨大的游戏无处不在。

自始至终，柯男没有说“谢谢”。告别时他们一一拥抱。

22

天刚亮，柯男爸有一封短信送回家。内言：“身体各项均好。饮食尚可。冬衣累赘，亦需拆洗。着拣单夹各一，由来人捎来。家人孩子念念。景上。”柯男妈看了一遍，递给大姐，姐弟无言传看。柯男说：“他为什么不用毛笔在八行笺上写？这是他的笔迹？歪歪扭扭的！”大姐嘘一声：“小声！你当是在他的东书房吗？”二姐柯慧说：“大弟就这样，什么事都摆个正谱，将仿包龙图！”

送信的人还在堂屋候着，妈妈忙回里屋收拾要送去的衣服。好在搬家时，妈妈就特别留意，将爸爸的夏装单独打了个包袱，只将用不上的西服大衣等垫了箱子底。信里没有说到的衬衣衬裤袜子等三套加上，也是一大包了。她拎起试试，问来人：“是不是多了，真不好意思。”来人立即说：“不不不！帽子！有帽子在吗？”柯男妈一时有些眩晕：帽子！什么帽子？他的十几顶洋毡帽早就扔了，解放帽？他走的时候是冬天，就是戴的棉耳帽，解放的单帽？没有啊！

柯男说：“爸爸要的是睡觉的帽子！”

来人立即说：“是是是，就是那个那个……”

柯男妈哦呀一声：“是有，在哪里呢？柯男！”柯男已经进屋，转眼一顶黑丝网睡帽在手，递给来人，被塞进了包袱。妈妈一再致谢，但话无多余。

吃饭时，一家围坐在小木桌前，只四方，大姐要去陪右厢房的奶奶，添了饭就进去了。妈妈仍在前面的情景中：“好在你们都在，你爸……总之人还好，报个平安也恰在卯时……可他要那帽子干什么？还护发？那地方漏风？冷？”

大姐端饭出来：“妈，你别狐疑好不好！那是他的习惯。人要无意间回到自己平日的习惯上来，就说明他的处境松动了！条子上不写，是这条要过管理人员的眼，啰唆了不好，央人专一嘱托要睡帽，是暗示他可以安睡，那顶吓死人的大帽子不在了！”

柯男说：“大姐要考医学，将来是法医！”

大姐已经报考医科大学，举试在即。原本妈妈是预备要用一点儿肉来犒劳她的。大姐坚决不允。说她现在是“素胎子”！考试忌大荤！吃了肉，头晕！一旦消化不适，就完了！这后一句，妈认了。柯兰省得可怜，每顿只馒头夹腌萝卜，也真算净素了，这会儿给油星，也确实有碍。妈妈说：“今天就全素席！柯男，去掏点儿油鸡纵来，还有甘露子，都是你姐爱吃的。对了，看看卤腐化些没有，也搛点儿来！你盖好扑水盖！”柯男大呼：“妈妈万岁！”

总之，一小小四方桌，抵足摩膝，是狭促极了，这远不能和过往的钟鸣鼎食比，但这是自搬家后，全家第一次坐下来围着吃饭，这说明一家还在，历经了大世变，这简直就是奇迹！五个月来，绝了信息的爸忽有音信，就在昨天，妈妈让柯男陪着去圆通寺上香，祈三世佛保佑：未来佛当然首指保佑考学的大姐；过去佛照应沧桑迭变中的爸爸；现世佛通通管此中的各人各事。拜完三世佛，拜东方，柯男在妈妈的轻声念叨中听到“昔在郊，虽僻远，未敢忘于东帝，时花亲艺，果得风景……今西迁卯城祖土。尤祈西圣保佑，避邪金之夺，护朝光之华……全家尽得平安！”——这是在祈念新搬来的这个地方无祸无灾。柯男大不以为然，才来几天，他已经巡视所有，“祖土”又如何？觉得卯城“是个屁”！

但今日果然“应验”，爸爸有了消息，所以妈妈显露着高兴，把她刚刚从寺庙老和尚那里讨来的油鸡纵、甘露子都拿出来了——她最高兴时不过如此：言语细柔一点儿，如棉花一样在你腮边痒痒地释放着暖气，再欢喜的话她永远不说，如同再伤感的话她永远没有一样。所以：妈妈万万岁！

柯男问即将成为医科大学学生的大姐：乌龟的心脏在哪里？

“什么？乌龟的心脏？你这个人在多数情况下，都有些莫名其妙！”她说。其实大姐哪里知道乌龟的心脏在乌龟身体的什么部位。但她还是想了一想：“这要解剖才知道，不过嘛，龟甲类爬行动物……和哺乳动物一样，应当在身体的正中。”

“对了。”柯男说，“我们就在乌龟的心脏部位。”

柯男将卯城的四至地界都踏勘了一遍。妈妈在祈祷中所说的“祖土”指翠湖及五华山，即莲花山西侧一带，以正义路为中轴，即“龟城”的中心线，将昆明城区分为东西两半。老家钱局街在翠湖西旧陆军演武堂的后面，往西北延伸，就是北门，事实上是西北门，乌龟的左蹼爪。父亲在那里度过了他的青少年时期，奶奶在家道中落、沦为赤贫时靠缝补浆洗为长子凑足学费，让他读完高中又以特优成绩被录入富滇银行见习生。一条长街短巷,装满了“凿壁”、“萤囊”的故事。云南早期共产党人在这条叫染布巷门牌 4 号的小屋里藏身,后来一个女共产党员被绑去藩台衙门砍头,是奶奶披麻戴孝独闯刑场去为她套上“走红花夜道驱鬼逐魅”的“红花绣鞋”。在妈妈口里,奶奶是“大义英雄”。其源盖出于“你奶奶是大脚”。但柯男以为这是一种误解,奶奶的脚仍是小脚,只是比一般的小脚大而已。不是“金莲”是稍稍膨大了的“莲蓬”。奶奶对自己在“豆大个人”时就偷偷“放脚”讳莫如深。只说,是长年“浆青洗白”,打井水,漂染衣物,往来负重,才把脚“崴”成这样的,对自己的“满旗”身世,也从不提及。原因大约是云南乃存反清根基,辛亥年“重九”,革命党人举事,首发枪弹就是毙杀满旗军官,蔡松坡喝令禁止,才“五族共和”。但仇清情绪仍在社会流布,就像拓东城的老卤酱油化不开,就连早年融入云南新兴金融实业派的父亲也忌讳自己的满族血统。只是柯男妈似乎在这个家族中专一地负责着揭开重大家族秘史。“你们家是满族人,你奶奶属镶黄旗一支,若不是遭发落,说不定端端地坐在哪个朱门别院里着人敲腿伺候呢!”妈妈之所以这样,原因是她也乃一“大脚”,生在宣统末年的她,也遭缠足虐待,恰在五六岁,“裹脚婆那个狠啊!上来就掰断你的大脚指头,疼得你呼天抢地……”但“出门到小河边,就偷偷解了裹脚布,抱着自己的脚趾哭啊哭”,对付的办法是有的,“塞些艾叶在鞋子尖里,充作裹脚布,脚趾在里头凉凉的,蛮舒适”,但一趾残断却永难复原了。即使“辛亥”、即使“护国”,云南遍地英雄,夕阳如花,满树山茶,照殿怒放,但女人还是女人,老爷还是老爷,一个“禁绝缠足、革除陋规”的公告大户小户都可以置之不理,待嫁姑娘若是“大脚”,身价陡降。所以到了后来她进入女子中学,属女校监特别监视的“大脚”一派,她的父亲——一个粮米商人则看她“疯出疯进”、“语出无遮”,便痛斥她为“共产党”!

那年头,军阀杀共产党,有一杀一,万无开赦,妈妈还是大脚满街走,打着旗子去喊“打倒军阀”——所以,妈妈才有拍拍胸脯说“要当得其时,我也是舍得的”的资格——“大脚”,意味着逆反——这是妈妈与奶奶的不约之盟。

这个“同盟”悄然制约着家庭的若干变故。“主外”的父亲早年受自由思想影响,也倾向新派。云南金融,自来以独立为宗旨,于外资入侵、央资控制中如潜龙在渊。旧历三十年,他只是云南地方实力派手中一柄。他的“服从”与妈妈的“不从”是这个家庭台面下的弹簧机关。显然,在“主内”一端,全由柯男妈自主。即便如迎接解放军在家长驻三年这样的事体极大的决定,也是她一“脚”踩定的。但此时,“内外交困”,“弹簧”已然断裂,轰轰然地垮塌,全压在了柯男妈身上,这是她想也想不到的。柯男爸一去七个月,虽有一纸平安笺头,到底人迹杳然。最要命的是,家里六口,就要断炊了!

23

柯男妈来到奶奶床前，掀开被子一角，用手试着往她脚踝上摁，指起，落下一个坑儿——其实不用摁，脚踝骨两边不见突，就知道水肿有多严重。问还有哪里疼。奶奶说，没有哪里疼——这是习惯问答。这对婆媳的关系说不上亲密，甚至奶奶受苛责的情形也是有的，大半是奶奶溺纵惯释孩子造成的。但家境险恶，才是柯男妈焦虑百结的根源。

奶奶捉住妈妈的手，说："这些日子……难为你了。"妈妈说："妈，您老千万千万把自己给咬紧了，松不得！真的松不得啊！天塌不如人心安。"——柯男妈知道奶奶唯一夺命之病，是她的肾脏已经不支。这在家境还好的时候，柯男爸就请无数医生来诊断过，留下的话是："老人通体无恙，只肾功能极度衰弱"，干脆说了，要去了，就这病根。中医的断语"肾水不足、脉浮脉沉、水虚皆侵"就是说，水肿脉沉、浮者为风、虚肿为气，病者受两端侵害，已无可救。八十一岁，已届九九，按理故去也是寿终。但对柯男妈而言，是完全不一样的。柯男爸不在，爷爷已经先去，若奶奶再故，一双老人在未见长子时一概撒手，对媳妇无疑是不可辩驳的罪孽！

奶奶不再说话，使劲儿点头，到此时，唯见她把一截被角塞在空空的嘴里，支离的颌骨一耸，真的咬紧了牙关，这一节，竟使从不流泪的柯男妈十分难忍，捂着嘴出了门来。

她径直出门去了。去哪里？去找什么？柯男心里明白，妈妈自己却无从知道。她只是走，她需要喘过气来，这里有什么地方可去？卯城是祖土吗？新搬来的这个地方在卯城南沿的"市府东街"。所谓"府"，指民国时的昆明市政府。但地理上与旧时昆明县衙、云贵都督府毗邻，算得上昆明乃至云南的心脏之地。也是辛亥"重九"举义的战场，蔡锷的大炮就架在大南城轰击这里和五华山，然后血刃突击。现在一个民国的"市府东街"，拆旧立新，把这一切通通遮蔽。

她要穿过这些尘埃？

她像一棵会走的树在风中摇动。她不要你跟随，你就不要跟随。否则她会斥你回去。柯男心里一阵悲凉，习惯了妈妈一切搞定、话长话短、当机立断的这个家，这回真的要彻底坍塌了。这个世界，根本不在乎这些。即便这里顷刻地陷，陡然升起死灰，瓦檐上那只灰喜鹊根本不会扇动一下翅膀！

天色将晚，柯男在台阶上坐了一会儿，心里空落落的。柯婴抱着小猫戈明过来，挨着哥哥坐下来，戈明就跃上了柯男的膝头，用那条眼中荧亮的竖线看着他，似乎在衡量他的高度，柯男就倏地站起来，戈明即刻又一纵回到柯婴那里。柯男就说："戈明才来三五天，我看它长大一点儿了。你不要老抱着它，它好手好脚，你以为它像你？要让它上树！"柯婴说："这里没有树。"柯男就说："那让它上房！"柯婴说："我

们从新村带来的鸽子——那对‘大雨点’，上了房就不下来。”柯男说：“那是因为我们没有豌豆、马豆喂它们！它们正在预谋叛逃。逃就逃吧，我要把它们的大羽‘扎条’解开——反正我们也快饿死了！”柯婴说：“我们可以去讨饭！”柯男大惊：“你说什么？你说讨饭？你瘸着腿，手捧一个钵，半跪着，哀求每个路人说：太太老爷行个好，给可怜人一个铜板吧！我无爷无娘无兄无长，看看这条天生的残腿！你觉着你很像叫花子，是这样吗？——我会杀了你！告诉你！我这样的人，是绿林材料，劫个生辰纲什么的可以……”柯男忽地起身，奔到厨房里，揭开锅盖，锅底一汪甑水，甑底还有堆得圆圆的一碗白饭，他说：“你把奶奶的饭合水熬稀了，咸菜要冬菜就行，你们吃饭。我去去就来。”

柯男风似的出了门，大凡是过眼的一切，他恨不得都踢倒、擢平、荡净！

柯男妈恍惚来到了绥靖路，据说这里改名了，改什么名？不知道。有一阵子她往白塔寺方向走，这里是她的老家，她少女时代随母亲到这里还愿，眼见这里有很多站笼，里面囚着一些面目如鬼的中年男人，臂膀上着铐子，下面是叮当作响的脚镣，如果是革命党，就一定在庙的门洞红土墙上张示着布告。就有成群的人来围观，唾沫星子啐向这些人，石头子扔向他们，猪血羊血狗血旺子泼向他们——据说这样，罪人来世为猪羊狗不复造反了。最不堪的是有些个女人用针锥戳他们，这些女人动作极为迅疾，每得手，会有他们的男人哈哈大笑——据说，小小的刺戳可以免去家宅的血光之灾……奇怪的是，这些行将就戮的男人既无法闪避也形若木石，唯两眼死光如剑。到这种时候，是拓东古城闲人的节日。如果是小偷和窃贼是不配有一个二尺见方的站笼的，他们被绑缚在庙柱上，任毒日烤死……大人乐于将娃娃带到他们跟前，指着受罚人说：“喏！要起歹意，就是这个样子了！”她奇怪的是白塔寺里依然经咒朗朗。贤善人家在上香之后，就会出来，给站笼前的狱卒一两个铜板，狱卒即刻从备好的木桶里舀一碗水，给囚笼里的人喝。示众有三天的，也有五天、七天不等的，到了“时辰”，就用牛车拉去藩台衙门的菜市口砍头，砍下来的头颅用甑子大小的“首级笼”分挂几个城门头再示众——又是节日。

历来大多悬首于东、南两城头，卯城从不。卯城人解释，说卯城向北，而中国凡灾变连同易主改朝这样翻天覆地的事，大多起自北方。让革命党北望，岂不应了他们的冥灵神往？也有一说，卯城城门低矮，“首级”是很容易被劫走的。说明还有无数活着可以自由转动的头颅在。于是，南城倘若悬首，兵弁一律手持钢枪。

不知怎么，少年的她，深恶这个白塔寺。到了上学，进女子中学。不复有“站笼”，改成陆军监狱。砍头还实行了一阵，到了民国二十年，云南地面上的“赤党”就被杀得干干净净了，不用拿井水泼洗菜市口的狗头石了。

柯男妈在民国二十五年出嫁，丈夫是她同学的哥哥——一个聪俊壮伟、温敦少言的银行职员，这个同学就是柯男的小姑。这种介绍式的婚姻就是“自由婚姻”。为此，她是被咒着出家门的。只是有一天，她去她家玩儿，猛见一个男子从黄包车上下来，那会儿是下午，西晒炽烈，逆光中这个男子从长衫中掏钱付给车夫，当一声，男子与车夫同时弯腰去拾那枚半开，两人的头竟碰在了一起！门里的她哇一声，先惊后笑，竟至弯腰不起——男子好大讶异，进门揭了毡帽，她呆了，望了半世人生……

她奇怪为什么会忽然往事纷来，如烟似梦，她已经决定不再往那个方向走，回卯城，她已经来到了圆通寺，她早早不再回首白塔寺里的佛像，她毫无理由地喜欢这里的准提观音阁——这个小小亭阁居于水池中央，有廊桥连接大殿和韦陀的巨龛，这种独立水畔、有细碎涟漪映带左右的格局令她浮想联翩。那年，婚期已定，她瞒过所有亲友，独自一人，秉着一炷香，也在向晚时分，由一个老尼引导着走过廊桥，老尼问：“施主求什么？”她不知道求什么，也不知道向哪尊佛求。但她已经深深一步起坎儿，进入了准提的阁子——千手千眼的观世音垂睑低眉注视着她，那圆润的浑浑的光晕，从她上绾的发际、眉心印上流泻下来，在安慰摄取的手印里积成一汪清池，似点滴落下的珠泪，她湿润了的心底深处突然涌出一句祈语：“你千手千眼，哪一只都能扶我搀我救我啊！”忽地，身后有人道：“娘娘神似这观音呢？”她大惊，回首，是一个紧贴她伏地磕头刚刚起身的村姑！那老尼窘迫地在磬上敲了一下：“阿弥陀佛！”

她立即在蒲团上三叩九拜，再回头，那村姑蓦然消逝。

她走过了自己的半世，觉得心气爽朗多了。

圆通寺寺门紧闭，守门的和尚说，闭寺了，晚课开始一阵了。“居士要进来吗？”细听，果然有钟鼓声。柯男妈说，不了。

24

柯男似三步并作一步，拐过景星街，转眼来到文明新街口。这里商铺连接，灯火很亮。沿街卖货的摊子，白天的撤了，晚上的又上来。并不见有讨饭的，甚至连衣裳陋俗的人也没有。有个用棕榈叶子编蚂蚱的小贩坐地起场，围着看的人很多。柯男试着蹲下来，与他比肩，两眼看出门道，心里说，这个活儿，我也会。但半天卖不出一个。那小贩依旧不歇他的手艺，怪了！

一个卖刀烟、纸捻和草纸的摊子格外红火。伙计忙活着，摊主端坐在一个围椅上，使一把白铜水烟袋，啧啧有声地吸着他的刀烟。那围椅接了一个长脚，看上去似戏台上高儿，他的脚竟做盘腿状，仍有一只伸到了摊子上来。两手十个指头各自安排，两个指头将细细的烟丝捻成小球，往烟嘴上一放，那里又两个指头竖着挺上燃着的纸捻,接上嘴,噗一声,出一团黄色的火球,往烟嘴上一引,着了,于是,舒快无比的呼噜声一气贯通!待金黄的烟丝烬了,又噗一声,那个黑色的烟球就随一股突然上顶的水喷射出来,犹如发射一个小型掷弹筒!柯男是最喜欢这样的卖场了,他也喜欢草烟那股芳香刺鼻的味道和一刀刀草纸明显可观的草茬黄。

突然,那高脚椅上走马换人了,上来一个高大壮硕的粗汉,那把椅子本是《三岔口》的丑角儿玩儿的,忒小。这人威猛如张飞,一脸胡楂子黑白夹杂,唇须的两撇是有意蓄的,却并不齐整,两把刷子一样翘到了腮边。摊主已经让位,这位黑胡子却并不领情,一把将摊主半拎半提地摁回原位,一把抄来一门钢炮水烟筒,自顾撮来一堆粗烟,往地上一蹲,就"噗"一声——纸捻一亮,柯男惊呆了:这人莫不是柴四——打狗队队长!

柯男小臂上的肌肉疯似的抽!他有足够时间来判断这个人是不是年前的屠狗队队长,是他打死新村和昆明的所有"有种"的犬只,是他张电网电死宝郎!他用一根栗树棒打狗,并不使用其他武器,却犹如捣蒜!

三四个火球亮过,他长舒一口气,起身要走了。摊主恭敬地欠身道:"柴队长明日再来,有通海货,可一试!"——这就是柴四了!

柯男跟了上去,出了文明新街北口,柴四转回光华街,再上甬道街。这里树荫很大,晚上行人稀了下来,柴四的脚啪嗒啪嗒地响,柯男的脚步噼啪噼啪地跟,一步不舍。

突然,柴四一个转身道:"你!跟着我干什么?喂!"柯男不语,站定。柴四又走,柯男再跟上。

柴四这回索性返身逼近几步:"喂!小毛贼!你看看我是谁?是你小杂种敢摸敢抢的吗?滚!"他看对方不动,再次往文明新街方向走,直至贯通南北,北上文庙直街。

这下,柯男看出眉目来了,有人不断与他打招呼。忌惮他往商贩、店铺那里多看一眼。柴四则忌惮身后永远离他仅仅三五尺的细碎而敏捷的脚步。他喘气了,喘得厉害,这次他不回头了,"喂喂喂!你倒是说……说,你一个娃娃,这是干什么?你叫我累死……我有气喘病!"柯男不应,他脚下快,柯男也快,他慢,柯男也慢,就是不舍五步!

突然,柴四折转进了西卷洞巷,闪身在拐角里,喘定了喊:"疯子!你要怎么着?喂!出来!"

黑咕隆咚,柯男猛地站立在他跟前。他吓了一跳道:"听着,我们好似面熟,哪里见过……你跟着我干什么?嗯!催命鬼?我毛了!你叫我毛了……好了,好了,你,一个小屁尿塞我屁眼儿还嫌小!你为什么不说话?"柯男仍不言。

柴四喘定:"好了。我最怕有人跟,踩你后跟不说话!得了,在大街上,我熟人熟面多,这里,没人,就你我,把你当个人:你来报仇寻仇?"

柯男点点头。

柴四哈哈大笑:"什么仇?我杀你全家烧你房子趴你家灶台屙屎?"

柯男终于出声:"那是你说的!"

柴四耸动着塔似的身板:"好了好了,仇仇仇!是我说的,你说说看——看样子,你是个灵秀之人!"

柯男道:"你杀了我家的狼犬!是电死的!"

柴四哈哈大笑,直笑得浑身膪肉啪啪跳:"哈哈哈,你家狗……电死?电死是好死。昆明最好的狼犬都电死。等等,你是哪里的?不说,指个方向也行。"

柯男道:"大东门。"

柴四:"大东新村19号!想起来了。那天不是我。"

柯男:"就是你!"

柴四:"好吧,就是我。我现在明白了,可以边走边说了——至少,你不是催命小夜叉!前头我挨过三弹弓。一次被作了法,让我一蹲上茅厕板,咔嚓一声,板子齐齐断了,我差点儿淹死在粪池里!三口粪水,我咳死三回——都是你干的?"

柯男道:"再有一回,便是我!"

柴四站住了,蹲下来道:"好汉!好汉!如今赏一句,准备如何发落,或折杀奴才?"

柯男道:"没想好。"

柴四似作为难:"你脑筋不差,勇气……勇气十足。可称大将风度。你看,这里,第一个巷子口房头上有个瓦猫的,就是我的家。在下如今是卫生监督队队长,这一带通街巡查,何时想好了,随时能找到我。你把我干三天的活儿,叫我加长夜班干完了——再这么走下去,人家以为队长发癫疯了。你,定然是没有吃饭吧?来!不要跟在后头了!走我边上行不行?"

一家烤鸭店,招牌上写着"小胖子烤鸭"!柴四的塔身一移去,路人立时闪开多半。老板立即招呼。柴四喊:"来一只小刀鸭!一碗清汤、一碗白饭……你吃不吃牛杂碎?这里的杂碎很好。"

柯男说:"我不吃饭。不吃嗟来之食!"

柴四:"什么什么。那你要干什么?我一天一顿,不便陪你,再说明天要大检查……这么说来,你要钱!怎么不早说?"说着弓身掏腰包。

柯男:"我要干活儿!"

柴四:"你让我哭是不是?你豆芽菜还没伸直,干什么活儿……噢,明白了,你不白要。遵命遵命!"他突然一挺身喊:"胖子!出来!刚才点的菜免了!你这里不是刚进的两车乳鸭吗？你听明白了，这位小先生要代我查查鸭毛带不带屎——也就是用扫帚赶赶地上的糟水。过后算工，你付给人家五毛钱！"听得应了一声："是嘞——"

他俯身下去对柯男道："这可是半斗米的价了！在下可以走了？"

老板在柴四过来时，仍有些疑惑："这孩子是你什么人？"

柴四大叫一声："我亲老爹！"

柯男回到家里。妈妈已经端坐在堂屋里，腿搭着，脸朝外，那样子，是专候着他。

"关上门！"她道。柯男回身关上门。

"插上门闩！"她说。

柯男说："上杠了。"

"叫花子还知道家门，你上哪里去了？讨饭去了？"柯男妈问。

"没有！"柯男回答。他衣裳进门前拍打过，现在只需站直了就是。

"犟嘴！你挨街边蹲着，不是讨饭是什么？"——是柯婴说漏了嘴？还是被什么人看见了，告的状？是小姑？她像个警察！无论如何，柯男决定了，今晚发生的事，誓死不供！

"你瞅瞅，你衬衣上纽扣少一个吗？"妈语气平静，不似要爆发怒火。

"五个，不少。"

"裤子呢？打补丁几个？"

"是爸爸的裤子改的，没补丁。"

"头呢？"

柯男不知道她为什么这样问，摸摸头，他捻到了一点什么，大约是鸭子绒毛。妈妈的声气依然平稳："漱糟成泥、虱子成串、拖鞋撒袜、披风打扇，你有吗？你像吗？你这样的人伸手，人家会饶你一碗冷饭、半个烧饼还是一文铜钱？你妈我没给你弄成这样子，你败兴了？是吗？"忽然，她从身后抽出一条木板来——那是柯男捡来预备给鸽子做窝的！啪的一声，落在柯男肩膀上，板子立刻断了，木茬子乱飞！接着是第二条、第三条……急雨般落在柯男背上、腿上！他只是被那横来竖起的猛力，打得东歪西倒，他决不遮挡，他还是回到原地站稳了，他知道妈妈需要的是这个样子！

她累了，有一会儿，她左右抓拿，已经没有称手的家什。地上，是成堆的断木条。她抓住胸口，喘着喘着……屋外，贴着好些双眼睛，接着，是小姑的号声："柯男妈啊……我替他求情行不行，你要他死是不是……他爸不在家啊……"她在搡门。

柯男妈厉声道："给我跪下！"

柯婴在门里凄厉一声喊："妈——哥哥还没有吃饭——"

柯男跪下，挺直身子，这是妈妈要的样子，也是他由来的样子。

25

夜深了。大凡是受罚，如这样暴打、罚跪，没有解除令亲从口出，任何人不敢违拗妈妈。即便是爸爸、爷爷、奶奶——而妈妈，在罚后，不准任何人稍许接近那个痛苦的受刑者。她亲自“陪坐”——与你正面，不发一语，哪怕贯通昼夜。但今天，妈妈没有坐在那个堂屋正中的围椅里，她回房了，但她肯定还是坐着……

跪着且上身挺立着，柯男有两种以上的方法来缓解痛苦：一是悄悄垂下中指和食指，触地支撑几秒钟，左右手变换，可以减少腰部的压力；二是将压迫着的脚弓放平或支起垫实臀部，不断变换，也可以撑持不少时间。木条子不如竹竿有韧性，抽杀力和致伤程度不如掸子，但脆断后，细密的木茬有如蜂蜇，至少有上百根芒刺还钉在皮肉里……使柯男多少会留下些记忆的是，木条的棱子将他的右腕砍出一条口子来，皮肉像花瓣绽开，有些稠稠的血汩汩地挂下来，不成点滴，丝绢般缠绕在他的指间——妈妈是需要柯男留下记忆的，而只要妈妈能舒解她的郁结，她松快下来，那么，柯男就觉得每次的刑罚是他应受的。因为，通常，没有第二种结果。

戈明喵喵地过来了，它不属于妈妈的禁囿范围，也许，血腥是它的偏好，但它是蹑手蹑脚绕过小方桌悄悄过来的，它警惕地看着妈妈屋里从门缝里漏出的灯光，蹚过那片光明地带，踏着柔软的黑暗接近柯男的血泊，然后轻轻舔着他指尖上的血——他有些麻木的手指即刻像伏着一两只温凉的小青蛙，接着，他徜徉在一片暖暖的海洋里，天很高很高，墨蓝色的，戈明肋下有一对翅膀，它是一只飞虎，那些携带弓箭的凶悍的蜂子立即飞散，在一个很高的——也许是万钟街的钟楼顶，戈明四足的软垫轻轻一触，降落下来，他们一齐注视着卯城黏稠的米冻糕一样的黑暗……

在柯男的经验里，跪着直立着的梦总是飞翔的，可以旋飞到天的极顶，而睡着的梦是坠落的，垂直的无底的坠落。他一次次陡然惊醒。正正身子，戈明在他的膝前蜷成一团，即刻用它的荧眼与他对视，那条竖直的眼杆子倏然闭合——天，恍恍惚惚在门缝里偷窥，悄然亮了又昏。

他觉得自己好多了，他的第一个决定，是在稍晚的时候，去柴四那里禀明自己的决定，他还要去烤鸭店清扫人家的鸭房。胖子老板来看过，用他的围裙揩揩手说：“你过来！”他就过去了。胖子说：“你光着脚干吗？水很冷，粪啦毛啦那么脏！”门角高处，柯男的一双布鞋端端正正地搁着，覆着一张报纸，“你手脚麻利还很会干活儿！这鸭房地窝子今天屎屎，明天屎屎，别当菩萨供桌揩——听着，我不问你哪家人，也不问你为何来找吃，总之是人在难处——石狮子也低头。不过，话说清楚了，我这里间天才进鸭子，烤鸭子也不过一季，差不多月底就闭炉了，不是日日有三升米等你拿。你不像穷窘人家！绝户？更不像。好了，我不问，总之，你后天还可以来——我不过多卖两只鸭子！”

柯男道谢，胖子老板大怪：“谢谢？你是北地人家？小老爹，我上佛你，不要赤脚，鸭子粪有毒！”

柯男盘算着，再有三两回，他就可以攒到两块的工钱。于是，可以从容计划这笔可观的开销：先给奶奶抓药，而后买上十斤米，再给“大雨点”买一升豌豆。奶奶的中药大约一服要两到三毛，那已经是福林堂的坐堂方子了，有“开鬼门”的麻黄、附子、羌活。不是无聊的汤头甘草杏仁桑白皮皂荚加减。前头那个郎中，见妈妈端上来的茶叶不起沫子，嘴一瘪，就说开个单方得了：鲤鱼煮杏仁！柯男在一旁说：“鲫壳鱼可以吗？”郎中便说：“实在什么样的话，当然，但凡水生诸如青蛙、田鸡，地上如猪之肚，也充得。倘若逐三焦、去旧水生新水，当然是六年肥鲤为好！”

柯男妈拼死了要救奶奶，于是一包点心打发了郎中，坐定来想“六年肥鲤”，才知原非易事。小姑说：“我嫂，那个郎中后脖颈儿有个叮疮，这次来下巴上又长一个，这叫对口疮，妄语所致！他真要晓医术，岂不先疗好他自己？漫说六年鲤鱼，就是四年五年，谁说得清？难道得先找来鲤鱼它妈，问明老大老二、孙子重孙再来起网拿鱼？这不明摆是讹人！再来号一回脉，就要说到百年猴脑、千年灵芝了！我看你愁不完人先愁鱼，人也愁成干滩鱼了！”

郎中是小姑请来的，数落完了，她也就走了。妈妈却苦了，鲤鱼大小年岁，还在其次。钱呢？小姑末了一句话中伤了她，她知道近来急上火，寝食难安，自来对自家收整很在意的她，大约是邋遢多了，无意间真往镜子里看了看，眼角鱼尾纹似乎不太显，但一撩鬓角，竟飞飞地有几丝白发！就在此时，她突然如蒙大赦！一下扑到五斗柜前，翻腾起来，终于，她找到了，一个盘尼西林的小瓶，里面当啷有声，是指甲盖大小的一片金皮，她早年打算包牙齿用的！“柯男——”她大喊。

柯男不信这个胡须上粘着干饭粒儿的郎中，他信福林堂的坐堂郎中。但对去寻一条“六年肥鲤”压根儿不以为是什么难事。他说：“妈，鱼塘每年起网捞鱼，怎么不知道三年肥鱼卖价最好？网眼子就是年岁格子，既然取卖三年的，小的让它漏网，若换更大的网眼，当然就能叫六岁的打上来！”

妈妈说：“柯男啊，你这点，最合我的心性！事到跟前不言难，做起来再说！”言毕，从小瓶子里控出那片金皮来，说：“我在你的后面，以防人家疑你是偷来的，你上金店柜前递进去，看好秤重，总在两三钱，不值八块也值五六块！”

事情太容易！连秤也没过，那中年店员用牙齿咬咬，就丢出六块钱来。妈妈极高兴。

果若柯男所说，他出去小半日，在四道坝鱼市，他像一个总督一样来回巡视一通，立即宣告要“六年肥鲤”！顷刻就有鱼贩来争抢生意，邀他到大木盆前看那些活蹦乱跳的大鲜鲤鱼,也知道“六年肥鲤”是入药的。在三两个渔家跟前,他选了个面善的老人,要了他五斤重的一条金黄肥鲤,付了两块五毛钱。那老渔人说:“小贵人!这条鱼绝早起网,我就知道有你这样的请主——看鳞片,片片灿灿,是龙鱼之相!记住了,不可断须!去鳞,挖鳃,全鱼入釜!”

柯男问:“要不要烧炷香给它?”

老人家愕然,半天才说:“观音山晖湾的鱼,昼日口吐莲珠,没听说还要祷告啊!若再来,只怕是遇不到(这样的鱼)了,要不,我问问老师公?”

柯男说不必了。渔家赏一个鱼篮,苲草垫好,也不穿鳃,就这么拎了回来。

妈妈说:“还是观音面前搁一下,观音三十六像,你奶奶这尊水月(观音),也恰当‘鱼篮’(观音)来敬吧,到底杀生不忍!”

奶奶没有转好。杏仁鱼汤奶奶是小口嘬的,鱼骨赏了戈明,但还是水肿日比一日上身。妈妈绝望了。

眼下,柯男知道,妈妈最焦心的事还有,大姐若考上大学,她要预备的学费盘缠何止一条肥鲤的钱?她会在天亮后冲出家去,擦晚回来,但凡有获,就会愁眉一展。但即便空空而归,昨天晚上那场不轻不重的责罚,是再不会提起了。因此,他有一个白天来筹划他的行动!

奶奶拉着柯男的手,哭了,说,你受罪了,棒子打在我心上啊!

柯婴说,不是棒子,是木条子。

奶奶就说,当廷杖毙用的也是板子。你去找你姑,要一团硬面来。

没一会儿,柯婴拿来的是干面粉。柯男和水揉了,奶奶就叫:“你脱了衣裳趴好。”就用面团在他周身滚。

柯婴说,我看见了,木刺粘出来了!

柯男说:“奶奶,我是打不死的程咬金。柯婴!你收收盆底的面渣,用水和了,把我的血衣搓干净,浆了!晒干!我回来要穿!我要出门了。”

四道坝渔市空空,比风吹落叶干净。一个水警说:“你小子来捡鱼肠子?猫贩子里没见你这么个人啊?北风起时白鱼上网再来得了。人家回去‘土改’了!‘土改’不知道?斗渔霸斗地主!草海上去一截,就见着红旗一大展!天红地也红!小心!你在渔家面前讲不得‘翻身’!忌讳!人家以为你咒‘翻船’拿鱼脬泡砸你脑壳!”

四道坝离滇池尚有宝像河的五里水路,此时大雾,天地浑然,柯男总觉得没有了吵吵嚷嚷的渔家,这个腥秽无比的小码头极其无聊。他踩碎了地上所有抖网落下的螺蛳壳,将里面的螺黄挑出来,这是戈明的餐料——他,一个世界上的忙人,不能白走一趟。

26

他在烧饼摊前站了一会儿,又走开了,他觉得要“破”开他的五个整张的一毛钱,是件十分慎重的事。不知不觉就来到了居人巷口,那便是柴四的家了。屋顶上黑色的瓦猫已经在守望着他,他对这个瓦猫说不上有什么感觉,它丑陋,但它身上有历年风雨留下的苍苍的苔痕,呈一种墨绿色,这是他喜欢的颜色之一。对仰面朝天的东西柯男不全存敬意,比如大殿上的宝顶,恰如一个大葫芦,不如一个鲜绿的真葫芦可人,但据说,宝顶里藏有佛家八宝和经书,当然是小型的金银器,有很多脊兽排列在屋脊上守卫,这就很了不得。瓦猫是站立在灰色的瓦屋上的,那些青砖和土坯房里住的是小户穷人,它肚子里便纯然是柴灶里的一团烟火气,没有什么宝藏,连肚杂也没有,但它不求恩赐,一旦用泥巴赋形又出于万千烈火,它便富有光明,终夜守护黑暗。这,柯男是佩服的。戈明有一天会变成瓦猫吗?

四岁拜孔夫子,开始认字,方块字像板瓦,一年下来,认得三百字,就可以“读书写文章”。什么“秀才”?这太容易了。爸爸警告说:“少不读《西游》,老不读《三国》”,柯男偏偏既读《三国》,也读《西游》,似乎也没有长疮流脓。爸爸拿来上海书局印的《德国童话》、《安徒生童话》,他读着读着,要么大笑要么就流眼泪。他发现外国童话是穷人的,中国神话是皇帝的,穷人要吃饭,皇帝要侠士。现在,他既要吃饭,又要做侠士。他想为“瓦猫”写一则童话:太上老君因为夜里炼丹,白日嗜睡成性,常常忘了早朝,便想,何种物类最不逊,就叫其值守五更!当然是猫与游方和尚——猫自来不与人类亲近,夜游成习,诡秘莫测;而有人冒充游方和尚,居无定所,常常以“挂单”骗吃骗喝,于是一发将和尚与身边一只猫点化成石,令其“如如不动”,但和尚有偈语,暗传于猫,两者交替变化,瓦猫守夜,和尚化缘,如此相得益彰等等。

他把这个“新编故事”讲给弟弟听,柯婴说,“猫吃荤,和尚吃素,所以晚上分餐。但前天来了一个和尚,奶奶给了他一毛钱,他出门就在光华街买了一包吃的——这是我看见的。不会有假和尚吧?”

柯男说:“公案里有!鲁智深如何?大惊小怪!”

这是一间独户的墙抬梁土坯房。门上只有一个搭扣,穿一个四棱棺材钉当门锁。其实里外出入毫不受禁。再说谁敢入侵柴队长的院宅呢?柯男抬开门钉,门枢吱吅一声,就开了。如同所有昆明家居,这种叫“一颗印”的小院落四四方方,天井正正摆放着一席阳光,邀来大群的蚊蚋、莽撞的苍蝇和灰尘在光明里飞舞。

“有人吗?”柯男喊。

黑暗里有个布袋似的东西在转动,柯男闭上眼睛又睁开,是个人!吊在梁上的活人！柯男并不惊讶，他预想着这里是一个私刑牢室，甚至吊着许多私屠的动物干尸，它们的内脏器官都是盐渍的，泛着白花花的盐霜——因为，柴四说他一天只吃一顿饭，他的口里有极烈的口臭，说明在他硕大的胃囊里贮存了许多经久不化的腐肉！

梁上那个“布袋”又转动了一下，没有声息。

柯男就说：“我来教你如何回答。进门人问：你是什么人？你就说：我是这家的小主人！来的什么人？我就答：进门三板斧，出门风一阵，来的不是鬼，走的不是神！口干讨碗水，肚饿不搬甑，衣裳只一襻，来求一根针——”

“缸里……有水……”那“布袋”回话了，嫩声细气，是个孩子。

“你是柴四的什么人？儿子？小主人？”柯男来到梁下，“不愿说话，点头就成！”

梁上咣啷作响，砰一声，“布袋”一个跟斗翻到地面来！柯男只觉得好怪，他是“假吊”！

柯男看看，这个肥肥胖胖的男孩高过他一肩一头，是柴四的模子。他说，他以为是他爹回来了，于是赶紧“吊”了上去，他爹罚他吊一个整天！

柯男说：“我说呢，梁上无君子！要我，吊就吊！”他撸起袖子，让男孩看紫红的横竖痕子和腕子上的血口子，小子佩服得不得了。忙说，你尽管拿东西，走的时候插上门！我叫“柴虫”！

柯男说：“本人纯属公干！与柴队长办些交涉。等会儿他来了，你也不用上梁了，就说是我解放你的。”

说话间就听雷打般的吼声，柴四以为儿子逃逸了。进门来，看见柯男与他的憨大儿子，如一个囤箩一根标杆竖在天井里，就说，小师爷，是你放他下来的？柯男说，他要屙屎！柴四说，两天不给汤水，他屙什么！你上他的当了。柯男说，屙的全是虫，有一粪坑！不信你去看。柴四吓了一跳，断然道，他偷吃生香油！

柴四手上提了一个包，里面有两个大箍子，问：“‘折箩’你吃不吃？其实，哪里是‘折箩’？一个小炒肉是现炒的。”他揭开箍子，肉香油香锅底香即刻四散开来，一箍子饭足有三四斤，“这是我的一大顿，余下全省了！昼日一餐饭来挡，布袋和尚口水淌！”说着在板凳上布筷子，即刻又收走一双道：“你们富贵人家是不吃‘折箩’的？吃不吃你看着办！不过，你富贵人家也败落了不是？实话说给你，我见得多了，昔日金丝雀，今番落毛鸡！大世变就是如此。”

柯男拿起筷子搛蘸一点儿酱油的肉尝尝，味道真好！他指着柴虫道：“你还要饿他？动用私刑是犯法的！”

柴四满嘴肉，半张着嘴：“犯法？打自家娃娃犯什么法！骑出来的骡子打出来的马！皇帝不也是师傅打出来的吗？中国大汉家法，一是自家人打自家人不算打——白挨！二是蓝毛子打中国人活该打——种孬！三是老子打儿子痛快打——赶紧！”

柯男说，“那么，男人打女人呢？”

柴四将筷子啪的一下拍在板凳上，将站在阴影里的儿子一指：“这家里——小师爷你是看到了，有一点活气？黑作死人坟圹。两个男人胯下两根杠，往哪里戳？我前头说要找个女人来，小杂种说不要晚妈，我说你恰当廊杆上晾一块阴丹蓝布不行吗？他拿火钳烧了放在那女人椅子上，叫她杀猪似的呼救命！丫巴见肉毛臭！第二个女人，人家丑是丑些可还是黄花，他拿巴豆掺进汤里，叫人家蹲在茅厕里出不来，揩完一刀草纸，三天瘦成干腌菜！你说，这样的儿子不是比老子恶大了吗？他要是头猪，我牵出去就宰了！我一个大队长，管天管地管不了这冤孽！他留级三回了！老师见他就不吃饭了，他肥了，先生瘦了！”

柯男说：“你拴他的是根狗链子，一看皮襻和锁子，正是我家‘宝郎’的！不信，我们现时去验，锁子上有‘大东·19’的字样！”

柴四放下碗筷：“不用！上面确实有字！约莫是你家的不错——那链子好，镀镍的，百里挑一。我舍不得丢，留下来了——你说吧，这债要怎么还？”

柯男说：“鸭子店我还得去。”

柴四：“好说。这回你升账房！”

柯男：“不！大半账房放私钱。再说烤鸭季节入秋就过了。”

柴四：“你什么都知道。那……你要我如何办？我那里净是肮脏粗重活儿，怎么说，你还不及粪瓢高啊。要做，我就得罪了你家大人了！我贱生贱养，比不得你金丝绒包卵蛋，我只是一个茅坑里的臭石头。”

柯男：“我奶奶要死了。我和我妈拼死要救她。”

柴四突然从板凳上站立起来：“你说！要怎么着，背她老人家西去三百里？我来！不用滑竿，我用一个靠身长背篓，绿呢顶子，氆氇靠垫，听凭你吩咐！”

柯男说：“不是立时就死，是慢慢死。用药，提着命。”

“哇——”一声，柴四捶胸大哭起来，那号啕声，犹如豹子在吼，他蹲下来，胡乱将涕泪从脸上胡楂上抓下来一巴掌一巴掌地抹在青砖地上：“哎呀哎呀……一命了一命呀……我娘生下我一甩脑壳就死了，那年我爹去台儿庄打日本上去就吃一颗钻心子弹……我奶是嚼干豆把我填大的。我九岁那年，跟她去讨饭，她让马车撞死了，我拧断了马脖子，法官断下来人马两抵……我两床草席把她埋在黄土坡……算屎！老话伤心！”

柯男说：“不用你帮忙了。你把你儿子放下梁来。他偷东西？还是抢人？”

柴四说：“他要真有三只手，算他得！小杂种滥逛，逛完吃，吃完逛，只是吃——饿死鬼托生！我前世不是讨饭吗？生一个柴虫！知道什么是柴虫吗？大杨树心里的肉虫——坐吃山空树倒根败，死了就吃‘吃’这个字，他一二数到三就打嗝，挨了三回开除！”

柴虫说:“不是开除,是留级,不是三回是两回。”

柯男说:“你们家的堂屋中堂‘天地君亲师神位’要改了,皇帝打倒了,什么‘君’?要改成‘天地国亲师神位’。国,就是国家。新社会!”

第 四 章

27

柯兰考上了华西医科大学。

这在府东街是一件轰动邻里的大事。从表面上看,柯男妈一如从前。但处处能感到街坊的敬重,似乎她要收获的正是这个。对于女儿必定能考上她理想的大学,妈妈以为势在必得。她要做的是要为柯兰离家求学准备一笔钱,她的学费、书本杂费和至少一个月的伙食费。还有,据说成都地方入冬潮冷,夏来燠热,四季衣裳至少要有一两件新样的。柯兰坚持说,她进入学校可以申请奖学金或困难学生补助。衣服也尽量穿旧的,她的一件布拉吉长裙,是年前做的,没舍得穿,四川地方热,正好派上用场。

妈妈十分不屑,说:"没听说女儿家一身衣裳早是它晚是它,贴身抵到晚,你就不换不洗?即便不是戏台换装,也要出得人前!这种事不由你说!"——她连月来走串所有寄售行,将原先寄售又无人问津的杂项物件,大凡值钱一点儿的,通通央告人家改作典当,或现时低价变现。

南屏街寄售行的宋理明是老世交也是行中耆老,见她寄售的一件簇新水獭长大衣愿以五十元变现,长叹一声道:"这恰若白送了!要在当时五千不止!"柯男妈说:"一时的事一时说,我看,即便白送——在今天,谁兴这个?恰如玻璃丝袜扎拖把——它不适用啊!"一句话把宋先生点明了,他出了个主意,说正义路二允巷的裘皮裁缝"寿师"你是知道的,他那里时常有人求访为老人做"皮筒子",但依往常习惯,这种为老人挡寒做的皮筒子,是舍不得用好材料的,而兔皮轻贱,羊羔又重厚,一般狐皮已属上乘,最最好的是水獭做前后片,轻暖华贵,寿师又有独门手艺,可将轻裘做成两面穿的大氅,最为实惠。现时的事,谁个说得清?哪个是有钱人?哪个又不藏不掖？哪个又如太太你山穷水尽？万一真有人喜欢呢？那就是你现时的两倍价！何苦把金箔当草纸！

柯男妈真去找了寿师，言出事成。第二天，就拿到了定金六十元。寿师用手顺着一抚，再逆着一抚，复一吹，见针毛闪亮，银波漾起，瞬即复原，柔滑若云，且皮板雪白坚实，重重叹息道："如您不是割腕出血，这样的货，怎么舍得？我这一剪子下去，要疼一辈子！"

大姐就要离家了。同学约去庆祝，她婉拒了，要陪奶奶三天。

小姑突然来说："嫂子啊！柯男不是该上学了吗？人家报名报完了！"

柯男妈脑子嗡一下，脸色刷白。她忘了！真的忘了，还有个柯男！他七岁，过了七岁了！不觉间！

柯男呢？柯婴说他在藩台衙门的菜市口捡苞谷叶！柯男妈猛然想起来，柯男在将近一个月的时间里，一大早就去菜市上捡人家卖青苞谷剥下来的叶子和须须，熬水给奶奶喝，兼带洗脚——在百药无效后，人家说利尿消肿就靠这个了！

但小姑说的"报名报完了"，准确说是"报名结束"，这是实在的。昆明仅有的三所公立小学已经满额。而私立小学费用，不用说是另一组数字。妈妈哪里再去找一件裘皮大衣？

二姐柯慧说："大弟还用读小学一年级？他读四年级还嫌低，明年跳五年级得了。"柯男妈什么也没说，她跑遍了卯城的小学校，就像通常白手回家一样，她累狠了，关上门，独自在里面坐着。

大姐倚在门上，大约想找一句排解的话，但妈妈先就叹了口气："怎么把柯男要上学的事糊里糊涂给忘了——这事要忘得了，人啊，怎么活着？真个是踩不实了呀！"

大姐从奶奶房间里出来，她的眼睛红红的，轻轻拢住柯男的肩膀说："我们上街去。"她带他走了很多条街，柯男知道，突然"生"出一个他上学的事，让家里因大姐就要去上大学那种浓烈的喜庆气氛有些稀松怪异。上学？他自己全然没有想到！他的苞谷叶要最新鲜的，是青青的苞谷的"贴籽"叶片，它有着津津的蜜甜味，那是苞谷的贴身亵衣，有一排排小小的乳突。那些金红带绿的丝丝就是从每一粒牙白色的苞谷顶端抽出来的，然后，在苍绿的外叶锥端，不束不抡，纷披而下——有点儿像一个戴着枷锁、行将就木的钦犯——所以，柯男每每收获，就升起一丝牺牲的惨烈。

柯兰说："你太过聪明，超出同龄，你还质弱敏感，这些都不好。晚读一年，也好，有时要压一压，就像培土栽花……"

柯男说："那是医学吗？大姐已经是医生了。"

柯兰说："这怎么就是医学了？说的是你，不知怎么你生来就是这个样子。"

柯男知道，一直以来，他的"五马六道"或"鬼灵精怪"就是一种罪过。他让妈妈生气，他还顶不起救奶奶这样的事，他是那样的不可依凭。

姐姐给柯男买了一个铁皮文具盒，用的是她省下来的零钱。柯男很喜欢这个印花的扁长铁盒。他说："我有毛笔。"大姐说："小学生开初都用铅笔。"柯男问："为什么不用毛笔？"大姐想了想才说："是啊！不过，那是你们这样老式古板家才兴的事。我们下乡一个月去扫盲，用的是粉笔，土地庙的匾牌翻过来，用锅灰抹了做黑板。"这很新鲜。柯男说："铅笔要，还要一把小刀。"这是他最心仪的补偿。他可以用它刻木头，给鸽子做排哨，他每天去收集苞谷叶，看见农家用镰刀削苞谷秆儿，他就想着，像他这样的人，应当怀揣一把真正的刀，白刃钢刀！

第四天，柯慧、柯男送大姐上火车，有上百人簇拥在这个散发着浓重油漆味的绿色火车，唱《共青团员之歌》。大姐哭着向所有人挥手。

回来，妈妈就宣布：你小姑那里说好了，你表弟表妹读书回来，你就和他们一起做作业。他们读完的书会让给你读。

柯男捡苞谷叶的时间提前了，他在天亮卯时就可以出门，这让他很开心，他可以在农家的马车卸车时，就去抢那些最新鲜的苞谷叶，然后背回来，在柴灶上熬水，给柯婴喝一点儿，余后便是服侍奶奶喝与洗。在下午四点以后，就在小姑家堂屋，与表弟表妹围坐在小方桌前，读他们读的书。

条凳很窄，他只是挨着表弟的肩，凑过去一点点，看看那些崭新的小学一年级课本，尤其是"算术"，他也喜欢"语文"，最好的是有国旗的那一课，他不明白的是，怎么就一句话："我们的国旗是五星红旗"。为什么不写上"五星红旗迎风飘扬，胜利的歌声多么嘹亮。歌唱我们亲爱的祖国，从今走向繁荣富强！东方太阳，正在升起，人民共和国正在成长！伟大领袖毛泽东，指引着前进的方向，我们爱和平，我们爱家乡，谁敢侵犯我们就叫他灭亡"？

——"东方太阳，正在升起！"

太好了！

他说："我们来唱这支歌吧！"

小姑在厨房里当当地敲着锅铲："柯男！你又在捣乱？"

28

楼上的端木先生回来了。感觉是开来了整整一个军的人马。原先由一个老头儿看守的楼上三间一耳，清静乃至寂寞。保留着前清小辫的这个驼背老头儿，据说是端木先生的"弼马温"，为何不是马夫呢？柯男知道，既然是"弼马温"，当然也是一个小官，只是管马不管人。马多至要设馆开衙，当然数量极其可观。原来，端木曾是前清中央官吏，总领云贵外交事务。连云贵总督李经曦对他也要礼让三分。辛亥年，云南举义，而后倒袁护国，这个端木是唐继尧的“内把手”，大凡与法国人打交道，遏制法人之东方汇理银行“跟单押汇”，禁运大锡，乃至内促法人开关、允许李烈钦等潜行入滇、陪同唐继虞去河口接应蔡锷等事，都有影壁之下端木的魅影。所以，云南革命党人变换王旗，无数政变，杀头如切瓜，唯独不杀端木。李经曦混了一个国务总理，邀他重返京畿主持外交事务，他回一个“野草孤岸，滴水可滋；枯木昏鸦，难栖高枝”，从此辞官归隐。带着三房姨太和多至数十儿女，在滇南蒙自乡间“耕读雍闲”，再不出世。

端木在1950年蒙自解放时已经八十有五，无奈他的庶房女人们怎么也熬不过他，如落叶纷纷，全都归土。不仅姨娘们熬不过他，他的子女也在一场瘟疫中大半折损。知道端木的经历，自然知道他何以有如此多的人和马——原因是他料定法国人要杀他，故从不假道滇越铁路，大凡出行，总是人马重装，行不由径。愈是想活和有法子活的人必定长久。八十五岁，他将蒙自田产全部交公，带着他的三个女儿和最后一届收房丫头回到昆明。抗战末期，为躲避日本人可能自滇南来犯，他“箱子底下扫扫灰”，买下的府东街这半个院落，现今成了他唯一的栖身之地。

端木是1951年回归省城的，为何整整两年不见人？一是，接政府令，他要回蒙自“完成土改任务”。他说他的田产已经交公。蒙自县政府说，那不是正式的，共产党办事讲认真，要履行法律手续，况且你还有个旧两处矿山，这也没有收缴文书，我们只能认定你是官僚资产阶级。官僚资产阶级的资产是要没收的。你还隐瞒了石屏县无数田亩——加起来就是官僚地主资产阶级，三座大山你就占了两座了。他说，帽子有多高我不在乎，帽子而已。石屏杞麓湖边水洼怎么算得了田？我服你们共产党打江山，唯独不服你们经管营算！

——这话只有端木敢说，他还说你们说佃户要来清算，我哪里知道有什么佃户？这个大水洼是我辟地开荒、凿山引水开出的荷塘，水里只有螟蛉子、水板凳、莲蓬籽和水蛇，这些何时“化变”成了“佃农”？这些人是“妖充”的！

——这话也只有他敢说。果然，土改工作队一调查，那些“佃户”全是外乡盲流，内中还有三个土匪。便说你表现好。端木说先别说好与不好。我不参加“批斗”，我的家人一个也不要绑不要打，然后我画押，你们拿走所有，我们来谈判——我一生下就是专门谈判的！知道什么是谈判吗？我和整个世界谈，为何不和你们谈？清平世界都是“谈”出来的。端木就这样“锦缎袍子上不粘灰”，“完成土改任务”荣归故里。但等着他的事，前清官吏未必样样在理也了然，派出所第三天来通知他“戒毒”——端木说不要说“戒毒”，说“戒烟”行不行？或者你们判我三年刑，允许我在牢子里继续享用“阿芙蓉”——我揣摩着本人寿岁也就一两年而已。如果先死，你们要公布减刑——今天礼拜三，没有“这一口”，我活不到礼拜五。这次“谈判”没有成功——端木后来服从了，但仍在谈判中争得最大的“政策性特殊优待”，他可以在原陆军医院借助政府提供的医药戒断鸦片——现在他好端端回来了。但强制戒毒毕竟不是什么光彩的事。有一种说法是，后来，一个大官儿，军管会的领导见了他，开篇就握着他的手说：“端木前辈，可能有些误会……”这一个“端木前辈”就让他服了一半。然后，领导说：“你老人家也要体谅我们：共产党打下江山，不是也接管了旧社会这个烂摊子吗？娼妓、赌博、烟毒、匪患危害千百年，建设新中国不是该铲除它吗？你作为我们的前辈带个头行不行？”这后一句话把他彻底征服了。

在小姑口里是另一种说法，根本不是“军管会领导”，只是区领导特许他少量用烟，但仅限他个人使用派出所“抄没”后“发还”的存量，不许买卖，否则以犯法论处。院子里的邻居偏偏信了前一种版本，说“大领导的水平就是高”。

总而言之，端木一上自家楼，就再不露面。

柯男妈让柯男去楼上看看端木先生。一是从礼数上说，人家是房主，租户入住有告知的义务；二是原先约定有三个月的赊贷期，这是漂亮一点儿的说法，内中有交换条件，即柯男家必须修葺旧屋，免租金三月充抵修缮费用。如今，三个月早过了，楼下三间房屋，细察下来根本无法“修缮”，地面墙面抹抹还凑合，外山墙开了大裂子，土坯子如同“米酥糕”，泥瓦师傅说，根本不敢动！柯男妈的意思是，为了家居安全，她已经在入住后，找人往墙的罅隙里填了石灰膏浆，一直填到了房主的那一层，大裂口处使了掌木，打了木板“抱箍”，楼板开缝漏灰，使了桐油泥子。这些工程都有“弼马温”监工不虚，陆续派上的修葺费用也已经大大超过了“小修小整”。乞请端木先生验视，如得嘉肯，能否将三个月的“赊贷”再延迟三个月。柯男妈怕柯男一个孩子这样复杂的事说不清，特修书一封，说明缘起事由，末了盖上她的图章“柯俞莲印”。这样，免去了此时端木先生讳见外人的尴尬，也不致失礼。

柯男去见端木，他视为执行一项使命。白衬衣是浆过的，他在镜子里试试，觉得还是第一个纽扣打开的好。端了那封文书就上楼了。

由牖廊来到客厅，幽幽的一抹生漆黑，有若干个亮点在黑暗里跳动。他闭了一会儿眼，再睁开。反倒吓了一跳，格子门前一个躺椅，明明在悠悠摇晃，大约它安置在一张厚实的羊毛地毯上，绝无声响。窝在里面的一个老人倏地欠身，如同从棺材里坐立起来！

“你就是柯先生的主家大公子？”他问。声音细弱，但似弦响，有很长的延时音，仿佛是唱出来的，在很多金属丝里穿绕撞击——他从未听人用这样的声音说话。

“你不要左看右看，金农的对子世间最丑，翁师傅的中堂一个黑粗了得，我取二人傻大痴木还自许自得，以为警诫！”他已经戴上老花镜在妈妈的信笺上横扫，“令堂的字出赵子昂——你通家习赵？”

柯男点点头。

端木先生欠欠身：“允老夫卧谈？如刘备访诸葛？不过，此茅庐何须一顾？你妈妈当真了，修什么修？漏屋作歌，秋风如弦，你说呢？不过修了就修了，不值得再提，回去说，悉听尊便！有余钱，赏几文给老夫充填扑满，没余钱，你间或有工夫，来老夫处指点迷津——带上一份报纸来！知道吗？令尊与老贼有数面之缘，彼时老夫仰其德才，恭敬有加，不承想暮年同归一炉，他落地为灶，我这个破罐子还在他头上炖着，实在有愧！怎么样？他的老君丹炼成了啵——就要回家了吧？”

柯男说：“就要回家了。”

端木说：“我说也是。仁德人可，兼义则无——要做到仁德是可以的，兼了义气就完了！很多事情你太小是不懂的。你吃点儿什么？这里有朱古力、奶油花生米、通海蜜饯……反正是应有尽有。”

柯男说：“我不吃零食。”

端木：“哎咳！好习惯！你睡觉什么姿势？是趴着、仰着还是……”

柯男：“我侧着睡，睡着了就不知道了，也许会仰一会儿。”

端木：“问题就在这里：伏如龙虎侧如猫，睡着了两耳尚能侦听，随机出脱；一旦仰面呼噜，则霹雷充耳不闻，如同人生，一时清醒一时糊涂。年轻多侧眠，老了就渐次仰面，行将就木者抑或进棺材，不是都仰着嘛——聋瞽于世也！”

柯男：“你说话的声音很好听，如同戏文。”

端木哈哈大笑，声震屋瓦，真的来了一段京剧道白：“小的你来仔细听——殿前御马它奋四蹄——关山之外多险隘——你如何昼夜转得了机——西皮流水《盗御马》，我的添词段子！如何？咯咯咯……”引来咳嗽不止，喘气不歇。端木顿时憋闷，蜷成大虾。

柯男说：“好听。你们家不是要唱堂会吗？我见有人抱琴来了。”

端木忙要水：“这水是药水，你是不能喝的……要不，单独伺茶？”平复过来了，他眼睛里出现血点——那是双糜烂的眼睛，无数稀稀稠稠的垢物如同井栏围着，那深深一点儿光亮，是倒映的半个残月。他说，“我撵他们走了。你的奶奶不是有病吗？青衣尚可，那个铜锤花脸一吼，弦急鼓震，了得？”

柯男说：“你可以到大南城上去吼巴头、清嗓子。城墙要拆了。”

端木大惊：“你说要拆钟鼓楼？”

柯男：“是的。拆了。我明天带报纸给你看，是旧报纸。”

端木顿时陷入沉思：“……道光的物件、咸丰的家私、同治的补丁，本不足支撑，拆就拆了——万钟楼拆了干吗？一个世界晨昏不知……哎呀哎呀，那是大明永乐之物，五百又三十年了！王者兴！王者兴？”他又大兴暴咳，他的老婆——就是那个收房丫头,只三十七八岁的女人碎步出来了,雀眼四下逡巡,停在这里。

柯男说:“我要走了,谢谢先生格外关照。”

端木突然拱手一拜:“这些日子,唯独今天得一大快!小主人!你当受老夫一拜!”说着要欠身,柯男知礼,上去扶他起来,他借机悄声问:“外头是如何传言老夫的?”

柯男俯他耳边道:“说你戒烟了,是新社会模范。”

端木笑得胡子发颤:“那么勋章呢?是不是应当颁一枚勋章来?哈哈,没说我翻跟斗的事?就一点儿没听说?”

柯男:“什么翻跟斗?”

端木:“那就不说了。”

第五章

29

蓝西的书房是一个他自我的禁囿之地。早年崇拜尼采，他试着翻译了尼采的某些著作，这些西文原版分两种，德文和英文。他自信自己的译本会别开生面，甚至断言行销于市从此崭露头角。那时年轻，中国沉寂，而出来呐喊者狰狞得很。他为自己设计了“蓝西”这个笔名，是突然想出来的，他突然想起来的事情很多，往往一夜数扰，翻身起来就在本子上乱画。蔚蓝的美国西海岸，或者是英国法国某一处濒海古堡，总之他独据危城，咸腥的海风扑面而来，他像一只“鸷鸟”（西方的说法不知道，不能说鹰隼一类，他脑子里从来没有在极高穹顶霸据一方天空的幻象）——“海鸥”在其上哀鸣。但“鸷鸟不群”与海鸥不同类，他年轻的脑子删却了中西拉锯的痛苦，只取纯粹风景，于是有了“蓝西”。后来尼采、巴枯宁、克鲁泡特金皆遭禁，即使他的译本完成，也大大落人之后，他明显错过了某个看似恒久其实很短暂的“机会”，况且他永远只是在“开头”，散乱的译文既无意整合也无法延伸。但他没有落寞，他的下一次“开头”，像很多年轻人一样追随马克思主义。这次的“开”险些要“头”——其实他无意殉身某种“主义”。于是再“开头”，在小报上某一角落栖身，像滩涂上涨潮露出头来，退潮再缩回去的“沙壶”——他绝不承认自己无用，他某些犀利的时评文字在抗战高潮中是蓝色浪花，被舆论捧上巅峰——他的主业后来转为职业教育，他喜欢这个公益事业，它予人慰藉又适合他的半隐身生活。

但这一切，在光明普照的 1951 年年底被无由地打破。他猜测，他的文教局副局长任命在下达前曝光频频，但终究那一张盖着市政府大印、由市长亲委签名的委任书没有飘然而至——如果没有“Ke”被审查的事件，如果不是外甥唐会龙“揭獒”轰动各界的“特务”大案，他早就是局长或副局长了。唐会龙在他眼里成了强弩之末，因为他坚持的逻辑是他即使是特务，也只是被“拉”进特务组织里来的，那么，“拉”他的人就应当确凿无疑先被证实为“特务”，谁来指证呢？相反有更多的证词在诋毁这个“污蔑”，他的“孤证”支离不圆——这时，如果蓝西往天平上投上一根草——坦诚地说明，是自己亲笔向“Ke”“引荐”唐会龙的，那么，这根稻草就会在瞬间压死这个谎言制造者——但，他在霎时也感觉到了极大的危险——“你为什么会引荐一个特务进入央行？你是不是特务呢？”——生成的“逻辑”就不是“稻草”而是悬在头顶的钢刀——即刻，他与“Ke”的位置就会发生置换！他与“是”(自己已经承认)特务的唐会龙的关系一遭捆绑，你说得清楚自己“不是”特务吗？

当然，一切十分蹊跷，再没有给他推论这个“逻辑”的机会，散会了。

人就是这样，进入一种思维的隧道后，哪怕再幽暗，你也难以转身，他后来的推想是：似乎没有任何外在的因素能扰乱他的那个副局长、局长“成命”——他被通知参加听证会，这肯定并非没有由头的！他的“引荐”一节要么唐会龙交代了，要么“Ke”也证实了，只是在主审法官那里不认为非要由他蓝西来指证而已——有一刻，他脑子掠过一个闪念，“Ke”真是案首，由此揭露一个特务组织，他对揭发人的“引荐”即可以解释为“无意”而“有功”——他希望对自己有恩的人下地狱——这太可怕了！他差点儿被这一闪念击穿而化为不齿灰烬。

他今天得到的消息是，那个所谓的“央行分行特务组织案”已经撤销！唐会龙特嫌案并入前国民党中统局对云南派遣特务案审查。这说明，唐意图“拉垫背”，避实就虚，绕开他事实上为“中统直接派遣”，为逃避而诬陷他人的计划落空了。他应为自己的罪恶历史和诬陷负责。而“Ke”则随即转入“三反五反”运动。按他蓝西的密切关注，这时全国的“三反五反”运动已经接近尾声。

那么他呢？蓝西呢？三个月来，他寝食全废，他想着下一次，可能不是“旁听”，而是传唤他到庭作证，那么，他就将侃侃道来，大义灭亲，作为直接证人证实唐会龙并非如他所言是被“Ke”拉拢，而是有意接近这位金融界领袖，托他立函举荐是蓄谋的一部分。他和“Ke”一样被这个隐瞒了特务身份的人欺骗了，他和“Ke”一样一直是这个社会的上层中坚，而唐某无非利用他远亲这层关系，实在卑劣不齿。但这一机会迟迟没有到来，他像一个在空荡荡的黑夜里守在街灯下的人，看着自己身下孤独的影子，备受饥寒煎熬。突然，天大亮，一切烨烨大白。他再次错过了原本属于他证明忠诚正直的机会，如同他五十年来，一再错过了某趟班车一样。

这下，他不能与那位蒙冤者比肩，他属于唐一伙，低层阴险的窥利陷害者！

他沮丧至极，突然脑仁儿剧痛，有一阵，他要不断磕碰墙壁才能减缓疼痛。郭佩珊说你属紧张性脑缺血，是昼夜犯劳的结果，吃点儿什么安神催眠的药早早睡就好了，他却认定自己明天将死。但吃下药的那一刻，他突然地脑里又一闪：如果“Ke”下一关“三反五反”过不了坎儿呢？“Ke”进去近两年了，哪有耗子洞里不沾灰就让出来的？多少得让他从此不那么炫耀！这差不多是必然的——他已经看到，原来许多为旧政权（时兴称“伪政权”，他一个专营文字的人奇怪怎么变成“伪”什么什么了）服务的“旧人员”都下来了，替之以政治清白的新干部——这是政权更迭使然，与他蓝西再无干系！

他隐隐盼望的事情发生了，他长期从业于新闻行业的一个好处是没有什么事情在萌芽状态不为他侦知——有不少拒绝改造的人被判刑了。但似乎其中没有“Ke”——他怎么非“意害”这个素无深交的人不可呢？这让他吃惊！他焦虑。他不断被自己剥离出来的影像所惊吓。

郭佩珊似乎也在犯同一种病，这个大夫说，屋子里有腐尸味！这回轮到蓝西说道了，他说，你天天与福尔马林里的东西打交道，日久，哪里都是那股味道！但郭大夫的侦察功夫实在了得，她断言是屋外的一窝猫拖什么死鼠之类的东西进屋来了！于是，大兴搜索。就在傍晚，有了结果，一个巨大的书橱下的空洞被发现了，里面深不可测，确有死鼠，还有大量被嚼碎的书报——这对素来不食死鼠的猫们是个冤案。是郭自己生怕鼠扰撒了灭鼠药，造成鼠们集体死亡所致。幸好是蓝西发现的，他惊悚于他在1949年某个时段，久已丢失的《日志》第三册找到了，只是鼠牙将那些他曾经自恋的中文书写的日子咬碎，已经无法拼接！但其中有些成沓的火柴大小的碎页似乎更清晰，每个字都在弹跳，他凭这些支离的文字完全可以复原某日唐会龙来舍、央告举荐书信，过后唐有回话，说自己表现良好，经“面验”已进入“银行实习班”等语，那些完全可以任意拼接的“活字”却怎么也组成不了唐构陷的东西，哪怕一句话、一个句子，甚至没有出现“柯知启”、“柯长景”的名讳……

他原本是被郭大夫裹胁着参与“灭猫”、“灭鼠”运动的，所以，余下的事夫人稍许表彰几句就将肮脏的一团弄到院子里朴树下，泼上酒精（他再次被惊吓，这有点儿像毁尸灭迹！）烧了！

好大烟尘！蓝色火苗，接着是黄色的。

第二天，他接区政府通知，参加全区小学教育工作巡查。

30

每天柯男要早于上学的孩子半个钟点起床，他要将柴灶打上火，先烧一锅水，将甑子里的剩饭蒸了。等妈妈来将饭杵成饭团，这种搁少许猪油和盐的饭团就是柯男的早饭。大多时候，中饭就免了。如果当天没有剩饭，柯男必须将生米煮了，撇出米汤，再将饭放回到甑子里蒸熟。奶奶说：“米是家中宝”，有米饭吃的日子是最幸福的日子。无论穷窘或殷实，府东街、光华街、甬道街、文明新街、甘公祠街和无数巷道里的孩子都是在卯时早起，从灶台上抓一个饭团，然后背上书包，潮水般地冲到街上来，在各个路口，如同田沟水分流，汇集在附近三四所小学校里课读——琅琅书声就从那些灰瓦房的旧式格子窗里传出来，卯城在迟寐的慵懒中荡漾起来。

总之，自卯时起，这个城市是属于孩子的。

而夜晚，大约是戈明的。

它更早于柯男侵入白日，其实，戈明无所谓“早起”，恰恰相反，它此时夜巡回营了，在最高的屋脊上——也就是在端木先生的房头，将腰伸成一张反弓，四足强劲拉伸，如此俯仰数次，这时，一准，太阳就要翻过残破的城墙，弥散在卯城灰色屋脊上的黑暗就要褪去，戈明的脊背每一撑起，夜幕就拉升一截，直至东方亮彻，它便坦然从屋脊上下到矮墙，再沿院里唯一一株山楂树落地，来到厨房里等锅里升起油香。然后喵喵地舔着柯男的脚——它只要小小一团饭，细品慢咽后在草墩上缓缓净脸，末了，借着灶膛里的余温，蜷足入梦。

柯男与孩子们一起出门，只是他没有书包，他肩上挎一个篮子，篮子里是一块手巾包着的饭团，唯一可称道的是他的饭团要比他们的大一倍。看着这些在他身前身后跳跃嬉笑打闹的孩子，看了又看——他发觉他并不喜欢他们，他们也并不在意这条街上多了他这样一个同龄孩子。他来到这块地面纯属偶然，那辆马车将一家人载来了，接着就是他的“营生”和奶奶的苞谷叶子，这与他看到的一切毫无关联，除了汇入孩子潮涌的表弟表妹，他与他们中任何一个人都不认识。他已经足七岁，而一年级生大多刚满七岁或六岁零几个月。他不属于他们一群，他是这个城市的生存战争游击者。

已经入秋，苞谷老黄了，像马的牙齿，苞谷叶子当然也焦黄了，穗子黑朽了蔫巴了，像从未梳理的小辫垂下来，柯男立即就想到端木先生原本就有这样一条辫子。妈妈警告说：端木先生是返老还童了，人到这个寿岁，活得很无稽，越来越像个顽童。除非有事，你不要与他多来少去——糍粑掉在灰堆里，吹不净拍不得。但柯男以为，端木先生那里只是他的一个去处。况且有约，他要时常弄些报纸给他——这个城市，居然有一个前清老人在老花镜下阅读她的每条皱纹，每个散发温热气息的毛孔，每一片剥落的皮屑，每一块铺路的狗头石的明暗，每一块城砖的残断——这实在稀奇。

柯男与柴虫约好了，要和他的朋友见面，他们会指引一个所在，也许是滇池边，那里近水、潮冷，农家在空地和河埂上栽种的苞谷不比山地苞谷，要晚熟一两个月，这会儿还青青的，按柴虫说是“青头”——青头，是待嫁姑娘未簪花的意思。留级生的这个比方也十分无稽。

在纺纱厂路口，柴虫带来四个人，大多同他一样，是肥硕的“大裤裆派”，他们的衣裤总是少几个扣子，露出浑圆肮脏的肚皮和自小腿以下就短了去的裤衩，应当说，他们从没有一件属于自己的衣裤，是捡父亲或某大人的布头长衫短裤来披挂的，他们甚至没有像柯男一样的白衬衣、卡其裤子和有金属扣的皮带。

柴虫一一介绍说，他是"筲箕"——叫筲箕的就从裤裆里捞出一只小水獭来，那水獭立即顺着他的臂膀倏溜一下爬到他的脖子上，像一条围巾圈着不动，它的胡须是雪白的，射得很远，眼睛贼亮如同钻石发光，柯男很吃惊。

柴虫指着一个门墩似的胔肥子说，他叫"草墩"，他爸爸前天死了，是"得了痒子症"——昆明人把得疥疮、痈毒乃至肿瘤的病统称为"痒子"——草墩就从袖子里抖出一条红花蛇。蛇好灵动，即刻朝柯男吐芯子。

第三个叫"大马"——毫无奇异处。柴虫解释说他力气大，可以玩儿石锁。但柯男看出这个个头最高的胖子头上有牛皮癣，脖梗上的癣痂如同一个碗底儿，心想不如叫"大牛"。

最后一个叫"老君"——额头上有很多皱纹，典型的"娃娃老人相"。老君从裤带上唰地亮出一把牛角尖刀。柴虫说，他们就是卯城"四大金刚"了。老君是四年级退学生，他爹杀人送劳改了。要不，他也像你一样有学问了。其他几个，同他一样，不是少爹就是没娘，"天生地养"，又都是一、二、三不等的留级生。卯城东南一片，就他们四个说了算。"扰"(偷抓)谁一把，谁敢叫，就踢他的摊子！也可以撒石灰，撒了就跑！最坏的，比如金牛街卖大烟还卖假犀角的老八，就当街扣屎盆子！

柯男没想到柴虫吹嘘的卯城"舵霸"就是这样一些角色，但对他们差不多全是孤儿有点儿意外，他还尤其好笑他们"行礼"的编排，大约模仿京剧中的亮相又不似，不伦不类。

柴虫立即看出柯男对他邀来见面的"四大金刚"多有不屑，借机说，这个柯兄，在东城就坐第一把交椅！连我爹那个杀人不眨眼的老杂种对他都是害怕三分的，他在我们家，他坐着，我爹站着，只是一个马弁！他要吃鸭子，不敢抬鸡！他说要喝杂碎汤，不敢上脊肉冷片！他拴狗的链子是镀银的，赏给我爹拴我，后来他亲自来巡视，一看"霸王鞭"拴我太可惜，就说"免了"，从此我爹不敢拴我吊我！如今柯兄是"英雄落难"，他奶奶病了，要吃苞谷叶子！我们一干人就要荡平西南，将救命的苞谷找出来！现在我们就出发。

柯男本想纠正说，不是吃苞谷叶子，那不成了一匹马？准确讲也不是"苞谷叶子"，而是苞米芯叶和苞米须须——拿来煎服带泡脚。但"四大金刚"立即拦下了一辆拉席包的马车，那个赶马车的中年人一看，呼啦啦围上来一伙赤膊露臂的无赖顽凶，立即申明他是为"抗洪抢险队"拉席子包的，这上面没有吃的，且车只到红庙。老君已经一屁股撞开他，夺过马缰。"驾"一声，驾辕的花牝马就飞跑起来，它身边戴套子的小马也嘚嘚嘚地快步小跑。车把式立即哀求："小老爹！牝马带儿了，跑不得啊！”老君就说：“你妈带儿才跑不得！”马缰抖得更急了。

柯男说：“停车！”

老君刚开口唱小曲，没听见，就挨了大马一拳。

老君扔了缰绳就扑上来，两人在车顶上一阵踢打，呼隆一声，码成山样的席包垮塌了，埋了几个人。

草墩抖着头上的草茬说：“出师不利！”

筲箕大叫“我的水獭！”——还好，他的水獭从席子底下蹿出来了。

事情没完，老君约大马到路旁的沟帮上去“比架”。

柴虫大笑：“老君是狡猾的一个，大马不善水战，他要诱他翻到水沟里，然后揿他淹死他——他们有旧仇。好看了！”

柯男说：“你们都是些废物。”

柴虫大喊：“大哥有话：通通废物！”

没蹭着拳头的大马和老君架势松了，一起往这边看。

柯男说：“你们没见我们弄得车上席包垮了，人家一个人在装车，上去帮手啊！”大马、筲箕、老君都上去了。

草墩说：“嗨！只有柯兄能镇得住！他们只会‘抓绒包子’！”——“抓绒包子”是过年初一富有人家蒸了荤素两样包子来交三桥头施舍，叫花子不由分说就去抢，常常掀了甑子，烫了花子，警察吹了哨子，最后挨了棍子——柯男笑了，他说：“我们不拦车！知道解放军的‘三大纪律，八项注意’吗？似你们这样的不枪毙也要关禁闭！”

老君说：“什么是‘三箱鸡鱼’？”

柴虫大喝：“笨蛋！是‘纪律、注意’！就是稍息立正，叫不准动就不动，不许擤鼻涕！”——筲箕在擤鼻涕，他的水獭立即上去舔食，他这样喂养他的宝物？

柯男恶心。

马车夫上来，在柯男前作揖，道：“本没有什么！真没有什么！那位小弟喜欢马匹，改日我在坝头放马，牵一头骡子来，那东西乖顺，任由他骑。小师爷不要责罚他了！”

柯男说：“你去忙你的。对不起了。你走你的吧。”

马车夫捧出一把刀：“不知是哪位小兄弟的，遗失在车底下了。”

众人大笑，老君红着脸接过他的牛角刀来。

车夫仍有歉意，说：“众兄弟要往哪路走？我卸了货，折转来接你们，不多一会儿就到。”

柴虫说：“我大哥要找苞谷叶子。有嫩芯芯的那种！”

车夫说：“敢怕是做药吧？埂子下就是，尽管用得了，是我舅子的新分田——海子大水漫涨，这水浸田哪里有收？也就是马料而已！”

箐箕说："奇了！"

老君问："水里有鱼吗？"

马车夫一笑："小鱼小虾散游的哪里都有，只是要有箐箕。"

众人就冲箐箕大笑，呼啦啦扑到水浸田里。

31

柯男妈说："我是死性子，你也是。你奶奶的病岂是几片苞谷叶子能救的。福林堂那几味汤药，就恰若万金药，吃不死医不活。结果，你也累在其中，一个死心眼儿恨不能把天下的苞谷叶收尽熬成万应灵丹，可眼下已经入冬，哪里还有什么苞谷叶？你不要再跑了……"她每天去看奶奶的病势，撩开被子，水肿已然上涨，没过了膝盖，出得屋来，就叹息道："过了腰腹，就万劫不复……"

柯男说："不！苞谷水是奶奶最愿意喝的！"

妈妈说："不过是讨自己孙子的喜欢，看你头顶晒裂手臂燥成柴皮，能忍心？"

柯男哭了。他从来不哭，但妈妈的话刺痛了他——奶奶在骗他，所有人都在说谎！一个人的死需要用谎言来遮蔽吗？妈妈说过拼死也要救奶奶的！

小姑拿来两个猪肚，说与冬水田里的五对田鸡熬成汤能下腹水，田鸡要在公母交媾时去抓，拿来剖开肚子里塞黄连末，熬成的汤要收成膏，卯时一口下。

妈妈说："柯男他奶奶是常年吃斋，但凡有腥味，一口不下。前头有个郎中荐了一个单方，是羊肉皂荚，皂荚是柯男去金马山打来的，但只一口，他奶恶吐不止，黄疸水都往外喷，差点儿就憋过去了。怎么敢试呢？"

柯男发现柯婴不睡觉，白天就蜷在奶奶脚底打迷糊。一起睡的自然还有戈明。这时，幽暗中唯有奶奶轻轻的声唤，那"啊唷——"声在两床棉被下，仿佛从地底升上来，带着阴湿的气息，它粘在被积年烟尘熏黑的板壁上，积成一股股褐色的泪，泪的末端却是清澈的，它挂下来的地方，就带走一些尘垢，显露出原本的底子。原来，板壁是早年裱糊过的，用的是宣纸，隐约可见的是山水、人物，有些险怪的山峦、溪涧、古道、曲桥、庭阁、舟楫、拄杖的古人裙袂飘逸，内中竟然有一组是"马上红装"图，描摹的是新娘出嫁——之所以能称之"出嫁"，是马前一个戴红花绶带的牵马"姑爷"，后面跟了一个挑嫁妆的脚夫！怎么没有唢呐队和迎亲的人呢？那一定是"下嫁"了——那就是奶奶！画的是奶奶的出嫁。所以她选择在这里歇息。那股褐色细流就是她一生的血，就要流干了，她想擦亮尘垢给人看！而裱糊的墙皮一直在剥落，露出森森惨白的石灰底子……柯男哭了，他的哭是狠命地用袖头抹去不断涌出的泪。然后，将那种不断发性的酸楚使劲儿吞咽下去……

奶奶动了一下,喊:“柯男——”

他上去把奶奶扶起靠住。

“他们说你要死了。苞谷水你还喝吗?”柯男问。

奶奶点点头。她近来两耳全背,唯独这话她听见了。

“你喜欢,我就去找。”柯男说,“你要学会吃荤,吃肉力气大,这样就一时死不了。我长大,要一顿吃一头牛!”

奶奶笑了:“你有英雄气概。”

柯男:“奶奶,死是什么?为什么人都怕死?我给你掏掏耳朵。”

奶奶:“我听得见。怕死是不知道死后会怎样?我知道……你会长大。”

柯男:“奶奶我最爱你。可你以前说,死是禅师打板!为什么禅师要打小和尚?”

奶奶:“悟道不通是死。悟道通了生死一样。”

柯男:“妈妈说我顽劣不驯。”

奶奶:“那你就宁肯挨打,也不悟了?”

柯男:“悟彻是死,当然不悟最好。”

奶奶:“床头板,寐前三碰头顶,就行。”

柯男:“爸爸说要三省吾身。”

奶奶:“一个样。”

柯男:“以后我每天忙完了,来陪你说会儿话。给你垫高枕头。”

奶奶:“高枕无忧也是死,人生常若半个死。”

柯男:“你比爷爷聪明,为什么你不打爷爷的板?”

奶奶:“谁说不打?只是天打喊疼,人打不痒。老太爷不能打,男人一棵树,雪压霜侵,风鞭雨挞,自会知疼。一片叶子拧过来,也喊哎呀,树就是活树。”

柯男:“奶奶,哪天我背你去看一场电影,死了也值!”

奶奶:“哪有这种电影?”

柯男:“多了。《夏伯阳》!”

奶奶:“白羊一坡,黑羊一坳,风吹乱滚的是羊,不滚的是石头,有什么可看?”

柯男大笑:“那是个骑兵将军!打仗的!太精彩了!我看两遍了!”

奶奶:“杀来杀去,树倒猢狲不摘桃,吃泥丸。”

柯男妈有一阵子觉着自己在犯迷糊,日子真是太难了。曾经有一次奶奶以拜求的口吻说:“你何不去找找柯男的四叔、他的大表兄,多少给点儿接济。他们的日子怎么说也不至有眼下这里难。你就递个信儿,只说我是差不多要走的人了,看一眼是一眼,看他们怎么说?”

柯男妈说:“我并非万事不求人,世上哪有这样的人?不过,柯男爸一朝有事,什么都变了，人家划清界限还来不及，但有牵涉，谁不是保命第一？前头他爷爷的发送，今日妈您的卧病，单一个小姑不会喊天呼地，他们哪里是不知情呢？只是要来自会来，不来也就不会来了。况且自来的规矩，长子侍奉双老，亘古不易。要来，也是您老面分。不来，却是世无责难。我有什么可说？皇帝求天祈雨，我也求天得了。"

奶奶道："柯男他爸除了为子尽孝，难道为兄不悌？单一个救他们出冤狱，说忘就忘了？那么就是说，我死了，于你们疾苦也是不管不问了？"

柯男妈一悚："求老祖宗千万别说这话，至今，只是我们没有等到人家来伸一手捞你罢了。说到这些子侄，偏偏是当了大小官差，是更加不会来了。不来清算检举，已经是万幸！"

奶奶倏而明白，叹道："自来一样啊。我这一支是咸同年间，迟至光绪才迁滇的，更早则是嘉道。陆陆续续，如流水不息，我记得光绪十三年，朝廷廷试，我李家一个侄孙上榜，不过探花而已，喜报贺表一到，阖族同庆，将仿蚂蚁出窝，从地上就冒出来了！那么多啊！三天流水席，单一个匾联就够搭一座牌坊！一个樵夫唱着小曲从山上下来，就扔了柴捆，换成轿子，叫我开的轿钱，跪在地上喊祖爷爷！八仙桌边一盘腿，喊上盖碗茶，上来就擢了，说八珍少两珍：西米、莲子！一下就复原了他的从三品。光绪末年，一个留洋回来的，辫子是假的，要我捶腿，赏了一个大洋，吃了三个大洋的芸香斋素鸡又吃法国西餐，坐洋车要挂黄帘子，一下就成了贝勒'八爷'……现如今，这些人都哪里去了？"

妈妈笑了，说："妈呀，老皇历了。您老经历世变多了，一个翻覆，足叫天上的回到地上，地上的回到天上，这，再寻常不过。"

奶奶说："你不要驳我，我说的是我们这个家，还是根基太浅。有事喊不齐人，就是根基太浅。须根漫地，这山有水这山活，旱得死鱼，能旱死王八泥鳅？"

柯男说："爷爷要是秦始皇、唐太宗如何？奶奶是慈禧又如何？还不是被人掘了去卖钱！"妈妈就给了柯男一巴掌，斥道："小孩子家不准说大人话！"

柯男出来说："妈，我和你是一派的——'绿林派'。"

其实，柯男知道，妈妈何尝没有做，她曾写信到上海、北京、天津亲戚那里，禀报家中实情，因以前爸爸是大力襄助过他们的，言语间便也毫不隐讳养家难处，尤其是上海的奶奶本家一支，是爸爸从云南带出去的，抗战胜利后，这些后辈子侄均发达亨通，到了爸爸奉命回滇，所有财物，凡是穿越战火不能带走的，尽数分散各人……只是妈妈的求告音书，从未有过半纸回音。

所以柯男觉得这个世界很坏，一富即坏，"杀富济贫"一点儿不错！

柯男妈经这一激，到天亮时突然满脑子光明。她让柯男哪里也别去了，立即随她到寄售行将一台蝴蝶牌的缝纫机“退”回来,她说她梦见给人做衣服,却是一堆散片碎布,道一声:“谁家逢仙道,要此百衲衣?”醒来一惊,说真菩萨指点。何不接些衣服活计来做?前天,为一个朋友的女儿裁两件新式的学生装,人家还给了一块钱!

寄售行的宋理明说:“这件事你不要跟行里其他人讲,权当我做个人情,就由我签字退了,说机器是坏的、什么零件丢了之类。如若不然,这两年的管理费也够买这台机器了。”妈妈有些愧疚,说:“我是千虑一失,怎么没想到东西拿回去,手续费要留下来呢?”宋先生就说:“太太您是才讨日子,往后便晓得窄窄一条门缝能夹扁一个人!”

机器好沉。两个伙计帮忙抬到街沿上,说要不要叫辆黄包车?不过,昆明已经禁行黄包车,要等。柯男说不了,谢谢。转身对妈妈讲,你等一会儿,我叫人来抬。柴虫那条巷子就在斜对过,这么早,肯定还“煳猪头”。果然,柴虫掉在床底下还裹着被子。柯男一把将他拎起来,说明事由,柴虫说,我还以为去杀一个死盯你的刺客,不过眼下金牛街一伙要来抢地盘,已经蹭了三回“干火”了,就这点儿事?也算事?

到了街口,柴虫两手一拎,往背上一甩,竟小跑似的驮着缝纫机往前跑。

柯男妈陡生疑心问:“这孩子什么人?看去憨憨实实,是你捉去卖的那种?”柯男道:“就是朋友。妈,你别乱猜好不好?他是打狗大队队长如今清洁大队队长的儿子。他爹捉狗,我捉他并不冤。”妈妈大惊,摇头道:“我的天!你哪里学来这一套?这是新社会,你不会呼朋引类打家劫舍吧?我们家可不出这种人!”柯男道:“知子莫若娘,不是吗?你愁心愁肝不要愁我,愁会老!”妈妈哀叹:“轮到你来教训我了!看样子,真该把你赶进学校……”柯男哼一声:“我不去!我在快活林!”妈妈问:“什么快活林……”

在岔路口,柴虫等着,缝纫机还在肩上。妈妈苦笑:“孩子,难为你了,你不会放下歇歇?”

一进家,放下缝纫机,柴虫揩着汗说:“大娘,还有什么要扛的?”妈妈怜惜极了,给他水,转眼杵一个饭团子,柴虫也不辞,捧在手里就埋头呼噜啃,末了说:“谢谢大娘。”妈妈看他转身就走了,也不磨蹭,道:“这孩子恁懂事知礼。”柯男说:“才学会的。”

事情没有柯男妈想得那么容易。政府已经在两年里搞了三次就业登记,以柯男妈这样的年龄,即四十挨边儿的妇女,就别想。柯男妈做过妇女工作,知道当初动员就业,主要对象是“二五八”,即 1925 年前后出生、1950 年二十五岁至二十八岁的年轻女性,其中知识女性更占优。政府还预留部分岗位给“特殊对象”,说白了就是改造好了的娼妓和原滇军随军家属。当然这两种对象是分别对待的,不笼统处理。自己原本就做甄别、调查和协助分配工作,所以,在万钟街居民委员会再次动员就业时，压根儿没往自己这里想。没料到的是，登记过后被筛下来的与柯男妈打类似主意的妇女全奔这条来了——周边府东街、景星街、光华新街就有十来家"缝纫店"，丈布量裁一个台，一把剪刀一台缝纫机一个火熨斗，就支起水牌来招揽制衣生意。所以，一个月下来，只两回是熟人抹不过面子送来的活儿。柯男妈一下心劲儿大衰，叹息不止。

32

滇池边，北风呼号，柯男将收获的地域扩展到了海边，其实，这里根本就没有苞谷，一望苍黄的苇荡，隔着无数港汊，固守沉浮不定的孤洲，荻花在孤零零的枝干上挂着，海风若是从西南来，苇蓬无非低俯，若是旋卷大风，那荻花即刻集体离枝，柯男看那茸茸的花絮如何牵手、挽着、拉扯着，成缕成团地投向狂烈的风中，瞬间，升了又升，杳然无踪——天，依然晴蓝，不留一丝痕。

他挖一些草芽，还有一些弃收的莲藕带回去，间或会发现水沟，两头堵坝，放水拿鱼，但那是夏天的活儿。冬天水大，就别想——如果柴虫有空，会约上"四大金刚"中的筲箕或草墩来"玩儿"。大马和老君两个"斗斗虫"要"撵活儿"，大马帮一家染布厂出炉灰，一天能挣五毛钱；老君最惨，给骨胶厂拉牛骨头，一个鼻孔里通常有两只苍蝇打架。间或，老君也去几家铁厂干零杂活儿。

这天，柴虫去坝上逛，回来就说"有了"，一座濒海的小丘上有苞谷！柯男就与柴虫、筲箕去了，果然有！采收也极容易，一下就得了一大袋，"幼苞"一半，鲜嫩碧绿，如同玉笋。但细看这是个坟岗子，也有些石柱头石人石象，再往深处探，柯男就说，我们撤。这是有主坟，你们看冬至上坟的引路标还新鲜呢，还有供果！老鸦都没动过嘴！这时，筲箕惨叫一声："糟了！快跑！"但已经晚了，一干人，手持锄头、梭镖和柴棒已经围拢来，并不作声，分两路猫腰快速渗透，有似真正的合围战法。柯男说，你们两个从汊沟上跑，注意不要跟大路，过了北面那座桥，就上大观河埂，乡下人不会越界的，如同猫不离地盘……柴虫不走，说拼了！柯男说：你只知拼，你我他六只胳膊，人家百十利器，这叫"无谓牺牲"，再不走来不及了！我来引开他们……

柯男上了埂，跑出几步，不跑了。那些火暴的人群呼喊着上来："剐了他！砍死他！"但霎时发现这只是个孩子，躁性似乎小了下去。有人上来夺下他的口袋，说："偷苞谷的！"一个中年人上前，像转陀螺一样一捻，让他原地转了一圈，回身道："没有炸药！"一个更年长满脸胡须的汉子问："你哪岗的？前天晚上来的是不是你？"柯男一声不吭。再问，仍不吭声。人群里有人命令："带回去得了，这里留人看着！"即刻，有人上来五花大绑，蒙眼，牵羊一样牵着走。柯男觉着有些幸运，柴虫他们脱身了。还有，他的鞋没丢，似乎有个人把他用绳子吊着的布鞋挂在他的脖子上，那是妈妈给他纳的一双新鞋，过冬了，他的脚跟开血口子，妈妈几夜下来给他赶了这双鞋，用轮胎皮做的底儿——只是为了糊弄妈妈，他出门是干正当事才穿的，没走出城他就打赤脚——宁死也不能丢了它。

大约是某一处庙子，有香火味，过了正午，已经是下午了，把他绑在一根柱子上，就走人了。柯男计划着逃跑，但他被绑着的双手反抱着柱子，手指离得很远。他两臂发麻，已经毫无知觉，但他好似迷糊了一会儿，梦见他收获的那袋苞谷里有一只碧绿的青蛙……他似乎感觉再过一个时辰就会来人——果然，门闩落下，接着，突然斜进来的光线被一堵人影遮住了。听见有人说："道长来了——"

"让他睁眼回话！"有人发令。

他看见了，正面一个老者。这就是"道长"？

这个戴瓜皮帽的人其实看不出年龄，他问话的声音有嗞嗞的齿声，柯男看清了他的门齿几乎全缺，声音是从一个独立的犬齿间断发出来的："他们九甲张宋，是哪家派你来探水？"柯男说："我要喝水！"犬齿说："不说清爽尿都别想喝！"柯男说："你们松开绳子！"犬齿说："不说出个所以然，就吊死你！他两家预备什么时候来炸坟？"柯男什么都懒得答。一个年轻人说："这个娃娃是城里人，不像是九甲那岗的。敢怕只是偷些吃食，也没有带什么家什啊！"犬齿吼道："上回区里来调解，他那岗说辞最了得的，不是卯城人吗？刨我祖坟，万不可赦！吊起来！"

突然，有人仓皇进来，与犬齿耳语。不等犬齿回应，柯男听见一声大喝："老子把你这些土鳖熬吃了！老子掏狼心抓狗肺，只当掐个皮虱！你们竟敢施暴吊打这孩子！光天化日之下大犯王法！"来人一手拎着村长的脖子，一脚踹倒犬齿——是柴四，似乎还有政府的什么人。

柴虫跳着喊："他们杀他好几刀了！还审问他谁是共产党！"

一个区干部上来，这时，柯男已被松绑。区干部对那个村长说："坟地的事，相邻两村你争我夺，打来斗去，各说各理，你们不服乡里调解可以上诉，随便抓人铐人是犯法。这只是个孩子，怎么就侵占坟地啦？你们弄伤他要验，谁起首要法办！"

犬齿立即伏地磕头说："得罪得罪，我前头还说一个娃娃嘛不就上树掏个雀嘛……"

柴虫从他跟前过，一脚掌撮起一堆灰，迎面踢过去，让犬齿满脸尘土，暴咳不止。

柴四拢住柯男，突然哭起来，柴虫也跟着哭，柴四大喊："你们这些喂狗不吃的！你们青蛙才上岸就充豹子，他是谁？是什么个人？听明白了：孔夫子的孙孙孙孙，孔融知道啵？孔明也不知道？他割股伺虎，为救亲奶奶，只讨要你们一片苞谷叶，你们就要活剥生吃他？良心啊！良心！"

柯男拍拍柴四的肩说："完了就完了。我们走。"

柴四暴跳如雷，指着村长："你连我也不认识？"

村长立即说："柴大队长，是误会是误会……"柴四起手一巴掌："你惹大祸了，你糟践了我家的小大人！从此，本队长见你岗上的马车就要扣！掉一泡马粪，你！亲自赶这十八里地来城里舔干净！"

柴虫说："我们增援晚了，其实筲箕在盯他们的路线，脚崴了，独我一个人找我爹太费时。"

柯男说："我的苞谷呢？"

一一传声："苞谷——苞谷——小大人的苞谷！"袋子被送到脚下，果然，袋子底伏着一只小青蛙，柯男笑了。

区里的"治安委员"上来说："你身上有没有伤？你动一动，跳一跳嘛，如果有伤，现时就要说，现时就要去验。这要记录的。"

柯男说："没有。"

柴虫与柯男约定的暗号是用竹梆敲三下，后两下连续，就是紧急情况。晚九点，柯男妈照例出外揽活儿，无非是到正义路、长春路一带她的熟人那里闲坐一刻，人家均晓得她的来意，帮她求问邻居，若有剪裁缝纫之类的活儿，就上门去对身量尺寸，然后将人家的布料带回来，彻夜加班。这期间，绝不问柯男在哪里，但柯男必须伺立左右，倘若有熬糨子之类的事，就是他的。她"柯男——"一声唤，若无应答，必起祸端！

柯男有一个小时与柴虫等约见，地点在抗战胜利堂的花园里，一棵楸木树下。

柴虫、大马、草墩、筲箕、老君都来了。

大马说：我们的地盘越来越小了。金牛街的"弯刀党"捎来话，实际上是下了战书，约好礼拜六在菜市口"比架"。如果"弯刀党"的"牛钢鞭"那伙输了，就由卯城"四大金刚"的"裤裆党"划界。反正是"箭在弦上"，不比，就自认输架，他们要把界线画到藩台衙门西街口，"等于一口咬了你的鼻子"！还要挨年上贡。不上，就使"脚底铲子"！

柯男知道，所谓"地盘"，以盘龙江、宝象河、顺城河、小绿水河、八大沟诸河为界，大体上沿袭以前丐帮的地块。但无论卯城还是东城、西城都有两层地界，上一层是大人把持的，下层则永远是孩子的。1950 年开始大量收容遣返乞丐和打击反动会道门后，这些地盘无端地空阔起来，由乞儿和流浪孩子填充。即使有父或有母，他们也急于在一个世界翻覆中落脚，压根儿不睬他们如同猪生牛养的"小畜生"。于是大人作大人的活法，孩子作孩子的活法。柴虫他们要在这些地盘上"谋生"，最大一项是"拾荒"，大凡地面上产生的一切弃物，现在说成"垃圾"，其实很多东西不是垃圾，是孩子们用数不清的法子制造出来的可以吃或卖钱的东西。通常的办法是，假意打闹将那些小摊掀了,趁机抢劫。掀了干货摊子,就趁机“扰”干鸡纵、板栗、花生、核桃,有一兜是一兜,有的当时就充饥牙祭,有的则可储存,由老君去卖给孤寡人,很便宜。掀了草烟摊子就趁乱抢草纸。一角钱一刀的上好草纸,卖三分,怪也怪,有专收这类货品的“老板”,甚至就是坐摊的摊主,他一角钱的价,事实上已经含了少许遭遇抢劫的“折水”,收来又卖。所以,摊主为着自保要无尽地犒赏柴虫他爸柴四几口烟——谁不明白这底里呢?而卖山货干货的也有对付办法,在摊前支一些硕大的罐子或“香柴”以作屏障,香柴就是檀木、柏木树的枝杈,卖给香客研燃香的,如同鹿岩,枝端尖锐,不可近身。但这群衣衫褴褛的小叫花子总有办法,他们甚至不吝往柴枝堆上投火绒,往坛子里扔鞭炮。聪明的摊主知道得罪不起这些从地上冒出来的无穷无尽的小蟊贼,大喊:“小老爹,上佛你家了!”然后将早早备下的三角零钱暗里输出去,买一个买卖平安——最惨是鲜货摊主,踢了瓜果摊,踏上几脚,一地稀糟,欲哭不能——所以,卖鲜货的看看两头有不善者来,则先拣好的桃李奉献出去,以免灭顶——并非只是小摊小贩要“养”这些无家无爷无娘的孩子,就连正经商铺也得罪不起这些“游街找吃”的。柴虫最辉煌的战绩就是偷偷扛走了一家药店的门板,让老板上不起门扇来,豁敞了一夜,不得已使唤伙计蹲守了一宿,第二天,门板自动“上门”,店主自动交出三包“酸木瓜”——当初,柴虫只要一包,只有一分钱,柜前伙计说:“一分钱,你就买个人家屁股里的肠气!”为这,店主当面告饶,说他令那个不晓事的伙计拿石灰水漱口,以消“口业”——柴虫老君一伙究竟有多少人马,今晚可立见分晓——他们要活!他们这样活,已经从四五岁开始,老君十二岁,有“八年抗战”史!但他说,他实际上是十五岁,如果不是“日本飞机一颗炸弹炸死我亲爹,我娘肚子上挨了一块弹片,我早生下来去打日本了!如今在朝鲜,肯定是黄继光!”

大马说:“怪不得你娘生你三年才生下来,一看,老了!叫老君了!”

老君就要扑上撕大马的嘴。两人拉扯着到一边去另辟战场。

筲箕说:“明天就要开战,自己先打起来了,简直是国民党!”

柴虫通报情况,说,前次“比架”,按例规轮着“裤裆党”选战场,那次选错了,桃源街地面太窄,“背水而战”,结果很多人掉到江里去了。草墩挨了一钉耙,满脸是血,抬进家里,他舅爷问眼睛瞎了没有?大马说,恐怕是瞎了。他舅爷就说,你们不会丢在街上等警察来收?柴虫说,他的一个眼珠子叫一只猫叼走了,他亲眼看见的。结果,满脸是血的草墩突然睁开眼,眼滴溜溜转,大叫:“他们把我的‘口含’卡出来了!那是我爹的压胸玉呢!”他舅爷呵呵笑了:“什么‘口含’?是你爹的‘屁塞’!”走了,撂一句:“那些血水给我倒茅厕坑里!”

草墩说:“你不要说完东家说西家,你爹吊你三天,拿毛栗子塞嘴怎么不说?”

大马和老君大战方休,不分胜负。大马的裤子被撕烂了,老君舞着拳头在那里喊:“你们不干,我一个人也要干!你们等着当汉奸吧!”说完,跑了。

柴虫说:“他不会回来了。他手下有一百多号好汉。三个使九节棍,很厉害。”

筲箕说:“什么九节棍,芦柴棒!人家金牛的‘弯刀党’使剔骨刀!这回他们把战场选在‘一窝羊’,肯定是有伏兵。”

柴虫说:“反正老君要单独干了,我们怎么办?撂下兄弟不行,老君有勇无谋。”

四个人的眼睛盯住柯男,等他发话。

柯男说:“你们打了三个回合,胜负如何?”

大家面面相觑,柴虫转转脖子:“好像……没断输赢……是以伤亡来论的……倒是很多人差不多死了,结果又没死……要不,先召集人马!”

柯男说:“不用。”

第二天,柯男对柯婴说:“你看好奶奶。妈妈回来,就说我去西山拜佛去了。也许,住持要我陪斋饭、留宿。”

柯婴说:“你要替奶奶请一道平安符来。”

柯男说:“当然,我九叩二十七拜,末了,讨一封菩萨前的沙糕来,你和奶奶吃。”

各路人马到齐。柯男约略过眼,差不多有两百来人。有的太小,难怪人家叫卯城的队伍是“裤裆党”。他对柴虫说,你拿簸箕来干什么?柴虫说,是挡箭牌。柯男就说,你拿簸箕量量,不及簸箕高的叫他们回去!柴虫说,他们可以捡石头。柯男就说:叫你怎么做,你就怎么做!

柴虫就把一小部分人都扒出来,叫他们到“战区”外去躲起来,“世界大战开始后,你们就鬼喊狼叫!”柯男听见了,苦笑:“你们就这种战法?”实际上他很鄙夷城里的孩子如此战法,在东城外,他和苏家一伙的经年战争是“现代战争”,那是比照解放军演习的战法,敌前侦察、情报汇总、战术讨论、分兵出奇、巷战野战、迂回包围、逐房争夺、进退有序……

“怎么还有女人?”他问,他看见有几个小辫子不肯走。

柴虫说:“是‘扈三娘’、‘母夜叉’她们。”

派去侦察的筲箕回来了,说:“老君他们只有三十多个人!他们要放火了!”

柯男大出意料:“什么火?谁叫他们放火?”

筲箕说:“老君要火烧赤壁!金牛那伙全部用簸箕队当前锋!”

柯男说:“这里是山林,风一旋,烧了山怎么办?他祭了东风?笨蛋!”他扯起柴虫往山下跑,但,来不及了,老君一伙把牛油竹筒子往“弯刀党”阵里扔,“弯刀党”吓了一跳,瞬间退缩,无奈,那些火把压根儿没有扔远,落在了乱石堆的草丛灌木里,霎时间,火苗跳跃,“一窝羊”骤然通红——

救火车的警笛响起来了……

柯男说:“战争就此结束!”

圆通派出所里,柯男、柴虫、筲箕、大马,还有扈三娘——一个身材高挑、长辫子上扎两朵红花葩结的女孩子在等候讯问。草墩脱逃。老君没了踪影。据说,他在大火扑灭后,追杀到了护国桥,被护国派出所押下了。金牛一伙也押在那里。

柴虫悄声对柯男说:“不要怕,我们二进宫了。过了十点,还有夜宵!”

派出所在“煮虾”——这句行话柯男不懂,猜猜大概是很忙,抓来的无非小偷小盗小虾米。

一个值班警察拿个讲义夹进来一招手:“过来过来!聚拢聚拢!”他的每句话重复两遍:“你们谁当头谁当头?”柯男说:“我!”大马说:“是我!”柴虫说:“我才是!”

柯男说:“通通坐下!争劳动模范啊?”大马、柴虫和筲箕坐下,是服从的样子。警察上下打量他一番:“好吧——报上名字来!住址!上的是哪个学校?”柯男:“柯男。南柯的柯,田力男。”

“几岁?”

“七岁。没有上学。”

……轮到扈三娘,她报:“扈秋声。九岁。”警察说:“门口那两个女娃是你的妹妹?”扈秋声说:“是的。”警察翻翻讲义夹:“上次也有你,怎么叫胡求生?还有偷盗——”扈秋声甩甩辫子:“是你们写错了!我叫改,偏不改!我没有偷!是捡!诬陷!”警察啪地拍了一下桌子:“你个死丫头!口气还大起来了?男娃娃甩皮坨,关你们什么事,姑娘子家抓小弈子跳海牌去掺和什么!”扈姑娘大叫:“我要报仇!”警察:“什么仇?有人杀你全家?烧你家房子还是……”扈姑娘:“他们杀死我妈!”警察:“你妈是投河自尽的……”扈姑娘:“不!他们先造谣!捞上来时我喊救救她,他们不管!”气氛变得凝滞起来,惊动了出出进进很多人,警察起来把门关上,回身说:“你们可听好了!派出所是管治安的,不是孤儿院!这次,你们放火烧山,知道不,大火过山就烧了圆通寺!你们垫菩萨脚都嫌短!祸就闯大了!不过,告诉诸位,《少年劳动管制条例》就要下来了,我这里给你们入册了!你,马别义,差两岁!你,柴什么,差三岁!等着吧,到时候,铁将军管你们!”

门开了,进来一个中年警察。柴虫小声道:“所长,姓甄。真所长不是假所长。”所长接过记录,翻了翻,盯着柯男看了好一气,让登记的警察出去,抓把椅子对面落座:“你们谁出的主意?投掷燃烧弹?”他手里把玩儿着一个牛油筒,“没人承认?好吧。我会查出来。我们很忙,请各位不要再添乱行不行?这次,如果不是部队的瞭望所就在鼓楼,油管桥就有消防队,你们就把事闹大了。现在,你们回去吧。你,留下。”他指柯男。

“你就是柯男?”他问。

"是。"柯男应。

"你登记的是旧地址:大东新村 19 号?真的?我想是,你就是那个一营出操时站头排的孩子?"

柯男:"你怎么知道的?我家搬家了,我撒谎了,不想让妈妈知道。"

甄所长沉默一会儿:"知道知道。我是二营六连一排的,排长,甄新宇。李吉成排长的老乡。与一营合练的时候,我见过你、你的妈妈。你有次把卫生员小王的手榴弹扔出来,我就在屋外……幸好没事!那次小王差点儿挨处分。他牺牲了,还有在你们家站岗的王麻子,王树同志,在滇南。剿匪的仗不好打,过了黄河长江的人扔这儿了……"

柯男眼睛里突然涌出眼泪,他使劲咬牙。

"不要难过。革命嘛!你家里还好?你妈妈——"他轻轻问,似乎柯男可以不回答。但柯男点了点头。

"我转业到地方了。哎呀,不出这事还真找不到你们家了。难啊难啊,什么事从头来。乱糟糟!那么多孩子,我这个管区就有六千,其中一半无学可上,都在大街上混活。怎么会有那么多孩子?成了娃娃城!蝗虫一样!拍是不能拍打是不能打关是不能关!你说怎么办?你也不上学了?你还指挥我们唱歌呢!你不会扔这种破烂'燃烧弹',是吧?但,我要你做一件事,告诉你的伙伴,不许再聚众斗殴,更不许弄这些玩意儿——这一带都是木头老房子,点着了,火烧连营,我这个排长就要死在你们跟前!"

柯男低下头,他没有应承。

甄所长说:"你回去吧,代我们给你妈妈问好。"

柯男站起来,伸出手,这是预备的握手姿势,所长却没有想到,笑着拢着他的肩膀,也郑重地伸手,紧紧握住,"长是长高一大截。"突然,小声道:"家里有什么难处,你过来跟我说一声。我不在,就说找甄新宇!他们会吓一跳!"

33

星光染造厂、大运织布厂公私合营为昆明第三织布厂。昆华铁工厂、巫家坝铸造厂等五家工厂公私合营为昆明冶金厂。大马和老君"失业"了。新成立的工厂不要十七岁以下的孩子,"雇佣童工"是违反"公司合营章程"的。南太桥到大南城天天游行庆祝,合营后的冶金厂在第一个月就生产出第一炉"球墨铸铁",合营后的昆明第三织布厂第一个礼拜就生产出"提花毛巾"和"90 支纱细白布",他们,还有更多的合营工厂向政府和市民报喜,放了很多炮仗。昆明在这个春天天天过节。

老君、大马、箩箕、草墩约柯男去万钟街城墙头看游行,看了两天,大马先觉得无趣，就爬到一段残墙的箭楼上去扯“蔓烟”来点火抽。这种攀缘植物是一种宝贝，只有少数孩子知道它的衍生地，但大南城已经大部拆毁，唯独留下这不到二十丈的残墙，是因为其下有一个城门洞，是通向顺城河、顺城街唯一的通道。这便成了卯城仅有的南部高地。“一窝羊战役”后，这些人很少提到它惨烈的失败。大马曾经建议要“开除”老君，但老君在最后南太桥“追歼战”中已经严重负伤，他的脑袋上被人用小斧子削了一下，差点儿把左耳朵丢在盘龙江，派出所讯问中他供出了柯男和其余人，还说“燃烧弹”是大家合谋制造的，这至少犯了“出卖组织”和“编造口供”两宗罪。柴虫力主将老君的“座次”降到最末一个，罚他去捡废铁、废铜二十斤卖钱来给柯男养伤。他说，那天晚上柯男一个人顶了全部罪，被单独关押一个通宵，派出所所长已经决定等柯男长到十岁就枪毙。到那时，柯男奶奶就没有人养，我们就要“集体去做玄孙”。柯男十分懒于应答这所有问题——有一种情形是相通的，他们共同生活在半虚半实的“童话”里，对仗的金牛“弯刀党”一群又何尝不是这样呢？据说前年他们与城南的“拜雨党”血战，当场就踩死一个六岁的孩子，对方竟然封他们为“小英雄”，把孩子的尸身裹了去滇池“海葬”！——但那天晚上，确实只有柴虫和扈三娘一直等到柯男被“释放”。

城下的游行队伍没有尽头，还有很多学生队伍，小学生戴着“红领巾”，这种三角形的红布巾很好看，在他们的白衬衣衣领下像两面旗帜。据说有一种代表特殊级别的是用红绸做的。他立即想到刘长俊营长的小手枪就是用这样的红绸包起来的，它在腰间的皮枪套周边露一圈火样的红色，如同一种十分了得的“法器”，只要一抽出来，向前一指，所向披靡。但他并不情愿到城墙下面去看那些城里的孩子的红色装饰，他盘腿坐在城墙顶端，没有人能让他沉降下来，他还在几块巨大的炮台石上刻了很多字“东、西、南、北”四至方向和“将革命进行到底”七个大字，他对“底”字做了修饰，末了的一捺一提钩像一记右钩拳，一块红色沙石上刻了一只和平鸽和太阳图案。在朝鲜停战谈判那天，全城游行，他们预计要“阅兵”，结果，没有。他们六个人举行了简单的庆祝仪式，在城台上放飞了他的那对“大雨点”。但草墩在炮台上屙了一泡稀，弄得仪式草草收场。筲箕为此又和草墩打了一架，最后，柯男宣布占领炮台高地，拉起了真的铁丝网，柯男正式挂牌，在一块木牌上写下“军事禁区”的红漆大字。

眼下的事情是，过去大街上踢摊子的营生是不能做了，柯男还向所长保证卯城的孩子绝不参与“群殴”。“人，说话要算数。”——大家同意。他又宣布中国的“抗美援朝保家卫国”胜利结束，卯城的“保家卫城”也要结束。大家要用劳动来养活自己。老君就说，这有何难，低头走路就能捡到钱。居然人人同意。

他们走了文明新街三趟，果真捡到八毛钱，一张五毛的还是新的，其余都是一分两分居多,但柯男看出了诀窍。柴虫最“行”,一个老倌儿带个屁孩儿买烧饵块,一沓零钱从腰包里刚翻搜着,他就过去蹭了一下,至少有半沓钱散了一地,他用大脚踩住了一张,等老头收拾散落地面的钱走后,他的鞋底下便有所斩获。那个鼻涕孩儿走老远还盯着他,他立即拿眼睛瞪他。老君的法子很龌龊,一个中年人掏扇子,他上前说:“先生,你掉钱了。”那人糊里糊涂去掏自家口袋,竟然端着一沓碎钱跟着他的指引猫腰走出几步,就在这几步间,他在侧边以迅雷不及掩耳之势抽掉了他手中的一毛钱,啐一口唾沫,扔在地上,说:“着！在这儿！”那男人哪里肯俯拾那张脏钱,警觉地看了他一眼,匆匆走开。别的收获来得辛苦,但真会有些零钱躺在落水洞、阳沟和街面上等你去捡。

柯男说,你们的“捡”形同“偷”。老君说,其实那些人根本不在乎这一毛钱。居仁巷有个“排九”被派出所“收”了,他手下有个“镊子帮”,专掏包包,那才叫偷。大马就说:“那是你师傅！”老君头上还有伤,蔫多了,直直脖子辩解:“我是被他们开除的！第一次我上街干不够活儿,他们往我裤裆里扔毛辣虫！第二次就被抓了……”大马揭底:“你天生是叛徒。你骗讴扯白说排九要抢银行！”柴虫说:“没说抢银行,说抢‘映汉’,映汉是个馆子,欠排九三年地皮钱。不过,老君真的不够格当共产党！”笸箕就说:“扈三娘是刘胡兰！我们偷养鸡场的事她就没有说。”

“一窝羊战役”后,大伙有一段时间没见扈三娘了。笸箕家在四面坡,离她家最近,曾经夸海口说,他要拿下地台寺一带做“山大王”,就要扈三娘做他的“压寨夫人”。这话传到扈三娘耳朵里,她就把笸箕叫了去,据说,笸箕被上刑喝辣椒水。笸箕说不是辣椒水是“黄汤”,就是大粪水。问题是笸箕为什么明知要挨算计还要送上门呢?笸箕说是中了“美人计”！大伙就一顿爆笑。说话间就到了螺峰街。扈三娘下了门闩,一见这伙人就说:“这里没有你们的饭！”咣地关上门。过后又开了,说:“我不是闲人,你们不要出声音,玩儿三分钟就走。”门开了,笸箕一伙就去玩儿小狗。扈三娘大嚷:“憨杂种！我妹妹在做作业！再吵就滚！”回头来对柯男说:“我有时会说粗话。”柯男说:“我也是。”

这是一家独立小院,一树垂丝海棠花开了,红掸子一样,枝枝伸向天空,大的朵子坠坠地,暗藏深红,粉里殷殷,已经有无数瓣子风来乘风,一地落英。地,是青砖地,刚泼了水,濡成青苍色,像一个个小枕,容粉瓣安眠。扈姑娘喊了一声:“地滑,你当心！”柯男已经站在花树下,他说:“你的海棠树要剪枝了,冲天枝最伤树。”

扈姑娘就说:“听说你是个落难公子,是真的?”

柯男说:“你说呢?公子伤春我叹春看似一回事?”

扈姑娘说:“你不要说话就将仿唱戏文,最讨厌！不过,你还是不要跟他们这些流氓混,他们会混你个‘昨日里将就米汤且充腹,明个里锒铛入狱画烧饼’。”

柯男说:“你也说戏文,乱编莲花落‘三娘教子’。”

扈姑娘就抿嘴一笑："我有很多戏书，不借人，你要看可以借你一本看，《西厢记》最好。这花是我妈妈栽的，我出生那年。"

柯男不说话了，半晌，道："你不要难过。"

扈姑娘似乎认真地听了这句话，说："我哪里难过了？我不说你还不会问？不过，你是个好人。"

柯男看见瓦檐、柴棚、矮墙上大小簸箕一溜，晾了很多东西。扈姑娘说："是橘子皮、杏仁、山楂……最难采的是贝母。药店最可恶，橘子皮才三分钱一斤，别人可以卖五分。"

柯男说："我帮你，可以卖八分。钱全部归你。"

扈姑娘高兴了："真的？我攒了二十斤！"

柯男说："不信，你跟我来！"

扈姑娘就喊："收兵了！谁在翻墙，隔壁养了大蟒蛇！"

听说要去福林堂卖橘子皮，个个觉着无趣。筲箕自愿与柴虫轮流扛麻袋。老君说，他也捡过橘子皮，拿去人家不要，他就扔给柴虫他爹的扫地队去了。柴虫说，你那叫扔，你一路天女散花，人家追你拿笤帚打。

到了文明街口福林堂，柯男就说，你们谁也不许进去。对面候着。提了袋子进去，往账房那里重重一蹾，喊道："李家叔，山货到，谁个伙计看秤？"账房是李姓本家人，称"三叔"。一看是柯男，放下手中活计就从拦柜上探身出来："你家奶奶可大好些？昨日三服药是挂账还是……"柯男道："三叔啰唆！赊不如赖吗？"

账房李三叔："哪里哪里，小主公，你今儿个是……"柯男："今日卖出明日买进。"三叔压低嗓音："小主公，是丹皮？不到收的时候呢……"柯男嚷："那我坐等。"三叔即刻敲敲台板："不要大声，什么子都好说——来看秤！"

十八斤六两橘子干皮，净干脆薄，上等价每斤九分；一斤五两三的橘子干瓤，上等，每斤两毛；干山楂六斤三两，三等，每斤一毛二；干贝母一斤一两，等外，每斤一毛。算盘哗啦一拨统共两元八角四分六厘。柯男说："分厘不算了。"伙计看看三叔，三叔从柜台里扔出两包"甘草木瓜"说："就你！别把一街子的吆来！"柯男说："那贝母是真正的'怀中抱月'松贝，打等外是有欺了！"三叔急了："我这里是生意正堂！都正经熟客，千万小声。下回来，还是这品，打二等，店里不缺货，又不是川贝，你是明白的！快走吧，拿好钱！"

柯男出来，把钱给了扈姑娘。甘草木瓜分给各人吃。

扈姑娘显见得高兴，说："我知道了，要我，也不敢上福林堂正堂上来。以后，我也不敢找你，欠情啊。你欠也总归是欠。这是强卖。"

老君有点儿妒忌："要我来卖，五毛钱到顶，这她姐儿仨一月吃食有了！"

扈姑娘脸一沉："看看你们一身花子形！堂口就给挡了！你们几个还到处擤鼻

涕,吐唾沫,扒在窗子上看!看什么看!”

说“天下诸亲,娘舅最亲”是没有错的。但好似不尽然。草墩他舅就待他不好。在这群人中,“抠鼻屎填不饱肚子”是大家的处境。所以,干起事来,大开大合,哪里生钱,就猛干一票,譬如偷铁路局鸡场,一下就掐了人家慰劳部队的十来只鸡,办法是草墩出的,叫“钓鸡”,用渔钩穿了酒酿,扔进围墙,鸡一啄,就甩竿,渔钩卡在鸡喉管里,吐不出来,没有不收获的。草墩是“首功”,分大头,得了两块五毛钱,回家就叫他舅一把抢了,沽酒去了。草墩在外面淘来的钱,一半要留着给舅搜,以免饱受老拳。

卖了橘子皮,扈三娘就每人分了一毛钱。没当人面,多给了草墩五分。老君看在眼里,就唱:“小白菜呀,地里黄呀,三岁两岁,没了娘呀……跟着爹爹,还好过呀,爹找后娘,有了弟呀,弟弟吃饭,我喝汤呀,悲伤日子,没法过呀……”——大伙就笑,跟着大唱。末了,排成队,操成一列,愈唱声调愈岔,路人掩耳,四散闪避。

扈姑娘拉开距离,对柯男说:“这些人,大马和老君都有个后娘,大马他后娘还好,是通海人。她会腌一百种咸菜,腌菜房是上锁的,你别想偷,大马去揭瓦,踩断椽子,差点儿掉在缸里腌成萝卜鲊!好笑不?”

柯男说:“不好笑。”

扈姑娘说:“你这个人,像个大人,就没见你笑过。”

柯男说:“笑可笑之人,自己就是,笑什么笑!”

扈姑娘就大笑起来,喉头婉转,竟然有莺啭燕啼猿啸——贯一条长街不歇。前面操着的队伍就停下围拢,给扈姑娘叫“好”。老君说:“她是高兴。我们要帮腔,叫她唱一个花灯倒扳桨!难得兄弟喜庆!”扈姑娘说:“哪里有这么轻易的?先在树下围好,不许外人来,你们还要答应一件事,我就唱!”大伙说:“答应!”

她一指上跷成兰花指,架势已经拉开,道白开始:“前头那个死鬼畜生样,欺压阿妈他手不软;偷鸡卖鸭毁家当,他还把那烟土当成饭……可怜我娘母无依靠,破碗破盆烂衣裳!”突然转调,她的手一指,点的是这些围着她的伙伴:“你要学就学好儿郎,要走就走正义坊!莫怨世道有不平,要怨就怨没腰杆,啊呀呀!啊呀呀!众兄弟众街坊,莫笑男儿事不成,莫笑娘母无教养,社会新来大家新,平坡顺水理应当……啊呀呀!啊呀呀!理应当——”

老君的鼻子猛烈抽动,哭腔阵起。这一引,草墩先哭起来了。

柴虫突然挺身起来,对那些围拢来的路人吼:“看什么看,这是自家人哭丧!有钱的撒钱!没钱的散开——”

大马对柯男说:“这是镇压大烟鬼运动区里宣传队的戏,嗨!邀扈三娘去唱‘罗妹’,就是戏里那个‘活寡妇’——她的扮相那了得,一出场,司锣的锣、司镲的镲全都咣啷落地，那司鼓的赶忙正过鼓点：嗒、嘚、嗒嗒嗒、嗒，二胡跟上——才扳了过来！——她妈是红过昆明的旦角儿——青衣！人称‘初海棠’！你莫说是我讲给你的！记住了，真的。”

34

扈秋声的妈妈是前年死的。有人检举说她在晓东街一间茶楼上唱堂会，又在南昌街一个楼上“接客”。扫除娼赌的工作队有个女的就三次上家里坐着，要她去队里说清楚。秋声妈大声斥责有人诬陷。她说，我一个清白人，里里外外都是玻璃一样地透着光。台上台下一个样。我要生活，邀去唱戏，串个角儿有几文钱是实，也没有人说不准。至于说我卖身，卖身的人有的是，不是我。指出谁是嫖客我去对质！我有三个姑娘，大的知耻懂事了，请你们不要上门来说这些事，我去。她去了金牛街派出所，出来就跳了南太桥。

据说，派出所先问你男人近期与你家里有没有联系？秋声妈说，你们是查反革命还是查娼赌？查反革命，就去找他的本身找他的尸首，我一不哀哉二不喊魂三没钱买坟头香！他一个男人，顾家几何？三个亲生女，他哪一个正眼瞄过，哪月哪日置下房产撂下银钱哪怕叫我代养？你们真找来他，站在面前，赏我三尺青光剑，不用你们动手，我斩他个了结！

派出所就说，你男人跟着军队跑了台湾！要跟美国人反攻！原本给你指出路，你还嚣张！以为我们怕你？

秋声妈道：出路？我知道有！

言毕，冲出门就从南太桥望滚滚江水纵身下去。

据说，派出所值班的并不曾料到这个女人有此举动，等到有人来报告，才慌忙喊人打捞。她不是一时就死的，等秋声和她小舅赶到，已经不能言语。眼巴巴罄尽泪水，欲诉无诉，八岁的秋声喊：“妈——你呕啊！你呕——”她像一个婴儿一样顺从，她尽力地呕，想呕出长蛇般一条混浊的江。她死了，据说江水骤然潮起，金牛没顶，防汛的红旗飘如游火，漫江铜锣鼓镲，似乎她在江的尽头，在那里有一座风雨桥，过了桥，就是“春秋亭”的大戏台……

秋声的小舅是个残疾人，眼不明，拄杖行路，是原先戏班的琴师。在柯男看来，琴师总是闭眼扯弦子，所以，眼睛不用自然废退了。戏班是早就解散的，秋声的小舅就找了个南坝的寡妇成家。寡妇忌恨三个姑娘，从不让上门，于是，小舅一个礼拜摸城来一次，“看”的是外甥女，从墙上拿下板胡、二胡，拉他个月落雁起；有时则将鼓架支起，打他个急雨惊风。走了。琴弦上会别着三两毛钱，地上会放着他提来的一大块豌豆粉。

秋声妈出事的那年，秋声读二年级。两个妹妹，一个六岁，一个四岁。秋声不再读书，守着海棠树，靠拾荒换钱来带妹妹们。海棠树落雨就长，秋声跟树比着长。邻居偷眼看了，说："妈呀！晃眼一看，将仿'初海棠'回来了！神了！那凤眼那眉心红痞子那鸭蛋脸那碎步腰身，不就是一个人吗？天！"巷子口的郑家就砍了墙头一棵桃树，说桃花有鬼！但更多的人家在横梁门楣上贴上桃符，安置了小圆镜子，射向海棠。

柯男听了觉着奇怪，桃花有鬼？桃符驱鬼？是桃树自己闹出的荒诞，与人何干？扈秋声家的鬼中固然有冤鬼，但必是"好鬼、媚鬼、义鬼"多，随便一变，一桌酒菜就有了，姊妹仨哪里会落孤受穷？

柯男妈接到了一档活计，是圆通派出所甄所长介绍来的，给东川公路队扎棉帽，事实上是两道流水，这道活计只是扎"棉耳朵"，即棉帽两边的护耳。大约规矩就是如此，甄所长截住平针活儿，以为这要简单一点儿。比不得帽笼子，那要分片裁剪、絮棉，正经帽店才吃得下。但妈妈已经千恩万谢。甄所长没有亲自来，是柯男带着条子去找帽店接洽的，人家无二话，但一再言明，定期交货，每片三分。当柯男背回大摞的黑布絮棉"耳朵"后，郑重地说到卫生员小王牺牲了、王树同志也牺牲了，妈妈忽然不出声，一手使劲儿撑着额头，"啊，好人世不留！"她无尽地叹息，道："就跟昨天一样……你说说你说说，就这么了呀。柯男，你去请两炷香来……"蒲团上，妈妈举香，北拜再南拜。

柯男与妈妈分工，柯男不再有白天，他上机学得很快，压脚板没调和，只拆了两次线。妈妈晚上彻夜赶，三天交货，检验时人家说车工好，就是棉花要缅干净不要留白。工钱，累计了再付，这里记着，你们手上的单子不要丢，要两下对合，免得以后扯皮。

爸爸从他所在的"集中地"有短笺来，说他"学习学习再学习"、"经过启发教育，思想已彻底明朗"。末了，要家里让来人捎去衣物若干：薄棉被一床、夏衣两套、圆领衫两件、布鞋一双等。柯男一边帮着妈妈收拾，一边看她脸色。显然，她松快了许多。这无疑是个好的信号，爸爸差不多要出来了，要不，要布鞋干什么？柯男妈说："你拿那件府绸衬衣做什么用？是穿这种衣裳的地方？我烦透了这些东西，搬家时怎么没把它扔了……过天裁一截，改你的衬衣得了。"柯男说，我不要。

柯婴来说，"大雨点"落人家的房头，被顺城街的一伙人用弹弓打下来了。

柯男有些吃惊，但妈妈在一旁，只暗递一个眼色，叫柯婴不要声张。

下午，柴虫一伙来了，说他们有"要事禀报"。柯男说，有你们这样无聊的人吗？劳动人民都在积极恢复建设。你们的二流子生活要改造！"彻底明朗"过来！

老君就说,我们揽到了一件活计,就是帮铁工厂把废渣拉到南坝倒了。一车给一块五毛钱,是很合算的。柴虫漏了嘴,被他爹老柴虫擂了一顿,说盘龙江段不许倒垃圾。可我们觉着可惜,一块五啊!要卖多少橘子皮?

柯男问,什么垃圾?

筲箕说,你以为是臭牛骨头死娃娃?是铁!一房子!至少一百车!昨天夜里,我们已经偷倒了一车,黑里来黑里去,没见什么“鬼打灯”!

柯男不信:铁是可以卖钱的,老板不会卖钱还贴钱拉去倒?

老君说,要你出马,才降得住老柴虫。要不,他会把柴虫脑袋拧下来,或者把我们都杀了。

但柯男真的动心了。他只说要去看看,以免老板有诈。他绝不相信世上有这等事,八成是老板在公私合营中瞒报财产,让他们去销赃!

“义辉铁工间”在拓东路,当街一个铺面有两台车床,专为电线杆子、桥索、马车拉杆、汽车弹簧钢板加工紧固螺栓。“仓库”在一个隐蔽的小巷子里,果真黑咕隆咚一房子,却是车削下来的丝丝绕绕的废钢铁屑,黑锈油污,秽不可言,大约堆积有十年八年,已沉积如铁山。老君伸出伤痕累累的手说:“算了,老板吸我们的血汗!劳动人民都干不了,才找上我们的。以为你我是什么?嘿!翻个筋斗哪个不是燕子李三张三柯三!”

都等柯男定夺。他不言语。实在说,一来揽活儿不容易,二来用手刨那些带锈的铁渣不容易。柯男拿定主意,找老板谈判,原先说的工钱太贱,要加工钱,一块八一车;二要提供工具,气胎板车、钉耙、撮箕、手套等。老板是个广东人,很爽快,说,这些家什我厂里就有,只一条,你们不要说出去,说出去了我也不认。

柯男说,你会说我们是偷。卖不了就倒河里。

老板说,小兄弟,你“给(鬼)灵”!亏(看)样子你不西(是)推磨的!

柯男说,我看你是。

柯男妈从来将一句话挂在嘴边:“染缸跟前不着色,泥巴塘里不沾灰”,这话往窄里解,就是做事要干净利落,手脚麻利不拖泥带水。她自己自来不仰仗他人服侍,不假他人之手来做身边的事,即使穿一身绫罗绸缎进面坊,也不带半星灰白。柯男自打能挪个板凳,也处处依母亲的要求学做事。所以三个夜晚下来,他的白衬衣还是白的——柴虫等则成了“炭窑猴”。

奇异之处是,在仓库里扒了一层车床切削的废渣,这就耗了两夜,再往下扒,筲箕先就哦呀一声——如柯男所料,内里埋藏的全是一些胡乱支离的硬物,大量的钢铁车架,还有几十个子弹箱,甚至有一挺高射机枪的座子。这是些战争弃物,大概是广东老板从巫家坝一带的原美军空军基地附近搜罗来的。老君十分肯定地说,就是巫家坝老美的东西,上面还有英文,早先,那里的农民拉一马车废铁到城里来换一两升米,城里的铁工厂知道这些美国铁能派用场,三两文收了,拆卸钢板打成菜刀、斧子,又卖给农民,"美国铁打的刀,一刀能断牛脖子"。大马就说,这美国还不是被志愿军先捶断脖子了!老广东肯定是汉奸特务。这下我们也完了,跟着当了"卖国贼"。筲箕说,要不要去报告公安局?再晚一会儿老板逃跑了!柴虫翻遍了所有子弹箱,"报告"说,没有发现一粒子弹和一支枪。要不,柯男是能辨认的,他跟解放军打过仗。柯男说,都半夜了,有什么好理论的?都是些废钢铁!草墩说,我们被算计了,志愿军要回国了,老板埋藏"美国军火",烫手了,"栽赃在我们手里"。正说话间,扈三娘呀一声出现在门口。柯男拽过筲箕来问:是你通的信儿?我早说过不要什么事都把女人扯进来!筲箕不说话,就算认了。扈姑娘说:"我当是掘了陈圆圆的墓呢,本姑娘至少收获一支玉簪子!却原来:一地牛屎与马粪,春衣熏来旧罗裙!"一甩水袖,笑个不歇。

老君回来报告,说老板的灯黑着,估摸着是"畏罪潜逃"了。

老君跺跺脚:这下,钱也拿不到了。要不,我们拆些铜件下来,能卖钱!

大马已经试过,说,拆你个头!美国螺丝吃铁,我的扳手勚了。

柯男说,搬走,还等什么?

第四天一早"打扫战场",掩了门。老板始终没露面。扈姑娘就说,我来写几个字在门上,就捡个螺丝钉在门上画了一行"后会有期,欠债还钱!越贼黑心,滇人打虎。"后一句,柯男笑了,说不是"越"是"粤",不过,也说得过去,"杀人越货!"

六个人在盘龙江洗了澡。扈姑娘去买了三碗豌豆粉来说:"记账!这次别想我请吃!"眨眼,豌豆粉就被吞光了。岸上还有一辆气胎板车。老君喜从悲来:"王八蛋,吃算计不如不算计,这辆车至少值十块钱!要不,先藏三娘那里,等钱来赎!"扈姑娘说:"得!本宅甚宽阔,多两轮子,我正要用它来送山货!"

实在是沮丧得很。几个就着河水洗了衣裤,光着膀子,拖着湿淋淋的一捆衣裳,往回走,不似散也不似聚。

突然,小姑出现在文明街口,当街一指,大声喝喊:"柯男,你哪里去了,丢魂怎么的?回去看看,一伙人打上门来了!柯婴闯祸了!我去找你妈!"

柯男不等小姑转身,拉着她的衣角说:"姑姑,什么事不要找我妈,不然,我撞死在你跟前!"

小姑方才回过神儿来:"……那些人手上有家伙……你也躲一躲吧!求你啦!"

老君、柴虫等立即振奋起来,大喊:"正愁锅子没豆炒!好啊!上啦——"

35

是有十来个人围住府东街的家门口。手上有家伙,还有牛角刀。距离两丈远,老君认出人来了,柴虫也认出来了,是“顺城街的牛角帮”,为首的叫“干巴”,是个身高六尺的瘦脸,打架时例用牛皮绑腿和护身甲,穿铁头皮鞋,使短棍,据说他是明光中学初二的“大王”。

干巴一副笑脸,看着扈姑娘不转眼珠。

筲箕就喊:“看什么看,要打,放马过来!”

干巴也不急,转眼来盯柯男,说:“早知道你了,好大名声,今次特来领教。你弟弟使弹弓打死我的一只鸽子——好弓法!我呢,也煮吃了你的两只鸽子。二对一?不是的!我的鸽子是领航鸽,你的鸽子是菜鸽,将仿一个吕布,一个马前卒子——”

这下,柯男明白了,三天前的早上,柯婴告诉他两只“大雨点”落在顺城街的房头上,被射杀了,他当时并非没在意,是忙在“铁垃圾”那一头,没想到,柯婴竟然去复仇了,他的腿瘸着,难道他爬着去“出击”?还是当空射杀?他回身喊:“柯婴!你出来!出来——”

柯婴没有拄杖,是扶门出来的,穿着他的白衬衣,手里紧握着他的弹弓。

柯男对弟弟的样子十分满意,他从不穿柯男穿小了的那件白衬衣。

干巴一伙哄然大笑,喊:“看!两兄弟真白门楼吕布,白衣白甲!斩了他!”“跛子!朝这里打啊!过来找死吧!”“还吊上一个貂蝉了!”

老君悄声说:“你眨眼为号,我们分两头上!”

柯男对干巴说:“鸽子是自己飞去的,你们打杀我的鸽子应当先道歉。然后,我道歉,你怎么就能断定我的‘大雨点’将来就没有一只不是领航鸽呢?再有,不准侮辱我的弟弟!不然,你会后悔的!”

干巴大笑说:“屁!你个资产阶级!还口气大得吞牛,不看看,你也混成无学无业叫花子了!我先来问你,为什么你总穿白衬衣?显着你高贵是不是?这里没有人穿白衬衣!通街就你兄弟穿白戴孝,是来吊你资产阶级的孝吧?还是来晃我们的眼睛?我和我的弟兄早看你不顺眼了,这回是你自找的,最好你全家滚回东城外去!”

柴虫喊道:“穿你娘的孝衣!这里不是你的地盘!大南城为界!”

柯男止住柴虫。问干巴:“你刚才说什么阶级?”

干巴傲然道:“你!你家!资产阶级!装样是不是?你不知道你就是活该死绝的资产阶级!是就是,认了就点头,跪下舔老子皮鞋,就算了事!如何?”

柯男分开左右,让柴虫、老君退后,道:“好吧,这下清楚了不?说来,是我的事了。”他回身对柴虫等道,“听着,你们不准插手!我自己的事自己了断!”

这似乎有点儿出乎干巴的意料,他涩涩地道:“你他妈想单挑?”

柯男不应,用手抚平衬衣,只挽一截袖子,示意对方可以开始。

干巴拉开一个蹲裆架势,接着换成侧马步,他的人也后退,让出一块场子。

大凡“比画”,双方依照古战法,阵前约定主将对阵,兵弁副将只观胜负,吆喝助阵,绝不插手。若有一方主将败下来,即告兵败。

扈姑娘却担心了,依身量,柯男只及对手一半,如何交手?遂喊道:“柯男!你忍了吧!能忍并非不英雄——”

不想引来干巴大笑:“你压寨娘子的话听见了?你才及老子胯裆高也来吓大爹——看招!”他连连几排拳甩来。

老君吼:“不准使家伙!”

筲箕撮着嘴喊:“柯男!下三路!攻他孙子下三路!”

干巴一直在大步逼近,时而跳跃,但他的排拳尽数落空。

柯男引他来到墙下,突然,腾跳起来,左脚往墙基上一蹬,身子陡然凌空,右脚掌一曲再猛一蹬,重重一脚踢在干巴颏下!啪,一声脆响,干巴腰不折,直挺挺一个仰翻,倒地不起了。柯男上去,骑在他身上,兜脸连击三拳,道:“这一拳,为我妈妈!这一拳,为我弟弟!这一拳,为我——听好了,我是真正的无产阶级!”

干巴满脸喷血!

扈姑娘上来拉开柯男:“你把他牙齿打掉了!你的手也破了呀!”

柯男妈说:“你跪下来!你——”她指柯婴,“你也给我跪下!”

柯男大叫:“不关弟弟的事!是我打的!你为什么不问理由?”

柯男妈吼道:“人家妈告上门了!牙齿掉两颗,鼻梁断了,你要真杀人,自有公家来问案,还用我?你跪下——”

柯男一笑,小声嘟囔:“还使他妈来,原来小儿,一个屁尿蔫儿!”

柯男妈:“你说什么?大声!让我听见!没看好你,眨眼间,打架成你饭碗了?伤人这么重,要相抵,你不也得脱层皮?我只一声:跪下——”

柯男不跪:“他说我们是资产阶级!我就不跪!你打死我也不跪!”

抡起来的是板凳,啪,凳脚断了。柯男一闪,还站着,劈开了脚。

接着砸下来的是她随手抓到的一个花瓶,这次,柯男伸手挡了,瓷瓶立时粉碎,飞溅的碴子哗地崩在门板上,一片啸响。

小姑慌了,扑上来护住柯男:“小祖宗!你跪下!求你了!让你妈饶你!”

柯男大喊:“人家让我跪,你也要我跪!妈——你说,天底下,还有比我们更穷的人家吗?为什么我是资产阶级?你说啊!你一夜夜熬得头发都白了!妈,你自己知道不?一千个棉耳朵,你一个捧回三分工钱,有这样的资产阶级?你打!你打!打死我!活剥我!我更是无产阶级!”

突然，妈妈高高举起的手僵住了，她慌忙去摸索更称手的物件，但她没有摸到，她被椅子硌了一下，软软地落座下来——屋里瞬间抽空了所有气息，她先是扪胸，接着使劲咳，小姑上来掐她的肩窝，捶她的背，喊着："我嫂子，你大口喘！喘！喘啊……"

柯男扑腾跪倒在地……

死寂。戈明呢？在方才一瞥里，它飞快地在妈妈脚前穿过。

半晌，那边没有动静，柯男死埋着头，他打算在地面沉陷之后，或在这屋宇倾倒的瞬间，扑向妈妈那里，死死与她纠结在一起，永远不松手。但随后，他听到一声悠远的叹息，妈妈总是用这样无奈的叹息来舒解自己："孩子……你怎么跟人家计较这个啊……"

小姑端着一碗仓促捣好的汤药进来说："嫂，门外也齐刷刷地跪着一大群孩子呢！袒着背，沉着头，问什么都不应……里头还有个扎辫子的大丫头！"

36

爸爸回来了。总说回来，没有回来，真正回来了，反而恰似不回来也罢。至少，没有柯男想象的那样，他会像"八仙"中的谁？吕洞宾那样手拈长髯飘然而至，韩湘子那样拂柳横笛一曲未终又续一曲——当然，他的乐感是天生不良，他拉小提琴时妈妈就说"上佛！罢了罢了。"他甚至不像受难耶稣。他似个提着铺盖卷儿出现在门口的游乞或他乡迷路人。他垂手立了一下，小姑就大声号啕："妈呀——我哥回来了！嫂子——"那一声，屋瓦震动，鸦雀惊飞。但妈妈沉静如常，坐在堂屋里，并不出来，只是等爸爸走上台阶，才说："你那个铺盖卷儿还要它干什么？扔外面去！"奶奶也绝不似想象那样老泪纵横，她没有时空感觉，仿佛近两年只在须臾，柯家长子不过打个闪从隔壁巷子里提了包沙糕回来了。她轻轻拈着爸爸伸过来的手，只拈起一个指头——她只能承受这重量，然后将手抽出来，又拈起他灰色的解放服一角，摩挲着，似乎这种灰蓝色四个吊包的制服是她惊奇的唯一，末了看看他身后确实无人跟随，她才敢细细地吐出一句话："吃饭……了？"

回来的爸爸像一团棉花。他的面色白净，净得没有一点儿血色。尤其让柯男感到不忍的是他除去解放帽，竟然是一个高桩平头，留着绵绵短短的软发，在颅顶黑成一圈，像另一顶帽子。他的笑容温暖至极，无论如何揉搓也不去，似棉花在笑。柯男为自己的敏感而恼恨，更不堪的是他发觉妈妈的反应与他完全一致。她连正眼都不抬，将准备好的衣裤一摞地放在他跟前，说："该洗个澡是不是？再晚，关门了。柯婴，不要纠缠你爸！"——起先，柯婴是极度兴奋，他说他做梦，梦见爸爸从"伊丽莎白游轮"上下来，码头上的仪仗队还奏乐。爸爸回家又出去了。完全不同的是，他在一两个小时后还会跨过门槛走进来，这个已经习惯只有妈妈、柯男几个身影的空间里会多一个，也许徘徊不定、也许消失复现的身影。柯男感觉不适，他甚至不清楚本来消逝的父亲回家究竟意味着什么？在很大程度上影响这里宁静而不时爆发冲撞的空气！

这时，这个三间房子的空间需要冷凝，无数潜在的气团不知如何融合。果真，晚上，在妈妈的屋子里——自始至终只有妈妈的声音："你死扛着你的清白！其余不顾？扛到底又如何，谁颁个昭雪圣旨下来呢？这一家七口要吃饭，我浑身一百双手合成一个十，菩萨也不睬！深井里我拽谁？这个起来那个塌下，要我沉底能浮你爷娘儿女再生出世，我早一死了之……"

柯男在被子里流泪，为妈妈抱屈。他几乎能代妈妈说出这些话。毕竟，这些年，家里变故太大了，爷爷死了，奶奶一口气提到今天，吃饭！是的，吃饭！活，是的，活下去！太多太多的说不尽……

第二天晚上，延续昨天的数落，似乎也不算争吵，因为没有爸爸任何的回应。

"'完成任务'？完成'镇反'、完成'三反五反'——我抬着这个理由去跟人说？什么叫'完成任务'？朝鲜是你去打的？反革命是你镇压的？新中国成立后银行你就交军管了你贪什么污？恢复建设是你恢复的？我站在刀尖上百口莫辩还要抵挡八面来袭！你儿子为一句'你是资产阶级'差不多就要杀人了——这些，有一丝风扰动了你？

"柯兰上大学，我把气挣脱了，你真当自家女儿成器水顺风轻？顺便说一句，柯男大了，我是管不了了；还有个柯婴，也开始惹祸了，他愈发不愿动就愈发委顿……他爷爷过世，不见儿子，我是'绝户'发丧；他奶奶，我和柯男一齐使力，抬着她的牙关衔住那口游丝气息，她是等你，只是说不出来，我一天巡定三遭，上两个月，腹水齐胸，要咽气，只在朝夕！

"我拿什么救你又救孩子？拿什么？正要命时，眼巴巴望你回来，哪怕是根草！不见你。见你时，我挣命挣得呛水不死，不再承望了。"

柯男觉着妈妈句句话如刀剑穿胸。他多么希望这个家没有这样的声音，但这一切注定要发生，其实爸爸对家里的现状没有半点儿抱怨，但即使他环顾四周，家徒四壁，那眼神里哪怕只些微流露一点儿惊奇，也足以引起这场战争。哪怕他只在呼吸时，稍稍紧促，让人感觉他要叹息实际上他根本没有叹息，也要引起场战争！他有点儿怜惜爸爸了，他的爱家是毋庸置疑的。但他并非去"游学"去"跑路"，他不是身不由己吗？男人，是必定被冤屈的一个种类，他没有任何权利在家里争得一个"胜数"，家，是妈妈养育的，是妈妈的。

柯男已经隐约感到这个家庭真正的变故才开始——妈妈将不用以往的眼光看爸爸。但柯男的妈妈就是柯男的妈妈，她要说要诉的，必定是该的，说过就不再有第二次重复，不像有的女人要将诉状宣示一万遍；她也不准备讨回什么，她会像一只美丽的梅花鹿，昂着头，去寻觅青青草地，当然，身后，跟着她的孩子。

37

大明那个年代起征战，南京城外柳树湾；马大脚仇汉她起妒心，一任百万强迁南；军屯民屯与商屯，要叫滇边龙旗扬……前首伍长他姓朱，本家哪有情可讲哪个情可讲？边战有功他不请，唯乞妻儿来聚团；万户怜他有功劳，一本奏给老皇上，妻儿遂得兼程来，万里云天万里难……不想户前柳剪枝，夫家竟是百夫长，原来前夫早战死，偷天换日是计囊！啊呀呀，啊呀呀，世上女人如草芥，你为何偏偏耍我奸？百夫长跪地不起来，诉说情缘泪涟涟，你夫本是我义弟，死前就有这交代！养妻育儿山重托，负心只当负一边；你不愿就随你不愿，别起门户有新田！孤妻回望众小儿，忍泪进家起灶烟……不想霸妻风言起，万户一锁拿跟前，百夫立判是死罪，斩决只待午中天！忽听衙外冤鼓响，孤妻率儿跪堂前，老爷你判理应该，男人本是赴死命，我与儿女何牵连？我认此夫为后夫，一刀你下去情断义断恩断命断我靠柳柳折靠山山瘫靠水水走靠桥桥断……啊呀呀，啊呀呀，万户流泪也兴叹：世上苦命怎恁多，发还你寻常日子我不强难！啊呀呀，啊呀呀，从此花开篱笆上篱笆上……

扈姑娘的《边关怨》是个花灯长调子，唱的是一个古时候的故事。

据说，它相似于云南大多汉人的家世传说。明洪武，汉人南迁“实边”，实行“三屯”——其中首举“军屯”，就是开荒种地打仗保卫边疆，一代获得“军籍”可以世袭，七代中，子子孙孙都是军人，有功勋卓著者，“自封为侯”，门庭为之一改。故事里的百夫长、千夫长就是靠打仗挣来的——明后期，滇中繁荣，“已大似江南”；清代则大体沿袭明制——所以然故，云南人崇武尚武，是血液里的事，无论清浊，与生俱来——小小日本，它哪里明白这个？吞了大半个中国又如何，在滇西栽了！英吉利、法兰西也不明白，以为清末国运衰竭，他们趁机累累谋滇，最终也占不到便宜。作为“云南”人，柯男自豪。断他一根鼻梁算什么狠？

“八一”建军节，柯男一伙决定去南城残墙上看昆明卫戍区部队游行。结果，没有解放军，只有民兵方队。但他们抬着的武器与解放军装备差不多，还有高射机枪方阵，看得十分过瘾。扈姑娘约了他小舅来拉胡琴，柯男则约了端木先生来助兴。端木高兴得孩子似的，自认操鼓镲两件家什，鼓点十分合谱，老琴师也认。柯男则独唱“长城外，古道边，芳草碧连天……”扈姑娘说，调子起高了，要重来，后面一次，对调了。扈姑娘就“献礼”，是一颗螺丝钉。这颗螺丝钉是她在广东老板门上刻“打虎词”用的，后来，柯男也用了一次，就是与干巴厮斗受罚的那天，老君、大马、筲箕、草墩、柴虫跪地“陪罚”，柯男用这颗螺丝钉在府东街 35 号土墙上刻下“我是无产阶级”六个字，以示警戒。柴虫就说，从此他们不敢来侵犯了。但柯男心里每每想来就难受，后来，柯婴病了，他在一夜间萎变成一条弯曲的小虫，连戈明也病了，连连呕吐，净是鸽子残肢羽毛。原来，柯婴真是当空射杀干巴的鸽子的人，他的瓦弹正中鸽子的前胸，几乎洞穿，接下来就是戈明上房去活吞了它——他们合谋的暗杀很成功。

老君十分佩服，说要为柯婴打造一架四轮车，拉着他走，我们到哪里他就到哪里。但妈妈在后来的一天，与小姑一起去医院看望了那个干巴，赔了三十个鸡蛋和三十块钱，一半是小姑凑的。据说，干巴他妈是讲道理的，说：“家里训不住外人训，求之不得。”干巴他爸是从河南随军下来的区政府的一个干部，胸前别三支水笔。不过，干巴的鼻梁真断了，医生说可以长好。牙齿掉了，一个齐根断，一个断半截，医生说断了的可以补起来，要找威远街的陆大夫，用外国材料。回来，小姑就一把抓住柯男说：“你咋恁狠？这点，有些像你妈！不过，她是内里狠，那叫真狠！”又说一句：“那孩子身子怎么恁长，跟副棺材板一样？脸上敷石膏，乍一看，我以为是戏台上下来个小丑！”柯男没有笑，他欠妈妈了。现在叫他跪，他愿跪三天三宿不起！小姑自语：“我们家怎么出你这么一个武将军，你想，那孩子比你大多了，也高出两尺，你怎么一下就把他打折了？天哪！你长大要干什么？不敢想！”

柯男在“‘八一’建军节庆祝会”结束后对端木先生说：“你戒烟那么不自在，我教你个办法，将仿我们的扈秋声，每早吊嗓子！”端木说：“我老瞎了，爬长城？”柯男说：“这是军事禁区，看得起你才允你进入！”端木说：“浊气呼出，清气溢胸，面东吐纳，可至大爽！有理！但我唱什么调子呢？”柯男说：“你大喊：卯时已到——东方既晓——背起书包——去上学校——满街的孩子呼啦啦就出来跑啊，你想，你不是司令是什么？等于封你一个上将军！”

38

柯男妈说：“你爸天不亮就出门了，你看看你奶奶去。”话语平静，却带浓重的悲伤，柯男知道奶奶时日就在此刻了。

妈妈又说：“我给你奶奶喂了参汤，只是喂不进去，大半滴漏了。你要不歇地喊她清醒，你爸爸去求寿材了，现在，不是落气的时辰。”

奶奶两颧乌黑，陷落了许多，上下唇突然萎缩，嘴半翕着。柯婴跪在她的枕边，拿一根鸽子的羽绒在她鼻孔前“试呼吸”。柯男说：“你这叫干什么？让开！”

柯男贴着她的耳朵轻声喊："诰命夫人！圣旨到！"

忽地，奶奶眼睁开一道缝，眼睛在浑浑一池里游出一丝光亮。柯男说："她生活在光绪年某一时刻，所以，要这样——听宣！"

柯婴说："宣什么？"

柯男："住嘴！哪有宣旨来打岔的，拖下去，重责三十大板！用刑——"

奶奶陡然大睁眼睛，口里哦哦的。

柯男对柯婴嘘了一声："你跪下！每一板子下来，你就哎哟大喊饶命——柯李氏听宣，皇上诏曰：自咸丰同治年间，尔等奉命徙滇，道途艰苦，至为不堪。幸尔阖族忠恳，仁德厚积，保边勋劳，可以追远……"

柯婴间或"哎哟"一声，这时，突然打手势："奶奶在说话！"

柯男："还没宣完！怎么能打咯噔？"但他俯近奶奶，真吁吁有声。柯婴说："她讲黄昏话，大意说江山胡什么保什么……"

柯男："去去去！什么'大意胡'——我来听！真是的！'江山如枕，多令昏胡……无忧多梦……最是伤悲'什么什么……奶奶大点声！将革命进行到底！"

柯婴："没声了。也许要让她歇一会儿。"

柯男："你懂什么！就一口气！柯李氏！这里皇帝圣旨还没宣完！听旨：尔等儿孙承受优良，衷情家国，报效祖土，一往不顾。犹在中华人民共和国成立之后，合同伟大的中国人民解放军打败野心狼！诚可嘉许……"

奶奶的眼睛又睁开了。柯婴大喊："哎哟——十五、二十！"

柯男大声宣旨："尔嫡孙男，俊秀标杆，勇而足谋，学而上进，是真正的无产阶级好孩子，特加晋神威将军，赐正三品——柯婴！快喊：谢主隆恩！"

奶奶猛然纳气，吐出一串字："柯男……护母……护母为孝为先……万事不可强求上上……不可恃强凌弱……不可少年老成……不可放浪灭志……不可鲁莽冲撞……不可无师无出……上学去！"

她再无气力。柯男顿时泪如雨下，大喊："奶奶！柯男在！'不可'什么？孙儿跪听——我听着呢！"

爸妈一齐进门了，妈妈拉开柯男，让爸爸近前……

奶奶是在午时一刻落气的。

小姑已经去报丧。原本柯男要去，被妈妈制止了，大半缘由是爷爷死时，父亲不在，柯男一个不满六岁的孩子去报丧，被人嗤笑"绝户"，丢个冷眼也罢，亲族中却为此大起风波，硬说未报、迟报，令她至今想起来还尤其不快。到晚间，便有亲戚来哭了。高一阵低一阵也不甚整齐。反而对柯男爸的全身归来，惊胜于喜。于是，这边抹抹眼泪，那边又作揖称"好了好了，这下好了"，十分不类。

依照眼下柯男家的处境、能力，不用说，奶奶的丧事只能从简。与爷爷走时的堂场已大不可比了。好在，奶奶的寿材是与爷爷的寿材一起在二老年届五十八时就备下的。按柯男妈的说法，奶奶的寿材要比爷爷的好得多，里面是金丝楠的，外棺则使上好香柏木。体厚实沉，生漆数百道，光亮可鉴。倒不在于当时有钱无钱，爸爸起愿时说，连护国将军都讳用金丝楠，要体认国制，崇尚节俭，故如此。但奶奶优于爷爷，这恐怕就难以言尽了，这个家，有尚母之风，奇怪的又是，偏偏做媳妇的妈妈极类做婆婆的奶奶的风范，于是，世上传言，便多从善解："不是这个人，不进这家门——撑木历来是母柱。"

柯男爸回来，大约念想中，就是此事当前。所以，奶奶的寿材从寺庙里抬进堂屋后，跟着，一切善后事体，通通发动。先是支一个灵堂，再请一位法师，是爸爸的老友，只带两徒。"七七"不用，法事只一个"七"。但合棺师傅请来打开榫卯一看，柯男妈犯愁了，恁深恁阔，要二十笼松香二十床丝绵，才能"合体"，柯男爸看一眼就出门去了，晚间，骡马驮来所有。柯男听妈妈小声问："这钱？"爸爸就一字："赊。"忽然，在墙外熬松香的合棺师傅又来传告：因为时季在立秋、处暑之间，"五德转移"、"行秋令，则民大废病疾"，按葬俗，当在棺木之下、灵堂之上，满地铺陈青松毛"以禳藜莠之灾"。柯男爸无以驳，他深谙民俗，似有牵强，但逢到这种时候，就是叫你摘个蟠桃来贡你也得摘，所谓"前人做了后人看"，但哪里去找这么多的青松毛呢？小姑回来说，立秋大旱，附近山林封山防火，设卡巡查。"要早些，倒可以送信出去找山民……"话一出口，父亲脸色变了："什么早些？"自知失口的她立即悻悻地拿眼睛看柯男妈。柯男说："简单。妈妈给我一个饭团。"

次日一早，里屋给遗体穿戴完毕，柯男回来了。

"妈呀！你把金马山撸光了！"小姑急忙开门来看，十来个孩子，每人肩负耸如山峦的青松枝，青葱葱满院喷香。为首的那个壮壮的孩子，柯男妈认识，就是替她背缝纫机的那个！再看，那些个裸头袒胸的男孩，不是日前在责罚柯男时，跪地"请愿"的一伙？内中竟然还有那个女孩！脸上、发辫上粘满蜜油。柯男妈心疼得不行，一下搂过女孩来："别动，你别抠，松脂是拉头发拉皮的！"即刻拢进里屋去，拿洗发水一下下替女孩揩尽，"好了，蜕出模样来了！"

柯男爸仍在迷糊中，这时，柯男妈已经将孩子们带进厨房，每人一大碗火腿稀饭。搁下碗，孩子们起身道谢，挨个出门，毫无声响。

柯男爸看着一地尺许厚的青松毛，似乎想找话："我看……他们一个个累得不行……一夜你们蹲在山里？"

柯男应道："他们行，其余不用问。"

发丧当日，柯男妈与小姑是半夜起来忙吃食的。挨到时辰将近，几个女眷惴惴上门来了。但大门外,已经孩子成阵。妈妈似乎对此深有默契,在一个个饭团里使劲儿揣腊肉。柯男进来了,说:“妈,他们要给奶奶磕头。许不许?”妈妈手里攥着锅铲,差点儿落下泪来,哽咽地说:“当然!当然!谢谢他们……只是,你要还礼,懂吗?你懂啊……”

柴虫当首,排成了一字长队,挨个儿从大门入,进到堂屋,在奶奶灵前的蒲团上三叩九拜,然后络绎退下。柯男伏地还礼。然后,他们从柯男手中,每人领取一条白布孝带,扎在额上。扈秋声和她的两个妹妹则将孝布扎在辫子上,一起到院墙角默默伺立。

起灵时,这支“柯男的队伍”一如长孙动作,伏地作桥,棺椁过顶,每人一沓白钱,预备沿途抛撒。大马将柯婴一掂背在了背上,还带上了戈明。然后分别执幡、抬纸马、燃鞭炮,一一明确。

大凡族中老少各个痴了呆了。

柯男爸来到柯男妈妈跟前,小声道:“这些孩子也进来……是不是有些乱了?”

柯男妈一眼斜过去:“怎么啦?柯家就女眷多,不是正缺孝子贤孙吗?”

倒也没有许多悲哀,该号的号过了,该磕头的尽数磕了,没谁短少。午时下圹,杀公鸡洒血、唱经念咒、燃香焚纸、倒拜四方、磕头念祖——都极精彩,十足可观。过后,按事先安排的,有马车三乘在山下等候,将眷属带回城里去,二十二里,得赶紧。就有叔表亲戚来到柯男爸跟前说“圆满”和“其实白事也是喜”之类话,走了。剩下的,就是嵌坟、给墓冠打理修整,墓碑是柯男爸手书碑文,一个“七”未了,自然刻好,已经运到爷爷坟冢左侧,这会儿,就该立碑了。这要好大力气才行。

金马山忽地狂风起来,平地扬沙,松涛呜呜,细雨飒飒。孩子们是一个也没有走,只圈成三圈,就便在荫浓处遮蔽。柯男妈趁这个时候将热热的饭团分给孩子们,还有储在暖水瓶里的花茶,只三只碗,轮着喝。

忽然,噌的一声弦响,扈姑娘的声调起来了,初如风过树梢,继而山岚徐来,云涌地动:

“猛听得风声阵阵紧,雷劈荒郊我无处行……”她怀抱琵琶,二妹奏扬琴,如泣如诉,“北望那狼星三千里,踉跄一夜只白寻;卷地尘沙六面墙,两眼昏昏一身泥;江岸隔水有灯明,关隘高处垂帅旗……”弦急如箭,一声悲诉,“军爷呀——雨打芭蕉我衫褴褛,寒穿胸背冷透心;开开门呀——容我一夜暂避寒,恰若弱鸟檐下栖……”

柯男爸在柯男身边蹲下,柯男说:“这是唱给奶奶听的,《孟姜女哭长城》里的一段,她在路上。官军不给她开城门,太惨了……其实她只想歇一歇。”

“……你有爷娘也有妻,为何不怜柴门女;寻夫不见长城短,唯见坟草如箭戟!”一段道白:“你是死了还是活着?你你你,你应个声嘛!”琵琶长段重拨,扬琴急叩,几觉弦崩:“裹尸当在苇子屯，坟头插标应向西……国有急难民当前，骨是垒石肉是泥！可、可、可问青天啊你:你留不留,留不留,留是不留？——木命一叶土一席！”

到此时,柯男妈已潸然泪下,连说,歇歇,歇歇。

复又有下段,扈姑娘的全本唱完要一个钟点儿。

柯男爸只是默然,这对他来说,是完全陌生的一界,他如同站在深渊的另一壁,扰动他的也许不是那唱词,他曾“在路上”,“走”的是另一途,但他不能说,不能弹拨那根“弦”,他确认自己已经变了。他原以为这就是“家”的一切,他们会随他不由自主地坎坷运行,但现在看来,不是这样。这所所有有在陡然间变了。世上已千年!

柯男说:“爸,你没有钱吧？我给你一块钱。”他拿出一块钱,整张的,崭新的。

柯男爸很吃惊,有些嗫嚅:“孩子去找钱……未必是好事。”

柯男说:“‘子弟无财害呆病’——奶奶说的。你放心,我们执行‘三大纪律,八项注意’。”

真变了,他已经不辨自己的妻儿。

39

奶奶的丧事完毕后,妈妈对柯男说:“你收拾一下奶奶的床铺,该烧的不是都烧了吗？拆一块床板,留下来的被褥铺好,就是柯婴的床了。你不愿意睡堂屋间,就与弟弟一屋如何？你自己定。”柯男哪里愿意与弟弟住,他在堂屋间壁的板床是解放军留下的唯一一块床板,一应铺陈全是“解放军”一套,难道妈妈不知道它神圣不可侵犯？其实,柯男妈不过是找个话由,接下来就说:“你的那些朋友,是不是该给我正式介绍一下呢？人家贴了心地帮忙,我心里长久过意不去。”——这才是她要说的话,只是搁后面说,让人体味着好似不重要。

这是妈妈第一次正式承认他与他一伙的“朋友”关系。事非寻常。柯男妈之挑剔苛严,族中无不畏服,都说禁得起“三娘”横里竖里左里右里粗里细里挑剔的人,便是人中上上;禁得过“三娘”调教排整的人,无人不才无人不用也无人不良。在东城外新村居住时,柯男渐大,怎么会没有玩伴呢？一次,柯男妈将他叫到跟前,说 17 号那个小三是“结巴”,你不准再跟他玩儿!“跟结巴学结巴,你不知道吗？”柯男辩解说小三是“石头鱼”的表弟,几天就回他老家玉溪了。柯男妈声色俱厉地呵斥:“一天也不准!什么玉溪话、个旧话、通海话、保山话——通通不准学!说话,想好再说!一字一句,不准拖泥带水,不准有一声一音一语听来是废而又损的,不准儿呀吃啦嘴里跟满口糨糊漱不清一样!你爸派的功课管你的学与问,我的功课管你做人,出得了人前!不准回嘴!”

还有一次,妈妈说,那个叫宋咨文的大同学,你不准再跟他玩儿。这次,柯男心里明白,这是因为十岁的宋咨文是个“奶罐儿”。说话声腔奶气,举手投足与女孩无异。“男儿当有男儿样!不叫你赳赳如武夫,行走平正,当勇则勇,你砸破头我不问,但世界两分,男雄女惠,该知道吧!去!”

至于女孩,妈妈则格外多一只眼睛看顾左右。有个八岁女孩姓黄,名杏,爱来与柯男玩儿,圆脸大眼,齐眉刘海儿,温婉可爱,妈妈是很喜欢的。但有一次,杏儿将金凤花当成“指甲油”涂,还把柯男的脸也“上了妆”,妈妈的脸色就变了。从此,杏儿不再来。

这回妈妈是变了,通通收容,还说,别忘了叫上那个会唱戏的扈姑娘!

柯男需要再次确认,这太出乎他的意料:“你是说上家来玩儿?”

妈妈是真正高兴的样子:“我做一顿豆焖饭给你们吃!”

柯婴鼓起掌来。

柯男说:“谢谢妈妈!”

这将仿一个节日。大伙都齐了。大马、老君换上不知哪里弄来的白衬衣,老君的还可以,大马的太短,总之是白的也浆过。没少一个纽扣。筲箕竟然穿他的“美国夹克”,草墩的衣裳似乎让扈秋声紧急换过,对襟特长,看来像戏装。柴虫最可恼,是他爸的工装,不过也干净。扈姑娘则一身素色浅紫地白碎花高领夹衣,同色七分裤,足底是同色襻鞋。为了这一刻,柯男实在不知道他们预备了多久!

这是自迁来卯城,柯男见过的妈妈最高兴的时刻。

大家有些拘谨是可想象的,但妈妈就是妈妈,她先表谢意,说:“你们是柯男的好朋友,就当我是你们的妈妈。这里,就是你们的家。这些年,得你们的关照,我心存感激。”在柯男听来,这太“正式”了,但孩子们恰恰领受了从未有的尊爱——妈妈是对的。话一落,秋声先就抑不住地有些眼湿。妈妈注意到了,立即说:“桌子上有几样我做的杂食、果点,瓜子是不是炒煳了?秋声,你嗑个试试,怎么不把两个妹妹也邀来呢?我说的是‘全体’!”

秋声嗑过,说:“大娘,正好。”妈妈就说:“我手生了,当心不对呢,秋声,待会儿你到厨下来帮我的忙。”秋声站了起来,妈妈说:“哪里,还不忙。你们总得让我知道以后我该怎么叫你们啊,柴虫我早知道,可怎么就叫这个,也不好出口啊!”

柯男说:“他学名柴进!”

妈妈惊讶:“一百单八将!哈!那我这方哪里供得起众好汉?”

大伙哄然大笑。

孩子们起立,一个个报上“学名”,到秋声,筲箕就先喊:“扈三娘!”

秋声就踩他一脚。

柯男妈的细密谨严是别人学不来的,她在柯男无意间的话语里已经对孩子们的身世家境了然于胸，恻隐沉痛，因此，对这些，绝不轻涉。孩子们疏离亲情既久，便不惯关爱，哪怕些许过分，都足致伤害。说来还在于妈妈真的感激也疼爱这些孩子。她有些微微的醺意，柯男察觉到了，妈妈回到她的童年。她两颧稍红，眼睛亮亮的，美丽无比——那时，她是小桥一带能上树、能抓雀出了名的"小三娘"……

不等上灯，饭好了，还有几样妈妈亲手做的咸菜。秋声说，她样样喜欢。妈妈就说，要腾罐了，过几天你来，带走你爱吃的，罐底的没有变味，不过，就是咸些。老君说："大娘，这豆焖饭我一辈子没有吃过！做梦也想一次吃撑死了算！"话过了，笤箕说："你撑死了也是大粪虫！"这又犯讳了，妈妈也不惊怪。

柯男知道，爸爸是被妈妈"支"出去办事的，在她看来他与这群孩子天然不谐，不谐不等于犯冲，只是他没有经历也就不能共享这段历史。没有一个孩子上学，或上了学又退学，如秋声、老君；再就是"留级生"，留长了也自动荒废。个中缘由，不言自明。这次由她赏赐的聚会，也暗含一个意义，经过无数艰难、请托、央求，柯男终于在一所小学报了名，他足八岁，奔九岁，是报名年龄最大的孩子。没几天，他就要上学了。这意味着他和他的玩伴将被学校的围墙分离。柯男并不知道这一安排，有意的隐瞒，是不想让他在今天略显不适。

夜晚，妈妈对镜独守了好一阵。

第六章

40

蓝西在两城区小学教育调研会上做了一个总结性发言。这是他被任命为区教育局副局长后首次公开讲话。他很重视这次“露面”,甚至在七月燠热的天气里,正经地穿上了他的西装。当市里各级领导就位后,他很满意自己的这个决定,因为大多数脱了军装的干部,包括重要的领导几乎无一例外地穿浅色或接近米灰色的制服,他的亚麻色西服与他们的很协调。但又明显有别。

在长达半年的调查里,最为困扰政府的莫过于小学学校太少。1951年的全市人口普查,省城有38.9万城市人口,这个数字仅仅相当于前清咸丰初年的水平,但1953年的全市人口普查,人口增至43万。外来人口增加是初期建政和恢复经济建设的需要,它鼓舞人心。但这个调查忽略了一个极其重要的分类:适龄孩子有多少?而在校的又有多少?再细分,14岁以下的孩子有多少?有书读的有多少?失学的又是多少?——人们根本不知道一个新生的政权将在教育方面面临怎样的问题。这个统计工作是在蓝西领导下完成的:应当在初级小学校里读书的孩子有6万!占所有人口的七分之一!这简直就是一个孩子的城市!而失学的孩子竟然占一半!达2.9万!每两个孩子中只有一个能读书!所有人震惊不已!

而现有教育资源,已经不负重荷。这意味着,如果不兴建一百所以上的小学校,这个城市将是一座文盲城市!

蓝西对何以适龄孩子如此之多的解释是:1937年全面抗战爆发以来,作为“大后方”,昆明就是一个“移民城市”,自内地迁徙者甚众。人口基数已经大变。1939年末,日机轰炸昆明,而后,随战局发展,我胜敌败;而昆明是和平解放,又免于战火。所以,这个城市是中国在大世变中唯一享有“和平”的城市;调查表明:恰恰1945—

1949 年，是生育高峰，这个时期出生的孩子是“抗战胜利——全国解放”的宠儿！他们幸运地出生，并且免于在战乱中夭亡，所以，城市的未来是那时就“预定”的！

“但我们准备好迎接他们了吗？这个年龄段出生的孩子正好八至九岁，如果有足够的学校接纳他们，应当是初级小学二年级、三年级生，不幸的是近六千名儿童没有学校！即使有，将是七、八、九三个年龄段的孩子叠加！往后 1948—1950 年出生者……将接踵推进！结论很简单：学校严重不足！”

但接下来，才是他发言的重点：公立小学太少！私立小学并不正规，所用教材也不一致，他举例说呈贡有两所乡小，所用教材竟然是民国年间颁发的，先生先教孩子背“总理遗嘱”，“青天白日满地红”的封面还保留着。

场上大哗——这是他需要的效果。

接着，他语调果决：要办新中国的新小学！

领导们都一齐鼓掌。

他准备和盘托出——他的经验是“机会”稍纵即逝——他的办法是“公私合营”——表述随即讥消地改为“公私合一”！即最快、最省时、最节约、最有效的办法是：利用很不正规的私立小学校舍、部分师资力量，掺入骨干教师，政府适当投入，办“公私合一”的“新实验小学”。他随即的解释是：所谓“实验”，是指过渡的必要，至少，有一个问题，这样的学校要接纳年龄不等的失学孩子。他们的心理结构不同。在他的调查里，有一个例子：一个家庭的兄弟俩，弟弟一年级，而哥哥十二岁根本没读过书，还是一个“反动会教门”的成员，被公安机关收审两次。他激愤地说：失学孩子在街上偷窃、群殴、损坏公物，甚至撕毁政府公告传单、砸烂公共报亭，成为“反社会一群”！“这样的状况能让它持续吗？当然不能！”

市分管领导做了一些纠正，说，这些情况是有的。我们的公安机关也很重视，也在摸底调查。但社会治安总体良好。个别事件影响大，但也很复杂，不能简单推给孩子！我们不都是由不懂事的孩子长大的吗？他看看蓝西，说蓝副局长讲得很好。还有一个问题，不是这里要讨论的，就是学校要有党的领导，光“合营”了还不行。怎么管？怎么“合”？与铺子工厂不一样，但这个设想很有建设性。我完全同意“实验”，这是共产党一贯的做法嘛！但政府要下决心，在这个七月，完成筹办二十所小学的规划！哪怕因陋就简都行！八月中旬就招生，是不是可以考虑原来有初小学籍又辍学的孩子要收回来，当然，全部适龄孩子回校，眼下我们还做不到。总之，一刻也不能耽误！否则，我们就是历史罪人！

蓝西仍然很兴奋，尽管，他心里有一丝隐约的不快。市领导还是把他的风头抢去了。至少一半！他怎么在最后会“激愤”起来呢？干吗激愤呢？你说得影影绰绰，危言耸听，这样的场合这样的话，人家愿意听吗？即使孩子们要“反社会”，你管得了？是因“失学”而“反”，那么“反者”必然很自觉了！等等，“还我课桌！”这是大学生的民主口号，而在学龄段孩子，可能吗？——逻辑错误！“反社会”——怎么会一下蹦出这个字眼儿来？他在想，他脑了里有这个词汇吗？它的英文词根是什么？德文呢？他的德文并不够用！

走进他的书房，他已经彻底沮丧。他实在不明白，为什么他总是这样？打倒自己。站起来，似乎未稳，再次打倒。

他必须终止思考，他顺手扯过一张报纸来，三版有一条新闻：《省经济工作会议结束》副题是“全省经济恢复成果显著”，要在平日，他丝毫不会理会下文，可偏偏一行字跳进眼里来，“‘三反五反’的核查工作结束，对经济恢复起到了重要的推动作用……”

“三反五反”正式结束？他一时又浮想联翩……

但天亮前醒来时，他脑海平波微浪，清澈澄净，并且有了一个坚定的主意，放低身段，夹起尾巴，他要去兼实验小学的校长！

41

九月一日，柯男成为卯城“中华实验小学”的一年级新生。柯男妈说：“你不要弄成一副落魄不羁的样子，哪里有夹着书去上学的？倒仿你是账房先生！”这真揭穿了柯男的心理。如果不是奶奶“上学去”的遗训——奶奶的“去”历来发“可(kě)”音，从她缺齿的空空洞洞的口里发出，有嗬哧嗬哧的痰声，仿佛牵连五脏，具有很大的杀伤力——柯男真对上学是无所谓的。他拣了奶奶的一个长带子包背上，妈妈又说：“你是香客还是游僧？”柯男就说：“孔夫子说‘有教无类’。”这时，小姑送了一个表弟的旧书包来，柯男只得屈就。

但上学意味着他从此进入了一个有围墙也有大门“关禁”的区域，孩子们那个多呀，如叽叽喳喳一窝麻雀，但钟声一响，他们就规规矩矩排成队，向八点钟准时升起的五星红旗敬礼。这点，柯男尤觉新鲜。教室是明亮的，他喜欢玻璃窗开在某一个角度，反射着阳光，大块的光区将他们后三排人影投射在墙壁上，他渐次耸立为巨人。

“柯男！”老师点名。

柯男起立敬礼——标准军礼。满堂哄笑。

“你要应：到！”老师一笑，纠正他。柯男并不讨厌这个个子不高、留齐耳短发、圆脸、大眼的姓林的女老师，据说她很快就要被“任命”为这个班的班主任。“实验小学”共三门主课程：语文、算术、自然，还有图画。实行一个任课老师全程授课。也就是说,林老师将在整天的全部课时里,在这个课堂里与学生们共处,她的嗓音说不上柔美,但清晰响亮,可以穿透墙壁,最令人奇怪的是她可以在六节课里不停地发声,覆盖并高高拎起孩子们的耳朵。

"柯男同学,你在干什么?"不知什么时候林老师悄然踱到他的跟前。柯男起立:"报告!我在读书。"林老师:"不用'报告',如果你有问题,你要求发言,你这样——"她让一个女孩示范:左手肘平置桌面,小臂竖直,手指并拢,手掌朝上——他们似乎都演练过。柯男有些惭愧。他做了一遍,老师说:"很好。你怎么把所有课本都翻到桌子上来呢?"柯男说:"我全部读完了。"老师说:"今天第一节是语文课!应当把语文课本放在桌子上。现在'静息'!"

"静息十分钟!"是柯男第一次领受的惩罚,你必须双臂交叠在桌子上,埋头趴下,不许有半点儿声响,仿佛是一次假寐,直到命令解除。——总之,柯男有些不入流是显而易见的。比如,他在第一天的两三个课时里,就把三门功课全部读完了,他以为接下来就是"辩经",如同大唐年间皇帝招邀门客学士来辩论一样,或者像孔夫子的杏林,众贤围坐,尊者讲授,师徒刍议——至少,自四岁启蒙,爸爸就是这样"授课"的——但他正在就读的小学完全不是这样!他已经肯定,读书即是受训,他乐于这样领会,他是不怕严酷训导甚至虐待的。

但又不全是如此,课间十分钟,孩子们如同蜂子拥出蜂巢,多数"拉人玩儿",女孩"跳海牌"、"跳橡皮筋",不少男孩子最惊险的游戏是"排墙走",即在有半块砖宽的围墙基石边沿上伸开双臂挪,看谁挪得距离最长就算胜利,他们大呼小叫快乐无比——柯男觉得城里的孩子全部是痴呆傻瓜!

使他意外的是第四天,操场上有人远远跑来,一把就将他抱住。他无论如何想不到,是大东新村 21 号的蚂蚱,他也在一年级,是三班,他说 24 号的夏天在二年级,他们已经说好了,这个学期夏天要"留级",然后就在一起了。这让他感觉到了憋闷的天空裂了一丝缝。开学前,他还去过柴虫家,与柴四"谈判",是大队长亲自邀请他去商量的,区里来通知,要柴虫"复读",这让卫生大队长措手不及,儿子留级两次,怎么读?"总而总(言)之,你说了算!"柴四擂了一下桌子。

这是个好消息,柴虫可以"复读",那么筲箕、草墩也都可以了!老君老了,大马太大了,秋声原本就是三年级退学的,他们又怎么办?

柯男说:"柴虫连斗大的字不识一箩,当然还是从头开始。上一年级。"

柴四又擂了一下桌子,"准!就照你说的(办)!他不会显着太大了吧?"

柯男说:"我们都可以扮老生、须生了,青衣、小生串个角儿不也行吗?当然不是走台,柴进是很聪明的。"

柴四哈哈大笑,一把将柯男箍在胸前,差点儿把他勒死:"这小杂种哪里修来的福气?这回,跟定你了!可扮不得武生哟,闯祸的!拜托你了!"

柯男说："说好了，有几个条件：一是不准吊打他，这让书生没面子；二是做身新衣服，纽扣也要新的；三是什么，没有想好……对了，你不准口出脏话！咱约法三章！"

柴四不解："前二章可以遵办，我早就没有打他了，不信你喊他褪衣出来看看，有新疤吗？第三条是干什么我不明白，我那一伙耍粪瓢的，你不用狠话咒了骂，骂了咒，净是生骡子犟牛——你使唤得动？这些王八蛋也听不懂别的话啊！"

柯男说："你看着办。"

但直到开学，柴虫那边也没有消息。

头一天的"作业"交上去，林老师在课间把柯男叫到跟前说："是你的作业？"柯男说："是。"老师："没叫你抄课文，第一课练习写字，是从点、横、竖、撇开始。真是你写的？"柯男不言语。老师递过一个粉笔头，声音很短促："你上黑板上写：中国(國)！"柯男写了。林老师嗯了一声："你是复学的？留级的？"柯男："没有。"老师："我看了你的报名表，你都八岁多了，此前在哪里？不上学？"柯男："没上学。"老师："好了。你这样的孩子也有。早先学了些，就不耐心了，你看，你的'中'字，为什么竖要带钩，这样写就是错字！'國'字方框第二笔，横折竖应当连笔，不能豁口！不算错字，至少不合书写规矩，记住了？"

柯男知道什么是上学了。

尽管"中"字带勾是他太急。还有，"國"字笔画不严实，是他不习惯用粉笔。但他回家后，还是把两个字用铅笔写了一百零八遍。

这是柯男每天必须面对的一张脸，当然也包括一年级一班的三十七个孩子。林菱老师年龄不详，她的娃娃脸让孩子以为她介于"妈妈"与"姐姐"之间。她的声音和手势是她的主要武器，再就是无穷无尽的故事。开学第一个周末，她带领三十七个孩子坐一艘特大的篷船从篆塘码头出发，沿大观河去漂游滇池——这让所有孩子高兴得发疯。柯男也是第一次坐这种有三个帆的大船从水路环游浩渺大水，从船里看他熟悉的陆岸，完全不同，天地水忽然低平如砥，但在邈远处不过是颜色不同的三条线，碧色的波浪从船头前涌起，又在两侧划过，不时将山水天耸起又砸下，那种动荡让他十分兴奋。他第一次领悟到学校是一条大船，带他到达大水中央，然后他纵身下水，变成一条自由的小鱼……

林老师开始讲故事，她的故事里有无数公主和王子，孩子们屏息入神，把她当成最后决定他们开头悲惨、后来快乐的"上帝"和某个神。柯男却觉得这些故事十分乏味无聊。他只记住了林的一句话，她指着大观河南岸的一座西式楼房，说，那就是我的家，是我们家兴办了第一家滇池轮船公司，后来因为"海难"事故，破产了……

她随即陷入短暂的沉默。

就在那一刻,柯男确认他开始喜欢这个老师了,他觉得他与林老师有某种命运联系,将近两年,他在滇池沿岸采撷奶奶就要失落的生命,他熟悉陆地上每一条河流港汊,每一种按时季种植的庄稼,滇池的水和骄阳用一种海底的长茎水草制造了他皮肤下的血管,所以他是某一类水生动物……但他没有经历过濒水而居的生活。至于林老师的家世故事,他不大肯信,他知道在清朝末年,滇池确实发生过"火烧轮船"的事件,在他刚刚记事时,大东新村的孩子们就在操场上手牵手跳"圈圈舞",这种孩子的游戏通常有童谣伴着,其中就有:

洋舞洋舞团团,
火烧龙(轮)船,
有人买米,
掼下海底……
(领舞人喊)老师公,咯起了!
(众口唱和)起了!起了!

"洋舞"就是外国佬跳的舞,中国人已经不会"跳"只会"跪"了。"跳"就是"造反",街头老大会对稍有不逊的徒子呵斥:"你跳?跳什么跳!"警察抓住小偷,会说:"啊!你跳出来了!"——说到洋舞,总是洋人的时尚,其实适合孩子跳的,教会幼稚园也有一种,就是男女孩子拉起手来在地上转,柯男从来以为这是一种最愚蠢的行为——大约滇池小火轮出事那天头等舱有"摩登"在,所以才有"洋舞",但也有来昆明买米或贩米的人在,是沿岸或海口的渔民小贩。总之,后来轮船就冒烟起火、沉没,造成轰动一时的"海难",当然,忙坏了给死人祷告做法事的老师公……最后是刚刚在实业运动中兴起的"轮船公司"吃官司倒闭……

依这个真实事件发生的时间算,林菱老师是在"家道中落"至少两代后,而城市灾难记忆是在永远阵发刻骨痛痒中长大的。所以,她把滇池当作了母盆,要把孩子们倾倒到水里去。

柯男的猜想没错,第二个周末,她再次带领孩子们到篆塘码头看"落日",柯男却只看码头上如箭杆林立的船桅和码头上装卸工在跳板上肩负重物悠然行走的样子,而且永无倦怠。等太阳完全沉没,林老师就在满天红霞里宣布:"同学们,你们一定很高兴,是吗?(大家齐应:是的——)落日是那样美丽!令人心醉,是吗?(大家齐应:是的——)你们回去以后,每人要想出一句话来形容落日的情景,星期一我们上课,每个同学就上台来讲,比如:太阳下山了,像一个金色的火球,慢慢地慢慢地熄灭……"

柯男就写了一篇《滇池落日》:“太阳,在高天独自巡游,它累了,也饿了,它很孤独,不等山那边的呼唤,它就往西边沉下去。它带来了大海的红色丝绸,天空的云彩每人分得一缕,披挂起来说,我们随你回家去吧,你有煮熟的苞米吗?……”

那天他上去,站在讲台边,开始朗读。坐在头排的林老师呆了,她四下环顾孩子们神往的眼神,随后就站起来带头鼓掌,说:“柯男同学念了一篇文章,大家说好不好?”全班齐应:“好——”下课后,同样在讲台边,她将写在共川纸上的柯男的“文章”拿来端着仔细判读,问:“你写的?”柯男已经对这种验证腻烦,说:“没有写完,原本想写奶奶……”林老师:“什么奶奶?为什么写奶奶?”柯男说:“我小时候,奶奶带我去过一次晋宁,她的老家。后来我长大后再没有去过,她病了,后来……”他原本期望老师“啊”的一声,就听他关于“苞米叶”的故事,但没有,林老师说:“你不该在一年级读书。不过,你还在‘小时候’,你也没有‘长大’。你很有想象力,但真正的作文不是这样写的——以后我会讲,但那是三年级的教材:写‘落日’就要写落日。这是‘文眼’,‘画龙要点睛’,要紧紧扣题,如果写奶奶,奶奶就要有‘落日’的故事,有吗?”柯男说:“她死了。”林老师轻轻抚了一下他的肩膀,不说话了,她的大眼睛瞬间就湿润起来:“……啊,是这样!你看到落日,就想起奶奶,奶奶就是慢慢落山的太阳……”柯男说:“是的。”上课铃声响了,林老师说:“柯男,你有什么话要跟我说,随时可以,在我的教研室和家里都可以,去吧。”

42

每天卯时,大南城残墙炮楼顶,晨曦微露,在这个仍被黑暗覆盖的大片灰瓦屋顶上,已有一种瑟瑟的颤动,接着,是传得十分辽远的唱鸣:“卯时已到!天将拂晓!背起书包——去上学校——”

反复再反复,及至东方既白。卯时之城,辉耀无比。

这时,屋顶上的猫们,黑的白的灰的,全都尽数踮着轻足,下了“哨位”,再后,就有无数孩子,大一点的,小一点的,呼啦啦冲出家门,拥到那些通往学校的街道上……

据说,是一个道士的阴魂在为孩子们祝祈。因为护国战争时也有道士在城墙上为松坡将军击镲助威,其中一个死于流弹,至今坟冢仍在墙角。

但多数人家只当公鸡打鸣,丝毫不在意。

一年级共三个班,第三班是“特殊班”,这个字眼儿是柯男注意到在三个班主任间使用的,即招收“超龄及复读”学生,说白了就是“流浪生”和“孤儿”。他们一个个人高马大，是鸡群中的老鸹。甚至进入实验小学后，显得并不合群也极不自在。柴虫和筲箕是开学二十天后才进校的，据说，他们入学时经过严格体检，被脱光衣裳，用钳子撬开牙齿，“相马”一样相过，一个生疥疮的十一岁孩子被“劝诫”回家治疗，另一个猩红热刚刚出院，是个“转学生”，被“劝留”家中“康复”一个礼拜。

柴虫的书包更可笑，是一个米袋子，这就不仅像“讨饭”的，而且简直就是活脱脱一个“布袋和尚”。上中操时他们可以相遇，筲箕说：“我们太像汉奸特务、地痞流氓，老师已经留意了，绕开我们走，用斜眼瞪我们，可能要被‘集体开除’。”柯男什么也没有说，他不能说，他也很难受，但他警告说：“逃跑？谁也别想丢这个脸！”

早先，这个班有六十二名学生，但不到一个礼拜，许多学生家长就要求“转班”。学校开初应允，也转走了十来个正经家庭的孩子，后来，别的班大大超员，学校立即宣布“关闸”。剩下了四十六个学生。

对于林老师友好的邀约，柯男一次也没去，他想念其他伙伴，他们的情况一点儿不明，再就是，他打算筹一笔钱，给上学、复读的每个人买一个正式的书包还有一些文具。如果还有钱，给筲箕买一双鞋子，他的烂皮鞋是从狗嘴里抢下来的，一只没有后跟。

扈秋声和大伙相约在当天晚上八点，抗战纪念堂花园见面。

无言的沮丧和悲哀后，扈秋声说：“应当高兴啊，你们上学，总归是走正途。我多想读书，但人家不会要我，我看上去像什么？你们每个人说一个(词)，我点头的那个，我就亲他一下！”草墩愤愤地：“你是白蛇娘子，亲谁一口，就要魂！”秋声大笑：“说来玩儿的！笨蛋！我是什么人？我自己来说，我是‘老妈子’！你们看！”她从一个提篮里揭起一块盖布，里面是苞谷粑粑！金色的！喷香！“别动！原本就是带来给你们的。我今天扮成‘老妈子’，圆通桥头一蹲，就卖出去三十二个，赚了一块两毛钱！”她把盖布往头上一顶，蓝布腰裙一系，大伙笑了。“如若不这样，那些无聊的人就蹲你跟前，不瞅粑粑瞅你脸——三个人的书包我认一个。”老君一直闷闷的，说：“其余两个算我的。我刚剥了三斤铜丝。”大马说：“我弟弟的鞋够筲箕穿，新的回力鞋。他晾在房头上两礼拜，忘了。拿来就行——谁让我们是真兄弟呢。”——他说的是受宠的异母弟弟。问题就解决了。草墩说他还是不想上学，他不交钱回去，他的舅舅要“谋杀”他，他已经三次发觉水壶里有老鼠屎了，有一次，还滴了墨水，墨水是有毒的。

柯男心里很难受，仿佛《三岔口》，有惨惨刀光，愁愁黑夜，现在大伙说话，已经不似以前，不搭调，也分心了，天一亮，各走其道，大白光下，四顾无人——散伙了。学校，对“我们”真的一点儿不重要。要紧的是什么？说不清！他一点儿不喜欢那些穿漂亮衣裳的“同学”,他甚至不愿提及学校的任何事。尽管筲箕一开头就透露,他的“文章”在实验小学一到三年级传看,许多读《三侠五义》的五年级生都佩服得不得了,他还是觉得这个“笼子”让他浑身不自在。

老君说回去上学校他不干,他要找工干,做“工人阶级”光荣。大马说,他也是这样想的。先当“小工”,小工不计年龄。一个建房工地,他干了三天,提了三百桶砂浆,工头说月底发他工资。“工人阶级”不讲究有多高文化。老君他俩第一次说到一起了。

散了。秋声把三个热热的苞谷粑粑递到柯男手里说:“这是给你妈妈的。”

接下来可说的就是秋季全市小学生征文比赛和紧接着的1955年春季征文比赛,柯男两次斩获一等奖第一名。在某种意义上,他在全市五个年级的上万名小学生中,是作文最好的一个。广播电台采访播出后,这个九岁的孩子成了城市名人。

中卷

第一章

1

实验小学兼职校长蓝西与林菱的谈话十分不顺。

在某种程度上,蓝西觉得他的这个学生毫无悟性,1946年,林菱秘密参加了共产党的外围组织"民青",是蓝西介绍的。1948年,处于失业状况的林菱第一次遭受不幸婚姻的打击,曾绝望至极,是蓝西将她吸收到中华职业教育社培训,而后在私立大观小学任教。当实验小学的规划被批准后,这个固执且聪明的林菱找到蓝西,要求去一年级任全职教师。即使不是林菱主动请求,他也在筹划之初想到了她。她的全套"启发式教学"是复制蓝西的模本,这点似乎她忘记了。谈话的焦点集中在"分班规定"上,林菱对"纠合流浪孩子"拼凑一个小学班十分抵触,而对把"回收复读"的第三班打散,将年龄差异很大的学生"插"进一班二班,持坚决支持且催促快行的态度。

蓝西反复说明,"回收复读"是市领导的决定。他没有说,也不便说的是,早先他也没有领悟这个决定的社会意义。后来,他发觉,这是真正的"实验"。新中国要担负起旧中国造成的所有社会弊病和民族积弱的灾难性后果。其中,教育首当其冲!这篇文章是他蓝西铺陈出来的,却是领导点的"睛",无论聪明愚钝,都必须把这篇文章的"署名权"拿回来。第一步是办这个班,把流浪孩子收回;但第二步,才是将这个班拆开,在他将来的陈述中,他将借鉴西方教育和东方教育融合的理念,甚至借鉴苏联马卡连柯的教育思想。"回收复读"肯定是第一步却不是关键一步,因为大龄和背景复杂的孩子集中起来很难管教,他们各有各的严重心理问题,家庭社会背景也极为复杂,一旦聚合成一种合力,酿成心理对抗,那么,这个实验就要被彻底毁坏!只有将一个个孩子分散,融合在"普小班"里,才能渐次弥合社会伤痕!这些,能和盘托出？

林菱强调自来“按年龄分班”是小学不可变异的规矩。因为心理层次一样，是争取最好教学效果的基础，“羊羔里牵来一头驴子怎么办？”

蓝西已经失去耐心，他说：“这是新中国的新教育，说到旧社会，你比我清楚？我读私塾时，十四个孩子中最大的有十九岁，抱着他的儿子来的！驴子、马为什么不可以放在羊群里，可以助你放牧啊！你想办的班是你的小家家，活玩具，你擅长这个，你是妈妈，普适性的温情释放出去，你因此荡漾其中，享受多子家庭般的温暖！林菱同志，这是改造一个社会的战斗！我们办的是劳动人民的学校！”

林菱开始举例说明这种状况带来的问题，她的班分来六个“大龄生”，其中一个叫柴进的十一岁，身高如塔，最好的状态是四个孩子爬到他身上，他能一只臂膀上挂一个孩子荡“秋千”，另两个抱腰、骑头，状若杂耍；最糟的是他的同桌——一个小女孩根本不敢看黑板，他拿眼睛一瞪，那女孩哇的一声就哭起来。

蓝西笑了：“这算是问题吗？你班里不是有个叫柯男的孩子吗？他也超龄了，却是实验小学的面子，两届征文比赛都得第一名！俗说‘遗珠之憾’——这个孩子可是我们无意间得到的，你两次建议这个孩子应跳级，现在还这么想？”

林菱说：“再下去，我不知道该怎么教这个孩子，再说也不能影响他的前途啊！”

蓝西转身去整理他的桌子，冷冷道：“没有我们，哪有他的什么前途！”

蓝西没有说，也不能说的是，他在心里坚决地否定了让柯男“跳级”，只有他留在一年级，才能从标志上、起点上、根本上说明，“实验小学”是个适合新中国建国初期办学大气魄、大智慧的天才构想！如果升到五年级，这无异于说明，这个孩子是“旧社会、旧教育、旧中国、旧家庭培养的”——我们得到的只是一个精致玲珑的打着民国“底款儿”的玩意儿！

“你刚刚被评上市先进教育工作者，前途不可限量。要注意学习政治，克服小资产阶级情调。”这算是他，一个教育副局长、兼职校长最后的忠告。

林菱对此话颇感意外，但它暗含威压，她很快回到“学生”的位置，是的，这无须点明，柯男产生的良好社会影响，一并归入她的“启发性教育”成果，她已经十多次进行“公开教学”，来旁听的有全市十多所小学的语文老师，她成为实验小学语文教研组组长。四天前，她完全意外地成为全市“先进教育工作者”——如果没有柯男，如果不是这个永远穿着白衬衣、沉默少言的孩子走到她跟前，这一切会发生吗？

她曾经两次到柯男家走访，更加意外的是，对“跳级”，孩子的妈妈反应冷淡。这个端庄气派、留着惊人漂亮印记的中年母亲，朴素得体处，简直无可替代，这算是孩子一切潜质的根源了，你根本不会怀疑，“优异”有所来历。但她只是说，孩子有个归着处就行。至于是否“跳级”由孩子自己决定。林菱多次引出“得奖”、“第一名”的荣誉话题，这位妈妈却说：“他该的。他还是个孩子，黄秧要等雨水，才能转青，且长且慢呢,不能揠苗助长,不知我说得对不对?要我说,该多谢您,谢谢老师。"

柯男家里的廊檐下,有大堆待糊的火柴盒,屋子里弥散着甘酸的糨糊味儿,板凳上还有刷子、拌勺等工具,这给她深刻的印象,历久不去。

2

她有些黯然地回到了她在沙朗巷租用的那间小屋。沙朗,是昆明西北一个白族聚居地,这里是一个他们走马滇西打尖的客货栈,自从昆沙公路开通,这里空阔冷清,房租很便宜,实验小学招募来的教员职工有好几人选择在这里住宿。她喜欢它有雕花围栏的水井,同样有雕花装饰的门扉和几树大花盈枝的山茶。她的小屋里只有一个床铺、一张小桌子和一个小几,几头上是她少女时代的照片,有浓密刘海儿和着百褶裙装的胖乎乎的女孩,还有一张军人的照片,歪着,从一个斜角探身出来,这个男人会在不久的将来出现,这意味着她将有第二次也许不可捉摸的婚姻。她躺在床上,脑子里盘旋着蓝西那句话:"没有我们,哪有他的什么前途!"她从心底并不信服这句话。"我们"指谁?难道她也在其中?自她执业第一天,信奉的是师道尊严,天生奉献,即所谓的"蜡烛精神"!但蓝西前辈的意志似乎又是一种事实,一种政治情势,一种无形的力量推动着新社会整团整团地滚动——柯男现在是四十二个同学举手选出来的班长,是一二年级合编的少先队中队长,还是昆明团市委培训少先队干部的"红色中队"委员。他仍然是一个规矩的孩子,但一班的红领巾永远是歪戴着的,两个叉角往往被挪到肩上,这让她这个中队辅导员很没面子。这显然是集体模仿柯男,而他却当面辩解:"苏联近卫军骑兵就是这样。"还有,她禁止在校内孩子们以"绰号"相称,后来查实柯男又给几个孩子取了新绰号,一个书店老板的儿子叫"排骨";最小个儿的女孩叫"小蜜蜂";尤其不堪的是,一个脾气多少有点儿古怪的男孩叫"干狗"!虽然这种无规矩状态最终得以纠正,但接下来,她完全不知道该怎么办了。

更糟的在后头,第二天发生的事,让她完全不认识自己。

一夜大雨,卯城的低洼地带涨水了,沙朗巷地处极高,有哗啦啦的沟水往下流,冲积的流沙在稍稍低平处竟然积成沙洲,她只用几个跳跃,就沿墙角拐进有台阶的兴隆巷,完全不知在进入学校大门的十多级石阶下已经一片汪洋,她当时的想法全然集中在一件事情上,今天第一节课是"公开教学"。蓝西校长和区、市两级分管教育的领导,也许还有各校语文课主要任课教师,大约不少于一二十人要来"旁听",这是她荣膺"先进教育工作者"后第一次登台亮相,她有娴熟的技巧,能像弹奏钢琴一样把握每分钟的课堂进程,她也有做了添加,内容新样的教案,甚至用以"启发"

的故事,情景描摹时的声腔语速都做了记号——一切皆有十足把握,她将继续赢得掌声。

离上课时间还有半个钟头,由于大雨不断,早操取消,时间则更宽余。但当她进入通向教室的巷道时,她简直不相信自己的眼睛,那是由柯男指挥的十来个男生,一律草鞋、篾帽,全都湿淋淋,犹如落汤鸡,他们在干什么?他们用麻袋(哪里弄来的?)填土,一个劲儿往教室里拖,然后在柯男指挥下,堵住了教室的进出两扇门,接下来的"工程"似乎是用更多的沙袋护住墙角……教室泥淖一地,只有砖头可充作跳板,玻璃窗上谁用泥巴画了几个"大头鬼",写着"小心!危险!"……她差点儿晕过去,她喊道:"这是教室,还是秧田?你们准备栽秧吗?柯男——"她知道当然是班长领头的。

她的"公开教学"!

那些大人物会跨越壁垒进入这个沼泽?

还有,一地雨伞!一地麻袋!一地草鞋!她的学生竟然是"草鞋大军",各个村野顽童!她第一反应是必须撤除这些堵住门的沙袋,至少,人们可以走进来!然后,将泥乎乎的草鞋、麻袋全部清理出去!

柯男不动,也不加解释——这个孩子的沉默十分可怕。他在放射一种抵抗的意志力。

她疯狂喊叫:"你们站着干什么?快!拆开门口!"她抓住了最大最高的孩子柴进,他一直是胡干这些活计的主力。此时预备铃响了……

幸好,短短几分钟,教室清理干净,并做了尽量的掩盖。

一切顺利,领导和校长蓝西没有异样表情,只是由校工在最后一分钟搬来的椅子有些潮湿,于是垫上了漆布垫子……

林菱的"钢琴"弹奏十分顺畅,渐次进入发展、高潮,她驾轻就熟地击响每个音符,从容如流水。但越来越大的雨声渐次掩盖了她的"琴声"。一直面带微笑的蓝西由正襟危坐而骚动。是暴雨!大暴雨!突然,大家都听到了哗哗声——大股的红色泥水从敞开的两道门下涌流进来了,只在眨眼间,地面的水迅速抬升,教室后排的贵宾完全陷入孤岛。蓝西显然尴尬,但他唯一能做的是将锃亮的皮鞋抬起来,落在椅子的前掌上。他看到市区领导也在展示同一种技巧,只是有的椅子没有前掌,那些完全失去依靠的客人开始惶然骚动;而柯男一群穿草鞋的孩子则纹丝不动——蓝西看见了草鞋!柯男穿的大约是一双麻鞋!而林菱则完全没有察觉到事态之严重,她的讲台高出地面两尺,她一直在以越来越高亢的声调压倒暴风雨!

下一个演奏的章节就是柯男的"独唱"了,他将即席"破题",现场对临时出现的"命题"讲述他的作文"腹稿",那简直就是"急就章",是全课最醒目最亮丽最具悬念的环节。林菱在黑板上写下作文标题《我的清晨》后，用三分钟讲述了一段“启发”：也许是某种“清晨”的情景，也许是故事的某个片段，然后让大家默念一分钟，末了，朗声道：“下面，我将要请柯男同学上来……”

台下掀起低低的哗声：柯男不见了！他与柴进、筲箕一干人在交换眼色后猫了出去！他们在门口重新垒沙包堵截洪水！

林菱还是提高声调喊了：“柯男同学——”话音未落，瞬间，她看见，大水已经没到了她的脚踝！

这时，柯男冲了进来：“老师！我们得撤退！墙壁开裂了！”

林菱呆若木鸡，板擦失手落下，眨眼漂走……

蓝西的皮鞋没到了水里，他宣布：“就到此结束吧。”

柯男指挥着先让客人从后门踩踏垫脚的椅子有序撤出，同学们则从前门撤出。不过三分钟，教室后山墙垮塌了……

3

你说你是一个小铃铛，
拴在马的脖子上，
和尚说拿来给我做风铃，
摇了早上摇晚上。
课念金刚你成佛，
子弟三千愁高香？
不给不给就不给，
铃铛虽小响铜做，
我爹挖矿在东川……

这是特邀扈秋声“导演”的实验小学参加全市少先队“建新城·义务劳动日”誓师大会文艺演出的一个节目，柯男安排班里一个叫尤丽的女生演唱，与他串戏扮演他爸的是柴虫（私下孩子们仍然这样叫），他们父女流浪到省城，忽然发觉这个城市变了，正轰轰烈烈地改造新城，他们随即结束了“流浪”生活——这次，林菱与校长蓝西出奇地一致，坚决取缔了这个节目，代之以林菱自编的“伞舞”——在轻柔的风琴伴奏下，男女孩子成对牵手入场，然后收伞放伞，不停地转圈圈。柯男被安排与尤丽结对，他服从了，但在伞骨上缀上了苞谷须须，当伞打开旋转时，这些须须就飞散出去，人们以为这是一种特殊效果的道具，那须须确实很像雨丝，蓝西和几个领导竟然为这意外到来的“高潮”带头鼓掌！

当晚，孩子们邀请林菱参加他们在残墙上举行的“城墙告别仪式”，她完全不明白这是一种什么样的活动。学校五个年级十个班，只有十一名教师，学生课外活动根本无暇顾及。少先队的活动历来自主举行，学校压根儿没法干预。自从学校发生“水灾”和教室墙壁垮塌事件，区里迅速决定，放弃这个租用的原酱菜厂场地和房屋，与南城“求一学园”合并办学。那是一所有阔大庭院的商会会馆，在蓝西推动下，据说协商顺利，新学年将在那里安顿下来。但为了弥补她在白天毫不留情地诋毁了孩子们的创造，又意外收获掌声，她答应来参加这个“仪式”——虽然，她对男女孩子牵手出场十分得意，这是她对新生活的倡导和对“封建观念”的破除，但有一刻，花花小伞不停转动，男孩子没有如绅士般踮足，女孩子也没有如淑女一般“下腰”时，她曾陡然间没了信心。

柯男指挥，一二班近一百名学生合唱《义勇军进行曲》！

这是为昆明最后的城墙安排的，它即将在明天被正式拆除！为崭新的“东风路”让出历史位置，孩子们将搬运城砖泥石，以义务劳动的形式证明他们是新中国的小主人！即便是毁了他们在卯城唯一的高地！

一个白髯老者出来呼喊：“卯时已到，天将拂晓，背起书包——去上学校——”声音嘹亮，洪如巨钟！接着，是密集鼓点，款步出来一位少女，短袄短裤，“水梳头”，顶蓝帕，是农妇扮相，做了一个昆剧亮相，就婉转唱道：

东边黑云紧压西，
警报呜呜哀不已，
乌鸦怎作成阵飞？
即到惶恐弹如雨！
满城逃命踩如蚁，
不知东奔亦北去？
(道白)哎呀，我的儿，你在哪里？
忽见城墙洞里挤，
尘烟火光血如泥！
残肢断手作鸟飞，
电线杆子挂肉皮！
(道白)啊呀呀，儿呀！我的儿呀！你应一声！
是死是活我随你！
莫叫血泊淹口鼻！

猛见地上一血钏，
正是阿二他他他小手腕上的……
日本贼了无心鬼！
灭我中国惨不计。
长城长长挽长缨，
缚你归降阴曹里……

孩子们哽咽了，但气氛是沉静的，林菱知道这段小曲是纪念抗战胜利一周年时在昆明街头上演的活报剧里的。原剧里还有一个军人上场，宣布抗战胜利。但孩子们随手选取的这个段子并不完整，声腔设计也不对路，但它透露着孩子们对“城墙”的理解。她在那女孩子呼喊“我的儿呀”时，忽然泪流满面。

接下来，完全出乎她的预料，柯男宣布“野战”开始，不知谁扮演“敌军”，哪一派又是“我军”，总之是城墙上下“战火”突起，那个白髯老翁显然是“敌军曹”，他的“翻译官”是一个跛脚的孩子，他们的“据点”被大堆的藤蔓缠绕，依然顽强“抵抗”，“汉奸”由筲箕扮演，他竟然抓到了许多“游击队员”，为首的“女队长”是那个唱小曲漂亮的高个女孩子——原来是“计中计”！她突然亮出手榴弹，炸死“汉奸”，接着，里应外合，在一片“缴枪不杀”的喊声里，“敌人”俯首就擒——事实上，这是孩子大撒野，有好几次，她和几个女孩子被“包围”，有些被用作“炸弹”的草团扔到她们头上来了！最后，是“烧炮楼”，孩子们架起篝火，大喊大叫。尤丽对安排她扮演“汉奸姨太太”很不高兴，竟然哭了起来，跑到林菱跟前告状，说“柯男最坏”！林菱已经“入戏”，暗想这孩子犯嫉妒了，只说“不就是演戏吗？”尤丽宣布“不跟他们玩儿了”，邀约她与几个女孩玩儿“斗将军”——这种用城墙上满地都是的长着三到五条“辫子”的野草，拴个活扣，将对方“将军”套进来，双方一扯，看谁被“枭首”，可是她的拿手好戏，她在瞬间回忆起了儿时的情景，她的“撒手锏”是选择多少有些老劲的壮草，悄悄剔去“颈”部的水分——结果，她总是杀倒对手，战无不胜！

孩子们的喝彩声叫阵声呐喊声震耳欲聋……她也疯了！

直到次日醒来，林菱发觉只搭着被角，好累好累，她手里竟然还攥着那根已经干瘪的“将军草”，她想将它安放在镜子前或者一个更适当的地方，一眼看见她摞得整整齐齐的讲义，猛然想起，昨天，由于学校搬迁，蓝西已经宣布提前放暑假了……

4

柯男爸在挨过了九个月之后，决定不再等待银行监察处的通知，所谓“回家等候”,让人一下卸了担子,有重见天日之慨。但时日既久,他发现当事人的难处了,若给予“裁除”,需要名实之据,你既已“完成任务”,“态度较好”,就不能严重处分;况从银行高层革除名分,有恐影响不好呢。为今之计,两便最宜。他选择离去,站到了失业登记的队伍里来。

柯男妈说:“你不要整天埋头出埋头进,帽檐底下矮三分!偌大世界,莺飞草长,谁又在乎你了?男人不怕路上有虎,就怕无路可寻,你试试,你就走上小路去,看它露水不打身,野草不低头?”

他有些豁然开朗,原本他在所谓理性与非理性上踌躇,当然“理性”,就是无限期的等待。现在,这叫什么“主义”来着?自然主义?生存主义?千千万万的人奉行或服从的就是他眼前的“主义”。

后来发觉在他这个年龄上,求一份工作原非易事,几次排队到民政局窗口,人家一看履历,就礼貌地解释,没有合适的工作。也说不清是耐性的效应,还是撞上运气,礼拜六民政局发布的“用人单位”上,有“会计”一职,他即刻修改了求职履历,将专业特长简化为“会计”,递进窗口,里面,一个来回在两个窗口巡视的女同志,无意间瞟了一眼他的表格,就从办事员手里抽走。看了看,隔着窗子说:“你下个礼拜六再来。找个姓刘的。”

他当然明白,这就算是有希望了。又一个礼拜六,他第一个到达窗口,报出姓名,窗口就说你等着吧。约莫一个小时,他感觉希望微茫了。突然,从大门口出来个人,呶呶喋喋的样子,一把将他扯了,拉到门岗里面一棵树下:“景公!我是刘一然,原先省行信贷科的,您必定不认识我,我却认识您!叫您来找的就是我。您直接来找就是,怎么又去排队呢?不多说了,我负责审核履历。您的表要重新填过,职业专长,加‘工程预决算’——景公,冒犯您了!叫您端个小碟子吃饭,是不是筷子勺子都使不上?但如果偏偏只有蘸水碟儿呢?”

柯男爸说:“哪里!我努力适应新社会,就是不懂时兴的做事规则。”

刘一然道:“您不要把我当个官儿,我只是个助理,不配教人规则,恰恰是您教会我们年轻人做事规则,‘认真’二字而已。我的意思您还没明白,原本让我来考您,我岂敢?天下何人不识君!可招的只是‘会计’,不是‘行长’、‘总经理’!只求您一事,但有决定下来,您无论如何委屈接下,机会不多啊!”

在这个当口,听说在北京某个部里工作的大侄子回来了,他便贸然上门去参谒。

大侄子显然有了京官儿的派头,虽不十足亦九成足色。其时,来拜访的仍有多人,亦多是请托之事,他就觉着有些后悔。但抬脚走人,显然更加不妥。幸好侄孙女放学回来,呀一声地叫道:“伯爷!是您呀!许久不见了!怪想您的!”侄媳妇趁此将他邀到隔壁落座，也送上了茶水来，侄孙女即刻缠上他，要他讲授"金融要理"——原因是她已经报考中央财经大学。他哪敢再啰唆什么财经金融，只含糊其词哼哼哈哈而已。

大侄子此次回来，并非省亲，而是奉命巡查，身负回京复命之急重任务等等，这样的说明，通常要用去半小时，且逢人开篇如是，予人感觉京城山高，海浪甚阔。门口仍不停应门，访客络绎，侄媳妇大约已经难以应付独对他这个"大伯"的局面，愈来愈不安，及至他站起身来说改日再来时，大侄子在夫人的万千眼色递过去后，终于抽身来说了几句话。他说："回银行反而不好。旧人员留在老地方，有流连旧阵营之嫌，人家要供奉你，已然不能，弄不好，轮着你当反面教员，那也不好当啊！现在这样最好，改头换面，脱胎换骨，重新做人。"还有一些话，是附带上去的，诸如国家经济恢复已经取得巨大成功、就要进入社会主义建设阶段、实施"第一个五年计划"等等。

他在回家路上，如同一个荒课已久的小学生反复背诵"旧人员"这个词汇，他第一次听说自己是"旧人员"，他不敢想刚刚过去五年的历史，那些情景呼之即来，如在眼前，虽他眼下要咀嚼吞咽这个词汇，如冰火同器，但他十分相信大侄子所言至理且真诚，是为他好，不是自家人，哪里去讨得这样的教诲？

他完全明白自己的出路所在了。

十天后，一个信封摆在他跟前，他被省水利局录用了。限时三天报到。

柯男妈当然很高兴，第五天就领到半月薪水，是十七元五角，整月工资就是三十五元，柯男爸说月底报到可以领取半月薪水，这是制度规定。且有出差津贴五元四角。柯男爸仅仅去玉溪三天，接受那里的水利工程预算概算方案，回来说，那里计划要修一个大水库，叫"飞井海"。恰好要奠基，石碑已打磨好了，尚未写字，工程负责人就说，正好，老柯同志，这里就你要得起毛笔，你来！他写下"飞井海水库"几个字，大家还鼓了掌。他还说，他哪里知道什么土石方？什么水泥钢筋、柴油汽油、锄头粪箕的采购价？过去，只知道汇率、股票、金银贴水、存贷利率、准备金率……"从头学习，很有意思。"

总之，全都是好事。柯男爸虽说不上焕然一新，但人在这时候，眉头一展，脚跟随即落地，一个家也跟着踏实下来。看得出来，他在悉心地打理自己，这里翻翻，那里搜搜。

柯男妈觉着好笑，说："你是预备礼帽轿子要迎娶呢？还是留洋出去接管香港？你这件西装是卖不了才剩在箱子底的。那些英文书是垫床头的，你去玉溪还是西国？水库不是中国人的水库吗？"

柯男爸说他在找他的自来水笔。

柯男妈一笑,拿出一支笔来,是崭新的上海金星自来水笔。“这是全家送给你的。柯男去买的。你找什么?你的派克?我告诉你,无论什么,都是旧时物件,想也别想!我是抽刀断水,叫它要改流也走阴沟了——那两支金笔总共卖了十块钱,不够柯男爷爷坟前三声高炮三垛酒、三炷高香三碗茶!”

柯男爸也笑笑道:“夫人承让!我不是大梦不觉醒吗?近来总有些犯糊涂。”其时,他捧着那支金星水笔,眼睛都潮了。

柯男妈道:“未及耳顺,你也不能称老啊!”

第二章

5

柯男妈心里能容事,不在真有恰若无。

前天,她去火柴厂领活儿,无意间撞见一个人。有些眼熟,却一时想不起人家名字来。好熟的人哪!怎么就咯噔了?攒劲想。人家却先开口了:“柯太太!我是韩兴进啊!”她也啊呀一声。接下来,就有无数人簇拥着这个韩兴进往前走,口口声声喊“区长”。这个高个子北方人回身说:“明天一早,您来——知道区政府吗?就在崇仁街!一准来!”

柯男妈实在没太在意,却在当晚想起好些事来。1949年12月末,迎大军的准备工作有些乱场,市委派了个大学生来组织妇女操练队伍,那些妇女根本不听他的,柯男妈说:“锣鼓家什齐了,敲响就行!届时,谁个当先?谁个跟班?心愿使然!少块盖头布不打紧!这时,来论谁是婆婆,谁是媳妇;婆婆唱老旦,媳妇唱青衣,那么花旦呢?须生呢?大呼隆的事,就是纵马上阵!”大伙哄然大笑。

这时,有个穿军装的北方大个子在人群里喊:“对呀!群众活动嘛!这样就行!”——这个人就是野战部队派来打前站的参谋韩兴进。

在此后一年多,他与东城妇女一块儿工作,安排大军驻扎,解决饮水和粮食采购,接着,是抗美援朝慰问……有次,卡车在东门外翻车,老百姓不知如何救护,团团围着干着急,是柯男妈通知部队,并抢先到了那处水田,四个女人强拖死拽,把韩参谋从田里拖出来,他还笑,说其他人跳车了,他只是舍不得“战利品”——在翻车后一直在水田里抓黄鳝、泥鳅……其实,他肋骨断了三根,妇女们去医院慰问时,有人煮了一锅腊肉黄鳝送去,这个大兵说:“怎么把黄鳝剖了还切成段儿了呢?要是整三条,三根骨头立时就长齐了!”

区长办公室里，只区长一人。茶杯盖儿翻着，来不及续水。

韩兴进区长说："我们找你好久了！访来问去，影影绰绰，也大略知道你的状况。你来参加工作吧——你早就是我们的人了！"

柯男妈全然意外，说："我拖累个家，年纪也……"

韩区长沉下语调："你，柯太……不，你的名字，我记得，你签名是柯俞莲。咱们把它作废了如何？还本家姓，俞莲不挺好？你来填张表——"

柯男妈几乎是在无所寻思中填了一张表格，区长一看，揉了，又展开，说，重新再来，我说你写："履历一栏：1949 年 12 月担任东城解放运动委员会妇女委员；1950 年 3 月，担任东城区妇女委员会主委，这怎么能不算？证明人也写上，你随便，部队首长多写几个：刘长俊营长要写上，他现在的职务是军区作战部副参谋长……"

末了，他将出生日期"1914 年 7 月 14 日"改为"1920 年 7 月 14 日"。

柯男妈说："那也不对呀，新中国成立那年我三十五岁，我若二十九岁，大女儿那时都十四岁了！我十五岁就生她……"

区长说："俞莲同志，革命要讲究灵活性！"

"参加工作"，柯男妈连想都不敢想。她并非没有对未来的设想，但"靠自己的手养活儿女"，操持两个女儿和两个儿子读书、上大学，这就是她的想法。有时，有大略的想法就可以，其余不惊不乱全部坦然面对。过来的日子，就是这样。即便柯男爸回来，有些哀怨，那也是应当表明的话。身在她的处境——她无意间并非没有比较过——哪一个女人在大世变中毁家纾难，救夫教子，伺候公婆，扶病送终，且独立支持如此？即便"柯氏门中"不言一句好，那是"各人做人的做法"，不艾不怨便了——她自始"不相信，那么大个世界，偏偏自己活不出来！"

现在，区里的通知竟然在三天后，由一位面貌姣好的女同志亲自送达。态度之谦恭，倒叫她有些惶愧。

"俞莲同志，我是区人事局的干事刘珊，您以后就叫我小刘得了。这是您的报到通知。您准备一下——其实也不用准备什么，就是一两身换洗衣服，学习生活用具那里都有。先到白沙河干校培训一个星期，结束后，您的就职任命就下来了。家里有什么困难吗？需不需要我们帮助安排？"——那话那人那情景，全是崭新的，它带来她一直坚信的"解放"的感觉，天空晴朗，明净如水。而她既站在自己历史的关口，又站在一个人生方才开始的绝美风景里——"变"而"不变"，这是她信守的道路，而现今，一切都在陪衬她的存在。相较之下，柯男爸的坎坷趔趄似乎就大不如她了——但她绝不愿稍许强调这一点，只是在告诉"有这么一件事"时，把区长那句"你早就是我们的人了"说了两遍。柯男爸之惊讶，不啻平地惊雷！"你啊，你自来就当有这一天……"——什么叫"自来",话长了!

最吃惊的莫过小姑,她刚刚谋到一份工作,在一个幼儿园里"帮人管伙食",那是千拜万托才成了的事。她当然有些嫉妒:"我嫂啊!谁似你拜佛拜在天亮前……"——这话不靠谱,但也有些许意思,两人还是"同学"时,她就佩服她的胆大妄为和"什么事都有主见,一把戥子秤世界!"

楼上的端木先生即刻下楼"表贺",口称:"领导",还通街地说:"你要以为柯家女主是'家庭妇女'、落毛鸡——就大错特错了,翎毛一抖就是大翔凤!"

"柯男——你来帮帮我!"柯男妈对镜梳头,发现鬓角有几根白头发,扎眼,自己弄又蹩手,叫柯男找镊子来拔。

柯男很不情愿,说:"你不是说,老有老的样子吗?拔什么?我告诉你,白头发越拔越多。"

柯男妈向来素面,此时却在乎她初去"报到"的形象,道:"柯男,你看看,妈妈是不是有些老相了?"

柯男乐得讨喜:"哪里?妈妈太年轻了!只是不装扮。我们林老师都说,你妈妈近看远观都是美人坯子,那风度福态哪里比?我们这些人一靠前,简直就是草包枕子豆腐皮!"

妈妈乐了。但,这有"证"。林老师第二次来"家访",就"试"着恭维了她一回,只是那时这位小学老师说的是:"您是一点儿不显岁数,春秋雨打不留痕!"

床上还有柯男妈找出来要穿的衣服,一式的短裁放腰姊妹装,浅地碎花,极雅。柯男不以为然,抖出一件大红直贡呢的收腰开衩旗袍,说:"妈妈既然去应公差,大小是新政府官员,来一个穆桂英何如?"

柯男妈对着镜子,专注于一根短短的白发,目不转睛,笑道:"你以为去做公家事是'过场锣鼓'。"

总之,在1956年的这个春天,柯男家以父母先后"参加工作",历经六年,终于完成了真正的"转变"。

6

正月放马,骨碌碌的正月里正哟,赶起马来登路呢程,哦哟!登路呢程!大马赶在骨碌碌的山冈上呢哟,小马赶来随后呢跟,随后呢跟!哦哟!

二月放马,骨碌碌的百花呢发哟,小马吃草顺山呢爬,哦哟!顺山呢爬!马无青草骨碌碌的不会发哟,草无露水不会呢发,不会呢发!哦哟!

扈秋声唱的《放马山歌》,是花灯团的考试老师随口点的。这些滇南小调,在昆明乡间无人不能上口。原本,扈秋声以为会抽考一些花灯调,比如“金纽丝”、“倒扳浆”。但她并不知道考试的常规,剧团绝不会将成熟的调式拿来考报考生,这里有个行规,即非出于他们的专业剧团任何人的野腔野调均视为“崴货”,不能在这里登堂入室。初考只是考发声,嗓音条件。秋声刚一抬手作势,三个老师即一口叫停,说,你放端正了唱,不要比(画)!

她刚发声“正月放马……”一个男老师又说,你不要抬那么高,“含”着一点儿——什么是“含”?她没有听过,也许妈妈知道,但她没有听妈妈讲过!

总之,她确实有些慌神。后来,老师指出几个错处,其中一个年轻女老师说,“你的甩腔长了,‘哦哟!’要在高处打住!《放马山歌》不比其他‘海菜腔’,要干脆——不过,你的嗓音不错。”

她还是很沮丧。

秋声的报考是柯男妈让去的。为了宣传第一个五年计划,市里紧急召开各级政府会议,其中,要求市、区的滇剧、花灯四剧团,招收一批学员到工矿农村演出。这是一个绝好的机会。柯男妈是万钟街居民委员会协调主委,原本,城区居民委员会,只有一个民选主委。但万钟街地处大南城,是昆明的核心区,下辖二十七条街道,居民六万人,又是区党委政府所在地。于是,研究决定,在民选主委外,再增设一个“协调主委”,算是政府的派出干部,直接对区政府和办事处负责,是全区唯一实行“双主委制”的下层机构。在柯男妈参加工作后,韩区长就说,你熟悉居民工作,先去那里把协调主委扛起来,我看,没有人干得了这个,现在的这个主委是居民选的,老好人一个,有点蔫儿,年纪也大了,不能拿政策水平来要求他。

这里,没有细说这个主委的其他情形,甚至柯男妈误以为是个老婶子,不想,见面把她吓一跳,是个驼背的老头,他的旱烟锅足有三尺长,说话语焉不详,老在半句话时转入另一句话,絮絮叨叨,把人急得要死。但这个沙姓老人,却有名士派头,礼数之多,也把人累得要死。所以一个居民委员会三五个帮忙的,都跟他一个脾性,声腔语调,举手投足,将仿一根棍上吊的穿线木偶。可沙老的底子硬朗,他曾是多个护国将军的幕僚,据说当初也是人上人,家产自然不薄,育有四子一女,俱足教养。说来伤心,长子死于“倒唐”,抗战时二子捐躯于台儿庄,三子继后以远征军少校军官战死异域缅北,至今尸骨未还!为此,于右任、龙云赠匾“忠昭南滇”、“耀我星河”等。第四子自幼聋哑兼痴,至今仍在膝下,若瘿坠于脯。老夫人自前三子通通战亡,哭至目盲。最惨者是小女儿十三岁了却糊里糊涂掉到河里淹死了。于是,卯城人但凡说起谁谁家不幸不祥,就会说:“你看沙门里!瓦渣片片长的是死青苔,落雨不洒沙家门，那才叫惨！”于是，惨的亡的也觉着自己不够惨死的壮伟，命蹇的也不怨自个儿命了。

沙老一见柯男妈，连连作揖说：“上回长官说要派人来，老大是望眼欲穿，不承想是柯夫人，当然当然，是应称俞主委！城墙拆了，你说穿衣少了后扇，不是背后招风吗？我的吁请断无回复。前天房主来要租金，被我喝退了……”一下说了三件事，第四件却是，老了啊，自当退隐，持熬不住了呀……

柯男妈霎时的感觉是世界真茫大——她对这样一位原本近在咫尺可敬可佩的前辈种种家事怎么就一点儿没听说呢？世界也真短小——一句“老了啊”足叫你对光阴损人大生畏惧！她能感觉到的还有，她来了，沙老有如救星降临，总算可以卸却繁冗了。在沙老看来，柯男妈是“领导”，她是上级的命官，拿三十二块钱的薪水；而他自来只七元的“津贴”，这是对“阶级”的划定。

柯男妈说：“您是前辈，我得事事经您指点。若事情能交代，是您的智、我的福。您坐堂，我跑堂，堂口但有事，我来应付。我看见你的茶碗盖儿是锔瓷的，将仿钉耙了，有什么讲究，舍不得换呢？”

沙老来劲儿了，“俞同志，来往千百万人，就你眼睛能透骨，这是朱德总司令的赠物！大元帅啊！他们哪里识人，有次扫除，被人扔进纸篓了，我差点儿当场急死……”

柯男妈说：“是啊，睹物思人！我们把它拿来供着，使个玻璃罩子罩了，不让人碰，好不好？我家里恰好有一对粉彩茶碟，小东西，竟然留住了。上面是五老图，于您最当。如果喜欢，明天就替下来。还有，您抽的叶子烟，我见您点火点不着，是‘梗子皮’吧，我家老人过世几年了，前天收拾，竟然发现还有三四斤通海烟，满屋喷香，估摸着还不坏，您试试……”

沙老高兴得竟然从砖地上跳了起来，足一尺高，把柯男妈又惊一回。

当天，沙老把他写的关于大南城寿材铺拆迁、六家店主联名的“安置申请”和居民委员会的“报告”一并送柯男妈“呈阅”。说，报告改了六十一遍，这一遍最为妥切。柯男妈把最后一稿与第一稿对着读，只有三两字之差，另外，全古文，内有俳句，杂七言五古，令人目涨脑裂。只说，是好多了。但写公文，她也不会。只是可以肯定，这样的呈文，区里无法研判。心里随即有了主意：请个区里干部来调查，不就随手能写出报告吗？这事改天再说得了。

关于花灯团“招生”的事，是她在区里开会听后传达的。沙老颤颤地找出一大沓“文告”来，柯男妈随手就检出那份“通知”，是要求各地段居民委员会充分重视“第一个五年计划宣传运动”，务必“家喻户晓”，其中一事，是推荐“政治清白，表现良好，确有专长，十至十五岁非在校就读男女青少年”去报名应招“红旗文艺宣传队”的，后面有个表格，分配名额中卯城只占三名，且由剧团“自主招生”。

后来被一件急事打了岔，一家店铺失火，殃及数家，官司遂起，她分身调解。第二天晚上回家见柯男，说，你等等，有件事，什么事，有！想不起来！你你你，你的朋友！那个姑娘！柯男说：秋声？怎么了？——这才引出秋声紧急应考的事。

但六天后，秋声没有得到“复考通知”。

柯男妈去了一趟剧团，以推荐单位的名义寻求答复，回来，什么也不说。

“柯男，你去把秋声叫来！要快！别的事放下。”她是坐着想了一阵才说的。

剧团的谈话令她不快，什么叫“政审”？她说，你们看看我合格不合格？水急滩阔，大船靠岸，急忙就卸货——“旧社会”这个包袱我这样的人是背过来了！我们不背谁背？因为你是旧社会的人啊！染尘落土，你得自己抖！但是，我要问一句：凭什么要留给孩子背？一个孩子！一个十三岁的女孩！她打得了军阀还是拼得了日本鬼子？还是能去清剿土匪？你们若是招兵？把你们的章程拿来我看看！区里的精神我比你们清楚，解决社会就业第一！细股快流！小沟分水！无所依靠的孤弱家庭是重点！

剧团团长目瞪口呆，一百多个各区推荐的考生，上不上榜，都没有一个“回访”的，就这位，且是区里干部，“主委”！声色俱厉！桌前一坐，端得恁稳，三下两下，叫她荡得水静滩平，你但有什么回话，全梗在喉里。

“别的，我就不问涉了！”她要求对秋声“复试”！

事情过去不到一个小时，此时，她独坐家中，才发觉自己受伤了，她真的生气了。不出门也罢，出门方知世界如此，可气也可恨的人和事固然很多，但这样冲来撞去，算是“工作”吗？小姑每日应差一小时就回家，大约是闲得脱气了，见她一个人闷着，进来打岔，一听说事情起端，就哇哇地叫：“嫂子啊！真是你了，要我急了，反倒找不着一句话，哪里还机关枪似的一顿咔咔咔……”

秋声说来就来了，柯男妈使个眼色，叫小姑稍稍退开，别吓着孩子。柯男去备晚饭，去买点儿现成的卤菜。

一段时间不见，姑娘又长高了。

柯男妈说：“你远里站站，让我看看——”秋声窘得慌，有点儿手足无措。“把头发打散了，对！原地转转！”她说。

她看了，这么好的姑娘！哪里碍眼了？哪里不如你们的角儿了？哪里不耐你们挑剔了？过得了我的眼的姑娘，反倒过不了你们眼了？天生天化！透着富贵！我没有看走眼——就在推荐秋声去报考后，她当天就心里起泥子，是不是这一把“推”，会委屈了这个孩子呢？她隐约听柯男讲秋声喜欢随她妈唱戏，也有意走这条道。当时没细想就替孩子做了主。她想得简单,这孩子还要顾两个妹妹,日子怎么过?

“你去考试当天,就这穿着?”柯男妈问。

“是的……大娘。”秋声觉得自已闯祸了,眼睛红了。

“你知道,我去了剧团。柯男大概给你说了。你很好,真的——我先问你,你真的想去那个剧团当一个演员?”

秋声低头又点头,使劲儿揉衣裳角。

“我要听声音!想是不想?”柯男妈问。

“大娘……我怎敢多想……我只是……想去做一个学员……”秋声万千窘急,眼泪下来了,柯男妈看见她飞快地抹掉襟上的泪滴,上去轻轻搂住孩子的肩膀:“你平日里翻跟斗打斗,风风火火,还那个样,好吗?我们不求人家,他要打个咯噔,我们就转身,不再理会,是吧?可是,如果人家说秋声第一呢,我们就好好去学,做个好样子出来,你说是不是?”

秋声使劲儿点头。

其实,柯男妈开头几眼,看出道道来了。

“你额前的小头发呢?自己去开脸了?”她问——第一,是她的头发!她弄坏了,额前的刘海儿原本恁密,恁厚,现在秃了薄了还硬硬的,如同刷子把,往外喷!她肯定秋声自己动过了。

秋声应:“是的。当时急了,妹妹帮着弄……”

嗨!柯男妈一声叹:“怎么使得?记住,姑娘家,头发第一!要不怎么菩萨也要簪缨戴珠?女娲娘娘抟人,怎么叫头发长在上面呢?你一匹好头发,黑缎子似的,是造化,千万不可毁伤!现在,跟我到屋里去!”叫小姑跟来,闭了门。

第二弄坏的,是这宽衣大袖,怎么能显身材?

小姑负责从柜子里拿柯男妈的旗袍,不过是六七件扔不掉的府绸、贡缎长短衣。秋声已然明白自己的衣裳不合适,乖乖地脱下衣裳来,只贴身穿一小衣。

小姑凑上来,悄声地:“妈呀!她发育了,花骨朵儿都……都膨了……”

柯男妈一哼:“这会儿你找着话啦?”她拣一件蓝地银花贡缎往姑娘后身前身一贴,叫穿上,待秋声一上身,才扣了两个襻儿,小姑一声:“啊呀!活脱脱一个仙姑咧!”

柯男妈帮秋声扣好左腋衽下最后两个排扣,退出两步来端详,浅浅一笑:“我说呢!哪里走眼了?肯定合身!就它了!连边儿都不用缅。”

又试了一件金红团花袄子,更好。姑娘身材美得叫人不忍多搁一眼。

柯男妈好似累了,坐在床沿上,看了又看,眼里潮潮的:天!你怜惜孩子!恁穷恁挤夹恁磨折,人,还是长了!该有的全有!她大约想起了她的这个岁数,她的青春。这样的好,如果任生活波来浪去,如果任她灰堆里讨生,不过几年,就败絮飞花,哪里还有？她一咬牙："就这样！你……"事实上她没想好，忍住了，孩子该穿胸衣了，那样一块旧式的勒巾，哪里来的？没形！亏孩子自己还知打弄！

老不叫换下衣来，秋声不好意思了，但还是在镜子前转着，偷着笑。

"首饰呢，我们就不用了，孩子嘛，过了分，反招人家嫌。"她说。

剩下的是头发——

"柯男——"她喊。

柯男猛见秋声这个样子，说："妈妈你能造出个美人来，大姐你们是'姊妹花'，但眼下，也没见你去收拾柯慧啊！"

柯男妈说："那要看服不服打整，最宜是各有各样。还有，是不是那么件事。你现在去找端木老爹，说请他找一副'水鬓'来，知道什么是'水鬓'吗？就是京剧里上妆时的刘海儿鬓花贴，他家见天唱堂会，不会没这玩意儿。"

柯男去了，不一会儿，拿来两副，崭新。柯男说："端木老鬼要来看热闹，我说开堂会钱，五十块钱一出折子。他被吓回去了。"

柯男妈说："这里是正经事。你嘴闲？不要乱开玩笑。"

这里拿来一试，恰好。只是鬓花贴发闷还偏焦黄，而扈秋声的头发是闪闪的煤黑。额头以上的髭发用凡士林固定了，倒梳起来，柯男妈嘴里咬着一把卡子，几下将乱发归整好了。说："你自己看看！"

秋声往镜子里一探，也呀一声。

柯男妈边梳边用手熨，说："长头发归到后面去，披着就行——不要修，也不要簪子什么的，平头正脸！倒是该敷点儿粉，你晒得太黑了，还皴！用我的就行，不是油妆底子，薄薄的一点儿。你的耳朵怎么了？左耳垂上有个血痂！"

秋声嗫嚅道："人家抓的……一个老司娘，她天天来从我提箩里拿走两三个苞谷粑粑，从来不给钱……"

柯男妈心一沉，叹道："差点儿把你的耳朵撕下来！孩子，遇到这样的事，一忍再忍，恰当施舍就是。你总想，这是往嘴里夺食，眼睛盯着她的嘴，不想人家惯用爪子！我们没办法净往好人堆里扎，总有不堪之人，你慢慢就知道了。"

四天后，秋声"复试"，次日，榜单贴了出来：第一名！

孩子跪在柯男妈跟前，说什么也不起身，号啕之声，伏了又起。

柯男妈也有些动情，道："秋声，你谢什么？是好大世界欠你，欠你孤弱姊妹。你，眨眼就要大了，往后路长，仔细一点儿就行。其余，我连说也不用说，泥里淘来刀尖上走，你会一一知道。"

秋声每月的学员津贴有七块，还有"家庭安置费"和"困难补助"，一共十二块九毛，三年出师，就可以拿"实习工资"。再后，如果出得了头，就是"演员"了！因学员要求驻团,还要“下乡下厂”。小舅搬来理家,大妹二妹上小学四年级和二年级。小舅来过家里一回,半瞎子讷于言,没怀抱胡琴,却抱来个土坛,上顶一丛开得十分茂盛花枝摇曳的大雪素兰花。

柯男妈说:“啊呀,这么娇贵的东西,这里哪是它安顿的地方?”

小舅却说:“五年了,它是墙角残根,今春,突然地就开了,朵朵花雪也似的白,瓣若佛指,隐隐香来,风都不敢动,一点儿不沾俗尘……这哪里是奔我们来的东西?”

第 三 章

7

一个月后的一天，柯男妈突然发觉家中有些异样，先是柯婴鬼鬼祟祟，在屋子里忽闪忽闪地仿佛要作什么法——他已经报名，九月进入一年级，因着他的腿脚残瘸，选择了上学最近不过箭地的景星小学。但柯男坚决反对，说他可以用小平板车拉着柯婴去上学。内中的想法，柯男妈明白，他怕弟弟被人欺负。但事实上这并不可行，柯男三年级与一年级上学放学不在一个钟点上，他真要负责弟弟的上学行路，他自己则完全耗完了白天，而这时的柯男已然成为一个“社会活动家”，是除妈妈之外第二忙人——全心奉献于社会的人。

她发了一个狠，把柯婴叫来说：“拄起你的手杖来，从今天起好好走路！这是你人生必行的事——一个人生下来，全身全肢无一缺损没有毛病并不容易，你只是比一般孩子多一些问题。你又少了一些问题，什么呢？你比你哥还要聪明。”

柯男对弟弟十分懒得动一贯愤恨不已，这时插话说：“八仙中还搭配一个铁拐李！老天爷公平得很。你和他差不多，你要直起来走路，我保证给你做一副铁手杖，与李仙人的一点儿不差，又是防身兵器！”

妈妈呵斥道：“别邪门！这里说正经的。愈是少动，你的腿愈是不能动，将来，难道爬不成？”其实，柯男也知道妈妈之所以要让弟弟去景星小学上学，是这条路与她上班的路线一致，她打算至少在上学时由她来护送。

这时，妈妈发现正是柯男有莫大问题，他竟然穿一件特大的大概是他爸的黑色府绸旧衬衣，叫来一看，大吃一惊，他竟然剃了一个光头！“你给我站住！怎么回事？你是青帮老大？还是又要演什么活报剧？”

柯男说:“我被学校开除了!”

柯男妈一笑:“我说呢!怎么好久没有报子上门了:‘你家柯男荣登龙虎榜!’——金刚咒下,你终于原形毕露了:一个忤逆子……”

柯男强辩:“我最近得的奖、奖状压在褥子底下,不信你去看。”

柯男妈:“有委任状吗?中队长!大队委!什么红色中队队委员!红领巾艺术团领队?还是什么辅弼右丞相、左司马?……你的头衔当得饭了!这下怎么着——革职查办,充军云南!”

柯婴突然大叫:“妈妈,你不许羞辱哥哥!”

柯男妈真大出意料,歇了好大一会儿,道:“哥儿俩好!好!抱团结义,打算打江山、替天行道怎么的?柯婴!把你的猫放地上!没见过一个男孩整天抱只猫的!”回转身来,问:“说来听听,怎么回事?三句话!”

柯男:“打架!”

柯男妈:“打死人没有?”

柯男:“没有。”

柯男妈:“得,我去开会了。”

十一岁的柯男其实和八九岁没有多少不同,但真要闹事,绝对是大事,这是可以预料的。

一个星期内,他连发两事。中了邪了!

星期一,好端端地上早操。柯男为自己的班级画了一块场地。下午,三年级要举行板羽球比赛。但刚过一分钟,尤丽就飞跑来说,他们的场地线被五年级的一群男生又踏又踩,给毁了。柯男并不知道这是个打架的茬儿!但此时,操场上已经炸锅了,他过去时,班里个子最小的女生小蜜蜂被五年级四五个女生摁在地上踢,小蜜蜂一个劲儿哀求:“讲道理——讲道理——”

“讲道理!”——挨打的人趴在地上,一手遮挡,拼了命喊叫的却是“讲道理——讲道理!”这一下,深深刺痛了柯男!

但人家不松手!当时,柯男只想到去拉开人,不承想,一回首,忽然发现五年级男生至少有二十来人分三层围了上来。为首的是刚从西安转学来的“陕娃”——一个有一米七高、长了两撇胡子的男生,他们年级的篮球中锋。他不由分说过来就兜面给了柯男一拳。这一拳太重了,他下牙磕到嘴唇,当即流血不止。他吝惜自己的白衬衣,自顾看看胸前染没染血,又挨了一脚,趔趄几步站稳了。小蜜蜂哭喊着:“讲道理——讲道理啊——”这时,上课铃响了。难怪不见多余的人。五年级男生欢呼着飞跑回去了。

三节课里,第一节是林菱的,她向来提前到课,根本没有发现有什么异样。二、三节是新添的自然课，由古老师讲课。课堂上嗡嗡嘤嘤，对他的存在，如同自然之一部分，讲完“昆虫”，布置完作业“蜜蜂是哪类昆虫？请你举例说明昆虫的社会性”(课堂发言)，就走了。其实，下面同学在给柯男敷伤，他的右颊肿了。夏天和柴虫传来条子要放学时找陕娃“决战”。

第四节是林菱的“自习课”，约莫下课前五分钟她来了，发现课堂里怪怪的。又是尤丽告的嘴。她来到柯男面前，看他伤得不轻，但孩子很冷静。林菱说，要不要现在去校医室？柯男说不用。孩子们大喊：“柯男一直没有动手！”小蜜蜂是唯一当事人，哇哇大哭：“我说讲道理。他们就是不讲……”林菱知道事情由“运动会”场地纠纷引起，说：“是要讲道理。学校规定打架要开除的！我去找他们班主任讲清楚！”她气咻咻转身要走，下课铃响了——她以为，事情至此可以解决了。她没有想到的是柯男不打算这样“解决问题”。

大约，柯男是撇开所有人，一人先飞身离开教室的，越过操场，在院子另一端的五年级甲班门口等了一会儿。陕娃和他们一伙刚出教室门。柯男让过授课老师，伸手一拦道：“不要走！”随即就扯了红领巾和三道杠的臂章，独自拦在道上。

一看这架势，女生们大喊：“要打架了！”退下去了一半。

柯男说：“你们人不够！”

五甲班有的男生大喊：“我们不服你！才找你比画！”

柯男说：“要这样，你们的人就更不够了！早上打了小蜜蜂的女生、在场的男生一个也不准走！”

“他说不准走！”——事实上，这是走道尽头，他们真走不了。

“去喊老师！校长！”有人呼喊，有人回身躲进教室。

柯男说：“你们欺负一个最小最弱的女同学，哀求也不松手，我看见你们还踩她，男生旁观，不声不吭下狠手。这是世界上最最无耻的行为！”

“他说‘无耻’！呵呵呵！他说‘世界无耻’！”一片嘻嘻声。

五甲班班长，也是一个大队委，这个戴眼镜的男生上来说：“柯男，我们道歉！讲道理行不行？你们的场子占了我们的场子，可以商量……”

柯男问：“当时，你在场不在场？”

他答道：“……我在，我……”

柯男道：“晚了。你还继续当你的证人！看好了！”说完拨开人群，直入被一伙男生团团“保护”起来的陕娃，劈开遮挡的一丛手臂，一把揪住他的领子，那陕娃不料来人如此勇猛，仓皇后退，柯男就势起脚一勾，扑通一声，那肥肥实实的一墩子肉倒在了地上，大约后脑勺儿还砸出啪的一响，柯男拖了他一只脚，他要起身，他舞动手臂空拳乱砸，但无济于事，柯男在瞬间爆发出来的力量，将他左右拧转，他翻滚着，被径直地往操场上拖！就在早上打架的地方，地上尚有血迹——柯男的血。他撒了手，一把将五甲班班长揪来说："余下的道理，你找人讲去！"就走了。

8

实验小学好比蹿来了老虎，课外活动悄然取消，操场上落了一地麻雀。

下午，校务会紧急召开，因为兼职校长蓝西不能及时到会，延迟到四点以后。

事实上，自两点半，林菱就泪洒书记办公室！她是由于激愤而流泪的，她义正词严地说：开校务会她没有资格，但不应当事先就通报说要"开除"打架学生。甚至在一个班主任不知情的情况下，勒令被处分的学生立即离校！

书记姓陈，是很普通的姓，名字也很普通，叫"一宇"。但普通人肯定不能做书记。江苏人，在滇的也很多，是南下一股子来的，但他说的是略带苏北口音的普通话。他刚调来一个月，对"实小"十八名老师未必能认全。准确地说，他是三所"实验小学"的支部书记，他到任后，"第一实验小学"、"中心实验小学"和"五华实验小学"通通统一名称为"实验"一小、二小、三小，加起来有五个党员，他是委任的书记。陈书记说，这是刚制定的校规，谁人违犯，一律不予宽贷！至于，通报前要这个学生离校，是为防止事态进一步扩大。

林菱说，要了解事实经过！学校是教人的地方，不是罚人的地方！柯男是学校最好的学生，不能说开除就开除！要这样，我先辞职！

陈书记一下挺直身子擂了一下桌子，道："可以啊。"

林菱一甩她的短发，当场拔出她的钢笔，扯了书记办公桌上的一张纸，哗哗写了"辞职书"搁下，摔门离去，头也不回！

事情闹大了。蓝西到会时，显得十分冷静。他的冷静是有缘由的：第一，三校统一名称，他没有意见，但并没有明确他是仍兼原来的"实验小学"校长，还是三个学校统兼？这里变数很大。极有可能他不再兼校长。在教育局主管"教学研究"这三年，感慨良多，但那终究是个过渡时期，规范教学体制、教材后理应理顺。反倒是陈一宇任职明确，是三校书记。他必须尊重书记。第二，"打架、骂脏话，情节严重者，一律开除"。这是什么时候定的"校规"？他毫不知晓，作为兼职校长，至少应"被告知"。他手头的那份"通报"，无年无月无日，落款甚为荒唐："昆明实验小学校务会"——至少在他主持"实小"工作期间，没有这个"校规"，也没有这个机构。如果当初真要规范这样的行为，那么，就连"实小"本身也不存在了。从社会各阶层乃至最底层收容失学孩子读书，以解决资源不足并为社会减负的问题，这是办校初衷。三年来，虽多艰难，但她很健康，已成为昆明小学教育楷模，为其他校提供了不少有用经验。如果按眼下这个“校规”治校，当初至少一半学生要重新被踢回社会！但他很快发现，这所有“如果”，包括三年成果通通不能再提。它“过性儿”了，如同发酵过头的馒头——陆续到会的“委员”对一个少先队队长“打人”、“把人从教室拖到操场打得血肉模糊”、“强占公用场地”且“凶残施暴”的“强盗恶霸行为”表示了极大的愤慨，并直指“这个柯男是被有些人捧上天捧坏了的”、“非严惩不足以儆效尤”！

那一刻，他的心沉到谷底！公共记忆消逝如此之快！它根本不存在？谁在负责这些记忆？谁准确评价并珍视这些实属于国家、民族的记忆？只有“实小”的原教导主任——一个五十多岁的原西南联大英专教师，利用分发“通报”的瞬间，来到他身边，将她弯曲苍老的手指摁在他手背上，眼睛里泪汪汪的，似乎在说：“救救孩子！”

也有一位原“实小”的副校长面色悲哀，她脸上的皱纹，一道道刻满失望，对“实小前史”竟然如此快地被遗忘、毁弃，她仅能摇头，俯下身叹息。

蓝西飞快地选择了自己意见的角度，这基于他对围绕柯男这个孩子的事件的基本判断。他说：“今天，我被通知来开会，事实上只是来听听这个‘通报’，告知我一个学生被开除了。我建议，‘通报’暂缓执行；因为事实并不清楚。不敢说我对每个学生都了解，但我相信‘实小’的老师们，还有他的班主任都了解这个孩子——为什么他三年来一直是最优秀的学生，这会儿突然就变成‘凶残的暴徒’？为什么？”

新任教导主任说：“林菱，她辞职了。”

大出蓝西意料。他麻木了！他催促自己紧急选择，要不要坚持。

这时，那个五十多岁也快退休的副校长突然大声发话：“那就更应当调查！开除一个学生，能撇开他的班主任？我知道的是，柯男自始没有伤及那个孩子！反倒是他先被打伤流血！如果公平执行校规，那么，开除的就应当包括那个先打伤人的学生！处分其他起哄、怂恿、撺掇造成严重事态的学生！”

会场忽地冰冷，这位副校长起身，她的衣裳被椅子勾住，椅子砰一下倒了，她甚至故意推倒了身旁的另一把空椅子，道：“还有我！也开除吧！那天早上我轮值监操，刚才说的为本人现场亲见！可对簿公堂！”她蹒跚着来到门口，她甚至弄不清那扇门是上了锁打不开的，她使劲儿摇动把手，回身道：“奉劝诸位，你们这些不在此校服务的委员们，爱惜学校！爱惜学生！就是爱惜你们自己！他们，才是你们的前途！”

林菱要面对的还有班里四十多个学生，他们在教室里同声号啕！二十二个男生要求“集体开除”！她不能告诉孩子们刚才她多少有些冲动的行为。她在上个假期，秘密地结了婚，说是“秘密”，仅是不事渲染。因为，尤丽和一群女孩事先已经告知家长，甚至相约要来祝贺。她还很快发觉自己怀孕了，除此之外，她发觉婚后的日子很平淡，丈夫从部队转业，对分配在民政部门工作不太满意，一句话不对心思，“辞职”了，他们甚至为此争吵了很久。还有，昨天，为柯男被打的事她找五甲班班主任、新任教导主任宋小龄协调，这位烫着满头卷发的新面孔说:“我哪里知道这种事？”——她当即深感受辱。现在,她很难理清这种种在她身上一并发生的事情有怎样的关联？她罹患“非社会适应性”的时症——“辞职”传染病？夫妻都“辞职”,日子怎么过？孩子出生了怎么办？但至少,她没有去自杀。好似一点儿这样的念头都没有,想来,却是一种慰藉。

她说:“同学们,不要难过。我保证永远和你们在一起。我只有一个要求,如果是别的老师来上课,你们要好好听课。另外,你们不要去找柯男,尤其不要跑到他家里去围着他——知道为什么吗？他们家有一只虎皮猫！对一二年级的孩子还欢迎,如果是三年级生,它在瞬间就变成老虎！这又是为什么呢？因为,在主人烦恼时,它的责任是要讲一千零一个故事,不喜欢被别人打断。什么故事呢？等柯男回来对你们讲……”

只有柴虫哧地笑出声来。

林菱并不明白即将发生的是什么。这些孩子会做出什么事情来？那些决心“告义状”的本班男孩子在第二天,即柯男被“开除”的第三天将会演绎一个什么样的日子？

按一个月前的安排,星期五下午是由昆明少工委组织的“科技日”,活动地点有两处:一是在少先宫举行的苏联专家与优秀少先队员的见面及座谈会;二是在圆通动物园南门举办的有多校少先队员参加的科技游园活动。由于柯男被“开除”的事,少工委并不知情，事先安排了他做代表发言和向苏联专家们赠送礼品——那是一个精美的古代中国帆船模型,表明这里是中国明代航海家郑和的出生地。科技宫的“舰船模型组”花了整整一个月时间,在三家国营工厂的支持下才完成的——这些仪程通通没有改变。

直到会议前十分钟,总辅导员、少工委执行主席郑训不见柯男到会,也没有见到他的“中队”,急得上火了,但得到的消息他无论如何不能接受,“开除”？

这时,柯男被网罗在另一场灾难中。

三甲班全体少先队员被安排去参加下午的游园活动，这让这个三年来享受过无数荣誉的班级颇感羞辱。原先,至少他们有二十名代表要参加少先宫的迎宾,十来位苏联、捷克斯洛伐克的专家将由他们献花并结对通过红地毯。但现在,他们被撤换了，要求他们在下午四点半——一个显然不是高潮的尴尬时段整队到达圆通动物园！孩子们在突然改变安排后,有些手足无措,但还是服从了。他们自行举旗排队到了圆通动物园附近,突然有孩子建议从北门进入,因为卯城的人去动物园,绝无理由不走最近的北门而绕道南门，于是，四十来人就来到北门门口。不想，他们被拦住了。守门工作人员要他们出示“通知”，否则要购票入场。

筲箕主动要求去找柯男，只有柯男知道“通知”的事。

柯男在家，在为柯婴建造“航母”——一架有四个轴承和一个座位兼储物箱——神似舰船的牵引平板车。他听说三甲班被困圆通山北门，立刻放下手里的活儿就飞跑出去——三天，对于他太漫长，他已经计划好了以后的日子；将他从原先的生活中删除，发生得很快，但他接受得也快——对他和他的家来说，“变故”、“毁弃”——似乎早早就是一种被强制接受的“常态”。他甚至从那一秒里彻底删除所有，他压根儿没有想起还有什么少先宫的事来。

但在他赶到前的四十分钟，也许一个小时内圆通山北门发生的事件，在影响长度上却可以绕行全城——孩子们以应邀参加科技活动而拒绝买票，与公园守卫在交涉中发生冲突，接着是孩子们集体“冲关”，公园保卫人员围捕、禁闭孩子，侥幸逃脱的孩子反过来展开攻击门卫室的“营救”战斗，末了是公园派出所出动，扣留了十一个孩子……

柯男站在那里，满地碎石和玻璃碴子，还有用作武器的各种树杈、棍棒，也有少许血迹，公园派出所正拉线警戒，准备关闭北门。围观的人仍没有散开的意思，议论中竟有人说，他亲眼见三个孩子把警察打得满地找帽子；一个孩子被拧住，大喊：“共产党万岁！打倒日本帝国主义！”——他们猜想，一定有日本特务混进了“圆通山世界科技游乐大会”，投放毒药或偷“苏联的原子弹”什么的。

筲箕说：“我可以混进去。他们不可能把全部人抓了，我召集起人来，怎么做你不用管。是泡屎我兜着，反正我也想被‘开除’；如果是英雄，你也别当了，你当太多英雄，人家以为我们是尿包！”说完出溜不见人。

天有些擦黑，大约六点已过。

公园派出所的警察排成一行往外推，喊：“清场了！清场了！往后退——”柯男不动，拒绝站到警戒线外，一个警察问：“你想干什么？举起你的手来！”他举手，表示没有携带任何器械。柯男说：“你们应当放了学生！”警察说：“叫你们学校领导来！”他说：“我没有学校！”警察说：“你就是社会捣乱分子？你想喊反动口号，我就抓你！”

这时，突然听到一声声虎啸，接着是熊吼，离北门最近的象池似乎还传来大象的吼声——各种吼声交相呼应，大地陡然一震，仿佛是从一个直贯地底的空洞里传来！

散开的围观人群忽又聚拢来，一片“听啊！听啊！”的吆喝声。

警察说：“有什么奇怪的！天天傍晚都如此！”

柯男哈哈大笑：“你们不放人，每隔十分钟，老虎狮子叫一次！”

警察说：“你是什么人？”

柯男说:“我是你们的小主人!”

咣一声,大门紧闭。

果然狮虎咆哮,一刻不歇。孔雀也在呱呱乱叫,往往一声啼鸣,引来百只大鸟唱和,此起彼伏,不绝于耳,偌大山侧,天昏风紧,树影瑟瑟,极其可怖。有人说:要地震啦!

约莫八点,箵箕气喘吁吁地从南门赶来了,说学校正在与公园、派出所“谈判”,“人全部放了。但公园要我们赔偿全部损失,我们共捣毁三张桌子、十几扇玻璃窗。但他们打伤我们四个人,柴虫的胳膊拧脱了臼!小蜜蜂最勇敢,咬伤他们中的一个人。混战时,尤丽被暖水瓶烫伤……你没想到吧,小蜜蜂会指挥孔雀叫,简直是森林之王!”

第四章

9

蓝西的桌子上摆放着当天教育局的通报。他觉得这个文件极其愚蠢,它基本上是官僚主义浅思维的产物,称“实验小学”冲击公益活动的事件反映了“我们组织工作不力”和“社会公德教育的严重缺失”,但对事件缘起似乎有明显的倾向性,“对学生行为失轨处置不当”!好啊!延伸一下吧!由于“不当”,造成同一班级学生集体怨愤,三天内,连续发生扰动——他还听说了,这四十来个孩子被学校接走离开动物园时,是整齐地排着队、举着队旗、“唱着歌”回来的,他们把几首少先队队歌胡乱拆分成无数段落,“我们是新中国的好少年——”之后,突然集体当街跺脚,口喊“嚓嚓嚓!”——“在这个阳光明媚的春天——嚓嚓嚓!”……“我们是共产主义接班人!嚓嚓嚓!继承革命先辈的光荣传统!嚓嚓嚓!爱祖国!嚓嚓嚓!爱人民!嚓嚓嚓!鲜艳的红领巾飘扬在前胸!嚓嚓嚓!”……“不怕困难——嚓嚓嚓!不怕敌人——嚓嚓嚓!顽强学习——嚓嚓嚓!坚决斗争——嚓嚓嚓!向着胜利勇敢前进,向着胜利勇敢前进前进——嚓嚓嚓!向着胜利勇敢前进——嚓嚓嚓!我们是共产主义接班人!嚓嚓嚓!”——成什么体统!居然惹来市民夹道争睹,不晓事者竟喝彩鼓掌!

尤为奇诡的是,这些犯事的孩子对学校准备的菜饭“集体绝食”,在教室等待“家长认领”时疯笑狂歌,继续“狮虎吼”比赛,重演当晚战斗,带队的中队委尤丽拒绝治疗烫伤(只是肩部蜕皮起泡),申明要“退学”——全都疯了!

林菱竟然参与这些游戏,担任“裁判”!

接下来是家长云集“实小”,要求书记出来说明为什么会发生这样的事?“好好的一个孩子,好好的一个学校怎么三天变成这个样子?”

那个奉命去处理这件事的新教导处主任宋小龄“回来就疯了”。“用墨水砸窗子”，撕扯她的“西洋花菜”卷发……

蓝西在考虑，在多大程度上介入这个事件？必须？是的。他还是责任人之一，况且他那天发出过“警告”——是“警告”吗？也许不那么明晰。但他提出“暂缓”执行那个更加愚蠢的“通报”！“要调查！”——这是关键！有记录在案！还有副校长的呼应——她的言辞更是警告无疑。如果不宣布“开除”，而是先调查，会有这样的事情发生吗？

他要做的当然不是这些，他案头有一篇未完成稿：《关于工团组织在小学校的作用之探讨》，他指的“工团组织”似乎概念模糊，指“社会团体”？早先的思路是，他在调查中发现，少先队在小学校里很重要，已经成为小学生政治生活的一部分，但诸如少工委对学校没有直接的组织的功能及责任，造成与学校管理脱节。且学校行政安排的大多活动，偏重形式和课堂学习的配合，并不关注学生的思想、生活状况和社会处境。为此他建议辅导员专职化。但“社会处境”需要提及吗？这个概念会造成歧义？“新社会人人平等”了，你的“社会处境论”是挑剔“无差别化”的虚无——贫富悬殊明显存在、阶级背景如此不同等等。才五六年，社会就“无差别”了吗？——反复扮演两种思维的对抗，他十分乐于这样来消磨每个夜晚。

对于柯男被“开除”的处理，他持乐观态度——用京剧一段白话：幼稚愚钝的校当局“好不晓事！”他的班级完全“性格化”了，没有人察觉这是个问题。什么问题？教育理论问题！“圆通事件”说明孩子自有他们的世界，他们内心反对禁锢，寻求快乐。冲撞值勤警察、破坏公共财物的极端行为，只是“释放”而已。他们充分释放了，所以“疯唱狂歌”——这是他早先就提出的问题，孩子是具有社会性的，他们在表面顺从“规范”，但在适当气候条件下会像土壤自然结团，不加引导，就会产生“反社会”倾向——只有他，是通透的！明白的！理智而敏锐的！他早看出来了，柯男这样的孩子，是一种“赋形剂”——在这个意义上，“开除”他，又是对的！

那么，他该支持书记的决定，还是沉默？其实他先前的表态并不属后者，他是反对的呀！

他对这个孩子，总觉得有几分亏欠，虽属内心秘密，绝不泄露——在第一次为确认“征文”的真实性与柯男谈话后，他隐约觉得这个孩子应当有某种明白的渊源归属，后来一问，果然！他的父亲就是“Ke”！那个当时尚未被救赎，后来杳然无闻随社会进步滚滚烟尘而消隐的旧时金融界名人！

世界就是这样合理，好比一丛鲜果，最好最熟的总是先被挑选出来，尝新者吃了或炫耀着摆设，直至烂掉；最需要的是一大堆同时成熟也具备基本维生素含量的果子。这里，不存在吝惜与偏好的问题。否则，你就不是主宰者，而他，就是这样的人。

你为什么嗔恨这个孩子？你的内心如此黑暗！
你哪年出生？这只是个孩子啊！
你妒恨整个世界，它太宽阔？
却并不规矩！
……他在忽上忽下忽左忽右中睡去，梦也悠悠忽忽。

10

柯男用白药和上酒喝了，给自己疗伤。柴虫又送来了松节油。

屋子里的酒气和松节油混合，味很浓，妈妈过来说："让我看看，你伤成什么样了？他们是穿着钉靴踢你的？"她约略有些吃惊，柯男前胸、右肋的伤最重，有大片的瘀血青紫，还有孔状小洞。嘴唇上的缺口很深，第三天浮肿更甚，下唇外翻，可见牙龈出血不止。她倒抽一口冷气：这是往死里下手的啊！但她说的是："这回，吃亏大了吧？你注意了，红汞不能和碘酒一块儿用！"

柯男有些烦："知道知道。没什么，受伤头几天有点儿疼。慢慢就好了。"

柯男妈凭自己对儿子行动明显迟缓，有自己的判断，他仍有暗伤。柯男妈说："你伸出手来，你的左腕子怎么肿成这样，是骨折还是什么？"

柯男说："是韧带拉伤——我捉住他的脚，左右拧，就这样了！"

柯男妈再也不忍，大声斥道："你什么都懂！你是沙场秋点兵，要去比个武状元是不是？这次，不是为'资产阶级'去打的吧？"

柯婴说："他这次是为无产阶级！他们六七个人踢打一个只有我这么大的小蜜蜂，她们家有六个女孩，只有六只碗，用报纸和桉树叶子烧饭……"

柯男妈不作声了。大凡柯男在外头惹事，总有他恪守的一些道理，有的牵强，有的却也摊得上道理。常常是他打架，回家她再打他，孩子要双重受刑认罚，伤上加伤，为什么会这样？

她第一次心生悲悯："你躺着，我今天不去做事了，我去煨点儿药汤来。"

柯男说："不用。"

柯男妈道："我服侍你一回行不行？"

柯男决然道："不用就是不用！"

柯男妈道："打到被'开除'，你是横扫千军？还是百万军中取上将首级？闲下心来，我才回神儿过来，你犯什么天条了？'开除'？你真的被学校开除了？"

柯婴说："那是天下第一冤案！他谁也没打！要不怎么伤成败麒麟！"

柯男说："妈，你不要问，学校那里更不用问。这是我自己的事。"

柯男妈突然涌出一些莫名的悲伤，这个家，他爸，她和儿子，一路行来，半道断途，忽就翻覆，谁也摸不着谁的事怎么如此多，偏偏各自坚守，起来再走，相互良少慰藉。温情杀人——这似乎是一条不可触碰的死线！一条条大壑上的纵横冲沟，都恁深恁长！就这么，遥看着各自在山梁上行走的影子，连呼喊也多余……

"你总该说说打算怎么着吧？"按简单逻辑，她可以这样问。

柯男说："我想去当兵，当空军，我的眼睛很好。"

柯男妈说："相信我，他们不会要你。"

柯男说："当兵只要打仗勇敢就行……不过，人家不要就算了。我去当工人。我的手很巧，跟你学的，但我要当的工人也是制造精密机器的工人。"

柯男妈："那也要读书。"

柯男闷住了，想了想："被开除的学生人家也不会要，是吗？那么，我们去开一个小铺子总行吧，卖米线，我会做鳝鱼米线、豆花米线、汆肉米线……什么都会。咸菜我们自己腌！妈妈就不用做饭，没人了，我们自己做给自己吃！"

柯男妈一下把儿子拢过来，眼里湿湿的："柯男啊，你怎么一时像大人，一时又全然一个孩子……不过，怎么着都行，都行。"

11

端木先生气色不错，九十五大寿就在当天。柯男觉得应当有所表示。他和柯婴自己做了一个蛋糕，其实是一个用鸡蛋和发面做的蒸糕，撒了红绿蜜饯丝，柯男用红糖末撒了一个"寿"字，样子很好看。弟弟掐了一点儿细细品尝，说："好吃！起士林的也比不过。"

端木拱手在堂屋迎候，道："啊呀！壮士壮士！老夫哪里消受！你妈妈——主委同志已经代表卯城全体兵民士学工商来敝舍慰问过了！怎么还肥肉添膘？"

柯男说："你要分清了，公家是公家，私情是私情。请受我兄弟一拜！"说完就俯身磕头。端木看柯男一只手还吊着绷带，屈身只一手支撑，竟然老泪纵横："世上若只存一理，应昭昭然！只你一个孩子行止有节，必招自损，哀哉！壮士忘年与交，老朽可立时就死，就死了！"

柯男说："端木前辈，你说话爱夸张，古人大多如此，比如，先天下之忧而忧，后天下之乐而乐——那岂不什么事不成就先忧死闷死了，为什么不忧乐同时呢？"

端木哦呀一声："此语载道！有见地！近年你连中三元，要在当年，就是金榜有名了！可是，听说，壮士断腕，只为路见不平，这折损何以值得呢？哈哈！你不要以为我为你难过，我也被'开除'过，大清学堂'开除'过我两次，你还短我一次！开开开，过箩筛！精的好的都一'除'，被'除'了的便聚在一起了，想想愤懑，议论国事，义旗一展，就来革命——不就是这么回事吗？不过，现在是新社会，一开，把你开到旧社会去了。旧社会你是回不去了，于是乎，你就成了漂木，随水而下，上面站着一只老鼠！”

柯男哈哈大笑。大家齐笑。

柯男问柯婴：“你笑什么？知道为什么漂木上会站着一只老鼠吗？”

柯婴痴呆呆地：“它是担任一名瞭望员！”

柯男道：“错！零分！是发了大水，鼠穴被淹没了。那是搭乘漂木的逃难老鼠，到了一个水湾搁浅，老鼠登岸了。村民发现老鼠，知道上游发洪水，就来江边捞漂木，于是，木头还家，做了梁啊椽啊等等有用之材！而老鼠呢，则找到了新的家，非但不悲哀，还其乐融融——这是一个山民讲的故事！”

端木复又大笑：“寓意很深，是吗？”

柯男在家养伤已经一个礼拜，带柯婴去金马山摘杨梅一次、滇池边游泳一回。他说：“你不要老想着自己是个残疾人，青蛙扒了皮还可以游泳，我来示范，看！”他并拢双腿，只用两臂划水，一样穿水如梭。但柯婴还是没有长进。

下午，秋声来了。她们团里下乡巡演，回城后准备放假两天。她给每人带来一件礼物。妈妈又喜又怨：“那点儿津贴，怎么就想着买这买那呢？你啊！”

给妈妈的是六尺紫红桂花呢，说是“呢”，却是贡缎，只是织成扭丝状，显得厚实挺括，颜色是柯男妈喜欢的那种，连扣子也配好了；柯男的是一件衬衣；柯婴的是一双白色回力鞋；连小姑也有一件春花色网线披肩——总之，一切透着细致体贴。

柯男妈说：“以后不许这样了。日子长呢！女孩家手散，将来如何持家？”

秋声哀哀地道：“大娘呀！秋声一点儿心意，只是万一。再说了，也是偶然间的事，我们到了开远，上海贸易公司在推销，只是平布的价。不是要实行票证了吗？抢啊！我们团刚发饷，人人买，你不买，不显着小气也不合群？您说呢？”

这后一条，柯男妈点了点头，说：“前头，我让你剪个鞋样下来，我给你做了一双鞋，鞋底可不是我亲手纳的。我现在——如你所说，单一个统购统销实行粮食棉布票证供应就有多少事！我请城南出名的张家纳的，净布袼褙，栽绒面子，如穿着贴脚也舒服，还得再做一双换着穿——你们走台，要穿布底快鞋，鞋不合适就毁了，老张师傅他懂！以前哪个角儿不找他做？”说完，拿出鞋来，恁细巧！秋声脸红红地脱鞋来试，真跟长在那美脚上一样，贴实还出型！柯男妈蹲下一刻，已经将秋声从头到脚端详了一遍：不过小半年，更显见丰美了些！人一舒心，眉头展开，两眼含水，腮帮子紧紧的，也白皙多了！

秋声感动得不知道说什么只喃喃地：“大娘给的，我怎么舍得……”

原本要秋声留下吃饭，但团里放假前要“晚点名”，只得走。

关于柯男的事，秋声知道了，只说：“哪能这样！不问包拯，头行状元，拿出去就砍了？不过，只是‘走场’而已，换身行头，扎上靠旗，又上台了。”

这话倒让柯男妈有些意外，孩子真懂事了，这与她暗合着呢！

与秋声说到自己的事，这让柯男有些心烦，道：“妈！等我长大，把秋声娶来给你做媳妇！”

柯男妈说：“我哪里说过要找秋声做儿媳妇了？”

柯男说：“你不是喜欢她吗？”

柯男妈说：“你说这话嫌早！你哪里知道喜欢的人不一定做得了媳妇！你不是闲着无事吗？明天跟我去，发票证缺个登记的，你也换换脑筋，看看我如何做事！多少学着点儿。”

柯男高兴得跳起来：“开恩了！谢母后！”

12

万钟街居民委员会在票证发放中遇到很大困难。国家恢复经济时期，各样矛盾虽很集中，但并没有涉及民生基本需要的粮食、肉油、棉布等必需商品供应问题。按柯男妈理解，那时，是无钱糊口的问题，而这五年来，城市发展太快，一下就有了西片、北片工业区，单一个卯城，人口增加了十万。要放大到全国呢？多少人要吃饭？工厂不生产粮食，物资怎么不短缺？

但这个道理拿到这个昆明有史以来的工商业繁华区来说，就不对调了。万钟街四万居民，大多日子从未到讨饭地步，箱子底压着十年花销的人家不在少数。他们哪里想到吃米要凭证了？油算什么？也要定量了！棉布更奇，这些人旧绸缎裁一截，也够穿些年，偏偏定量是平棉布，也闹上了。区里分析，居民分两大块，一般生活水平仅在温饱的人家，不会反对；但中等以上人家则普遍恐慌，甚至拒绝领取票证。工作重点是这部分人群。但对普通人家的工作要收尾，不要出差错。

柯男妈带一组四人，内中有粮店工作人员一名，来到崇仁街一个巷口。这里有十四户是以修脚、搓澡、剃头为生的苏北籍人家，属贫困层人群。柯男发觉他从未到过这里，完全不知道他们两家人用布帘子一隔，就是安顿之所。

人到齐了。

柯男妈不说领取票证的事，道：“老表，你看好了，我们就开一个钟点的会。一到点，说不完就散，明天接着开。”

“老表”说：“好的。”

柯男妈说：“你们的生意分两个时间，剃头的是白天，搓澡的是晚上；白天有生意的晚上吃饭吃干的，晚上有生意的白天吃饭吃干的，反转来，净吃稀的。苦啊！但生意不能耽误，否则，无论干稀，拿什么买米？”

一片“是啊是啊”、“阿娘懂得吾们哩！”

“这里连条狗也养不起，我来不用撵狗！白天在的我白天来，晚上在的我晚上来！还不行吗？饭在你们锅里，我不看稀不稀干不干！哪一位来说说，为什么一个月了，你们拒绝领票？”柯男妈直截了当。

长久的死寂。

柯男妈说：“我有个难处：这样的会要全体人在，个个发表意见。如果白天开，就误了白天生意，晚上开误了晚上。你们误不起！要不散了，明天再来。”

“老表”终于讲话了。原来，他们认为领取国家票证，就“相似于”领取税花证，将来要“按手印”来讨税，他们均是“小本”与“无本”，哪里缴过税了？“俞主委，您是我们贴心个宁（人），宁（您）说恰不恰（是不是）？”

柯男妈是第一次听说这个理由，她笑了——这就意味着问题找到解决契口了，她说：“我说你们哪！哪里听来这些谣言？你掏别人耳朵，怎么不掏自个儿的耳朵？我空口无凭，明天来听税收文件，看看有没有把你们这些人算工商户？什么时候，什么朝代，给你们核过税了？怎么个核、缴？你挑着剃头摊子见人就跑，税官追，穿街走巷？有吗？罚，你的摊子值几个钱？你澡堂子里出来，穿个单马褂就跑了，像翻虱子一样去翻你？倒是你哪天发财开爿店，挂灯笼，那时有税了，恭喜诸位！”

大家哄堂大笑！

柯男妈说：“那些票证上哪里粘贴税花了？政府不会凭空逼你们成为城市游击队！没有扰乱你们的生意啊！现在是民主社会，只是买粮限量，因为紧缺了，钱多的囤积，你们只吃三两口的饿着——如果弄成这样，你们反对吗？”

一片“反对！”、“那日子就莫（没）法过了！”

“你们就逃！逃这里，逃那里！几百年，你们世代不就如此！这个城市要容留你们，发个证让你有粮吃，是坏事还是好事？发财咱们不敢想，先把国家口粮保上，行吧？”她问。

“行！”“侬说了，吾们真古（个）大放心了！”

仅一个小时，问题解决，转下一站。

卯城自古乃官宦之地，俗话说“苍蝇跟着甑子走”，达官显贵住北城，商贾住南城，南北中轴“护国”之后称“正义路”。正义成了垫脚石，便没了正义。倒是北城青云街、凤翥街、龙翔街，接引风流，许多人做了大官。万钟街有没有“万钟”？肯定没有。只一个钟楼，催日升月落，亦证“鼎食”之盛矣。现在，南城墙拆了，改名“东风路”，据新典“东风压倒西风”。此地世居的官僚商贾孑遗拿这个名字敲打，说：“这里不东不西，成了大风垭口”，意思明白，大世变后这里成了旋风眼。反对粮食定量及票证供给制由此而生。三十四名六十五岁以上乡佬联名要求取消票证,称:“昆明环周,神蛇拱卫;滇池惠水,益我黎民;田畴广袤,粮丰食足,且自古水旱不侵。未闻有饿殍载道,饥荒横行者也。今若粮米绝不外调,以我小足而济大馑,何须斗量升出乎?至若‘票证’,等于讨口草标及地状之类,坏我名城尊誉!”等等。

区政府认为这些反应是正常的。表面上看这些居民是在维护一个城市历史的尊严,事实上各种利益紧密相关,城乡之间,风闻统购统销,粮食定量供应,已经出现囤积居奇、投机倒把的违法行为。对新政的不理解,是因为这个政策的特点是“均平分配”和“抑制富裕阶层消费”,但城市在发展,工业化道路给城市带来光明前途。困难是暂时的。要让全体军民与国家休戚与共,就要广泛宣传党的政策,避免谣言给城市建设和发展带来不利影响。

为规避敏感的“上书”问题,柯男妈约定“交换意见”的对象要广泛得多。但意外的是临到在寸家大院开会,只有十来位老者坐在那里,其中有几个前官吏她认识,无非打躬作揖,挨着问安:“俞主委近来好啵?好好好……”这里短缺了几个机枢之人。柯男妈把柯男叫来说:“你去请端木先生来。就说这里开‘九老会’,请他务必到会。”回身对老者们说:“你们来了,至少有三分诚意。凡事,三分意思已经不错。不来的,恐怕不止三分,倒有十分。为何?诸君不见,锅里涨水,凑火的却在灶头!无非是甑子里蒸的是肉还是饽饽不大清楚罢了。我现在就敬告诸位,没有甑子,烧空锅无非穿底再补锅!白费了柴火!但有言在先,‘补锅’,非本人所长,倒是荤素菜点,诸老均是南北油嘴,吃惯见惯了的,只要略加指点,口味能坏到哪里去呢?况且是自家吃!我见你们在收麻将桌,不必!我们可以等!三圈和不下来的,十圈!”

这话暗含的意思大家都明白,事情总要解决,不能搞拖延战术。这里,居民委员会和区政府巡视员派人各路再催,将“俞主委”方才的话一传,一个时辰,人不仅齐了,一个寸家大院陡然增加到百十号人,廊檐下都只见人头攒动。可以开会了。端木晚到,竟然黄袍马褂!脖颈上插把泥金扇子!

她说:“诸位前辈邻里,我一个女人家,站在你们前头,是不是有损例定规矩?”

下面一片:“哪里哪里”、“我们都仰承主委明示呢”、“解放了嘛——”“好!承诸贤看得起。我说完,你们说,这里有个台子,时兴叫‘民主讲台’!”她说,“你们都是知书达理的,不像城南一千多棚户,粮票、布票与税花票分不清。不愿领取粮证,以为有损城市尊严,这说明,诸君有意维护新社会。好啊,这与本人大意相通!但是,一个城市,五年前,你们这个时节干什么?在蒸栽绒包子!拿到交三桥头去扔给那些成百上千的叫花子!老贵大爷!”她摊手一请,道:“你的布店——我记得,每年要请人昼夜赶工,做百十件黑布棉衣拿到桥头上去分给衣不蔽体的娃娃和妇人……”

叫老贵的先生一抬脚:“柯夫人,何止上百!那年,是三百有零!絮的是新棉花!发一个,叫他伸过头来,红丹额头上抹一笔,以防二次再领!”

一时议论颇甚,各表慈善功德。

"好的。诸位原本就是这个城市之良心。我要问的是:那些在交三桥头抢包子、冒着挨警棍打头也要上来争一件棉衣的人呢?千万之数啊!人呢?哪里去了?谁来告诉我?贵爷,你是有名的好人。你为什么要让发包子的人等包子冷些再开甑子——不就是怕这些穷人狼吞虎咽烫伤了吗?要吃啊,人嘛!"

下面无一声可闻,倒有轻轻骚动,老贵要说什么。

"不忙。我来回答,旧昆明三十八万人口,十七万未能糊口,其中三万叫花子——乞丐盲流,现在,在新社会改造下,正由政府引导逐步还乡就业,于是,他们不去你们家院门前讨饭了!他们开始自食其力——新社会,人人要有饭吃,为这个,老贵,还有你,寸先生、李老板,多了,你们走上街头去迎接解放!"

下面哄哄然,都明白下面该说的是什么了。

她说:"过去没有饭吃的都要平平正正端饭碗了!我问诸君,粮食在哪里?在没有更多的、成百倍千倍的粮食积储之前,又怎么办?我不再说了,往下大家自己明白!粮证是粮食供应凭证,避免有人囤积居奇,抬高粮价,投机牟利,一人暴富,千家断炊。而政府无奈则开仓粜粮!诸位。'打老仓米'不会不记得吧!一'证'即一'甑',保证人人能有入口之食,难道大家不欢迎?"

端木先生猛然一清嗓:"我说你们这些人把自己那一半屁股挪正好啵!没饭吃的找钱买米,必勤俭劳作,由是怠惰始结;娼赌偷盗,自然消弭;社会靖平,安康可见!这个你们也反对?是了,你们有余钱以及剩米,于是酒肉饱足后来议尊严!中国就是这样!一搭子人与另一搭子人不相干!老朽我九十五耆寿,没几天睁眼日子,只乐得于看中国稀奇!没见过的管你如何,一概叫'好'!我国中荒唐久远了,一副沉寂死相!故所以,大凡新鲜的事,老夫摇扇乐观其成!人人有个皇粮本子,我没见过,谁个见过,老朽伏地恭听!"

哇一声,众人喊:"那是那是!"

一个蔡姓老板说:"其实,是对定量有看法!古来是没见过发证包供,可也没见过谁能吃五两只准吃四两!我明年春儿子大婚,一家统共百十斤米粮,如何敷衍一席饭?"

有人反驳:"日本人在北平发过'三合面'粮票,食者长汉奸肠肚!"

众人哈哈大笑,有人说:"蔡先生,你流水席摆到我家门前,那一桌我献米!"还有人直指一位马掌柜,说:"他存有两三千斤大米,要卖,就是平价,如高价,你告他一个投机倒把!最上之策,把他的陈米借出来给你,免了礼包,岂不双美!"

柯男妈说:"统购统销中,是否外调本地粮米?这个我说不准。但闲常大家吃通海挂面、蒙自饵块,不是也内调吗?我看不必纠缠了。至于婚丧嫁娶,因今天提倡勤俭节约新风,还是从俭为好。诸公皆各界领袖,奢靡过度,遭人诟病总是不好。我说的对不对？大家来议。”

“那是那是！我们赞成！”

有人道：“蔡公，你闲常水米不粘牙，三两素鸡、鸭胗、白切牛冷片倒可以送五两酒下肚，我给你算过，二十四斤大米少说够你吃三个月！”

众人讪笑，也有人调侃：“蔡公自会周济大肚佛！”

登记领证的事就这样解决了。

柯男用毛笔小楷在发证登记簿和粮本上工工整整写上各位名讳，忙得无暇抬头，却一点儿不错。

端木说：“如何？他才吃十七斤粮食！诸公愧与不愧？”

13

柯男被“开除”的事，最后以市委领导强力批评而告终结。

据说，一位主管文教的副书记当即擂着桌子大吼：“荒唐！荒唐！荒唐！”

原因是在事情发生后一个星期，少工委派一个小组进校调查，这个小组不与校方接触，直接找“当事人”谈话，三天后形成《情况反映》，直达市委。内中称：这是一起违背党的教育方针，官僚主义行事，以学生为敌的典型事件，影响极坏，给全市少先队建设造成很大损失。校方不顾任何应有程序，主观臆断，草率宣布“开除”一名优秀学生，而被处理的学生却表现了极大克制，而后来发生在圆通山的学生冲击公园事件则是前一事件的“后续反应”，是“必然的恶果”。事件本身说明除了公办学校，“社会各方对少先队建设支持是不够的”，公益性场所包括公园原本应当免费为孩子们开放，但呼吁多次未果，建议市委市政府考虑上述要求，促成公园每周为十五岁以下儿童及在校学生免费开放一天，同时，对有关机构经批准举办的科学普及活动免收场地费用等等。

市教育局的工作组来校一周，调查报告长达九页，对事件各细节的描述是：柯男在“完全意外的情况下受到事先有准备的攻击，致使身体多处受伤”。仅仅在“三个小时后(即放学之后)，找到打他的人，要求认错。但五甲班多人反加嘲讽”，柯男在这种情况下，“拖拽该生，并请人随同作证，前往操场指认”。故柯男的错误在于“不经向学校反映情况而私自处理问题”，但“责任主要由肇事学生及班级负责”。至于“后续发生的三甲班四十多名学生集体冲击公共场所、毁坏公物、与前来制止的公园工作人员及公安人员冲突并辱骂上述人员的严重事件，应会同上述各方妥善处理。因该班班主任林菱不在现场，事后也不主动配合校方，应负主要责任。”建议是“撤销对三甲班学生柯男的处理决定”。对教师林菱的处理由校方提出意见，报局批准等等。

但校方随即“反诉”，称“对学生柯男的处理仅有‘公告’文稿，未张贴公示，且事后已收回，故‘开除’之决定不成立。不存在‘撤销’一节。学校的不慎之处是教导主任因不明情况，口头告知该生并令其离校”等等。

于是“诉”与“反诉”，纠缠一月余。但明显的是，对柯男的处理无论有无“明文”，是确实没有让他进学校！为事实上的“开除”。市委领导在一月零二十二天后听取汇报，得知柯男仍处“被开除”状态，勃然大怒，道：“你们究竟想干什么？是办学校，还是办监狱？”

学校就要结束该学年了，三天后即放暑假。

教育局副局长亲自坐镇，在实验一小召开了一个由当事双方、学校校委会、两个班级代表参加的会议。宣布“收回”对学生柯男的“开除学籍的公告文稿”，对三甲班给予“集体记大过”处分，对殴打柯男的学生给予“严重警告”处分。双方班主任如何处理未提及。林菱因为生孩子告假两月，久未露面。

不知谁设计了一个过场，要柯男与打他的学生握手示好，柯男接受这个学生和班长的“道歉”。同时，也表达歉意。

所有人等待着这圆满结局发生，包括作为名誉校长和教育局副局长的蓝西。当主持人宣布下一程序是如此如此时，他心里唾骂：“蠢货！愚不可及！”

果然，柯男站起来，既不对校方撤销“开除”决定表示任何“谢意”，也不与五甲班的人同台言和，他说：“他、他们应当先向我们班的女同学道歉！”

会场僵住了。教育局领导面色如灰，陈书记甚至挪动椅子，不知他是要走还是留？柯男却站着，从容等待了一分钟，然后离去。

蓝西心里倏地有了一种过电的酥麻感，竟然有一个声音弹了出来，受到侵犯的恼恨愤怒！随着那个孩子身影消逝，他眼前空白了——他也受到伤害了！他知道他的内心此时已陡然反转过来：“开除！开除！开除！”

事情似乎远未完结。

一个星期后的第一天是学校的期末典礼，小蜜蜂在早上六点就来到柯男家门口等候，柯男一出门，她就拽着他到墙角说：“尤丽疯了！”

“她吞了很多龙胆紫！还有蜡笔！总之什么都吞，还有一把图钉……她要自杀！现在在医院里灌肠……她看见教务室里有鬼！就去找林老师……林老师丢下奶娃就去捉鬼……”她自己哽咽着，语无伦次。

柯男第一选择是去医院看尤丽。她肯定不会死，龙胆紫能致命？图钉呢？她真的吞了？总之，尤丽是个地道的傻瓜！学校的期末典礼不去了。因为后半学期，三甲班群龙无首，学校大乱未消，压根儿对此无所谓。正踌躇间，夏天、柴虫和另一个刚从北京转学来叫辛安娜的女生也来了，辛安娜嘴快，事情似乎清楚了：是尤丽往教导处去交三甲班的学生“考勤表”，教导主任宋小龄说，要你们的班主任签字。尤丽说：她二个月没有来了。宋主任说：那你该去哪里找就去哪里找！她没有挂在我的裤腰带上！尤丽返回去，晚上八点才在医院找到正在抱孩子看病的林菱，签了字，返回学校教导处就看见灯黑着，门却虚掩，她摸索着找到灯线，啪，一拉，她就傻了，地板上倏地站起一个赤身的男人来，对怔一刻，男的抓起衣裳夺门而出，把尤丽撞倒，那个女的则扑上来一把捂住尤丽的嘴……这就是“鬼”！

柴虫哈哈大笑：“尤丽捉了一个奸！原来浑水潭，一对臭鸳鸯！”

夏天面有愠色：“就你在笑！笑什么笑？”

安娜说：“问题在于，尤丽看清楚了，男的是陈一宇！那个女的就是宋主任！宋小龄！宋主任差点儿把尤丽掐死！”

夏天说：“不是掐，是捂！捂死没有痕迹。”

安娜说：“问题在于，她连哭带喊地去找了林老师。”

柯男问：“什么叫‘问题在于’？‘问题’在哪里？林老师回去看了？”

夏天说：“林老师带上尤丽，半道想想，就把她送回家。夜里，她就疯了！”

柯男说：“你们怎么知道的，听尤丽自己说的？她全都记得发生的事？那就没有什么‘问题’！现在去看尤丽怎么样了！”

医院里没有施行灌肠什么的，她也没有吞什么图钉。龙胆紫是尤丽在去教导处前在妇幼医院找林老师时，顺便找了药水给自己涂的——她上火，嘴上起了一圈燎泡——由于是晚上边走边涂，竟至大半个脸也乌青乌青的。这使柯男忍俊不禁，立即想到一幅景象：尤丽一口青紫，灯光忽一亮，没准先把宋主任吓个半死！真是“鬼打架”！

X光照了一个整天，尤丽像一只跟斗虫头冲下，不停翻腾呕吐，抽抽地哭，一个劲儿喊：“你们走开！全是坏人！坏人坏人坏人！柯男你是半道逃跑的叛徒！叛徒！叛徒叛徒叛徒！”——尤丽的父母是地质工程师，一对神情木然的泥人儿。尤丽爸爸脸色发灰，领口上似乎有些草茬，还有些泥水，这印证了柯男的感觉，他们是庙子牖廊下没有塑好的菩萨、罗汉什么的，终于，泥人爸爸牵起柯男的一只手，郑重地握了握说，“你就是柯男！尤丽她其实天天说到你……她只是受了刺激……”，他说他是半夜从杨林郊外坐马车又换火车赶回来的。林老师已经来过。他很激动。他希望“事情不要说出去，不要扩大。你们懂事不多，要注意”。

后来才知道，尤丽的父亲还是他所在单位的领导，在与医院交涉时，也有一副凛然不可侵犯的架势，他指责医院处理病情不当，X光照射时间太长，致使女儿受射线过多，如果她出现后期症状，医院要全权负责。尤丽的妈妈则声称要打官司。所以，尤丽很快转入高级病房“单独监护”，再没有人去看过她了。

暑假后，学校再次开学，柯男完成一次“期末补考”，但升为四年级的三甲班被“拆并”。原先的二十人并入“四二班”。最好的消息是柴虫以总平均分65.1分的成绩顺利升级。筲箕进入“中上”，是第六名。夏天当了副班长。小蜜蜂仍留在“四一班”。尤丽当“四二班”班长、安娜当副班长。柯男在开学前一周的全校少先队代表大会上被选为大队长。林菱被终止“带班”，调离语文教研室，当三校教师工会干事。

“九一八”二十五周年纪念日，林菱组织了一次自己的“烛光晚会”，在她的沙朗巷马栈场子上，尤丽和她的妈妈，还有其他家长，给林菱刚满半岁的孩子买了一张木质婴儿床，安放在场子中央，周围是青松毛，点燃一百支红蜡烛。接着，他们献上了一个有车轱辘大的生日蛋糕，用英文齐唱生日歌，祝贺林菱二十八岁生日。柯男不喜欢这种甜甜腻腻的活动，感觉还有些混乱，除了开头林菱唱了“我们在松花江上”，怎么跟“九一八”扯在一起呢？他两眼始终盯住了场子中央被灼灼烛光照耀的孩子，生怕她被烧死。这个有点儿像洋娃娃的小小女孩，套上了至少三套尤丽妈妈和其他妈妈赠送的“公主裙”，仿佛是玻璃纸里的小小糖果棒。但她不哭，样子很乖。柯男也准备了礼物，一个木刻的梅花鹿，七叉犄角是茶树根的天然造型，他用了整整一个礼拜来做它，林菱接过来，在柯男额头上轻轻一吻，说：“它就是你，我会永远珍藏。”——除了自己的妈妈，柯男记不得有谁吻过自己，但林菱的吻，有如一只鸟飞来一啄，因为此后，她张着两臂，把所有献礼的孩子挨个儿啄了一遍，然后就自顾自泪流满面。似乎大家都明白“粉笔妈妈”在向他们告别。

活动并没有结束，第二天，林菱建议组织最后一次“拾麦穗”活动，实际上是“拾稻穗”，只是习惯上她完全不分夏秋季——每年一次到田野里“拾麦穗”成为“启发式教育”的惯例。大家也乐于去撒野。但今年发大水，站在滇池被洪水挤得瘦瘦的田埂上，尤丽放声大哭。林菱说：“同学们，你们想想，此时，谷穗会做怎样一个梦呢？哎呀，那么多的水啊，这是大海吗？我要游到最远的小岛上，在那里，抽出一丛最大的秧苗，像一个帐篷，给昆虫孩子带来最丰足的粮食……”

柯男却想，水不退，谷子就完了，它们会发霉……

14

“我憎恶你们！我天生憎恶！我们现在就诅咒你们快快死去！现在不是流行猩红热吗？你们全体得猩红热！如果这种流行病还不足以让你们死，就去得脑膜炎！我宁肯去看守一群痴呆患儿！你们自以为是天之骄子，谁把你们捧成鲜花？谁在扮演耶稣基督、圣母马利亚？你们快完蛋了！你们这群小右派想反攻吗？告诉你们，这是不行的！你们比谁都死得快，死得早，因为，你们的骨头没有完全长成，它没有充足的钙和其他元素——我是化学工程师，我的诅咒会像化学实验一样准确灵验！”

首先，耶稣基督和圣母马利亚不能扯在一块儿；其次，骨头“钙化”才是衰老的特征，而不是相反——柯男觉得遭遇疯狂并不少见，奇怪的是从逻辑上讲，怎么素未谋面的新人对他们有如此刻骨的仇恨？

新来的班主任王竹坡是个细细高高、头发往后绾成鬏、四十岁上下的女老师。这是她第一天上课的演讲词。她走进教室前，这间狭小的筒子间，正在打架。打架双方柯男完全不认识，这是新班，一半是别的学校并来的。打架的还不止一对，小蜜蜂为争头排座位与一个女生也在互相撕扯头发。

“谁是柯男？”班主任手里有一根似乎很结实、锃亮油光的棍子，啪地打在讲台上，“站起来！你为什么站在窗台上？”

柯男并没有“站在窗台上”，他只是在最后一排，由于先前的大战是争抢桌椅，一阵推搡，他被挤在后面临窗的墙壁上，根本坐不下来。

棍子又连砸三下，教室里终于安静。她手里的棍子依旧挥舞，在每张课桌上猛地敲打了一下，一共二十二下。来到柯男跟前，终于没有砸响他跟前的桌子。

“你就是柯男？你来回答我一个问题！”她把柯男周身打量个遍，她的个子实在是高，在那一刻，柯男发现这个女老师有一双很尖锐的眼睛，它们凹陷在很深的眼窝里，闪闪地发亮。如果去掉周围的皱纹，她是美丽的，也是年轻的，但那些细密的纹线像一束交叉的铁线，跌进眼窝的深谷，她一发怒，那些铁线就猛然弹动，眼球突起又陷落，像一只蜘蛛！她还有很长的脖子，竖条状的褶皱，被她的高领衬衣横裁一半，另一半牵动她坚硬的腮帮……

她的棍子指向柯男：“你说，你们为什么那么爱打架？”

柯男想也不想，看着她棍子梢，道：“因为他们天天挨打！”

“什么？这就是你的回答？什么意思？”她竖起了棍子。

“他们，天天挨打！无论在家，在哪里，都被打！”柯男稍大声说。

满堂起哄，有人喊：“好！说对了！太对了！万岁！”

王竹坡猛然回身：“谁在喊万岁？”

柯男知道这是新同学在回应他，如果是原班同学，他们与柯男有完全一致的配合默契。绝不会有不当的反应。

“这算什么理由？什么话？嗯！你的意思是他们在家父母打，体罚，天天？差不多，是天天，爹娘老子有气要出，是吗？于是，只知道打，打架成了大家混吃混喝一顿饭！”她几大步冲上讲台，啪地敲了一下，厉声道，“没有什么不对的！养与教，有养必有教！‘教’，就是这个！”她挺了一下手中的棍子，“我，就是派来收拾你们的！从今以后,它说话!还有,柯男!你把你们的什么《红领巾诗报》给我撤回来!大鸣大放与你们有什么相干,这是学校的命令!”

夏天站起来喊:“那是区政府划给我们的报栏!”

王竹坡又敲了一下桌子:“什么区政府?我只说一遍!撕了!烧了!下课!”

箩箕说:“这个‘地主婆’打了三十八下!看样子,我们得革命了!起义!”

小蜜蜂过来悄声说:“林菱老师昨天被抓起来了,说她贪污工会的会费……”

柯男有些吃惊。刚才这位新班主任释放的信号似乎暗含一种不小的变化,但她的棍子不会打到学生的身上,只是,她的凶狠出乎意料。

小蜜蜂:“她骂我们‘小右派’……”

过来三位新同学,箩箕示意不要说话了。

一个很壮硕的光头男生,过来与柯男握手,说:“久仰!我叫龙应兴,原来三小的。我们很愿意与你同班。我们是讲道理的。以后听你的。”

柯男介绍了箩箕、柴虫、夏天和小蜜蜂。

龙应兴说:“以后叫我大龙,我是原先三小三丙班的副班长。刚才打架的人我教训他们了,我们约定个规则怎么样?”

夏天说:“什么规则?学校规定之外我们还要什么规则?来了个恶煞神,还嫌规矩不多?”

大龙说:“内部的。至少,我们原先两个班的人之间,不要打起来,我那边我负责,不然,日子不好过。‘王婆’是三校著名打手,我们早听说过,只是第一次领教。你们自己小心,不要惹她——她根本不会教书,原先是个劳改所的管教!”

夏天说:“你的意思她是冲我们原先一小三甲来的?可是,我们现在是一个班级!还怎么分,你管你的,我管我的?我是新选副班长,你们都举了手,我们补选你当副班长,可你不应当在中间画一条线!”

柯男说:“夏天说得对。从此,我们是一个班。一荣俱荣,一损俱损,不分彼此。只是熟悉的同学,多劝说,行吧?行就握手!”

大龙一一握手,大约从未有过这举动,样子很感动,说:“刚才那声好,是我叫的。看到了?从此,自己的问题自己解决。”

柴虫问:“你刚才为什么喊‘万岁’?”

大龙说:“这是我们的暗号:意思是团结一致!共同对敌!”

柴虫说:“好啊!我明天剃一个光头来!比谁的亮!”

柯男晚上很晚都没睡。

柯婴如妈妈安排上景星小学,每天早上,柯男早起,把剩饭在锅里热好,妈妈只喝一口白水，就送柯婴上学。柯婴全班成绩第一，还当了“志愿军读书日”的主持，端木先生戏称他是“书郎”，送了他一副铜打板。柯婴说，不是表演，只是他读，大家听。只有他能将《志愿军英雄传》一篇篇朗读完，没有一个错字。柯男早先送他的一部《新华字典》，被他翻烂了。柯男最大的烦恼是照管戈明的事落在了他头上，幸好，不久他发现，戈明率领着一个不小的猫群，其中一只纯白色蓝眼睛的波斯公猫大约与它结成了夫妻，它们极其有序地经营着这个城市的屋顶。事实上，他不用太过操心，只是每个礼拜，给它们一顿足食——焖干小鱼。

妈妈的心思全在工作上，她只隐约透露，她可能要调动，“去充实工业部门”，因为要“以钢为钢”，工业“快速上马”。总之，一切都如同上了一种快速发条，往前冲，再冲，“冲冲冲，我们是开路的先锋！”——柯男很喜欢这种感觉，他在《红领巾诗报》的《发刊词》上写：“大地隆隆震动/古老的钟摆脱落/成风火的轮子！/我们卸下最小的闹钟/不再听嗒嗒的细声/时代大钟由太阳撞响/把小小齿轮变成金环/闹海哪吒来了/我说，我就是龙王！”——粘贴在文明新街的《红领巾诗报》报栏由尤丽和夏天主持，已经“出版”三十九期！尤丽的诗歌最多，她写小蜜蜂的一首被《昆明日报》转载，她写道：“我的同学小蜜蜂/是小小的工蜂/最小的那种/最多的那种/有一天它没有回来/点名册上没有记录/原来它醉在花轮里/飞上了太阳的额头/太阳说，我邀请你参加金色宴会/那里蜜糖像河流/它说不不不/我们在大跃进/请你把时钟拨到一百年后！”——她得了全区诗歌比赛第一名。

他不明白为什么学校要叫撤了诗歌栏，它有整整六张桌子那么长，是柴虫他爸叫人搭成的，松木棱子有胳膊那么粗！柴虫还写了一首诗呢！“铁树开红花/铁路赛飞马/铁弓射老美/铁人打不垮！”

尤丽大约更早知道这个消息，第二天就率着安娜一伙，把《红领巾诗报》报栏撕个稀烂，来了个警察说，你们干什么？尤丽说，你少管闲事！我们现在要向欺骗我们的资产阶级右派发动反击了！

她们总是知道很多秘密的事情，比如林菱老师的事，尤丽和她的妈妈去了教育局，她们想要回林菱老师要尤丽写的关于“那天晚上”的“材料”。教育局说他们没有见过，也不会叫一个学生写什么“材料”。接着，是一个月前，就是“九一八”——林菱老师生日晚会的一个礼拜之后，一天晚上，林菱老师突然来到尤丽家，向她的妈妈借五十块钱。这时，尤丽已经知道林菱老师“很困难”，她的丈夫一直没有工作，已经决定把孩子送到丈夫的老家贵州盘县去寄养。林老师哭得很伤心。尤丽和她妈妈也陪着抹泪。再后来就是林老师“被处理”的事发生了。尤丽哭潮了三张课桌，掰断一盒粉笔，边哭边骂：“林菱这个骗子骗子骗子！”这次，她没有涂龙胆紫，而是喝了很多酒。是辛安娜找来柴虫,柴虫把她从盘龙江边背回来的,她在柴虫身上大呕,把柴虫吐成一头臭猪。尤丽妈不让柴虫上楼,又没法子把尤丽弄上楼去,柴虫就说等我去冲个澡，说着就跳到胜利公园的水池里打了三个滚，回来把尤丽背到六楼家门口，说:“拜拜了。你们要注意了，把刀啊叉啊安眠药啊都收好，她要自杀怎么办……”尤丽妈一惊,大骂:“有你这么丧气的吗？滚！”柴虫回来对柯男说:“尤丽要自杀是真的,她有三次要跳盘龙江。”筲箕说:“她不会是要游到滇池去吧,她跳水还得了女生组第一名呢！她是‘全面发展’！”

第五章

15

柴虫很气愤，说："柴四要结婚了。"笸箕说："你这人也怪，怎么说起来像是你兄弟要讨老婆！什么柴四？他是你爹！就说，我要有后娘了！谁都听得懂！"

柴虫其实没有什么不高兴。后妈进家几次，待他和蔼，给他做了三身衣服。这个后妈三十八岁，早年死夫，没"拖油瓶"，是呈贡人，还是个互助合作组副业组长，会编竹箩筐、竹笸箕、竹甑底。总之，她那个村就叫竹苒村。笸箕一听高兴了："她把一大堆尖的锥的带槽的竹刀掖在腰里，这会儿，你小子不敢造次了！"柴虫说："我爸定在国庆节结婚，发下话来，要请我们兄弟一干人吃喜酒，一个也不准落！如果柯男妈肯赏光，他八辈子都感恩不尽！"

柯男把这话对妈妈讲了，她叹口气说："柴四快五十的人了，独守一个儿子也不容易。那个女的我见过，也一样诚实本分，高高大大，貌相也对得合，真是不是一家人不进一家门！"

柯男奇了怪："妈，你怎么什么都知道？"

她转身要出门："要登记结婚，不上我那儿？那女的梳个水抹头，簪铁簪，见人一副笑脸，却是天生，我没坐稳，先给我扶正椅子。我一眼瞅见那手，茧子铜钱厚——是个过日子的人！还打算在城里开个竹器店。啊，人哪！盯着日子过，一些不损，福分是自在。你带个话，大队长的婚礼我是不去了，我对着的人，千千万，偏着谁也不行，不偏也不行。你代表！"

柴四的婚礼，万钟街居民委员会送了一对帐帘，这算是柯男妈给足了面子。其时，她调动工作的通知已经下达，去向是昆明最早的国营机械厂，任会计科科长，算提一级。柯男爸爸正好休假回家,一年累计五天假,不觉已经两年,倒有些闲适的心情可以驱遣了,当天就与柯男约定去上奶奶爷爷的坟。但第三天,在机关听了一次"反右补课报告",回来,柯男爸说自己的觉悟真是太低了,这些年,青山隔世,流水远尘,几乎忘乎所以。晚上,就有几个老朋友约吃饭,议论"怎么龙老主席被当成一个右派呢"?柯男爸原本不胜酒力,回来就晕晕地不言语。柯男妈问:"不是回来休假的吗?我还指望你把会计教一教我,工作说上就上,工业会计如何做,我没底,不能吃囫囵饺子啊!"柯男爸说:"无非出入成本产供销六账,我看,你做库账,只管出入要好,涉及成本销售核算,这是企业利润核心,责任大于天!"妈妈有些高兴,这算是指点迷津,她迷惑顿解,说:"区委书记说了,原本做居民工作太过委屈你了。既然是调你去支援工业'大跃进',绝不能为难你,工作你任选,怎样合适,自己度量,这两年把你累伤了,实在是对不起你——我倒挨捧了,此生未敢望!"其实,柯男最解妈妈的心脉,她成了真正的工人阶级!且是产业工人!这才是她要的!妈妈属虎,蜕变成猫?当然不能!但她似乎总是百变百成!至于蜕了几层皮,几多疼痛,唯有他母子知道!

柯男妈妈要上调,风传全区,人人不舍。柴四提议要"保驾",处处闻风响应。他动员他手下和街道商铺义务劳动,利用改造旧城和置换行道树的废材,将万钟街居委会修葺一新。还用废砖石在辖区内修了一百多个花坛三十多处街巷小景,栽上的叶子花、海棠花,是区园林队捐的,也没花一分钱,算是为柯男妈留下一份"财产"——这一举动,即刻在卯城"放了卫星",成了"文明跃进典型"。作为回报,柯男妈跑动三天,为他媳妇办下小厂子一套手续,区里一个手工业合作社投地皮,与呈贡竹苒村联袂,算合营,取名"联合竹木器厂",他媳妇当厂长——一切顺水顺情。

柴四说:"俞主委,我柴四原本是一个草包,踩踩揉揉也就烂了。这些年,瞄着您做多大的好事也好比纫个针,真觉着,学个您的衣裳角角也不容易。"

柯男妈说:"你怎么把个草包看低了呢?草包不是草塞包!要草辫子绕它一百圈圈,会编草辫子,不是就会编草帽、草墩、草席、草绳吗?下得了心编好草辫子,有个草木心,哪有不成事的!"

柴四真的感动了,他挤挤眼睛,捏扁硬硬的两滴泪,什么也说不出来。

柯男妈说:"柴进这孩子,这些年我看在眼里,是个好孩子。忠厚敢担处,胜你有余。但往后再去拼读书,恐怕就难了,一遭挤对,则信心丧失。孩子嘛,不是看他缺什么,是看他有什么。看到有,才能补缺。我原本存了个心思,想等他小学马虎过来,举荐他去当兵,会是个好材料!这事,我连柯男都没有说,你也不要讲。你待孩子要好些,不要打骂,大了,就不能打!你媳妇不会错,盯着日子过吧。我是往好里看的。"

柴四哽咽了,拱着他蒲扇大的手,连连作揖,说些什么也听不清楚,只听:"啊啊啊,您……是我两代再生……的娘!”

婚礼依照新风,是在巷子里搭个席棚摆的流水席,单早贡就来了百十人。两扇大肥猪是媳妇娘家送来的。城建局的书记主婚。筲箕解释,因为柴四也是老党员了,书记做主,是证明“党的领导”。

“四大金刚”来了大马、老君、筲箕,独缺草墩。柴虫还请了夏天、大龙、小蜜蜂、尤丽、安娜共十来个同学。筲箕很不满意,说,不要叫尤丽来,她来我走,从此划清界限!夏天劝住了,说,大家分班了,不搭理就不搭理,你又不和她喝交杯酒!柯男被邀上座,他去了一会儿就回来,与旧时朋友在一起。

其实尤丽来了没有什么不好,她穿着得当,只一件滚蓝边的白衬衣,一来就下厨,帮着上碗上盘,只是她不断抓吃炸豌豆皮,满嘴掉渣,让筲箕恨得眼睛出血,“怎么不把地主‘王婆’派到她们班去!那才叫好看!”

话立即传到新任班主任耳边,筲箕主张拿点儿颜色给她看看!不然,大家如何过得下去?因为,昨天,她罚一个原三小的女生“排墙”,就因为这个女生的铅笔掉在地上,她趴在地上找一直找到了讲台前,“王婆”连敲三下棍子她都没有听见。这个女孩被罚站三个课时,最后尿了裤子,“王婆”还当众羞辱她:“是你的尿吗?你趴下去啊,你不是喜欢趴着吗?闻闻,是不是?告诉大家!”

“那会儿,我真想上去把这个地主婆掐死!你们不干,我单干,开除算了!抵命都不惜!”筲箕把酒杯砸了。

老君突然站起来大吼:“这里轮着你发威?你们读书的站一站、尿一尿,你就心疼了,我们弟兄呢?死了,进监牢了,你们谁管?”

柯男蒙了:“你说谁?你说的是草墩?不是他是谁?他怎么了?快说——”

老君哭了:“他上个月……杀了他舅……是自首……其实派出所说,那老杂种……根本不是他舅,是他爹的包工头!还霸妻!”

柯男起身给了老君一拳,把他打到台阶下:“打你个浑蛋!为什么现在才说?你干什么的——我猜你和他合谋!末了他担祸!我揍死你!”

老君眨眨眼,挺身起来,柯男上去又一拳!老君即刻鼻口喷血!

他哭喊:“是的。你打!你打!你打死我得了——我认我认……啊啊啊……”

好在是一条窄巷,这边扰动,全湮没在一片猜拳喝令声中,但柴虫立即将柯男抱住,央求着:“你别……你别……我也是刚才听说的……”

柯男将柴虫一下掀翻,哗啦一声,满桌子碗碟飞了起来……

柯男声嘶力竭:“你们全是废物!浑蛋!”

大马将柯男拥住,出了巷子……

16

约定礼拜天去“探监”。柯男说,这事不要告诉秋声,她现在是剧团学员,不要让人家以为我们这些人都下贱,全是乌龟屁牢来路不正的东西。

筲箕说,这种事,哪里瞒得过,秋声家离草墩家又那么近,她妹妹知道了,还不等于她知道?柯男不作声了。

草墩的事,静心下来听,是明白简单的。这次由筲箕来复述。

草墩曾经说过他要杀了他舅,上口的话、过耳的风,没有人在意。其实,他真有此意。这个舅早先是草墩他爹在建筑工地上一个包工头,兼放高利贷。草墩他爹与此人关系不错,时常受他接济。后来,他爹死于一场工地火灾。这个工头也受伤残疾了,破了产。这就是新中国成立前夕的事了,他既无养无靠,就赖上草墩他妈,说她丈夫欠了他的债,人死债不死,要她顶,于是在草墩家赖吃赖喝还赖奸——所以,草墩自开眼认人,面前就是这个绿脸鬼。他妈命不长,又羞又辱就吞了药。据说,这个“舅”还“鞭尸”,哭咒他妈怎么撇下他甥舅不管。其实邻里谁个不明白,暗里人人皆曰可杀。“问题在于”——

柯男不喜欢这个“问题在于”——安娜的口语流行病传得真快!说:“你简单一点儿。”

“问题在于,这个老鬼坐吃草墩,即使是讨要得来的。他吃香喝辣,顿顿都要猪皮子抹嘴,草墩却饿着,水深火热,阶级斗争越来越激烈,被压迫人民自然要反抗!草墩不是矮小吗,起初处处吃亏,后来就学拳,革命武装有了根据地,就反围剿、突围、长征。找到了共产党和毛主席……”

柴虫说:“这段好,我喜欢听!”

柯男说:“不要乱比喻。这些大家早知道,讲那天的事。”

筲箕说:“那天,鬼老舅喝醉酒,就把草墩摁在风炉上打,用火钳捅他的屁股,草墩也喝了酒,顺手抓一把火灰撒上去,迷了眼的鬼乱神了,草墩旧恨新仇冲上颅顶,夺过火钳就照他脑袋给了一下。完了——其实,老鬼的脑袋已经被酒装满了,不过一个瓦罐,砰,碎八瓣!”

柯男说:“你说的,就是老君说的?怎么听来像‘两国演义’?”

筲箕说:“是派出所问来的。我还调查了他家隔壁邻居。”

柯男说:“现在,老君你自己讲,不准有半点儿隐瞒!”

老君说:“我漱漱口行吗?我嘴里有药……”他的口腔里有伤,柴虫给上了药水,他将药水吐了,清清嗓子,开始说话:“草墩找我好几次,说他要杀他舅,他是知道自己身世的,早想报仇……他说他找了好几种毒药,我说不行。毒药闹死的人一看就知道,你要吃官司!他好酒,就给酒,他肚子肿大了,离死不远,总有一天,一命呜呼。

草墩说，现在柯男他们都上学了，我何尝不想，但我的心乱，天天心蹦到嗓子眼儿，就一个‘杀’！——现在就剩我们俩了，你得解放我！——他真是这样讲的，不信，待会儿探监你们问他——我说，杀人的主意我没有。要有就是熬！后来，就发生了那天的事，他不只是用火钳打，还用门杠子打，看看没气了，就去喝了一顿酒，酒是这个时候喝的，不是事发前喝的。然后他换了一身新衣裳——就是秋声给每人买的衬衣，去圆通派出所自首。他对警察说，要他们找到我，我就去了。他说，我的事完成了，地下爹娘我去报告。地上的事你来收拾。枪毙我前，告诉柯男，我们兄弟见个面，就这些。”

大马说：“我开车去看过他一次，送棉衣，还有吃的。他还笑，说，世上还是兄弟好，我到阴间，记得阳世的就这些！”大马现在从汽车驾校毕业了，是实习司机。

柯男摇头：“你们都知道，就瞒我一个人！为什么？”

谁也不吭声。

新任派出所所长说：“老甄所长回老家了。不过，你们几个毛头我们是老相识了。曹明强(草墩)的案子没有审结，预审阶段按理不能见……不过嘛，去吧。人少点儿，不要乱塞东西，给我这里惹麻烦。哎，那个女孩呢？好像姓扈是吧？”

筲箕指指天上：“在上面！”

所长大愕：“怎么？她……没了？”

柴虫傲然地：“你昨天没看‘放卫星花车大游行’？月宫里的嫦娥就是她装扮的！”所长噢一声，“总算出息一个女的。”说完，埋头开了条子。

大马开车，他的道奇卡车像坦克，一个小时就冲到西山脚下“倒石头看守所”。狱警看看条子说：“你们是他什么人？一大伙的！”筲箕说：“我是他表哥，他们都是。”狱警哼了一声：“姓兔！七姑八姨？亲堂老表？东西拿来检查！不准夹带！”

二十本书，有《红旗飘飘》全套、《钢铁是怎样炼成的》、《把一切献给党》、《在人间》、《我的大学》、《团长的儿子》等等，狱警拿起《在人间》翻翻，往抽屉里一塞，道：“早知道念书，就待在学堂里了！你们等着！”

只十来分钟，草墩戴着脚镣、手铐来了，一地哗啦声，柴虫就哭了。

柯男说：“你多少有点儿出息！”

会见室是宽敞的，但有铁栅栏隔着。草墩似乎白净了许多。他得用双手提着一根布带，以减轻脚镣的分量。他想举手与大伙拉拉手，但他不能举那么高。老君哇地号啕起来，门口的狱警警告：“不许大声！只三分钟！”

柯男还是伸手进去在他肩膀上搭了一下：“给你带来的书，他们会转给你。有什么话，你快说，不说事，就说你要什么？”

草墩是笑着的，他的笑像是肩膀上长出了翅膀，他只是在隔离的一域飞翔，“我就知道你们会来看我。”他看看铁栅栏外，“秋声怎么没来？”

柯男说：“她忙，下次来。给你带了些炸干巴、芙蓉糕。他们要检查。”

草墩吸吸鼻子，小声道：“我什么也不要，这里的洋芋饭很好吃。其实我很好。他们不打我，一次都没受刑！”

柯男心里一阵发酸，他想说：“你以为如何？怎么就知道挨打？”但他说的是：“你好好待着。这次忘了带本字典，下次带来。”

草墩说：“我的心里像水洗一样净净的。我待着，我不会越狱。”

柯男说：“废话！”

狱警说：“时间到了。家属后退，出去出去——”

谁也不说话。走出看守所，没人回头。

这里是西山绝壁之下一个小小半岛。三面濒水，浪击岬头，白水呼啸。

过了警戒线，谁都不愿挪动了，大马的车还在坡头，四个人躺在卵石滩上，听潮起潮落。

老君的脸还肿着，将仿含了一个核桃，其实，柯男也有些后悔，过后他也不明白，自己心里有如藏了一个鬼，好好的，怎么还是出手了，气归气，但当众把老君打成那样，已经是见不得人的样子。老君宁愿所有人都揍他一顿，但没有人再动手。是柯男打了他，他舒服。可罪不可赦，他只央求见到草墩时不要提及这事，其实，方才他一直躲在柴虫的身后，这会儿，也稍稍拉开距离，有一搭无一搭地往水里投石子。

大马挨到柯男身边说：“老君还是做了些事的。他求草墩的邻居签了字，替草墩说情，有十多家人画押，请政府轻判。他们俩一直合伙，还是老营生，捡废铁铜，好的时候，一天能挣几十块……老君在家养了一个女的，比他还小一岁，才十五岁，怀孕了……为这个，老君即使真给草墩出过主意，草墩宁死也不卖他。你千万不要跟别人说。这事很秘密。”

柯男一下起身：“竟然生出这种事！这算什么……”

大马叹息完了又叹：“他这种人，你清楚，你说他能干什么？”

“别说啦！”柯男哗啦扯了衬衣，脱了个精光，一头扎到水里，迎着盖头浪花，往滇池里猛地劈水，一下不见了踪影……

王竹坡像往常一样在教室门口顿了一下，脚板踏地三声，跨过门槛。

她把那根棍子往讲台上啪地一击，开始转身面向黑板，写下当日数学课题，但随即，又倏地闪回身来，那一刻，她手中的粉笔断了，她往讲台下探出半个身子，随即猛然缩了回来，如同弹簧反复三次弹射后，她去抓她的教棍，但她失手了，棍子竖直坠落，这魔棍连续跳跃，咣一声瘫倒……

她疑惑自己的眼睛花了,至少初期二十秒是这样:这是她曾经的监狱?她是狱警?下面全是身着囚衣的犯人!后一百二十秒是时钟停止,再后十秒她看清楚了:

四一班二十六个男生全部光头!

二十个女生一律蓝条白衣!

"鬼!你们闹鬼!"她是无比的精明人,她反应准确,如同用她的棍子捕杀一只蚊子,这是示威!这是抗议!这是公然地……公开地"反动"!

沉默!

她喘气不匀,她的声音很微弱:"谁来说说……这是怎么回事?谁……"

沉默!

她终于咆哮起来:"你们等着!我去叫书记!等死吧!"她跌跌撞撞地冲出去了。三分钟后,陈一宇来了,教导主任宋小龄来了,还有另一个男老师,大概是教导处的排课老师也急跑跟上,楼板乱响一阵后,戛然而止!

陈一宇像一座老式座钟那样矗立在门槛外,他在那里嗒嗒的嗑牙,如走秒的响动。他的脑袋也左右匀速摆动……

突然,唰一声,四十六个学生一下撸起袖子,一律赤着左上臂,往课桌上一顿,是"举手发言"的姿势,只是他们全都紧握拳头!可以看见,每个人的手臂上全是横的竖的红的紫的隆起的伤痕!

宋小龄呀一声怪叫,抓着头发转身疯跑。

陈一宇开始悠然转身,狐步离去。

突然落孤的"王婆"大喊:"罚你们三个钟点,谁也不准离开!叫你们……"

教室里只剩一个戴眼镜的排课先生,他笑眯眯地捧起那根棍子,到前排小蜜蜂那里,将棍子的圆面比照着那些伤痕,再比照长度、宽度、深度、着力角度……像一个验尸官。他对他验证过的每个人都微微躬身,笑眯眯着,无声地悠然离去。

正午12点36分。

王竹坡再次出现在教室门口。她换了一身衣服,浅米色的。

教室里空空荡荡,只有柯男一人坐在最后一排他自己的座位上。

她开始咳嗽:"人……人呢?他们呢?"

柯男不作声,一动不动。她凑了过来:"你说话。你放他们走了?"

柯男说:"你坐下来。"

王竹坡坐在他的对面,隔一排课桌,屁股挡半边,不落实。

柯男:"你知道,要是我不怕你,他们全都不怕你!"

王竹坡:"你的主意?为什么闹这种鬼?"

柯男摇摇头,一笑,说:"那是你打伤他们的伤痕。"

王竹坡:“我没有打你们!”

柯男:“打了!是你的棍子打的!”

王竹坡菲薄的嘴角往上一翘,道:“前几分钟我回过神儿来了——你们用自残的办法来陷害我,说我对学生用刑——这种事情,监狱里我见过。”

柯男说:“是你把这里变成监狱。人,是你打的。人人可以相互作证!说是,它就是!你是无法抵赖的!还有比这伤害更严重的,你对待大家是这个样子,所以他们如你所愿,就是这个样子!以后,每天上学下课放学做操,就是这身衣服,就是这个样子——你的囚徒、你的犯人!不是你说的吗?你也这样做了!那个被你罚站闻尿的女生——罗润,现在还神情恍惚;还有被你罚去厕所挑大粪放在书包里的沈周也这样——就因为他骂了一句脏话!我们全体决定了:要告发你!”

王竹坡嘭地一下把额头磕在桌子上,突然放声号啕,“我……我这是……为你们好……还有,他们交代要整治一下你们……”

柯男:“你别以为你哭是我等着要的!我知道,这样的事情发生,与我以前的事有关系,所以,我在这里花三个钟点耐心等你。说吧,以后怎么办?我们谈判!”

王竹坡披散头发,哇哇地叫:“我不干!我走……我要走……”

柯男:“那是你的事。要走,远远的。那根棍子大家说了,要留着,以后不属于你了。如果再起坏心,就别让我们碰着。不走,你和我们不相干!各尽其责!我保证四一班的同学全是好学生。这是生死攸关的事,我们要活,只是活着都不行吗?读书不是犯罪!别想我们会让步!是这样吗?为什么不说话?”

王竹坡从桌子上抬眼,一片模糊:“你让我说什么……”

第 六 章

17

拿出革命干劲儿来！拿出革命干劲儿来！
我们快马加鞭跑得飞快，
赶过快咽气的英国老王牌！
克服困难，
排山倒海，
我们走向社会主义新时代……
让社会主义鲜花，处处开！

喇叭声中，青年团市委授予十一所小学“红领巾高炉”旗帜，实验一、二、三小，由大队长柯男领旗。又特别授予一小五年级“钢铁少年先锋”旗帜，由尤丽领旗并代表全体少先队员宣誓。誓词里说，要在一个月内建成两座高炉，炼成三吨钢铁，“制造出打败美英帝国主义的飞机、大炮和军舰”！

事实上，1958年秋，五年级开学后，就没有上过课。新推广的汉语拼音方案，是用拉丁字母拼写的。只安排一个星期完成全部课时，五一班埋头攻克，考核全市第一，实现了第一个“大跃进报喜”。

柯男妈已经三个礼拜没有回家了，昆明机械工业没有炼钢任务，他们的任务是制造第一台“C-620”、“C-630”机床和三个型号的罗茨鼓风机，并协同昆明市攻关组组织会战，由风动机械厂制造第一台液压凿岩机。

柯男在一个礼拜前发现家中存米的缸底空了，舀米的铁勺也饿了，在瓦缸底发出咔嚓咔嚓的锉齿声，柯婴的半个身子几乎掉了进去。柯男问他妈妈有没有留钱？柯婴说留了八毛钱，没有买米，买了酱油和盐，还有豆腐皮。“万事米当家，你不知道？好比你是富家子弟？真不会当家！”他拿起酱油瓶，发现甜酱油只剩了个底。柯婴说，打泼了。柯男说，我最恨说谎的人！张开嘴！哈口气，我闻！柯婴哈了口气，说，今天我只抿了一点儿。柯男说，你怎么老爱喝酱油？喝多了变蝙蝠！

哥儿俩用酱油煮豆腐皮吃，柯婴说，真难吃！这点醒了柯男，他说，你去把以前我喂鸽子的豌豆找来，至少还有一升，我们卤豌豆！对付两天没问题。你要先浸水半个小时，看皮子起皱了，拿出来晾干，等我回来卤！有腌肉皮吗？柯婴说，戈明吃了。柯男想了想说，记住了，卤豆子不能用铁锅。柯婴说，铁锅被居民委员会收走了！铁勺是一件打鬼武器，我藏在缸底才保了下来。

“什么？勺子打鬼？我从来没听说过！”柯男觉着好笑。

柯婴郑重其事地说：“你忙你的，你不知道的事多了！大闹鬼三十六天！府东街挺尸两具！跟平板车一样，凭空飘走，遇到墙不打转！我夜里跟了一段……”

柯男说：“立即结束你的夜游，再让我知道，把你捆在床板上！”

楼梯口端木先生在喊：“柯男侠士！快！快……快来搭救老夫一把！”

端木衣衫不整，披头散发，拄着栏杆号叫，一手乱舞，如同厉鬼。原来他的小妾，也就是他收房的丫头，他如今的“老婆”从建水回来，发现锅啊、铲啊、熨斗啊全都不见了，一时没了东西，便将“老鬼”杵在痰盂边上擂，小女儿满满回来又与丫婆大战三个回合，眼下对峙，鏖战暂息。

柯男对丫婆说：“他九十多岁的人，如同一张薄绵纸，你要他死，划根火柴就行。你拿面杖捶他多费力！人家没有收走火柴吧，我们家裱过火柴盒，有的是，我去拿来给你！”

丫婆大哭，抹着脚杆哀诉：“你说天底下有这种人吗——啊啊啊，别人家藏着掖着窝着别着……他他他——他是把三口铁锅叫人砸碎，自己送上门去，还有我的铁簪子、铁钏、铁熨斗……啊啊啊，连大门上的铁锁也上了供！敞荡荡的不遮风不挡鬼叫什么家——啊啊啊！”

柯男说：“不就一堆烂铁吗？金的银的，不还在你身上？老爷此时是小儿，嬉戏！耍闹！乐得闭眼前一个痛快，为娘你打小儿，大家举手赞成！”

丫婆说：“我以前没动他一下，不信，问满儿！”

柯男说：“你‘大跃进’了！丫婆你打老爷，算得放卫星！不过，哪里肉厚哪里拍，不要打折骨头，因为，我们现在要跑步进入社会主义，接下来就是共产主义！你不背他跑，谁背？”

丫婆大惑：“你素来说话少正经！什么……蛇虺……猪医……在哪里？”

端木大笑，癫癫地：“在金马山后山的顶子上，那里有三十座炼铁炉子！”

“原来这样，过太和桥、霖雨桥、拿铁造桥？”丫婆脑袋转一个周天，溜了。

端木见丫婆下了楼，诡秘地说：“下次用什么计策？”

柯男说：“真是该正经一点儿了！你不要虚张声势，她不过把你的头杵了一下。我很忙！不要动不动大喊救命！”

端木连连拱手道：“其实，大战早消停。老夫不过逮着你说上几句话，聊解烦闷。你不要小看我，一百年前，我就主张打倒帝国主义！”

柯男道：“你没在娘胎里就主张，你九十五岁。”

“陋见！浅薄！前贤先人就不算吗？你读书干什么？不要打岔，我且问你柯状元：你打过英国人吗？去过美国、奥地利、英国、法兰西、日本吗？没有！我去过！1936年，我打过英国人，在边界，与人们一齐放枪！后来与法国银行争路权关税！日本贼人，我最看不上，黄兴、李根源喝的茶是我带去的，后来日本犯鬼那回事轮不上我，我老了。知道老了有什么可用之处吗？就是前事尽知，后事略晓！帝国主义那档子事我再清楚不过了，我还读过马克思的书，差点儿成了共产党！帝国主义就是轰隆隆开着的一架大机器，把你当铁矿、铜矿、锡矿——总之，连同血肉之躯通通喂进去——行！如果你也要支起一架大机器来轰隆隆——不行！所以，帝国主义要认真对付，这样来‘赶’王牌，只是清弹浅唱，鼓噪尘嚣！如同自家人一场锣鼓。不过，热闹热闹是好的，屋瓦皆飞，摧枯拉朽，落一地灰再起！中国人自此打开手脚，比受缚外强要好——这是老夫癫狂之所在！我们不是没有铁锅吗？何以见得活不了？你我进入石器时代！我正想用砂锅煮饭，你丫婆不是建水人氏吗？我要叫她回去，买它十口大小不等的烧锅来！只能分给你妈妈一口！现在，你闭上眼睛，默念我说的前贤先人——你体悟如何？再来一回，有一种升腾之气吗？没有？真的？完完完！休休休！孺子不可教也！”

柯男忽然想到，妈妈不在居民委员会了，要她当主委，会怎么做呢？

新主委是个男的，三十八岁的全秃子，他的口号是“把每一根针献给伟大的事业！”说这话的时候，下面的人就盯着他的头。卯城的指标原先是五吨钢十五吨铁，现在标语上说的是“一百吨钢铁”！金马山的高炉群中卯城占八座！但万钟街居委会在哪里竖炉子？据说，在顺城街后的一个小坝子里，其实是个臭水“蚊子塘”，沿边已经建了一座，有宝塔那么高！

“红领巾高炉”已经确定炉址，是大马帮助选定的。在上马村坡脚，那里是大马的老家，合作社社长是他表叔，想捎带占一个炉位，大马说：“你不比比你有多高，这里的炉子是天安门号！要炼出一根旗杆，十人抱粗，有他妈的三千尺高，是全中国的定海神针！要不怎么叫红领巾？红旗一角！”他的表叔就噎得半死，不发声响了。大马是跑车的，大炼钢铁的事比谁都清楚，他说出了一件要命的事：炼钢铁的高炉要用“耐火砖”,昆明只有海口有一个苏联帮忙造的厂子,叫耐火材料厂,那里的耐火砖人们都抢！异军千万,乱得如同突入八卦阵！你们一个小小的狗屎橛子,离大抢场子一千米,就被踩得稀烂了！蛆都不会生！

“耐火砖”！什么是耐火砖？

陈书记召开了全校动员大会。回办公室他的椅子就被拆了,那椅子的架子是铁管儿的。他的大座钟底子也给卸了,那是块铸铁的。日历台的铁皮背板也没有了,最要命还不是他的搪瓷茶缸，而是那把裁纸刀不翼而飞——那是他从苏联世界青年狂欢节上带回来的纪念品！但他还是在全校教师大会上,心满意足地报告:“我们行动得很快！还要更快！我们的标准是火箭速度！”

会战小组由三个人组成:书记陈一宇任组长,改调总务主任的宋珏琛,就是宋小龄,她改名了。五年级生大半读不出她的名来,她很得意。一个老校工背地里说,炼钢他们两个就行了——他的马车铁货架被主任献了,差点儿夺了他的马嚼子,他问:“马掌子才是铁的,要不要？”宋珏琛主任就呵斥他:“注意立场,你这个老国民党！”那半老头儿真是“解放”过来的,不应话。会战小组的最后一名成员是从昆明第一中学借调来的物理老师,他从元素周期表开始,画满一百张纸。陈组长问:“你的高炉(图纸)呢？”他犹豫半晌道:“再有一个月就差不多了。”陈指指窗外,那里可以窥见卯城第一座高炉,正冒烟呢,说:“喏！在那里,看看去！你画一个煎锅——炸蜗牛吧！现在,我们要向群众学习,群众才是真正的英雄！”

五一班班主任王竹坡瞬间变成一个少女，她又结婚了。丈夫是法院的一名法官。她把自己打扮成一种浅海蓝和薰衣草蓝紫色相间的花布娃娃。她不断展示她十来套这种间色的棉毛衣、套装和裙子，这一新的挑战惹得一半记仇的女生唾骂她“不死的老妖精”,另一半不太能保持记性的女生突然和她近乎起来。传来的话是:“王老师其实才三十三岁。连孩子还没有……她抽烟！”

她的数学课越来越糟糕,大半同学靠自习。副班长大龙说:“我早先说的如何,她就是个看守！不过,这只疯狗让我们给驯化了也好,要换人,来只狮子怎么办？反正,就要毕业了！”

王老师在黑板上写下课题,就跷腿锉指甲。

夏天起立说:“王老师,你给我们讲讲耐火砖！”

她撒娇地说:“我学的是化工,不是冶金。同学们有愿意学化学的吗？”

竟然有三个女生举手。

她随后起身:“虽然隔行,但基本原理相通。只要有一个愿意听,我就讲一讲吧！请同学们注意,这是个科学问题,是严肃的。”她拿起粉笔,在黑板的下角画了一块

"砖"——立体的长方块。透视关系完全不对,像饵块。

柴虫大叫:"看不见! 太小了! "

她擦净整块黑板,画了一块大大的"砖",说:"所谓耐火砖,是耐火材料的一种,它的成分是黏土、石英、石墨、白云石、磷镁矿——主要是硅、铝氧化物。什么是氧化物? 你们到初中才会学到……"

筲箕喊:"别拿架子! 说来就懂! "

"好吧。"她竟然笑盈盈地侃侃而谈,"硅、铝氧化物——我们平时说的黏土,大家很熟悉。地球上分布很广。但只有纯净的高黏土才适合做最优质的耐火材料。我们的城市,滇池附近,这类资源很多,因此有耐火材料工厂和它的产品。这种黏土很细腻,制成的砖坯经窑炉高温后变得更加坚硬,呈淡黄色和浅红色,主要用于砌冶炼炉,可以耐受——等等,我想一想,大约是 1589℃—1770℃的高温——比如钢铁,熔化温度是 1000℃—1100℃之间——哦,我明白了,你们的红领巾高炉……真的? 你们要去炼铁? 我呢? 我干什么? 怎么没有人来跟我讲一讲? 你们就这样对待我……"

18

"我们正处于一个前所未有的伟大时代! 自从中国人民站立起来的那天,我们就怀抱着创造新世界的理想! 这个理想就是建设一个自由民主富强的社会主义新中国! 少先队员们,你们是祖国的花朵,很多人以为做一朵美丽的花朵,是多么惬意的事情! 错了! 它要经受风吹雨打的考验。同样是春天,许多花朵在没有开放前就凋谢了。为什么? 一是它太弱小,二是它自愿地凋落,以便把有限的营养供给那些最美丽的鲜花! 我们红色中队,是少先队的中坚,是先锋的先锋——就是这样决心献身的一群! 同学们,历史正像一列火车轰隆隆奔驰,一往无前! 我们每个人都在这列火车上,前面是急弯,是黑暗的隧道和危险的陡坡,如果你不是倾心向前,如果你不是牢牢把握自己,你将被历史抛出轨道,成为人类不齿的垃圾……"

灯突然熄灭。停电了。

有人嘁嘁地低语:"没有蜡烛……"

在此之前,这座大庙里鸦雀无声,在团市委学生部部长、少工委书记、市少先队总辅导员发表讲话时,有一群蝙蝠从檐角射了出去,消失在被三里外一片炉火照红的夜空中。接着,讲演声渐次洪大起来。这是"红色中队"的最后一次培训。三天后,历时三年的这个少先队干部训练队就要结束了。

应当说,柯男在最后一句话落音时被打动了。历史、人类、中国……连成的列车轰隆隆从他脑子里驰过……

黑暗仍在延续,停电是经常的。

全体起立,尤丽指挥,领唱《国际歌》,“起来!饥寒交迫的奴隶!起来!全世界受苦的人!满腔的热血已经沸腾,要为真理而斗争!旧世界打个落花流水,奴隶们起来!起来!不要说我们一无所有,我们要做天下的主人!这是最后的斗争,团结起来到明天,英特纳雄耐尔就一定要实现!”

随着那隐约可见反复交叉挥动的手臂,黑暗被搅动成一种上下翻腾的波浪,柯男感到他和所有人一样热血沸腾,接着,在每个音符上沉重举步,再越过一个高而明亮的广阔平台,然后沉积为一种钢铁一样坚实的东西……

学校大队委会议在没有辅导员主持的情况下, 无法决定什么时候把三吨钢铁炼出来。

尤丽指着柯男说:“你一直在压制我!”

柯男说:“没有。我没有压制你。我只是说你当‘炉长’要想好,要有步骤。做事都这样!”

尤丽哭起来了,五个大队委全都不吭声。

尤丽跺着脚:“你嫉妒!你就是嫉妒!你想当‘炉长’!你是一手遮天的霸王!”

柯男说:“我只想当‘奴隶’。行了吧!”

大龙觉得这很不公平,起身道:“柯男只是说要先弄到耐火砖,没有炉子怎么炼钢?这有什么不对?他说,要分工,谁收集废钢铁,谁管运输?这有什么不对?你这是撒娇!这里不是你家,没有谁疼爱家养的宝贝!”

尤丽扯起嗓子大嚷:“出口伤人!我们分家!五一、五二各干各的!”

柯男一擂桌子:“不行!”

静了一会儿,大家都说:“不行!要团结!”

尤丽一甩手:“我不干了!”就走了……

晚上,在大龙家,五一班班委必须作出决定了!

大龙说:“白天那样的会,我建议再不要开了,什么意思?过家家?嘿!女人。”

夏天说:“两个班加起来不到一百人, 当然不能分!‘大跃进’就是大家跃起来——好比涨水发鱼,你争我夺,爬在肩上背上往前‘跃’,这才‘进’!”

小蜜蜂说:“太对了!我们那条巷子四五岁的屁娃干什么——撒尿和泥,可能不是耐火泥,他们根本不知道什么叫耐火材料!六岁的就负责砸烂锅盆……”

筲箕嚷:“你们太啰唆,不要东拉西扯好不好?坚定,要果敢!”

柯男已经有了主意,去“拿”耐火砖。但这是个破釜沉舟的秘密行动。

十一点,大马来到,迟了两个小时。

他说："这样行不行？说不好是偷抢，可哪里不是这样呢？论这个，你们干不了！人家机关、工厂、部队的早把你们踩死了。我七弯八拐要下一门'放单'的差事，但只有三天，汽油限量，我只能将耐火砖——哪个地方弄来的砖你们不要问！我们一般凌晨就进厂了，有人装卸，我沿西山公路把砖拉到高跷村路边，你们必须在早上天亮前到达指定位置，然后，我下车装作换轮胎什么的，你们就上车去揭，皮面拿掉一层，大约有七八百块——这看不出来，千万不要往竖里抠，留下漏洞——我可不想像草墩一样蹲监牢！拿完后迅速运走！"

柯男说："行，就这样。"

送大马出门时，柯男约定星期三晚行动，汽车到达亮闪灯，三长一短。这边的信号是手电光，三短一长。下一次必须换地点。

大马突然若有所思："你们如何拿得走？那砖一块五六斤！地上不要掉渣，要扫干净，还有……就算几千块也不够啊！一个炉子要多少？一万不止吧？"

柯男："不太清楚。如何搬？蚂蚁搬家！兄弟，别的你不用操心，谢谢你！"

大马有些难为情："我只是想再跟你们在一起。好玩儿呀！"

"老天！千万别下雨！"小蜜蜂对天祷告。天边有雨兆，间或有闪电，在极东的晋宁上空，银蛇穿绕在黑暗里，照亮沉沉的乌云边缘。

罗润说："我们去烧香，那边有个土地庙。"

筲箕警告："那是座坟！什么土地庙！当心火，旁边有谷草堆！一般说来，无主坟都有鬼，算好时辰要投生的。罗润你体虚气弱，正是鬼上身的时候——指不定一个变脸成了铁扇公主白骨精！"

罗润跺着脚骂："你这个烂嘴！"

半夜三点在西站集合的四十多人全部到齐。柯男估计会有预想不到的问题，与大龙、柴虫"打前站"去了。夏天点了名，就说："十公里！我们要用行军速度，在五点半赶到高跷村！"他手里的双铃马蹄钟嗒嗒响！

有人问："可以唱歌吗？"

筲箕说："你害怕了？"

夏天说："这是秘密行动！我们必须注意隐蔽——胜利了再唱吧！"

十月深夜的昆明郊野，潮湿的冷风像一万面黑色的旗挂在树梢上，那些高大的杨树和桉树突然就俯身下来，瞬间变成上百个"秋千"架，一些断杈噼里啪啦在风里旋着，凭空抽打。雨，真的来了，跨过滇池，大约只半个小时！

大龙喊:“不要站在树下!”

柯男说:“秋雨不过沟!一会儿的事,不要让电筒走电!”

大龙手腕上的表指向六点!这块他爸的苏联荧光表是全队的心脏!

终于,夏天和三五个人先到了,队伍拉得很长,他说,担任“卫生员”的罗润“好像得了盲肠炎”,她和看护她的三个男生留在了马街。

二十分钟后,“殿后”的小蜜蜂到了,三十六个人全部拄着膝头喘气。

筲箕喊着:“拄着膝头,放低重心,要像狗一样喘气!对!对——这个还用教?真是少见世面,这叫什么战斗力?”

其实到早了,已经有汽车在公路上隆隆开过,却完全不见大马的车来,派去“执行前哨任务”的柴虫也毫无音信。大龙乱踏步,像一匹上缰的生马。

天,果真晴了,眼看就要放亮。滇池灰亮的一线从东边飞来,将水面裁成南北两块,渐渐地,那一线,在发散,发红,汩汩渗血。

小蜜蜂说:“真美!林老师领我们看日出……就这风景!”

筲箕说:“别翻老账!这有什么好看!”

小蜜蜂说:“我最烦你!罗润就是你咒病的。”

筲箕为此很得意:“所以喽,你们要特别小心伺候我这种阴阳跨界之人!”

柯男说:“吵什么!”

大龙说:“到了!有信号!这边回信号!”

大马的车丢挡,已经开始靠边滑行,吱一声,站稳了。大家欢呼起来:“万岁!”随即有人嘘一声:“不要乱喊——”

大马从驾驶室下来。不见柴虫,柯男问:“柴虫呢?”大马有气,往身后倒倒大拇指:“后面。”柯男问:“他不会搭上车一起过来?”大马没好气:“你今天才识得此人?那个笨!那个蛋!”大龙指挥下车,按事先安排的“揭砖”办法,单线传递,藏大树后面,堆码起来。

大马说了声“要快!”就把柯男拉过一边说,“差一点点,就黄了!西山脚设卡了,要三联单,知道吗?就是出货单据。我有!这不是问题!问题在哪里?上车刷石灰,皮面上画他妈一个个大‘×’,稍一动,就露馅!——我们的主意,不新鲜,早被人防着了!我是趁乱假倒车再调转车头硬闯过来的!怎么办?”

柯男:“那就揭了一层,掏下面的:揭开上面一块,取下面一块。”

大马:“不成!那要耽搁多长时间!不是搭积木!再说,砖挤得很紧,又重,根本抠不出来!你去试试!实在不行,我把它颠乱……反正豁出去了!”

大龙过来说:“完工!还没点数。”

大马上车顶看了一眼,点了下头。

柴虫喘吁着回来了，说："我侦察了，他们有两道卡，防扒车、偷！"

大马上了驾驶室，戴上他的白手套道："马后炮！"

他摇下车窗，向柯男敬了一个军礼，发动汽车上路。很轻快！

19

也许是同一片雨云下，在大板桥农场，星期三，将有一趟远郊班车从昆明东发来，然后在这里停留半个小时，再返回，但奇怪的是返回的班车将绕行牛街庄，在那里终止前行，如果要前往城区，你必须换乘另一路城郊公共汽车。每个星期，这样的班车只有一趟。这可以理解，因为，这里是"禁区"，方圆三十里是劳改单位。即使管理人员也很少外出。这里分为两个部分：管理区和农场。农场又分为三个部分：一是所谓"过渡区"，有校舍和少量果园；二是"农业队"；三是一个代号叫"卯区"的地方，那里用电网封闭。

蓝西聊可自慰的是他从来没有进入过二三区，他所在的"过渡区"，甚至没有看守人员。暂时充作"管队"的是要过渡而最终没有过渡的人员，习惯上称之为"教员"。这让蓝西非常不服气，他们中除了一个曾经的"教授"外，大多只能算中级知识分子。有一个什么都不是，只是原先农业大学的会计。在对"反右"进行第一次甄别时，他所在的"大组"就分流了。虽不便打听各自的去向，但后来传出的消息说，农大教师那一拨去了弥勒县。他对弥勒县知之甚少，但莫名地向往。一组剩下的十七个人，有三人在上个星期接到通知，回昆明等待分配，至于结论，并未提起。

他在这里已经一个夏秋，算来有四个月了。他已经不习惯用思考的方式来回顾以往。甚至如何到这里继续"学习"，也很模糊。反右运动，先是他"反"别人，后来"指标"未完成，他就"替"了"补"——这个逻辑他解释不了。所以他很快就适应了"非逻辑"的结果，并自然磨损了"简单逻辑"。但单个的概念不等于"运动"，如同一粒叫"米"，一口袋米也是米，但只要不把米放进锅里煮就不是"运动"。

只有一个概念距离这段"日子"最近，就是"洗澡"——这是他的发明——他发明的概念太多了，这是他擅长的一种思维，这些"概念"的特点是取自于日常，但寓意双关，很贴切，他在大组里发言说，他的资产阶级法权思想根深蒂固，他从来不是一个进步的知识分子，甚至不是一个"有改造前途"的旧社会"孑遗"。他的"社会对抗力量论"断言"社会的对抗是社会进步中的必然现象"等等，是典型的帝国主义代理人理论；所谓"教育中个性存灭论"，实际上主张颂扬的是小知识分子的叛逆性，是呼唤"士大夫封建文化僵尸的复活"等等。现今，像他这样的人根本不配在肉体上存活，但出路如坦途在招手，只有搓尽、洗涤身心污垢，以全新的面貌来面对未来等等，"洗澡、洗澡、洗澡！"——他一再诚恳地说。事实上，这里卫生条件不差，有公共浴室,但他细心观察过,没有人去洗澡。那位农科老教授为了遮蔽他左太阳穴上的一块烫伤,甚至无论冬夏,都戴一顶棉的护耳帽。

现在,他“过渡”了,准确说他“过渡”出去了!“出去”是多么寻常的时态词。从他的书房“出去”、从家里“出去”、从教育局他的办公室“出去”、从“第一实验小学”的大门“出去”……相对的有“进来”,而在他新鲜的经验里,进去与出来,不同了。

三个人,等了三天。原本可以“出去”了,但“管队”说,你们的单位在忙“大跃进”,没有人来接。场部来电话说了,你们自己回去,交接手续以后再办。这可是从来没有过的“待遇”。星期三有班车,你们搭回去得了。

为这一句话,他们三人静默三天,直到坐上班车,没有搭一句话,他看到,各自都审慎地呼吸着车窗外吹来的自由的空气。

突然,他的脑子醒了,出现极其可憎的一片光亮!这就是:他为什么在第二批甄别没有明确宣布到来前,他就“出去”了呢?他并不是“中右”!他事实上是竭力压制“社会对抗力量”的,他更主张教育的“强制化教育”的“净尽功能”!“开除!开除!开除!”——开除什么开除谁?他有些模糊了。总之,他内心真正的主张是这些,而为了“论述”的需要,通常需要往反面援引一点实例、论点什么的——怎么他的盾变成他的矛呢?他原来是“左派”,至少“中左”!他“反击”的那些人及言论是实实在在的右!那么,他的“出去”,极有可能是“复出”!可也不像,“你们的单位在忙‘大跃进’,没有人来接”!他又如何“跃进”?“大”到何许步子?何许跳跃才是“大”呢……

他完全糊涂了,仅此一轮思维的旋转,他晕车了,开始呕吐。司机回头大喊一声:“把头探出去——出去!出去!出去!”

更奇怪的是,一声“出去”,他的胸膈猛一刹车,绝了呕吐的欲望。

他看见沿途有很多人在运动,有的好似在搬运什么。有的是中学生,甚至是小学生!马车、板车上全是砖头、焦炭和很多的奇形怪状的铁器,更远的山坳里,则耸立着一座座红色的窑炉,黑色烟柱在某一个高度上铺成一个圆片,好像天空之上还有一个很大的场子……

20

地上的一大摞耐火砖闪闪发光,四棱四齐,是精致细腻而坚硬的六面长方体!

“万岁!‘大跃进’万岁!”他们齐声呼喊。

“这是我们的宝贝!谁要碰坏一点儿,就开除!”大龙宣布。

女生是有备而来的,这让她们很自豪。她们开始往书包里安放这种实沉沉的家伙。有的回头等出发令。

柯男在一旁皱眉头,一个书包只能放一块,这种米黄色的漂亮东西太可爱了,像一块金色大蛋糕,但它的棱角非常锋利。这些棉布书包不比一张纸更有耐受性。小蜜蜂往书包里插了一块,还扛起一块。柯男说,每人一块得了,背不动,可以抱,千万别砸了自己。话音未落,一位名叫梓妍的女生肩上的砖就掉下来了,差点儿切了她的脚趾。大家慌了,筲箕上去验证,说,坏了,这砖掉一个角了!梓妍就哭了起来,筲箕赶忙说,哄你的,就是砸一个洞,算我的,钢水从那里淌出来,我就当一回黄继光!

更多的男生选择各种绳子、带子来捆绑,沈周带来一个抽屉,放三块耐火砖,绳子一勒,背起来像一个书箱。筲箕就说:"你走我后面,我更像唐僧!"柴虫背了八块,他只让柯男背六块,他低声说:"这家伙实在厉害!不比青苞谷!"

罗润和两个男生赶上来了。罗润的曾祖父是著名的"辛亥"、"护国"将领,大家族中出来的她开初总是娇滴滴的,梳了个吊成圈的长辫,便得了个绰号叫"漂亮箩"。她被"罚站"后,改了梳妆,但总有一点儿小小的打整扎人眼,辫梢上拴个粉色蝴蝶结啦,中分的头发顶上再起小辫啦,使七八个发卡将头发整得死紧啦,似乎她的茂密长发是一个卡通游艺园。除了小蜜蜂,没有哪个女孩儿跟她玩儿。她说她只是走急了"气逆",现在好了,就上去背了一块砖,担任"突击队队长"的筲箕自来觉得"这个女人是个麻烦"。走出一公里,罗润横竖是抱不起那块砖了。筲箕负责殿后,说你怎么重重地把砖摔地上了!你看,上面摔一个坑了。罗润看看,说,那是原来就有的!不是我摔坏的。筲箕说,怎么别人的就没有呢?你那么挑挑拣拣的人,怎么偏偏就拿一个歪锅烂灶!罗润一下就涨红脸了,说你这样说,那我去换一块!说完就抱着她的砖气冲冲往回走!

夏天说筲箕,你有点儿过分了。她往返要多走两公里。

柯男过来说,你跟着去!

筲箕说,我在这里等,不行吗?

柯男说,你不去就是我去!

筲箕嘟囔着"这种公母混成旅怎么打仗"转身跟了上去。

这支小小的负重队伍,是一路迁徙的蚂蚁。太阳出来了,晚秋的天空没有一丝云,阳光炽热得像贴在头顶上的一块烙铁。柯男起初觉得两股绳子并不合适,太细,有如钢丝,直陷骨肉。他能猜想别人的感受。这个计划是有缺陷的,饿了,怎么办?他没有特别强调"水"!大半人肯定按要求带了干粮,但走在他身旁的罗润已经有两次要虚脱,他把他的军用壶给她补水,罗润咬牙说她能行!接着,拿出一小叠饼干来,是小狗、小熊那种花式小饼干。她说:"你一半,我一半。"柯男说:"我四岁时就不吃这种东西了。"她说:"不要就算,我的东西有毒?"她一口下去就噎住了,终于还是喝了水。

柯男把夏天叫上来，说，我看公路里程碑，已经两个半小时了，还不到六公里，还有八公里！你上前，告诉大龙，在马街附近找个阴凉地方休息。

大龙在路口等到了柯男，说："这样子不行！一半人快趴下了！"

这个地方真好，是个大水塘，发生什么事了？全在塘边，似乎有人下水。原来有人没摆放好书包，滚到塘子里去了，于是打前锋的柴虫要下水打捞。男生趁机要游泳，大喊："我们要游解放式！现在分男女界线！"那个丢了砖头的女生跑不开，就呜呜哭。柯男制止了，说大家走得热乎乎的，不能就下水。水情也不明，水里的砖不要去捞，说不定哪天这里也要建高炉。

大家悻悻散开，找树荫横七竖八躺倒了。

大龙继续说明他的忧虑："垮了，差不多是爬过来的！没想到耐火砖这么沉！这才第一天，照这样，天黑也挨不到！我的意思是找个中转的地方，存下来一部分，女生中不行的就两人一块，轮换着拿。"

这与柯男一路想的一样。要保存体力。在他看来，男生也不行，他们背得太多，沈周的抽屉里三块，抱一块，他的脖子勒破了，已经见血。但没有一个人叫苦，但再往后还有一半路程，就完全不同。还有，水？干粮？柴虫带了一袋炒面，分配给每人一捧，这哪能抵事？

夏天、箐箕来了，说有两个人中暑。罗润正在"抢救"！

传染似的，有几个女生把头埋在一起，嘤嘤地哭。小蜜蜂说："她们一路都在哭，一个起头，大家就哭，跟合唱一样！不过没什么，哭完就完了。"突然，一个女生冲天哭喊："我奶奶要知道我现在是这个样子，她怎么想啊——"大伙就哄笑，有人说："给你奶奶讲红军长征的故事！"

柯男围着水塘走了一圈，发现东边汊河口有个鸭棚，一个老人探身出来，正往这边张望。老人七十岁左右，木疙瘩一样，往柳树根上一贴，浑然就是一体，他手里抄一把三股叉。柯男近前打招呼，说我们是搬砖头去炼铁的学生，在这里打个尖儿。老人吼了一声："昨天晚上下大雨，是不是你们来偷鸭子？"柯男说："我们刚来，不知道有谁偷鸭子。您老看看，我们像偷鸭子的人？"老人说："那里有井，要喝水拿瓢舀！"示意不要再靠近。柯男把军用壶灌满水，又喝了一瓢，说水很甜。老人忽然一笑，说："男龙潭哦，女娃娃求子，上完香要往这里打水，你们的女娃娃要喝就来喝。"柯男说："我们的女娃娃只比簸箕高一点点，现在还不给人，要回娘家。但她们的东西沉拿不动了，要留下来，想央您老帮忙看守一下，如何？"老人耳背，半天应道："什么冬蛤螂？"柯男说："砖头。"老人即刻领悟："要起房子！是是是！"柯男说："我们的一摞砖沿水边放好，像一道城墙，上面再插一杆旗子，万无赖皮敢来侵犯！明日再来，后日又来，来了送，完了取。您老当个城头诸葛亮如何？"老人这回听明白了，大笑:“你是司马懿的兵!”

队伍顿时振奋,减负一半。小蜜蜂坚决不减,由她。沈周也不减。

女生去鸭棚里闹了一通,捧了好些炒苞谷回来,但没人回来说“男龙潭”的事。倒是罗润挨肩擦过时,给了柯男一句:“你让我们去拜送子观音?亏你想得出来!”

下午五点,队伍到达上马村。只码下一百六十七块砖。罗润用红药水在一张纸板上写下“红领巾高炉用砖,禁止动手”几个字,轻轻覆在“墙垛”上。

迅速散开,回家。第二天,改男生十一个人,由筲箕带队,准六点到达高跷,负责卸砖,其余推迟在八点到达。似乎还有些问题要商量。大龙、夏天、小蜜蜂、筲箕和柴虫五人跟随柯男来到他家。

柯婴说,甑子里只有一碗饭,还热。

柯男说,拿来每人扒一口。

小蜜蜂开始,一小口。接着是筲箕,一大口。其余小口,最后是柴虫,几个人看着他,他把九块砖尽数背回来了,其实大半碗饭是留给最后的。他问:“有米汤吗?”柯婴说:“没有撇米汤。”拿了小半瓶酱油来,柴虫一饮而尽。

筲箕突然一敲脑袋,说:“怎么忘了!我们不是有辆铁皮板车存在秋声家吗?那是气胎!极轻快!一车拉百八十块哪里有问题?”

柯男直挠头,“天啊,怎么啦?把这茬忘了!五年了,还在?当然,秋声过手之事,万无一失!但会不会被抢去‘炼’了呢?”

筲箕说:“我现在就去!如果有,明天带车准时到位!”

妈妈回来了,提个兰花提袋,一眼见六个孩子跟前一只空碗,搁在台阶上,什么都明白了。柯婴说:“妈,就剩一碗饭了。”她摸了摸柴虫焦煳的额头,差点儿落下泪来:“都成锅巴了!你们要戴帽子。这位女士我还不认识——”她拉起小蜜蜂胖胖的有许多血道道的手,筲箕嘴快:“大娘,她叫小蜜蜂,大号赵峰。我们班委。”柯男妈说:“小蜜蜂,我知道。你现在会叮人了,是吗?柯男,你去街边喊一声,叫那个卖烧饼的把做好的全端来!”

妈妈一个礼拜没有回家了。她隐约感到有事,是从会战现场抽身回来的。十点还要回去。她能做什么?十二岁的儿子早就可以打理一切,她是习惯了,还是大意,可能最终是无奈。大人都到哪里去了?去他们该去的地方,没有日夜。这个城市只有孩子了。可孩子们也没有昼夜,没有续的饭、换的衣、大约书也不读了,好生个痛快。她明白,所有父母都不清楚自己的孩子是怎么过的!城市早剪断了风筝线!她回身看见柯男在浸他的白衬衣,好像在使劲儿搓一些血渍,就说:“搁下来!我帮你弄！你过来！”柯男站到妈妈跟前，说：“肩膀上擦了点儿皮，没什么。”妈妈说：“我知道。凡事你出头，想消受还是真好受？你带那么多人去大炼钢铁，你明白你的责任？我教过你的，吃苦——要会‘吃’，就是咽得下去的苦，清苦、不苦；不会‘吃’，翻肠倒肚不回甜！你们去背砖，要紧的是‘装具’——这是我到工厂才学来的。什么准备没有，孟浪上阵，这也不像你啊！再有，饮食！自古谁见没有粮草胡乱吆喝往前冲，这怎么成？动脑筋！别的，我不问。”

妈妈，永远是柯男心里一根骨，但他不能辩解说事情太急，对今天的事，他已经十分懊悔了。妈妈搁下三十块钱，柯婴在身边，她说：“这会儿粮店关门了，明天你自己去，米、面、油让他们送来。怎么计划开支，你们去商量。你二姐柯慧明天回来，让她等我，她上大学的事，报什么专业，总要告知我一个清楚！不问事不等于不是事！柯婴，回你爸的信，就说家里都好。”

柯男目送妈妈消逝在黑夜里时，心里很难受。她没有带走她的薄棉衣，仍把它压在柯婴的被子上。这个世界，有时很小，只有他和妈妈；有时很大，没有边缘，像云团一样翻滚，还是有妈妈。他唯一愧疚的是，他应当把所有事都做得很好，像妈妈缝的针线，一线连一线，疏密间不多不少。但今天，他失败了，他们饿着走了十二个小时！他看见他们脸上泪水、汗水混成黑乎乎的沟流，他还看见一个女生把发辫咬在嘴里，她们的书包全毁了，他们很自豪地发现，红领巾如果换一种结法，可以充当“垫肩”，抵挡一点儿绳子的摩擦……

21

城北的公路水毁很严重。蓝西等三人换了两次城郊公共汽车，又步行十来里，在天色昏暗时，才按指定到达一个叫瓦窑村的地方。一个不大的乡村戏台蒙上一块汽车苫布，就是“北区第三钢铁会战指挥部”。两个乡村干部正闷头往嘴里扒饭。其中一个戴了红色臂箍，上有“指挥”二字，蓝西三人就把眼光锁在他的肩膀上，那人身上西晒的阳光被遮了阴，自然转身抬头来审视这三个人说：“你们就是大板桥放回来的人？怎么才三个？我们要三五十！你们的号衣呢？”

“什么号衣？”其中一个说，“我们不是犯人。是来改造学习的。”

“指挥”说，我说呢，怎么没个解差！我们要的不是你们这种人。前头押来一队共三百号劳改犯，扎实肯干呢！二十天就搬了两座山头，起了十二个炉基。我这里不出谷子不出粮米，不养闲！你们三个干精骨瘦，捆起来不抵一把烧柴！就去看守着那些场上的材料，丢一块砖，提头来见！甑子里有饭，自己去吃，待会儿民兵来带你们走！吃饭听钟，不许乱说乱动！场子上戴白套袖的是女地主女富农，不要饿了就去扑！

说毕，将桌上和自己吃完饭的碗在粪桶里一涮，把水哗啦泼在地上，走了。

蓝西方才悟到眼下自己真实的处境！

耐火砖的搬运进入到第二天。

集合时，柯男看看大家精神未减，大龙竟然将大队旗扛来了，这是礼仪旗，全市只有这么一面带金黄穗子和璎珞的旗帜，还有十来支“红领巾高炉”的三角标志旗。正待出发，筲箕的气轮板车来了！上面端坐了一个裹了毯子的女人！罗润像个侍女颠着小步在后面跑。

夏天问：“怎么回事？老妖婆来干什么？”

柴虫说：“她是大侦探福尔摩斯，你别想瞒过她——她手里有水晶球！”

王竹坡穿一身不红不绿、不三不四的长裤外套，一下从车上站立起来，摇摇晃晃地招手：“同学们！我来了！我们前进前进前进进！”

大龙上气不接下气：“这下，全乱了！”

柯男反倒有些高兴。这是一个完整的五一班！那种突然潮起的热氛，在这个初冬的暗色未尽的清晨，竟然有一种混杂的暖气，如同烧焦的肉皮味，在郊野弥散开来。他知道筲箕的用意，只是他越来越自作主张了。他过来低语几声，就像一匹辕马，拉着“王婆”飞也似的往前冲。

罗润喘着气说：“你们万万想不到吧，王老师是个小脚！这是公元 1958 年最大的秘密！她当过兵，是跟西南服务团从江西走到云南来的！”

小蜜蜂说：“难怪她要罚你站！”

夏天大笑：“弟子规！弟子规！”

“老妖婆”去“打前站”是筲箕的“诡计”。也实在奏效，按他与大马的约定，在“倒石头”前方一公里，王竹坡上车，这时，大马的车已经满载，临近第一道卡子。王竹坡将会出示一张有红头的便笺，这是区法院公用笺，证明此车不许检查，一路放行。于是白石灰的防盗网将不准覆盖车载货物，顺利通行。王婆穿的是她的旧军装，还围一块猩红的大坎肩，有点儿不伦不类，更可笑者，她的胸章还是九年前“中国人民解放军”长方形的标志布块！那份“准行证”没有公章，只能糊弄那些守卡的笨蛋，王婆的造假也着实伪劣，居然写上：“按中央人民政府的命令，实验一小要成为‘钢铁先锋’”、“这支英雄的少年突击队是全体军民的表率！”这让柯男笑破肚皮。

王竹坡不以为然，说：“哪里错了？下一次，我要写一份任命书，在检查站宣读！我是政委。按级别，要有警卫员和秘书。罗润做秘书看来勉强可以，警卫就要好好选拔了！”

大家哄笑不已。夏天说：“王婆她回春十三岁了！待字闺中！”

但多数女生却盯着她的脚,未见特小,也未见略大,但与她十分张扬而肥大的衣裤配,真如一颗螺丝钉。

柯男调整了整个运动方案,能背的仍背,板车三人一组共三组,负责“倒短”。在到达大水塘后,往城区方向运送一趟返回即轮班,第二、三组依次上,由此轮转,昼夜不息。轮休的板车组在鸭棚休息睡觉,柴虫带来二十斤米面、三斤豆腐皮、一挂腊肉,还有五斤酒,是给鸭棚主人的。而女生每人一砖,送到上马村即解散休息。第二天,仍准点在西站集合整队出发。还有,王竹坡老师由罗润照顾,直接返回。

王婆大嚷:“你怎么不宣布我是‘政委’?”

大龙带头吆喊:“婆政委——”

她一笑,深深藏着的小眼睛不见了:“这还可以。同学们,你们恨我是对的,不信任我是错的。为什么呢?比如两种元素,它们是那样陌生,开头并不相干,但在一个化学反应釜里相遇了,剧烈的反应!打架!撞击!你吃了我,我吃了你!那个惨——譬如原子弹,厉害吗?又如何?更多的呢?为人和平利用。素昧平生相遇‘不安’,后来呢——生成一种新的化合物!世界上,最坚固、最耐用、最可爱的是化合物,如黑色金属中合金锰钢、钨钢、钛钢等等,我们要炼这样的东西——哎呀!你们知道的还太少太少!”

她坚持要自己背砖,但两块砖背不出两里,眼见她不行了,面色如蜡,声唤不止,柯男立即喊停,卸了她背上的砖,到阴凉处避太阳,用一顶篾帽猛力扇风。罗润也乱了手脚,筲箕则大喊:“掐人中!水水水!她要停止呼吸了!这是我们革命以来最大的牺牲!”

柯男说:“大约是中暑。不要那么多人围着!”

一会儿,罗润过来:“她恐怕是怀孕……了!我猜她要生!她喊肚子疼……”

柯男皱皱眉头:“要这样,应当问得出来,不是猜!”

不知哪里来了一伙农村小孩,蹲在埂子上看热闹,一齐放声:“王小三他妈,上树养娃娃,风吹大屁股,露着老胩胩,夹一夹,水老鸹,水一水,烟锅嘴,腌一腌,臭钢鞭,臭一臭,糊铁豆,糊一糊,拉二胡,拉一拉,拉出一个死娃娃!”

柴虫就去追打那些小孩。

夏天说:“截辆车!送医院!”

可没有车辆经过。间或有,轰隆隆过了!

罗润又过来说:“她好些了,说没有怀孕……我给她吃仁丹……”

柯男说:“马上把板车叫回来!拉她走!”

大龙的板车回来了,抓些草叶垫软和了,将王竹坡抬上去。这个女人瞬间披头散发,状若厉鬼,她紧紧抓着柯男的手,说:“柯男同志,要大家镇静,如果我的心脏停止跳动,就是牺牲了;如果我呼吸急促,就做人工呼吸,你们应当会……要打开我的牙!我有三颗假牙……先取出来……”

她的鞋子脱落,真是很厚的多层袜子,夏天捂着嘴:“妈呀,真是小脚!”

到了大塘子,柯男叫休息,将王竹坡背到鸭棚里安放在地铺上。

养鸭子的老人见状对罗润说:“你嬷来走亲家?啊呀,寡妇孤女自来苦!”

罗润说:“她这个样子不会死吧?”

老人用烟锅杆儿拨拨王竹坡脸上覆盖的乱发,看一眼,说:“发痧!这股带泥鳅痧厉害,一上身,就绞肠子,翻过脊背,说翘就翘!你夫家呢?去喊人来啊!”罗润答不上来,嘤嘤地哭了。

柯男进来听了个话尾巴,说:“她的家人就是我们!既是绞肠痧,反倒简单了!你来救!事后有赏!”将一大罐酒蹾在他跟前!

老人鼻子嗅嗅,眼一亮,即刻风车似转了起来。这里摸摸,那里搜搜,眨眼有了几样东西:一个银洋,一个牛角刮子,一根大针,一盏菜油。撸撸袖子喊:“褪了褪了!褪成白条!”罗润痴呆了,浑身发抖,柯男说:“就是脱了衣裳!你不会吗?”罗润伸手一试,跺着脚喊:“我撑不动……”柯男喊:“柴虫!站在那里干什么!你往背后撑!再去喊几个女生!其余退出去!”

小蜜蜂等几个女生赶来时,王竹坡显然将息过来了。

罗润细高个儿好似成了竹竿,歪歪倒倒出来找撑地儿,说:“身上刮了十几道血印……紫黑紫黑的……”就蹲在水边呕。

柴虫得意至极,说:“兄弟们,我们的前仇已报,她身上捆了二十道血索子,偿还了那一百鞭!妈呀,她奶子有篮球那么大……”

罗润回身骂:“二流子!”

其实,王竹坡的事情没完,突然间,她大喊大叫,把自己剥了个精光,在棚里像一只弹簧鸭子乱蹦,说身上有了跳蚤!老人吓得飞蹿出来,小蜜蜂点燃一堆稻草,王婆瞬间还原成真正的巫婆在火焰上劈叉舞蹈,噼噼啪啪地抖动她的衣裤。草棚也差点儿被大火吞噬……及至一切过去,王竹坡完全衰竭,躺在水塘边的柳荫下不动了。

柯男说,她这个样子要送医院。

大龙就把十几条红领巾接起来,横在公路上拦车。来了辆挂大苫布的卡车,一个急刹车,司机伸出头来大骂:“小杂种!你们找死!”大龙上去说明缘由,那司机看看,果然抬来一个老女人,就说:“是死是活?死人我不拉!”大龙说:“刚才还跳舞呢?

是癫痫病！再不上医院，舌头咬烂了！”司机说：“说清楚哪个医院！上来几个人摁住她！拿块毛巾给她咬着！我车上拉的可是印花布，弄脏了你们赔！”

罗润和一个女生陪护，车一动，王竹坡猛然蹿动，大喊：“同学们——将革命进行到底！”

初冬的太阳还那么辣，滇池上空的云彩恁活，飞马腾龙不停步，风那么腥燥，大绺大绺的桉树叶耷拉着，像龙王庙前祈雨的农妇。

四块耐火砖，对柯男来说，似乎每行一公里，就增加一倍的分量，他只觉得肋骨已经被叠压起来了，似乎成了字字呻吟的书页……沈周和几个男生在树下“裹脚”，所有人脚板起泡，他们烧针穿孔，用头发丝“引流”，缠好“绷带”，继续前进。这时，他才感觉到，这支队伍要继续撑持下去，几乎不可能了。

据说，走在前面的小蜜蜂的女生队伍，背上插着“红领巾高炉”的角旗，这给她们带来好运，有三辆大卡车停在她们旁边，邀请她们上车，一下就把十三个女生送到上马村，还给她们喝水，在上马村路边每人吃了一碗凉米线……

筲箕说：“人家才不会搭理我们的，这些牢骚鬼！”

运送耐火砖的“战役”持续了七天。第六天时，王竹坡竟然弄来一辆军车和六个兵，一趟车就将所有砖拉走。那个小排长还向五一班全体敬军礼，高呼口号：“向少先队员们学习！致敬！”这边，即刻升起庄严的气氛，少先队队礼高举过头，高呼：“时、刻、准备着！”

第七天，“打扫战场”，堆码散砖，共8221块。

五二班尤丽得到区政府支援，有3000块砖运到工地。但那是普通红砖。尤丽说：“你们的砖是偷来的！别以为我不知道！”小蜜蜂就率着十来个女生要去打架，被大龙劝阻了，她发誓：“我要把尤丽这个疯婆娘的头发全部扯下来！”筲箕要去理论，说：“你尤丽懂个屁！现在跑步进入共产主义，是‘各尽所能，按需分配’！你们的砖只能盖猪圈！”尤丽就嚷：“我不跟你说话，我们班分男女界线！”

“红领巾高炉”的“起建”仪式上，尤丽代表实验一小全体一千余名少先队员宣读誓词，并朗诵《钢铁是怎样炼成的》作者奥斯特洛夫斯基的一段话：“人最宝贵的东西是生命，生命属于人只有一次。人的一生应该是这样度过的：当他回首往事的时候，他不会因为虚度年华而悔恨，也不会因为碌碌无为而羞耻；这样，在临死的时候，他就能够说：‘我的整个生命和全部精力，都已经献给了世界上最壮丽的事业——为人类的解放而斗争！’”接着，他们合唱《喀秋莎》。

五一班没有节目，他们是肮脏疲惫的一群，甚至多数人没有换下破烂的衣裳，许多人倒下就睡着了。当陈书记宣布“原实验一小五年级已经在火线上升为六年级,我们正在实验七年一贯制,如果这个实验成功,大家的初级教育学制将缩短两年——这是教育战线的‘大跃进’”时,所有人反应木然。

罗润走到柯男旁边,傲然地道:“我昨晚上哭了,这会儿一点儿不想哭!你呢?你怎么不去当那个‘炉长’!你是个牛屎拱拱——闷屁虫!”

第 七 章

22

柯男妈说:“你们炼的钢铁还是炼的你?你看你这个样子,差不多可以做得一块焦炭了!你的鞋子是吃掉的?那么费!才上脚就炸线了,前露生姜后露鸭蛋,前头你不是韩湘子吗,怎么现在一副张三丰、李铁拐的派头!”

柯男说,你去看看我们那一伙,差不多全是这个样子。小蜜蜂得了急性盲肠炎,幸亏及时开刀,不然的话,就死了,少了一只最勤快的“工蜂”!大部分男生,都“挂彩”。柯男的脚是“韧带拉伤”,“最早的创伤始于 1953 年”,滇池边的苞谷地,与“大跃进”无关。但伤一次,稍不注意,就“旧伤重发”。

这话,妈妈不愿听,说:“你别老气横秋的,如同见惯边塞烽火马革裹尸、打了江山回朝还得了封赏!我告诉你,任是它天难地难,要体恤自己,线可以穿针,水可以穿石——韧耐久,刚易损,这道理你不明白?到你拼命的时候还早着呢!把你们一群娃娃当散财童子投进炉子里,能炼得出二两真铁来?”

柯男不愿违拗妈妈,他也不愿说,他和他的一伙干的也是伟大的事业。是他去会战工地看妈妈的,她自己又如何?他尤其不愿看见妈妈戴着“纺工帽”、大口罩和长长的套袖、漆布围腰的样子——他永远喜欢妈妈穿紫花白地的半短袄和她自己缝制的九分裤,妈妈的脚踝特别漂亮!脚背平薄、皮肤光鲜、不露青筋,是“没骨美人”脚,她似乎很在乎也很自豪这一点:没有几个女人的脚长成这样!即使是在“玻璃丝袜”的摩登时代,也没有几个女人敢于赤脚穿浅跟鞋,因此,在废除高跟鞋后,她几乎只穿浅帮套鞋,让脚背也尽量多露出来。但在工地上,她穿翻毛皮靴,神似一个大脚丫头!

其实，柯男妈对儿子来工地看她，既意外惊喜又明显地透露着炫耀，柯男是这个城市最优秀的孩子，无人不晓，以致工程指挥部的总指挥、市委一位领导邀请柯男在工地上走了一圈，一直在说，罗洑鼓风机试产成功！“第二颗卫星”就是“攻克坐标镗床”！后者是“高精尖”，全国第一台！

领导“恩准”妈妈与柯男回家休假一天。

妈妈之所以说出前头一番话，是因为柯男几乎不加修饰就贸然“出台”。如果换换衣鞋不是让人更舒坦一些吗？这挑剔的根性永不变异——柯男倒觉得自己是从“红领巾高炉”工地上下来的，身上每块泥巴都是勋章！

如此说来，妈妈还是高兴，猛看去柯男长高许多，也结实许多，走在孩子身边，蓦然有一种难以言说的感觉：这是个小男子汉了！

柯男妈其实明白，这时说疼爱孩子是空话，连说也不用说。孩子们是如何过日子的，她敢说大半父母根本不知道。孩子与父母两个世界，各自顾及各自，孩子是自己长，自己大！这是怎么回事啊？

由于连续苦战十天，损兵折将，柯男与大家合计休整一天。学校还通知要“复课”一个礼拜，但很快又收回。1959年新年要出“献礼钢”的目标绝不改变！

低年级投入“除四害运动”，消灭麻雀、苍蝇、老鼠和跳蚤等。由于他们完成不了指标，五一班支援一个星期。每人每天三火柴盒苍蝇。由小蜜蜂带队挺进农村，他们在大粪池边专打绿头大苍蝇。新鲜人畜粪便很宝贵，是不可多得的“诱饵”。但村子里的女人一见男女学生的“灭蝇队”来占领茅厕，就提着裤带往野地里跑。一个女村长出来说：你们逼得家家屙野屎！前头是人，后头是狗！最乐的是一个桃花疯子，跑在吃屎狗的前头，吓晕三个大姑娘，已经报民兵去抓了！

罗润就问，什么是“桃花疯”？

小蜜蜂说：“傻！就是掐女人的一种鬼！”

柯男已经准备了晚饭和菜，是柴虫送来的一条大鲤鱼，柯男做的“松鼠鱼”，配炸豆瓣、炸茨菰片等。还有“意外惊喜”——说话间，秋声就到了，手上提着两只小刀鸭！她说：“娘！今天是您的生日！我原本预备要去冠生园弄一个大蛋糕，人家说，你昏了，早三年就不兴了！娘，你说是吗？”

柯男妈哪里想到今天是自己的生日！原来柯男大老远把她从会战工地“请”回来是为这个！她有些敷衍，应道：“秋声，真亏你们有心。等我想想，我四十五了！我也不兴过生日啊！这个，柯男是知道的——那就是你的主意了？”

秋声忙说：“又有好些日子了，秋声只是……想您了。给柯男说要‘突然’地叫您高兴。”

柯男妈说："有你们一大群，我何时不高兴？我去换身衣服来，秋声，你随我来！"

筲箕、柴虫来了。筲箕端来米线和鳝鱼，按计划，今天主食是"鳝鱼叶子米线"。柯婴从端木先生那里弄来一壶"竹叶青"酒，妈妈历来忌酒，但对药酒"竹叶青"，喜其酒色生翠、明黄爽绿，也勉强抿一点。

未几，秋声脸色红扑扑地捂个小包袱出来了。筲箕就要抢来看，秋声一下劈开他的手："你敢！"

柴虫就笑："人家出师了，刀马旦！你仔细你的脖颈儿！"

筲箕自知违礼："我只是想看看……"

秋声："看什么看！娘给我做的皮底练功鞋——你什么蔫怪癖！"

妈妈来了，说："既有鸭子，只能趁热吃。还有米线？待会儿我下厨。"

柯男司酒，说："妈，今天不用你下厨！柯婴——你过来，举酒，我们兄弟先代大姐、二姐敬妈妈——妈，您的生日就是我们的生日！母难之日，你赐我们生命！谢谢！"不待妈妈回应，柯男一仰而尽！

秋声把酒起身，不待开口，嘤嘤落泪，哽咽不成语。

柯男见状，即刻岔开，举杯说："今天，也是秋声的出师日，双庆！"

妈妈说："你们看，我喝了！应当高兴不是？那个草墩、大马，还有……对了，那个老君怎么也不见，我说眼睛挡了去，老觉着空着天？"

柯男连忙说："大马要交了车才能来，让我们先吃。草墩去须弥山了，老君嘛，他一个亲戚有急事……"

妈妈说："什么须弥山？他出家了？柯男你老毛病，说话有一搭无一搭……"

正此时，大马来了，在台阶上就咚咚咚给妈妈连磕三个头，口称："大娘！千千岁！"柯男妈大笑，道："你啊，怎么不抬把飞凤椅子来！什么千岁！"

大马说："大娘，你别说，我真还带来一把上好藤篾椅，前天从保山回转，看路边店里那椅子真是顶顶的漂亮，就想，哪一位有福有禄之人配得上呢？一摇天青，二摇喜雨，三摇满地花红——就想到了大娘您！"说完就要返身去取。

柯男妈大笑："别！你怎么也话一溜一溜的？我琢磨出一条道道来，柯男是个鲊菜坛子，谁要被他捂了进去，出来就是一个味儿！但有一句话，说的也是'话'——一个人，从小学会说话很重要，通常见到语焉不详者，是打小没有学会说话，词能达意，方可接人，但是，太能言之人有三不幸：一是易犯口讳伤人；二是言多必实露怯；三是只说不做贫嘴——以为说了就是做了，耍嘴一派最无聊。所以，你们不要学柯男。"

秋声嗲声地："娘！我可不是！"

妈妈道："你当然不该是。他的话能当串台词儿？什么调？什么板？"

柯婴替哥哥抱不平，说："哥哥说话连端木先生都佩服，说他'小古人一席谈'、

‘菩萨开口笑’！”

妈妈说：“犯讳了吧！多言寡悟。”

原来，柯男私下与大马约定，如果行，把车开来，带大家去一个幽静处所，有许多话要说。酒过三巡，米线上来。趁柯男在厨房忙活的间隙，妈妈进来说：“你二姐去大学报到时，匆匆忙忙鬼撵似的，我也搞不明白，就这么急？落下那么多东西怎么办？连棉衣也不带，冷了哪里去抓？”柯男说：“她去的地方是蒙自分校，哪里麻蛇热得一年蜕三次皮、蚂蚱四只手轮着揩汗呢？二姐自有她的道理。她加入了青年团，是我们家的共产主义先锋，冲锋号一响，不见人了！前面只听炮声隆隆，只见红旗招展！”

妈妈说：“家里就你了，你给我正经一点儿！”

柯男凑近妈妈耳朵：“我在外，正经八百！有七百九十九是学你来的。我有时觉得把自己捆成粽子了！要我变成稀饭，一滩二水，你又会说，怎么啦，谁削你肩膀了？男孩子，要撑着！加上爸的话：站如松，坐如钟，行如风！我怎么办？但我已经决定：从今往后，寡言多悟——母命如山！”

柯男妈说：“由你去！”

23

卡车的副驾座位让给秋声，其余人上车厢。筲箕先开口：“我说我们先去看看老君的儿子如何？保证是个好节目：你我升辈分了，那屁屎出生就两颗牙，跟老君一模一样，额上横着三十来道智慧纹，开口就喊：啦啦啦，我是破烂老行家……他那地方狗窝似的，反正待不了五分钟……”

没有人搭茬儿。筲箕往车棚上敲三响。车就在府东街口向右转。显然，筲箕与大马预谋过，至少，筲箕“疏通”了大马。在驾驶室里大马肯定会向秋声解释一切，果然，听到秋声大出意料的叹息和斥骂。

柯男静静地随颠簸摇摆，他忽然觉着世间的事怪诞而不可捉摸。七年了，他们这些被城市如垃圾倾倒又滚落在一堆的孩子，初初缠着绕着，是浑浑一团，现在散了，好比一只无形的手将他们一个个拈起，凭空一抛，起的起，落的落，奶奶说的“尘归尘，土归土”就是这个意思？但你看，比如秋声，她现在哭了，大约大马说到了草墩的事，他被判刑十二年，但要等三年后他十七岁才执行。柯男隐约地向王竹坡打听，她经验十足地说：刑期是合并执行的，自被拘押那天就算了。这样，草墩至少还要蹲九年监牢。这事，对秋声隐瞒是不可能的。如果再加延宕，她一旦知道，必然雷霆震怒！至于老君，他年岁最大，十七岁，他的“养小”是偷偷摸摸的。总之，这是一个很龌龊的夜晚。连天上的星星也是脏兮兮的。

一会儿就到了,这是条什么巷子?说不上名称。总之是棚户区,总之是垃圾场的一侧。大马的最后一脚油门儿轰得很响,因为车的后轮被什么卡住了。三声喇叭,黑乎乎的一个旮旯里蹿出一个人影,就是老君!

天哪,他穿一身白西服,还扎领带!然而,他的三接头皮鞋只有两接头,另一截是用帆布纳上的;那算什么西装,简直就是多了一个领子的和尚服,老君素来佝偻,"西装"的前襟就在膝盖前飘荡——这里什么都有,城市吃进什么就在这里排泄什么。

柴虫最在行,说:"五年前,这里可以捡领带扎拖把、捡奶兜子做弹弓、捡玻璃丝袜揉木瓜粉……当然还有死娃娃,不过,老君的娃娃可能还是他自己生的。"

秋声磨蹭一阵还是下了车。

看得出来,老君对大家到来十分高兴,他的铁皮房子真是很窄很小,一盏昏暗的灯在头顶上荡来荡去,他的"媳妇"一见人来,出溜一闪就不见了。

老君凭空一声吼,声音很怪,大约是叫那个女人沏茶倒水什么的。结果,那个个子畸小的女人再没出来,跟遁地似的。

老君似乎觉得很丢他面子,说:"坐坐坐,这里是窄了一点儿,正准备租个大房子。有客厅……还有,还有……这里有压缩饼干!吃!"

箩箕说:"你别打肿脸充胖子!兄弟们来看你,不计较这些。把小侄子抱出来看看,你知道吗?连秋声都来了!你别不识相,装模作样!"

老君吓了一跳,往人群里找,秋声进来了,一笑说:"我在这里。"

老君回神儿一阵,连忙转身往一个更黑的角落里去了,未几,从一堆破布里刨出一个光溜溜肉乎乎的粉红团团来。这就是老君养下的儿子了,秋声伸个指头一逗,那孩子眼睛跟着转,笑了似的。秋声说:"还真是像!"

突然,老君扑通一声跪在地上,干号起来:"……我知道我对不起兄弟姐妹!啊啊啊……先是草墩的事,后是养野娃娃……我给大家丢脸我根本不是人啊啊啊……"

柯男脸色顿变,一声吼:"站起来!你刚才说什么?什么叫养野娃娃?我问你,刚才那个女的是孩子母亲吗?是就说是!说清楚大声一点儿,对全世界说!"

老君懵懵然:"是是是,是母亲……早生十一天。接生的是我叔娘。"

柯男厉声道:"我告诉你。既已这样,你的日子,你自己过!寒暑朝晚,你得看顾好!对这个娃娃,是你生你就得养!对你的……对孩子的母亲要好!你吼什么吼?你算得狮子豺狗,你独自上山得了,盘这个窝干什么?"

一下死寂无声,忽地,那个女的冲了出来,扑通一声跪在柯男面前拽住他的裤脚,哭着:"这位叔说的是……他喝酒……还打我……"

大马上来，扯开小女子，长长叹了口气。

柯男说："他以后不会了。我保证。他有时很烂很烂，但心还是好的。"

柴虫傲傲地挺着胸，说："听见大哥说的了，但有什么事，你就来告，我们就是你后盾，老君逞凶狂，我们就把他扔进白公馆！"

大马、筲箕从车上扛下很多东西，有一张木床、小圆桌、吃的米面油。还有一个大理石的擂钵，是大马在路过下关时特意为孩子买的，可以研米粉。

从老君那里出来，车很慢，大家一路无话，谁也不想打破沉寂。

秋声将头靠在车窗上，两眼空空洞洞……

24

钢铁会战进入关键时刻。"红领巾高炉"出铁的"报喜日"定在 12 月 25 日。只剩下十八天，柯男他们似乎可以结束一个最难持熬的阶段。

在指挥部紧急会议上，原本不参加会议的王竹坡"大闹白虎节堂"。后来传说，王婆差点儿把陈一宇扔进高炉里烧死，还把那个陈一宇聘请来的昆明一中的物理老师——"总工程师兼副总指挥"摁在炉口上烧掉了脸皮——其实现场就是工地上的一个用作"指挥部"的土坯房，王竹坡不请自来，她对给六一班不断加码表达了不同意见。她说这个班的孩子太辛苦！而高炉"点火仪式"根本不让他们参加，是"歧视加虐待"！陈书记总指挥解释，说正因为老五一班保证了高炉建设用砖，已经完成任务，所以决定将"复课"的七天，拿出两天来让孩子们休息，而"点火仪式"是突然决定的，因为区委领导已经来到现场！这有什么不妥呢？现在最为紧急的是，实验二小、三小弄来的那点儿废铁，不够高炉三天的"用料量"，所以，要"老五一"这支最能作战的队伍来突击收集钢铁——事情到这一步原本是可以接受的。但谁也没有想到身材高大的王竹坡会有这样的举动，她挺着硕大的胸脯，横扫了奔来拦道的教导处宋珏琛主任，大步登台，直指那个"工程师"，大声斥问："你知道如何炼钢？你设计的那两座炉子根本就是个屁！是矿石炉吗？不是！炼的烂钢废铁，是用这种炉型吗？坩埚呢？我问你坩埚？——"满场第一次听到一个新名词："坩埚"。"还有呢！"她抛出一连串炸弹："吹氧问题！是'顶吹'还是'鼓风机给风'？"——据参加会议的小蜜蜂说，当时，"总工程师兼副总指挥"说，领导说上就上，什么奇迹都可能发生！"发生"两字还没有出口，"发"字出声一半时，王婆就给了他一耳光！接了他的"生"字骂了一句极丑的脏话："生你妈的×！你给老娘去洗×还嫌手短，搔你××去——"

往往，不，"史无前例，这种脏话对清守高雅的学校好比美国原子弹"——这是大龙事后的评语。为什么六一班没有大龙、柯男这样的人出席指挥部的"紧急会议"？是他们压根儿没有接到通知，还在为突击"除四害"又兼为"复课"准备"毕业考试政治辅导教材”。

所以，唯一的现场目击者小蜜蜂说的，只能信，她是“老五一”唯一不会说谎的人。她说当时会场就哑火了，王老师说的大家不懂，她肯定疯了！陈一宇反应最迅速，大喊一声：“王竹坡同志！注意你的行为，你犯法了——”王老师就一搡，将陈推出去一丈远，连翻三个跟斗！

筲箕就欢呼：“王竹坡乃杨门将风也！一将难求！我们跟她干定了！先授予她一等甲级爱国勋章！同意的举手！”

大龙好不客气地说：“这个班委会是你主持？”

柯男满腹忧虑，不言语。他揣摩，工地上的问题大了，如果真如王竹坡所言，工程师没有把高炉设计好，怎么炼铁？他听到了一个他熟悉的名词“鼓风机”——妈妈的会战胜利，正成批地生产不就是为“大战”配置的吗？可见，王老师言出有据，是多少懂一点儿的。但“奇迹”会不会发生？他说不准！问题在于，“老五一”这个荣誉名称怎么会突然降临？指挥部已经将供给高炉用铁的任务交给了“老五一”，而没有谁不知道，这个城市将一切钢铁的制品，连同一个铁的门环都交出去了！哪里去找“铁”？在这个节点上，他十分珍惜王竹坡的愤恨和不平。

筲箕还在那里叫唤：“至少正式接纳王老师为‘班员’……”

大龙说：“你歇歇好不好？”

柯男问：“王老师呢？她现在在哪里？”

小蜜蜂说：“她被关起来了，三天了。”

柯男大惊：“什么？你……你怎么跟没事人一样！现在才说？木瓜呀你！”

大龙也吃惊不小：“关哪里？监狱？”

小蜜蜂吃不住威压了，想哭，嗫嚅着：“其实……也没怎么关……在工地的‘管教队’里反省，有民兵……我和罗润去送过饭和药……”

“笨蛋笨蛋笨蛋！”柯男捶着胸喊叫起来，“什么狗屁民兵！听着，见死不救！何以为人！民兵，这太简单了。现在，当务之急是救人！我们要把王老师救出来！”

筲箕说：“我知道那个管教队，再不救，她就成右派分子了！”

大龙说：“你不要插话好不好？”

柯男说：“小蜜蜂，不怨你，但你不认为，我们和王竹坡前仇已了，早以师生相待了？她为我们去争——其实不必！我们是打不垮压不死的英雄！四个小时，调集夏天、柴虫他们，人，不必多，天黑后，人马到齐，解救行动到时再说。大家没有意见吧？没有，就行动！注意保密！”

突然的兴奋，把“老五一”激动得如同脱缰野马。

柯男原本计划把柯婴带到工地上去，他近来不睡觉，跟戈明出去夜游。他发现了他的诡秘行踪，没有向妈妈透露些许。但柯婴待在家里，他也变成了一只猫。这是怎么回事？戈明素来与柯男有罅，不仅如此，他无论如何小心伺候，戈明对他都不理不睬。他现在已经不呵斥弟弟，也不骂，他就是爸爸、妈妈和哥哥，他不能让弟弟成一个怪诞的“孤儿”和“猫皇”！但现在，“计划”推迟。

“解救行动”在柯男看来很简单。在他所经历的所有“奇兵诈术”中，这是芝麻谷子！7点40分，十人到齐，沈周等四人做“二梯队”后备，如果有“追兵”，负责截断。女生只有小蜜蜂和罗润。罗润居然将她曾祖父的长筒望远镜带来了！还有一把军刀！柯男玩儿上瘾了，直到大龙说：“时间到了。”他说再等等。筲箕五分钟后回来，说地形侦察清楚了，管教队里出现一个意外情况：蓝西校长也在里面！

怎么回事？蓝西！是，确实是实验一小原来的校长，还是教育局副局长！罗润说：“你们也是闭目塞听，他是‘中右’，早挨处理了。去劳改一年又回来。”

噢，大家不问了。

柯男说：“蓝西认识我，但他不认识大龙。没问题。计划是，大龙你化装，注意红套袖和配枪，吹哨子，紧急集合哨三长声，没错吧！于是，民兵集合，大约有一个班，你就胡乱扯，什么敌情啊！情况通报啊！防火防盗啊！时间掌握在十五分钟，不要太长，否则多疑——实在无话，你就骂娘，你能说的西瓜撩子一发泼出去——他们就认这个！你的身份是上级巡查队长。我和筲箕负责将王抢出来，走东边下路。柴虫，你接应，注意与大马联络信号！罗润、小蜜蜂，有劳二位，把王老师送到安全处，什么地点，柴虫知道，现在保密！行动吧！”

筲箕偷来了两只红套袖，大龙换上的旧军装是罗润无意间在医院“抢救”王竹坡时替下的，没想到穿在大龙身上，恰好！至于“配枪”，枪套、皮带是柯男与家里的解放军驻军告别时刘营长的赠品，里面是木枪，柯男的手工，神似！

罗润惊得捂住脸，“哦呀”了一声。

望远镜真派上用场，大龙哨声响了！他太急了，似乎沉不住气，三个长声，又来一个长声！筲箕读秒，10、15、30……果然，那边大呼小叫，从山坡上出来几个人，接着是问话。柯男有些没谱了，大龙会回应吗？大龙不错，大声呵斥！一连串“王八蛋！浑虫……”这就对了！更多的民兵跑回去又折回来。望远镜调焦：“10、11、12。”差一个！筲箕说：可能是留岗。

柯男说：“现在，罗润你们在下路等。走吧。如果有岗哨，筲箕你知道怎么引开。快！”

大龙的“训话”过去五分钟，柯男到达“管教队女所”，这是一间土坯房，但里面没有灯火，旁边似乎还有一个小间，柯男发现大间外面有一溜泥鞋和工具——王竹坡一身金贵，才两三天，是绝不会认命就范去“劳改”的，而小间外没有泥鞋、篾帽和锄头，倒有一只盛满清水的桶——那就是了！他轻轻推门，是反扣的，他喊了一声：“王老师——”突然，门猛烈晃动，但他凭传出的气息，知道找对了。他喊：“我们来接你——小声！”门一开，呼啦一下，王竹坡整个山坍似的压了下来，只听她气息微弱：“我绝食……我要死了……”

筲箕飞跑了来：“快！大龙那里要露馅儿了，妈的，队伍里有个区干部，起疑心了，过来三个人……一个拉响了枪栓！”

“解救”成功。王竹坡由小蜜蜂、罗润陪护，乘大马的车，连夜送到宜良大马一个亲戚家。二人连夜返回。

奇怪的是，工地上，包括管教队，跟没事一样。筲箕带了一包“大重九”香烟去探底，有个民兵说：“那个女的？疯子？死了！夜里跑出去投潭死的！捞？哪里有人去捞？一个人要自己作死，你就别去找。这里遍地是铁，随便绑个铁架子去沉，半月有信就不错，万一鱼吃了呢？下面的银汁河，我们从来不吃里面的鱼！”

指挥部里，不见陈总指挥和总工程师，据说，前者“尾椎骨裂”；总工程师被一巴掌扇掉“单面牙”，要起诉王老师“侵害”。但现场有作证资格的“一小”一个副校长和“三小”总辅导员都异口同声地说：“（王竹坡打人）根本就没有这回事！是（他们）站立不稳绊倒的。这么个小小指挥部，根本就不该搭那么高的台！太危险！谁上去不跌下来？”

但问题是“王竹坡失踪”了！她的现任丈夫，据说是刑事庭一个庭长向学校“要人”，同时打电话向区公安局报警。已经四天不见人！“总指挥部”违法拘押应负全责！这回天下大乱！据说传讯陈总指挥，他辩解说，当时王老师情绪失控，连伤数人，不得已“委托管教队隔离，以免事态扩大”，至于丢失了人，管教队看守不力也有责任。管教队队长则说，压根儿不知道有这么个人这么件事，是指挥部喊了两个闲散民兵带走人的，连那个人叫什么名字队里全然不知道。这里一顿吵嚷，那里上马村派出所紧急出动找人，有个“劳改犯”提供一条线索，说大约夜里一点，看见一个人爬到高炉上去了，形似一个女人，大约是跳到火光熊熊的炉子里去了——要这样，得从铁水里去找尸骨！按常理，人一进去，无非一道青烟。据说当陈总指挥仰望天空巴望有一团云彩落下来时，上马村派出所两位民警上来喀嚓一声给他戴上铐子，押走了！带走的还有“总工程师”——因为七天的搜索，方圆二十里根本找不到死者的尸体。拘押的两人涉嫌“谋杀”。

事情究竟要演化到何种程度？

“老五一”快乐到要死，每十分钟，便集体“爆笑”。小蜜蜂说她可能二次爆发盲肠炎！

宋教导主任兼副总指挥也“疯”了！她痴痴地抱了一根钎子去探炉火，结果被烧掉了“喀秋莎”式的大辫了，眼睛严重灼伤，接着也下落不明。只有“炉长”尤丽信步来到“老五一”的营地，后面跟着安娜。尤丽四处瞄瞧，说她现在是“代总指挥”，“老五一”要在三天内完成一吨废铁收集！不然的话，就……

筲箕冲了出去，大喊：“就如何？咬我的屁股？”说着就脱裤子，亮屁股。

尤丽转身就跑，安娜却站着不动。

筲箕提提裤子说：“你想干什么？我们这里分男女界线！这是男生营地！”

安娜说：“我想找柯男谈谈。”

筲箕说：“你有这个资格？柯男不随便接见人。”

安娜说：“我只想说，事实上不公平。我们不对。要团结。”

筲箕嘴一咧：“安娜小姐，公平？公平是什么？我们这些牛屎里出来的穷孙子，不就是拱土的吗？你们高贵，是自来不待见的，我们不敢讨要什么公平！说公平，好词！也可以，早了点儿。一切的一切，要等钢铁卫星升到1070万。到那时，我们不要任何红旗奖章。我们解甲归田。我保证这是‘老五一’的一贯作风和革命纲领，也不是柯男说的，是毛主席教导的，我们重于泰山。”

安娜：“你不要叫我小姐！我是中国人。”

只要有话可说，筲箕就是筲箕，能撮出1070万吨话来。他大笑：“你不是从美国回来的吗？你的洋话英文机关枪似的，你用英文说一个‘陈先生该死’，我们就开始谈判……”

柯男从席棚里出来了，后面是柯婴，柯男说：“我在跟弟弟弄床铺，你想说什么？现在炉子上谁在管？”

安娜说：“是指挥部找来的人，我也不清楚，他们六个人分两班。”

筲箕说：“这用问她？是几个总工程师的老表，农民！吃饭一撮箕，做事一滴滴！吃惯苞谷，吃大米一动就打屁！喷气式！”

安娜不笑，说：“已经没有铁了。最多两天。炉炭早没有了，那些人说，炉子一冷就完了，他们现在是在凑柴火。”

筲箕说：“没错，那些王八蛋在烧活树！周边全砍光了，塞进去，吱吱吱冒水，几秒钟，轰地就燃起来了！妈的，活树还能烧！也怪！”

柯男摸着头，有点儿发晕，他问：“你们怎么办？尤丽有主意？”

安娜说：“我们去弄焦炭。你们去弄铁。”

柯男说：“行。就这样！”安娜欠欠身，说谢谢，走了。

筲箕模仿她的动作：“谢谢？什么谢谢？你怎么就答应了？要憋她！至少要让尤丽那个骚货来三鞠躬！太便宜她们！”

大龙、罗润回来了，他们是专程下宜良去看望王竹坡老师的，说她好多了，能吃也能睡，她说“你们救我干什么？我要死给他们瞧！”——她是不回来了！“让他们漫天去找吧！哈哈哈！让我那个死老倌儿也去找，他对我一点儿不好。”王竹坡尚不知道，昆明的事闹大了，陈一宇被带去派出所调查。

筲箕说，要知道，她会高兴得晕死过去。你们看看，为什么要做好人？坏人到时候就“现世报”！

25

“老五一”不用六年级的班级序号，原因是“教育大跃进”的图表上显示“七年一贯制”是近期目标，由五年级直接连读初级中学两年，完成初等教育。在所有伟大事业面临的“火箭时代”里，这是一个不算很高很快很省的口号。

但“老五一”并没有等到跃升的那一天，“老五一”不免地“老”了，大家却很乐于使用这个“番号”，它有点儿像“老八路”。

“大炼钢铁”压倒一切。学校只间断“复课”，学校如敞开的马厩，空空荡荡，有一段时间，“老五一”占据了整层楼房的三间教室，设立“参谋部”、“作战室”和仓库。还有新增的“国际共产主义运动策应部”，由夏天自任部长，挂上“马恩列斯毛”画像，旧式房梁原本低矮，吊着象征艾森豪威尔、尼克松的沙袋，供人练拳脚和飞镖。小蜜蜂和罗润提出女生要占据一间“俄语趣味室”，大龙慷慨让出了自己的“司令部”，又砸开图书室供她们使用——一个星期前，学校开设“俄语课”。老师是个师范大学的讲师，一口气读出三十三个俄文字母，弹舌音很像“金蛐蛐”——总之，这是一个没有落幕时刻的节日。

柯男组织策划的“钢铁突击队”，仍由筲箕担任队长，不久，他被斥为“官僚主义”、“自由主义”和“无政府主义”，是叛徒“考茨基”。原因是他行踪诡秘，一切自作主张。他提出一个绝对狂想的计划，要去挖掘长虫山上的明代“炮台”和拆了“护国门”上的铁门，“一下就是三五吨，一口就饱了！”柯男觉得这并非完全不可行，但“护国门”是工人文化宫的大门，是全市七万工人的“冬宫”，这是对工人阶级的亵渎！至于明代的“炮台”只是耳闻，并无实物和“遗址”。

于是，他找到端木先生，老家伙沉吟良久，说，长虫山“炮台”闻所未闻，你们要去“掘老坟”，最好的去处是地台寺坡的“炮台凹”，至少在宣统初年，那里是确实安放过两尊大炮的！还有一尊“号炮”，是衙门官员出行“招呼回避”用的，“大放七响，以逐宵小”！

突击队在二十分钟后出发，“辎重”仍是那辆铁架板车，它已经久历战争，累建奇功，铁甲散碎，遍体伤痕，轮胎爆了二十三次，已经无法修复，改成木质轱辘，又加长车辕,以便拖拽,拉动起来如同重型坦克。

"尖兵"柴虫返回报告,说:"完了!"

"完了"是什么意思?——大炮被芹菜塘的民兵刨了!"只晚一分钟!土,还是新鲜的!蒿子丛里屙的屎还冒着热气!"

箅箕急了,说:"我们去抢!炮身上有铭文,谁读出来属谁,那帮人是文盲!"

所谓"炮台凹"完全无所指。这里已然鳞次栉比,是一家"无线电厂"和比邻的新农村。柯男对柴虫的侦察水平历来鄙夷,那个翻着新土的"炮台"上确有些城砖,一问,是芹菜塘撬了去"盖高炉"了,清代城砖也可以做炼炉?奇了!至于"炮",一个老农说"老辈子有着",后来"为了防日本(以为是防空工事)早炸了"——箅箕就大骂,跺着脚吼:"小日本,老子与你不共戴天!我早就说过,敌国早蓄谋害我八代!新仇旧恨,血债血偿!"还骂:"端木这个阉人,撒不出好尿!"

大龙说,这不公平,老鬼至少没说错,这里确实有过中国炮。

他建议再次向老鬼这个"老地图"讨教,万一他又想出什么来呢。

于是"战车"将端木先生拉上,去一处"喝茶处,让他静心想"!

端木坐上了那把大马赠送柯男妈的藤椅,柴虫就交代:"这是我大娘的宝座,你要想不出一个好点子来,就要出车钱!还有,你不要摇来晃去,把椅子腿弄折了,要赔八十块!"

端木先生好不畅快!一路观风赏景,口里咿咿呀呀。到了盘龙江,岔路四分,老鬼指一处大朴树下,说,此地很好!你们知道这是什么地方吗?"蔡松坡试剑处",那里半截残碑,为松坡将军盟誓时抽刀所断……

箅箕说,我们不是来听你摆古的。你说好了,我去南来盛给你端咖啡!

端木说,不要搁糖。这江里,有道光围城的决死战场,至少,沉尸数万,南坝为浮尸壅塞,血水漫衢——知道什么意思吗?问兵,必问器——这江底沉了多少刀枪,无可计数——渐入佳境了!

大龙说,不要讲话,听他的……

端木说:"蒋氏败亡之初,为防止地方拥兵自重,曾将部分缴获和解除之游击队武装没收封存,但大多毁坏枪械完全无法处置,据说,就在此地沉江,确实之地点无可指认,但说给我这消息的人乃执行当事,谅无妄语——"

柯男一下被点醒了!七年前,他们不是把成车的美国子弹箱和机炮后座倾倒到江里吗?怎么就没有想到这一层呢!这辆创伤累累的小板车伴随至今,如同佛之一指!啊呀!

几乎同时箅箕跳了起来:"南坝前三里,我们至少有五吨军火埋藏江底!这下,成了耶!我们全体去喝咖啡!雅座!叫越南人规规矩矩服侍我大汉功臣!"

“盘江打捞”绝非易事。第三天，筲箕费尽心力，沉水十二次，摸到了淤泥中的两个机炮座，用六股麻绳十人齐力将它拖上岸来，又捞起十余个子弹箱和两根类机炮管，现场就被区公安局包围了。

土桥派出所所长是个白面书生，人很和气，说，盘龙江内及其水域的埋藏物，未经批准，不得打捞！这是早有的规定。你们红领巾是为大炼钢铁，就算了。但前天才来的通报，一个高炉爆炸了，一死四伤，知道为什么吗？把一个美国炸弹当废铁扔到炉子里了！你们捞到炸弹、子弹、手榴弹了吗？

筲箕说：“我们是老兵，怎么会不认什么是子弹呢？要有，绝对上缴。”

柯男说：“谢谢你，我们小心就是，这个江段里的废铁，是经我们的手倒进去的，当时，是清理自家旧屋，都一一检查过，没有枪弹。现在是收回自己的东西。”柯男不想放弃，毕竟，这真是“自己的东西”。

所长笑笑：“‘自己的东西’？大概吧，要不怎么知道那个地方，指着就下去了。这样，我们来个君子协定如何？我放个协查员在那里检查，你们只准再捞两天，注意不要淹死人，还有，我说的是晚上八点以后。不要给我们惹麻烦。我们够忙的了，高炉爆炸还不止一起，铁水喷出来，把人烫成油炸麻花……这种事都叫我们去现场，我三天没合眼了——喂，你们还喝咖啡？你们是些什么人？别不是小偷小摸？这个城市已经两年无失窃，不要冒尖儿喔！”

筲箕满脸堆笑，递上一杯热咖啡说：“南来盛是我老舅开的，你尝尝！”

所长说：“我不喝这洋玩意儿，苦屎喇滴！茶都没时间泡，喝机器水。”

现在，“老五一”可以开一个简单的庆功会了。工地上过磅，这批打捞的钢铁是1.75吨。小蜜蜂和罗润率领的一群女生，被筲箕命名为“水母鸡队”，她们居然接受了，因为水母鸡是一种可以低飞潜泳、出没无常的机灵水禽，据说它可以深潜，抓鱼时有一种神勇的功夫，可以“喷水”射杀凶猛的大蛇。

但柯男觉得可笑，水母鸡——没有谁比他更熟悉。在滇池广阔的湿地，困苦孤寂的炎夏，他独自躺在柳荫下，这种水鸟就开始在他眼前涉水，它们一鞠一躬地在浮萍上探路的步态，可笑至极。但它是智慧的生灵，它的翅膀很短，不如鹤鹳可以用翅膀搭起大伞遮住水面的反光来窥视游鱼。它的绝技是利用水葫芦、荷叶、芦苇下的遮阴来发现目标，然后迅速出击——他熟悉一百种动物的生存本领，只学一种：顽强地睁大眼睛！他曾经羡慕飞禽的环形眼睑，用彩色墨水把自己画成鸽子的“银眼”。妈妈回头一看说：“你不要雀神怪鸟！你这孩子，有时让人猜不透你在想什么！”其实，她猜到了，一百个孩子都在梦里变成飞鸟。

从这里望去，上马村工地绵延十里，各种高炉、土炉至少上千座！夜景蔚为壮观！星月不旅，周天彻夜火红。大约数区属机关的六座高炉最为雄伟。但在柯婴的蜡笔画里，它们是一座座蚁冢，大冢在喷火，云彩上飘游着一些牛马之类的怪兽，驾驭它们的是一个长发飘飘的“仙女”，对此他不以为然——柯婴一直在画画，装得很老实，但柯男发现他有三次独自拄拐去高炉附近逛了一圈，捡回来一些小小的铜件——这是常有的事，大半废钢铁上会有一些铜的铝的铅的配件，负责破解的“锤工”，会把它拆解下来。柯婴手上有一堆这样的小玩意儿，其中他秘藏的是一只铜飞虎，还有三个小锡兵。柯婴对哥哥仅秘密展示一次，解释说带“V”字的飞虎是美国飞虎队的标志，而锡兵则是英国人的玩具——柯男没有伤损弟弟的自尊，飞虎哪里是“飞虎队标志”？这种东西是民间为了迎合美国人瞎弄的，简直就是“飞猫”！至于锡兵也是美国人带来的，柯男小时候玩儿过至少一百个！后来熔成铅弹，配属弹弓作绝杀工具。射杀过一只老鸹，战绩羞于启齿。

果真，柯婴把飞虎用酸角草擦亮后坠在戈明的脖子上——把大猫带到工地上是他自己的主意，意外的是，自戈明入驻，营地上不再有偷吃冷饭的老鼠，连经常光顾的一只野猫也不敢来了。把弟弟带在身边的事，妈妈后来知道了，说：“离炉子远一点。他的药呢？他枕头旁边的药，一天一片！你要看着他吃下去！”——再无多话。柯男知道，其实妈妈也未尝不知道，弟弟经常把药偷偷藏了，或丢了，那种“心脏药”只有一丁点儿大小，他玩弄手法，假装在嘴边做一个投进去的样子，顺势就藏在两个指头缝里，然后把它扔了——怜惜是种最深的疼痛。柯男大了以后，再不说弟弟的不是。

小蜜蜂她们的战绩也不错，罗润居然弄到三只大铁皮箱子，一个百来斤重，是镖局装银子的！还有两把大铜锁、一把铁尺和三个“称女人”的大铁砣。筲箕的眼睛绿光闪烁，说，这是称棉花的，最小的是称烟土的。“称女人”的秤砣他玩儿过，是圆圆的，上面有两个“奶头”，是“滇西金齿国嫁姑娘”时过秤用的，姑娘有多重夫家就要出多少银子作聘礼，像罗润这样的至多三十斤，而小蜜蜂就多些了，五十斤银子肯定有！小蜜蜂大怒，抄起铁尺就打将过去，筲箕落荒而逃，铁尺甩出去，被筲箕捡了去，用碎砖一擦，喊道：“是铜的！镇纸！”

罗润说：“我爷爷家还有三把这样的尺子。”

柯男说：“你把家搬空了？镇纸要留着写字啊……”他心里有种说不出的滋味，家里被“扫地出门”时，爸爸的文房器具全部由他“接管”，也有一个铜镀银的镇尺，还有三个端砚和七八支“七紫三羊”的毛笔，办“红领巾报栏”时他全部抬到教室里，画啊写啊——现在哪里去了呢？朱砂墨染了红旗，他记得，但端砚呢？最大的也有“三十斤”！

罗润凑过来，轻轻的气息拂到他脸上，他感觉罗润正用一只眼睛盯着铁皮屋外：“我给你说，我发现我爷爷的一个秘密……”

柯男说："柯婴，门外放哨——"柯婴爬出几步，单腿撑起，横起他的拐杖。

罗润有些哆嗦："他讨过六房女人！你说，他坏不坏？"

柯男长出一口气："我以为是一挺机关枪！至少一百两银子！这有什么坏？你的奶奶是正房？是正房就行！如果……庶出呢？其实也行。总而言之，新婚姻法公布以前，你爷爷他就死了，不是吗？这有什么大惊小怪的！"

罗润给了柯男头顶一下："不跟你说了！"一跺脚走了。

柯婴回来说："你要注意了，罗润喜欢你！她漂亮，但她比秋声姐差远了，你还是要秋声姐的好！再者，眼下大战，军中帐下无女流，你……"

柯男声音并不大："什么'再者'？你会说'再者'了？你的作业我要检查！你二年级期末算术才考67分！我从来都是双百、三百、四百——每科都一百！还有，你太小，这些男女之事你懂什么？"

柯婴渐渐不服他了，这他能感觉到，因为，柯婴在全市航模比赛上，他的"运输二型双翼机"得了一等奖；他的水彩画《荷叶舞蹈》也得了一等奖第三名。

果然，柯婴撇撇嘴说："我知道一处地方，可以弄到钢铁！不想告诉你们！"

柯男正在写一篇"随感"，是给工地油印快报《钢铁战地》的。他回头问："在哪里？你不要吹牛。"

柯婴："你答应我一个条件，我就说出秘密！"

柯男："好！答应。说吧。"

柯婴似乎早想好了："第一，我要带戈明去；第二，给我一个礼拜的干粮；第三，我要单独在那里值班。"

柯男："为什么'单独'？值什么班？什么鬼地方？这条不行！"

柯婴突然站立起来，他不是独腿支撑，而是将那条残腿猛力伸直，那个弯曲的脚尖像一颗尖钉戳在地上，他两眼血红，嘶声喊："我讨厌你们！你要管制我？来吧！我要逃亡！永不回来！我恨你！恨死你啦！全都恨！所有人！"

柯男不语，在埋头沉默中，他倏地流下泪来。

26

"路灯到这里为止。前面是十三根水泥电杆，每根间距三十米，就是三百六十米——我的算术怎么叫不好！我故意！这里叫黑土洼。"柯婴的"鸡公车"装饰成孔明座驾的样子，由于"载荷"是计算过的，虽堆满他平日的那些零碎和一个铺盖卷儿，但跑起来十分轻快。

柯男已经"无条件"答应他的所有条件，包括单独留驻在某一个尚属不明所在的秘密处所。他暗里计算过，已经走了至少十一公里，箐箕的"突击队"按柯婴的提示带来了所有开启和破解的工具。

周围没有一丝光线，大家反复在一个黑暗的隧道里摸索。

"不要打手电筒！分单路前进。要神出鬼没！"柯婴俨然羽扇纶巾，指挥一切。

到了。在紫蓝色的天光映衬下，这是一个独立的高出平房三倍、铁皮屋顶、占地约莫四亩见方的四合式建筑。跨过有一座木桥的排水沟，迎面撞来的是对开式大铁门。柯婴居然有钥匙，一根皮绳吊在他的裤带上。咣啷一响，大铁门锉着牙齿打开了……

戈明喵一声蹿进黑暗里。接着，是无数声喵喵的呼应，大约有一百只野猫从天空、屋顶、下水管和无数幽冥处降落下来，霎时间，黑暗里簇聚着一排萤眼……

"不准携带火种！不要动！我来开灯！"柯婴道。

其实谁也没动，只是罗润在呼呼喘气。

"嗡"一声，接着是噼啪噼啪的电闸合拢声！

"嚯——"十、二十、三十……一百盏炽白的屋顶灯拽着光柱垂直降落，然后分层递进式向建筑的纵深亮了过去……

"我的妈呀！这是一座魔鬼宫殿！"筲箕傻了。

"居然有自供电……"大龙半天合不上嘴！

这就是弟弟的世界！原来这样！在无数个夜晚，他兀自消失，当柯男醒来，周身酸痛，爬起来穿衣服，他发现弟弟的床铺往往是冰冷和空空的，他在天亮后与他的猫一齐回来，然后倒在杂乱的被窝里，戈明则蜷在他的胸前，一起抗议和蔑视明亮的昼日……

"这是一个军工仓库。你们看柱子上还有一个铜牌标有'1938·中央资源委员会'——但我敢说，这里没有贮存过军用物资，自建成就没有使用，有自供电系统。我们的柴油已经很少了。我要关掉一些灯。"

先是两盏聚光灯熄灭，再是一些大型射灯熄灭，只有一些散布在屋架上的小小照明灯像星星一样排列，这个渐次暗淡下去的建筑反而出现了巨大而深邃的穹隆，还有整齐排列的水泥梁柱和空中轨道——柯男在妈妈的工厂里对车间构件已经熟悉，那是"行车"，一种带着挂钩可以在空中轨道上行驶的起重吊车……

"你们随我来，要走猫步——"柯婴霎时变了，成了一个高大威猛的旗舰指挥官，而仅仅在昨天，柯男痛哭之前，已经极度悔恨，弟弟被忽略，被欺凌，这一切罪过全在他，他有三次把他梦成一只螳螂，一次梦成一只巨大的喜蛛，还有一次是与戈明的合体怪物……而现在，他，柯婴最亲密的唯一的衣胞之兄，只是一个被故意冷落的"参观者"，他不仅仅是惊讶……

"这些木箱子里有很多图纸，飞机图纸，我的双翼飞机实际上是V3教练机，中国人自己的设计。大约一架也没有制造过。还有很多书，你们想看，可以借，但要还回来，但大部分是英文的硬壳书，里面的钢笔画太好看了——再往下是我的工作间,你们不准动！看到那么多的铁家伙没有？那里,是铁轨,他们可能要开火车进来……”

柯男知道那是大型车间里通常有的输送轨道,妈妈那里也有。并不是为火车铺设的,但他已经看见在“车间”的一个角落,整齐地码放着一些生锈的铁轨,还有吊装链条……

“你们可以拿走那些铁轨中的几根,还有断了的铁链子,还有,另一个房间里有很多铁钉,锈成一团的可以拿走。”

那是铆钉,卯城的卯,加一个金字旁！

沿着灰白色的墙巡去,所有人发出惊呼,一种初起叹息继而群起的尖叫,那是漫长、没有尽头的画廊,柯婴航模最初的设计“草图”！太多了！自由飞翔的无羽怪鸟！有的画巨大如真体,有的奇小如蜂蝶,有人首、龙首、蛇首、牛首、虎首……有的画大约并非一次涂抹,是用墨、炭、水彩颜料,甚至土和泥一遍遍施沥上去的！飞机和翱翔怪鸟上的“驭手”是一个小人,那就是柯婴了！没有第二人,也就是说包括柯男自来就置身此外——这只属于他,是他的王国,他完整的不需添加的世界！

柯婴笑了,甚至有些羞涩。

他说:“这不是我的地盘。是戈明的！”他一个纵身,只一步跳跃来到柯男身边,低声说,“不许告诉妈妈！你要保证。”

柯男说:“是。我保证。”

柯婴悄声说:“我知道你有几次想跟踪我,我甩掉了你！戈明发情了要吃什么你们知道吗？肉花鱼！牛的杂碎！它夜里失踪了,我跟踪十几次,终于发现它的这个宫殿。这里已经有它的三代子孙,事实上,它和它的家族并不欢迎你们,不过看在我的面上勉强接受一次而已。你们不要好奇！不要看它们,不能发出狼的叫声——所以,你们行动要快！先拆卸掉高处那几扇铁窗——看到没有,这种铸铁窗花很锋利,上面沾满了它们的毛和棉花、碎絮——每次育儿,它的家族要搬运大量软东西,可是那通道太窄——拆了它！再就是墙角的钢轨,那也是它们的走廊,太冷,会发出沙沙响声！不要拆走风扇,那是它们的‘木马转盘’,也不要拆走葫芦吊,那是它们到达屋顶的攀缘绳——总之,这是它的,不是我的！另外,这里是有人值班的——一个瞎子,也不太瞎,是个政府派来守护的老倌儿——他开过飞机打过日本。眼睛打瞎了,是我的技术顾问。一个礼拜来一次,所以,你们只有六天时间,除去今天！”

柯男已经不打算拿走这里的任何一件东西——如果没有为这个“王国”来“清扫”的理由！他忽然觉得他的世界出现了一个巨大的空洞！他在坠落！坠落！下面是海吗？彼岸是样子模模糊糊的弟弟,波浪起伏间,他只是一片漂叶……

“我现在要表扬你们！授予你们‘英雄突击队’称号。但是，你们要放下一贯骄傲的架子！”炉长尤丽的头发十分怪异，像一个鸡毛掸子。有大约十来根细如筷子的发辫冲天而起。箩箕说：“这是她的侍女安娜根据非洲女人的方法来为她编成的，每根发辫有一根竹篾支撑，呈爆炸状，缠上黄丝带，犹如金冠，目的为提示她就是三个小学一千多‘战士’的‘女王’——她们已经赶上了‘英国老王牌’！”

罗润奚落道：“她就是一只母鸡，把我们当成她孵出的鸡崽。这个疯婆娘除了嫉妒和仇恨，剩下的时间就是在指挥部打扮自己——那个丑！你们没有发现她的牙齿闪闪地往外暴吗？”

小蜜蜂说：“那是校牙器。”

箩箕说：“全国人民大炼钢铁，她还浪费钢铁武装牙齿！”

事实上《钢铁战地报》已经连篇累牍报道了六二班的很多英雄事迹，尤丽在一次高炉爆出裂缝时，带领“敢死队”，勇敢冲锋用泥巴糊住裂口，她的辫子被烧了半截，那个“皇冠”头是不得已而为之——总指挥部已经授予他们“邱少云营”锦旗；另外高炉支架垮塌，有五个男生被悬吊在半空长达一个小时，被授予“狼牙山五壮士”的称号。

“老五一”则落寞得多。他们搭建的厕所不合规定，被插了一次“白旗”。“炊事班”偷了上马村地里的萝卜被插“黄旗”。但自从“超额完成任务”，黑土洼的铁窗、铁轨拉到工地时，全部会战学生群起欢呼！很快，两条无法破解的铁轨做了“跳板”的支架。再不用担心谁会成为“壮士”。

这天，陈一宇到“老五一”来视察——这是他在“王竹坡事件”后第一次在工地上露面。他气色极好，但他的江苏普通话“zhi/chi/shi”、“z/c/s”不分，始终带咝咝声，他与柯男握手，与所有同学握手。只是握手，什么也没说。大家发现，他的发型也大变了，是短平头，看上去像管教队的某一囚徒。箩箕解释，事实上他坐了三天班房，与六个惯犯同室，染了一种会飞行、一跃三米的黑色虱子。但他已经离婚，据说要与宋主任“火线结婚”——工地上每天有一百个故事产生，其中三分之一出自箩箕。柴虫警告他：“会战指挥部已经决定将你捆绑在高音喇叭杆上了，停电时就由你广播。”他不明就里，得意扬扬，说：“我就半夜唱《东方红》！”

陈一宇一走，小蜜蜂就郑重公布“王竹坡案”的最终结果。王老师已经回家，区法院做庭外调解，陈一宇代表总指挥部及学校党支部向王老师赔礼道歉。王竹坡在调解会上大骂陈一宇和他的“汉奸狗腿子”是一群“食人民的血汗，道貌岸然的伪君子”，“如果依了你们，所有人就去集体自杀”这样的大话根本没人听。调解员说，得了，话说得差不多了。王竹坡同志，你作为原告还有什么要求？王就说她自从“被绑架投入国民党集中营”，已经两个月“下血”，她要休息调养三个月。被告方表示完全同意——至此，全案了结。

大龙怅然叹息:"'老五一'不是战胜国吗?国人愚昧啊!'王婆'公私内政外交通通失策,公鸡屙屎头节硬,应当一口咬掉陈的鸡巴!"

小蜜蜂:"不要讲丑话——"

筲箕有斩获,突然喊道:"你们看!这是谁的?"他手里有一大串钥匙,还有一件米色坎肩,上面别了三支自来水笔。是陈一宇的!他落下的。

筲箕将这些东西一掖,兴奋至极,一路扭摆着出去,唱着:"抗战的一天来到了,抗战的一天来到了!前面有英勇的八路军,后面是千万的老百姓……我们勇敢前进勇敢前进——杀!大刀向鬼子们的头上砍去!杀杀杀!"

两分钟后,复又扭摆着回来道:"你们猜,投进炉火时发生了什么?——一道青光,袅袅为云,云中一童子,拱手道:世有公平,求之甚难,诸位贤人,来日方长——懂这个意思吗?"

大约因为陈一宇的"视察",尤丽在晚些时候突然来访,她竟然穿了一条裙子,小蜜蜂和罗润见她摇摇摆摆过来,立即"撤走"。"帐篷"中只有柯男,尤丽知道她的到来必定有一种驱逐的力量,样子很得意,说:"哎呀!见我就躲,是没有必要的。我有那么厉害吗?我,你是最了解的。我在坚持原则方面要强大一些……"她在棚子里旋一圈,不由分说,一屁股坐在柯男的身边,床铺差点儿就坍了:"我来告别,我有一段时间见不到你们了!我去出席全市先进集体表彰大会,怎么,你居然不知道!"她嘣地弹起来,抓起一个地上的杯子,高高举起,似乎要砸下来,突然又抄起柯婴的一个小锡兵,似乎要把它彻底肢解,忽又轻轻放下:"我吓你的!"

柯男觉得尤丽不至于放肆到要弄出什么响动来,但她被激怒有多种理由。小蜜蜂、罗润和整个"老五一"女生的"白眼"战术同样有强大杀伤力,可尤丽历来不适合忸怩作态——她长胖了,甚至有些肥蠢,那条粉色"布拉吉"在她的胸前划出圆弧,又在腰间横起勒出至少两道褶子,她不懂如何搭配自己的装扮,甚至没有穿袜子,她的鞋子还是焦黄色的厚底胶鞋……

"柯男!我来是要告诉你!我们班的女生都喜欢你——"她忽地挨近,她的"冲天冠"已经打散,大约才从水管下冲淋出来,卷曲的发梢还在滴水,有两滴混浊的肥皂水滴到柯男的脸上了,她颤颤地说:"你!不许和她们当中任何人好!"一转身,走了。

筲箕进来说:"我们正商量你需不需要救兵!她放蛊没有?要不要点香熏一熏?我有个主意,把秋声请来,搭台唱一曲《杨排风》或者《木兰从军》,慰问慰问我们,杀杀这些女妖的气焰?"

柯男说,开餐,马上出发,柯婴那里的事不能等。

总指挥部将三个"老右"分配到柯男的"老五一"来。其中就有蓝西。另一个四十岁出头的前九中校长，罗润认识，还是她的远房表叔。没有民兵跟来，因为在第二批“摘帽”后他们已经可以离开管教队了。但蓝西仍然戴着一顶塌了三圈的破草帽。柴虫说：“不是‘摘’了吗？不让你戴帽子了吗？你怎么不服从命令呢？”蓝西什么也没说，将破草帽拉得更低了。

柯男安排他们在下风位置的洼地里搭了一个毛毡房，那里离取水槽很近，离厕所也不远，还有一蓬被折损得不成样子的毛竹，但至少有簸箕大的一片阴凉。昨天早上，蓝西的老伴儿来过，送来一个包袱，是蓝西的衣裳。蓝西在工地上，柯男说，你等等吧。他老伴儿警觉地说：“怎么能？没有会见条啊！”她打开包袱后问：“要不要检查？”柯男说：“检查什么？蓝校长说要检查吗？你不会送毒药来给他自杀吧？”他的老伴儿吃惊不小：“不要叫他校长！我知道你，你就是柯男！你们小孩子不要给他惹祸……他如果再胡说，你就扇他！”一旁待着的柴虫哈哈大笑：“校长不是‘老狼’吗？这里的最后一只豺狗八年前就被剥皮了！”

晚上十点，蓝西来取走他的衣服，柯男发现他也当面一件件抖搂，展示给柯男看。柯男说，那件毛呢中山装你不要穿了，这里尘土太大。蓝西扶正眼镜，闪闪烁烁间似乎充满感激之意。看了柯男很久，他似乎准备走，柯男说：“你不玩儿一下吗？我们班有全市围棋冠军，五段！国际象棋冠军和中国象棋冠军，是有名的‘三冠王’！国际象棋冠军是罗润，女生，她很温和。”蓝西浑身一悚，迭声道：“不不不——了。”柯男说：“那你晚上干什么？我们这里九点半才熄灯，停电有煤油灯，去柴虫那里领！”蓝西不走了，他身量很高，但他从进入这间棚子就猫着腰，看不出比柯男高多少，他喉咙里滚动着痰音，似乎需要思考很久：“可以读书吗？书——就是可以看的那种。”柯男一点儿没有明白他的意思，说：“给你英文的！读完可以垫床脚、作枕头，随便！”蓝西说了很多含含糊糊的“谢谢”和“啊啊啊谢了”，突然，他凑近来问：“有……有没有痰盂……”柴虫大笑：“我们头儿说过‘随便’你就‘随便’！女生营盘那边是禁区，不能去。屙屎你上茅房！”

27

黑土洼是一个很有名气的古窑址，所谓“黑土”是一种黏土，俗称窑泥，可以烧制青砖灰瓦，这与昆明周遭惯见的红壤完全不同，它是黏性很强的胶性土。元世祖忽必烈平定云南，在昆明建立行省。其时，缅甸累累犯边，忽必烈就遣使照会：你蕞尔小地，燠热潮湿，瘴疠横行，我北马但闻惺惺，即刻回首嘶鸣——我是不想要的，但如尔等再生边乱，我就踏碎你的曼德勒！缅甸以为不过虚张声势，仍进犯不止，忽必烈长鞭一挥，铁骑卷地而去，长驱一千五百里，缅兵亡散，元大军一把火烧了他的古都曼德勒，全部柚木结构的都城火光齐天，百日不绝。回师的将军禀报，说木头大城奇巧宏大,不过星火成灰,着实令人惊讶。忽必烈得一天启,即刻下令立窑造砖,因北属黑,指勘黑土,遂发现了曲靖、玉溪、昆明的黑土大脉,于是首开昆明黑土洼,就近屯兵,取土开窑。但奇怪的是,黑土砖坯一经煅烧,即刻化成红土砖!猩猩红红,色如新血,着汉人道士来问,说"马不可前出,出必血光"。大帝震怒,杀了道士,同时对黑土洼开窑事搁置不议。其实,忽必烈这个马上大王并不喜欢营建宫殿,但随他南征的大军却建造了许多清真寺。十五年后,黑土洼驻军轮转,营里来了打桩拴马,发现战马次日不见踪影,拖着桩子飞跑,有一匹将军坐骑,跑出一个方圆一百里的圆圈,轨迹呈准圆,于是在它的中心预备建立中帐,当然也建造清真寺,但三丈长的杉木桩子倏溜钻地不见了桩头,派兵挖掘,得一墨玉石龟,上绕神蛇。将军立即祈祷,回填所有黑土,改山麓扎营。朱明时用三十七年平定麓川,缅甸宵小遂服。明皇颇重滇边戍守,经营"三屯"以固疆。自然承袭元制,昆明为省城,卯城为内城,请了个蜀中道士来看风水,说昆明宜建"龟城",首北尾南,其余开子丑寅卯辰(南)巳(北)六城门,以卯城高地为府制重地。于是,黑土洼重启大窑,日出城砖近万,奇怪的是烧出来的砖不再转红,而呈正青!其中隐秘,五百年未解。而黑土洼历此开掘,在民国时,已坦坦如砥。抗战兴起,内地国立工厂南迁,看中了这片平野,但因周遭无山地树木掩蔽,易受空中攻击,只有少数建筑起而不用,至于环转千顷黑土,因细碎砖沙厚积数尺,稼穑耒耜无以成,唯有一种类似粟米的矮棵植物葳蕤无匹。这里便成了一个鼠类世界。这是"猫王"立国的秘密所在。

柯男带领的人马按约定时间在晚八点到达。

再有两次这样的行动,柯婴的专属领地——那座"猫王宫殿"就将打扫干净,大约它奉献了近七吨钢铁,仅此一役,已经超出"红领巾高炉"炼出三吨钢铁指标的两倍。柯男脑子里忽然跳出一个奇怪的想法:这些蹭了锈渍的铁轨一定不会熔为红色的铁水,如昆明残断的明城墙不会变成红色砖块一样……

"不要进去!"他突然止步!

里面传来一种奇怪的音乐,类似金属打击声,隔着门缝,大厅灯火通明——柯婴开动发电机,大约准备燃尽最后的一滴柴油,他正在施行一种自毁行为?——因为这是他被允准"独立存在"的末期——妈妈就要回来了,那时,他们兄弟必须在堂屋里等候,方桌条凳上必须一尘不染,灶上的水壶必须冒着热气……

那他在干什么?在跳舞!天哪!他没有拄拐,他根本就不需要这种东西!他用左手挥动他的拐杖,如同指挥天庭的合唱;他在地上单足旋转!这类似芭蕾的舞姿,只是他倾斜得厉害,每一圈或多圈,就将手杖端头在一个大大的锯盘上敲击一下,这一敲击,使他从倾斜的低处,忽然昂扬向上,找到新的平衡,于是,整个穹顶的钢铁屋架铮铮回响,混成了一个巨大的音箱!那是一种行进鼓点的节奏,他右手竟然高高擎着一支大号的油画笔，他击响锯盘后，飞快旋到了他的工作台前，敏捷地用画笔在色碟上点一点彩，于是，向逆时针方向旋转，就来到了他的“画廊”前——这时，他间或用拐杖轻轻触地，只是为他再次回旋，他横挥竖画，飞快勾勒，或一抹，或平涂，只一两笔，再旋转回来，再次击响大镲——轰鸣、交响、平展双臂的独脚旋子、挥洒彩墨、空中的流线炫目交织……

柯男眼前一片泪湿模糊……

柴虫哭了，筲箕也呜咽着：“我们不应当来，我们撤吧……”

罗润说：“其实我早看出来，柯婴不需要我们，也不需要那个丑陋的拐杖……他的世界不容侵犯……但我认为应当集体为他鼓掌！”

柯男说：“不！不要，什么都不要。”

28

高炉进入“打紧火”的阶段，这意味着第一炉铁水将要成功出炉。

总指挥部在两座高炉前搭起了高大的彩门和戏台。大龙被调去筹备庆功大会已经一个礼拜，筲箕作为“突击队长联席会”团体成员也去了指挥部，夏天则早去了《钢铁战地报》编辑部，没人吵着闹着，“老五一”一下冷清了许多。

但广播站一天后开始昼夜播送歌曲和通告，由于不断“搭铁”（短路），突然发出刺耳超高音频的有线广播每分钟多达两至三次。柴虫便吵着要去“夜袭”广播站，至少去剪断“敌方的通讯线路”，让悬在头顶上的那对高音喇叭“哑火”。小蜜蜂就与他大吵一顿，说他正在“犯政治错误”。如果连柴虫都被高音喇叭吵得不能睡觉，这就是一个问题。因此，喇叭有三次“哑火”。这次，是总指挥部保卫处来人了，口气不小，警告“老五一”要“严查内部”，但说的是另一回事，“你们收集的废旧钢材进入料场后就不能再拿出去，也不能私自拆解上面的铜件，否则以盗窃公共财物论处”。柯男有些莫名其妙，说，我们送进去近十五吨钢铁，你们连个“收条”都不打，怎么诬指我们“偷盗”呢？那个保卫处管事的上马村的副书记就说：“你等着！给你抓个现行来！”

在场的小蜜蜂等保卫处的人出去，一把将柯男扯到角落里说：“烧鸡！烧鸡的事你不知道？”柯男说：“筲箕怎么了？他应差去指挥部好几天了……”小蜜蜂说：“是筲箕晚上买了烧鸡。筲箕把烧鸡偷着分给人吃，筲箕藏烧鸡的地方……”柯男说：“你别说绕口令！”由于小蜜蜂做了一个撕吃的动作，柯男在最短时间内分清了：一是筲箕，二是烧鸡，是筲箕偷着把烧鸡带进营地里来。柯男未曾想到，他刚刚离开营地一天半，就发生如此多的烦心事！小蜜蜂言之凿凿，“筲箕把料场拆卸的铜件偷出去卖了！”“他藏烧鸡的地方你去看看——就知道我不是诬赖他！”

柯男去了，在臭气熏天的竹棚脚！亏他想得出来，一个铁皮箱子，里面有酒、巧克力、两瓶蜂蜜和三个半“安南面包”,还有一包已经发臭的“卤猪脚”。柯男猛然想起,他刚把弟弟送回家去,在柯婴的书包里发现一包同样的巧克力！柯婴说是笸箕“代表大家”赠送他的。当时,他并没在意。笸箕身上常有些零钱是正常的,但他竟然在这个箱子底发现了埋藏的许多铜、铅、铝小件,包括那把铜镀银的镇尺！

一个小时后,笸箕应召返回“老五一”,押送他的是柴虫,柯男让小蜜蜂等回避。

笸箕一进棚子就喊:“我错了！我认错不行吗？我他妈功劳不是大于过错吗？柯男！你要挥泪斩马谡？”

柴虫大吼一声:“举起手来！执行检查！”

笸箕高高举起双手,接受搜查,在他的裤兜里有三十二块五角三分。

笸箕说:“汗裤内兜里还有……一枚戒指和一条链子……但我发誓那是在料场里面捡到的,那班上马村土贼也在偷,许多铁皮柜子夹层里有金银首饰,还有港元美钞……我顶多是贼头上揭帽！不要把我交出去！”

柯男只说了一句话:“你知道历来的规矩……” 笸箕哭喊着:“如果枪毙最好在西山……如果允许我自裁,就在黑龙潭弯脖子树……如果是棒刑,我申请在柴虫家……我只是馋！我饿！我饿得前心贴着脊梁骨……一顿就一碗酸菜刀豆饭,难道你们不饿吗？柯男,大哥呀,我跟随你那么多年……念往日情分,饶我一次……”

晚上十二点,“老五一”在柯男的小棚里召开班委会。班长大龙主持会议,他先申明,这是一个“老五一”的“内部法庭”,所涉及的任何事情对外绝对保密。班委会成员:大龙、夏天、小蜜蜂、罗润(笸箕除外)一致决议十二小时内做出处理决定并执行,大队长柯男列席,但有表决权;柴虫列席,没有表决权。

笸箕私自占有(没有说偷盗,这是柯男表明的意见)公家财物,属“变质腐化”犯罪,事实已经查明,本人“已经承认”。这对“老五一”整个英雄集体是莫大侮辱！非严惩不足警示他人,因为“一个英雄集体的荣誉比生命更重要”。

笸箕被押解入场。

他放弃辩解,在“陈述”中,他只说:“我不会哭。我在我们这个班里度过六年,是人生最大幸福,我没有爹妈兄弟,这里是我唯一的家。我不要求宽恕,只要求不要动用第六条惩罚。完了！你们怎么不捆我？也不让跪——求求你们,这样,我舒服一点儿！”

罗润那里有哽咽声,大龙低声道:“罗润同志,请克制,这是革命法庭。”

表决:第一条:批评。否;第二条:警告;第三条:严重警告;第四条:公布错误;第五条:本人自动转学离开——否否否否;最后一条:“执行孤立”！

笸箕扑通一下跪倒,撕心裂肺喊:“不要孤立……不要！我宁肯死！”

大龙宣布“被告回避”,笸箕被押下。

表决：三票赞成。小蜜蜂没有举手。柯男没有举手。

他埋着头，将两手紧紧钳成一拳，支在膝盖上。大家在等待，多数赞成，但需要等待，等待。最后，大龙看到，那个扭曲和血脉贲张的拳头，稍稍分离，左手向外靠，很久，五个弯曲的手指伸开，缓慢地直立……

大龙宣布："四票赞成，一票反对。"

小蜜蜂没有举手。

筲箕进来时，似乎已经料定对自己的处理结果，这个自一年级就秘密立定的"班法"，从来没有执行过被称为"死亡条款"的最最残忍的"第六条"。但事实上，只要在二十世纪五十年代跨进学校，稍后便人人皆知：在不同的学校、班级，都不同程度秘密地无形地存在着"第六条款"。按这条法规，处罚决定后，会隐形扩散而尽人皆知：在"违法人"没有"改判"前，所有班级成员将不得与之"讲话和交往，也不得与之发生学习活动以外的任何交集"！也就是说，他是这个"班"里的"影子犯人"，这个"壳体"将没有他的附着物，但他必须一刻不离地在它的空气笼罩下，以无所凭依的"飘游"方式活着……

宣布完毕。

筲箕被允许做"最后陈述"，这是他对在座同学的最后一次讲话。他不会放弃这唯一机会，他嘶声喊："我真心爱你们……所有人！"

"老五一"完了。

"红领巾高炉"出铁仪式"老五一"没有参加，而是代表了实验一、二、三小参加"全市人民公社成立誓师大会"。四万人的大会，有十个高音喇叭。"老五一"这个小小的方阵被安排在一个喇叭柱下，尖锐的播音声像一万只鸟从头顶飞过，砸到黑压压的人头上，这里除了低频的嗡嗡声，反而听不到所有"代表"的铿锵话语。不一会儿，去解手的柴虫游荡一圈回来，说："我们要捐献一台拖拉机给福海人民公社——你们没听到啊？"

会后，在体育场出口处，少工委一位部长握着柯男的手说："祝贺你们领受了最光荣的任务！再次……再次祝贺！"这个脸膛儿黑黑留着两撇八字胡的矮子很快被淹没，随人流飘逸而去，他的一撮头发像一丛水葫芦。

大龙说："哪里是福海人民公社？"

柴虫说："我们的老地方！滇池水军练兵处！太好玩儿了！"

小蜜蜂说："这事有点儿不清不楚，捐献？我们要去买一台拖拉机？哪里去买？多少钱哪？不会说着玩儿吧？"

夏天说："有什么不清楚！你不关心国家大事，会场上的大标语你没看？全市人民为人民公社捐献十台东风 80 马力拖拉机！我们是'红旗一角'，怎么剪怎么裁，也要轮着一台！钱？抄老家私干老活计——拆、拣、偷、卖！什么都攮给我‘老五一’！总路线我们一下走了三条——勋章呢？柯男至少授将军，他妈的！”

罗润喊道：“反对！注意口腔卫生！捐献拖拉机，这是对我们最大的信任——如果有一天，‘红领巾号’拖拉机奔驰在人民公社田野上……”

有多一半人为从此“不上学”而欢呼！

按理，六年级期末考已经逾期，如果明确实行“七年一贯制”，他们该是中学生了，但学校从未明确。大浪淘走所有秩序，孩子们不在表格里行走，在颠簸的浪头上！

柯男想到的是，“老五一”扎在炼铁工地的营盘该撤了，每个人从家里带来的三公斤米、一公斤面粉和一两油，早就耗尽。没有人知道，是筲箕去“大食堂”以“老右”的名义“支借”了二十公斤大米，柴虫他爹拉来三公斤腊肉和三袋苞米面，要不，“粮草”罄空，不战而退，“匈奴”早“掩杀过来”灭了“汉军”了。还是筲箕说的：“我们誓死不做忠节不保的李陵！”

这会儿，他不知怎么了，筲箕老在他脑子里萦绕不绝。

“匈奴”非实指，这等语汇是筲箕的发明，指一种看不见但能伤害“我们一群”的隐形敌人，当然也包括陈一宇、总工程师和宋主任。他一会儿把王竹坡封为“佘太君”，一会儿封为“则天皇后”，但夏天嘲笑他混淆年代——这里，已经不能保留筲箕的话语了。自执行“孤立”后，他形同孤魂野鬼，大约在“老右”棚子里栖身——至少，在那里他可以找到人说话，不会疯了。

柴虫说，他听见筲箕训斥蓝西：“老杂种！我要是你，早一纵跳到高炉里去了……我是‘左派’！‘左派’领导右派，每人交三块来，我负责日常小酒！”

据说，“出铁仪式”上，剪彩完后，领导和邀请来的贵宾退到高炉东侧的主席台上，等着看钢花飞溅的场景。确实有束状的钢花像过年时燃放的炮仗那样，射出来了，有的在空中霹雳爆炸，于是，有人用手去接，被烫伤了。更多的人在呼喊声中后撤，等待炉口洪流奔腾而下。但礼花迅速湮灭，工程师大喊：“钢钎！钢钎！”——由于他的指令不明，三个上马村的民兵便舞着钢钎上去，又被热浪逼了下来，末了，临时将钢钎加长去捅炉口，但不见铁水——那种金红色光焰无比的铁流，只掏出一些一团一团的放射着火焰的球状物，这些篮球大小的东西很快变矮变黑，但热力四射，球心里有卵黄一样的圆核——于是掌声四起，总指挥宣布“红领巾高炉出铁成功！”

突然，人们听到一声喊：“这根本不是标准钢！根本不是标准钢！”——又是王竹坡，只能是她！

什么是“标准钢”？“标准钢”是什么？除了那个呼喊者，没有人知道。

据说，王竹坡是换了一身“标准”炼钢工人的防护服、戴着墨镜面罩进入现场的，她凑近观察时，并没有褪去隔热面罩，她懊丧的愤怒的绝望的呼喊也是从面罩下发出来的。只有身旁的“炉长”尤丽听得最真切，她说：“黑了！黑了！那不是铁是什么？”

主席台先走空了。

会场空了。彩门上有些纸花落在出炉的铁饼上，开成一朵朵菲薄的火花，倏忽又随风飘起，在空中化成黑色蝶翅……

现场只有被“老五一”处分“孤立”了的筲箕。他扶起王竹坡说：“你挨那么近，你的裤裆要着火了，你老倌儿想吃烧鸡？”——没有规定他不能与王老师说话。

唯一听到那一声“标准钢”又心存疑虑并再次返回现场的是总指挥陈一宇，他用一只手掌隔着灼人的热浪，往前探了一步，忽地，他看见，一个铁饼上有一件奇形怪状的叉状物，斜插在饼子一侧，但绝对没有被熔化——他毫不怀疑，那就是他丢失的一大串钥匙！

筲箕大笑，笑得发癫：“去拿呀！烫手的钥匙等您打开烫手的秘密！哈哈哈……”他有整整三天没有笑了。

第 八 章

29

学校正式宣布实验一、二、三校高小毕业班与明光中学“合并”而为“昆明实验中学”，全部毕业生免于考试，直接录取，“一盘子端过去”，按四一、四二、四三、四四序号编为初一四个班。这个决定让所有人感到气馁。明光中学是卯城教学质量最差的中学，而实验一小毕业班，则是全市排名第一、最优秀的享有无数荣誉的班级。教育局执行的是“填平补齐”的“跃进计划”，这无可置疑！但因校舍欠缺，尚有三个月才能“开学”。实验一小仍在原校补习俄语。这意味着，仍有三个月，即 9 月至 11 月，这里是“牧马场”，据说全体老师集中“政治补课”，没有任何人来管一管这个空空荡荡的学校，老鸹在最高的朴树上做了一个巨大的窝，筲箕就在屋檐上蹲着，陪伴他的是一只没有耳朵的瓦猫。

小蜜蜂来说：“筲箕已经疯了！他准备自杀，在自杀前，他要飞身从最高的屋檐上跳下来，抓住一只乌鸦生吃了，然后纵身下来，将脑袋砸个稀烂！”

关于筲箕“疯”了的传说风传了一个月，他在炼铁工地上与民兵“肉搏”，有一分钟他真的夺到了枪，扬言要枪毙陈一宇“这个卖国贼”，当众宣布他“假跃进，实冒进，浪费千万人力，变钢为废”的罪行，然后“饮弹自尽”。但后来证实，纯属谣传，倒是他被民兵捆了一索子，要他交代“老五一”“盗窃国家仓库”的秘密，他“经受了严刑拷打”坚不吐实，“表现了一个‘共产党员’的英雄气节”！他在被单独关押的两个整天里，高声朗诵魏巍的《谁是最可爱的人》五十次，直到喉咙里咯出一个蛤蟆大的血块——对柴虫的话，大龙认为要打一半折扣。

但柯男心里有数，他去挑衅民兵滋事生非是实，在冲突中，他的一只耳朵挨了一枪托，是柯婴陪他去的医院。他对医生极端无礼，“一口气骂了三百多句脏话”，并且自称是“卯城第一流氓”——这又是柴虫从柯婴那里“听”来的——总之，一切都极端混乱。

现在，筲箕就在房头上，他蹲着，一点点向外移动，只有一片瓦当承着，再往前，他会随断瓦一块坠落，而操场上，聚集了几百个大小班的学生，大呼小叫，几个女孩哭了，尖锐的喊声像一百把锥子在空中飞绕……

夏天过来说：“我建议召开紧急班委会，来讨论筲箕的处分问题，我会第一个举手，赞成取消‘孤立’……”

柯男说：“你看，现在是找人开会的时候？”丢下一句话，柯男从教室后窗上了偏厦，再跃上屋顶，沿屋脊向筲箕靠拢。他是站立着在瓦楞上行走的，下面立即一片尖叫。

柯男一直保持行走姿势，向他接近。筲箕已经察觉到了，他有一会儿，转过身来，使劲摆手，拒绝柯男接近，并且做了一个两臂向空中一举又向下飞翔的姿势。正是这一动作，激怒了离他还有十米远的柯男，突然，柯男脚下启动，三个跨越，从筲箕头顶上飞起，就在下坠一刻，只见他哗啦一下拽住朴树，断裂的树杈噼里啪啦从二十几米的高处往下落……

罗润凄厉地喊：“柯男——”

柴虫也上了屋顶，大喊：“筲箕！你这个狗娘养的！我过来就掐死你！”

但所有人都看见了，柯男在树梢以下的第一个树杈上稳住了身子；其实，也有人看到了，在柯男不可思议的飞跃一刹那，筲箕吓呆了，他本能地向后退缩，他甚至两手撑着，挪到了离屋檐两尺以上的地方……

柯男在干什么？他使劲儿摇动树杈，让最近的一根树干不断地挨近房檐，他还向筲箕招手，那意思是什么？你来呀！你也飞过来，我来接住你！来呀！你不是有胆吗？你想招引很多人来看着你，好啊！你来证实一下我们这九年积攒的勇气，不要丢脸，否则你可以讲话了，也没有人再搭理一个有劣迹又怯懦的家伙！

没有话语！一句也没有！

筲箕捂住脸哭了。

但筲箕似乎全然明白过来了。他站起来，他准备启动，向后退了一步——柯男也读懂了这个动作细节，他开始将树干的摇动放慢，变得有节奏：

一、二、三！

筲箕蹬了两步，从屋檐上飞起，只是一个浅弧线，在稍稍下坠时，一把拽住柯男伸来的手，他的身子重重地摔在树杈上，与柯男紧紧抱在一起……

欢呼声，掌声！夏天在楼上窗口吹口哨……

30

九月，是柯男妈的“赍月”。她分管工厂工会的生活救济。大多工人开销了当月的工资，就没有余钱了。遇到急难来找工会，但工会组织还没有建立账户，即使有，哪里有专门的救济款？柯男妈打听到别的工厂也有工会组织下的“赍会”，是以自愿为原则，车间班组为单位，十来个人组合而成的。每人每月自动从薪水中撇出两三块钱，由“赍主”积拢，就有三四十元，按事先抽签的顺序，谁当月份，就给谁。事实上，调剂的情况很多，谁家有急用，互相挪让的也多。柯男妈总是等别人拿完了，自己做尾巴。

这个月，赍款连上当月薪水，加上爸爸按月寄来的三十元，就有一百元了。这是个不小的数目。妈妈拿出二十元给柯慧留着，就与柯男商量如何来支用。柯男说随便。妈妈说，什么叫随便？大钱不可细流，要置一个“大件”。想想家里最需要的是什么？

柯婴说“闹钟”！柯男心下有些酸楚，妈妈尚不知道，柯婴即便上学，大多没有晨昏。他与戈明的黑土洼大仓库的秘密是特级机密，家中除他没有第二人知道个中奥秘。但上三年级的他有两科成绩不足七十分，这与他昼伏夜出直接相关。一个闹钟可以将他叫醒，不用当学校的“迟到犯”——景星小学对弟弟格外开恩，他的腿脚不方便。于是“三天打鱼，两天晒网”均忽略不计——大约他思谋着“大跃进”了，夸口说五年级他要“折桂”，在多个“小科学发明奖”、“航模金奖第一”外，他也要拿一个“作文第一名”。自从与柯婴“对仗”，柯男备感心酸，什么都由他，绝不侵犯弟弟的世界。这一定则确立后，他自然支持“闹钟”计划，说闹钟太重要了！他有时睡昏了，是做梦把自己弄醒的。

妈妈一笑说：“有这事？我回来这两天，你不是天不亮就起来打灶火了吗？”所谓“打灶火”是指燃料供应已经断绝，原先每月供应的六十公斤柴煤，早已不保。柯男除了收集一些细碎的树杈，撮一些泥煤灰来搓团，对付炊爨，甚至将一些断脚板凳也做了劈柴。泥煤是从南窑湖底下挖来的，是新近柯男计划的一个大项，他正在试验，如何将泥煤点燃，又能保持火种，为了这个，他天不亮就“打灶火”了。再说了，“黎明即起”是柯男爸爸的要求，自五岁起，即便夜半上床，他从未有睡懒觉的习惯——什么能瞒过妈妈的眼睛？

但妈妈说，就去买一个闹钟吧。

柯婴欢呼起来，他细列各种闹钟的价钱，“双铃马蹄”的一种十七块，太贵了！但小锤在两个铃铛间捣，很好玩儿，是“两个和尚撞课钟”。

妈妈说：“你们两个和尚兼带守庙把山门，有个钟有个磬也好，就买贵的，估摸着也耐用。柯男你都十几了，还小？已经是中学生了，站起来比我高了，还打架，怎么

弄一个‘骨裂’？哪次我回来你不是伤兵？这里成了荣军医院。”

柯婴立即接嘴：“妈，他是被炼铁炉砸的，雷峰塔一倒，他去救白娘子！”

妈妈不为所动：“法海不是把你们一下罚到采石场上去了吗？你们兄弟别给我胡编派！我有言在先，自己的事自己小心，至少，我回来不了不要让我分心！要照你们这样，一个厂都死完了，行车呼隆隆头上过，哪台机器不重几吨，凡事注意细节——你当什么头！‘捐献’？没叫你把自己捐出去！”

柯男只能说“是”。他右手中指骨裂，打了一个小夹板，是从房头跃起，抱树太猛，撞伤的。妈妈怎么会知道捐献“红领巾号”拖拉机的事呢？所谓“罚到采石场”的事就更悬了，只有班委会五个人知道——那是个找钱的好路子！绝对的机密！

妈妈说：“今天下午柯慧回来，我们打打牙祭，肉票我没见动啊，你们平日喝米汤？票上有二两五吧，去买回来，割韭菜，包饺子。”

31

习惯上，即便升中学，“老五一”依旧沿用，按实验中学编班，序号是“四一”，比“五一”差多了。

实验中学校长姓秦，一个老太太，笑脸堆满棉花，她是“老革命”，十四岁就去长征打仗了，走了二万五千里，一把镊子从红军战士身上取出一百块弹片，她的办公室里还有一个小瓶子，里面就有十块弹片，用红布垫着端端正正放在毛主席的像前。她在那里，召集了四个初中新班的班委，郑重其事地说：“原编制暂时不变，我听说你们‘老五一’自称中央红军？这不好嘛！那谁是西路军？谁是二、四方面军？谁是殿后九军团？我们是一个整体，都听党的指挥。党指向哪里就打向哪里。离开学还有三个月，不能搞散兵游勇！捐献拖拉机行不行？究竟有没有这个能力？柯男，你说说。”

柯男说：“行。”

秦校长说：“实验中学要成立共青团团委，你们要加入共青团了。政治要求就高了，不能简单说行，怎么叫行？”

柯男说：“我们勤工俭学，去找工作，用工钱买拖拉机。”

秦校长问：“勤工俭学好。那要多少钱？”

柯男说：“三万八千，东风 80 马力履带式，不带悬挂。事实上是八万，洛阳拖拉机厂也担当一多半，支援人民公社，大家齐心协力。”

秦校长来回踱步，她的个子很矮，小蜜蜂有意靠上去比了一下，其实，老校长还是比小蜜蜂高一些，她的花白短发往后梳，卡一个上举的钢丝发箍。

“好啊，你们都弄清楚了。履带？那不是和坦克车一样吗？适用不？什么叫‘悬挂’？悬起来？挂什么？旗子？”

柯男说：“就是犁啊耙啊，还有播种机收割机，苏联的那种。”

老校长沉吟良久：“噢，坦克车开到人民公社。锄头镰刀不用了？”

派出去“找活儿”的沈周和安娜是两手空空回来的。

从杭州开全国少先队先进集体代表大会回来的尤丽刚一开口说话，就停电了。她在黑暗中说，大家要镇定，以后停电是常事。为什么停电？是工人阶级在加班加点地完成指标，我们的任务到今天不知方向在哪里，事情非常严重。沈周和安娜的主要问题是右倾，要反右倾、鼓干劲儿，要持续跃进。

四个班的班委联席会气氛变得很沉重。安娜开始作检讨，这像是事先安排的，她拿出稿子来念，有人在后面打手电筒，念了一半，手电没电了，她就哽咽起来，说她爸爸非常反对“孩子去当童工”，而她去很多工厂找“活计”，人家根本不理。她两头受气。

尤丽说：“你爸爸那种思想就是老资产阶级的！工农‘大跃进’，他就不舒服。现在全世界的帝国主义都害怕中国赶上来，你从美国回来，是‘身在曹营心在汉’！”

安娜哭得更加厉害了。好像在申辩她回国时才七岁、妹妹才四岁……

尤丽高声喊：“你要哭，到外面哭去！”

黑暗里，柯男感到“老五一”的人面面相觑，至少在窃窃讪笑。但多少在同情悲惨的辛安娜。安娜是全家回国的，他的爷爷是北京一个高度机密部门的顾问，三代人共十六口人渡洋回来，她的大伯、二伯全家都留在北京，安娜的妈妈是昆明人，思乡心切，于是他爸带全家回到昆明，是电机厂总工程师。

“童工”！很新鲜！四三、四四两个班叽叽喳喳议论开来了。尤丽不知道该把火发向哪里。

会场上出现交叉口角，四四班的班长程娟是四班女子篮球联队队长，根本不理尤丽的碴儿，突然划着一根火柴，说，我有七根火柴，现在我讲一个故事，到第七根燃烧完了，故事就画句号：从前，有个国王，为自己的女儿找了一个继母，她的每颗牙齿都像电灯一样发亮，但她从来不发笑，于是，整个宫殿都处于黑暗中。有一天，公主与仆人打赌，公主说黑暗太可怕，如果你能让宫殿光明如昼，我就说服父王让我嫁给你，于是仆人与公主拉了钩。仆人来到皇后跟前说：王后，我在地上摸索到一件东西，似乎是牙齿！皇后立即张口，喊道：御医！快召唤御医来！仆人说，遵命！但您的牙齿似乎还不止一颗松动，有的似乎卡在喉咙里！您千万别闭嘴，御医在千里之外修发电机，一时回不来——结果可想而知……

大家哄笑。可怜的安娜也笑了。

尤丽半翕着嘴：“后来呢？仆人与公主相好了……你还有一根火柴！”

沈周像以往一样，表现得很有城府，一声不吭。

大龙也凑过来说："这样的会三国四方，简直是浪费时间！找个地方说我们自己的事！我家有汽灯……我们撤！"

夏天反对："不能总是'老五一'当万能孙悟空！"

小蜜蜂赞成："可也不能总有人念紧箍咒，当好人唐僧！充观世音！"

罗润病了，咽喉化脓，还发烧，无奈且懊丧地说："又要过流沙河……"

大龙给汽灯充了气，灯光雪亮。大龙妈站着看了一会儿。

柯男立即说："捻小一点儿，煤油很难得。"

小蜜蜂就找大龙妈要药给罗润治病，在隔壁听大龙妈说："要不要先量体温？"

坐定之后，沈周从衬衣贴身处掏出一卷图纸，啊！天哪！是城区规划图！

他侃侃而谈："昆明在未来三四年要建十大建筑：这是百货大楼，这是艺术剧院，这是博物馆，这是北京饭店，这是东风大楼，这是邮电大楼……总之，现在开工的是百货大楼，知道需要多少石子儿来做混凝土吗？至少一万个立方！"

柯男趴在图纸上看："你说的是我们去卖石头？"

沈周胸有成竹道："公分石！知道什么叫'公分石'吗？我们带来了样品！"他从书包里取出三种石头，一大包！"小的，叫瓜子石，是机器粉碎的！大的，是狗头石，也是机器粉碎的，质量要求不高，是铺路基用的。唯有这种，火柴盒大小是做桩柱、框架和楼层混凝土的，与水泥搅拌与钢筋混浇，一律石灰岩，不能大也不能小！他们自己有采石场，但供应不上，在采购！只要有，合格就行！"

柯男："多少钱？怎么收？"

沈周："三块八一个立方！用标准模子量！"

大龙很快心算了一下："要一万个立方！才够数！"

沈周补充："我打听过，现场问交石头的人，一个成人工七天可以砸一个立方，真是血汗钱！我们三个人抵一个成人工，不会差，工具也简单——除了这个，没有别的现钱路子了。"

这点，柯男相信。十大建筑，是唯一机会。妈妈说，现在，很多工厂因原料不足，都下马了，她的工厂间日停电，也开工不足。

"能不能把价钱谈高一点儿？我知道，吃'头道水'的工头太黑！比如，四块，四块五？你有没有工地验收的价？我估计，至少十来块！"柯男在搜索记忆，他隐约记得筲箕干过这营生，何止三四块？猛然想到了筲箕，他心疼，如果筲箕在，他是天生的突击队队长！

沈周说："我明天就去弄明白。"

柯男和沈周一块儿去,人,不必多。

百货大楼工地,一个很深的大坑,建筑工人在编钢筋,起基础。有的框架已经成形,钢筋笼子非常漂亮。沈周往隔离栏里探:"谁说万丈高楼平地起?"

"老五一"的人干事实在,沈周很快找到负责现场收购的一个"瘪嘴",是河南人。

"给你们抬(价)?那这么些人都跟着涨!俺吃吗屁?"他说完就转身。

柯男说:"这是下道水了,不行,得找真正的工头。"

沈周突然被点亮似的:"建筑公司!"他指指一座塔吊上的"云南国营第一建筑公司"的牌子。"那个女的,开吊车的,她那里插着'三八红旗手'的旗子!"

这里是"施工重地",到处有禁行告示牌,况且那吊车至少有十层楼房高,人总不能也爬上去!那个坐在操作笼子里的"三八红旗手"跟卖石头有什么干系?但沈周坚持这是个关键人物,孟浪不得,"她在十二点歇班,然后从塔吊上爬下来——你等会儿看,人太漂亮了!和周璇一个模子!"

"你老实讲,你来这里,八成时间是守着这个空中的金丝鸟笼,还'周璇'!你的名字是爹妈姓氏各一,敢情是你小姨?"柯男觉得很荒唐。

"人家才十八岁,比我们大不了两岁!是昆明市劳动模范!"沈周一直仰着头,塔吊每每左右,他的脖颈便左右转动。

"什么都打听清楚了?功夫不浅。"柯男有些沮丧,却也无奈,他也仰起头——啊!壮观!塔吊将一推车混凝土从搅拌平台上吊起,升至十米左右,在一声哨音里,将推车缓缓放下——那就是我们的混凝土了!它用一车车浇铸地基、无数的牵梁让高楼从脚跟往上长……

时间很难熬,但风光很迷人。

你招什么手?回旋在工地上咔咔的齿轮声、唰唰的钢索声和轰轰马达声依次停止,果然,那个"三八红旗手"下来了,跟猴子一样,即刻落地,柯男有点儿服气了。摘了安全帽,露出两小辫,不过,人,实在可看,不,算得上漂亮。望着沈周,嫣然一笑——沈周竟然攀上她了,这里暗藏诡秘。人家不过甩起肩上的白毛巾拍拍这里掸掸那里,自顾朝前走,沈周追上去,说了点什么,那女的站定,回身瞟了柯男一眼——柯男顿时感觉羞愧,自己才更像猴子。

左右旋绕,沈周一步不舍。来到一个毛毡房,那里挂着"工程指挥部"的牌子,柯男方才觉得有戏。

"三八红旗手"的梨形脸是生来红,只听她连声喊:"哥!哥——"

毛毡房很久没有回应,"三八红旗手"撇下他俩,噔噔噔地踩响木楼梯上去了。

柯男发觉沈周脸色惨白,腿下有些发软:"他们说……总指挥是他未婚夫……怎么是哥……哥呢?"

“哥”出来了，好个汉子！披一件军大衣，里面是军短袄。黑脸膛儿，鼻梁挺直，额头明朗开阔，双眼皮的眼睛眼线很长，这种眼睛男人很少有，有则可称“善男子”——这是妈妈讲的。眼前的这个人有缘！

沈周好不容易想起了自己的角色，上前去握手，介绍：“这是我们的大队长！”

“我叫梅葛！拖拉机的事情，我知道。你们要包石方？”——开局良好。梅葛？还是“梅哥”？他紧紧握了握柯男的手说，“里面说话！太晒，你们等了好一阵是吗？嗨！你这个大队长管多少人？”

沈周嘴快：“他是三道杠，与别的三道杠不同，他是总大队长！全部少先队归他管，三万左右！”

柯男立即纠正：“没有总队长。我只负责组织，三万少先队员，实际上能干点活儿的就一千多，不算低年级的，他们还小。”

“这就对了。可也了不起。一个营！比我这个连长管得多。我十七岁当兵，与你们现在差不多吧？”梅指挥说。

坐在条凳上很舒服，“三八红旗手”一直在忙着沏水，又开始涮搪瓷缸，外面似乎开饭了，叮叮当当在送餐车前要龙排队。

“等会儿吃饭。慢慢说。”他回身要交代什么。

柯男说：“不了。我们不能耽误你们休息。”

梅指挥笑了：“书生！我敢说我的菜饭比你们的好！顿顿见荤，你们不是一个月才见肉吗？也罢——你们义务劳动？叫什么公社？”

柯男说：“是这样，全市少先队员要为福海人民公社捐献一台东风 80 型拖拉机，命名‘红领巾号’，我们只能用勤工俭学来攒捐款……”

梅指挥打断他的话：“东风 80，大马力履带？农村适用？为什么不要小一点儿的？20、30 轮式、12 马力柴油？好吧好吧，于是你们要来包石方——可以！只要你们干得了就行！一千人，满员？一天能敲出一百方来？好了好了，大队长同志，余下是我的事，这里用料量很大，你们凑个边角就行。我们都是农村出身，打断骨头连着筋，你们想着农民——红领巾号！很好。这样，一方给你们六块三毛钱，这是工程预算的底价，石方标准验收员会告诉你们。等我想想……这样，你们直接交到搅拌组平台上来，不要交外面那些人……不不，不对，不安全，你们也没有通行证，这样，我派车到石场去拉。也算上我们建筑工人的一点心意。但我有个要求，不要耽误我的工期，还有……你们要送拖拉机时，来我的工地绕行一周！”

柯男起身，敬一个标准军礼：“是！”

梅指挥一眼看见柯男右手指头上的夹板，也郑重地还了一个军礼。

成了！走出工地。沈周闷闷地，既没不高兴也没真高兴。

柯男见他手里端着人家的茶缸，说，你怎么把人家的杯子带出来了？

“……她明明姓项啊！项羽的项，项玉花——报纸上都这么介绍的。怎么出来个哥哥姓梅？嗯……你说这……”沈周自言自语。

“你别恍兮惚兮好不好？梅花像玉花，玉花向梅开——不结了！乱如麻是不是？看样子得给你补一课：在我们云南昆明这些个地方，男女相好例称兄妹，哥啊妹啊，都这么唱的，山歌一起，全世界男是哥哥女是妹！”柯男是着实高兴，马到成功！而且他特别喜欢那个穿军棉袄的“军哥”，犯什么傻？还把人家“三八红旗手”的杯子当“红酥手”的“信物”带出来了！真丢人！但说实在的，柯男也觉着自惭形秽，他想当工人，特别适合像“姐夫梅”那样胸前吊一个闪亮的哨子……

32

实验中学四个班是在三天后进场的。

采石场是“十大建筑”工地专用采石场，在长虫山南麓。由于梅指挥长的专令到达，采石场专辟一个工区给“红领巾号”，这里午后放炮，由采石场工人破解巨石，然后碎石一段交由承包方来做，用一种无底的“方斗”来量公分石体积，实际上就是一个木头的方框，堆满，铁尺一刮，就是一立方！

柯男带领四个班的班委共二十人来看现场，沈周竖起了一面大大的旗子，“红领巾号”的黄字并不醒目，这是沈周一点儿心计：到中学开学，他们全部超过十四岁，最大的十七岁！什么“少先队”？按他的夸口大话：“这是给未来的红领巾树个榜样，我们是如何走过来的！到了那天，我们一千个老队员将把一千条红领巾系在拖拉机上！从明天起，我手上流血、脚上流血全部用这条领巾包扎！”

> 同学们，大家起来！担负起天下的兴亡！看吧！满目是流血的创伤！看吧，神圣的国土在沦丧！……

柯男起了个头儿，大家齐唱《毕业歌》。

那一刻，柯男感动了——每个人都在流泪。

柯男用八磅大锤破了一块石头，大家欢呼。算是“开工典礼”！

柯男是第二次来到这里了，他想起他小的时候，一个人在长虫山上野宿，漫山流浪，为了什么？他已经记不起，但那份陡然间就压来的沉重，感觉还在。自那个时刻起，他就像这里的石头，似乎从来没有长大。有这样一种人吗？不知道。

风很大，附近没有村庄，没有树，石头窝子里还是石头，连饮水也没有。大龙提出，要有人坚守工地，因为，搜集来的大小铁锤、簸箕、钉耙和铲子，一大堆工具根本不可能带上来再带下去，再说，敲好码好的石方，也要看守，他已经在“先遣”时了解到，有人来偷扒石头。还有豺狗！

这后一条，柯男不信，什么豺了狗了，早在十年前的“打狗运动”中“全部干净彻底”消灭了。他想到的是“营盘”，没有营盘，不像“占领军”，“主权”地界不明，因此“领土归属”很重要，毕竟这是苦心争取来的！有个大棚，大家心安！这是“多年的经验”！

这时，柯男突然高声道：“我宣布，根据四班联席会议决定，由邵纪(筲箕)同志担任突击队长！”

筲箕呢？他被柴虫一推，从一个大石头后面惶惶地站了起来。

柴虫剔着牙，似乎还踢了他一脚：“别不识相！挺直了，给老子正步走！”

除了由柴虫“押解”他出场是事前安排的外，筲箕毫不知情。因为，这是一个“保密行动”，在昨天的四班会议上，夏天提议由筲箕担任突击队长而且“非此人莫属”，尤丽坚决反对，理由是他是“小偷”。夏天没有多辩解，只是说：一个突击队对执行这样的“非常任务”实在是“太重要了！”今天，尤丽缺席，不知什么原因。但宣布四班决定之后，辛安娜带头鼓掌。罗润却喊了一声：“筲箕呢——”，眼泪就簌簌地流。

筲箕在颤抖，他似乎不明白发生了什么。他以为是执行“枪毙”，因为，他把一条白带子紧紧箍在自己的额头上，还在背心的左侧“心脏部位”画好了一个“×”，他自己说过“要枪毙就在长虫山”。

这让柯男哭笑不得，三个多礼拜前，他“飞跃朴树”，其实，筲箕也受伤了，他的右腿软组织大面积挫伤，走路瘸得厉害。

柯男说：“你靠前来！”

筲箕突然乞怜般地说：“我可以说话了吗？我可以和每个人说话了？解除了？”

大家哄地笑起来。

“万岁！万岁！万万岁！”他被最后一个“万岁”呛了，使劲儿对着地咳。

柴虫说：“你喊什么万岁？什么意思？你只会这么一句？笨蛋！”他发现筲箕借蹲地咳嗽，往嘴里填东西，要吞噬什么物件？柴虫一把夺了下来，是一张揉皱的纸！

柴虫呵呵一笑，细心地展开它，道：“他的《遗书》！他还有《遗书》：同志们，永别了！我会永远记得我们的每一天。我给革命队伍带来的巨大的无法候补(他是这样写的，应当是弥补！)的损失，你们——我亲爱的弟兄和姊妹，求你们帮帮我吧，帮我补回来……致布尔什维克的敬礼……我死后……请……”

柴虫脱稿，木然地说：“他要把骨灰分三份，一份放八宝山，一份埋在长虫山，其余——多半撒在滇池……”

小蜜蜂大叫道：“不要念了！”罗润已经瘫倒在她肩上，大叫“我来烧了它……”

这个城市仿佛一只生锈的铁皮桶，人们不是仇恨它，也并非怨弃它，而是不分昼夜地撞击它，它的表面很快凹陷进去。敲击它的人有的在外面，有的在里面。因此，这种传播出来的声响变得非常诡异。

柯婴属于这只桶子里面的一只昆虫，柯男很难说他是什么。因为1958年夏天的"消灭四害"运动已经把老鼠、苍蝇、蚊子、麻雀(后来加上跳蚤)全部彻底地消灭，他和他的猫王肯定不属其中的一种。大约是这个原因，戈明这样的猫国首领才决定转移到城郊的黑土洼。那时，"灭四害"属于低年龄段和最高年龄段人们的任务，除完成突击指标，柯男早率领着"老五一"在"钢铁战线"上拼搏死战。柯婴他们二年级生在房头上使劲儿敲铜盆，把麻雀吓得疲死，他的弹弓射术居卯城之冠！每射死一只麻雀，他就犒劳自己和戈明，他们这对的配合堪称完美。戈明飞驰在城市屋脊，可以叼回每一个坠落的猎物。端木先生和他的丫婆则必须每天上缴一盒苍蝇，一个礼拜必须上缴一只死鼠。后来的秘密解除后，柯男才得知，在他游走滇池迤西走廊时，家中发生了种种与柯婴关联的"传奇"，端木成为万钟居民委员会管区的"捕鼠模范"，在所有铁笼子被大炼钢铁"回炉"后，他用一只两头通孔的窄长的木匣捕鼠的方法在全区推广——这种奇异的木匣进口大而出孔小，诱饵放在其中，老鼠只要进去，吃了饵料，就再也转不了身。于是，束手就擒——这个"经典"战术后来发展成为一个玻璃瓶子也可以捕鼠——所有的诀窍秘而不宣。但柯婴很快琢磨出来，技术的要点是新型"捕鼠器"安放的位置——必须放置在老鼠觅食或逃逸的通道上，并且辅以其他如"敲山震虎"之类的战术等等——这一切，全部是柯婴的发明，而每一次"杀生"，丫婆必去观音菩萨那里焚香祷告。但"功劳"是记在户主端木名下的。至于戈明，从来不食老鼠，它只想玩儿它们，或用做"教具"，教会它的子民儿孙——擒纵复擒纵！但这个"运动"要统计战果，老鼠、麻雀无论死活，都要交居民委员会验收后统一销毁，戈明从此"罢工"——实际上在卯城，人、猫、鼠、雀的"战后矛盾"越来越激烈。末了的和解方式是只要交老鼠尾巴和麻雀的一对翅膀就可以计算成绩。但戈明已经决定放弃这个吝啬和精于算计的城市，移居他乡了。

后来柯婴写了一篇作文《为什么不消灭臭虫和蟑螂？》。他举例说明卯城危害最烈的是臭虫，这种"吸血虫"是"帝国主义资本家"，它们专等工人阶级在流了很多汗水来不及补水就浑然入梦血液特别黏稠时，"成群结队，如同吊索一样从木头柱子、板壁缝里钻出来，在温暖的被褥里吸食劳动人民的鲜血"，臭虫惯用的伎俩是"假死"，它可以休眠三年，菲薄如透明的一点儿竹屑，然而，但有血气熏熏，即刻猛醒，拼命吸食人血，瞬间鼓胀如血球！而卯城最多的是木结构老式装板房，"简直就是日本法西斯的冷战巢穴"！他奇怪的是人们对这种"假死"且"本性凶残"的动物为何熟视无睹！并以热血"优待"！至于蟑螂，他说，"大约人们畏服这种古老的昆虫，恭敬如

‘灶君’——居然容忍它们大量繁衍,往来穿梭,舔食孩子们预备做早餐的一点儿剩饭！”他声称自己做过实验,“用糖水加了砒霜诱捕蟑螂”,结果中毒的蟑螂非但不死,竟然飞翔起来,“落在了妈妈的花瓶上,极端藐视有三百年历史的清代官窑祭红。而戈明也束手无策”等等。

语文老师给了他的作文“二十”分！在“畏服”下面画了一条红杠,“戈明”上面画了一个“？”号。柯男在“二十”分前加了一个“一”,算“一百二十”分。

但在采石场——前面的事情已经过去两年,在“突击队”进驻后,筲箕发现他要对付的第一敌手不是巨大坚硬的石头,而是老鼠！适宜在家居环境中捕鼠的所有办法在这里全然无用。成千上万的老鼠向山头围攻,见什么吃什么、啃什么、吞什么！它们不仅吃掉了摆放在棚子里的干粮,还毫不犹豫地咬碎每个突击队员的衣服和书包,还攻击弱者。第一天午休,小蜜蜂只是打了个盹儿,她的脚趾就差点儿被鼠牙切断三根！“紧急情况”汇报上来,柯男在晚些时候上山了。

他不仅发现老鼠真的很多,还发现蓝西和三个“老右”已经在山边一侧安顿下来了,他们的棚子是用从高炉工地上搬来的烂瓦和破木板搭建的,这说明那里已经“收山”。

筲箕说,他对此事一无所知,只是学校来个人,“口头通知”说,“这四个人就交你们管了！原本是三个,有一个是新挖出来的坏分子——男女关系！”接着,这些人就来了,一声不吭,“老鼠一样吭哧吭哧地安营扎寨了,一早就来讨要任务——蓝西的裤子破了,露着屁股,我给了他一贴膏药贴着,总之,还治他的痔疮——我已经命令他们在三天内挖成两个厕所,男女间隔二十米,必须在下风方向。取出来的土,堆放在一边,等我们撤离时要彻底掩埋——你要不来验收？训训话？”

柯男有些生烦,却无话可说。

柴虫在稍晚些时候也到了,而柴四和他的晚媳妇——即柴虫他后娘竟然是搭乘一辆监狱的汽车来的。

省第一监狱就在附近,那辆四轮大卡车运来一个硕大无朋的瓦瓮——这是酿酱油的酱菜厂才有的东西！柯男高兴极了,有好一阵子没有见到柴四和他媳妇。柴虫的“搬兵”竟惊动二老,他有些不忍。

可见筲箕动的脑筋不止于此——他指挥蓝西和三个“老右”去卸车。支援物资中还有一些粮食、油和数不清的杂物。如同搬来一个杂货店。

柴四一见柯男就弯下他塔似的身子,将柯男紧紧拥住,眼泪也出来了,他说他好几回做梦梦见柯男。他差点儿见不着柯男了,“怎么这件事浑蛋小子没有禀报呢？”原来,柴四犯了一回心脏病,“心脏他娘的差点儿给我耍赖就不走,我说鬼撵在后面呢！我那会儿梦见你小时候跟在我后面把我逼到文庙旁边的西卷洞巷里了——我说你不走我走了！心脏就跟上来了——你是我的煞鬼星啊！”

大瓮安在棚子的正中央，埋一半露一半，笥箕说，这是“贮藏室”，老鼠是爬不上琉璃釉面的大瓮来的，加盖一个板，再压上石块，突击队的干粮可保万无一失。蓝西垂手站着，面色如漆，笥箕说：“怎么没想到给你们也带来一个小号的瓮呢？算了，这瓮里能蹲两个人，把你们的吃食也拿来‘藏’，不过要打上记号，不要到时候，豆渣换豆腐扯不清。”

柴四是狗的头号煞星，对付老鼠大约也有一百种心得，笥箕冲着这一层想法，才让柴虫把他爹弄来了。但不料，柴四只说：“闹鼠药啊！方圆撒它一圈，等着捡死耗子！”

这，柯男却不同意，他说：“到处是死老鼠，茅坑里会更多，这会把女同学吓坏。如果每天清理死鼠，要误多少工？再说，我们的石碴，是保证要绝对干干净净的，混进个死老鼠在里面，丢人现眼！应当改灭鼠为逐鼠，这是战略问题！”

柴四道：“也对！吃了闹药的老鼠会得疯症，蹿到水井里就闹人了！”

笥箕说：“这里没有水井。”

柴四说：“蹿到附近村子呢，猪拱了猪死，鸡啄了鸡死！还有监狱呢！那里可是有消防水池的，还有贮水窖，你们要通通被宣判死刑？”

大家一时没了主意。

柴四想了想，道：“倒是有一办法，早先药店大仓库里用过：你们弄些猫来，为数应当不下十只，要青色虎皮猫，拴起来饿它，将活老鼠囚在隔壁笼子，那猫要吃吃不了，不得恼吗？昼夜地唬！十来只呢，那就是小半城的世界了，那一界的鼠呢，半里之外，闻声丧胆。”

笥箕说：“这办法听起来好。”他看柯男一眼，“猫！那要请柯婴出阵？”

柴虫立即反对：“孙悟空请法，得问太上老君。柯婴？那是他皇城里的主儿，管得了你这生屎荒郊？”

突然，蓝西蹲了下来，说：“抓活老鼠有办法，简单。”

围着一盏煤油灯，笥箕的“诸葛亮会”上，人们面面相觑，人们方才将眼光调转来寻找佝偻着身子、衣衫褴褛的前校长，他黑亮如漆的脸上有三十多道褶子，里面积着汗水和红土，还有一些白色的石碴石粉，泥俑彩绘的样子。

柴虫问柯男：“这尊神圣是谁，你们没砸了铁峰庵？”

柯男笑笑：“早先山门神，今日石寨兵。”

如何抓活鼠？他知道的办法也多，可以暂且搁置不议。柯男的思想游弋在更远一端，“除四害”，至少在卯城那一域，地面上是完全看不到老鼠了。那么，在这里，怎么一下出现成千上万的老鼠呢？“哪里来那么多的老鼠？”

柴虫的晚娘一直在给柴虫和笥箕整理褥被，这会儿轻轻搭上一句话：“这哪里生成奇怪？不是家鼠，是田鼠！坝子里的谷子绝收了，去年就丢荒了，田鼠不逃荒？饿的！”

四下哑静。是了，山下没有庄稼！没有粮食！

柴虫晚娘反倒吃惊了，停了手里活计：“怎的？我说的不是？呈贡那一坝吃麦麸了，去年留着猪吃的糠皮又拿来过一遍磨，着水淘，看能不能舀一点浆子出来……我带来的甜酒要不要热了吃？虫啊，哪里可以打个火？”

柴虫应道：“娘，这里，三个石头搭了一个灶！”

柯男的心陡然沉重起来。

他现在忽然意识到，为何狠命地驱逐这些老鼠，不就为把自己的那份饭食抢下来！那是一种从本能发起的战争！可那又是一份怎样的“午餐”？从上马村转移到长虫山，其实，缺少粮食的情况一日比一日严重。从1959年秋，粮店实行配搭供应。前三个月，精米只三斤、糙米六斤，其余是苞谷粉；但近三个月，精米全无，糙米七斤、黄豆一斤，其余是颗粒麦子——这些掺杂着小石头、土坷垃、老鼠屎的小麦，要用水反复淘洗——柯婴大约要用一个礼拜的时间来对付这件恼人的事，妈妈回来说她只取走二十斤“杂粮票”，要柯婴在月头先把米买回来。

粮食管制也严格起来，“打击投机倒把运动”在城乡开展，抓到的投机倒把分子被判为“第九种人”。居民委员会在府东街开了一爿米面加工坊，免费为居民服务，将颗粒麦子磨成粗粉。这些情形悄然恶化，没有任何回声，似乎投进深潭的无论是麦子或糙米都会像这里的石块一样沉没。

说实在的，那天，在百货大楼工地，他嗅到了饭菜的香味，他着实后悔没有在梅指挥“留饭”时饱餐一顿。梅指挥讥诮地断言，他们一旦拒绝，肯定放弃了一顿在外面决然没有的美餐。看来真是这样！他也看到，沈周的眼神里有失落迷惘，还有一点点懊悔，如果那碗饭盖上一勺腌菜肉末，或者至少三五片回锅肉，那惬意！似乎它可以维持到今天，他可以举起一块五十斤重的石头，或抡起八磅大锤来个“流星满月”！

实验中学第一批上山的是四个班选派的八十人，女生占三分之一。大多同学带上山的晌午饭是：用茶缸、箍子压着的是粗面馒头，有的甚至只用手巾包一个杂粮团子和一点腌菜、咸萝卜干之类，小蜜蜂干脆带来蒸熟的麦粒子——她的不幸不在于能不能将这些麦粒嚼碎，而在于她的“饭包”被老鼠整个“接管”，她只能与罗润共享一个杂粮馒头——十月的太阳还那么炽烈，他们挥汗如雨，叮叮当当地用各种锤子砸那些稍大的石头，有的没有称手工具，干脆用石头砸石头！

大龙在第一个工作日完后回来说：“这回到石器时代了！撤一半女生得了，她们根本干不了这种奴隶活儿！”小蜜蜂跟着就进来说：“男生干一半，玩儿一半，有的在山上逮野蚂蚱、撵斑鸠！”——他们都没有意识到，或根本不愿承认，全部人马的要命之处在于体力不足。

晚上柴虫他爹送来的二十斤大米和十五斤绿豆，还有极其珍贵的十袋红糖，是全队的“突击用粮”，不到万不得已，不能动用！在上马村大炼钢铁的日子里，也全赖柴四不断输送粮食和肉油，这一点“军粮”，大约罄空了柴四的家底儿。笸箕当然有数，他的计划是每天用一斤半绿豆熬成汤，加少许红糖，在中午大热时给大家补充体力，也可以防暑。头一天就大受欢迎，沈周宣布“红军长征到达瓦窑堡了！万岁！”

33

午后，尤丽和实验中学总辅导员林老师来了，林老师代表团市委宣布，实验中学团委经批准成立了，尤丽、柯男、大龙、夏天、小蜜蜂、罗润、沈周、程娟、梓妍等三十六人加入共青团，但没有安娜，因为她是“华侨”，这需要特殊批准程序。尤丽和柯男是团委委员。小蜜蜂立即喊道：“要选举！为什么不选举？”总辅导员似乎没有注意到小蜜蜂在那里举手挥动要求发言，就宣布代表团市委向“突击队”赠送慰问品，每人一条毛巾、一块肥皂和一个小笔记本。

大龙眼巴巴地看着两个大纸箱，直到见底，并没有什么可以拿来吃的东西，就对尤丽说：“肥皂很好，老鼠鸡蛋糕！下次上来，带点儿老鼠和人可以共享的碳水化合物之类，红军就要二次过草地，准备煮皮带，你的身上有‘皮’吗？”尤丽喊道：“你别阴阳怪气！我最恨你这种人！”说完，就与总辅导员上山砸石头。一会儿，她回来了，受伤了，她的一个指头出血，不大的事，她喊着：“他们给我的手套里面放了一只老鼠！”

罗润说：“它刚刚嚼了一个死人指头！”

尤丽即刻拿眼睛瞪她：“你的指头？我就吃！”

罗润说：“正是本人的。”她伸开手指，蹩了一个，看起来真像少了一个指头。

大家就哄地笑开了……

工地上多少还是洋溢着喜庆的气氛。

柴虫对笸箕说：“你是投诚过来的，属于国民党的残余，你就别指望当团员了。我呢，我是鲁智深，正在梁山途中，等大闹野猪林之后，我就当团员了。”

笸箕说：“我知道我要好好改造。”

柴虫大为光火：“改造个屁！你别跟我睡一个铺，划界线！三尺！你老在我耳边磨牙：改造改造造造造！”

笸箕说：“那你放屁一通宵！难怪老鼠不来了……”

蓝西来报,说昨晚捕获三只老鼠,一只特大,与猫差不多。

柯男去看了,真的,全都活生生,褐色粗毛,在木箱里惶惶冲撞,见人露齿,十分凶悍。他们用的方法十分别致精巧——在杉树棚梁上结“马尾活扣”,形似一个“♀”的符号,下端吊一个“油香”诱饵,老鼠沿木梁上来,欲夺香饵,脑袋一钻,先就入了套,马尾瞬间收紧,将老鼠吊在了半空。

蓝西说,前年他们住的大板桥农场,老鼠数倍于人,万恶至极,就是用这种方法来捕获老鼠,“不过,那是家鼠。田鼠,智力差于家鼠,‘族群团伙’性更强,往往并不接受教训,前者落网,后者也来,但得更换马尾,细钢丝最好了,可以多次洗了除味再用,大队长同志,有办法弄到细钢丝吗?最细的那种!田鼠吃粮食,并不肮脏,是可以吃的……你们不要,我们就要(吃)了……”

大龙说:“开眼界!你们要你们要,不过,先别吃,示众如何?像墨索里尼!”

蓝西显然吃惊:“墨索里尼?你说的是……”

大龙说:“希特勒、墨索里尼!校长,第二次世界大战的成果归你三分之一!”

蓝西仍然痴痴地说:“……可以不扒皮,皮很有营养,水烫煺毛,野姜这里有,要有点儿酱油更好,味道是不错的,如果再多,可以腌干巴……”

柯男将四套毛巾、肥皂转赠他们,以示表彰。

蓝西躬身接受,说:“感谢政府关心。”

柯男有种说不出的滋味。他试过几次,蓝西已经不大认识他了,形同陌路。蓝西是另一个蓝西,他脸上的全部符号——那些可以扭结的皱纹,是可以盘曲、开合的“口”,全是变形的无数的“吃!”

大龙则极端鄙弃:“动物化了——行尸走肉!”

箐箕曾对柯男说,他们的米是霉米,还是上马村配给的,转移到长虫山后,也没有人送粮食来,于是,霉米他们舍不得吃,“藏得金宝卵似的,这些人,没人管,你也甭管他——扔在野地里就能活!老鼠别想吃他们,他们不把老鼠吃光才怪!见那么多田鼠,眼睛比猫还绿!”

下午,夏天来了,他负责“开辟第二战场”。由生病的两个女生回去带给他消息,他带来了最细的钢丝,是造飞机模型用的,柯婴的“大仓库”里有,柯婴准备“招邀一批成年雌猫来救援”,大约明天可以上山,柴虫负责去接应。

夏天听说了“老右”的故事,快活得差点儿死去!“物种竞争——达尔文理论!一种新物种叫蓝西!田鼠天敌!物竞天择在这里上演!笑死我了!”

罗润厌恶地说:“你还笑!我死也不吃老鼠!”

小蜜蜂说："我建议不要叫那四位'老右'，这样不好，即使不叫老师，也可以叫老蓝啊什么的。"

但没有人附议，"紧急班委会"决定"分兵"，将女生撤一半到南窑去，"带领"已经动工的"水军"作战——那里的"草煤"抢到了一大塘，夏天保证有一万立方，主要由实验一、二、三小的低年级同学在那里"打块"、晾干——卯城的三个办事处很高兴配合，因为这可以大大缓解居民燃料缺乏的问题——冬天就要到了！办事处还定了价，每车(大约两百公斤)卖十三元，扣除居民委员会的管理费，每车可以赚十二元。"至少，拖拉机的几个轮子钱有了！"

山地挤蹙，战场高危，这样一分兵，可以抢到时间，也缓解了"石方工程"体力消耗极大且粮食不足的问题。柯男感到，"突击任务"有了胜算把握。真想打个盹儿，他一夜没合眼了。但棚子里仍七嘴八舌，大龙建议"轮休"。大家不同意，说在一块儿干很开心，不如一个星期休息一天，集体到海埂洗澡游泳，再晚水冷了，还可以捉鱼摸虾来改善生活。

"乌拉——"

谁在喊？"老五一"的"万岁"取消了？

"万岁——万万岁——"

34

蓝西他们在山的左侧找到一处水源，甚至顺着小溪开辟了几块巴掌大的菜地和药园，第一发间苗后收来的小白菜秧秧送到了柯男他们的棚子里来，他们中一个农业大学的教授是种植专家，还打算在附近种植"旱地作物"。笸箕说，他们打算"长期安家"。为表达礼尚往来之意，大龙赠送了他们一台"半导体收音机"，但四个人随即郑重地列队在大棚外，集体鞠躬，"退回"了这台收音机。这个做法不可思议。笸箕则解释，这台带短波频道的收音机可以"收听敌台"，"他们以为这是一个诱敌深入的计策，把你的好心当了驴肝肺"。

笸箕已经数次被邀请去品尝了烧烤和黄焖两种老鼠肉，回来对柴虫说："味道真他妈好！自从他们大吃老鼠肉，体力大大增强，破石头的记录一再被刷新，现在一天就能出两个立方！简直就是一台碎石机！你们政治局应当讨论调整、巩固、充实、提高的问题是：首先，允许适当食用老鼠肉；其次，应当允许张网捕杀斑鸠，谁也没有注意到，自从我们上山，这里的斑鸠多起来了。"柴虫说："你是归我领导的，有什么重大问题先汇报到我这里，吃什么老鼠，你不怕得鼠疫？"笸箕吓了一跳，跑到棚子外面，用指头抠嗓子眼儿，在那里干呕！

柯婴是礼拜六上山的,他的镀镍金属箱是飞机驾驶员的专用工具箱,里面装了三只雌性成年虎斑猫,各个高贵典雅,皮毛锃亮,举止仪态风度简直令人赞叹不已。而它们的皇帝戈明则不用装箱,它始终在柯婴身上上下缠绕。对柯男仅仅喵一声打招呼而已。

柯婴戴一顶鸭舌帽,样子古怪。柯男挠挠头,他怎么也想不起来,弟弟哪里弄来这么一顶花呢帽子, 还有一双镂空花皮鞋。但他对弟弟的态度似乎比旁人更加谨慎,一笑过了。柯婴一到,第一是“看地形、观风向”,他的结论是这是个垭口,处逆风方向,它是老鼠的“通道”,而且,在这个方向上,老鼠可以凭嗅觉侦知附近至少五十里开外有什么可吃的。就是说,老鼠会“成波次冲击并占领这个战略要地,不久,攻势会减弱,老鼠已经借道走了”。似乎根本不值得为此劳神。

他纵出了三只雌猫,戈明随即跟出一段,在一个高大的石头顶部观望。柯婴开始解读戈明的语言:“它说:成一路纵队前进! 分散搜索! ”

其实,三只猫一旦落地,飞也似的消失在乱石丛中,完全不见踪影。

“它说,开始单兵战斗! ”

“它开始阅读战报,你们不要担心,这些猫是专门逮田鼠的。如果不回来,说明战斗正激烈。看,戈明在呼唤了,鸣金收兵! ”

果然,三只猫各咬着一只活的田鼠回来了。

柯婴宣布:“它们不像家猫捉来老鼠当毛线球玩儿。它们要把田鼠带回窝,作为战利品给它们的儿子! 好了,第一阶段战斗结束! 这就够了,它们不会再出击。”

猫们就像临时邀请登台的明星演员,仅只略略显示才艺而已,甚至完全不在乎掌声和犒赏,它们优裕的态度叫人即刻矮了一等。

好戏才开头,这有点儿让人失望。还不足一个小时。

柯婴将绝不松口的三只猫带进箱子,戈明也回来,用尾巴碰了一下柯男,意思是“再见了! ”于是,安排下山,马车等在山弯里。

这个结果让人瞠目结舌,也是柯男始料未及的。

“你们看! 逆风方向! ”柯婴转身时指着天空!

一只鹞鹰,不,是三只,也许更多的鹞鹰来了——接着,鹞鹰升空,向上的一侧滑去,却出现了老鹰,是一群! 田鼠真正的天敌来了! 在垭口的顶上盘旋,俯冲! 而那些鹞子则去袭击丛林里的斑鸠! 整个天空,是对地对空的战争!

正如柯婴预言,老鼠大量减少了。

末了,是老鹰的“扫荡”,它们的高空警卫是一只幼鹰,它的翼展有两米,羽毛正在由灰变褐,而更多的成年鹰则蹲伏在山顶的一个悬崖上。笥箕为幼鹰取了一个不错的名字:“少帅”。

突击队开始考虑重建营房的工作,天冷了,还不时落雨。“女班”营地建在避风处,用草席围拢,刚撒顶,来了一场冰雹。忽又天朗气清。蓝西他们负责挖好了防洪壕沟。这样,整个营地有了规模。大棚子也换了草席,里面可以生火取暖,坚持到腊月,看来没有问题。

大龙建议举行升旗仪式。

柴虫把老君和大马邀请上山来了,柯男有些不高兴,这,没有知照他。况且,他有一件事,始终未说出来,即筲箕“偷卖铜器”的事,肯定与老君有关,尽管筲箕与老君自来没有舍弃这个行当,但筲箕身在营地,这种事,没有接应,根本不可能做成,况且,“销路”在老君那里。只是筲箕宁死也绝不“出卖兄弟”罢了。事情已经过去,唯一让柯男心里郁结的是,老君并没有来——哪怕只向他说明原委,承担他应承担的责任!

果然,老君一见面,深有愧色。大约为补偿自己的“不义”,他带来了数不清的东西,三箱汽水、六罐炼乳、一袋面粉和大约两公斤水果捞砂糖。这后一样东西,大受女生欢迎,抢开了。老君看看四下无人,扑通跪在柯男面前,说:“我无脸见人……趁没人,你兜腮给我一拳,或兜裆一脚——反正我有儿子了！来吧。”

柯男道:“我烦了,你不要惹我！”

突然,老君小媳妇抱着孩子进棚里来了。没说带她们来呀,柯男一下接着孩子,大多了,石头样沉,柯男看看,孩子不像老君了,漂亮处像他妈。眼睛横着看一眼老君:“幸好不像你爹！长大大叔教你练拳,你那狗爹不像话,你踢他！”

老君的小媳妇喊道:“好啊好啊！”

老君谦卑至极:“那是那是。”

大马带来的慰问品实惠又救急:防蚊的盘香,还有各种药品,将近一百斤大米,他说,这是在滇西一个老乡那里弄来的,是部队军需品,要不,你想过卡？不抓你投机倒把坐牢？你看看,原装口袋,上面打着军需品的字样！

兄弟！没有多余话,柯男说,这山里太冷了,你有空,带几床棉被来。要干净,给女生用,昨天一个女生打摆子,抖得可怜。

大马说,怎么不早说？柴虫装好汉！还喜滋滋说老鼠肉好吃！

筲箕吹响口哨,整队集合！

旗杆是最高的一棵杉树修成的,柯男的手工,顶端有金属环,太漂亮了。

柴虫在那里吆喝:“蓝西！你们站在后排！衬衣领子弄整齐！不许穿补丁裤子！站直站直,你们要敬军礼！其余敬少先队队礼,有团礼吗？”

五星红旗升起来了！

小蜜蜂指挥唱国歌！

起来！不愿做奴隶的人们！把我们的血肉，筑成我们新的长城！中华民族到了最危险的时候，每个人被迫着发出最后的吼声。起来！起来！起来！我们万众一心，冒着敌人的炮火，前进！冒着敌人的炮火，前进！前进！前进！进！

大马说："我提车队队长了，管二十辆车，他们说要培养我。"

柯男说："你进步快。"

大马说："快什么？我们昼夜往滇西调粮，都嫌慢。昆明只有八天粮食储备，道道金牌戳在脖子上——你不要对别人说，这是特级机密。"

第九章

35

丫婆下楼来说，要找柯男妈。柯婴说，那要等她回来。

平时，柯男一家不大与丫婆说话，她的个旧—蒙自一带的土音很重，"那个"说成"啊根"，这次她一连说了几句"啊根么子(那个麦子)咬不动呢——"尾音很长，听来像要起调对山歌。但她辅以的动作却准确生动，她反复做了两回扭动腰肢筛米的样子。柯婴是什么人？一下明白透彻：所有人家都在想法子把配给的粗麦面隔出麸皮来，要不，做出来的面食吃着像吞猪毛刷子。其实，如柯男他们的"义勇军突击队"就没有那么娇贵，一样恶吞生咽，也没见谁的喉咙里长出猪鬃来，丫婆主家，不会连要用这种简单家什也要上门求人，无非是老不死的端木口细，要细一点儿的箩筛罢了。

说等妈妈，一等就是一个礼拜。

她听说这事，就上楼去看了一眼，这是不寻常的，妈妈从不上楼。只见端木在躺椅里捂了床大被子打盹儿，楼板一响，猛然挺起半身，两眼贼亮。

妈妈就笑笑："吓我一跳，您好好的，没见有什么大碍呀，怎么就呼唤得彻楼响？四邻惊动，以为您要骑鹤了呢！"

端木一见柯男妈，立即拱手作揖，要站立起来，丫婆闻声赶来扶他起来，端木躬身又作揖，连声道："菩萨菩萨！这破烂庙子如没了个准提，气场大衰，阴氛重重，祟鬼幢幢，狒狲称大，如何像个日子？您是千千手，救老夫一把，老朽自揣，还没有到过奈何桥的那一步啊！"

柯男妈说："您不要一口一个菩萨好不好，不好比文殊普贤，你这里我看供养的释佛就三世齐全，你拜得了？——我听柯婴讲，你家里要细箩筛隔细面，我来问问你要多细的？多少个目？您知道‘目’吗？”

端木的颈子僵了，摇头也晃身子。丫婆说了个大概，意思是端木先生自来不食面粉，说吃了气撑，“肚子如鼓，放屁如珠”，总之是肠胃大大不适——这也无法，九十来岁的人了，能自个儿喘过气来的有多少人？眼下，公家只给少少的几斤米，全家的大米都给他了，也不够敷衍啊。那粗面隔出“雪花膏”似的细面，他就勉能消受。

柯男妈说：“是富强粉吗？比这更细的就难了。”

端木自然指的就是“美国富强粉”，抗战过来的人都知道，只是中国既不强，富的愈富也愈少，穷的愈穷也愈多，真正吃过这种“援华富强粉”的恐怕万不及一。端木连连点头：“是富强粉！富强粉！”

柯男妈道：“这么细的隔筛倒真的没有。工厂里我找师傅给你做，无非选目数合适的金属网。一时半会儿弄不来，你且熬着。还有，一斤麦面，能隔出三四两来吗？我也不知道了。这时节，不合穷奢，但于你，又重新说了。”

端木眉开眼笑，又作揖道：“求佛不如求您，我要活到一百岁！只是您不要嫌我尾巴长了，扫街心！”

柯男妈说：“大路凭人闯。尾巴再长，能长成公共汽车？现在的汽车都背煤气包了，你还是改改胃口吧。”

下午，柯慧回来了。柯男妈一看，怪讶地道：“你倒长胖了，是独一尊菩萨护着你？”柯慧说，我们在化工厂实习，是一个生产炸药的化工厂。妈，你不要害怕。没有爆炸的危险。即便减了一餐，晚上也有加班餐，我们称为“古巴饭”——美国人去打古巴，我们示威游行，后来就有“锅巴稀饭”吃，于是叫“古巴饭”。妈妈说，也不能天天游行啊！柯慧说，就是天天！厂里游了，参加市里的十万人大集会，回去要开誓师大会，完了开车间会、班组会、实习大学生表决心会、团员会、党员会——不是天天吗？

柯男妈无心再说示威抗议大会的事情，其实，她的工厂也开会。工厂停产好几天，只是开会更累，也没有“古巴饭”吃。而落下的生产任务，后期又加班来补。她之所以急着回家来，是因为粮食供应的问题，她比谁都清楚。在当居民主委期间，她对卯城的情况了如指掌，按当时的说法，这个城区是“上层三多”：即旧署上层多、民族上层多、工商上层多，谁家没个底垫。像端木先生这般情形“把自己吃穿”的还不多，但略约下等的大约有七千户，这些早先的工商业主，倒有三分之一是开小食馆、小饭店、小糕点铺、小煮品、小冷饮的，而卯城饮食类店铺在三个月前已经全部关张。原因很简单，一切饮食材料几乎断绝供应。区里原来的同事偶然见面，说，粮食问题还要更紧张，政府应付的唯一办法是“办大食堂”。农村年前就办了“人民公社大食堂”，城市也要办——按街区划分，每五百户办一个大食堂，由政府定点供应。居民每人每月交基本伙食费,大约是三块五毛钱,要吃饭就按点到大食堂去。原本居民的铁锅就砸了化铁了,又极度缺乏煤啊柴啊的燃料,这下,皆大欢喜!都说“大食堂好!省时间!”大家好“持续跃进”了。

但柯男妈是一个有着别人难以企及的基层组织工作经验的人——这必不长久!众口难调还在其次,大食堂不可能办成大饭店,不是点菜吃饭。五百户,少说就是两千人口!那要起重机吊甑子!以现在街道的能力,绝对不成,那必定是一锅熬了,有啥吃啥!柯慧在外也就罢了,柯男现在也忙得人似的,她担心的是柯婴!这孩子体弱多病,长大些倔性出来了,起居作息根本无“点”,要这样,他极有可能赶不上“饭点”,或干脆就是一个“不吃”,即使大多按点去舀一碗饭来,冷了馊了也摁下肚去,这孩子就要出大毛病!

柯男回来了,带来一只野鸭子。肚肠剖了,洗得干干净净,是秋声去海口的人民公社演出,人家赠送的,特意孝敬妈妈。柯慧大喜:“我好口福!这个干妹子可是比我这个亲闺女孝顺多了。”

柯男妈恨了一句:“还好意思说!我靠东山不如靠西山!”

柯慧叹口气说:“是啊,我又何尝不想陪妈妈呢?无奈是读书!”

柯男妈听来愈发不入耳:“改改你的口!无奈是书痴——古来书里淘不到一粒米吃的多去了!”

柯男得意了:“这有点儿像在表扬我!谢谢妈妈金口玉言,终究开了,要不我再怎么努力,一辈子遭的也是一个横眉冷眼!我要下厨了,妈,红烧、黄焖还是白卤?”妈妈“无奈”地笑了。显然,柯男跟随她生活那么些年,是他“排整”出来的,生活读书之所有一切,她几时操过半点儿心?但不免还是掺进一些关于大食堂的话来。柯男一边动手点火烧水,一边说:“妈,你放心,你看我像饿了自己又饿胞弟的人?”

36

已经两个月,百货大楼建筑工地每三天集中起来运一次石方。六辆大卡车一字长龙上山,这时,“突击队”一拥而上装载,才感到劳动的沉重。大龙颇感压力,“把山砸碎,再搬它上车”,考验非同一般。从实验一、二、三、四小调集上来的四年级生三百人,在每个碴堆前排成传递的长龙,小簸箕在孩子们手上传送,到了车厢边,有突击队员举起倾倒,一个整车的装载,要两个小时,但孩子们在熬过一个小时的紧张传递后,有半数已经要瘫倒了,司机也很无奈,等着不是,都抄起铲子使劲儿往上掀。检验员是另一番表情,孩子们砸出来的“工分石”好看极了,一个个“立方堆”呈青灰色的梯形立方体,整齐地排列在工地上,每块石头“等大”,带着指尖上微微凉爽的体温,仿佛是孩子们抟出来的玩具,你简直不忍去触碰!“你们其实不用拿出绣花绣朵的功夫，只要这样就行！”他做了个示范，将一块“狗头石”放在更大、有“平面”的“砧子”石上，照准“解理”，用铁丝方框稳住，一锤下去，拳头大的石头一破两半，再“二分”——一般三锤可以破解出四到五块“公分石”，不快，但绝对不慢！

但柯男心里有数，孩子们每天仅仅半饱，哪里来的体力？他们用的又是什么工具？工地上仅有十来把标准的“石锤”，是从一里外的石匠高地村借来的，其余是孩子们四处搜罗来的木工钉锤——在大炼钢铁后还能搜集到这些铁家伙，已经是秘密和奇迹。这得益于筲箕的“诡计”，他去上马村木工厂一次“骗”来十多把木工锤，代价是六斤“薯甘酒”。这种有下垂燕尾的锤子，对付石头过于轻巧，砸在石头上反弹，不用说三四锤，十来锤能破“狗头石”也就不错了，由于滚动细锤太多，孩子们手上出来的“公分石”往往没有锋利的边角，囫囵如一个石蛋儿，这便是“好看”的原因——每个人手上不少于十几个破口，男生双手缠满布条，女生则用毛线手套来保护手指。柯男决心创造个人最好成绩，他三天半出一个立方，自己却知道那是“疯子”才干的事，“疯了就疯了！”——这是工地上的流行口号！他回头一看，罗润边砸石头，边流泪，只是满是石粉的鼻子底下抽了吸，抽了吸，始终没有哼出来。他倏然想到妈妈的一句话：你要时时想着大家伙儿的安全，一大伙儿随了你，前脚后脚都要看好……

往哪里看？他眼睛模糊，他借喝水，到棚子里抱头哽咽，这时，柴虫跟了进来，他干脆把一瓢水浇在头上。柴虫早看在眼里，喝一口水，出了棚子就大声唱：

前头那个鬼舅子，你跑马疙了大卵子！
下马捡个石头子，回家抱了个傻儿子！
老婆甩着瘪袋子，旱烟冒着那青烟子！
灶头不见火苗子，老爹他装成大瞎子！
子子子！石头里蹿出大耗子！
砸砸砸！叫你偷吃我一家来年活命的瘪种子！
哎哟哟！什么叫作过日子？

筲箕在山头石场唱了起来，是“现编”：

虫子虫子，你个大虫子，
石子石子，你个烂石子。
老子生来出石峒，活冤冤成了孙猴子！
西天取经经打湿，晒经晒在那石板子！
取来经书一眼看，空空空，

墨字落在了石头子，

砸砸砸，不砸如何缴差子！

哎哟哟，疼你石头命根子！

小蜜蜂乍然一声吼："唱什么唱，起黑风了！人家的眼睛眯了！"

四二班那边"拉拉队"来拉歌，安娜起头唱："山那边，北风寒，荒草碧连天……"；四三班回："大刀向鬼子头上砍去！全国爱国的同胞们……"

战报统计：截至11月20日，"突击队"共提供建筑工地1337立方"公分石"。其中，仅蓝西等四人，砸出的石方竟然占到317立方，筛出的"瓜子石"有177立方。实验中学财务股与建筑工地结算，向"突击队"报喜，到账金额为11945.5元，同时，百货大楼工地准收"狗头石"1000立方，总金额是17211.33元——石场还有近1100立方的储存。柯男复了一遍账，发现每立方"公分石"对方多给了两毛钱，还有，如果现存的"狗头石"全部砸成"公分石"，最终的收入超过3.5万元，加上卖"草煤"的收入，已经达到3.8万——胜券在握！

学校通知1961年1月1日正式开学，1960年12月10日复课。突击队决定先放假三天，11月25日"打扫战场"，箮箕留守至12月5日，然后将整个营地"移交"蓝西他们的"教授队"，箮箕已经授予他们"走向光明新村"的称号，但移交的国旗没有悬挂，被他们收起来了，箮箕为此勃然大怒，给他们上了一整天的时事政治课，决定收回国旗，由"革命军事博物馆收藏"。就在这天，蓝西中风脑溢血，送红十字会医院抢救……

总结会上，柯男趴着睡着了。罗润搡了搡他，让他看主席台上一个情景：全市少先队低年级班，大约是二三年级的小弟弟小妹妹送上他们的"扑满"——一个个小小的存钱罐，还有实验一、二、三小三个低年级班同学卖"碎布条"和"铜钥匙、铜锁和铜纽扣"的钱，内中居然有一个飞机油箱，卖了297元！这后一类营生，柯男熟悉，但"碎布条"能卖钱吗？全部捐款达六千多元！

柯男想了想，刚才梦到什么了：蓝西，从他的文具盒里拿起一片鸽子的羽毛，他讲了些什么话？一个故事？没有，好像没有……

柯男决定去看看蓝西校长。

病房里很空，蓝西特长的身子陷在病床上的被褥里，好似没了一样。

站在他身旁的就是他的夫人郭大夫了。

这里太干净了。白色和浅蓝色十分炫目,好似“天堂世界”,天堂是这样吗?还是透过阳光强烈的窗子,一跃,可以到达那里?

郭大夫大约说了一些感激的话,嗡嗡地,她让柯男坐到床边上去,但柯男不动,他自来没有坐人家床边的习惯——妈妈不准坐床边。哪怕是自己的床。这里的床,眼睛看去就是软软的,大约是天使的翅膀,而天使的羽毛是不能玷污的,柯男脑子里出现一个奇怪的影像:他是一个海盗,从海岬的深洞里蹿了出来,满身腥臭,眼前是无垠的海,波浪拍击在岩石上,竖起无声的大幕……

郭大夫过来说:“他一时复原不了——弥散性脑出血,还控制不了。不能说话了。后期的情况不好说……”

柯男有些伤感,问:“蓝校长会成为植物人吗?”

郭大夫道:“也……难说。”

37

1960年12月30日,全市少先队队员向福海人民公社捐献拖拉机仪式举行。

所有脸膛黑黑的孩子看到了那台崭新的“东风80型拖拉机”,红的,一体明亮的红色。整体的方形结构看上去像一座不错的小楼,一个钢铁的巨大的玩具。操控这台大家伙的人,最受关注,他是个普通人,没有英雄骨相,略胖,但戴着一枚“毛主席像章”。

尤丽宣布仪式开始,人民公社代表赠送锦旗,然后游行开始,一千只鸽子被放飞,少年宫乐队齐奏《东方红》和《少先队队歌》,两万少先队队员列成无数方阵,齐声欢呼。然后,拖拉机轰然发动,马达声一起,大龙率领突击队上前将136条“老队员”的红领巾系在了拖拉机的驾驶室和长长的彩带上,队伍自东向西行进……

柯男走在队列的最前头,其后是少先队队旗和护旗手、红旗仪仗队、鼓乐队、装饰得如同一个大花篮似的履带拖拉机,紧接着是“老五一”的方阵,即突击队主力,在审慎地拉开一段距离后,才是实验中、小学的整班方阵——这是组织者给予这个集体的特殊荣誉。

柯男作为唯一前导也是总指挥,装束一身白色,他戴白色手套,紧握金色指挥棒,脚踏南屏街、近西路中线,在行进到百货大楼工地时,指挥棒一举,一百支队号吹致敬号、进军号,突击队正步,右侧敬礼——他看到上千名建筑工人在脚手架、吊车和工地围栏前向全体少先队队员和他们的拖拉机鼓掌挥手——但他没有看到那位梅指挥和他的“妹妹”,他们在哪里呢?也许淹没在这个已经升长到第五层高楼的钢筋丛中,那些水泥框架里长出很多挥动的手臂和藤篾安全帽,像一万朵蒲公英,有的伞形小花飘向了天空……

它们是不会降落的，它们会一直乘风飞扬，在极高处，卯城的上空，初冬的风是蓝色的，云是红色的，雨是绿色的，而孩子们则是黑褐色的，他们从岁月里选择了这种从太阳里唯一能窃取、褪去又生成，也极易储藏记忆密码的颜色，大步行进在古城的道路上……

下卷

第一章

1

一只红蜻蜓在荻花上停留了一下。事实上，它没有停留，它只是做了一个偏转的盘旋，它不能确定那些脆断的花梗是否能承重，它其实很轻，只比燠热的风重一点点。它不能确定的还有，这个干旱龟裂的水洼是否还有一种小名叫豆娘的虫子，它们貌似一种更小的蜻蜓，羽化后只能成活三个整天，但它们就在三次日升日落的间隙，要完成所有生命的历程，包括捕食、寻偶、产卵和在太阳最后一次眨眼前先于黑暗死去，也包括只有孩子们才知道的瞬时细节，它们将在水下褪出茧壳的一秒内，冲出水面，在下一秒内展开翅膀，乘清晨微风腾越起来，并采撷朝霞中的七种颜色染成斑斓翅膀——这可以吓阻天敌（贪婪凶残的绿的、红的蜻蜓），决定它们生存的只有这两秒！

一切都依某种无形无影的线条在运动。

红蜻蜓只有一秒来判断它最后的食物在哪里。

但这一秒钟仍然被碎断——一只翠鸟在它刚刚启动时，一个凌空俯冲，只用了不到一秒就用尖长的喙啄住了它，在一秒的残余时段将它整个吞噬！

于是，瞬时的变化丝毫不为浅浅的水洼和枯焦的芦苇所察觉。

直至"时间"这种东西累积到一秒的86400倍，也就是一天，不，是31536000倍，即一年，人们才发觉，池塘在前一个夏季已经干涸，豆娘这种可爱的精灵早就在这一带灭绝，而滇池西岸无边无涯的苇草，随着湖水急剧退去，也在晚冬枯萎，春季并未复苏……

但更多的红蜻蜓还是飞来了。

一群群，它们振动翅膀，滞空不动的样子神奇至极，似乎在默读某种水面和泥淖里的契约——1959年冬持续到1960年的干旱,滇池边某些片段微茫的景观就是这样!

实验中学初中两个年级在1961年1月最冷的日子来到这里“支农”。

“墨雨龙潭”是一个很中听的地名。这里山峦重叠,却是滇池的下游,所有河流选择了一个完全不同的方向,向西北注入滇池出海口的螳螂川。墨雨龙潭仅是群山中一个水源地,一个很大的有上千人口的自然村,隶属“红星公社”。公社有多大,不知道。你望见的山,山那边的山、树、水、田畴都是。只有云,是自由的。无雨的云是流浪汉。

到目的地要背着铺盖行李步行二十四公里,这个班级拉成一条时断时续的链子。

柯男从未感到如此沮丧,新编号的“四一”班再次经过拆并,现在是四十一个人。新掺入的是原明光中学的整支足球队,共十一人,才点完第一次名,就整队出发来“支农”,彼此并不熟悉。

队伍疲沓极了,几乎是一步一挨,已经六个小时,距离最近的村子仍有八公里,这意味着,他们还要用两个小时才能走完全程。路边上歇息的人越来越多,垂着头,随意地横躺在地上闭着眼睛。班长大龙让筲箕打前锋,与生产队联络,但一去无消息。大龙说,不能歇,越歇就越没有力气。柯男没有答话。他深知这群人已经不比当年,不要说走了十六公里大家已然耗尽体力,可还要走,就是站着不动,他们也会倒下来。

开学以来,学校大食堂只供应每餐一碗大约三两的苞谷饭,和着稀薄的菜汤,一口就能喝净。而在1958年大炼钢铁那会儿,他们“老五一”一天负重三块耐火砖三十公里往返,脑袋上还冒着热气,现在,有人在路边河沟里敲冰片吃,细小的雪粒子不时从山垭口旋卷而来,就用舌头抟卷唇口上的雪末子——要命的是,这一队人不知道往哪里去,去干什么。

早先有一次含义很模糊的动员会,教导主任明全光说要去“抢收抢种”,墨雨龙潭是市里分配下来的一个“重灾区”。但柯男知道,这个季节,要收的早收了,要种的大约也种了。唯一能撩人兴趣的就是那个地名——没有人知道这个地方,“魔芋”还是“墨鱼”?但与龙潭关联,柯男以为应当是“墨雨”——下黑色的雨。他的证据是处于玉案北麓的这个地方古怪精灵,著名的筇竹禅寺居迤北半途,是元代就有的建筑,山寺里就有一幅巨大的“墨龙”图,白地墨写,不施粉彩,故称“墨龙”。别的寺庙里也有青龙白虎图,但筇竹禅寺的“墨龙”用色特重,身形矫健,尾端向北,说明它是从那里的某个龙潭里出来的。一旦到达,乌云降墨雨,大家将糊涂一团,想象一下,把人浸泡在墨汁里捞出来，就是那个样子！人人神龙不见首尾，像筲箕这样的人至少变成烧煳了的“烧鸡”，至于小蜜蜂肯定变苍蝇！罗润呢？善面观音也被烟火熏黑，连眼睑也黑了，对无奈又无为的“普度”十分有利，至于他，他会一跃而入墨水龙潭，击万千墨色浪花，点染山川……他就是这么想的。

罗润与插班的两个女生很快就熟悉了，一个叫启霞，一个叫胜春。她们原本是昆明少体校运动员，被时光熬大了，“倒药渣”倒到中学来了。

启霞所在的省队曾得过全国少年排球季军，梳独辫，她的头发油黑锃亮，有一扎五两面条那么粗。小蜜蜂很恨这个启霞的嗲，只要启霞一黏上罗润，她就拉开几步，以示距离。胜春是个体操运动员，因为十三岁时一次比赛伤了腿，退役下来重拾书本。据说在小学毕业时就由老师安排叫启霞与她“一帮一”。但两个人只有一套行李，两个运动员轮流背着——小蜜蜂并不嫌“平均海拔升高”将她衬托得更矮，反倒高兴，她说，现在这个班有可能成为体育特长班。到时候，她一点儿不愁自己没有优势，她是全区乒乓球单打冠军，而罗润只能参加“绣花”比赛——如果有这个项目的话。

学校团委会只开了一次会，增补小蜜蜂为团委生活委员，大龙为体育干事，不设委员。同样，身高一米七八的大龙是实验小学篮球队队长，他的“海拔”还在增高，忽然又迷上了“裁判”的角色——所以，小蜜蜂的预测完全有道理，也就是说，“老五一”仍然保持“德智体”全面发展的优势，只是那个自称“黑狼队”的足球队一锅端到这个班，“掺了沙子”，有点儿“良莠不齐”。柯男并不担心这个班有什么不协调，但身为班长的大龙却一再嘀咕，说他详细调查过，这十一人中，只有三个人全科及格，这些“狼种”闯入羊群，绝无好事，他们在短短几天一再惹事，弄不好，“要用拳头说话”。但他认为，班里已经有九名共青团员，不应当再有“以前那种事”。柯男说：“以前的哪一种事，你说打架？‘打’如果不可避免‘决赛’，也只是几分钟；相较之下，‘架’起来，大家成一堆狗屎烂在一起，发臭生蛆又长出翅膀虫虫来，则要几个月，还是划算的。”大龙说：“你说的我一点儿不懂。”

事实上，大龙的忧虑不无道理，“黑狼队”是个硬屎橛子，这看得出来，在这一整天的行程中，他们特立独行，仗恃体力优势，总是跑在队伍前头，然后选择一个小山头，原地四仰八叉地躺倒，满脸嘲讽地看着那些“伤兵”一瘸一拐地沿路走来，然后一声吆喝，再结队往前冲——大龙当然很在意他们的这种表现。但在八公里处，“狼”们显然吃不住了，他们有人开始在路边寻找苞谷秆，大口嚼食，渐渐融入散兵队伍里来。

接近六公里处，筲箕吆着一辆牛车来了，还有一个小孩，骑了一头小水牛跟在后面。“老五一”的人欢呼起来——这是一种默契,似乎他们知道迟早会有奇迹发生!箩箕的脸消去一半,黑黑瘦瘦,已经“累得吐血”,声称“革命圣地延安”其实还远,要过一片“沼泽地”,也就是“红军那时过的草地,才能到达瓦窑堡”。这里是红军当年佯攻昆明走过的路线。目前最大的问题是“与中央红军和毛主席失去联系”,我们可能要独立作战!因为村里一个人也没有!“地主土豪劣绅”全部逃亡,只有一个老队长和三十个妇女,他已经向他们“宣传了北上抗日的道理”,他们准备“欢迎红军解放墨雨龙潭”!后面这个娃娃就是老队长的孙子,叫“小九”。牛和牛车是生产队唯一的“公产”。在通过“草地”时需要这样的交通工具……

“黑狼队”听得出神,恍兮惚兮,面面相觑。但“老五一”的人已经习惯箩箕的“天书”,熟知其中所有的密码,可以同步“解码”:所谓“与中央失去联系”,是指那里根本没有一个比生产队更高一级的组织代表,也没有学校派来随队的老师。至于“草地”,当然不是指若尔盖草原,而是指一片必须经过的湿地。“红军长征经过此地”不虚,当年红军确实在这一带山路徘徊,以作佯攻昆明态势——“老五一”的革命史普及得很好。

牛车的木轮子呈椭圆“凸轮”形,所以它行驶速度才如此缓慢,但上面铺了一层干草,是准备“接应伤员”的。没有人承认自己“受伤”,于是,牛车装载所有行李。“黑狼队”最初有些谦让,表示可以走到底,但箩箕一声吆喝镇住了他们:“前面是草地陷潭,你们他妈的逞什么强?不愿抄近道,去吧,再走十公里!这孩子是冲我面子自愿来当向导的!你们什么觉悟?想分裂?”

于是“黑狼队”往车上放下行李,一个叫“壶把”的,用一条绳子加固了行李堆,好在那点儿大大小小的行李包,对于负载超乎想象的“牛力车”根本不算什么!箩箕还是“老突击队队长”的架势,立即有序地指挥起来:“现在大家两手空了,轻便多了,可以摆摆臂,路边水田有防牲口的桩子,田里去年就没有栽秧了,每人可以拔它一根当杵棍!为防备追兵和伏击,我们舍弃公路走小路,前面两公里到山边到处是烂坝陷潭,很危险,如果发生陷落,要立即趴下,等待救援,所以要特别注意:成单路纵队行进!前面小牛带路,我的辎重殿后!同志们,曙光就在前面——前进!”

这就是“老五一”,叫你们见识何以叫“主力”!什么叫“身经百战”!什么叫“光荣的集体”!——至少,大龙脸上写得清清楚楚!

走出一公里,夏天和柴虫赶上来了,作为安排“与后方保持联系”的人,带来的消息令人沮丧:实验中学的三个班不来了,转场到小板桥镇子。因为“尤丽疯了,她坐在她妈妈的自行车上,撵上了四二班的队伍,叫他们向后转,按学校的新安排,去离昆明仅十五公里的平坝。她还打了班长辛安娜三记耳光……”

什么乱七八糟的！

“据说，墨雨龙潭根本没有粮食，我们带来的粮票不能在郊县区兑粮！我们要挨饿！学校可能在安置了其他三个班后就会通知我们转场。”夏天说。

“我日他妈！为什么要单单把‘老五一’支遣上来？等到通知来，我们已经在这里待了多少天？饿都饿死了！”大龙跺脚大骂，“我们不走！就是不走！我们要打出一片解放区，没有粮食吃草根！吃树皮！吃那头牛！”

筲箕说：“牛不能吃，吃我吧，我的肱二头肌够你红烧！”

夏天说：“路上我想好了，既然来了就不能撤！但现在不能把这个消息告诉大家，否则军心大乱！”

大龙还在跺脚：“要掩盖得严严实实根本不可能！‘老五一’战斗到最后一个人，无非成志愿军。想过没有，‘三八线’是打出来的！”

柯男什么也没说。这证实了他的预感，出发前，教导主任明全光低着谢了顶的头，语气含糊，如果不是离他距离最近，柯男敢说没有人听到他说了什么，他甚至把“墨雨龙潭”的“雨”字省略了。四十八里(二十四公里)说成“二、八里”。但不能说学校在有意欺骗，是后来——也许就是一个小时中——的变化。在昆明西站岔路口，辛安娜还把她带来的手风琴“罩”上了雨衣。“老五一”行进速度快，很快通过了西郊岔路口，他只与安娜说“到了驻地再联系”就分手了。他觉得应当服从学校安排，但难处也在于他们经过整整十个小时的行军，已经到达目的地了，这一路，最大问题是冒着雨雪疾行又饥饿难当，要是四二班，根本吃不了这苦。可现在说一声“折返回去”，不炸锅才见鬼！况且，夏天、柴虫带来的只是“听说”如此如此，根本没有接到学校正式通知！万一贸然回撤，又没那么回事，岂不自扰！再说，天要黑了，队伍无论如何要扎营过夜。

但眼下最使人忧虑的是：如果粮票在当地兑不了现，一旦他们全部就位，就会即刻与生产队发生极大的矛盾，因为，大粮票二联单是要交给生产队由他们来安排伙食的。这样看来，学校如真的调整了，也是对的。他为安娜她们庆幸，板桥镇在国道上，还通公交班车，粮食完全可以从昆明按配给买了带下去。而这里，是五十里外深山野地，他们已经孤悬海天！这才是最大的问题！但“老五一”的倔死脾性是在这七八年里长成的，他们视荣誉为生命，既已“北上”，决然誓死不退！这，柯男太清楚不过了。

2

到了，天也擦黑了，小牛尾巴一甩一个圈，成一个句号。

小蜜蜂走在了前头，完全不知情，把一小包舍不得吃的水果糖分给了当向导的孩子。余下的分给了围上来的孩子，每人一颗——这是长虫山采石场的“给养”，竟然留到了现在，天哪！

这是一个荒村！天黑前的农舍很黑，雨雪后更黑，七零八落，低矮的茅草屋有连片的，也有孤立的，但全然没有灯火。四十来个人每人取了行李，就在很深的泥地里站着瑟瑟发抖。

筲箕大喊着：“同志们，我们胜利到达了！这里就是世界上最著名的墨雨龙潭，大家看，风景多好啊！”——因为他前期到达，已经把自己当成了主人，似乎是在“邀客”。

远处，衬着灰蓝色的天光，真有无数蘑菇状的黑影，大约那是些树木和更远的村舍……果真是墨色风景。

远处游弋出一支火把，渐渐近了，大龙迎了上去。火光照见的是一个老人和那个“牛郎”，就爷孙俩。没有第三人。老人头上一顶看不出形状的帽子湿淋淋的，耷拉的帽檐儿折断了，雨水滴在他的额前，又顺着鼻梁往下流。柯男看他与大龙使劲儿握手，说，感谢毛主席派来了救命兵！苦寒地方对不起你们。

大龙没有忘记最紧要的安排，第一是吃饭；第二是烧个火让大家暖和过来，烤干湿衣服，保证女同学她们用热水；第三是安排住处；第四第五……明天再说。

老队长弓着腰一连说了几个：“及早吃吃，啊，饭等着人啊……”

老队长向前，大家尾随，上了一个很陡的坡，有十来级台阶，一个两进院落，就是“队部”，左厢房里亮着一盏汽灯，气不足，伞形的光线略能照见七八个在蒸汽里忙活的妇女的身影和天井里不少于一百个大小头颅——这就是人民公社大食堂了。

老队长喊着：“让开让开！”即刻就有人从面前闪避，但台阶上人们排成的长队不仅没有散，一经推搡，反而更加紧密，甚至有些慌张。他们每人手上拿着一个钵或土碗，看得出来，食堂就要开饭了，难怪老队长说“饭等着人”——等的就是他们。

没有男人，至少没有像样的男人，只有妇孺、老人。一个跛子听老队长一声唤就挤上台阶，“扒”出一个口子。于是，老队长开始猛烈招手，让“支农”学生靠前来“先打饭”，于是学生也排成了一支队伍。

每人一碗，是用一个“标准”的小碗从特大甑子里舀出来褐色囫囵的东西，多的，自然滚落，不多不少。这个碗随即传递到另一位妇女那里，用筷子搛了几个长条的东西压上，就伸到“窗口”上来，吃饭的人即刻将碗钵伸去接住，整个的“标准”碗就翻过来扣了给你。

启霞出来就哇地哭了。碗里是蚕豆，大约用土碱发过，显得特大而松软，有长长的黑色的芽,其余的说什么也是蚕豆。盖在“饭”上的是两个辣椒,新鲜牛角辣椒。有的带梗或一两片叶子,其余的还是辣椒。启霞把胜春的两个辣椒拈到自己的箍子盖里吃了,把整碗蚕豆扣在她的大饭盒里。

“黑狼队”的人叫嚷着:“还有什么吃的东西?走一天就这狗屎?”

无人来应答。

“老五一”的人没有一个吭声,埋头吞食这些东西。只听筲箕说:“不要吐皮哦!营养都在皮里……我这里手电筒照着!不准吐皮!不准剩!他妈的,这辣子怎么一点儿不辣!谁的辣,我们调一调!”

安排住房的事情倒顺利,人家是真心欢迎。小学校在坡头,早歇课了,大庙改建的,右边教室是低层,分配给女生。正殿上层两间,铺上干草,分配给男生,“黑狼队”很快抢占了有一排窗子的一间。行李打开,就有人喊:“厕所呢?我们在房头上撒尿了啊!”

沈周的手表是唯一时间机器,已晚九点半。柯男决定访问老队长。筲箕、大龙、小蜜蜂同往。夏天、柴虫负责检查安全和清理厕所、垃圾坑。

老队长是等着的。土屋似乎不小,有火塘,一个树桩上蓝色、橙色的火苗在缠绕跳动。影影绰绰有两个妇女的身影在动,间或楼梯在响,一会儿没声了。

“往常要剁猪菜,现在不了。”老队长开头就对声音的消逝作出解释。

大龙把两联粮票递了上去。这似乎是他们前来此地唯一的“证明”。

老队长看也不看,反身啐了一点口水在粮票的背面,工工整整地贴在了正堂毛主席的画像下方。退一步瞄瞄,似乎还满意,坐了下来。

大龙这一举动太露怯,至少柯男有些尴尬——这个老队长早知道这是一张废纸,在这里,它什么吃的也变不出来。

“那些杂种会来搜纸拿去卷烟抽,这下,他们轻易不敢了。”老队长解释他对四十来人十五天的口粮证明单的安排,有些得意。

“我看村里没有人。”大龙说。

“跑了。”

“跑了?跑哪里去了?”

“哪里都跑。男人不耐饿。”

“青壮跑了?谁来顾家?”

“抓了些回来,又跑了,挡不住。”

“我们来干什么?”

“你们自己去看。”

全部对话似乎就此结束。

柯男说："我们来了，给队里惹麻烦，你们碗里不多，我们还要舀一碗，无论吃什么，也不安心。人跑了，您老不跑，是因为全村还有那么多吃口。人要吃，比什么都要紧，先不说干什么？你说，去哪里找吃，我们去。行不行？"

老队长从折断的帽檐儿下看了看柯男，你家咂烟吗？苦烟。什么烟，是瓜叶子，哄哄嘴。柯男说，不吸烟。老队长笑了，茶！苦茶。早先有糊米茶。现在就是竹叶子碾的，清凉、祛痰火。柯男说，来一碗。大家一人一碗。干了，再煮。筲箕吹火，立时，火苗蹿起来，正红色。柴虫摸来了，说，学校的水缸全部清洗了，换成了干净水，他和夏天要"请示"的是，学校码着的干柴能不能用？大家要喝一点儿开水。没有壶，可以用锅烧，学校厨房里发现一口铁锅，擦擦可以用。还有……

老队长在脚底掼了掼烟锅嘴，很吃惊又凄惶的样子说："你们真要住下来？你们是娇贵一些的啊……走吧，蚕豆饭过两天也吃完了……走了算尿了。"

柯男将碗底翻过来，一下扣在他面前，说："好！喝完龙潭水就走！你以为我们在城里好吃好喝？我来告诉你，差不多！你穷你饿，我穷我饿，怎么办？来抱团来了！饿在一起，找饭！穷摆架子最可恨！来得突然，我在先就道歉了。但再穷，主不撵客。不要您老道歉！什么叫'你们自己找活儿'？那我就点火烧房子！"

大龙这些人知道，柯男是"正神"，惹不起！不言则已，真要惹恼了，说到做到。但习惯是他一旦发飙，众人莫开口，想笑不敢笑。何况他所表达正是"老五一"的精神之髓。哪能便宜了"墨雨龙潭"，天黑前得见一眼，天亮开溜？——这里好玩着呢！于是，鼻子底下哼哼有声，如同庙门前的丈二金刚！

老队长把小板凳挪出一截，连连作揖："主公！我失礼我失礼！早先公社来过人，说大学生要来支援，我上佛了，不听啊！没有人，真的没有，妇女天不亮就上山找吃，蕨菜根挖到二十里外去了！大学生你们来，我们欢迎，留种蚕豆都拿出来吃了——领导啊，你不见，三里外的龙潭小村都来舀那碗豆……"

小蜜蜂流下了眼泪，连忙出去，说火烟太大。

大龙插话："路上，我们见田里有趴着的谷子，没收，那不是粮食吗？"

老人高声呼喊："那是前年欠的公粮！放卫星放成亩产一万斤，按此核定公粮，全队就是三十万斤，当年实产一亩只有八百多一点，不是欠上了吗？去年全部产量送上去也没抵上一个边角，今年就没人再犁田，你看见的是二茬谷子，就是老茬子上的再生谷子——还是公家的，饿死老娘也没敢动啊！"

柯男说："大约有多少？"

老人嗫嚅着："三百来亩，散开的，东一点，西一点……"

柯男："我问你能收回多少谷子？"

老人这下归了魂，边思考边道："好的赖的，平均说来……啊，真不好说了，只能向领导报告个大概数,一亩最多——是二茬谷啊,过去就丢拽了,是放牛进去随意啃的——也就七八十斤,好的不过一百斤!”

柯男道:“我们、你们,都不能饿死!孩子们呢?更不能饿死!你给我听着,不准外传,如果一定要说,就说是公家派我们来收公粮谷子了!我们给你打收条!草草算算,也有两三万斤,再少,不会少于一万斤吧?全部秘密分配到各户!马上碾成米,对付荒年!你听懂了没有?大声点儿!”

老家伙说他耳背,左手换右手,轮流罩着耳朵。

柯男大笑:“好好好。最好。你指个大略方向就行,一切与你和村子无关。”

筲箕说:“如果上头来人问,就说这里驻的是八路军正规军,一个团,增援部队随后就到!他妈的,谁要来扫荡,老子反扫荡!坚壁清野!世上哪有饱汉拿着饿汉欺的道理,老子叫他一粒米也找不出来!”

出门后,谁也无话。

黑黢黢,深一脚浅一脚。

柯男满腹忧愤,闭着嘴。

大龙叹气:“也怪,‘老五一’到哪里都飙上死战!注意保密!不漏一点儿风声!”

3

没有人反对在早上九点下田干活儿,真早,要踩碎一路薄田上的冰凌。如果下霜,绝对是好天气;大霜,天朗气清,日头缓和,不一会儿就能暖和过来。但清晨有雾,纱幕笼盖四野,混沌一片,风景不见。

大龙在天亮前察看了龙潭的公粮田,按老队长指示的地界,是两条河流——母龙河与黑龙河——夹着的狭长田垄,很易辨认。事前策划的战术是,由近及远,大路边的谷子最后来“突击扫荡”。即先吃心,后吃皮,以免被过往的人发现。水稻是晚稻,即粳稻,最迟的收获季节在十二月,但现在已是一月上旬,因此,生长旺盛的棵子倒伏了,谷穗大半浸泡在水里。由于早早撂荒,无人来管水口,龙潭水大生诡异,漫涨如海,有的田块不见埂子,汪洋一片。蹊跷的是,正是撂荒的二茬谷,无施肥一说,大多高处的田块老谷茬里发出的棵子直棱棱的,虽细细瘦瘦,也还顶着那么三两个谷穗——看来,一亩之有,七八十斤是个囊中之数。

田野在望,大家是兴奋的,但赤脚一下田,倒抽一口冷气。

为了少一些扰动,筲箕的主意是用手捋干净谷子,人人用书包来装,“一粒不准丢”,书包满了,倒腾到田埂的席包里,向后方转移,末了,让光秃秃的棵子站着,远望则还是旧风景,一片撂荒的胡乱谷棵。但柯男心疼,谷草是好东西,如果用镰刀收割,而不是“枭首战法”,那么,牲口的草料、填灶的柴火也有了,但这里别说猪马,连只鸡也看不到，两头“母子牛”是唯一“社产”——这是无奈的。

“蝗虫来了！”筲箕大声吆喝，惊飞大群谷雀。

大家呼啦一下扑了进去。不过一个小时，小蜜蜂的书包先满了。女生将衣裳的袖子拦腰一系，成一个围裙，只管往兜里捋，这法子似乎更有效。但“黑狼队”神情犹豫，一半人还蹲在田埂上。有人喊：“为什么没有一个老师？”

筲箕一下喷火了：“你怎么不把你奶妈叫来！老子们自来是‘独立团’！”

柯男与大龙仍在地界周遭巡查，龙潭在哪里，这不是应当首要查明的问题，如果下游有一个水渠和水闸呢？放了水，大部分田块才能露出来。柴虫奉命去探明水口，大约方向错了，现在还不见踪影——柯男还有些自信，自幼他在滇池边，江湖波浪，见得多了，那里水网如织，如果引水栽水稻，闸门水口必有无疑。柯男决定自己凫水去查，大龙有些不放心，柯男说我水性好。你把柴虫找来就行。

“现在你看好了，前面不见谷茬处，大约是水最深的地方，沟渠肯定在那一方！最远的水面有个土丘，环转有老柳树，至少是一个深潭，起码是母潭下面的一个子潭，你看，有几只鹭鸶飞起来了——让柴虫到那里与我会合。”说完脱衣下水，瞬即没腰。

大龙在埂上喊：“冷不冷？”

柯男竖起一个大拇指，划水去了。

一切悄悄的，井然有序，分工细密，夏天带一组人，负责转运；罗润负责找到芦席展开，在学校天井晒晾——“老五一”每个人身上都有一个“机关”，一旦撤动，即刻发动，它是一个高转速而低声响的发动机，对这样的战法训练有素。沈周边溜边吹奏一段口琴，算是这一田块验收合格，没有抛撒谷子，可以转移到下一田块了。用几十个书包和围兜输送到田埂上来的谷子是湿漉漉的，有可爱的金黄，但至少三分之一霉褐或干脆起了小芽，筲箕不免叹息：“我×他祖宗八代！这算哪门子事？流血牺牲，换来江山破碎！”但仍有人搓出一小捧米来，分给大家嚼嚼，“啊，比老蚕豆好吃多了，香哪！”有人女声女气，装腔作势。筲箕即刻吼道：“再次申明，三大纪律八项注意，不许吃群众一粒谷子！”

壶把走过来蹭了他一下：“我们不喜欢你的口气！没有谁是孙子！”

小蜜蜂抢前一步，将两人隔开：“你们还那么大的火？不冷啊，真怪！”

一个叫雄式新的老远听了，怪叫：“你有火，上来暖暖我们呀！”

筲箕一下蹿起来：“你再说一句！老子敲断你的全口(牙)！”

壶把回身一摊手：“算了，也真是，几颗豆，这会儿差不多耗干了！放不出屁，吹口哨！”他身后一片口哨声。

柯男不断触到埂子,水似冰刀,但感觉水下一尺是暖和的,他知道,如果太阳出来,水面就是暖和的,而水下则会森冷。水很清,这种稻田积水有它自然的美态,谷子凝滞不动,有的谷穗正好翘然出水,大约得了水养,竟然谷粒饱满,比倒伏的腐烂谷子强多了!这是值得收获的田块,但似乎水还在涨,有的谷子已没在水下一拃,应当抢回来!

柴虫跟上来了,他掀起的水花太大,“有鱼!妈呀!那么多,还肥!”

柯男在水面上倒倒指头,指示方向。他估计,他们坚持不到两小时,这里的水域是积水淹没造成的,没有多大凶险,只是如果要找到淹没的河道和闸口,他们不知要游多远。

仿佛神算,这里就是一个“龙潭”了,不大,三亩左右,不见涌泉水线。上了埂子,风更冷,牙关打不开了。柴虫坐在一个柳树杈上,从后屁股兜里摸出一小瓶酒,一笑道:“只我们俩享受,我藏着的,还有一瓶,到上岗岭再喝。”原来他的消失,是回去拿他的酒!一人一大口,立即暖和过来,柯男看看田块的方向,认定龙潭水口向南,果然,看到“水口”了,但是一个“自流口”,一米下有茂密的水草,说明正常水位在一米以下,水草漂向就是指针。

“我们饿不死了!哈哈!我看见水蛇、草鱼、青鱼、金线鱼!真的!你要相信我。他妈的,这里的人真懒!我娘说,人是懒死的。”柴虫说,又偷抿了一口。

柯男已经沿河道游去了,速度很快。

大约三里外,发现了闸口,水渠闸阀门在两米水下,有淤泥杂草掩盖。柴虫潜水下去三次,冒上来说:“锈死了!不动!”柯男说:“你方向弄清没有?逆时针!”他也下了水,两人憋气,一使劲儿,阀门动了,瞬间,大股强水流,一下将柴虫冲顶在阀口上,柯男拽住柴虫,用脚猛地在闸阀轮上一蹬,两人蹿出水面……

河水在泄流了,整个水面颤动起来!

“等一等!”柯男牙齿磕着,“去……前头打个篱笆坝,至少……留住大点的……鱼鱼!快!”

中饭是一半蚕豆一半蚕豆叶。大食堂用来舀饭的竹“升筒”比小碗大了一倍。没有辣椒了,换成了一种酸酸臭臭的“酱”。连小蜜蜂也不知道蚕豆叶可以吃。煮熟熬烂的蚕豆叶是漆黑的,不用嚼,在嘴里即刻“腐化”。太阳出来了,大家不作声,沿石台阶一溜坐着埋头吃。

有人喊了一声:“盐!有盐巴吗?”

没有人回应。

好一会儿,有人说:“酱不是咸的？正确方法是,闭气,一口吞！”

大龙过来与小蜜蜂挨着坐下,压低声音说:“我感到我们要速战速决！”

小蜜蜂说:“这酱是世界上最难吃的酱了！”

柯男、柴虫回来了,湿漉漉的,什么也不说,抬饭就塞。

夏天猫腰过来,悄声说:“老队长不见了,我大早去借芦席,没有人,门锁了——他可能逃跑,去告发,他要出卖我们。”

晚五点收工,女生每人得到一盆热水。

晚饭还是老样子,但群众没有来吃。大食堂说,不见升筒大了？改一天一顿。

柯男并不担心老队长的“消失”。但他还是去“和尚庙”看了一眼,其实门没锁,是插上了一个带绳子的铁钩。他的另一个发现却令人心惊,村里人少了一半！除此之外,似乎没有什么改变。检点一天战果,大田收获三大块,大约十二亩左右,潮湿的谷子不好估量,大龙说不会少于一千五百斤。为了严守秘密,谷子一律堆放在小学校的天井里,再多,是问题了,要造一个临时的谷仓？如果老队长真去“通风报信”,那么,应当把收来的谷子迅速分配出去,但没有累积到足够的数量,一动,就起波澜！况且,这需要生产队的配合,至少,哪家哪户在哪里？如何地“均贫富”？哪怕这只是一点儿“打牙”的米！还有,水口一旦泄流太快,群众会发现景物大变,顿生疑窦！

他已经让柴虫带大龙在晚上九点左右查看一回水口，将泄流量调到一个让人“不知不觉”的水平……他浑身发痒起疹子,积年的稻田水有毒！他是早知道的,以前,奶奶给他治过“水田皮炎”,他想起奶奶来了……

黑暗里簌簌响,走近来,是罗润。

她站着,背着手,说:“你一个人待着,想事？哎,许多事情少了你这个人还真不行,不过嘛,也别太细了。”

柯男嗯一声:“你口气倒像是我妈。”

罗润乐了:“小蜜蜂说你中了水毒,我的药箱里你要什么？万金油抹了行啵？再就是红药水。”

柯男说:“万金油留给别人,有没有龙胆紫？”

罗润呵呵笑了:“那是女生用的,不过嘛,你也可以用。你别时时像个革命烈士好不好？”罗润找了个小纸包,从一个小瓶子里倒一点儿细末给了柯男,道:“好了,你赶快回去,估计这会儿有十个人在找你,大庙里干开了……”

柯男来了。

事情似乎没有想象的严重,前头发生什么不用问,这会儿处于“练嘴”阶段。

筲箕说："他们要暴动。"他指的是"黑狼队"。

柯男不能接受筲箕的所有概念，所以，例规是他开头只听，不马上介入。沈周给他抬来一盆温水，化了点儿龙胆紫，他袒背开始涂抹。

"我们没有团员！"一个叫"钢炮"的喊道。对方一字拉开，情绪激动，大约筲箕说了很多损人的话，激怒了这些"狼"。但无论什么原因，事情总要发生。

筲箕回头对着柯男说："瞧瞧，就这水平！什么团员？横扯什么？好像你们是另一个阵营，以美帝国主义为首的反革命阵营？连同台湾老蒋？什么吴庭艳？怎么不加东条英机？我们是以苏联为首的社会主义阵营？你、我，我们，是一个集体，不准走就是不准走！"

柯男身上，左臂皮疹最严重，红色水泡已经从皮肤表面隆起。他涂上药水后，呈一体紫蓝色，样子有点儿吓人。有些眼光被吸引到他这儿来了。他也看清了，"黑狼"们已经收拾了一些零杂东西，只有床铺没动，大约打算明早走。

柯男披上衣服，说："你们真要走？"

壶把是队长，因此，他躲不过柯男的眼光。他说："是。大家待不住。他们都说要走。"

柯男道："你呢？能说说原因吗？"

那个钢炮喊道："在这里饿死了！吃的什么狗屎！那是人吃的吗？"

柯男道："大家都吃这些东西。你们看得见，老乡也一样。我们不来，他们还没有每天那点儿豆！而且，那是留种的蚕豆，拿来给我们吃！已经不容易。得有良心！你们要走，可以。走吧。"忽然没有话了。陷入一阵沉默。

柯男说："我们才相识，大伙名字还叫不全。话语习惯不一样，你们觉着没有受到尊重，是不是？"

那个叫雄式新的大约是其中的快嘴："你们有什么了不起？我们'黑狼'也是鼎鼎有名的西南大区足球队，去年我们在南宁赛区得了第二名！"

筲箕无不嘲讽地道："全称是小学足球赛西南赛区第二名，怎么不拿第一名？"

这下，那边被彻底激火了，钢炮和三个大个子队员要扑上来。

筲箕一下扯了衣裳，拉开架势，喊："闪开，我一人单挑！"

柯男发现他的右胛还有一串泡，得再补药水——那四个足球队员，未必能打胜筲箕，他下手极快且狠，擅长闪击，对阵时转若风轮，这样独对多人，恰是他的专长，不知多少次了从未吃亏。柯男纹丝不动地端坐在"战场"中央，沈周细心地拉起一点儿衣裳，似乎不便拭药，要他再次脱了衬衣——出现了奇怪的大场面，对阵双方除非越过他才能接触。而柯男压根儿置身事外，丝毫不予理会——有些冷场了。

雄式新不知是气馁还是原本脑子就会"反转"，说："你们别以为我们怕，老虎(壶把)的腿骨还装着钢板，不是吃素的！你们以为就你们成绩好？可以比智力！要柯男来回答！”

笸箕接不上气，哭笑不得：“哈哈，这算什么？我他妈哪里不尊重你们了？说话只是说话而已，是过了，真过了过了过了……”

柯男也笑了，其实，事情到这个时候，也就完结了。

“第一个问题：狼和羊什么时候是一种动物？请柯男回答！”雄式新体魄很健壮，挺胸一站，很有派儿。

话音未落，柯男笑答：“都死了的时候。”

“黑狼”很吃惊，小雄无奈地说：“对。”

笸箕笑得打滚：“拜托！别开玩笑了，这算什么问题！”

小雄郑重地道：“这个问题其实有另一个解，你答上来！”

柯男想也不想，道：“月亮出来，大地光明。”

那边大吃一惊！立即收缩回去，雄式新说：“我们要讨论一下。”接着，六七个人交头接耳一阵，小雄出场问：“你怎么知道我们的暗号？你不要再对别人说好不好？第二个问题：青蛙和蝌蚪有什么区别？注意，题面看来很简单！”

柯男的脖子上也有疱疹，沈周有些忧虑，建议他吃“草药”。

柯男要应付那边，说：“蝌蚪是毒药，青蛙是甜饼干。”

“黑狼”再吃一惊，雄式新有些口吃了，说：“这，我们要研究……”

那边头接头，喳喳了很久，小雄出来宣布：“完全正确，不可思议。最后一个问题，是关于足球的问题，请你听好：足球，足球，说的是足球，它有两种形状，请一一说明。”

柯男随口道：“搁着是圆的，踢起来是方的。”

对方瞬间爆发了长久的欢呼！鼓掌！似乎是他们的胜利。雄式新上来与柯男握手：“太了不起了！最后一题是经典！你居然……居然答上来！”

整个过程，壶把一直与柯男对面坐着，他似乎也不大关注所谓“猜题”这种无聊游戏，他一直在细心看柯男的“伤情”，也许他大略知道早上柯男下到冰冷的水里探查闸门的事，这会儿隐约有些难受。

柯男说：“聪明的是你们！我只是随口答。游戏结束，休息，你们不是要早起走吗？”

壶把站起来握着柯男的手，说：“我们很崇拜你！我们不会走。”

柯男悄声说：“情况会好起来的，把你们捉到的田鸡吃了吧，那样挂着夜里猫来叼走了——明天撤了水，我们等着拿大鱼！”

出来，笸箕陪柯男走走。

笸箕说：“第一题，什么是‘月亮出来，大地光明’？”

柯男说:“我哪里知道。”

筲箕仰头寻思,有些发蒙:“第二题,蝌蚪不能吃,青蛙可以吃,一个毒药一个饼丁,勉强说得过去。那么第三题呢,不像是蒙的。”

柯男说:“足球一踢起来,就有规则——场地、边线不是‘方’的吗?”

4

昆富公路的班车只到黑林铺, 汽车顶上背着一个大肿囊似的煤气包, 走走停停,上坡喘气,不来劲儿,尽放黑屁。驾驶员跳下车门就走了。车上除售票员只有三名乘客。赵芹检票时,人家说,你的车票怎么买到墨雨龙潭?那里一个礼拜才有一班车,只有个“招呼站”,且早半年就不开班了。你要么去找便车,要么返回昆明西站去退那半程票。你拿你的票去窗口盖个章,过了今天就不认了。

赵芹去窗口盖了个章,窗口的小窗就砰地关了。过后,盖章的人抱个茶罐从侧门出来,看赵芹一脸茫然,驻足问,你去墨雨龙潭?你是那里的人?赵芹说,我是老师,来找学生,见没见一队学生从这里去了墨雨龙潭?

那人眼睛转了一个周天,问,什么时候的事?赵芹说大约三四天前。那人反问:坐班车来的?赵芹说:背行李走路。那人说,同志,你注定是搞错了!那种地方哪里有人去?逃荒逃完了。前几天设卡子, 也没堵着一个人, 民兵睡了三个晚上也撤了——那里人胆小,要跑,只会走滇西,走一山吃一山……

赵芹感觉掉进一个空无所依的大井里去了,名单上“四一班”四十多名学生兀自消失。她是到实验中学报到当天得到通知的,说有一队学生自己去“支农”。学校领导要她去把他们“调动回来,重新安排”。什么叫“自己”,难道没有学校老师和行政人员带队?教导主任明全光眼睛大放浑浑的光,说:“小赵老师,你你你从北京来……不不不知道……自来就没有什么‘行政’啊,上面一号召,学生自己就去了!行政就我一个人,我去带队,谁带我?你慢慢就知道了……”

她在车站里程表上找到了“墨雨村”的地名,估计就是“墨雨龙潭”,里程:自黑林铺到打了括号写了一个“去”字的“墨雨村”二十三公里。连同昆明西到此的距离就是二十八公里,即五十六华里。

她完全不能想象四十多个十五六岁的初中学生自己背着背包走近三十公里去一个“荒村”,或者压根儿就没有这回事,没有“墨雨村”,没有“四一班”,也没有“支农”这回事!一个很大的荒诞幽默故事!甚至那个明全光也不是一个实有的人!他谢顶很厉害,似乎有一种习惯动作,在与人交谈时,总用手勉强扶持着仅有的三四根头发,生怕它们滑落下来——于是,你只能看见他的半边脸、半个颅顶、半张嘴和一只闪烁的眼睛……

龙潭大村的“公粮田”在泄水第三天,出现奇异现象。这里不仅田块露出来了,甚至现出一片毛茸茸的绿色,这些浅淡稀疏的绿意,是一些半没在水下两年已经十分繁茂的水生植物交织而成的。有茨菰、荸荠、水葫芦、后茬水稻、稗子等等,自然有鲫鱼、鲤鱼、花鲢、草鱼、金线鱼、虾蟹和无数水蛇。

绝处逢生!简直是一个无限欢乐的盛大节日!

“支农队”如同门顶开花,喜不自胜,仿佛个个从桃源中来,成了神仙。但这是一种“窃喜”,一种隐秘的乐不可支却不可对外宣泄的欢乐。按事先安排,最后的泄水还没有到来,已经露出的一百多亩水田的二茬谷要紧急“抢收”,这由大龙负责;但“副业”方面的收成一点儿不放过,它可以在眨眼间改善队员窘困的生活。即使是茨菰、荸荠这样的东西,也比老蚕豆强多了,它们富含维生素、淀粉、多糖,至于鱼类——蛋白质啊,那简直就是救命的美食佳肴!小蜜蜂还发现了大片的水芹、海菜花和埂子上的小米菜,她说,蔬菜问题也解决了,水芹可以凉拌,只是没有作料。壶把当即表示,只要有,他的足球队员可以“长跑接力”,无非“搞它一次马拉松”。“黑狼”不仅不走,“要把龙潭吃穿了!”——于是,捉鱼摸虾的事由“黑狼队”负责。

这让笞箕略感不快,虽然前天晚上发生的事已经不再提起,但“摸鱼”,这是“二十个世纪我四大金刚的老本行啊,狼会吃羊,至于拿鱼,他会?”但柯男感染水毒的事让他心疼不已——状况还在加重,他的左臂水泡连片,皮下有亮亮黄黄的脓水,他的左臂一直有伤,罗润已经检查出是皮肤外伤感染;而柴虫就没事,他“皮厚”,整整两夜柯男不能入睡,只是从没听到他的呻吟——“罗润已经说过,最坏的结果就是败血症!白求恩!是白求恩吗?不!绝不!这代价太沉重了!把欢乐留给后代,如果能的话,我们可以直面牺牲,愉快地走向死亡!”——笞箕流泪自语着,在整个早上,他独自端坐在埂子上,进入一种庄严肃穆的自闭中,谁也不理睬!他木然地注视着大家扑向田野,溅起水花,是谁,抓到了第一条鱼?夏天,还是“老五一”?哈!

柯男由罗润陪同去附近寻访一位老中医,情况是沈周打听来的,大约晚上才会回来。

晚饭进行了悄然改进,在“蚕豆饭”进餐后有“夜宵”,在小学校厨房里用栗炭烤鱼,主厨是小蜜蜂,水芹末代替韭菜和芫荽,味道仍十分诱人,有十来斤鱼可烤,每人能分到三两重的一条!完了是炒荸荠和海菜茨菰汤……

大家齐声欢呼:“乌拉——万岁!”

突然,一声尖叫:“没有盐!”

天黑前,柯男、罗润回来了。

留给他的是一碗稠稠的乌鱼汤。罗润是个有心人,在供销社买了几块酱油膏、土碱和两扇红砂糖,唯独没有买盐巴。柯男听说拿到了鱼,却没有盐,大家啃白味鱼,人笑起来,说:“我妈妈说过:‘人间至宝米为先,世间百味盐当家’。我们这些人真是傻到家了!”

他们在红星公社镇子上找到了那个老中医,“跟个钻地鼠似的,在埂子上刨山药”,他声称没有公社证明不能给人诊病,罗润就说,你不把我们当人不就行了!土郎中说,镇子上鸡啊猪啊都没有,把你们当什么?罗润说,当鬼!“有鬼夜打灯”!土郎中就钻进暗处鼓捣一阵拿出些药面面来,一种白水吞服,一种水调外敷,“他的膏药纸比揩屁股纸还脏”。罗润是带了纱布卷的,当即包药,柯男自觉好多了。“那里也罕有人迹。供销社的门是砸开的,又吓又唬才买了那么点儿东西。”

大家围上来,看柯男真有些好转,也高兴。

壶把说,他们已经挑选了两个人,明天一大早,来个长跑“接力”,跑到镇上把盐巴买回来,“才二十里,四个单程不够一个马拉松!钱,我们有,我们在南宁比赛吃营养(伙食),后来提前三天回家,就拿补助,有二十块钱的集体库存!”大家“妈呀”一声叹,“原来你们是有产阶级!”雄式新立即“郑重申明”:“我们实行的是共产主义!”

柯男觉着耳边少了什么声音,问:“筲箕、大龙他们哪里去了?”

小蜜蜂立即将他拽到一边,耳语一阵后说:“我想不至于!”

武装民兵已经包围了龙潭村,扣押了老队长。“鬼子进村”是冲着“老五一”发动“秋季反扫荡”来的,看样子一场“根据地保卫战”在所难免!这是一个小时前的“情报”。随即,大龙与筲箕发生争论。大龙认为,这些影影绰绰的传言是筲箕自己从村里的小娃娃那里听来的,不足为凭。但筲箕强调,老队长已经消失两天,这难道是正常的?他“出卖”我们,引“伪军、鬼子”来查“强占公粮田”的事,不可能?或者是老队长逃跑被抓,现押解他回来——接着就是“围剿”我们!然后开“公审大会”。押解他的人带长枪,是确确真真,很多人亲眼见的!

大龙决定他一人直接到老队长家,无论如何,不能轻举妄动。他现在得去换一身能代表身份的衣服,而不是烂袄子套光膀子。

但筲箕仗恃地形熟,已经先行一步,抢先“包围”了老队长的独家院落。沈周望风,柴虫翻后墙而入以便策应,他则“正面诱敌”,大摇大摆闯了进去。

有一点灯火,蓖麻籽油的捻子在噼里啪啦炸着蓝色火花,升起一种油烟浓重的黄色火苗,正屋小桌前坐着一个中年男人,身穿洗白了的军装,身旁柱头上靠着一支枪——正经的苏式步骑枪!不见老家伙,筲箕在等待时机。果然,机会来了,那个老队长的孙子,小牛郎端个热水盆到男人脚下,说了声什么,那中年男子就从容地脱了鞋袜,“哈”一声舒舒坦坦地将双脚浸泡在热水里——时机到了!

柴虫一个打闪从侧门冒头，接近了堂屋正门……

筲箕猫步接近，突然大喊一声：“拿下！”

柴虫从那人身后扑上去，一下反剪了他的双臂，筲箕伸手一抄，夺枪在手，而这个人双脚浸在水盆里，竟然站立不起。

老队长端了两个碗出来，见状大喊：“哎呀！使不得使不得！”

筲箕哗啦拉响枪栓：“他妈的！没子弹！”

大龙进来了，老队长连声呼救：“打不得打不得！老祖宗，求你了！”

柴虫已经搜查完毕，说：“他只有一个烂烟袋。”

筲箕问：“其他人呢？你带来多少人？叫他们集合！这是命令！”弹夹里真的没有子弹，筲箕把步骑枪的三棱刺刀扳了起来，枪刺直对那个男人，“先交代子弹藏哪里了？快！”柴虫的搜查有了结果，在他的军用挎包里，有整整九发。

小牛郎拽拽筲箕的衣角说：“他是我舅爷，他打了个麂子，给你们送来了……”

柯男进来时与中年男子握握手，没说误会了之类的话，大约前头说够了。但老家伙还唠叨：“我说我也是存那么个心，贵人你们落在荒年野村，实在肉麻了，我们自己也害羞了，我没法啊，正是富民小河村那边我妹子死，一干人去抬埋。我求我侄子去山上收个野物来——他是公社武装部的，没人敢管，跑了两天，追打了一只小角麂，七八斤净肉是有的……”

蹿两天山林，跑两百里，打一只小小麂子来酬劳城里的学生。柯男觉着惶愧。筲箕不用说，埋着头不吭声，他太莽撞了。大龙的意思是麂子肉“支农队”不能接受，他的主意是，把麂子肉生剁了熬成肉粥，不是收来谷子了吗？碾些碎米掺着熬，每家一碗，村子里老幼也急需营养。他听说，村里许多老人都“不会动”了。老队长说，一天死一个，或一天死几个，死了就抬埋，哭的力气都没有。大龙说，那还有什么可说的！大田撤水，可以抓到鱼，也分给每户。老队长仓皇摇手：“使不得使不得，龙潭的鱼哪个敢吃？自来没人敢动，龙子龙孙啊！”

柯男笑了，他一直在打量这个富民县的武装部干部。很英俊的中年男人，他的两颊特别耐看，削得平而直，腭部包得恰到好处，能留住最丰富的表情，他面色紫黑，牙齿雪白。但他无话，每当感到柯男注视他久了，便侧目一笑。他只说了一句话：“麂子少了，难收。”

大龙说，现在谷子收了四五千斤了，小学校堆不下那么多谷子，又潮，霉烂了就白白浪费了，生产队提供两三百条麻袋来，我们给每户送。老队长支吾一阵，没回应。大龙又说，撤了水的大田，不是能种蚕豆吗？有的田块豆苗都一拃高了，你们来教，我们收了二茬谷，顺手就“点豆”，不是“秋收春种”都做了吗？老队长咿咿呀呀一阵，似乎说了什么“公社小春播种没有下令和指标”之类的话，再无声气。大龙已经足够顽强了，说，公社食堂要停止吃蚕豆饭，不是留的种子吗？至少把三百亩的种子调出来……你们究竟怕什么？他转向武装部干部说，怕什么？等人死绝是不是？谁反对，叫他把毛主席请来，我才不信了，他会站在他们一边！没有回应，武装部干部永远一个腼腆的笑脸。

5

山道上走来一个背绿色军用挎包的姑娘。她前面是太阳，头顶是云，后面是雨。逢人便问“墨雨龙潭”往哪里走？人家总是指着她身后的雨。那些墨色的雨像一根柱子悬天触地，犹如巨龙。她于是转身追着雨足，爬山下坝，翻山越岭，雨是看不见的，只是肯定是雨，因为扫过她脚面的铁线草总是湿漉漉的，掸过她肘弯的青蒿也是泪淋淋的，她伸手抓住一滴从叶脉上跌下来的水滴，是黑色的，她的白色回力鞋也是黑的，泥是黑的，水洼是黑的，在平射过来的泛泛水光里，远村也是黑的——她像走进了一个闭幕的舞台——从北京团校进修两年回来，她完全没有拾足仰上的感觉，这座红色的高原是她的家乡，但她完全不知道在红色的条带上有黑色的纹理，她是沿着这些黑色的纹理走到了一个被封存的石匣里，如同从大理石的风景里来的——她的奶奶是大理人。

前面有个小牛倌儿，用锥子一样的眼光盯着她。他的牛是一头黑色的小牛，也用圆圆的眼睛看着她。挡着道的只是一条埂子。

她问：“这里是墨雨龙潭吗？”

牛角一摆，稀里哗啦泄出一堆青黑的牛粪，她跨过牛粪，跟上了牛倌儿。

大龙说，这个人完全是多余的。她来干什么？

罗润说，她有一封信，是老师。

大龙从田里上了埂，拎着鞋跟在罗润的后面。上了村道，大石碾子旁坐着一个短发齐耳的圆脸“妇女”——大龙已经完全变成一个“村人”，见到女的叫“妇女”，这是一个很正式的称呼，区别男人及很少的牲畜，整个龙潭村没有一只母鸡，自然没有鸡蛋；没有母羊，自然没有羊奶。村人说龙潭的“母猪龙”走了，因此龙潭村“遭曝公尸”的厄运，意思不用说，男人走光了，剩下“妇女”，女人是真正的人，天，只生女人，故而一切幸运与罪罚都是女人的，这会儿又来一个女的，不多余，是什么？

他永远记得“支农队”来到龙潭村的当天，每个他们能见到的女人和老人，连孩子在内，都用眼睛点数有几个男人。他是最受瞩目的，他“海拔”最高，他的唇边已经冒出淡淡的髭须，胸部肌肉发达，那是重器械锻炼的结果。他还注意到公社大食堂在舀蚕豆饭时，逢到“妇女”（女生）就筛一下钵子，以使那些边缘上难以立足的豆子尽量滚落一些,而他和其他男人(男生),则深深一舀,几个豆子等不及滚落,就尽数倾倒在碗中……所以,来的这个"妇女",也要被"筛",使公社食堂多添一个隐秘的动作,不是多余?

"我叫赵芹,芹菜的芹。"她说着——这也多余,难道我们需要知道是"琴"、"勤",还是什么?她把一封信递到大龙手里。草草一看,其实,这个便笺是一纸"命令"。大意是,赵芹老师来传达学校通知,要"四一班全体"回校"等待重新分配支农任务"。落款日期是昨天,就是说,这个年轻的女老师背个不足半斤的挎包独自一人走到了"墨雨龙潭"!她不带行李,说明她是来执行调遣任务的,不是来"同甘共苦"的。仿佛四十多人足够装在她的挎包里。

大龙说:"我们不会走。"

赵芹歪着头说:"我来晚了。我走了整整一天,太难找了。"

大龙说:"你早来,我们也不走。"

罗润说:"我们来了一个星期了,没有人管我们。"大龙使劲儿使眼色,这叫什么话?什么时候我们叫人管过?罗润的话也太多余!

"人家手一指,我们上来了。学生的粮食关系全部归学校,但学校开出的粮票在这里不能兑现——农民是饥民,我们也是饥民,我们不得不把自己种下去,等待收获。"大龙说。

"啊!是种豆吗?"她看见田埂上有人抱着竹筒子在跑,有人往田里摁豆子。

"差不多。"

"那要多少时间呢?"

"不知道,我们正在学习务农。"

天晚了,今天突击,往常早收工了。余下的事,罗润会处理,比如如何吃饭前先喝一碗"大锅药汤"——一半人生病,大量减员,大龙一直在推动"速战速决",大约再有五六天,可以完成三百亩的"秋收春种"。病痛,也是一种收获,你要认真看,全村人都在生病,主要是"水肿"。要不"认真"看——你根本看不见,没有人下田。

小学校堆满了谷子,赵芹说:"啊,一派丰收景象!"话一出,招来几十双白眼。那里有一种弥散性的毒药,甚至是集体的蔑视和仇恨,这些人全"中毒"了!大家安安静静地排队到一口大锅前取药,药的配伍是从镇子上老中医那里求来的,加配了薏仁米,这里山边上就有,可以治疗又解饥。柯男头戴大草帽在那熬药,并负责均量分配。他手里的大勺每舀出一碗,就往锅底抄一下,然后当一声在锅沿上敲了勺上黏糊的锅巴。大家按这个节奏上一个人,又下一个人——有如一种虔敬的仪式。

赵芹端了一碗,抿了一口,说:"啊,你们的那位老中医真有把势!"

突然，大家哄堂大笑。

罗润说:“他就是柯男。”

赵片说:“哪个……谁是柯男?”

筲箕就恨恨地骂了一声:“生屎!”由于来人是奉命让大家“转移”的，已经传开，加之她竟然不认识柯男，看得出来，这个集体觉得备受侮辱。一下，院子里撤得空空的，再去大食堂舀一碗蚕豆饭，膳食算打发了，晚上，照样有“夜宵”，每天菜单大家有数，今天收获的是一条足三斤的大鲇鱼!还有一撮箕虾!

在大食堂，小蜜蜂和三个妇女在熬另一锅汤药，配伍完全一样，只是薏仁米分量更足。“黑狼队”组织了两次长跑接力，从镇子供销社买来九斤碘盐，分给大食堂六斤，所以，吃饭的人一下多了起来。

赵芹对吃蚕豆饭没有意见，她甚至拣出两粒老鼠屎，只是问，有没有“汤”?

没有人应她，她算谨慎的，看看没有谁吐豆壳，使劲儿嚼了往下咽:“这里是很困难，我明天到公社去一趟，和他们接洽接洽。如果有电话，我把情况向学校汇报汇报。”

也没人回应。

罗润说:“晚上你睡我的铺，我和小蜜蜂挤。我们先去帮群众看病，你去不去?我们打火把，你的鞋湿了，可以换我的，我看你的脚要大一些，不过，我的胶鞋很肥——现在不说肥，会流口水。”

昨天，村里又死了一个男人，才三十八岁。不过，这是个长年病人，他的肚子胀得有锅大。大龙他们去帮着抬埋，老队长说，要赶快，不要叫老鼠嚼了舅子的耳朵!筲箕就蹲下身去抄脚，“尸水”一下溅了他一脸，他大吼一声:“老哥!你识相一点儿，有本事自己走!没本事忍着点儿!如今往后你有一窝地了，什么东西往那里丢行不行?”老队长则将一个苞谷核核一下塞进死人屁眼儿里……

接连三天死人，前头两个是老人。其中一个与筲箕“照过面”，筲箕坚称，刚到墨雨龙潭的当晚，排队打饭，那位奶奶就在“群众队伍”的排头，见筲箕端碗上来，就紧缩了一步，让出窗口的空位，还朝他抿嘴一笑——不想第二天，群众队里再看不见这位奶奶。一问，老队长说:死了。今晚就抬了。“抬”，就是埋葬!筲箕周身一震，顿时就泪流满面。他一直认定，是他害死了这个素昧平生的老奶奶，正是她退让了那一步，退到绝境，她死了!正是她对他一笑，使尽余力，她死了!他对老队长说，要“抬”，他来当“孝子”。老队长说，早就不搞封建(迷信)了，死了人就抬埋。你要来就来，只是不兴号丧了。当晚，筲箕就与老队长、跛子和小牛倌儿四人上山。筲箕伸手一抄薄板棺材，恁轻，说，是不是人啊?老队长自来懦弱，此时一横目:“人到此时，就一把柴!”

那天晚上，筲箕彻夜未眠，在他的小本子上胡乱写了很多字，大半被泪水洇湿——此后，但凡“有事”，老队长会在稍前招呼，并在那户死了人的家门岭岗头举火为号，“突击队”就调集三至四人前去，担任“抬埋”的任务。

大龙第一次“抬埋”，回来就大呕，但对外却说，他吐出一根很长的鱼刺。

夏天说：“黑龙潭照亮了我的人生。”

“支农队”事实上已经在名义上瓦解了，没有人再说起这个称号。村里只有四个手脚齐全的成年男子，大多带病，其余是老倌儿，走路会打闪。抬埋死人的事大半叫“大学生”承担后，显然，气氛陡然沉郁。但箮箕终于不再流泪，抬上一回死人，箮箕就说：“见了！活着不易，死个人就这么简单！关键是盖脸布！叫他在阴间饿鬼道上瞎抓乱抢，这样，反而得吃！我死了，你们记住，要盖红旗！老子还是‘突击队队长’；柯男死了，盖军旗，他六岁就参加革命了，是司号排的排头兵！大龙是最容易死的，因为他身子长，目标太大……”

大龙就说：“我死了脸上盖一片笋叶壳，来年是青笋，八丈高！”

兼职的“抬埋队”不允许“妇女”参加，说来是当地葬俗。“四一班”女生没有表示什么，但罗润和胜春、启霞还是抱头痛哭一场，然后到外面去，泪水婆娑地望着黑夜里在山冈上游弋的火把。

老队长例定要烧一大堆稻草，人人从火上跳过去，以“禳灾除秽”。

“抬埋队”就齐唱：

卯城城门有多高，
三十八丈高，
张飞出，吕布进，
诸葛扇子漫天摇！
借东风，西风来，
墨雨蹿出龙与蛟！
小泥鳅，大草鱼，
上了砧板挨一刀！

末了是一个“关门”的动作，由两个人伸臂一拦，将不幸踩了“刀字点”的人“关”在火堆里，那个落在火堆里的人必须高呼：“打倒帝国主义！开枪吧！此地很好！”——这是童年“团舞”歌谣的修改版。

但今天晚上发生的事情全然出乎意料！

罗润去看病了的那个女人，她一岁半的孩子却死了！大约是白天就死了，这个瘦弱的女人一直将死婴抱在怀里，当罗润她们进去时，她凄然一声喊叫，抱着死婴就往外冲。那时，罗润她们尚不能判定这个孩子究竟死了没有，举着火把就追，还大声喊，喊什么，不知道，总之是"等一等……我们看看孩子！看看孩子……"之类。整个村子震动了！大约一刻间，火把在全村游弋，柯男最先到达山边垭口，但听起来，罗润她们的声音在西边的一个岭岗上……

老队长在一座石桥上拦住了罗润她们，说，不要追，由她去！

罗润疯了，迎头将老队长撞倒，穷追不舍！

西头岭岗上，乱石成堆，没有一棵树！衰草低俯，哀哀地颤抖。

罗润与那个女人争抢孩子时被她咬了一口，但就在伸手触到孩子的脸时，罗润大哭起来，她像一只狼一样号叫，不停地号叫……孩子死了，真的。

柯男上来扯起她，在她脸上一下一下刮："你冷静！这孩子死了！"

罗润一下伏在柯男肩上，喊："没有……早上还喂了药……"

老队长拄着腿爬上来，说，村里习惯，死娃娃不能入家坟，只能埋这岗子上。

罗润疯狂地捶打所有接近她的人，她冲向老队长："什么？为什么？你说清楚……她早上才吃的药，她很乖……很乖……她不吐药……很苦很苦啊……"

"黑狼队"围成一圈，个个吞泪，每人在收拾乱葬岗子，将他们不顺眼的石头踢开，壶把将自己的11号球衣脱下来，将那畸小的尸体裹成一个小枕头样……

整夜，罗润不能入睡，赵芹老师守着她，用毛巾蘸水给她敷手、脚、前额。小蜜蜂说，她不发烧，是惊厥，得让她镇定。山边有紫石英、沙参，我找柴虫，我们打着手电筒去找，喂水给她喝，她要叫唤，由她。好在那个女人咬她那一口，有衣裳隔着，只是留了几个牙印，要破口流血，就不是小麻烦了。说不定得打狂犬疫苗。

赵芹将小蜜蜂约出门外，她脸色灰白，说："你们下来，一直就这样？"

小蜜蜂不能领会她的意思，应答有些含糊："是啊。死人的事经常有，我们不害怕。村里现在不搞迷信，死了就由老队长找人去埋。"

赵芹一个劲儿打冷噤，说："我明天要去公社，反映！"

小蜜蜂说："你反映什么我们不管，但我们在这里干什么，你不能说。"

赵芹捋捋她的短发，眉头一耸，问："为什么？又不是地下党！不过，我很感动。真的！我……"

小蜜蜂傲然地打断她的话，道："我们一点儿不感动！你才来，你什么也不懂。你把煤油灯捻暗一点儿。"

6

大龙大略计算了一下，再有两天，田里的二茬谷就全部“归仓”了，有一万两千斤左右，“支农队”挨户上门，“借”了一千两百多条麻袋，每个袋上做了记号。计划在撤离前夜，由熟悉路径的人分批将这些谷子送到各户的门前。然后悄然离去。每户人口多少已经不便统计，是“均贫富”的分配办法。

天空聚云成铅块，很沉很重。箩箕说，要行动，就在当晚，我看北风吹哨子了，四方天角竖雪墙了，红彤彤的。大约有大雪！“支农队”在天擦黑时，就将装好的粮袋送出去，到下半夜，全部出空。地上，还有些谷草和垫席，箩箕在天井里点燃，烧成一大堆篝火。四十来人，已经不打算睡觉，默默地守着噼啪作响的火焰，看那些乘风扬起的火花像红色的蝇子飞着绕着，恋恋地不去……

赵芹是挨晚才回来的，她说，公社一个人也没有。“值班室”有一个手摇电话机，摇了摇，“连嗡嗡声也没有”，一看，捆绑的大电池不见了。

柴虫找到柯男说，他把最后一瓶酒送给了老队长，他细想过，老队长这个人虽然很狡猾，还不能算是“汉奸”；小蜜蜂让他把女生积攒的三块五毛钱送给了那个死了孩子的女人，他说“你猜怎么着，她飞快地藏在了一个竹筒里”；还有“黑狼队”把随队带来的一个足球送给了龙潭村的孩子们。“我们怎么不把拖拉机送到这里？至少，这也算是根据地了。”

早上六点半，整队撤离。驻村整十二天。

天还很黑，预备的十支竹篾火把点燃后，大多交到女生手里，牛车由小牛倌儿驾驭上了出村的泥路。罗润很虚弱，依在行李堆上，用一床被子捂着，北风忽地停了，队伍在沉闷孤寂的一团冷气中滚动着前行。

“那是谁呀？”箩箕半赤着脚，他的一双鞋只剩一只。但自任“前哨”的他两眼始终盯着前方。

一个黑影在岔道口的高埂上，高举着一个酒瓶，上身裸露着猩猩的赤红，扭舞着，如同鬼魅，他一颠一跃，一跌一扑，嘶声大唱：

前头腊月一十三，
龙王出水漫金山；
来了罗汉三十三，
还有菩萨众娘娘！

好娘娘，娘娘好，
要续高香方得了；
灶膛火冷蚂蚁瘦，
甑子空空散箍了！

众罗汉，呈宝相，
他摘月，他挽缰！
他收鬼，他称王！
星宿摞来一谷仓！

还有掰下个脚趾烧了吃，
当个猪耳朵嚼个脆邦邦！
你说奇事它不奇，
你说怪诞不怪诞……

筲箕哈哈大笑："老队长这杂种，几口酒就疯了！小气量，不要理他！"

忽地阴霾消散，这个狭窄的山谷，仅一面向东，那里，天边一丝淡亮！

柯男已经感到，在这里，一个完全陌生的地方，一个原本有三千人口、现今不到六百孤弱妇孺的山村——无论领受了怎样的恩报，无论他们一群付出怎样的代价，他将留下无边的怅恨！

第 二 章

7

尤丽主持了实验中学“支农队”与板桥中学的联欢晚会。

由于粮食供应困难的原因，板桥镇的另一所直属农业大学的职业中学已经提前放假。各村小学则全部放假。板桥中学剩下初中三年级因面临升学还在勉力支撑。实验中学支农来到镇子上后，将镇中学作为驻地。板桥公社不能有什么意见，除了协助安排生活，只得拨出三千多斤救济粮“维持炉灶”，并将留校的两个初三班也停止补习，和“支农队”一起劳动。事实上公社的为难之处还在于，农田里根本没有晚秋作物的种植和收割。只能开了三次“反击右倾持续跃进”的大会后，其余时间安排完成“腾仓”——即把三个大队平调的大约四万斤各种“压仓粮”，从大队仓库中“调”出来，运往公社，以便应急。因此实验中学一千多名师生担负的是运粮任务，即肩挑人背，把豆米杂粮转移出来，遍及十三个“站点”的山间道路加起来，号称“两千五百里”，大队伍长蛇般蜿蜒，蔚为壮观。《战地报》很快发表通讯，说这是“万里长征”的“前十步”！

这所有调运粮食全部计为“实验中学”的“支农成绩”，在感谢信里写的是二十万斤，翻了五番。尤丽在宣读感谢信时打了一个奔儿，问身边的教导主任明全光，怎么四万斤变成了二十万斤？明全光杵了她一下，让她继续念。下来之后，尤丽警告他对妇女要尊重，“你为什么要对我动手动脚？”如果不是明主任立即赔礼道歉，一再称自己心下绝无“坏水”，这事大约就是最早的“大事件”，后来就根本不会发生“集体死亡”的“历史性突发意外”了。

当天晚上，两校师生联欢，第一个节目是四二班的大合唱。两支歌曲是《我们走在大路上》和《公社浇开幸福花》，当尤丽指挥举起指挥棒，轻轻向右一点，乐队齐奏

"过门",她转正身体,高抬的两手一起一压——按合唱的规矩,大家齐声进入乐章第一小节,但下面一千多人哇一声大叫起来,合唱队四排齐齐整整的人非但没有发出一声,哗啦一下全倒下了!仿佛尤丽手臂一挥,飞出一条"霹雳闪电",于是击倒了所有舞台上的歌手!会场大乱!不知道发生了什么事情!反应最迅捷的是公社武装部部长,一个跨越飞上露天舞台的边幕切断电闸——但这一来,黑暗中人群冲撞,情况更加混乱!

问题在于倒下的是全部人,非部分人,且"短暂休克"。人与人跌压在一起,面无血色,呼喊不应!实验中学教导主任明全光是现场最大的"负责人",他在不知所措时被人挤下舞台,被踩踏致伤,而可怜的尤丽则站在舞台中央,哭了整整半个小时。

最终,送到卫生所又紧急转至昆明抢救的只有明全光,他左肋骨折,属重伤。而"集体死亡"的四十二人,在事后两个小时经"补水"陆续恢复生命体征——现场捡到的尤丽的指挥棒断成两截,最重要的是这根金属棒的尖端——一个圆形小球不见了。物理教研室的马老师说,如果找到,可以查出是否有"尖端放电"的痕迹,当日附近确有雷电,有一种闪电叫"球形闪电",是尤丽的金属棒将闪电抛到了合唱队头顶上了!况且,这些遭到雷击的学生刚从雨中收工回来,身上湿漉漉的就被赶上露天舞台,每人又挨着挤着,浑然一个大"导体"!不少人看见,真有一团明亮的东西在眼前划过,是滚动飘忽的!更有人补充了一个至关重要的细节:他看见在"集体死亡"的那一刹那,台上的所有人,尤其是女生的头发在瞬间竖直起来,那些长辫子简直就是丛林,安娜位居正中,她略带金黄的长发如同喷发的火焰!——当时,他以为这是四二班别出心裁的"表演效果"。但也有人说,那个光团,是两只五百瓦电灯泡在风中飘摇产生的"光晕",在水汽浓重时,看似就是一个大大的光球!总之,要捕捉"球形闪电",并不是一个中学校物理教研室能完成的科目,它太神奇,太伟大了!

尤丽在以"长调"哭过之后,就一直锁死牙关,两眼无光,缄默不语。晚会没有宣布结束,就在恐怖中烟消云散。

尤丽的父母是在当日深夜赶到板桥镇的,随后,在她妈妈强烈的要求下,公社弄来一辆大卡车,在天亮前将她送到"空军医院"检查治疗。结论是,除了浅表性胃炎,这个十六岁的女孩没有任何遭受雷击的创伤,但她的右手食指指甲盖掉了一半,估计是她拒绝别人靠近,挥舞手臂,不小心触断的,需要做简单包扎。

三天后,实验中学复课,四二班四十二个人,"集体死亡"演变成"集体痴呆",这些学生神情木讷。但凡尤丽出现,所有人远她两尺,或绕道行走,绝不与她对视,也不与她讲话。私下的传闻是,尤丽的"心魔"转化为"电魔"。与她同桌的男生用一根电线"接地",并且在"三八线"上放了一条"电木"用以绝缘——"三八线"是男生与女生同桌时在课桌上用墨水画定的一条"界线",以杜绝双方的臂肘接触——除了

"老五一",在其他班一直很流行。

尤丽很快就"疯"了!她住院一个礼拜后,她的妈妈与学校领导认真交涉,要求"转班",否则坚决"转校"!

实验中学初中部一千两百多名学生、二十三位老师在板桥镇共"支农"十三天,直至发生"集体死亡"事件,没有任何人在任何场合任何时间提及这个学校还有一个四一班莫名缺员!好似根本就不存在这个四十多个人的班集体!在学校整队动员出发后,这个班在昆明西站就兀自消失。十四天后,又集体返回,并与其他班级同时复课。

关于四二班在露天演出时"集体死亡"的故事,使得这个学校开学头三天完全无法上课。小蜜蜂她们高兴死了,一伙女生相拥"猴跳"。按她们私下的探察和极乐观的判断,根本不存在"电击"事件,这是"四二班"积郁很久后集体策划的一次"高级幽默",他们终于启动了对尤丽的"孤立"——"第六条款"——这一"致命程序"!

但好景不长,星期一全校师生大会,副校长兼党支部书记任义,在宣读了一大串表彰名单后,突然宣布对四一班给予"集体记大过"处分,对四一班班长大龙给予记大过处分。没有提及校团委委员柯男和小蜜蜂。理由是:"拒不服从学校安排,擅自带领四一班到非指定地点散漫滞留十四天"。

突然,操场上嗡的一声。

全校两千多师生看见四一班全体起立!没有人出声,也看不见那个被宣布受处分的班长在哪里。

任义使劲儿拍着麦克风喊:"坐下坐下!"在教师座位上冲下一个人来,是赵芹,她径直来到四一班人群中,说了很多话,只有两个字全场听见了:"冷静!冷静!"但"黑狼队"十一人由队长壶把带领,一甩手全部离场,不知谁忽然吹了一声口哨,在场边抛出一只足球,一记猛射,将球踢出墙外,直飞到不知多高的高处。

下午三点,"黑狼队" 突然宣布拒绝学校安排的一场与省卫生学校足球队的友谊赛!那时,友队已经入场……

8

当晚,实验中学党支部召开扩大会议。

据说,是支部书记任义前往医院向住院的秦校长汇报"学校出现政治乱子"时,秦校长建议召开的。这里有心照不宣的微妙,早先,秦老太一身双任,但后来自己请辞支部书记,并建议由副校长任义来顶替这个职务,原因不言自明,"红军老太"年纪大了,如果"校长"一职可辞,她表示也不再担任校长,"我拢共认识一百来字,后来是在革命队伍里学的，不正规，哪里能当校长？还实验？不实验也就罢了，要实验，我是想好了坚决要退下来。”——副校长任义是学纺织的，担任过轻工业局技工学校校长，该校去年“下马”，调到实验中学担任副校长，由于秦老太的“禅让”，教育局党委尊重她的意见，任义便“白捡了一个书记”，所以对秦老太依旧如过去崇奉，一口一个“老书记”。遇到这样严重的事件，他几乎是颤抖着结结巴巴请“老红军”出马坐镇。但召开“支部扩大会”是他没有想到的。原来，只要讨来老太的口风，他就“坚决执行”，“毫不手软，严惩捣乱分子”，但开会，还“扩大”，他就觉得有些手足无措了。

任义的总结报告太长，每个“自然段落”都以“尊敬的老书记”起头，老太就打断他的话说，不是“汇报”。你给我一个人汇报什么？这不是我个人的会。显然，她的话没有说完，她从小书包里掏啊掏，掏出三四种药，又经认真地加减数量，确定的确是这些药而不是别的药，就要白开水。任义手忙脚乱地倒来一杯水，太烫！秦老太说凉的也行，这下麻烦了，天冷，哪里来的凉白开？与老太就近坐着的支部委员语文组组长魏玛眼疾手快，迅速找来另一个玻璃杯子，来回倒了三四次，大家终于看到老太将她手里的药吃到了嘴里……

她继续说，你们说啊！噢，我说到哪里了？“扩大会”我建议扩大到党小组长。加一个赵芹。我也是列席的。但都可以发言。都说学校反革命翻天了！反革命在哪里？还有“分子”！天上打雷你有什么办法？不叫它打，它要打，伤了一个人——明全光，没有死人，就是小事嘛！学生示威，学生闹事，他要闹，你有什么办法？一个学校都右倾，我就不相信！我那时是农村娃娃，但参加革命，看学生抗个议就支持，不高兴的是国民党。现在，轮到我们不高兴了，为什么？我们管理国家了嘛，管人的人，就不喜欢有人不规矩。这算“左”，是吗？你越“左”，别人就越右，你推人家了嘛！把人家推个陀螺转，抽鞭子，还说人家倒了，右了。把只足球踢到天上去了，捡回来就行了，谈得上这只足球是“西风”刮跑的吗？不要什么都“刮风”！说四一班跑了，四方面军跑了又回来了，他们几十个孩子跑到哪里去了，美国还是台湾？柯男这些孩子你们谁跟他们说过话？你说过吗？我就说过，这是些很好很正的孩子——你们汇报的那些事，我就不相信！谁哭了？噢，赵芹，你哭什么？噎成这样，说什么话？歇歇，歇歇，喝口水，把我的水给她……

“我可以……说话吗？”赵芹问。

老太将眼光转向任义，那边表示“当然”。

赵芹站起来，仍用手帕捂着眼睛和半边嘴，她说，她是星期一来报到就被派去“找”四一班的，当时，明主任也没有确切的消息，只有一个大略的方向，但有一句话她记得清清楚楚，明全光主任说：“临时变动支农地点，估计他们没有得到通知，按原先的地点去了。”又说，“这个班历来自由自主，行动很快，一下就没了联系。”她还在小本子上记下了那个地点叫“墨雨龙潭”——明全光因为重伤住院，缺席会议，所以“死无对证”。任义立即反驳，说他曾经多次要明主任与当地公社联系，至少打了不下十个电话！

赵芹说：“我能不能把话说完？”

秦老太兴奋极了，双手往桌子上一趴：“你说你说！”

“我来到黑林铺，根本就难打听到什么‘墨雨龙潭’。我以为是‘墨鱼’，想想不对，大海里才有墨鱼，这里哪里有墨鱼。是‘魔芋’吧？转了半天，才在车站的里程表上看见是‘墨雨龙潭’。二十三公里，加昆明到黑林铺的距离五公里，是二十八公里——我走了十三个小时，试想他们背着行李，走完这段路程，下着雪、雨，要有多艰难！”

秦老太嘴一瘪：“嗯！这是红军作风！我们当时的行军速度——不打仗，也不过如此！后来呢？”

赵芹哇地哭起来：“他们根本就没有吃的！吃什么？你们去看——学校的粮票不能兑现，他们吃田里的茨菰、野菜，每顿就一碗蚕豆！我吃了！我可以作证——而随校支农的其他班级——我也问了，吃大米，掺杂一点儿红小豆！村里死了人，他们去抬，去埋——我就在现场——而现在，学校却处分他们！这哪里公平？”她已经泣不成声。

任义随机插话：“我们也一直担心，打了那么多电话……要把他们接回来！”

其时，有一会儿秦老太也陪着流泪了，这时，忽然哈哈大笑：“人家在那里好好地与群众同甘共苦，你捣什么乱！瞎指挥！他们很苦啊，没有逃兵吧？”

赵芹说：“没有！一个也没有！我亲眼见他们在夜里把粮食送到农民家里！说到电话——我建议，现在，请哪一位把电话打到红星公社去！根本就没有电话——我去了，那里的手摇电话没人值班，也没有电池！”

任义说：“这件事原本由明主任负责，他现在不在，不能只听一面之词。但有一点是明确的，公社没有反映他们的劳动成绩，也没有支农战果的记录。至于，其他的说法，也不能排除，比如，在那里游耍，拿鱼摸虾，还有更严重的：抢夺武装部的枪支——这不是一般性质的问题，需要严肃调查处理上报！市里的内部通报说，就在那一带，反革命分子活动猖獗，有一个山区发生小规模暴动，反动分子怂恿煽动群众外逃！他们是否与这些活动有所牵连？至少，要调查一下，是吧？总不能感情用事吧！”

秦老太大张着嘴，这一点，太突然，她也始料未及！

她要起身，她似乎有些内急，她要去上厕所，魏玛老师连忙去搀扶，走出几步，眼看就要绕过长长的会议桌，她一个趔趄，伸手去抓，一下拽住了台布的一个角，哗啦一声，桌布兜底一抽，所有杯盘飞了起来，噼里啪啦，一地碎响……

赵芹突然发觉自己很是羸弱，她不知道自己还能做什么。扩大会在她和所有与会者面前张开一张很大很深的网，她本能地想从这张网里挣脱出来，但手脚冰凉，自救是那么困难，“墨雨龙潭”这个诡异的名称，此时突然显示出一种她感觉恐惧的力量，把她——一个事实上刚刚参加工作的年轻教师，轻而易举地吸了进去，她已经感觉这种旋涡越来越大，她根本无从抗拒。在两个不眠的长夜里，她反反复复地回忆每一天的每一个细节，她的全部见闻和感受，她仅仅与这群学生相处了三天，他们并不了解她，甚至不欢迎她的到来。而她唯一能告诉自己的是他们不坏、他们善良、他们是漂泊的一群——全凭这个集体固有的说不清的一种力量在生存，在运动。而看不出来，或压根儿就没有通常为人首肯的所谓“目的”——这也许是很多偶然的特殊的因素聚合在一起，造成的一次纯属偶然的“脱离领导”的事件，她原本想证明的正是这一点。但如果这是一种“集体”的常态，那么，确实太危险了。连同她，仅仅想说明事实，但事实忽然变成“墨雨”而一片洇淫——她永远忘不了那天晚上，罗润和其他学生在一个死婴面前洒下的泪水；那件红黄相间的 11 号球衣如何将孩子轻轻地包裹，她看得比任何人更真切，那个叫壶把的身材壮实的男生如何捧起孩子小小的尸体，如何在孩子茸茸的头发上抹去草茬和细细的泥土，末了，这个男生还吹了一下，有一股湿热的气息在冰冷的空气中像一方小小的手帕在孩子灰黑的小脸上拂动——那一刻，她不能准确地说清她看到了什么，但她很肯定，这一幕足以改变她的一生——她是为这些，在诉说时，在“扩大会”上流泪的……然而，就在她以为可以改变什么时，一下反转了过来，“墨雨”倾盆……

现在，她想的更多的是，但愿这些事情过去，也没有那张网要“打捞”的一切，她看到的还那么真实。她还想知道的是，四一班能经受沉重的打击吗？他们怎么想？怎么评价他们的“荒诞”行动？怎么解释他们的一切？她不由得不这样想，因为，在到实验中学报到前，团市委已经通过对她的任命，由她担任实验中学专职团委书记，“通知”是早她一个礼拜到达学校的，报到前晚，她特地看望了秦舒金老书记，老太太拉着她的手说：“啊呀，你跟我一个脸模子，剪短发好看！”老太还说出了没有“书记”的团委委员名单，奇怪的是她只记住了小蜜蜂……恰巧，就在她要去“找回来”的四一班里！一个初中一年级的班里，有两个团委委员和一个干事，占了团委委员的一半，这说明什么？这是一个怎样的集体？

但现在，一切都不重要了。她的“任命”没有宣布。或许，她应当准备去做一名普通任课教师，她又能胜任什么课程呢……是体育吗？她是退役体操运动员，拿过一个鞍马少年冠军……

“四一班事件”如同一个没有进屉子的馒头在持续发酵。全校部分传达了“扩大会”的精神，它做了稍许的修改，说全校师生要吸取“严重教训”，在“复杂的社会斗争中坚定地站稳立场，与无组织无纪律的散漫行为斗争到底”。学校维持对四一班的处分，对其班长的处分一节却没有提及，但关于他们可能与“黑色的乡村”的种种纠葛与传说迅速蔓延。

明全光出院了，他的身子在行走时呈左倾10°倾斜，坐在椅子上呈左倾15°—20°倾斜。据说，在躺下时呈180°侧转，因为他右肋断了两根骨头。打着的绷带如同蚕茧，他的左臂还有骨裂和挫伤，打着吊带，故而，通常披一件棉衣在外，露着“茧壳”。筲箕开玩笑说：“柴虫，把你的名号让给这位英雄吧。”柴虫说：“那么轻易？我干革命八年，抵得抗战了！我爹我后妈都舍不得别人叫，一口一个柴虫——让人想到油炸花生米，你饿不饿？”筲箕对柯男说：“你知道那天第二道题的真正解法吗？我来告诉你：‘月亮出来，大地光明’说的就是他——明全光！什么意思呢？明全光当过‘黑狼队’指导，只要他出场，‘黑狼队’就会场场失球，输个精光！所以，他们要报仇雪耻！他已经被内部宣判为‘汉奸’了！”

柯男没有时间啰唆，他、小蜜蜂、罗润和大龙被通知与校领导“谈话”，事实上，他们的“劣迹”已经见诸各班级的黑板报，初二一个班还画了一版漫画，一只“小蜜蜂”被“反革命分子”施放出来叮咬“人民公社”，社员们仓皇逃跑。小蜜蜂去看了，回来说，他们只会画苍蝇。笨蛋！吃屎去！

这就是任义的办公室。楼梯间，一段楼梯从他的座位后面斜插上去。柯男一直在谛听一种莫名的声音传来，是猫！它怎么不出现呢？虎斑？金丝？暹罗……

任义与明全光两位代表校领导找他们谈话，说明了“扩大会”的精神和为什么要决定处分他们。柯男发觉他们此前根本不认识这个任义，但这似乎是一种幸运，道理简单，任义也是秃顶，他和明全光唯一的区别在于他们各自处理少量头发的方法不同，一个挂左耳，一个挂右耳，任义的措施更恰当，他耳朵上压了一副黑色边框的特大近视眼镜，这样的话，眼镜腿便结结实实地压牢了那绺通常不安分的头发——如果他们两人挤靠在一起，样子将十分滑稽，如同两枚鸡蛋，你轻易不敢靠前，生怕它突然破碎……

“柯男同学，你有什么要说的吗？”

“没有。”

“你们准备如何反省呢？”

“没有。”

“这就不对了，你们只会说‘没有’？”

“没有。”

“大龙同学，等等，你的学名？”

"没有。"

"你是班长，怎么能没有大局观念？私自决定一个班级的行动，组织纪律呢？学校的荣誉呢？"

"没有。"

"你是罗润同学吗？你笑什么？严肃……"

"没有。"

任义终于说出一句狠话："你们是约好了来对付学校的！什么'没有'？什么叫'没有'？除了'没有'还有什么？这说明你们在抗拒学校的决定！态度很恶劣！表现很坏！你们以为这样，学校就没有办法来整治？现在政治斗争很复杂，学校是千方百计想挽救你们！你们这样很危险，要悬崖勒马！"

一直没有被问及的小蜜蜂突然说："我们已经被推到悬崖下面去了，不过，不要紧，我们会飞！"

四个"老五一"哈哈大笑起来。

"等等，你叫什么？"

大龙："报告，她属于翅目类昆虫，小蜜蜂！"

突然，咣啷一声，前窗玻璃粉碎，一个足球飞了进来，满地打转……

9

学校通知，改春季招生，原初中一年级要在三月份完成期末考。这意味着，他们要在不足两个月内完成除"俄语"外的所有初一课程，且通过考试，升入初中二年级。由于大炼钢铁、支援农村人民公社、"勤工俭学"捐献拖拉机、晚秋支农耽搁下来的课程有多少？没有明确统计。但很多学生把一年前的课本丢了，或根本没有领到课本，这是一个很普遍的问题。教导主任明全光说："这已经不错了，总算有不到一半学生手里有书，要现在，你翻马粪纸吧！"

没有课本，不仅不能补发缺失的教材，由于印刷厂已经大量"下马"，纸张缺乏，初中二年级极有可能"无书可读"。

学校决定晚自习延迟到晚上十点。但学校食堂晚饭开餐在下午五点，每餐由一碗大约四两的苞米糌子，维持不到一个月，改用蚕豆。每份不足三两，四到五块咸萝卜干，没有别的蔬菜。柴虫从食堂窗口回来，呆了，他数了一下，总共有三十九颗豆子，每粒有不少于十个虫眼儿，扒开褐色硬皮，能看见至少八九个来不及"逃亡"的豆虫，有的肥圆，有的已经羽化，只是在最后一秒，没有做出集体逃亡的决定就被投入沸水，殉难的样子很丑陋，丝毫唤不起同情，筲箕凑到他跟前说，他指尖上有两只肥大的豆虫,“煮豆燃豆萁,豆在釜中泣,你们本同类,相煎这么急!”柴虫已经下肚一半,嘴里囫囵着:“这比龙潭村的墨雨豆子口味差多了!还不如杀回老家去!”

这当然是一个忌讳的话题。

“四一班事件”余波未平。

这天,尤丽穿着一件粉色新棉袄来到四一班,这是件稀罕事情,她站在竹棚脚,一只脚不断找竹桩子垫巴垫巴,那情形有点儿像试着脚跟弹力准备纵身一跃,或者,让注意到她的人,在最初一刻,根本不能判断她长高了没有。小蜜蜂出来了,说:“啊呀我们的天敌呀,有什么要事?这身行头不像是准备搂窝子抢地盘吧?”其实小蜜蜂恶劣地嫉妒着她的粉红地白色圆花新棉衣,全校女生,没有一个穿得起这样“里外三新”的棉衣,她们大多穿旧的,定量供应的二尺棉布恰好够做两只袖套,将棉衣袖子套起来,防着蹭脏了、磨破了——女生都这个样子。小蜜蜂手里有一根细细的竹竿,在与尤丽新棉衣距离一厘米左右上下左右游弋,那架势有如准备“驯马”,这使尤丽一下紧张起来。

女生们围上来了,两个高大女生启霞和胜春开始左右贴身围拢。

尤丽可没被吓着,道:“我要上你们班来了——初二分班就来。”

罗润没好气:“你不是已经站在这里了吗?进门要轿子,四一班没这排场!”

“哦哟!跟我们安娜一样,什么时候有领袖口气了?我要调到你们班来当班长——怎么?你们不知道,学校没通气?决定了!不然的话,有的女生跟‘标男’——我说的是‘标男’,标准男生,没说柯男啊——去黑龙潭逛山打野、下河抓鱼——这种事情再发生怎么办?你们说呢?”尤丽这话是直指罗润的。

罗润一下脸色通红,有些禁不住了。

“小蹄子!当心你的烂嘴!这可是四一班教室门口!礼门义路!”胜春上去大喝一声,就要动手。启霞绕到尤丽身后,乘机将一小片笋叶扔进她的领口。

“什么‘离们一路’?大龙别想吹哨子了,他被处分了……”她耸了耸肩膀。

四一班女生哄然大笑:“连‘礼门义路’都不知道!杏林知道啵?孔夫子知道啵——红皮白心,大傻骚婆!”

“你听着,四一班的事,你休要多嘴!再说一句,当心你的皮子!”小蜜蜂发出警告。十来个女生围了上去,尤丽感到情势危急了。

柯男出来了,不知道发生什么事情。

尤丽一下嗲了起来:“柯男!我要上你们班来!我一直在等你,等等等……”她使劲儿扭身子,大约周身不自在。她在解衣服扣子,一边还叨叨,“他们孤立我了……那个烂班我不待了……我要被他们弄死……痒痒痒!”

柯男:“行啊,你来,欢迎。”

柴虫:“欢迎参观41号战俘集中营!”

筲箕瞪了柴虫一眼:“这里不需要劳军!”

突然,尤丽开始撕扯棉衣领子,伸手往脖子和肩膀上挠,伴随小步跳腾……

柯男奇怪了:“她要干什么?”

女生捂着嘴笑,罗润道:“你不知道她刚从医院出来?大约是电击综合征。”

尤丽“啊呀呀——妈呀”地乱叫,开始脱了新棉衣,又开始脱她的毛衣……

四一班的女生笑疯了!

“一种特毒的棕毛虫!谁让她站到竹棚脚的猫尿窝去了?”

“可能是青竹标——一种毒蛇趴过的叶子!”

“是笋叶毛吧——俗话说刁钻人遇古怪事!”

人越聚越多,女生故意让出一块场地,尤丽惨烈地扭摆着,跳腾着……

小蜜蜂喊了一声:“哎哎哎——你再脱就没有了!这里男女有别啊,你还要脱?咱们班男生,后退,这里没有你们想看的——再退!再撤!转身!去几个人,把她弄到女厕所去!”

胜春、启霞上去一夹,跟上几个女生,将怪叫着乱蹦的尤丽围起来,呼啦一下,拥着推进了操场边的女厕所。

大龙一笑:“你们的恶作剧?”

小蜜蜂:“哎,你起什么好心?去救呀!这会儿估计是白娘子现身!去呀!人家可是替你报仇——刚才她来宣布,你大龙要交出哨子了!学校决定升初二,她来当班长!你呢?一、二、一,去吧!”

据说,女生将尤丽弄到女厕所里后,将她剥光,“用特效的蒿子枝抽打全身”,“揉烂叶子合着冷水擦”,果然,她周身瘙痒消除了,一个劲儿说:“太谢谢你们了,我差点儿痒死了——青竹标有那么厉害吗?”但穿衣时,她的胸衣掉在茅坑里了。胜春出来捏捏鼻子说:“那日相!恶心!那身褶子大奶泡子!当得气球加轮胎——哪比得了我们四一女生个个天生丽质、窈窕美女?风他妈摆柳!感谢劳动锻炼!”启霞掐了她一把:“小蜜蜂就在那里!闭上你的嘴!怎么跟女流氓似的,憋一大阵厕所出来也不至于满口喷粪啊!还劳动锻炼,是谁说的?背着一捆稻谷走,不知是草背人,还是人背草——饿的!”

筲箕大发感慨:“女生收拾女生就是狠!”

柴虫说:“可惜了!我们应当去观战。”

筲箕怪讶了:“你有病?三大纪律八项注意说女人洗澡不许看!”

柴虫反击:“你正经?谁给班里女生打‘身腰三段分’?第一是罗润……”

筲箕露出牙齿："你要敢说出去，我在你的豆子饭里投毒药！"

10

学校的决定是真的。但随后四二班突然发生"哗变"，十一个原"老五一"的男女生要求集体"转回"四一班。他们是认真的，写了"联名报告"！

期末考试成绩公布了，四一班 41 人六科平均分 91.17 分，全校第一，卯城考区第一，全市第一。柯男的一篇作文《秋叶》再度获全市年度征文比赛金奖第一名。罗润、沈周的同题征文《支农一日》获银奖二、三名；壶把的《去年今天》获鼓励奖；全市四类奖项共十二名，四一班"三分天下有其一"！尤丽的征文落选，她在期末考时，考了两科就离开考场，成绩没有公布，其余四科学校决定她"免考"。关于"整顿"四一班的事再没提起。

柯男稍许知道学校对四一班"墨雨龙潭支农事件"的调查已经有了一段时间。甚至，这个调查的"卷地风"中心不是大龙而是他。从明全光的眼光里就能判读一份宣判书，他已经被"开除"过一次。学校的调查正是从这里开始。明全光与他的谈话，要求他"对组织负责"，并且要柯男对所说一切"承担应当承担的责任"，且这次谈话明确限制为"绝对保密"，事后不许对任何人提及。事实上，这次谈话就五分钟，集中在"抢夺武装部枪支事件"。柯男完全否认这个所谓"事件"，说龙潭村老队长的那个亲戚根本不是红星公社武装部人员，而是富民人，他到龙潭村来是因为两地亲戚家有人死亡往来奔丧。他打到一只野物，送给学生"补身体"，完全是出于好意。他当日到达老队长家时，大家坐着谈话，完全没有发生冲突，也没有口角。"事情就是这样。"

看得出来，明全光非常失望，他捏着下巴沉默很久，突然将滑落的那绺头发当空逮住，一昂头道："你知道隐瞒事实的后果吗？"

柯男说："知道。"

"你真的知道？"

"当然知道。"

"你不后悔？你的前途……"

"不。"

"那好，你在记录上签字！"

柯男心沉如铁。他第一次遭受这样的"审讯"，他极端厌恶那种将窗帘紧闭、十分森严诡秘的"谈话"现场，他憎恨明全光突然被赋予的强势，他讨厌在那张记录上

"画押"。他即刻就后悔他说得太多了。他不该将一个好心的富民人"供"出来,他已经"出卖"了属于他们一群的历史——哪怕就是修弃一片"指甲",这也是他们"集体"的血肉,属于每一个人。明全光这些人却把这片曾经属于活体,但已经死亡的角质化东西收藏起来,预备做一种"毒性实验","实验报告"将坚称他的集体是"反革命",为什么?为什么会这样?

他觉得自己无知且愚蠢,软弱且自私!他习惯承担一切集体的责任。但他在"调查"中两次申明"如果有错,我承担一切责任"时,明全光根本不予理睬,甚至露出不屑、鄙薄的神色。那种公然的侮辱,几乎将柯男轻易摧毁。

教学楼外,三月的阳光是温暖的。那些阳光的软片上有他能清晰读出的诗句,甚至有罗马字的时间读数和阿拉伯数字的年月日记录,读完,它就从银杏树上飘落了,这个晚秋和初冬的"墨雨"留下黑色的脉络,但却在风中呈现粲然金黄!他发觉,自己至多是一片叶子,与天空和大地有关。而那排小小的银杏后面的幽暗窗子,太大太大……秋叶不过一个旋,就坠落了,去意是那么决绝!

放假前的最后一个周末,下午,四一班全体去南窑火车站欢送到潞江坝屯垦的支边青年。这是由小蜜蜂策划的一次活动,也多少隐含一点儿对全班在期末考试获得好成绩的庆贺。事实上,支边青年只是"象征性"乘坐一段火车,就要在禄丰换乘大卡车直下一千里外的潞江坝。高音喇叭里一遍遍唱着歌曲《到祖国最需要的地方去》,很多人在流泪,罗润哭得泪人似的,大龙几乎与每一个与自己同龄的人使劲儿握手……他和罗润带去了他们的乐器,大龙在月台上用小号演奏苏联的《共青团员之歌》,罗润用大提琴伴奏,当"再见吧,妈妈,别难过莫悲伤,祝福我们一路平安吧——再见吧,亲爱的故乡,胜利的星会照耀我们,再见吧,妈妈,别难过莫悲伤,祝福我们一路平安吧——"的歌声在车站反复再反复、嘹亮的小号与低沉的大提琴回荡再回荡时,月台上一片呜咽……

柯男以轻声哼唱跟从着,他忽地发觉,他珍爱这个集体,胜过一切。

他不能向任何人说出十多天前他被学校"约谈"的事,对发生的情景,他埋藏起来了,因为,他也"保证"过不说;但此时,他突然理解了"老五一"集体无意识的存在——与他想的一点儿不差!快来啊!无论是什么,快一些到来!他的想法更具体,无非开除,他已经有过一次,可以全然不在乎!然后,到"广阔的天地"里去,那里,他坚决地相信,有适宜自己生存的地方……

秦舒金在等待一个消息,一个正式的函件,她要求对方派专人送达她所在的医院。二十天前,"扩大会"后第三天,她拿起电话要"军线",通过军区参谋部直接与通讯团政委联系。这个团的驻地离"墨雨龙潭"仅六公里,有二十平方公里的军事禁区。副参谋长接通电话后,要求通讯团政委"严肃执行秦舒金老首长的命令",于是,秦老太将她的要求重复了三遍:"你们给我下去,直接派人到龙潭村,找一个人,全部刮地搜山,把情况弄回来!不能有半点儿虚假!外围再搜索,直到我们的孩子每一个脚印落过的地方!明白没有?"对方在电话那头立正敬礼道:"老首长放心,保证完成任务!"

已经过去那么多天,杳无音信!她有些焦虑。部队在扩大搜索范围?遇到复杂问题了?什么"反革命暴乱"?"煽动外逃"?直到此刻,她信心十足,她相信自己不会走眼,这些孩子骨根很正!就跟她当年一样!

正午,通讯团专车到达,一位参谋和两个干事匆匆来到,送上很多慰问品,大多是粮食,甚至有一箱子鸡蛋和一罐油鸡纵。

"给养送来了!想得周到啊!很好很好!没有搜刮老百姓吧?"她也馋了。但脑袋清醒,"文件呢?调查报告!"

姓周的上尉参谋说粮食和副食是部队生产基地的,春节预备给机关"烈属"的,可惜没有肉,要弄点儿肉类来就好了。他表示要详细向老首长汇报,于是坐下。他起头说:"首先,部队领导对老首长指示很重视",是由他带队去调查,以巡查维修线路的名义,对龙潭村219户人家全部逐户走访,队长蔡思民是个老党员,六十二岁,现在还担任村支部书记,但这个村与临近村的男人因"严重粮荒"外出,全县基本无粮,死人较多。实验中学四十一名学生到达后,由于学校的粮票不管用,村里动用储备种粮(蚕豆)以每人每天四两(干豆)在大食堂为炊,学生们没有一个叫苦,没有抛洒一粒豆子。睡的是柴草,喝的是洼子水。生产队里曾经多次请求学生返回,但他们坚决"不扔下受苦受饿的群众"……访问时,我们的很多战士、干部都流下眼泪,"我们部队也做不到啊",在社员无心也无力出工的情况下,"他们首先下水排涝,抢收淹没的公粮田的晚稻二茬谷……"

"什么'公粮田'?二茬谷?"秦老太敏感地察觉这可能是关键所在。

"汇报"渐次显得艰难而沉重,"他们把公粮积年欠缴的一万多斤谷子,用手捋下来,颗粒归仓……一颗舍不得吃。在离开前,趁夜,全部秘密分配给断粮三个月的每家农户——是自主行动!大约害怕追查,老队长坚决否认。但我们查到了四百多条学生送粮的麻袋,上面有笔迹不同的标记、送粮户名。有211户村民私下说:'那口米汤救活我们……'"

参谋含泪说:"老首长,你的学生是我们的榜样!"

夜里,秦舒金在台灯下戴上老花镜,详细阅读了《关于实验中学四十一名学生在墨雨龙潭村"支农"经过的访查情况》共七页纸。她在里面找到了第九点,"关于学生抢夺民兵枪支的问题","经查纯属谣言","我们找到了当事人:富民县察丫山东风公社武装部副部长龙大田同志"，"他陈述，当时他告假前往龙潭村奔丧。因事先未向学生通报又违规携带武器，引起误会，三名学生对他进行盘查讯问，是完全应该和正常的。他本人已经向学生道歉并在回单位后主动检讨。""在敌我斗争复杂的该地区，'支农队'为保证自身安全，提高警惕是完全必要的。"第十一点，"该公社因人员大量外流，公社主要负责人受到处分。新任书记未莅任，造成工作瘫痪。实验中学'支农'人员到达后，并未妥善安排。也未派人员协助，造成四十一名学生在完全无粮的情况下，独立支持十几天，病员增加近一半，劳动中受伤三人，均未得到救治。应属工作失误"等等。

其中一节，秦舒金有些看不懂："由于该生产队缺乏男劳力，'支农'学生主动承担死亡人员的善后及掩埋工作"——这有点儿像战后打扫战场？是指农户家的死亡人员？为什么没有家人料理？让孩子去收尸？

因避免部队对地方事务的"干预"，没有使用"报告"的行文形式，除了老队长和"当事人"龙大田使用了真实姓名，公社干部人员一概隐去姓名。末了，说明此"情况"产生的缘由，是部队进行例行的巡查作业时，"听到群众大量反映，经向领导汇报后，感到有必要将上述情况向有关方面如实汇报"等。

秦舒金将第九点反复看了三遍，一拍桌子："战术精明！好样的！不过，也忒大胆了！"她哈哈大笑，在病床前扭了三段秧歌。部队医院的护士推门进来："首长！有……什么需要？"秦老太诡秘地说："我刚打了一场胜仗！"护士没听明白："首长，离打针时间还有两小时……"

之所以称"打胜仗"，是她桌子上还有一份实验中学的《关于四一班脱离组织私自滞留农村的情况调查报告》，这是教导主任明全光带领三人前往该地"实地调查"的报告，一个星期前就完成了。列为第一点的"关于抢夺枪支的情况"说，"班长大龙、柯男等人与一个民兵发生口角误会，经双方解释，达成谅解。枪支仍在该民兵手中，弹药没有减少，也没有开枪。"——基本情况是吻合的。奇怪的是对"抢收公粮田，秘密分发群众"未见一字一句的反映。

秦舒金会心地一笑："统一战线搞得不错啊！"但也在这瞬间，她决定，委托部队调查的事必须秘而不宣，材料，她暂不会使用。因"公粮田"一节，她得加盟这个保密协议——孩子们啊，你们就背着这黑锅得了！那有什么？路且长着呢。委屈，有好处。

由于调查的结论是降B调，4/4拍不得不换4/2拍，任义关于坚决"整顿"四一班的决定搁置下来。甚至随后的全市"征文活动"，学校也放弃评价参议。

两篇《支农一日》的优秀作文，罗润的文章里写了她去分发药品时见到一个不满两岁的孩子，她吃药时，吞咽很困难，她哄孩子说这是糖……"我是多么后悔，我不该欺骗孩子，她不知道什么是糖？她的大眼睛一直盯着我，那是一双美丽的眼睛，像冬天沉静的潭水……我仅只做了一个咽的动作，她就学我……药终于咽下去……潭水忽然泛起波浪，一切模糊——我流下了眼泪。”沈周的文章里记叙了二十多公里的“重装行军”，“小雪，你为什么不是大雪？你要轻抚我炽热的面颊？不用，我来告诉你，我比你冷！我麻木的双脚每迈出一步，就要击打心脏！因此，我的心是热的！来吧，狂风、暴雪！”

另一篇作文竟然出自足球队队长的手，他历来作文不及格，他写道：“我们的马拉松接力——在最后一棒时，属于我，我安了钢铁夹板的左腿不争气，一脚陷进泥潭里了，我高高举着盐巴袋子，喊，接住！第二棒飞快跑来接住的是盐巴，而不是我——开初我懊恼，后来我想，这与足球规则不是一样吗，‘球’！‘球’才是我们的中心！我们一定要胜利，赢得这场人生的‘比赛’！”——但是，按全市征文比赛规则，这三篇文章在进入初选后要“返回”学校重审。

在重审会上，语文组组长魏玛做了一个长篇发言，她说，前天，有人要我给四一班“插白旗”！我声明，我并不知道其他科是否已经给这个班插了白旗。但我要问的是，如果不准插红旗，还有别的颜色的旗子吗？蓝的、黑的、灰的、紫的？我的意思是，当我看到这些孩子们的文章时，我哭了！我不知道这是不是羞耻！幼稚！孩子们已经写下了他们生命中最重要的文字——不是白纸一张！说说看，插什么？我选择蓝色！或者绿色！紫色！——而坚决不插白色！

任义没有表达任何意见。这时，他手里已经有了学校花费一个星期完成的对四一班的调查报告。

结果，语文组全票通过初评结果。至于柯男那篇《秋叶》，不属学校复审范围，他连续五届金奖第一；属“评选组”直接推荐终评的篇目，似乎对柯男的“六连金”，完全属于这个传统活动要创造的一个奇迹，或者“事迹”，总之，是“无可争议”的结果。

但四一班，对颜色已经毫不在乎。

在放假前大扫除时，按这个班历来的规矩，他们将要放弃的这间教室打扫得干干净净，以便下一个初一班来轮替时，有一个明亮的环境，他们用的是白石灰——“传递”，将是一体的纯白色。

第三章

11

卯城大约只有新历记录。旧历新春是那样干净。

尽管开拓了东风路，十大建筑已经巍然耸立在这条四车道的宽阔马路两侧，但新开张的百货大楼货架大半空空如也。一楼棉布专柜有数十米长，码放的各色棉布、平布有黑、蓝、白三种，但这些天，仍然非常拥挤，每人每年两市尺的布票似乎更确定了这些定量指标的用度。柜台上方有三个横长的标语，内容是一样的“新三年，旧三年，缝缝补补又三年”。昆明人不用唤起记忆，“浆青洗白”——在盘龙江的无数个小码头和“水口”，老城居民会将粗布衣裳背到那里去濯洗，这些衣裳不是白的就是黑的，所以叫“浆青洗白”。但现在生活走势日新，如果不是粗白布，则不用“打浆子”了，有一种新的衣料叫“的确良”，轻滑舒爽，在1959年年底前，如果拥有一件这样新型布料做的衬衣，那是十分值得炫耀的；还有一种蓝色“棉涤”布料，粗看有点儿仿华达呢，厚实且少褪色，是最受欢迎的男女上装衣料。不用说，免了“浆”，还免了熨烫，如果有自来水，打点儿肥皂揉揉，再到水井边摆涮“三道”，就灿灿如新。如果，在今天，1961年，没有这样的行头，那就必须赶紧去买二尺棉布将旧衣裤打上补丁，或者，买花平布做两头箍橡皮筋的“袖套”，把两个袖筒子套起来，蓝地碎花、红地白花、粉地紫花……这个仅次于棉布的专柜依旧人头攒动。于是，卯城人的袖套使春天摆动起来，在人们心目中，那气象依旧是“满城春色关不住”。习惯“大摆手、大踏步”的人们虽然不再提起“大跃进”，但“袖套”是劳作的象征，是劳动人民时尚的标志。于是，1961年的春节，是“袖套”的春节。两个姑娘手挽手阔步行走，她们的袖套在腰间交织，又在各自的胯间摆出一种优美的幅度，依旧是春风拂面。

柯男的妈妈似乎更有远见，她在去年“上赏”拿到一个整数的“赏”款后，按柯婴的要求买了一个双铃闹钟,余钱则合并全家布票,给兄弟二人各买了六尺布料,做了两件"双面夹克",里料是她的一件旧格子呢大衣拆出来的,可以两面翻穿。但兄弟俩舍不得穿损了它,尤其柯男,形同"伤兵",披筋挂缕,十分褴褛,又尤其憎恶反面的格子呢,不过一两次着身而已。这天,柯男妈拿出来一看,短了,连忙上百货大楼配料,来到柜台前,那服务员还叫她"主委",抖出相配的蓝色布料来,柯男妈不是不满意,只是笑而不言。服务员一下猜透她的心思,拿出"沿口条"来悄声说,这就不收布票了,还半价——"沿口条"是从不满尺幅的零碎布料中裁出来的,一般一指半宽,用于布鞋啊、什么硬边服饰的"滚边",有的"沿口条"恰恰不凑合,也有不足三指宽的——这正是柯男妈中意的那种。谢过,买了回来,立即"放边",好在两件夹克大抵就是新的,竟然看不出翻整的样子来。春节的新衣就有了。

小姑来吵嚷了一阵,一个话题轱辘转,说娃娃一人一件新衣裳,真难死她了。柯男妈心下不言,她笨,"能把个笨人说成聪明人?舌头绞成麻花也白搭"。每年"孩子添新"是规矩,俗说"新的是娃娃,旧的是爹妈",身上沾新,吉祥!妈妈随口说了个:"新不新是翻出来的,你也不笨啊,剪剪裁裁就在你手上。"这话违心。但小姑熬了个夜,把两个儿子的外衣里子翻成面子——新了!但小的那个一穿,大喊:"妈!我的兜呢?"——原来在里面呢!

柯男回家,摇摇晃晃地,他的左脚崴了,也饿。

"封疆大吏回府了,怎么不听鸣炮?"妈妈出口无好话,但转眼来看柯男,又黑又瘦,似乎还有伤,愈发无好气,"你,不是伤了这里,就是伤了那里,你奶奶以前说过,你命中犯劫,你少翻几个跟头行不行?你们下乡演练水军?听说你潜潭戏蛟,哪吒闹海?还惹祸让人家把大龙、小蜜蜂开除了?"

柯男不想回答任何问题,只说:"没有的事。"

事实上,他左臂上的皮炎一直没好全,缠着绷带。

妈妈过来,算是就近看了看他,说:"你的头发怎么了?"——他剃了个平头,狗啃似的。他不敢说头上也有皮炎,只是结疤了,随口道:"妈,你不知道头发可以卖钱?我们继续勤工俭学,凑班费,小蜜蜂她们今天在文明街卖'嘣咚',卖一个赚一分五厘;罗润她们去糖果厂包糖果,一公斤三分!奶奶说:子弟无财害呆病!"

"贫嘴!你老大人回府,是对我全家赏赐?别在我面前装小!你们买拖拉机了?怎么不买三炷香来烧烧你们自己!你们学校都跑到我厂里来了,问你的社会关系!什么叫社会关系?你的脐带还连在我身上,这就是'社会关系'!"

柯男手掌冰凉,他恨得直咬牙——但他说:"妈,我向你保证过:我不会做一件对不起你的事!我是团委委员,就算暂时,也对学校班级负责。你说过,我凡事出头,这不是我故意,如果有错,绝不是伤天害理的事!我可以改正。如果这个世界上,连你都不信我,我就不会长大了！”

“后面的话是菩萨管,我不管。但前头的话,才显你的真面目！我救不了你！你给我记住！你还记得我的话,算有耳性——好了！桌子上有个包裹单——你爸这个人也是,回来就回来,寄什么包裹？去邮局取回来！”

一个月了吧,他“心情”不好,他第一次发觉自己确实有“心情”,在那篇被强逼着写的《秋叶》里,他写到“悲哀”处,自己落泪了:“大树,使劲儿地撑持着细细的枝丫,那些颤抖的指尖瑟瑟地捧着每一片银杏的叶子,它把挛缩的血脉再挛缩,直至枯槁,最后的嘱托是:你们生成一种开放的扇形,你们应当知道如何留住春风、送走秋风,但你们还是自顾贪恋暖暖的金黄……结果呢？你们离枝飘零了……短暂的流浪、一个两个旋的仓促舞蹈……在腐化前,孩子们,记住,把记忆留在泥土里……”——这是在复写妈妈的话,不是吗？他们不会懂！

他感到,在十五岁时,他进入一个忧郁的年代。

卯城,干干净净,白墙是失血的苍白,灰瓦是云梦的深灰,雾来,凝滞不动,是衰疲惺忪的雾……

来了一辆洒水车,为什么要洒水？因为有洒水车、水和开洒水车的人。这三样东西凑在一起,就会产生一种无谓的运动,留下一种极易消散的轨迹,秋燥的季节,洒上的水很快蒸发,潮湿带走阴影,街道更加苍白。

这个城市没有了垃圾,因为没有纸,就没有纸的屑,邻居家将所有纸、连同用过的课本裁成小方块,用棉线订起来,挂在茅厕里做手纸,最小的搓成纸捻引火；只有最少量的定量肉,肉炖炖,打绒,或少量切片吃了,肉皮挂在灶头抹锅；没有蔬菜,只少量的豆类,不能弃皮；没有燃料,一些太旧的家具破解预备对付极寒天气；没有人家起炊,吃街道大食堂,而大食堂没有潲水,米汤是最精贵的,只给老人享用——所以,这是一个完全没有弃物、在饥饿中缓慢地消化自己的城市。

没有落叶,因为1958年为拓宽道路,砍去了最后一株明代的古柏,而新栽的悬铃木从懵然无知的人们那里得到一个伪名称“法国梧桐”；另一种行道树叫“银桦”,引自苏联,其实与桦树毫无关系,也是伪称——这两种树都是三年幼树,常绿和间断落叶,所以,秋风放弃在这里飒飒行走。

没有飞鸟,因为明代的尼姑庵、清代的大庙全部平毁,成为学校或工厂,烟囱上面不栖息乌鸦；地上没有粮食残渣,地面水泥僵死了,没有虫子,所以没有飞鸟。

所有弹石路面都在闪闪发光,因为没有燃油,就没有原本不多的汽车,所有原始的辙印只与泥水有关,而城市已经扩展到稻田的腹地,那里没有庄稼,就没有马车、牛车从土路上扬起的尘土；还因为行人不多又走得很慢,两个脚印的间距很短又轻盈,所以,没有杂沓的人迹……

没有鞭炮声,已经两年,人们不放鞭炮,只有新年,荒失旧岁。因此,不用在除夕后的第二天“洒扫庭除”将那些带着硝烟味的红色纸屑撵干净。

春节是在人们心里悄然走来的,没有对联,没有彩球、纸花和高升爆竹,不值得仰望夜空是否有花树和琼枝……

因为多数人家应当想着第二天的伙食,别的不想。到钟点去大食堂,也不用想了,心如止水。

这个城市太干净了,太安静了。

真太干净了。

柯男从正义路邮局取走了一个纸箱,他拈了一下,它不会少于四公斤,投递单子上写的是“杂物”,三公斤以上邮件必须去邮局取,它超重了。他摇了摇,他已经猜到了里面的东西,暗自好笑,爸爸什么时候学会干这种事情?

四公斤黄豆,圆粒的,如滴溜溜的滚珠!

妈妈也笑了:“怕饿着他?也不至于啊!磨豆腐?哪里有磨?”

柯婴说:“电动钢磨?有啊!明天我就能弄来。”

柯男踩了他一脚,这与他自身的秘密相关,那里制造飞机,当然什么都有,但他说的钢磨事实上是一个咖啡机!美国货,既然能磨印度的咖啡豆,自然能磨中国的黄豆。但“工程师柯婴”没有想到,一个礼拜有五天停电。为了豆腐,不值得出卖他一生最大的秘密!

妈妈却说:“可以磨了煮豆浆。粗些,豆渣也可以炒菜吃。”

一下,日月同天,一片光明!

爸爸是挨晚到家的。

他的样子极其可笑。他形似一农夫,怀抱一个大草帽,站到堂屋里第一个动作是翻转大草帽,原来,帽窝里是填实的:一圈腊肉!大约有三斤!他解释,黄豆和腊肉都是水库工地上的老百姓为酬答水利工程人员赠送的。如果随身携带那么多黄豆,极有可能被查,那就是投机倒把!所以破费邮寄。“你们哪里知道,工地‘下马’,我们留守的八人就每天三斤米,如果不是靠这些黄豆,每天补充一碗豆浆,能活着回来?”于是,柯婴对黄豆肃然起敬。他建议,留下部分黄豆做豆面,可以为戈明补充营养。至于腊肉,妈妈两个指头十分嫌疑地拈起闻闻,“不会哈喇了吧?你们哪里会腌肉,怎么撒辣子面,什么口味?不过,倒是可以炒饵块。”——更大光明!柯婴欢呼起来。爸爸得了嘉奖,脸上灿若春花。

爸爸已经改变礼仪,与自己身高相似的柯男握手,说:“你进步了!入团了!祝贺祝贺!”——这显得不合时调,妈妈冷冷道:“他进步大了!大约是百万军中冲来突去,丁回马枪在所不顾!”爸爸紧张了,“什么……你去打仗?”柯男一笑置之,这里有无数密码,部分与妈妈共享,他十分疑惑,为什么,哪一页书都不能把妈妈翻过去?他即刻打岔说:“爸,你手上有老茧。”爸爸说:“你手上也有很厚的老茧,经常劳动?不会劳动的人就没有智慧。”妈妈说:“配拿这个说事?这里还有哪一个不属劳动人民?我倒往狠里想,饥也好,荒也好,只怕饿不死寄生虫!柯男,把腊肉切一刀送楼上去,给端木先生,黄豆也拿一点儿,那个丫婆不像个主家的人,那个笨!吃什么呀?就差到马粪里筛豆、磨房里扫灰!”

停电。落小雪。妈妈突然出去,一会儿回来,怀里抱着两束花,是红梅、山茶。抖抖头上的雪碴儿,回身喊柯男:“把腊肉切一刀给门口那个卖花的姑娘!撮一碗黄豆!去,她还等着呢!”柯男正在厨房里砌草煤,洗了手,取下挂着的腊肉,有点儿下不了刀,这还剩多少?他大略算了算,一顿炒饵块,七两也凑合,于是下刀。妈妈进来,见刀已经切到皮,说:“我们自己够一顿炒的就行。好,送去吧!”柯男不过一闪念,自来,他与妈妈的默契,大约不爽分毫。

那个用毡子捂着脸的姑娘,正在雪地里跺脚,他蓦然看到“鸡冠帽”下,她喜不自胜又闪闪烁烁的眼睛,有点儿像谁?那姑娘一下把背箩里的一大丛花塞到柯男怀里,一个鞠躬,消失在黑夜里……

“……送豆得瓜,你也是呆。”妈妈似乎猜到这个结果——再没说什么。明天大年三十,如果不是今晚听到“卖花娘子”的叫卖,那么,明天一早,妈妈也会在街口迎接这个场景。她甚至会掏尽身上仅有的几毛钱,把她喜爱的鲜花请进来,无论多么窘迫,从来如此。时花不断,这是她与天地相约的一份美意、一份心仪、一份磨不穿的情。

于是,再分,栀子花送小姑,她其实不懂花。三束山茶,拣朵子大的送端木。柯婴选了一独枝山茶,双卉,给自己,插在墨水瓶里。

妈妈打理她自己的花,例用乾隆祭红梅瓶,而山茶则用她的粉彩荷叶边配泥插座的水盂,回头问:“柯男,柯慧明天回来,你去接一接。哎哟,好久没见秋声了……”

柯男倏而想起,那个卖花姑娘,神似秋声……

12

“有史以来最短寒假”只有六天。

实验中学参照其他中学规定,可以不放寒假,因为“春节”已经悄然过去。

节前,任义参加了全市“教育工作会”。大半时间传达“反对修正主义”的中央决定,气氛十分严肃。最后一个议程,是应郊区几所中学提出的“生活问题”而临时安排的。近郊四所中学建议“放长假”,因为学校已经无法起炊。任义被点名发言,他后来后悔自己毫无思想准备,在意见“一边倒”的情势下,他反映了实验中学的实际情况:已经三个月,学校没有一粒大米供应,学生老师全部吃蚕豆,而现在粮食供应部门通知,下个月,改供“刀豆”!“还是见不到米!学生半饥半饱,已经停止了全部体育课,取消毕业班晚自习……”

局长迅速打断了他的话:“任义同志,我们多次强调不可夸大生活方面的问题!粮食困难是个现实问题,但我们会很快克服!右倾机会主义分子正是利用这一点向党进攻,实验中学是全市标杆,你的意思是一个粮食困难就要倒下去了?我们克服过多少困难?这是前进中的问题,帝国主义包围我们,如果我们自己也喊饿了,要死人了,那么,是谁在呼应我们的敌人!”

“放长假”的建议被彻底否定,理由是农村也缺粮,学生回去也面临同样的问题,还有,“想到没有?学生回去只一门心思找吃的,不回来怎么办?让四所近郊中学垮台吗?蒋介石没爬上岸来你就垮了?这就是右倾的表现!政治问题!”

任义在最后一分钟垮了。

前五秒,他还发现了局长的一个“逻辑错误”:一边说饥荒只是暂时问题,一边又承认农村缺粮更严重,足以危及学校的存在!这不是矛盾吗?

在会议期间,他与郊区中学校长、书记们私下交换过意见,事实上,有的学校“学生耐不住饿”,已经“跑回去了”,学校也无从联系他们。一个农业技术学校,农村学生几乎全部逃走,“原因很简单,回到农村老家,好歹瓜、豆、菜能抓着一把,学校的水泥场子上能抓什么?”

但此时,他周身发颤,他确实没有想到这是政治问题。但他真的问过自己,你饿吗?学校食堂的老炊们特意在他的碗底埋过米饭,有一次是两片腊肉,被他当面拒绝,并且警告说,如果谁再敢这样做,他就处分谁!“从今天起,我排在学生队伍里!我蹲在操场上吃饭!”他真这样做了!

学生不买账!四二班的男生十几个人吃光了自己碗里的,在台阶上围着他敲碗边,一片叮叮当当,他即刻陷入饥饿的丛林。脸皮最厚的一个男生上去就把他要吃的豆往自己碗里扒,他每顿至少少吃了十来颗豆子。一天回到家里,他开始头晕目眩,腹内有如被一只猫掏空了,心脏虚空悬浮,肠肚菲薄如纸,紧紧贴在脊梁上。他开始在这个不大的家里四处搜寻,眼睛发出蓝光。他的老婆从纺纱厂回来,饭盒里有一两勺剩饭,说,我热热给你吃。不等她开火,那里窸窣一响,饭盒空了。老婆转身从他的书橱的旮旯里掏出一个磨口瓶,里面是半瓶晶亮的白砂糖。用勺子舀一勺和了开水,啪一声放在他跟前!那不大不小的一响,他的心脏至少狂跳两分钟!

他召开了一个没有名目的会议,生物教研室全体参加,物理、体育、语文、数学教研室部分教师参加。他很艰难地说明,这时召开这样一个会议,他感到羞愧。三个月了,学生没有饭吃!那是什么饭?自己出身农村,自小也没有吃过整三月的"虫豆",春荒年年有,但熬过四五月,可以吃青,现在,哪里有"青"可吃?学生正处在长身体的时候!这时长年饥饿,有如返青时节不灌水,庄稼就"僵"了!话到此处,大家听不到书记的声音。他喉结耸动,连忙掏出手帕使劲儿擤鼻涕。

这时,门口出现一个佝偻着身体的老人,用一种细微的声音问:"任书记……在吗?"——只有魏玛老师认出来人,叫了一声:"哦,是蓝西……老局长!"任义当然也在随后想起蓝西在"摘帽"后,就犯"脑瘫"了,据说已经是两年的"植物人"了,居然!居然"植物人"又活了!发芽了!起苔了!还分配到实验中学"工作"。教育局的通知只说"安排工作",没有具体指这个将近六十岁的老家伙来干什么。他艰难地扭过头说"等一等",随即又说,"请进来坐下吧。"

蓝西就在门口一把椅子上无声落座,垂着头,轻轻摇晃,似乎在探测某种路径,预备随时逃走。

生物教研室因为事先得到通知,也说明了他们要准备什么资料,所以汇报简明扼要,学生大约一天需要多少个大卡的热量,才能维持身体正常机能,而现在,"淀粉类食物质量低劣",所需"大卡"不足三分之一!动植物蛋白是维持脑部发育的最重要的营养,但现在"完全缺失"。他们担心学生"思维活动"会迅速迟缓等等。体育教研室不同意停止体育课,但妥协式让步,竞技运动如中长跑、跳远、跳高等田径科目可以取消,但体操,诸如鞍马、单双杠只能酌减,"即使学生到操场上晒晒太阳也好","吸收紫外线有助于新陈代谢"等等。

魏玛的发言凌厉至极:"我们坐在这里是交流生物理化基本常识吗?这些,学生也懂!说来说去,全是空对空!妖怪讨论唐僧肉,还要设个计策'如何吃到他的肉!'我们呢?粮食分配我们管得了吗?给什么吃什么,多余的哪里去讨?去要?金箍棒又在哪里?为什么教导处、办公室不来人?他们管生活,后勤是如何管的?明全光请假回家?学生饿着,他去干什么——我不好猜测——不怕打击报复戴帽子——我五十五了,退休就在今年,我回家撕纸吃,到晋宁与农民一块儿挖观音土!可怜孩子!我准备提前退休,我那份口粮留给他们!拜托,说点儿实际的!"

一个物理老师很是忐忑地,一眼看魏玛,一眼看任义,道:"我试着说上点儿意见,不对之处请指正。蚕豆能不能少放土碱煮,碱重,影响胃里酸碱平衡;我的感觉是,久之,几乎没有胃酸了!腹胀如铁。另外,陈豆虫太多,现在似乎无办法,其实可以用冷水先浸泡，让虫钻出来，打捞干净，再行烹煮。这样，至少干净些，以免产生未食先厌，证明我们虽则饥饿，至少还处于文明时代。

这是一个十分滑稽的讲话，赢得了少许笑声，也是会议以来唯一的成果。

其余，一筹莫展。

柯慧回来，带来许多喜讯。她首先报告，她光荣地加入了中国共产党，成为一名党员了；她是火线入党，在抗灾中她和共青团员们组成"钢铁先锋队"，担水浇苗，保证百亩苞谷苗成活，肩膀三次被磨破。第二，她提前进入实习期，明年此时，就将毕业走上工作岗位！

妈妈说："你棉衣上的皮带能不能解下来？家里没有那么冷。"

年夜饭是炒饵块，妈妈亲自掌勺。

过后，她就要大家听她来说她的事：市里已经决定要建一个铸造厂，什么是铸造呢？比如，我们炒菜的铁锅，就是生铁铸造的。大炼钢铁，把每一个家庭的铁锅都上缴砸碎了，大家吃街道大食堂。方才发觉"锅"不仅不能砸，砸了还得铸造更大的。但要办的铸造厂不是铸铁，而是铸锑！锑锅、锑勺、锑壶、锑盆……总之是家用炊具——这意味着，在大灾之年，对付饥荒的办法是"恢复民生"！为什么是铸锑？而不是其他，因为搪瓷厂已经"下马"！也没有合格的薄型冲压钢板。相比较而言，铸锑是传统工艺，简单易行，可以因陋就简"上马"。这是全市唯一的"上马企业"！而她，年后即将与一位工程师负责在北站附近辟地建厂。只有二十天的工期，就要出产品。现在，从个旧—蒙自一线收集来的废旧锑三吨已经装车，明天到达北站……"幸好大战的只是钢铁，民间还能收购到旧时的锑器，以前叫'钢钟'，工程师老周的解释是，中国人善用耳，锑的铸造件可以发声，响声洪大，发生月食，阖村就操起'钢钟'来敲：'天狗吃月亮了！'……月亮能吃，中国人早吃了；但估计也能吃，玉兔何以舂碓不止呢……"

全家大笑，柯婴故意笑出一个很装饰很造作的金属撞击的长声。

柯男很出神，他蓦然发觉，无论何时，妈妈身后一片光明。

妈妈之所以要说她工作上的事，很明白，她将全心投进去，顾家会更少了……

年初二，一个花花娘子进家三拜，惹得一院的人来看热闹。区文化站终究守不住寂寞，死活要"闹春"，聘演员上街，高跷队在文明街巡游一圈。秋声扮的杨排风，最最高，直达文明街三层房檐，"下跷"要两人护持。来不及卸妆，连靠旗雉尾也插着，就闯进家来。她的二妹扈秋祺是柯婴的同学，扮"散财童子"，脸上的粉底一点儿不去，似乎是舍不得那些额粉腮红，见柯婴就玩儿上了。秋声可是在台阶下，实实在在的三大拜，口称："哎呀老伯娘！哎呀老家翁！哎呀我的姐！哎呀我的弟——排风此间受命，河套间走马一回，不及交战，他他他他敌营竟然拔退三十里，我是两手空空啊——”全然戏文腔调，满堂喝彩！

妈妈说：“你怎么不翻着筋斗进来？这么高兴！”

秋声俯着妈妈的耳朵低声说：“娘，怎么能翻筋斗？且看——”她撩开战袍，是一篮子鸡蛋，立即掩蔽，送到柯男手里，“山里弄来的，这时间，我得打掩护！防人馋！我还要跟上队伍，明儿个再来看您和柯男……”

果真一个筋斗，翻出五凤朝阳，碎步出门……

秋声是初五晚上来的，柯男出门去送柯慧了。回来，妈妈说，秋声要赶火车去石屏演出，只说了几句话，她们剧团也“下马”了，演员走了一大半，改“小分队”，但她留下来了。只四个人，也撇不下她，“这孩子真争气！”

卯城落雪三天，尽霏霏。

无非给水墨城市处处留白。晴定之后，翠湖边的老柳树上了绿妆。茶花还是开了，在莲花寺的庭院里。九芯十八瓣，三朵，不见特别旺盛，只是花而已。西山庙会似乎是很遥远的事，圆通寺的照殿红、松子鳞也颇显一般。爸爸明天就要返回工地。与柯男、柯婴游一回园，只为茶花。

爸爸说：“怎么不见童子面？原本左庑下是有的啊！”

柯男说：“无人打理，什么样的花也死了。我们学校有棵秃杉，日本人的飞机炸了一半，像个独臂老者，我天天看着它，生怕它会死。除此之外，就是洋草果树，西围墙有一排，已经遮云蔽日，可我一点儿不喜欢尤加利！”

爸爸有些感慨：“说岁月如花，大略是，又不是；是树，大略，也不是。人在花树前，自愧弗如！大约这个缘故，我自来不喜欢工笔花卉，再巧也拙！为何写意，是人自知陋劣，只窃其精神而已。尤加利，移步很远，也是风景，有个画家我忘名字了，画滇池边上的尤加利，很好的，有招风摇曳之势……只是水彩画，很难寻觅知音，可惜！”

柯婴说：“我不喜欢花喽草喽，我喜欢钢铁和其他金属。”

柯婴最近有些怪异，很拗，你要说什么，他先来一个“否”，也不来证实他为什么“否”，大约这个“否”就是他的力量所在。比如说到“吃”，他会说，人吃那么多东西干什么？人的罪恶就是“吃”。他的一个同学，老爹是个大厨，照理每天从锅底刮一两油他们家就可以“开饭馆”。但他和他的三个弟弟却抓蟑螂烧了吃！叫人看了往死里恶心！但他身体特棒，短跑跨栏得第一名。

正如妈妈所料，柯婴根本不按点儿去光华街街道大食堂吃饭，但他在三个月前“发明”了用铝制的屉子蒸饭，大约是 30×50×9 厘米的铝制方形屉子，分层叠放，通上蒸汽，将米和小红豆攒劲儿泡了生蒸，一斤能出三斤，大受好评。至少，不用大葫芦吊起重机似的吊一吨重的甑子——柯男随弟弟去吃过几次大食堂，那里有如一个大车间，大甑子“上气”时刻，吹哨子，两米高的灶台上，冲上去七八个人，拼命扯葫芦吊的链子，链轮哗啦啦地响，特大甑子隆隆升起，灼热的蒸汽瞬间笼罩一切——柯男着实担心，会有人掉进那口直径2.5米的大锅里去！但人，他就是不往下掉！后来用上方形笼屉，“鼎镬”时代结束，蒸汽可以调节，食堂大师傅像卖凉糕一样切块儿卖饭。光华大食堂为此奖励了柯婴一个月的“饭卡”。后来柯慧回来说，这有什么了不起，她们学校就是这样蒸饭的，叫“神仙饭”！柯婴多少有点儿沮丧，但却说：“既成仙，还用得着吃饭？拂掸子一刷，什么酒肉都上来了，蚕豆变油炸兰花豆！”

现在这个家，谁也别想说过柯婴。

他问爸爸：“水库是什么样子？”

爸爸说：“现在是人海，以后是海。”

柯婴说：“人呢？肯定不能变成鱼，否则就被人吃了，应当变成浮游生物。”

13

开学第三天，实验中学1121名学生集体中毒！

四一班程度较轻。恰巧那天晚下课，小蜜蜂执意要在班里发动“小油灯——鲁迅读书运动”。她兼任四一班“财政大臣”，先公布班费收支情况。在购买了164册图书后，仍有节余七元，准备买十升水火油(煤油)，每人自制一个墨水瓶小油灯，煤油由班里配给。“勤工俭学”是自“老五一”以来的传统，现在，做不了“把大山拿来砸碎卖”的事情了，但可以做一些不损体力、十分轻微的劳动，她带领女生去全城理发店扫头发，恨不得拿着师傅的剪子叫人人剃光头。大龙特别支持，自己先上去剃了一个光头，说头发太吸收营养！结果全班男生要么光头，要么寸头，女生全部“刷把”，一尺五左右的辫子可以卖五块钱，罗润的二尺六，卖了二十一块钱，她申明的条件是买来的书中列夫·托尔斯泰的《战争与和平》、《安娜·卡列尼娜》她要先读；大龙开初反对，过后赞成，他要先读高尔基的《童年》、《在人间》、《我的大学》三部曲；胜春原本就是运动型短发，她捐出的是她七岁时的一根辫子，她要先读《鲁迅小说选》；筲箕要读全套革命战争回忆录《红旗飘飘》……“图书角”暂定保管员是雄式新，他强烈要求最长借期不超过十天——末了达成一致，十二天！

这样一来，四一班在学校开饭四十分钟后才赶去食堂打“刀豆饭”——蚕豆换刀豆，似乎差不多。但筲箕在扒了两口后有些疑惑，说：“这豆，连马都不吃！叫人吃！”柯男更敏感，他非常熟悉这种紫红色的腰子形豆子，它永远不会生虫，府东街街口有一家“刀豆铺”，为穷窘人家常年售卖这种最便宜的“代饭菜”，但那是铜釜熬更守夜，加面碱，用子母火煨出来的粑豆，其浆浓稠如脂！加酸菜，十分下饭。但他注意到，食堂的师傅在舀豆子时，沥沥而下的竟是清水，豆子入口，梗劲儿仍在，他不过吃了几粒就搁下来了。

一点半，全校骚动！

越来越多的学生感到胃肠严重不适！

初一四个班，有人呕吐腹泻不止！视物昏花！最严重的二十九人送医院抢救。

柯男立即叫大龙把全班同学找回来，在教室互相观察反应，小蜜蜂飞跑去找酸菜来做汤，挨个灌。到下午五点，有不适反应的同学得到缓解。

六点，医院通报结果：实验中学学生属豆碱——生物碱中毒！

罗润翻查了一阵书，向全班公布：生物碱属有机碱类。一般含有碳、氢、氧、氮四种元素，大多是不挥发性晶体，味苦，有剧毒……

老书记秦舒金是下午三点从医院赶回学校的，带来三名军区总医院的医生，腾空三间教室做临时观察病房。同时，向部队紧急求援，一个小时后，部队送来输液针管、葡萄糖、盐水及六百斤米面。原大厨房被封闭。任义留公安局配合调查。学校临时在教学楼下扯棚起灶熬糊糊……晚饭，能进食的学生每人分到一碗苞谷米面糊糊……

老书记走进四一班教室，静静地坐在课桌前，她浅浅笑着，半晌无言，她似乎有一阵叹息："你们全在？"

"是的。我们等待统一部署，我们计划分班去看护小同学。"大龙说。

"你们是好样的。没有人中毒？"

"我们扛得住，大锅酸汤自救。现在可以听从学校调遣，全员出动。"

"不错！不错！柯男怎么不说话？"

柯男说："这种事原本可以避免。刀豆只要加碱，文火炖透，生物碱就能被破坏。大约，他们根本不知道怎么弄，要熬四五个小时。中间不加水。"

"你说得很好，这些办法去告诉学校吧。我申请加入你们这个班如何？"

大龙说："您来看我们，我们就很高兴了。"

"这意思是老太太只能糊弄对付？是谁说的自己是红一方面军？中央红军？我可是早几拨的，资格也不算浅啊，退下做个后勤总可以吧？"

大伙笑了，说："欢迎！"

"听说你们'长征'到了什么龙潭吃了败仗，还挨了处分？被撤了好几个人？柯男被撸了？关了禁闭审查？"

大龙笑笑说："是的。我们全班被处分。"

"感到冤枉？委屈？叹息？"

柯男说："来不及！"

"好一个'来不及'！"老太太说，"我要回医院了，春节没慰问你们，今天一人发一个红鸡蛋！"说着，从一个大提兜里往外摸，每人一个鸡蛋，还热乎，不多不少41个。她说："别声张啊，我就这么多了！"

实验中学中毒事件在全市通报，教育局党委给予实验中学支部书记任义撤销党内外职务处分，降职为总务科科长。党支部书记由秦舒金兼任。

秦老太回校主持党支部扩大会议，只开了十分钟，全部由她讲：

"你挨个处分不冤枉。冤枉别人的人自己往往觉着事事冤枉。一朝权在手，便把令来行！王莽谦恭未篡时！这三句话，你沾哪句的边呢？但我估计，大家对你多少还是有点儿同情。你自己到处抓打别人的机会主义，连学生娃娃也不放过，吓死人！这次没有死人，自己吓得够呛，是你的'主义'胜利了？当然不是。但逃跑主义你没有犯，有人跑了，够不够'主义'我不知道。我这人觉悟低，文化水平也低，这种人通常有个好处，眼睛往下看，轻易不敢抬头——一个学校，实验中学，什么叫'实验'？你能说我要实验如何绑炸弹？炸飞别人，抬高自己？实验就是试一试的意思嘛，允许犯错误，但错了的要赶快纠正过来！现在，很困难，如果饥荒缓解不了，有一天，完全没有吃的，怎么办？我不知道。但我们有两千多名学生，一个不能饿死！我跟四一班的学生讲了，我来当勤务组组长，你是科长，官还是比我大。你还是摇你的旗！放下白旗吧！我都怕了！什么颜色的旗呢？我不知道，也不在乎。'吃饭'算杆旗吗？但反对别人吃饭的人肯定手里有杆旗子……今天我的话不外传。散会。"

据说，任义在会上痛哭。魏玛不放过他，宣布散会那一刻还说，我很关心的是你自己中毒没有？任义说，中了。明全光立即证实，在医院走廊里他上下跑，救学生，有一会儿晕倒了，是他去搀扶他，两人都干呕。魏玛说，是吓的吧？别往下说，吐出来的肯定没好东西……

学校开始昼夜加班，改造食堂炉灶，也重新找了几个做饭的师傅。因为，刀豆还得吃，只是不能再叫人中毒。粮食局因为在向学校配给杂粮时没有进行必要的指导说明，负有连带责任，一个科长也挨了处分。这次局里向全市派出一个小组，专门制定杂粮的烹煮规程。市里为此紧急调运优质煤特供学校食堂做燃料。

四一班负责两个晚上为学校卸煤，无烟煤，晶黑闪亮，实在爱人。柯男捧在手里，爱不忍释。任义过来，似乎是无意间相逢，他的额头抹了煤灰，加上汗水，愈发锃亮。但并不威猛。怔怔一刻，他突然说："柯男同学，谢谢你！"柯男说，你谢我什么？任义非常认真地说，你的建议啊！你建议无烟煤要加红黏土和稀了烧。我们试验了，节省，火力也恰好。柯男说，这有什么，大家不都在琢磨"热量"、"大卡"吗？我们勤工俭学时卖过草煤，也到火车站扫过生煤灰团煤饼，都知道怎么用煤啊，不过，这个主意不是我出的，是我们班的钢炮，足球队的，他爹是火车司炉……要不要请他来给你看看火色？

壶把他们却终于逮着一次机会，执行了一次“水煮明全光”的报复行动。在第二晚卸煤之后，明全光去厨房后面的小阁子间里洗澡，搓煤灰，不想，几分钟后，水管里喷出灼热蒸汽，只数秒，他被烫得差不多成了“煺毛猪”，三分钟后呼救并在校园中裸奔！第二天，大家看到的明全光是周身涂了烫伤药膏的火红色“油淋大虾”——是他执意要在炉灶上方加装一个大铁桶来吸收“余热”，又加装管道，造了一个一平方米左右的“私人浴室”——这涉嫌侵占公家便宜，故哑巴吃黄连——有苦难言。但明主任总是能找到合理的解释，他说，他不幸掉在了发电厂的尾水池里，“工作实在太紧张，坐班车坐反方向，一瞌睡，糊里糊涂到了马街，糊里糊涂脚下踩塌了……那个黑啊！发电厂不是晚上不发电了吗？可那尾水比温泉还烫……”

壶把把柯男约到西坝河边，这是一个“非常私人的谈话”。他说，再这样下去，我们都得饿死。一顿不吃饿得慌，现在，半年多了，眼睛发蓝了，腿脚绕弯弯，体质严重下降。全市已经终止所有球类活动，连乒乓球队都解散了。“黑狼足球队”如果不踢球、不训练，就不是足球队。你注意到没有，四一班表面坚强，但“一个饿字，足以动摇军心”，“我爹是翠仪饭店总经理，那里是省里接待外国人的饭店。苏联、捷克专家在撤走时，为保证他们原先的‘特供’，存了足够他们能吃上面包的‘富强面’，我们得想办法！”

柯男说，你的意思是我们去打劫？抢国有饭店？

壶把说，饥饿起盗心！外国人能吃的，为什么我们中国人不能吃？吃完之后骂中国人，中国人对骂，“你他妈的修正主义！”——自己歪歪倒倒了不修也站不正了，要打架，出手之前就先晕倒。我看了杰克·伦敦的《一块排骨》，一个拳击手就差吃下那块肉，饿着上场，关键赛点被对手打得死去活来，满脑子转的却是那块排骨……我难过得一夜没睡。我们，就差那块排骨！

壶把读杰克·伦敦！雄式新读海明威。据说钢炮在读司汤达。而足球队全体传看大小仲马。

柯男说，于是你来找我？这个办法不好。你爹是老共产党员，抗战时期就在香港潜伏，我们都知道的。你这样做，想毁了他一世英名？就为一个饿，还不是老虎凳！辣椒水！坐电椅！

壶把抱着头，蹲下来扯河边的草。柯男把他扶起来，说，蹲长了头晕。我有个主意，就看你愿不愿做？

壶把满脸泪水，说，你说得对。我爸三次被捕，陆军监狱里他吃过活老鼠！他的掩护身份是大厨,可他是中法大学学法律的。平时对我太狠,但吃什么,从来他亲自掌勺,在家里也一样。

柯男一笑,说,所以有你这样的身体玩儿足球,现在先把老爹踢飞?听着,我不相信日子会很快好起来。也许两年三年!田地里都没有庄稼,农民都不种地,哪里来的粮食?但足球队原本体量大耗能多,更惨,这是事实。我想,能不能找厂家去赛球,一个厂不行,搞你们的区级联赛,这样,由工厂来管饭——工厂,尤其是中央工厂,是要造大炮机枪机床准备打仗的,那里有保障。学校我去说,星期五就去厂里练球,指导对方,星期六熟悉场地,分队小对抗,这不太耗体力,星期天下午比赛,这样可以混到三天的饱食!蹭它两嘴油,球队保住了,体力恢复了,想想,反正我觉着不难。

壶把一拍腿:"好啊!海口联队领队是我师兄!还有安宁钢铁厂厂队,队长是我徒弟!晋宁化肥厂、茨坝机床厂、冶炼厂……多了!就怕学校不准,我们不能连累班级,你已经被他们禁闭过了,再严重一点儿,就要坐牢!"

柯男说,没有的事。怎么传得沸沸扬扬?就算调查问事,就一会儿时间。

壶把杵了他一拳:"你这人,处处好,就少第三只眼!什么人说的?明全光自己啊,他跑到我们场上来说,他关了你审讯,叫你画押就画押!等拿到证据,就是现行反革命!为你,为我们,恶气非出不可!但这次,心软,温度没掌握好,只叫他上了点儿色。不过,事后想想,觉着挺没意思。癞皮猪!"

柯男说,是啊,你把他烫熟了,能吃?狼啊狼!

实验中学还是决意减少课时。俄语课暂停,政治课改学《中共中央公开信》,体育课取消,但保留场地自由活动四十五分钟。初一除语文、数学、物理、化学,全部课程改辅导自习。初二、初三取消晚自习。星期五全天自习。这样,"黑狼足球队"的"分区联赛"顺理成章。学校派出领队,是赵芹!

"一个女的!她缺食少穿?我们可是丐帮,一伙济公!开什么玩笑?"——壶把翻脸了!他的队员个个抄手在场边冷站着!

柯男也火了:"秦老太太说好,她定的!你要觉着不舒服你去说!"

雄式新说:"场里可没有女子更衣室。"

柯男逼了上去,看样子他要给他一拳,雄式新怵了,已经认打,挺直身子,闭上眼睛,但柯男举起的手滑落下来:"少给我说这样的屁话!我告诉你们,赵芹不是你们眼中的小女子,她是两届少年女子组体操鞍马冠军!专业队员!受了伤才退役的。竞技体育,不比你们懂得少!为了你们的联赛,也为了学校的荣誉,为了鼓舞大家困难时期的士气——现在改了:你们代表实验中学!代表豆碱毒不死的那伙铁胎怪物王八蛋!饿不垮,拖不死,还要在场上飞跑的'狼'!代表实验中学两千多师生,当然,学校要派领队!赵芹大家熟悉,她和我们在龙潭村共处四天,在学校的扩大会上,是唯一为我们说话的人！别他妈流氓习气装疯卖傻不懂事！现在，你们想好了——是要赵芹，还是明全光？要明太爷，就去把那头猪牵来！半熟，你们剐吃！”说完转身就走了。

壶把上去就踹了小雄一脚：“你脏！让你进蒸汽室！这下坏了，我已经不是人了！你们还添乱！你给我等着，过后来收拾你……”

赵芹却迈过跑道，笑吟吟地从场边上款步进来了，一身簇新的鲜红运动装！白色球鞋，脖子上挂一个哨子，胳肢窝里夹一个讲义夹——标准领队！她身后，两个男生各扛一个大纸箱，吃不住了，在摇摇晃晃。

赵芹喊：“还不去接过来！”

两箱崭新的仿苏“罗氏”运动服，是赵芹联系省体委无偿捐赠来的！

“看好了，是新式运动服。一人两身，一是训练服，二是比赛服！我手上没有你们的号码单，你们要是根据个人原先号码选，不知全不全？你们运气好，这批运动服是从上海调过来的。没分配，大区赛就取消了！选吧！注意裤码对号！”

壶把大喝：“站着干什么？领队发令了！没听见？”

大号码字啊！正规省队运动服，做梦都想！训练服蓝白两色，比赛服紫白两色！号码竟然齐全。壶把的 11 号，吉利的两条竖杆，代表左右边锋“全能攻手”！他的那件红黄二色旧球衣留在了遥远的伤心地了，他跪地吻着 11 的明亮竖条，潸然泪下。

赵芹看到了这一幕，也许，与她看到的山里的那一幕在瞬间叠合。这是她欣然接受来“黑狼队”当领队的唯一原因。

“听听大家的意见，由你们来定训练计划。我的想法是，练战术，传球、盘带、过人、冲顶、射门，半场交叉对抗也可以。暂不练中长跑，即使比赛，以战术配合取胜。我们的体力恢复还要一段时间。队长，行不行？先点名吧。”她说。

壶把一时没反应。突然，他大喊：“全队集合，向领队宣誓！”

“我们必胜！我们必胜！我们必胜！”——宣誓声响彻足球场！

14

“从明天起，由我来担任你们的班主任兼语文课教师。我叫吕志文。笔名：吕品！”——吕志文老师的开场白极少品位。立即有人在下面用一种不阴不阳的语调说了一声：“什么年代？又多五张嘴！吃什么呀？”

下面哄堂大笑。

他不笑，他的问题在于他在一分钟内，把自己的弱点全部暴露给这个全省最优秀最挑剔也是最具理解力还最宽容的班级。

"有人会问，你写过什么东西？我来告诉大家，我是通讯员，战地通讯员，志愿军。1953年回国。《谁是最可爱的人》，当然不是我写的。但《志愿军一日》里有我的作品。我知道，你们这个班是文科人才最集中的班。每位同学都会写文章，但有谁来回答下面这个问题：'我们玩儿球'，是什么语法结构？"他点名最后一排的胜春来回答问题。胜春感觉她遭受了报复或所谓的"下马威"，因为她一直在与罗润议论这位其貌不扬的男老师，她根本不起立，喊了一声："小学老师说是：主谓宾！"

下面再次大笑。

这就更糟糕了。但他丝毫不为所动。

"'老师允许我们玩儿球'呢？"

"'我们玩儿球'是宾语部分，双宾语。"

"下面还有问题，请刚才回答问题的同学听清楚：'解衣衣我，推食饲我'——两个'衣'词性有何不同？"

胜春显然被难住了。

"有谁来回答这个问题，请举手。"他扶扶金丝边眼镜，以便能看清下面的人。

有五六个人懒懒地举手示意。他点了丛珊，她回答："第一个'衣'是名词，第二个'衣'是动词。"

"那么，你来说，为什么同一个词可以这样用呢？"他拿出"战地"风格来了。也许他的表达本身有缺陷，也许丛珊不能理解题意，冷场了。

"不知道了吧？所以，这个学期，语文课要补习语法、修辞。你们……"他准备得胜回朝，可课堂里有叽喳声，他似乎看到仍有一些手在举着，他随便点了一下谁，大约是沈周起来答："在中国古汉语中，这是名词动用，就是既是名词也可以作动词使用。"

他有点儿吃惊，但绝对镇定，"你随便举个其他用法的例子！"

沈周答道："黄字，既是姓氏、名词，如黄河，引'黄'就是指'黄河'；也是形容词，也是口语，比如：这堂课给搅黄了——完蛋了的意思。"

又是满堂大笑。

他仍表现着顽强，他没有评价对不对。这有违师规。但如果错了，他肯定会说"错"、"不知道了吧"等等。总之，大家对这个语文老师完全不欢迎，至于"班主任"大家也绝对没兴趣。按壶把的江湖话语："这年代，靠的是骨头摩擦！"有一阵子，早先的"老五一"怀念起王竹坡老师来了。罗润、小蜜蜂听说她病了，还相约同学去医院看她，相拥垂泪，不胜唏嘘。吕老师了解"老五一"和"四一"吗？了解这些孩子的历史吗？他们在学校，又天生仇视学校，他们是特殊的一群，他们从未受过宠溺与呵护，他们见惯不公和歧视，也毫不惧怕冷漠与抛弃，他们在学校读书，是因为哪怕在社会的大海里浪游一番还必须回到学校的"栏圈"里！他们没有指望有一个"妈妈"老师，更不喜欢“叔叔”老师！但预留一点儿尊敬，他们是做得到的。给饥饿一点儿类似“幽默”的调料吧，他们就善待你了——该死的“四一”，臭狗屎！

其实没人在乎。但吕公——他已经有了雅号，随即表现得顽强，却让“四一”有点儿混不了了。没有课本，这是大家知道的。没有教材，大家早就明白。印刷厂关门是个粗疏的解释，压根儿就没有制定统一教材，学校是“实验室”，一会儿说“学习苏联的七年一贯制”，一会儿又反对修正主义，又恢复“九年一贯制”。饥饿，从生理上消灭一切多余的欲念，大家对“七”、“九”麻木，一概无所谓。魏玛老师代语文课，大家喜欢，因为她说，既然没有课本，就“自学”吧——读书！能读多少读多少！“鲁迅读书运动”就是她倡导的，她还说：“读书是更重要的学习。读不懂的书放下来！找你们喜欢的读！注意保护眼睛，我看到，我们班里已经有三位同学戴上眼镜了！读书人身无长物，两袖清风，多一个眼镜，此一累赘，何等之糟糕！如果‘眼镜’到了十个、十五个，占三分之一，我建议，这个班立即解散！现在营养缺乏，千万！千万！爱惜你们的眼睛！拜托了！”——大家起立为她鼓掌！

吕公决定自己编印语法、修辞教材！“疯了！饿道遇鬼。”大龙说。他还是领受了“任务”，回头来找柯男说：“此公一个铁头，专门撞你的肚子！我是抵不住了，要我们自己找纸来印发！如何办——他可是昼夜在起稿子。不过，他的一手蝇头小字，规矩，还漂亮！”

柯男想了想，这个事情就只是个事情。其实，在先，吕公找过他，说他能找到的教材是大学教材，原先高中教材涉及语法的还可以，但修辞部分过于简单。他参考的是部分大学教材，“这也算是实验吧？会不会太艰深？”柯男有点儿意外，他原以为这个“志愿军文化教员兼‘战地记者’”不过是来倒胃口的，不承想他是来加厚学生“胃黏膜”的。他就说：“高营养好。我们够着吃，也运动四肢。”吕公抬抬眼镜，又滑了下来，在镜框上面，用一种凄苦的眼光看着柯男：“是吗？是不是先测个验，摸摸基础？”柯男说：“初中水平大家很整齐，你测验定在哪一级？原本这个班就是1954年面向全社会‘一网收’，大鱼小虾乌龟螃蟹都有，年龄也是参差不齐，最大的十八岁了，以下十七、十六、十五——只有饭量统一。大家一饿，万事都嫌烦。你乱编吧，各取所需！”吕公万万没有想到得到的是这样一种意见，他额头上有几道“V”形皱纹，他说：“你平时说话就这风格？这与你写的文章不同啊！”这下，柯男意外了，说：“是啊，这算风格？说话要怎样说？不妄语，不就行了！”吕公扶正眼镜道：“我是认真的也是严格的，要这样，我先讲，不考。”柯男说：“这样最好。”柯男发现这个“愣铁头”也有他的优点。

但他随后拿出来的“教材”第一、二、三章，柯男觉得糟透了，枯燥、乏味、繁复、坚硬，有如一团锈铁丝！但既然说过“各取所需”，话是收不回来了。柯男去新华书店买书，决定自学。吕公如何是管不了了。

“教材”的印发不难，笥箕去《云南日报》找来一些新闻纸的边角，太窄，给大家裁成笔记本。回来问，“毛边纸”要不要？全中国只有这种纸！福林堂包药的纸要不要？老主顾，橘子皮换，不要钱！但毛边纸拿来，柯男发觉这根本不是早先的毛边纸，里面还有草茬！至于刻印，柯男他们以前办过《红领巾诗报》，柯婴那里还完整保存着粗细两种刻字钢板、“大战”时没有把它们化了，是因为它们与书本同属“文房”，还有铁笔和油墨网框、刮子多套。于是，柯男上手，连刻两章。校对无误，开始用毛边纸试印。

吕公闻闻油墨香，说：“……不错啊！你们还……还能干什么？”

柯男说：“你是班主任，你想包打天下？这是‘内部材料’，别的班级要用，他们自己来刻印，四一班印刷厂‘下马’！”

吕公满堂灌，下面的同学翻着毛边纸的“课本”撕草茬，上下根本不沟通。草茬一撕，许多“字”就“跳”了，于是“跳读”，如小蜜蜂这样认真的人，竟然在边角地方“补正”！

吕公渐入角色后，全然忘记“约定”，每堂提问多达百处。

他完全疯了，他的小京腔，如同一把没有校音的“崴”板胡，咝咝嘎嘎，扰耳不歇，继而开始用黑板擦猛烈地敲击讲桌：“后排的，还有第三排、第六排，怎么睡着了？醒醒！醒醒！共青团员们……”

下课后，罗润上去，语气强硬：“老师，建议你不要敲桌子！以免造成惊厥！他们不是睡！是低血糖！您不知道低血糖反应？志愿军没有体验过？还有，这与哺乳类杂食性动物有关，与共青团无关！”

男生乐得大笑。活了！因为最后一堂课后就是开“豆饭”！

15

端木先生要死了。

柯男看看他的样子，心里有些伤感。他瘦成了小小一捆柴，大约也就三十来斤。他不像一般濒死的老人总是躺在一床被窝里，而是着一身正装，也就是中山装，盖一条厚毛毯子，静静地坐在他的躺椅上。看似一个原本充气的球，慢慢瘪了，整个篮筐就无限地在扩大，他的领口十分开阔，他如同窝在这个壳体里的寄生蟹，只是蟹很小很畸瘦眼睛尤显巨大。最后的眼泪如同一汪石潭里的积水，依然幽深清澈。有少许的诡秘波澜……

丫婆说，他拒绝吃杂粮，宁可饿死。他是前天彻底绝食的，到今天早上就不再讲话了。他算好他的时辰，就是明天。

柯男说，如果这样，他一时就不会死。什么时辰？皇历？他自己早不信了！

他俯近端木，说："你听着，你的时辰作废了！你想把自己饿死。这种刑法自古就有。非常合理！你自己执行，不要叫别人顶罪名，很有勇气。但我一点儿不佩服你！要说圆寂，你没有佛的名分；你没有修成地藏菩萨，死了照样进饿鬼道！"

突然，端木笑了，那只干瘪的蟹笑了！蟹怎么会笑呢？你的大螯呢？在毯子下蠕动，你咂嘴，有少量的气泡在嘴角噗噜响，事实上是要求进食的样子。那好吧，我们来试试。丫婆端了一点儿糨糊样的东西来，柯男闻闻，有点儿馊了，问："你就拿这种东西给一个伟大的殉道者做'最后的晚餐'？"

丫婆很委屈地说，就只有这样的东西。柯男立即想起妈妈说的丫婆"那个笨啊"，立即说，我先给他葡萄糖。转身对柯婴说，你去弄点儿葡萄糖来。柯婴大笑道，问问他想吃什么吧，没准，他能吃掉一只烧鸭！

"烤小猪！"——他说话了！"干蟹"要吃"烤乳猪"！

柯男也笑了，说："老鬼，别开玩笑。你离死还有些时辰！你是想找人说话？你不想望着日头落就落？"

端木点头，大开其口："在下……尚能言语……"

"尚能饭否？你大声点儿！"柯男喊道。

"能饭——"端木喉头耸动，假装吞咽。

柯男说："看清楚没有，他的假牙还齐齐地装在口里呢。这像是要死的人吗？满口金牙，有狼吞虎咽之势！"他上前，大喝："这才叫护国将军！起来喝马血！起来——"

端木竟然在椅子上扭动，他的大螯钳走毯子，挺将起来了！用他枯柴似的手去寻找撑持。柯男一把将他抱起来，与自己贴身，仅仅让他的双足稍稍触地，说："帝国主义包围了我们，爱国者，你愿意牺牲吗？我民族正在艰难之时，你以你百年之气息，演示一个爱国行动！"

端木突然想挣脱束缚，他倏地伸出右手，指一下上，又指下，末了一昂首。

柯男笑了，摇摇头："什么意思？上天入地？对了，死了也不屈服——"

端木猛烈颔首。

柯男大笑："这是你的遗嘱。好啊。我说呢，一个民族，把自己饿死了，这样的民族根本不值得期望！百年端木！你怎么会不声不响就一甩脑袋死翘翘了，这也不像是你呀！听着，把你想说的说完，像我奶奶一样，打起精神来说故事！说到哪里算哪里！再去死！'乳猪'，我去找！但现在你太虚弱，牙口虽好，消化极难，先不吃肉，小猪脆皮卡死你，吃豆腐如何，豆浆？植物牛奶！如何如何？快些说来。"

丫婆在扇鼻子，呼哧呼哧地说，前头大娘送黄豆来，他不吃，说撑胀，打屁！

柯男对丫婆说："打得出屁来，哪里还会死？如今是福！我来问你，你是唯愿他现时就死——是吗？我告诉你，他要明天死，他的满口金牙兑不了现——银行现在不收黄金！你开始翻箱倒笼了？这家怎么这样乱，满地是书，你在找什么？菩萨你都扳倒了！你把卷轴撕开干什么？灰尘都能把人呛死！”

丫婆即刻大哭，号丧似的。

柯男说：“算了！你好好服侍他。你找不到他的埋藏，说明他未到时辰，要真到那个时候，冲着你好心服侍，他会指一指，像刚才你看到的一样！我太忙，这里由柯婴执行军管！我晚上回来。”

晚上到家，据柯婴说，在那一个小时后，端木喝下了他打的一大碗豆浆。

“他想让你来救他！”柯婴说。

柯男道：“有可能。”

16

尽管用人员疏散、下放、行政事业单位精简、大量企业“下马”、工商业停业整顿等办法，已经使这个在1959年底人口急剧增加到220万的城市在1961年初人口锐减到178万，但对于持续饥荒超过一年零七个月的城市，这个数字依然庞大得难以承受。在四个多月的纯代食品供应也逐渐减少后，人们对看到诸如大米、面粉这样的主粮已不存奢望。要问的只是“会不会停供”？以及蚕豆、刀豆这样的唯一能找到的食物会不会也断绝供应？

1959年年底开过的区级“粮食会议”，再没有开过。现在想来，会议过于乐观，承认“粮食供应紧张”的市领导承担了巨大的政治风险，但如果换一种警示的办法，即强调粮食的“细水长流”、“厉行节约”、“禁止开小灶”等等则不疼不痒，反击右倾机会主义的风势越来越强劲，这种“通气会议”也由少到无……

一切自然的渐进的趋势，由人们去感受，“饥荒”这个词汇不允许公开出现。但城市在此时已经进入“休克”。

感觉最直接的是中小学校，近二十万七至十七岁的学生嗷嗷待哺！

“水肿病”已经开始迅速蔓延开来。

对这种由于长期缺乏足够食物和营养而引起的疾病，人们甚至缺乏必要知识。但实验中学似乎正处在临界点上，第一次自行普查的结果，只有初一班级102个学生有轻度反应。最常见的现象是学生在课堂上“睡着了”！

秦舒金在教师会上第一次流下眼泪，她说，我们长征时，很多战友就这样“睡”过去了！再也呼唤不过来！那时的牺牲是为了今日的孩子能过上幸福的生活。什么是幸福生活？你能“消灭”这个字眼儿吗？“它像棍子撑着无数就要咽气的战士的眼睛,闭不下来!”她现在想想自己在医院里吃了四个月的“半流质”食物,“是多么可耻!”——任何课堂上,教师不准强逼学生“振作精神”,宁可停课,“你们可以悄悄从讲台上退下来;如果发现因此而责罚学生,就要开除这个老师;同志们,困难始终是暂时的!再咬咬牙吧;学校不能关门,如果关门,孩子们回家同样挨饿!在学校,有这么一口大大的锅!锅下有一大团火!它邀集两千多孩子,来!我们抱在一起,先暖和,再吃饭!饭在哪里?要想办法!”

总务科科长任义经请示,没有将一个特殊情况向全校通报:即大约有一个星期,会出现粮食“断档”的严重危机。“库存”的刀豆只够两天了!秦舒金说,暂不要说出去,以免造成人心大乱,不如“先乱自己”,你找四一班,你们去哪里找吃的我也无从知晓,总之,瓜菜豆,但凡能吃的,去找!就四一班,别的班不行!我信得过这些孩子。明天就出发!我坐镇指挥——市里领导我去找!饿死老娘不能饿死孩子!

任义面前是四一班班委会“扩大会”。对任义口称的“紧急情况”,这个班的班委反应冷淡。晚自习散了。教室只用一个角落来容纳冷飕飕的“会”。

班长大龙玩儿着煤油灯的火苗,漫不经心地应道:“去吧。”

小蜜蜂说:“现在就走吧。”

罗润说:“一百里之内,大地真干净,飞鸟不见。要长途行军,就要轻装。反正四月底了,再冷也抵得住,走吧走吧。”

沈周说:“计算一下,两千人,每天一公斤代食品,就是两吨,假定十天的量,就是二十吨。即便去抢,‘打土豪、分田地’总得有个战略方向。远交近攻啊,罗润说得对,近处哪里去找?干脆,确定两百里半径为搜索范围如何?”

柯男说,其实用不着把全班撵上路去!去干什么?又不是饥饿行军、生存训练?找来几十吨东西,你让大家扛回来?有这样办粮草的吗?七八人就行!“躲猫猫”,游戏一样。有四五十人一拥而上去抓猫猫的?那不成了“攻城略地”。“土豪”早跑了!听听壶把的,还有筲箕的。

四一班的班委不会对这样的提议感到意外,这个平均年龄16.2岁的班集体,有九年的“游击历史”,打过无数独立支撑的“恶战”,有不为人知的微妙的“指挥系统”,往往不意间,就有奇术奇兵——看来,这个学生群体根本就不像是在校学生,倒像是一个“码头班伙”,谁让在1954年把这些失学流散的大大小小的娃娃撮在一起了?

事实上,柯男的提议,正暗合四一班班委包括大龙、小蜜蜂这样的人的心性,他们之所以冷淡,是他们不习惯由任义这样的人来支遣他们!可以放下宿仇旧恨不言,四一班有这样的海量。但只要有任义在,他们不会真正动作起来。所以,默契在于柯男说的“七八个人就行”，这里显然排斥了任义——四一班只有独立行动，才是一个整体！

因此，下面壶把的话是暗藏机锋的，也是并不显山露水的。

“要找到吃的，不会是难事。哪里的人活着，活得能走能动，就去哪里找，不是很容易吗？问题是找来的东西，同学们愿意吃？会不会说，你这些王八蛋！弄这些烂东西来吃！害我们！我有言在先，找来的东西，我能吃！但十天半月可以，再长，恐怕吃不消了——还有，我们是买呢？还是抢？两样都行，后一种，请任主任当头！带上明全光！省电！”

活了！大家呵呵一笑。

任义立即表态：“当然，我们是找货源，采购。同学们每月有三块五毛钱伙食费，是自己缴的，还有每天一毛的困难补助，是政府给的。买买买！当然是买。”

筲箕说：“那还有什么可说的。两位学校老师，你们保住‘生辰纲’，我等仅仅是护路兵勇，一路东京去也，汴梁城中，已闻肉香，酒旗飘飘，列位，此处可是黑店？若是善良人家，就此歇了吧——小二，上酒来！”

罗润跟上一句唱腔：“来也！客官，小店虽说地处偏僻，可你你你也是无奈到此，且将就一时罢——荤有黄油牛肉、白斩山鸡；素有玉笋豆腐、冲天红椒——酒酒酒，是十年陈酿玫瑰老卤！”

筲箕对任义说：“注意了，小二是结巴！要吃，就得端得正，且要有耐心！”

任义一头雾水，他谈不上憎恨厌恶，但绝对惧怕这个散漫的满身尖刺的班集体！吞不了咽不下！踩了硌脚，粘上了周身发毛！老太太什么毛病？非指定四一不可？但说实在，他身处绝境，实在是退路已绝、生死攸关啊！这是他第一次与四一近距离接触，他觉得这些人少年老成，狷狂但很有才气，与同龄班级相较，纯属天渊！最不可思议处，他们团结得如同一个人——难道，他当初错了？

17

当晚，大家一致决议柯男不能参加此次“饿鹰·觅食行动”，一则，这种由任义找上门来的事令人反感，如果过于投入，似乎有意要求学校改变当初，罗润坚决地说，我心里诅咒一千遍的事，要我磕头又烧香不可能，我就是记仇，你拿我怎样？二则，柯男左臂上旧伤复发，皮炎感染面积增大，流水流脓“已经残废”。只出动三人：筲箕、壶把和雄式新。

十点，散去。筲箕提出要拜访老壶把，他是边区纵队老游击员，按他固执的思维路线，要去“老根据地”。还有，一个省接待宾馆的“总经理”，外国专家膳食的总负责人，不会不知道哪里有吃的吧？壶把一千个不愿意，因为“我爹这个老杂种一个屁都夹牢了要放在他的单位上，从来不管我娘儿仨死活，我总有一天要把他的头杵在粪坑里。”筲箕说，父子结仇的多去了。你还有个爹，拧他的“把”、踢他的裆。我呢？我他妈孤儿！“寻仇如寻亲”！你装什么“小”！

壶把拗不过，领着筲箕和雄式新来到接待宾馆。

老壶把一见门口堵了三个人，把着门边儿，问：“你来干什么？”

筲箕简单说明事由，老壶把根本不相信，冲着儿子说：“编啊，故事？编编编——‘筹粮筹款’？你们打算拉人上山造反？什么‘根据地’？你们配？”

壶把原本就觉得找他爹是“瞎事”，从老头身后看见桌子上有一个碗里有剩饭，至少有三碟不错的剩菜，不由分说，“冲”了“卡”，上去就操筷子、勺，说：“吃吃吃！至少我们不能饿鬼上路！”

筲箕说：“老大伯，外国人吃精吃细，中国人舔盘，你的革命纲领是这样？”说着，三个人已经均分所有，狼吞虎咽起来。

门边儿上进来一个人，说：“经理，要不要热一热，烧个汤？”

老壶把摆摆手，多少有些冷静下来了，道：“你们真饿，隔三岔五来。就这个时候，两三人，不要多。有什么吃什么。可以。”

壶把一下跳起来，将盘子一甩，喊道：“老子不吃嗟来之食！呸！”他朝地上连连喷出菜饭，“走！走走走！我饿死不回头！”一摔门，走了。

筲箕一笑，极用心地搜罗桌上的几个小馒头和一碟萝卜干，说：“老大伯，谢谢了。您门口落个雀，捡您掉在地上的剩饭，您不会吆吧？何苦饿死你亲生儿子？我想哭，哭不出来。再见。”

老壶把突然说：“慢，你是他同学？是负责的？你来看看——”说着，将筲箕拽了，沿走廊来到一个大厅，说，“看看，桌子椅子翻腿了，早关餐了；再看，这里是专家食堂的餐具，布蒙着，你拈拈，多厚的灰尘！困难——饿——离死还有一大截！小孩子家别动不动举着这个‘死’字，这副样子还‘闹革命’？”

雄式新说：“我们学校的同学很多得水肿病！”

老壶把不应，丝毫不为所动，道：“两个月了，我们没有去采办食材，哪里有粮食我确实不知道——不要给我上形势课。不过，你们可以在芒村附近下火车，往西山方向走。走八十里，到小学，就是边纵老队部。我估计，人家也没粮食，至多就是一点儿瓜——老南瓜什么的。”

筲箕说：“您给我们写个条。听说，您是朱家璧司令员的后勤官。”

老壶把突然正色：“不行！这么多年我们都没去关照人家，这会去刮人家的皮、剐人家的肉？不行！就是不行！”

箢箕无限谦恭："您说一个'不行'不就行了，何必霹雳闪电。谢您指引。我们走。"

出门来，老壶把忽然说："必要时，你们找一个叫'普云飞'的，可以说出我的名字……"

约定早上六点上滇南小火车。任义、明全光早到买了票。任义给每人发两个"烙饼"，不知什么做的，铁硬，但箢箕在火车"哐啷"前已经将两个一手可握的东西，嚼食干净，裤子上的渣扫了，往嘴里一搕道："睡！节省体力。路漫漫其太远兮。"

雄式新说："是路漫漫其修远兮。"

箢箕说："'修'不是反了吗？中锋，球到脚下，注意射你的门！"

摇摇晃晃的小火车像个拨浪鼓，大约在午后，把五个人扔在了一个小站上，火车哐啷响过，接车员一闪不见，两条亮亮的铁轨，枕木上贼贼亮的道钉仿佛死守棺材板，空无声响。任义两肩塌了，有点儿四顾茫然。明全光小心翼翼地探问："我们是不是该先找个旅店住下来？"箢箕说："很好！两位且小住一日，我等前去探路。"任义一下紧张起来，大约在揣测这是不是一个摆脱他们的计策，立即道："不不不！还早，大伙一同赶路，赶路……赶路要紧。"

箢箕有些气馁。他的"金蝉脱壳"计被识破了。但三人默契在先，即刻大步向前，不出五分钟，后面已经不见人影。壶把一路像个"药葫芦"，闷着，此时，开始倒丸子，"老子生不逢时！要他妈早生三十年，我不也骑白马、挎战刀，战场上砍瓜切菜！沦落到今日，形同乞丐，还到处找他娘的一个生瓜来啃？自己也觉着寒碜人，你说这命……"

箢箕说："省点儿力气。别太多牢骚好不好？命！屁！我就该是孤儿？我爹杀人越货与我什么相干，我吃狗奶猫食，与你们伟大人类命运相什么关？'觅食'，乃在下动物本能，二位爷觉着冤，可以止步，我一个人投奔老区去……"

雄式新说："哎哎哎，结义兄弟，不要玩'三国演义'啊！说点儿好玩儿的，刚才我在火车上，脑子里过了一遍《三剑客》的电影，梦见从屋顶用钩子吊上来一根油乎乎的香肠！香肠啊！滋滋冒着油泡……"

几乎没有路人。想起早上明全光一个臭点子，让人直想笑，他说，要找粮食蛋禽及副食之类的很简单，只要找到一个乡街子，见人家卖猪，就问猪哪里有。卖鸡——我们不要老母鸡，问村里还有鸡蛋吗。卖什么豆啊糠啊麦麸啊，就追村子去。是任义火喷了他一脸：你生在爪哇国？哪里有什么"农贸市场"，这是投机倒把！早消拽了！撵了！你念的哪门经——早先的"书记"，虎死威在。

筲箕他们可不愿搭这种无聊的话。

眼看日头向晚，两位老师脚下越来越疲沓。筲箕大略估算一下，不过走出三十来里。照这样，天亮也甭想拢西山。说实在，羞愧之处，是两个饼子早化粪了。筲箕去路边蹲了一下，有了发现。回来说，那边有片萝卜地，是胡萝卜，收过了的，但有些缨子，是留给散放的马吃的，但估计地下还有内容，要不薅点来吃。雄式新大喜过望，一个快跑，“三级跳远”，落在地里——一会儿大喊：“兄弟！天无绝人之路！”两手已经薅得大把胡萝卜。不过筷子粗细，但已经如同天赐。筲箕、壶把过来，抹一把泥，嚼得嘎嘣脆响。也怪，这会儿明全光嗅来了，快且稳当，盘腿一坐，抓来两根萝卜就往嘴里杵。筲箕一声喝：“哎哎哎！你怎么话没一句就吃来了！放下！磕头！、”

明全光的遮阳草帽不知何时掉了三圈草辫子，耷拉下来半扇帽檐，开了一个半月形的“窗”，满是泥土！“渴！饿也扎实饿了……谢了。”

筲箕正色道：“谢什么谢，你谢过谁？没看见这里有个土地庙？这是土地公公的玉食！即便残渣，也是留给御马的，你听说过‘胡萝卜打马——有去无回’的老话吗？就你这样的，二话不说，上来就来御前夺食——完了完了，不出三步，倒地立死！有来无回了！”

明全光是真的饿伤了，经这一骇，吐不出咽不下，“那……那我该怎么……”

筲箕用半截萝卜一指：“退三步，进三步，做马趴状，磕头！再退三，再进三，如此三叩九拜，大约能消灾！你还站着干什么？”

任义是个明白人，只是掩嘴想笑。

但明全光是果真“马趴”后退与前进了……

筲箕依旧正色做司仪：“口称有罪！对！第一根萝卜需用牙衔起！谁让你用犬齿，你是狗吗？早先交代了，现如今你是一匹马！门牙！门齿！蠢蛋，你连门牙都不知道吗？咬紧！掉了不算！重来……”

壶把、雄式新生怕笑得岔气，大跳一边滚地去了。

明全光已然气绝，喘着：“还要像他们滚地……”

筲箕道：“那当然！”

萝卜撑饱，行不出三里，明全光大喊肚子疼，说“绞肠痧”发了。

这下，任义火上了，破口大骂：“你看你刚才那吃相，一半泥一半胡萝卜！你究竟吃进多少土了？半筲箕了！也就解解饥渴而已！你饿死鬼相！好了，这究竟是走，还是不走？天黑了！”他看看手表，晚七点了！

壶把他们简直乐不可支。

筲箕说：“算了，你也别怪他，总之是显应在身。生死劫！他也不容易熬是吧。你看,这位同志满脸冷汗,是真病了,走是走不了了。那里有间房子,估计是守地人的。二位将息将息吧！至于革命任务呢,历史般地落在了我们的头上。无论张国焘如何地谋害,我们还是要走到延安去……”

任义是一脸酸楚与无奈。无意间抬头,果真有间田房。黄墙灰瓦,只是黑着。

筲箕说:“为今之计,只有我们先去找人,把学校的证明交给我们得了。”

任义迟疑地交出“证明”:“你们行吗？太黑,你们……”

筲箕鄙夷地说:“你说谁？你说的是我们？大白天你怎么不睁眼看清我们是谁？要不要划根火柴？拿个石头打个亮火？老师学会开玩笑了——很好！”

任义低下头:“我……我不是那个意思。”

筲箕上前握着任义的手,说:“那好,再见了！我们向党保证,用生命来完成任务。等待胜利的消息吧！如果我们牺牲,请在我们的墓碑上刻上‘一支英雄的队伍’番号‘老五一’破折号‘四一’！无名！再见——”

一转身,三人消失在黑暗里……

前面一里,是个三岔口。一盏马灯,三支火把,五条带枪汉子。

一支火把游了过来,渐近了,喊:“是胡迅吗？答应上来！”

筲箕大卸一口气,他猜到了。杵杵壶把:“快应声！是西山的人！快！”

壶把大约早早不习惯人家喊他学名:“是……我是胡迅！”

那边一片:“得了！得了！”

马灯放在地上,照见一个彪壮的汉子,起身道:“你们也太疲了。电话打到车站是半夜,查车皮的人中午就见你们下车了！消息递上来也半天了！”

筲箕连忙说:“实在对不起,不好摸路。”他递上“介绍信——证明”,那个汉子溜一眼红色图章,将那张纸折成一个小方块,塞口袋里,同时伸出手,握了壶把的手一下,说:“我是普江。我爹就是普云飞。我是队长。人齐了？齐了就上马车！路颠,把好。”前面路边停着一辆马车,传来咔咔的嚼料声。

筲箕说:“后面田房里那两个人,是一路跟上来的,你们看着一点儿。”

立即炸起警觉,上来两个民兵:“是拴起来,还是吊？”

筲箕迟疑一阵,眼睛一闭,道:“你们看着办吧。”

马车一动,火把开路,三支在前头。

筲箕捅捅壶把:“你爹的老交通线还管用！神了！我早就说,我们投奔老区得了！”

西山小学校是一座中西合璧式的古老建筑,大约法国人在滇南筑路时为传教所建。作为教堂的中厅已经没有任何外国传教士的痕迹。说实在的,也没有当年滇黔桂边区纵队司令部驻扎的痕迹，它为一种纯红色的土壤所浸染，也许是泥、是浆、是尘、是风、是雨，总之大凡从这些连绵群山上生成的一切，连同蚂蚁的足迹，都是红的，所以，自墙根向上，大约蔓延至朽坏的木窗以上，都是浅的深的漫漶的殷红。青砖地上一个火盆，三角铁架上的土锅热气蒸腾，带点儿土熏又带点儿腊肉的香气让人浮想如云……

脚步声近前，筲箕等人才惊醒，趴在桌沿儿上，不觉间大约睡过去了一阵。

普江将马灯往桌子中央轻轻搁下，对惊动客人有些不忍，接着，是稀里哗啦卸下身上的子弹袋和一支崭新的步骑枪。来了一个人，递上一个单子，他就着斜来的光，开始正式谈话："电话说我们有什么给什么——"他捏捏鼻子，干笑着，却又间杂一阵湿润的咳嗽声，"我们这里苍蝇有几颗牙胡部长都知道——但这个任务执行起来有点儿难了——"他递上那张单子，递给壶把，筲箕拿来看，上面写着："西山公社茶叶箐生产队（一、三队）筹粮总计：瓜 3100 斤、胡麻 11 斤、薏仁 6 斤、皂角 21 斤、核桃（去年的）121 斤、苞谷（队库留种）1200 斤、架子猪两头、鸡（公母不分）27 只……"下面还有零星统计，大约是些红豆、绿豆之类的"小杂粮"，数额不明。

"实在是害羞到死了——这里不出米。有一点儿田在山边，划拨出去了。任务早一点儿，就把苞谷留下来了……接到电话，我在水库工地领民兵营，是撵着你们的脚印赶回来的……到队上时，他们抓到的就是这些东西……如果不嫌弃，先将就几天，到十月，二队那边的苞谷掰得了，板栗、核桃也熟了。我们先打欠条。"

筲箕说："是我们来讨要吃的！打扰麻烦乡亲，口里夺食、罪该万死……我不知说什么了。但在老壶把那里已经说清楚：我们只要瓜！绝不要群众的猪鸡！我们有纪律……"

普江一口打断他的话："吃奶找娘——你这位同志不要这样说！"他转向壶把说："西山穷。不敢说'有'，倒可以实在说，这些是度荒主粮。我来不及亲自去筹，但听说朱司令、胡部长挨饿，老区人个个可以割腿肉！胡迅，你是不记得了，你爹把你从河南接回来，不到两岁，就在我家，吃我娘的奶！我十一岁，已经扛枪打外围。十三年了，你模子还那样，随你爹，声腔也随，带什么'证明'！正话，猪鸡不要可以，架子母猪，吃皮？鸡是老母鸡，等蛋？但薏仁、皂角、核桃是胡部长亲自交代的，听说你们学生犯水肿，我们这里也有，就吃这个消水补气……哎哎哎，人呢？怎么还不分饭？"

上来两个人，将大土锅一揭，挥挥蒸汽，呼哧一声，捞起一个大南瓜，古铜色，油光锃亮，大刀拿来，喊："让一让！"咔嚓一下，瓜成两瓣，呈晶红的蜜汁大碗窝，中央一个褐色圆团，奇香打人——只在这时，普江脸上开花似的笑了："大金钟！你爹发明的！内瓤子是剁碎的麂子肉，房头露一年，经霜三个月，过年就吃这个——快，趁热！碗碗碗——把我的壶拿来，上酒！"

筲箕吃得连连擂肚子，大叫："这一顿，老子一辈子饱了！"

普江在饭间安排一切细节，天亮前，民兵营负责将“不会少于四千斤南瓜全部用牛车、马车转运到茳村车站，早上九点，回程火车可以带走，车皮已经协调好。”……屋外火光幢幢，普江说了声：“水库上的人下来了——”呼啦一声扯开门，天啊！天！火把如长蛇逶迤，成百上千的妇孺，每人肩上一个硕大南瓜，从山道、从箐沟、从高跷山脊的绝险处来了……

壶把突然提出，要见普江的老爹。普江说，不见也罢，老伤老病，死几回了。这回熬不过冬，是死定了。不会说话也不认人了。不过你去看一眼也好，回去对胡部长也好交代。言毕就走，走过一条向上的石阶，小歇一气就进了门。

马灯下，这个老游击队员埋在一堆棉絮里，看不清面目，也难得闻其声息。

筲箕扑腾一下跪倒，手扶床沿儿，放声大哭起来！

壶把浑身一震也连忙折膝，被普江一把拦住：“得了得了。喊死不应，早上一个时辰会醒来一会儿，脑袋转转，听，听什么？不知道——我们走得了。”

筲箕等随队下山，普江不送，他要在天亮前赶回工地，他媳妇送来一罐蜂蜜，壶把紧紧抱在怀里，这时，才咿咿咽咽地吞泪。半山上，来了个民兵，向筲箕报告，说：“那两个人审过了，不是来反攻大陆的。那个光头不禁吊，一上梁，就屎尿一裤裆，怎么办？”筲箕说：“啊，是吗？大约是个误会。放了，叫他们直接上车站，不准回头！”民兵立正敬礼：“是！”回头又问：“还要扎着吗？”筲箕说：“算了，算了！不过，提高警惕，西山的所有行动属特种军事机密，不许透露！”“是！”

18

第三天早上，实验中学每位师生在食堂窗口领到的“早餐”是一牙南瓜。整体的情绪是沮丧、懊恼，甚至恐慌。说实在的，在这些人群里，没有人曾经用一种“蔬菜”做正餐来充实一天的能量。如果今天沦落到吃“瓜”，明天将是什么呢？因此，关于“觅食行动”的种种，根本没有“传奇”的分量，更没有任何人捧着一牙瓜走到任义跟前来称谢，恰恰相反，初一班有人在食堂前就号啕大哭。但也没有人拒绝食用这种东西，原因是它确实是瓜！是每个人熟识的南瓜，面甜，在猛火长时间生蒸后，流溢着晶亮的蜜汁，而对于“糖”，两千多名师生已经久违！再者，如果拒食，将没有任何一种可以充饥的代食品！

四一班筲箕、壶把、雄式新——四一班的整体是聪明和“识时务”者，早在行动前，壶把就公开申明，他没有把握找来的东西，大家能吃或喜欢吃。而在行动中与行动后，负责“突击”的筲箕也一再告诫要严守机密，绝不透露细节——这种种行为，实在地证明着，参与并成功地使两千多名师生免于断炊的人，达到一种睿智的程度。因此，少数知情者在第一天的三餐时段，每见到四一班的人，都略一顿足，满眼饱含感激与钦佩。

秦老太则用一个军用饭盒，盛着一牙南瓜来到早自习的四一班课堂，与大家“共进早餐”。特别与筲箕、壶把、雄式新握手，形同接见英雄。小蜜蜂、罗润用老南瓜的皮制作了灿灿然“金质奖章”，给他们三人挂上，大家起立鼓掌。筲箕发表简短讲话，只说了他佩服壶把，他一条腿，装着钢板，竟然步行五十里山路。其余不表。最为意外的是，这个足球左边锋一直在大把地抹眼泪。内中秘密，无人知晓，十来分钟的仪式是以赵芹来了结束的，壶把将他的“奖章”郑重地给领队挂上，此前，她带领他们征战三轮，完胜而归。

班主任吕公带着他的“教材”去教育局参加“审定”去了。缺场。

秦老太最感奇怪的是学校原本是去采购，何以不花一分钱，带来了4977斤南瓜。她尤其重视的是一些“草药”，她知道的只有“薏仁”，她长年服用的中药里就有，这对越来越呈上升趋势的水肿病学生的治疗，肯定有所补益。其实她更激赏的是她自己，她激昂慷慨地申斥了“无良心”之辈，极其果断地将一个秘密使命交给了四一班，而他们竟然书写“神话”般地完成了难以想象的“任务”！她说不出她对四一班(天哪！他们还是孩子)的信任何以如此坚定！总之，这与一个老红军领受的荣誉同等分量，她感到自己回到了那个年代，哪怕这真实性只存在一秒！

筲箕他们有四十八小时没有睡觉，三人的脸色铁青挂绿。在火车到站时，全体班委是到站去接的。筲箕对柯男说：“总而言之，精彩！老子明天死也值！”

罗润过来问：“壶把怎么了？老是泪涟涟的？”

筲箕说：“谁知道？他见到他的童养媳，人家嫁人了，都成两个孩子他妈了！青梅竹马啊——我都想哭！”

罗润说：“真的？那是命。”

筲箕哈哈一笑：“你说的和他一模一样！”

罗润心有不甘，还问：“那小媳妇漂亮吗？”

筲箕傲傲然竖起大拇指：“那是当然！单凤眼，小放牛！”

三天的“历史”迅速淹没，但要吃至少一个礼拜的南瓜，对实验中学来说，很漫长。幸亏，“历史”无端延伸了！且与南瓜有关。

关于这次紧急“觅食行动”，由于当事人，尤其是任义自己也表述不清，却风传明全光“受尽严刑拷打”，回来就住院治疗，成了理所当然的英雄。但四千多斤南瓜，整整一座山，却成了这里的绝世风景！

学校对堆放这些山野的东西没有经验，金黄色的滚溜圆滑的外表有着优美起伏“裂凹”的大南瓜，最大者四十斤，最小者也有七八斤，虽实验中学未必了然其内里分量，但在童话里才有的南瓜王国赫然出现，实在是美！渐渐地，孩子们收获了一种“望瓜解饥”的效果，孩子们开始关注“南瓜的籽呢？”——“瓜事”忽地变得富实起来，是啊！成熟的南瓜有子儿，南瓜子是更好的食品！如果搁盐炒一炒呢？每人每天配搭上一小袋，可以嗑！啊，妙！生活一下变得美好起来，学校无非在三天后贴了一些小纸条：“注意保持卫生，严禁抛撒瓜壳”——“瓜壳”用语不确，吕公郑重提示后毫无反应，学校依旧满地瓜子壳，仿佛这里关禁的是一园子松鼠。

由于没有场地和仓库可以容纳体量极大的南瓜，任义就让两个勤杂工用些木头在食堂后面的甬道里搭建了一个两米高、下面照样可以通行的支架，那些南瓜就挨个堆放在这些支架上。二十吨南瓜的“空中城”横长十八米，成了另一景观。

蓝西暂时被安排在最缺人手的后勤组，他的任务是将每天足够两千人作为主食的南瓜切成“牙”。蓝西必须每天爬上楼梯，将一个个南瓜抱下来，表皮洗净，放在一块大砧木上猛力砍杀，木质化的瓜皮极其坚硬，第一天下来，蓝西差点儿累死。问题在于，学校没有一种破解木质化南瓜皮的工具，却有一把铡刀，是早先有猪可喂时铡猪草用的，没想到这家伙十分省力，“咔嚓”一下，就是一大块，但往往刀下碎裂，要做到“等分”就难了，好在食堂的厨工天生善于执行“平均主义”，细碎大小，在他们手里无有不均匀分配的。

蓝西给自己缠上了一条油布围裙，穿长筒胶鞋，戴上医院的手套和口罩，每咔嚓一下，大瓜一分为二，便掏尽红色瓤子和瓜子，往一个大盆里盛，蓝西则成了个“鲜血”淋漓的屠夫——初一的同学就说他很像杀害革命者的坏人。

但第四天，“坏人”完蛋了！

大约上午十时左右，轰隆一声，瓜架突然垮塌，十几吨的南瓜自天而降——“屠夫”不见了，地上黄金圆球垒如山丘！幸好那响动极大，厨房里的人全部拥出，将瓜一个个搬开，却不见蓝西，有人发现地面断裂，出现一个深洞，洞里填满瓜，连忙将滚落在洞里的瓜挪开，在这个深洞的底部捞出了蓝西——即刻送医院抢救。

是伟大的瓜愤怒地砸出一个坑洞！但事情没那么简单：这个塌陷的洞向侧边大约北 30°延伸，有一个支洞，高 1.5 米，人工支砌，圆形拱顶，全部为明代有字砖，只一个“卯”字！三十米左右出现冒顶垮塌，封堵了“出口”，但在碎砖泥土下发现了不少于五百斤左右的成袋大米——大约顶部垮塌，出口被堵，这些大米最终没有运走，而堆放在前面的大米、腊肉已经高度腐败霉变——卯城公安分局来人，勘察了现场，确认这些大米至少存放了两年以上——泥土里找到一条围裙，证实有实验中学食堂的人在现场,两只腐烂的麻袋也检测到“明光食堂”字样……

当晚,学校食堂一个姓戚的四十五岁厨工吊死在“浴室”。

内盗,时间1959年底—1961年3月。嫌疑人自杀。结案。

关于“瓜架”的垮塌,公安局只草草走了一遍现场,拿起一根木方,大为惊讶,一个警察杵杵木楞头,这是些旧木材,是拆寺庙留下来的,硕大粗壮,仍很结实,只是两头锯了,成统一的两米高“齐头”尺寸,说:“你们不知道该用榫卯?承重十几吨,几颗钉子乱钉一气就禁得住了?如果架子打卯、扣榫,有这样的事吗?嗨,读书人,真是的!”

疲惫的愤怒是有限的。

当天,大食堂只是稍许有些混乱,但大屉笼的蒸瓜还是分出去了。

初一班语文课正好讲到《硕鼠》一文,老师只轻描淡写地说:“困难时期,把大家的口粮偷了,真是不应该。他就不偷刀豆,老鼠也是挑嘴的,那样的豆它是不吃的。”

吕公一改“语法”教学计划,放下“第三章”,在黑板上写了一个大大的“卯”字,他抬抬眼镜说:“今日‘训卯’!我家祖辈三代木匠。”又写了两个字“凹凸”,略小。

“同学们,我的心情很沉重——你们下面不要议论好不好!我看有人还嘻嘻哈哈!我之愤怒不在死人及罪责归咎。在愚蠢!多么的愚蠢!全部愚蠢!无端的愚蠢!为什么——竟然有人不知‘卯’!什么中国人,完了!”

“谁在拍掌?”他听见有两三记掌声。

“地支第四为‘卯’,时辰早五时至七时——天亮了,新的一天开始了!这是你们的时刻!伟大的日升时刻!事实上,我们每个人每天诞生一次,无论困苦艰难,都要睁眼看看今天会不会好些?卯时,我们要挣扎再生!”

全体鼓掌!

“这值得鼓掌?书归正传:大家看黑板:凸者为榫,凹者为卯,这是中国最古老又最无变异的两个汉字。为什么?卯为阴,榫为阳,这是世界的基本结构!卯为母,榫为父,两相结合,万物始生!这个道理难道不重要吗?不知有汉,何论魏晋,蠢吗?蠢!不知榫卯,阴阳相属,死之必至!有句俗语:某人‘憋死了’!真有这种死法,有!眼前就是!”

哄堂大笑,有人吹口哨。

“不要吹口哨!我不喜欢。同学们,做人不易,做中国人尤其不易啊!搭个架子容易吗?太容易了!不!一堆看似不相干的木材——我去看过了,那些木方论径寸完全够了,何以轰然垮塌,不知榫卯!中国建筑,首在榫卯,两根木方,一头为突出部分,是榫;另一根凿眼,为卯眼,尺寸为阴阳一体,分毫不爽。啪!一敲,榫入卯眼,严丝合缝,成了直角支撑,再有上下左右榫卯穿斗,大厦乃成!天啊!这用得着演经讲义?同学们,我要说的是:树,何以成材,材何以为用,用何以成器,知理为最!完了。请翻开语法修辞第三章第一节——顺便说,我们的教材没有人来审!要审,至少一两年。我们不能等,我们还是搭好我们的架子,建我们的楼!”

对于柯男他们而言,突发的事件并没有多大扰动。承重二十吨的架子,不用榫卯,真是蠢到家了。柯男知道的加固方法还有多种,一是“抓钉”,一尺左右的爪形铁钉,适用于枕木、撑木,可以拱抬巷道,但大炼钢铁,那样的巨型铁抓钉早没了。蠢加恶,连环相扣,像一出戏。那位戚姓厨工,大家没有多深的印象。但据说他一吊死,丢下娘儿仨。有人恨,也有人唏嘘,是自然的。

但“卯”字砖砌的地道,肯定是通向卯城的瓮城的,是军事用途。向北的指向就太过明白了。他有些浮想联翩,据说,辛亥“重九”,革命军在瓮城与清兵有一番恶斗,那么,是义军使用了这个地下的通道?这便是卯城之“榫”了!卯在表,榫在里,这是中国吗?

箐箕有意要探查一次地道,但公安局“清理现场”后就责令学校封闭填埋了坑口,“完了,原本可以弄到一支枪什么的!或者蔡锷的五色共和旗!”至于那个倒霉的蓝西,在人们视野里几乎不存在。据说,两天后,他完好再现,是那口大铡刀滚落成了一个上方的支架,钢铁“铆钉”坚强无比,抵挡了落土和瓜。又据说,医院检查,他左脑丘表面有一个血肿,X光一照,早先的一个血管瘤竟然奇迹般消失,他醒来就指着灯泡说:“医院有发电机!发电机!功率2500瓦……”语速惊人,出院后毫发无损的他准备兼初一历史课,因为他的“再生”显现了奇迹,突然地“口吐莲花”,一下子演绎了“三千年文明史”和“联共(布)党史”,说苏联修正主义索要支援朝鲜战争的物资作赔款违反“中苏友好条约”,他要写“十一评”和“十二评”,但学校迅速地制止了他。教导主任明全光将他引到秦老太那里,说“经过调查”,实际上他要讲的是“杜文秀起义”,老太就问,“杜文秀是哪一支红军?”明全光连忙将他一把扯出来说,听明白没有,要结合现在(的实际)。蓝西第二天就讲,“杜文秀后来的一支队伍(的后裔)在昭通加入了红军,有三千人之多……”——但仅是“听说”,四一班对此毫无兴趣。箐箕有些感叹:“蓝西死老头怎么就转活了,越饿越灵,活得比活还活!在长虫山石场那会儿,往他脑袋里钉颗钉子都木头一样没声响——要活着永远不死,就得变蓝西?他妈的,老子当他领导——‘突击队队长’时,怎么没让他坦白交代一个秘籍出来?冤了!这会儿他什么也不会教你了,人模狗样,早上见我,居然目不斜视!南瓜南瓜!问题还在南瓜,灰孙子四五天的‘南瓜浴’成就金刚不坏啊!我明天要吃两份,夏天的那份,说好归我了!”

箐箕最近一口一个“老子”、“他妈的”,走路晃肩膀。大龙说:“一个南瓜勋章,不至于吧。要不要南瓜盔?瓜片铠甲?瓜叶靠旗?你两次撞倒桌子,砸了丛珊的脚趾,都流紫血了。”

第四章

19

柯男没有想到，妈妈无日无夜建立起来的“翻砂厂”竟然是一个敞荡荡的大棚，除了一排不超出六间的青砖小平房，这里就是矗立在地面上的两座大平炉和堆积如山的黑色沙子。同样堆积着的是废旧锑铝材料。柯婴一直想去妈妈的工厂看看，他的态度有如一个颇具资质的工程师，他甚至一眼看出了浇铸用的坩埚哪些在“预热”，哪些准备投料煅烧。地上神圣不可侵犯的是石蜡模子架和已经准备浇铸的模子群，它们像一尊尊小小的蚁冢，上方有一个小孔，是浇铸孔。只要将熔化的锑液从这里缓缓注入，不到三分钟，即可取模去沙，什么样的家什——锅、盆、瓢、钵、壶、勺，甚至锑筷子，就会神奇显形！接下来是“回火”，去掉器皿的“燥性”，就搁在一个大池里，由十来个女工用钢丝刷使劲儿地刷去残沙，再由几个男工在飞转的砂轮上打掉茬口，研磨表面——锑，这种银白色材质铸就的各式玩意儿就磊磊落落地出场了。

周工程师是一个个子细高、颜面特长、满脸堆笑的老家伙，这种貌相，隐藏年岁，你说他八十岁也可以，五十多岁也可以。但清清朗朗的上海腔有如管弦丝乐，一开口，你就不会往六十岁上想——事实上，周工六十三岁。抗战时期是“中央机器厂”的机械工程师，弄枪炮的，他改进的“新汉阳”带弹仓，甚至可以连发，但老蒋看上的是美式枪械，打共产党，共产党人多，美式冲锋枪最趁手。但这些武器随即转到了解放军手里，柯男家门口的卫兵都挎这种冲锋枪。所以，老了的周工在柯男眼里毫无传奇色彩。但搁上妈妈的用功，他仍感到这是伟大的事业。

翻砂厂在年前已经报过喜，眼下是批量生产。百货大楼的柜台上摆上了这里的产品。为此，街道大食堂基本停办，居民开始恢复家居生活，凭票一年一件，去选购价钱便宜的锑制炊具，但锑壶里烧的是白水，锑锅里熬的是杂粮粥。周工考虑的是如何改进磨具，从内胎里打磨，将壶啊、锅啊的“光洁度”提高，以减少“结垢”，但昆明的水质就是会结大量水垢，至于锅具，妈妈说：“不就是少油吗？这功夫也不在工厂里啊，有点儿肉皮子一擦，什么龌龊也去除了。”可是，老周工仍不死心，尽管市工业管理局一再警告，石蜡法浇铸必须停止，成本太高，但周工还是将最后一批的“石蜡”家什搁上了百货大楼的展柜，其光洁程度堪比银器，壶把上拴一个红绸条子：“非卖品·请勿动手”，就有很多市民，更多的是孩子跑去，隔着玻璃，看自己的影子！哈哈哈哈，太丑了。

周工对柯男有些敬而远之，送了他一套《古文观止》，线装，总十二册，品相不错。却把柯婴邀到他的设计室，极其诡秘地抱出一罐蜂蜜。舀一勺，在口缸里搅搅，让他“赶快喝”。又出了一道题目：这些蜂蜜拿来是作何用途的？柯婴哪里知道呢？周工自解难题，说，是拿来拌沙子的！柯婴一下显示了他的智慧：“哦，比如蜂糖炒板栗！”周工一个“对——”拖了八拍，“蜂糖炒板栗，板栗不是光溜溜的吗？在沙里掺蜂蜜，一经高温，立即碳化，形成一层硬硬的光滑的膜，铸件就光滑多了！”柯婴问：“那么，烧水也是甜的了？”周工一愣：“糖……成碳分子了。那是不会甜的。”柯婴顿时兴致大减，跑出去看浇铸了……妈妈喊：“给他戴上口罩！”

妈妈转身将柯男叫到自己的办公室。

即便简陋，也是她的气息、她的模样。

小盆栽，香草兰，喇叭状花簇，嫩黄色，叶片短薄，并无真正兰花的格。

柯男说：“你喜欢，我给你弄一个大盆的来。”

妈妈说：“叫你进来，是说柯婴的事。他的体质越来越不行了。你得看好他。”

这话语短促，令柯男心里陡然升起恐惧与悲伤，他知道，柯婴压根儿就拒绝好好吃饭。他把豆子成碗地倒在床头后面，发霉发臭，是柯男一次次去清理的。他只吃妈妈做的“肉酱”——那是少许的肉末与两掺的酱炒的。一天一勺，完了就搁开水涮了“喝汤”。他还拼命在夜里往“大仓库”蹿，他脾气越来越大，根本无法管束他！

妈妈却说：“前天，我看他手杵心窝，喘气很急促，知道事情不好了——带他到医院去看了。这事他不会跟你说——虽说是老毛病，他的先心病——但医生是熟人，绝不避讳，说先天性心脏病到了这个时候……”她哽咽了，柯男知道以往的诊断，还在柯婴很小的时候，医生断言这个孩子不会久长——这是悬在妈妈及全家头上绝杀的魔咒！他拥住妈妈的肩，说：“妈，你别这样。我会看好他……”

“做不了手术……早先就这样！两岁等三岁、四岁等五岁……还是这样说。畸形、二尖瓣闭锁不全……心室又如何肿大……我牙根咬断可以，他一旦有什么……我撑不住了……”妈妈的眼泪，柯男从来没见过这样流。

“我们把他送到一个地方，山明水秀，有新鲜空气，我来陪伴他。”柯男说。

“什么话！不着边际……你要上学，他如何蹭，也要上学……”妈妈说。

柯男一咬牙：“妈，我长这么大了，自己觉着很无用！真的很无用！但我学会了一点：以命换命！世上绝无虚予，给了你的，你要还回来，你要守住自己最珍贵的，就牺牲！但有人声称，拿命来，给你你最爱的！我上去！妈，我们不能没有你，你笑不出来，你看我一眼！”

有一件事情，柯男对妈妈是隐瞒的。他手臂上的“黄水疮”已经蔓延至内肘部，部分溃烂，昼夜瘙痒疼痛，使他饱受折磨。自去年冬天在墨雨龙潭感染的“稻田皮炎”已经一年，它时好时坏，到现在，溃疡面增大，问题在于，这个感染面即使不流脓水，也根本不会结痂！他的左手已经失去功能，长达一年，他始终用两件长袖衬衣替换着穿，染了脓水，就偷偷洗净……

前天，他在医院换药时，突然想到要问明原因，为什么这种病“不会好”？这只是皮炎啊——医生，一个中年大夫抬头看看他，似乎对他的问题感到意外，在替他敷完药换上新的纱布条后，用果决而简明的语气说了一句：“你营养缺乏。新的组织无法生长，不会愈合。”

但这不仅仅是他的事，学校、班级，所谓“营养缺乏”引起的各种病症有水肿病、视力减退、普遍牙龈出血、低血糖造成的短暂休克……越来越困扰这个“生命的集体”。学校已经到了难以维持正常教学的程度。原本腾出来做“临时病房”的两间教室扩大到四间，事实上，学校除了将休克的学生抬到这里躺下来，用500毫升的葡萄糖分成两份，给学生口服，几乎没有其他办法。后来，这种由部队医院提供的葡萄糖也变得很金贵，“高班”，含四一班的同学就坚决拒绝这种奢侈的待遇。他们宁肯缓一会儿，将息过来，也不愿去四楼“喝糖水”。

星期六晚上，罗润突然将柯男约到小蜜蜂家里。

理由是小蜜蜂要“过生日”。

柯男以为如果这是一个“聚会”，那么它显得乐天却不适时。

小蜜蜂有六个姐妹，奇怪的是这个只有两间房子的家里，这会儿什么人都没有。大多是为了秘会而遣散了。

三张板床是“女生宿舍”，连排挨着，说明她们姊妹每二人占据一张普通木床，各人的书和用具整齐地码在小小的枕头两侧，木床朝外的一头，可以将被褥翻起来，成了桌子。因此，所有空地上最多的是小小的板凳。像柯男待过又遗弃的“幼稚园”，但这里的整洁令人惊讶，你粘惹不到一粒灰尘——这是十二只女孩的手抚弄出来的空间！天堂的一个角落！

就柯男,没有“邀请”任何人,包括男生中的大龙等。

小蜜蜂说,今天,是她十六岁生日。她觉得应当庆祝一下。随即拿出至少二十颗水果糖和三瓶汽水。说完分发水果糖,三六一十八,剩两颗,她诡秘地一笑说:“这是母糖,要收好,藏起来,它就会生出许多子糖来!你信吗?”柯男觉着好笑,他想起,罗润和小蜜蜂一直带领班里的女生“勤工俭学”,西坝糖果厂是她们的一个“约定单位”——这与男孩子无关,因为,糖果厂只要女孩灵巧的手。

“你不要乱猜——饥饿起盗心?我们改变了收入方式,我们不要包一公斤糖五分钱的工钱,拿钱也买不到东西,是吧?而是要求折算成水果糖,五分就是五颗!一天,一个人能带走二十颗水果糖!要不,龙潭村那会儿,我们怎么能带一大包水果糖去呢?”小蜜蜂讥讽地笑笑,说,“大龙还有点儿理解力,夏天居然抱怨我们的收入少了!笨蛋!你呢,你知道女孩的事多吗?你的妈妈是伟大的女辈,但不幸的是你们家是两个和尚,你不懂女人!罗润!把裤脚卷起来!鞋袜脱了,光着让他看!”

罗润把她的裤子卷起来,卷到膝盖以上。小蜜蜂不用卷,她穿一条“生日裙”。

罗润说:“你伸手摁一摁!从脚背、脚踝到小腿……这叫摁吗?使劲儿!”

柯男第一次看见两个女孩赤裸的腿脚,修长白皙的是罗润的,浅褐色但很光洁又胖胖的是小蜜蜂的。他摁罗润的脚背不忍下力,这双脚很像妈妈的,是“没骨”脚掌,但她的脚背很高,不适合穿“浅帮鞋”!他即刻就明白所谓“生日聚会”是一场“问诊”!

“你们都没有水肿病。两位女巫还有什么要领教!打算推广水果糖运动?”他说完吃了一颗橘子糖,嚼得嘎嘣响。

罗润大笑起来:“算你聪明!你没摁好,我还有一点点肿,手下去,起来,看那个小坑是不是一下弹起,恢复原状,我的慢一点儿;小蜜蜂简直就是皮球!不给你摁了,男女授受不亲!”

小蜜蜂说:“找你来,是要你知道,虽然我和罗润至今还可以,也不一定是水果糖的功劳,糖果厂也关门了,这是‘最后的晚餐’。说不定我们俩天生就不容易死呢。但我们班的女生半数情况不好。至少有十来个没有正常……”她回头与罗润对眼,“……就是每月一次的……跟他说吗?”

罗润大笑起来:“这有什么呀?他又不是傻瓜!”

小蜜蜂说:“例假!月经!清楚了?没有或不正常!”

柯男的心一下沉沉地下坠,他两手攥紧,想舒一口气。

罗润看出来了,道:“这没什么。你不要把全世界都担起来,谁都厌烦你一副职业革命家的样子。也不是叫你来救女生,这种生命水迟早会流回来。”

小蜜蜂跟上道:“找你来,是,我们得想办法自救!但我们俩想了很久,没主意。真的想不出好的办法。不能这样下去了……”

学校的口号是:“绝不让饥饿夺去一个人的生命”——这是一个 “内部” 口号。“水肿病”要在1962年初——即春季开学时,下降10%。秦舒金提出这个“指标”,包括“生命口号”冒着巨大风险,教育局通知各校不准再编发类似《通报》! 随即正式推广两项措施:一是普遍地养殖“小球藻”;二是由市里配发“康复饼”,特供水肿病严重的学生。

一个星期后,“小球藻”的“藻种”分发到各校。

秦舒金通知各教研组和团委委员参加一个特殊的会议。

生物教研室事前准备了一份“报告”,十分简约,大略是:小球藻属绿藻类,植物体由一个单细胞构成,富含植物蛋白、多种维生素和β-胡萝卜素及微量元素,它的细胞壁薄,很容易吸收,“关键是人工繁育小球藻很容易,也很快”! 以前,小球藻就用于饲料。生物教研组组长发挥他的杰出想象,说他的浙江老家,农民常常往猪饲料里舀一瓢绿莹莹的“塘子水”,猪吃了肉膘细嫩,“估计那就是小球藻”!

秦老太抠得很严实:“什么叫‘估计’? 塘子水? 那不是屎尿都往里掺和吗? 有毒没有? 这可是人吃? 繁殖很快,快到什么程度? 能像爆原子弹一样? ”

生物教研组组长吓坏了:“不是原子弹! 只是用水来培养……”

秦老太一指桌子中央一个大约容量一升的磨口瓶,里面不见“东西”,但水确实是绿色的,她说:“就指着这水,没见肉,没见骨头,没见什么粒儿,光喝水? ”

组长小心地比画:“我们去参观过, 就分配藻种, 一份分出多份, 装瓶子里晒——这里要补充,就是对阳光的依赖,光合作用……然后过滤、干燥……”

“然后成粉,和着什么就吃! 这麻烦! 这不跟种庄稼一样吗? 好吧,既然是上面推广,当然有它的道理,现在讲科学,科学能救人,怎么不弄出米来? 玩儿成倒腾玻璃家什去了! 干脆,人也进去,成你们的标本! 不说了,说到科学这玩意儿,我们这些大老粗没有发言权,试试! 不要叫孩子们被玻璃划了! 没喝到水还赔血! 各班负责,不准出一起砸烂瓶子伤人的事故! 喝水——嗬! 到了这步田地! ”

参加这个会的四一班的有柯男、小蜜蜂、罗润和大龙。罗润一开头就张罗坐在这个狭长会议室的最后一排,这里可以看到“全部舞台”,如果觉得无聊,可以从后侧门撤走。四一班自知在这个全市重点中学,他们处于顶峰,原先的明光中学初中班,除少部分学生外,大部分没有通过实验中学入学考试,所以现在的初三四个班名义上属实验中学,将来仍以“明光”名头毕业,有些极度自卑。四一班便成了“黄浦一期”,在外人看来,四一班骄矜倨傲,有些“舵霸”派头。这种做派是祸水根源,当初全班被处分就是“明光派”施行的报复——至少,特别记仇的罗润是这样看的。故而,四一班的“头儿”往后面一坐,至少前三排条椅空了。罗润高兴,他们要的就是这种距离以及那近两米间距带来的舒坦。

柯男觉得“小球藻”的“运动”十分荒诞。水里的绿藻，是鱼和水生动物吃的东西。孩子们养过无数种小鱼小虾乌龟螃蟹，不投食也饿不死，吃的不就是这种东西吗？孩子们还吃过螺蛳、泥鳅、鳝鱼，连“水板凳”、“水母秧秧”、“水马”、蜻蜓、蛤蟆、田鸡——天上飞的、水下孵化的、水面上滑行的通通吃过，那是“天性”，孩子一张口，“吃”了好大个世界。如果浮游生物都拿来吃，那么，孩子们是不是要降低为“低等生物”呢？

大龙完全不相信，“小球藻”可以“当饭吃”，充其量是添加一点儿营养，那么主食呢？“简直不知有正经！”有那样多的“藻粉”盛一碗拿来吃？“生物组长是个大白痴！”发明这个“运动”的是“白痴中的白痴，难怪挨饿！”

小蜜蜂则说：“白痴世界，所以白白了，不得‘吃’！”

罗润认为所有这些问题全然不值得讨论！她说：“秦老太的讲话有点儿不过瘾，学校这下要成坛坛罐罐的小商店了，不过，你想象一下，绿色大罐子，可以避光，眼睛大约可以舒服一点儿，也挺好玩儿的。”

关于“康复饼”是在一个星期后送达学校的，第一批只有两百个，大约四公斤，每张不过练习本那么薄，一拳大的圆饼，黑褐色、极粗糙、硌牙、挂齿、味甜咸，细心看麦麸是主要成分。大家立即为之正名“糠麸饼”，据说富含维生素丙。因为数量少，只分配给“住院”学生，每人两个。通知说，三天后第二批到。

“如果仍不增量，那么，是药还是粮食？天哪！”任义当众号叫，他实在没有想到，就一个纸箱搁在他的面前，还附带一个卫生局关于“不准吃观音土”的通知，他跑到墙角去一蹲，拿《通知》蒙着，满脸涕泗，最终那张“禁吃观音土”的通知当然在他又黏又稠的脸上成了碎片。

西山南瓜事实上维持了十四天，那天恢复供应的仍是蚕豆，还有豌豆。刀豆终于在百万牙口下消灭殆尽。大家庆幸，对蚕豆复起爱怜，学校弄到一点儿酱油膏，可以化汤，但没有蔬菜。一星绿色也没有。

而“小球藻运动”终于启幕，秦老太站在教学楼外阳台上，两手叉在腰间，看学生如何将各式玻璃器皿安置在教室窗台上，注上淡绿色的“种水”，如果阳光偏转，学生们必须立即转移这些坛坛罐罐——她的当心不无道理，一个大玻璃瓶从三楼窗台上垂直降落，即刻砰然粉碎。幸好楼下无人。她当即决定，在所有安置玻璃器皿的窗台下，设置警戒线，拉起隔离绳……

“小球藻运动”三周后，罗润的“小球藻商店”发生奇迹，由她和丛珊、梓妍摆弄的十几个坛坛罐罐,由引进藻种的极清浅几近无色的淡绿,化变为浅绿,再变为深绿。摆放在窗台上向阳一面,果然如其所料,成为一面绿色的玻璃透镜!煞是养眼!四一班的政策是“随兴而为”,大家乐得一个玩儿。但筲箕很快发现其中的不祥,因为“全班变成绿脸鬼”,气相陡然森森。罗润毫不在意,甚至请来了王竹坡老师给予指导。

王竹坡要来,事先发布消息,连柯男也高兴。柴虫建议要请王婆“吃饭”。菜单由小蜜蜂主拟,暂时保密。

王竹坡来了,把“老五一”吓了一跳,一身猩红,犹如一个特大号的哈密大枣!她肥硕且精神健旺,声如洪钟,将“老五一”每个人通通拥抱了一遍。在拥抱柯男时几乎将他勒死。身材与之不相上下的胜春,在罗润介绍她是前体操队员时,被她一个“相扑”,差点儿窒息。启霞一看这阵势,立即伸出手,前排球队员手特长,将嘉宾拒于75厘米之外。于是改“握手礼”——整个见面过程持续二十分钟,而王竹坡始终在默默地流泪。

现场立即出现一种自始未有的温馨,这让原先不属“老五一”的同学大为吃惊也莫名敬服——自升入中学,这个班集体简直就是一个“战争策源地”,攻出打进,累累挫伤,歧视与压抑成为气氛的主调。没想到,“老五一”曾经有如此温情而乖顺的一面。这个班已经有属于自己的情感经验,友谊如此深厚,彼此咽咽落泪——如同金珠撒地,可见历史深刻且邃远,所以,壶把一伙也向王竹坡深深鞠躬。于是,王竹坡被团团围起来,大有“王婆娘娘”隆升宝座的架势。

王竹坡带来的消息有,陈一宇升为区教育局副局长,但仅半月,就被宋珏琛(宋小龄)“捉奸在床”,奸妇竟然是保姆,于是宋大闹局长办公地,宋有“猫爪功”,一分钟近身搏战,令前书记“破相”为“抹布脸”,血洒官署——小蜜蜂鼓掌,筲箕哈哈大笑,柴虫前仰后合,但罗润觉着即便前仇旧恨,此时话多了也甚为不雅。但接下来王婆一番话就正经多了:“始乱而终弃,再乱呢?两种结果:不终而终,终而不弃。宋现在调区教育局当办公室主任。这是他们交换的条件。总之,实验小学自此对男女消失,一下清明多了。那棵朴树长高一丈!”

筲箕带头鼓掌。

王竹坡的“总结”未了,接着说:“人啊,有一种人是化学人,一种是物理人。化学人呢,就是凭生理化学反应诸如内腺分泌而行为的人,此品种很可怕,犹如动物;物理人呢,凭机械指挥诸如命令行为,可怕吗?哎呀,也可怕,犹如粉碎机。我们是革命文化人!文化呢,根子是良心!这是培养出来的。”

“老五一”频频点头,似乎感同身受,可一一与历史相参。而大多原非“老五一”的成员则有些云里雾里。但至少,现今的这个四一班已经隐约感觉到这个“老五一”前班主任品位非同一般。渊源如此!

可笑的是,大龙竟然将吕公——现班主任约来了。1951年的“志愿军”在1949年的“西南挺进团”面前有等级和传统的自卑,吕公与王竹坡握手,王竹坡呈俯视姿态,形似高级首长,她说:“我与这些孩子不打不相识,你大约没有‘接火’吧?给个建议行不行呢?爱他们。您是教语文的,爱如眼睛?不,掐掐自己,你如果疼,孩子疼百倍!打,不怕,就怕开第一枪就走火,把自己撂倒了!”

吕公的眼睛在镜片后面飞快闪烁,似乎他的眼睛有问题。

接下来是大家共进晚餐,小蜜蜂的菜单揭晓:酱油卤豆腐,黄豆是柯男贡献的,家里最后剩下的一筒;油炸蚂蚱,蚂蚱是大龙他爸从滇南弄来的;还有油炸“水板凳”,一种水生昆虫,柴虫去滇池捞来的;接下来是螺蛳、水芹、蕨菜、野茨菰、野火葱、野荸荠等等。

赵芹也应邀而来,此时,柯男宣布“开宴”,特别申明,这是“诗经宴”——一切皆“采采采”而来,我们回到“诗经时代”,与孔子屈子同时,何等荣幸!

真正的精彩在后面,罗润正式捧出“小球藻面条”——“富强粉”是壶把去“勒索”来的,面条是他擀出来的,谁也不知道,出身名厨世家的他白案红案“通吃”,他夸下海口,只是没有餐料,要不,他可以弄一个“满汉全席”!

啊呀!这是怎样的面条,你见过碧绿如翡翠的面条吗?根根纤细,如玉髓之精,宝气十足!那是过滤、晒干、烘焙后将小球藻制粉和面拉出来的!

三大钵,每人分得一中碗!

事后才知道,罗润她们早就在王竹坡指导下培养小球藻,开初,她说自己是搞无机化学的,后来又说,其实也简单,藻类也需要营养,不给营养它怎么“迅速繁衍”,她十分鄙弃这种“人没有营养,却忽视藻类也要营养”的“逻辑悖反”。但她对“老五一”如今荒食的遭遇尤其伤心,于是,授予秘籍,“你拿一点点糖搁进去看看”——巧了!小蜜蜂的“库存”尚有二位数可资利用,罗润不过用牙啃下了一小粒水果糖投放进水缸里,不出五天,水色大大转绿!在八十倍放大镜下,可见小球藻如“小麻花”在扭动!这便是救命神物?但“逻辑”上的问题令罗润憋闷,谁有水果糖来养小球藻?要有,直接吃糖不更简便?玩儿,可以。

但学校听说“罗润小球藻”大获成功,任义立即组织参观,各班预约“藻种”。罗润不胜其烦,交给丛珊和梓妍去分配。丛珊特小气,每班一小勺,多一滴也不行。为此,尤丽来大吵一架,说:“有什么稀奇?罗润装神弄鬼,吐泡口水也未可知!”丛珊就骂:“四一班撒出来的都是琼浆玉液,吃你的狗屎去!”

至于“秘籍”,只罗润知道,从未泄露。

20

学校放榜公布初中期末考试成绩。初二主课七科，四一班仍然名列全校第一、全区第一和全市第一，总平均分90.19。四二班85.11，全校第二，全区第十三。实验中学四一班是全市教育实验“第一班”，已经连续两届获得总考核市区校第一。市教育局决定授予四一班“优秀班集体”称号。但已经提拔为副校长的明全光在评审会议上提示这个班“有些问题没有处理，曾经受过集体处分。成绩突出，是实验性教学的结果，不能说明全部问题。我们总不能树立一个白专典型吧！”——初评委员会提出抗辩，质问“这样说来，我们还有另一种标准？请问，‘白’，具体指什么？”明全光坦然道：“有些情况属内部掌握。”于是，教育局局长无奈作出决定：本年度，暂不评“优秀班集体”。

是墙就漏风。秦舒金给教育局局长打过电话后，将明全光叫到她的办公室。

“你上你祖宗的坟吗？”她劈头就问。

明全光摸不着头脑：“我……您说上坟，烧香？我保证没有(搞)封建迷信……我自打……时候起，就是唯物主义……”

“那你吃什么南瓜？这十四天你吃什么？”

“南瓜！保证只吃南瓜……不，还有瓜子，瓜子我喜欢生吃……”

“连皮带肉、连心带肝、连娘带子你都吃了！你好狠！你很唯物！你的衣服是怎么穿的？嗯！三件衬衣套猪肠子，有这样穿的吗？你看你！里面两层领子都是黑的，起油腻子了！像什么？狗舌头！你闲来就嚼吃，难怪就你精神——你给我去写检查！从这个礼拜起，你的工作是写检查！写写写！”

明全光吓死了，忐忑地问：“写到……什么时候？”

秦老太一擂桌子：“南瓜开花！”

学校的期末成绩榜单上，尤丽总平均分70.08，名列全年级第165名。尤丽随母亲回杭州省亲，又去上海考了一次音乐学院附中。虽然，上海的放榜不知怎么一个结果，但她有足够的理由藐视这个土里土气的学校并理所当然“回复”它一个这样的“成绩”。

学校正式公布赵芹为团委书记的任命。时间居然是一年前。没有任何说明推迟宣布的原因。团委委员依照原选。没有人在乎这些。但赵芹还是在早先的“传达室”隔出六平方米挂出“共青团实验中学团委会”的牌子。召开了第一次团委会。在她简短的致歉性讲话后，尤丽突然挥泪如雨，像机关枪向所有人扫射，连赵芹也不能幸免，她说，这个学校嫉妒和歧视她，甚至策动对她实施“攻击”和最最残忍的“黑色第六条款——孤立”。原因是她一直是这个学校“学习的榜样”。尤其是四一班小蜜蜂她们,更是“庸俗、低级、愚蠢、狭隘”的一群“村妇、泼赖、骂街女”。可以因为她穿过三套纱裙而“蓄意杀害”她。而赵芹则偏袒四一班,根本好坏不分。她现在有五种疾病,其中一种需要常年离校休养。这一切的罪责全在四一班!

赵芹始料未及,“攻击”尚可理解,什么是“黑色第六条款——孤立”?她悄声问小蜜蜂,又转向大龙,两人都摇摇头。

初三唯一的一位委员马云不等她哭歇,就说:“你不就是一张演出海报吗?看看街上,南屏电影院三年来电影海报换了多少次?才四次。有人看吗?有!为什么?即使停电用发电机放电影,机器声大得听不见,还是有人看——个个是卓别林!列宁说:‘面包会有的’!下面就大声配词——‘面包会有的’!《列宁在十月》我们看了十遍。你呢,尤丽同志,你只是一张海报,不演出,缺场。你不要攻击你的老班,你到我们班上来说,他们是‘反革命帮会团伙’——我们不这样看!我说的是全体!四一班,才是榜样!我们一直向他们学习!”

小蜜蜂表现了极大的克制,没有说一句话。

奇怪的是尤丽全篇破口大骂没有殃及柯男。赵芹用一把椅子将柯男的左臂放在椅背上,又给他倒了一杯白开水,他发低烧,已经一个礼拜不退。因此,他也没有要讲话的意思。

赵芹在小结时说,团委分工照旧。现在是困难时期,同学们虽然仍坚持在校学习已属不易,但情绪很不稳定。有的学校学生大量退学、旷课、无故流散,问题很严重。共青团员要起到榜样的作用。她没有提及四一班,对隐含的“争议”,保持着相当的谨慎。

至于尤丽,她说:“你身体不好,多看医生吧。转学的事情,你妈妈来说过,也找过我——上海不接收,哪里去呢?还是慎重为好。这主要由学校和你们来决定。你要冷静,慢慢地多往自己身上想。”

尤丽威胁要转学,是公开的,但赵芹原本可以私下与尤丽讲的话,虽压低声音,大家还是听到了,给柯男的感觉是,这算一种最含蓄的批评——尤丽将更加“孤立”,她怎么变得如此糟糕!

出门来,柯男叫住她,正色道:“你知道你现在很坏,坏得离谱吗?你不敢说我,我不舒服,你现在骂,还来得及,大家听你声气大,就会围拢上来!骂呀!怎么,你不出声,你心虚。心虚,就有救!现在,我个人欢迎你回‘老五一’——四一班,明年我们一起毕业。条件是欢迎的是你,不是你妈妈!你不要随身带着这个喇叭,我们没有!‘老五一’有六个孤儿,还有四个有爹没娘、有娘没爹!三个是奶奶或爷爷拉扯过——他们生下来就断奶!谁娇惯,他们生来不舒服,这个,你打小就知道!不要侮辱我们的良心!”

“我没有说你们是‘反革命’，我只说你们有可能被利用。”她有些怯懦了。

“谁说，我们也不在乎！”柯男走了。

筲箕在竹棚脚截住柯男。

他嗫嚅半天，欲言又止，“有件事，我觉得应当让你知道……”

柯男并未平复，发躁：“一句话！”

“一两句说不清。”

“那就算了。”

“夏天私藏一瓶猪油……每天给自己舀一点儿，搅酱油清汤喝。”

“有这种事？夏天？”

“骗你是狗，他被我堵在厕所里了，等你了断。”

“你是别动队？日伪侦探？烦，我很烦你的举动。”但筲箕的“堵人”绝非虚言，他甚至会将夏天杵进茅坑里。柯男看离下课还有空当，去了。

柴虫看守着夏天，见柯男过来，说：“他不服气。”

夏天曾得到一次机会，代表四一班参加“无线电收发报训练”一个半月，是省体委组织的“备战”专项训练活动之一，所以，有一段时间不在班上，柯男对他确有陌生感觉。

“你们打算‘孤立’我？”夏天毫不示弱，“我做了。你说怎么办吧？”

筲箕大喊：“你宣誓过，我们要为共产主义而奋斗！”

夏天道：“我感到羞耻！我刚做过盲肠手术，有粘连，奶奶一定让我补充一点儿营养。我没有与大家同甘共苦。”

他交出了一个瓶子，柯男看看，只一个雪花膏瓶子那么大。旋开盖儿，有半瓶子微黄的猪油，散发着诱人香气。

“多长时间了？”柯男看着那猪油，油面上有坑儿似勺取的小凹。

“两个月零几天。这样的五瓶，反正每次一点儿。大家忍饥挨饿，很惨很苦，其实我心里知道这是背叛……我意志薄弱。”

柯男将雪花膏瓶轻轻搁在夏天手心里，打断他的话：“没有‘孤立’！再不会有‘第六条款’！你自己看着办吧！不要把你奶奶扯进来，老人是好心。”

其实刹那间，柯男心里很难受，夏天是大东新村唯一跟上来的人，他爹在“私改”时自杀，妈妈带弟弟走了，他与奶奶相依为命。蚂蚱与他情况差不多，但随他妈回了上海，现在在香港。

“我不会说谢。但我保证……”夏天平伸手，手掌一斜，雪花膏瓶咕噜滚到茅厕坑里，他说，“以后不会再有这样的事……我要求，不公开。至少不在班委范围外。”

柯男问筲箕他们：“你们怎么看？”

筲箕说:"这不同于偷、抢,是他奶奶用金戒指与一个饭馆老板换的。只是……我们的诺言是:生死与共。"

柯男一笑:"好吧。就这些人,不准说出去。我想问的是,那点点猪油对你的阑尾手术粘连有没有好处?难道它是药?就算你来做实验?"

夏天"警报解除",但没有轻松,一时领会不了其中意思,认真想过,说:"好像……不太清楚,我……没有水肿病。"

柯男说:"行了。你先走。"

突然,柴虫说:"有人偷听!"一下冲到一个茅坑隔子里,揪出一个人来,大喊:"提上裤子!快提上,王八蛋!"

是蓝西。瘦老头浑身发抖。不能确定他听见没听见,但蓝西说:"我交代!我交代!我不是故意的!那些支架……老木头原本有榫卯,是我锯掉的……"

柴虫踢了他一脚,"你听到什么了?"

蓝西的裤子仍斜着耷拉着:"我当时晕在医院……没有人问我……"

筲箕眨眨眼睛,他说的是"南瓜事件",柯男即刻表现出敏感。如果真如他所说这是事件的肇端,那么,依次,逻辑是:学校叫他负责南瓜储藏,也找来些不三不四的小工,蓝西第一次"负责",颐指气使,把原来很结实的也有榫卯的木头,像理发师一样一概"剃头",或者由于他当了"南瓜屠夫",已经自诩"阿道夫·希特勒",也习惯了对犹太人和欧洲人的屠戮,于是本能地将所有木头"砍头"——结果,导致架子垮塌——偷窃食堂公粮的厨工畏罪自杀——而他借南瓜给自己做了一次隐形的脑血管手术——然后坦然地"回到人间"。有这样的事?

柯男说:"只有五分钟,你讲清楚,为什么这样做?"

筲箕说:"我们可以扒了你的裤子,把你扔到女厕所里,五分钟后,至少一百个女生会冲进去,然后大喊……喊什么的都有!"

蓝西的思维似乎早一秒进入"南瓜事件":"……我是一个认真的人,一个信奉机械哲学的人,也可以说,我相信'机械'原理应用的初始依据是标准的'单性材料'。而每种材料必须统一!我们还处于原始蒙昧阶段,因此,必须一个样!谁人能做榫?谁人能做卯?不由你。而由至高无上的社会分配和决定。"

"所以,你仇恨所有冒头的东西,一冒头你就'锯'掉?"柯男有些吃惊。

"可以这么说!我是正确的,我一直是正确的。"蓝西仍不打算提起裤子。

筲箕说:"你说些什么狗屁话!我们不懂!"

蓝西极度鄙夷地斜睨着筲箕:"你当然不懂。"

柯男说:"这很像一直的你,你不死,你醒了。祝贺你回到原来。把你的东西写进你的历史课去吧。我们就要升初三、然后毕业。谢谢你最后的厕所历史课!只是不断进入初一的同学越来越小，和我们这些人不同。但他们也会毫不留情地把你扔进厕所去！你只是一块臭石头！”

“去你妈的‘机械人民主义’！你要早醒，老子在长虫山采石场就把你活埋了——南瓜、南瓜！南瓜错了！拜拜了！五百公里长途奔袭啊！”笸箕愤然转身，唾了一口！

柯男没有想到，蓝西——他脸上破麻布似的皱纹竟然舒展了，如一块儿上浆白布！当然是蓝西，原来的那个蓝西。他的这番话，让他左臂触电似的疼痛。柯男有三个晚上不能入睡，妈妈回来了，把他搀到马市口医院，分三天，打六次针。隔壁小床上，躺着一个烫伤的孩子，也是交叉感染。柯男倏忽觉得自己回到童年，回到他再也不愿回望的被“开除”的日子，那时，他多幼稚，想从此去工厂或什么地方谋生算了。但现在，他删除了这“结论”，他要活！这像是和某一类人比赛……蓝西似乎不属于王竹坡定义的“化学人”与“物理人”，尽管他宣称他信奉机械哲学，他满口“社会”、“标准”，但肯定他不是“革命文化人”……

谢谢学校。开锁、闭锁；再开锁、再闭锁……他睡过去了。

上医院，是件十分奢侈的事，这个小小的区级医院有最好的大夫，是个英国留学的博士。但他信守的协约可能被妈妈攻破，只是妈妈显得十分镇定而已。向来，他只问及生死。譬如柯婴。但没有想到的是博士还要收藏柯男的秘密。妈妈自己是公费医疗，柯男的三次输液花费十来块，已经是她半月工资。所以医院大半空空，城市居民对西医的信任程度仍不见高，大多疾患上身，将说不清的疼痛交给草医，再次交给坐堂郎中，像妈妈这样笃信西方医学能除疾患又只肯信外国博士的“新型社会人”少之又少。

妈妈与博士谈了柯男长久不愈的感染，大约与她的判断吻合，交代柯男自己回家，转身就离去了。

待柯男回家，躺了一会儿，她就回来了。

柯婴十分好奇，妈妈带回来的东西绝无仅有，是一个篮子里的十来枚鸡蛋，它有破碎或完全没有破碎的蛋壳，是“阴蛋”——这种东西柯男以前听说过，是未孵化而永远不会孵化的小鸡，半成型或“寡”了，总之，是先天“阴重”，而后天未能“成阳”的鸡卵。奶奶以前说，这种小小生命处于“卵生”之前，至于佛说的“胎生”以至“化生”当然距离十分遥远；奶奶又说，柯男聪慧过人，是“化生”之人，不过借母腹来世而已。这么说来，柯男的“命”大至不可损毁，百毒不侵——妈妈没有听到奶奶这样说，即便听了也绝不肯信，而眼下的事实是，他因为“营养极度缺乏”而“不能长出新的肉芽”，创伤永不愈合，即便输了抗生素，只能抑制炎症，而即将深及肌肉的感染和大面积溃疡，最终结果便是消灭这个“化生”的个体——这么说来，柯男不仅非“化生”，连“胎生”也岌岌可危！只能求助“卵生”了——妈妈的儿子，看妈妈她痛心和满脸忧郁就全部了然了。

小小的鸡蛋一律是腐黑的，剥开蛋壳，有熏熏的臭气，无所不知的柯婴说“这是一氧化氮”，鸡苗释放毒气，在“拒绝超度”。

未成型的鸡苗如同坐化的小佛，柯男甚至发现其中半数下身还粘连卵黄，而上身已然有眼有喙，甚至有极细的冠。修持在它们来说，要么艰难，半途废弛；要么被强行受戒而内里抗拒，唯有“拒绝涅槃”。总之，道家说的“羽化”也当然拒绝了——奶奶说过，佛门净土一派是劝人不要走“涅槃”之道的，而今，大地果然“净土”，便唯有生存是大乘佛心了。

妈妈不理会这些，她说，市里有一个大型工程，是建造一家养鸡场——也就是说，不久就要有上万的鸡苗诞生，至迟一年，昆明人就可以吃到鸡蛋了！但人工孵化的机器还在试验中，她的“翻砂厂”是协作单位，所以能找到这种东西——试验不容易，要么温度高，鸡蛋烤爆了，要么太低，过了孵化期，最糟是停电！鸡蛋便成了“阴蛋”，“怎么舍得扔呢？你想——譬如孕育，半成了，要吸取多少精华，这是多么金贵的东西啊！很有营养的！”她小心地将“阴蛋”坐稳在蒸笼里，蒸十五分钟，抬上桌来，让柯男、柯婴趁热吃。

柯婴说：“妈妈先吃，你最辛苦。”

仍有淡淡的恶心味，妈妈抹了一点儿盐，吃了半个。递给柯婴，他一口吞了，说：“没有渣！怎么没渣呢，我看见翅膀了！”

妈妈笑了，说：“阴是阴了，还是蛋，要不怎么说‘鸡蛋里挑不出骨头’？”

接下来让柯男吃，他挑了一个半化的，咬了一口，似乎与寻常鸡蛋没多少差别，他忽然想到“雪花膏·猪油”事件，不吃了，说：“我吃的是鸡脑袋，这家伙在思考一个问题……”

柯婴说：“多半是关于共产主义的问题。弗拉鸡(基)米尔——就是‘不拿鸡儿吃’的意思，不是吗？”

妈妈说：“就你们兄弟话多。人，随性一点儿就好，什么‘主义’也是要落在实地上的，也是要从地上生出来的。云轻凭风，云重落雨。”

柯男一怔：“妈，你的大智度经点醒我了！我怎么没有想到呢？土地！”

柯婴说：“我在三个花盆里栽了十棵葱、两棵白菜！”

21

柯男建议班委会去“远足”一次。大龙说，不如全班都去，无非筹足伙食。箐箕有点儿离谱，要去弥勒西山。大家赞成，但班费不足41个人的往返车费，也大有“再次扰民”之嫌。小蜜蜂和罗润对此次“班委会”心领神会，大约与大龙也有秘密沟通，总兴奋地等待着什么结果。

学校仍依上学年的规定，寒假废黜，只在1962年新年前后五天停课，春节再补假三天。上个星期六由省教工委来人做了“关于台湾局势”的报告，形势骤然紧张。几所完全制中学高中民兵营准备“拉练”。边境地区发生几次境外残敌的渗透策反。大马回来说，他们运输公司车队已经停止滇西调粮，昆明粮食供应紧张的情况非但不会缓解，可能更加吃紧……

这是促成四一班立即行动的一个重要原因。

初冬的昆明，是萧索而冷寂的。城市人口的锐减，使街道无端宽阔，车辆绝行，商店闭户，感觉这是一个准战争级城市。一个城市所需要的能量，在这时看得很清楚，有时，是看有没有很多人在走动来衡量的，如果很少人走动，要么城市在衰竭，要么它在积蓄能量，但后者，显然不是事实。大量工厂的“下马”，使西郊“工业带”烟囱很少冒烟了，而在1958年“大跃进”，这里是西海一角，蛟腾龙跃，人浪几乎排空而来。几年过去，“老五一”记忆犹在。

从西站出发，散漫的行走，已经使“远足”从出发地就进入一种绝望的沉闷。

大龙建议改变路线，在稍稍领略了这一景象后，由梁家河直插滇池边。这样，可以去看看那个旧日运送耐火砖“打尖歇站”的大塘子。但才到岔口，这个记忆显然可以“翻篇”了，塘子水干涸了，大约塘底被犁翻过，就着积水插过秧苗，但后来又放弃，改种莲藕；又再次放弃，改种芋头或茨菰——眼下，这是三种植物的余孽的混交废池，残荷锈败、水芋委靡、茨菰蜷缩，稗子却昂然高挑，那涟漪乍起的一大池碧水兀自消失。

罗润颓丧地坐在埂子上——不用走近，那个养鸭老人坚称出现一大群姑娘，一定是临村撞上好运，要“嫁花娘”的故事也杳然如同神话，随水而逝，鸭棚不见了，老人是死了？要不死，为什么不来？更奇特的是，环池的老柳树全部被砍伐殆尽，大约做了大食堂的燃料，或者因为改田而斧伐……

柴虫脚边有个歪歪的木牌，“高产示□□”，字迹不全，他起脚将它踢到埂子的乱草里……

壶把对这段不属于自己的历史没有兴趣。“黑狼队”只有六人参加，出于对柯男的尊重，他是“应邀”而来的，一开始就显得不耐烦。说不如渡海到海埂去，在那里，他有个熟人，是他爹的老部下，残疾军人，在轮船公司当经理，可以“上船就吃鱼，吃完不给钱，抹抹嘴走人！”

但到了海埂闸口，没有渡船，壶把夸口又食言，不吭气了。

但毕竟是滇池，大家看海浪拍来，略带腥味，兴致高了起来。这一带是柯男、柴虫、筲箕的“地盘”，每个苇草垛子，每个浮岛和沙滩，跟掌纹一样熟悉。不用说，柴虫出去一刻，回来就站在一张小小的舢板上，从水巷里划来，他赤着膀子，在冷风里充“水泊梁山”好汉，大声吆喝：“此地哇家乡！有酒又有饭！上岗三十里，还有小娇娘！好汉们，上得船来，洒家买酒！”船一靠岸，船家拴船，柴虫就对柯男悄声说：“世道坏了，这烂崽要一块钱呢！”

分四批摆渡，在船上大龙忽起兴致，说，这舢板不错，还有炉灶，问问有鱼吗？原本是来玩儿的，我们煮鱼漂海，难得快活！一年了，苦水喝够了！

筲箕上去“掐”渔家，说成的价是两块五，包仓底的三斤白鱼、两斤虾。小船只能在苇子丛里转，不能出海，有“联合值勤的水警”在海上巡查，公社严禁私自捕鱼，“抓着要坐牢”，他是借“去娘家看老母偷着出来的，说出来一天，已经两天了，反正回去也干等着，老婆又要生了……赚你们的不多，盐巴钱！”

筲箕说：“他妈的，遇上一个逃犯！要不要审查审查，不是美蒋特务就放了他；如果再啰唆，扔进海，老子们夺船，去解放全世界！”

这话让这个瘦瘦的男人听见了，立即回道：“我舅子已经去解放了！当兵六年，现在是排长！”

壶把也笑了：“那你是军属！我们是烈属！这一船都是为解放而死剩的！你认亲，就拿酒来！”

果然有酒！加三毛钱——渔家精明！“管家”的小蜜蜂全认，只要大家高兴，但附加条件是给一点儿油和辣椒，因为煮鱼是“计划外”的，没准备。

小舢板来回渡人，集中在一个柯男喜欢的小岛上，即时岸上起炊。小蜜蜂她们是有备而来，不知哪里弄来久违的米线、酱油膏和酸菜、韭菜、芫荽、葱花——“他妈的，简直可以忘了那个烂学校！”筲箕试酒，说，“哎，滑口！壶把，你开饮，包叫你五内燃烧！儿子根根立时就站稳！钢筋一样！”

小蜜蜂立即警告：“不准说脏话！再说，我拿锅铲敲你脑袋！”

最高兴的是女生，她们踩平一坝杂草，胜春、启霞在那里用五把伞搭“帐篷”。

柯男忌酒，因为左臂感染刚见好转。壶把三口猛酒下肚，忽然泪下，说：“兄弟，你保重！”柯男说：“哪里话，离死还远。”但壶把不相让，说：“你不要说大话。这种日子怎么过？好个‘水泊梁山’！我们这样了，人家连个‘优秀’都不给！逼啊逼！‘黑狼队’与明光头是世仇，我们害了班集体！”

四一班被“取消评优资格”的事很快传开了。原先的“老五一”表现云淡风轻，但足球队仇焰顿起。这个班为此骚动，好在就要放假了。

“我们要自救！”柯男说，“我想过了，你还得在学校待着，到这里来，只是逞一时之快！你也看到了，困难还要严重，怎么办？”

壶把表示同意，说足球队这样的底子都受不了了。其他同学不用说，走路扶墙了！前一夜，他爹找他说了些“屁话”，给他的“命令”是“无论如何‘熬’到毕业”，到时“想上天入地随你的便！你要掂勺，我来授艺！你要讨饭，对不起，潲水没有了！”——“屁话！我他妈掂什么勺！炒个蚊子？红焖苍蝇？还是卤他妈刀豆——我现在惧怕一个‘吃’，晚上酸水汪心，你说，自救？啃桌子腿——你不知道？柴虫晚上饿哭了，我们去偷宾馆的馒头！被发现了，我那死爹才来发警告！”

“我们可以挖了球场！”柯男说。

壶把说：“是该挖！明全光还在那里跑步！挖！”

柯男说：“你听清没有，是挖了足球场！”

壶把倏地站了起来：“足球场？不是跑道？为什么？”

柯男说：“只有这个办法！自救，就是向土地要吃！抬头看，太阳在吗？在！你看这片水洼，弄得来鱼虾，可你有水洼吗？你再看，这里可以一眼收尽万顷良田，虽然荒收，但荒地上出苋菜、出茇茇菜、出小米菜、散落的种子出哑苞谷，样样可以度荒，总有一天还出稻谷——可你有这片田吗？你去西山，那群山是你爹和那里的人用血浇灌的，所以赏你一个黄里透红的大南瓜——你有那片山地吗？你没有！算来算去，你只有足球场！现在不能踢球了，体育课取消了——但那是至少三十六亩土地，一季蔬菜可以收获三万斤！没有土地，哪来球场？没有体力，你饿得淌口水，还能踢球？你会恨足球场吗？不会！这是为什么？你说——”

壶把哭了：“小学二年级，我们就在这里……踢球。我们这个队是三年级成立的……那时根本没有球场，就是围着一个门框乱踢……后来，我们夺了全市少年组冠军……教育局和文体局特许，才建了这个球场。这是全市唯一一个标准足球场！后来，我们连续夺得三届全省少年组冠军，一次大区亚军，就是那年，我在场上踢断腿……”

柯男说：“所以，这是你们的球场！要挖，得你来！”

壶把：“……不，它是学校的……大家的。”

雄式新、钢炮闻声来了，大约听到了所有对话。全都垂头不语。

柯男激愤地站起来，他有些撑持不住，筲箕、罗润赶来扶他，大约触痛了他的左臂，他一甩膀子吼道：“不要动我！球场！这个足球场伴随你们长大，每棵草认识你们，每寸地知道你们的脚法是怎样的！它弹起你们的球！划最优美的弧线！去摘太阳般的奖章！现在，我听到的却是，你们说不是，不是你们的！为什么，你们饿了，你们运动减量，你们不得不到外场比赛！但这块土地呼唤你们回来，说，我要养你们！养你们的强壮！你们却扭着脖子什么也不说，走开！——我为你们感到羞耻！”柯男眼睛红了，他抿嘴咬牙，样子十分可怕。

“我们挖！”雄式新说，“小学三年级，还是荒地，我第一个挖的。平整场地时我们找来石碾子，现在，还在东边墙角。栽门杆是我和壶把号的洞，很厚的黑土，我全记得。”

“球场是你们的！我要你们齐声喊！”柯男道。

“球场是我们的！”五个“黑狼”喊。

“你为什么不出声？队长！起来！”柯男差点儿踢了壶把。

“球场……还是大家的，初一班我们已经开始对他们培训……打小场。”壶把艰难地看着自己的足尖。

大龙叹口气，说：“小同学做什么主？这不是理由，如果这成立，那么，按全校学生计，球场划成两千份，我也有一份，大约两平方米——而我选择生产自救，我要种粮食来养活自己，然后再踢球。那么，我选择哪里呢？球门区！点球位置！挖下去，还有球场吗？”

雄式新平静地说：“其实不必，我选择边线，我和钢炮都选择底线——四平方米，够了，于是开挖，种一路黄小米！像角旗一样飘扬！”

大家哄然大笑。

“好吧。我说，球场是我们的！”壶把举起了右手，如同表决。

大家报以掌声。

柯男说：“如果有一点儿勉强，我们就放弃这个计划。因为，大多数人都不会这样想这样做。一个足球场种出来的东西，对解决两千人的营养补充还是有限的。我们不得好死，也可以赖活，像蛆虫一样在蚕豆上打洞，偷鸡摸狗弄点儿吃的来塞牙，攒点儿钱来这里野炊假装乡巴佬——这像我们做的事？但我们开地，我们种菜，我们做了，就不同，我们没有屈服命运，坚决不！”

壶把忽然感叹：“九年了，我们在这块场地上真是洒了不少汗水！”

柯男说：“那就把汗水的种子收获回来！现在，我们达成协议了吗？如果是：全体四一班的人同意生产自救，我们齐声喊：球场是我们的！三遍！”

“球场是我们的！球场是我们的！球场是我们的！”喊声震荡着小岛。

“为什么？我们要声明‘球场是我们的’！因为活着是我们的权利！我们的足球队将荣誉贡献给学校，再有一年，我们就要毕业，走开！但我们要养活自己，强壮自己，足球队又把自强的力量留在这里！饥荒一年不去，后面的人还会在上面种蔬菜，种粮食，而我们会有新的球场！会有人反对、讥讽，说我们疯了，会吗？你说，你更清楚！”柯男说完，指着壶把。

壶把说：“是的，肯定，坏人不少。”

柯男说：“到时候，我们说：球场是我们的！不是吗？你上去，跑一个全场？你射门？你他妈来个二过一！来一个倒挂金钩！他敢说？敢去吗？”

大家哄然大笑。

小蜜蜂喊："开饭了！"

罗润走到柯男跟前："拜求！你发飙时能把人吓死！另外，你虽向来不带脏字！但声腔让人耳根发麻！"

那边，男生集体"干杯"："生产自救万岁！'黑狼队'万岁！"

22

明全光自知这种非正式的处罚他必须接受，也知道原因何在。但升任副校长，当然得力于秦舒金，秦既然把他捧上去，也可以一巴掌把他刷下来，对于一个手眼通天的"老革命"，一般的做法是任其所以，顺水行船。最佳境界是她当家，你做主——因为大多这样的老领导精力不济，根本不会理会具体的事如何做、细节又如何处理。你可以将细节更细化，小事大化，一般事复杂化，让她烦不胜烦——于是乎一摆手，你去做得了——你便做了"主"。任义的失着在于独断，以为既兼了书记，老子天下第一，殊不料后面有个"老佛爷"，完了，栽了！他明全光正是利用这个空当，对秦采取多方"袭扰"的战术，让老太太头晕眼花。但秦老太深不可测——比如教育局学年评审，"优秀班集体"提名四一班，他几乎出于本能地反对，这"本能"有一种莫可名状的"硬支撑"，就是在"政治"上，四一班的"前科"没有正式撤销，"嫌疑"仍在，这是可以无限放大的！即便是老太太你"敢"吗？"政治"这一票你敢在四一班这儿押？正是吃准这一条，他几乎毫不犹豫地将四一班给"毙"了。唯一没有想到的是老太太并没有正面还击，而是大大发威，和他来一个"从今天起写检查"——这涉及不到"程序"问题，因为她规避了"撤职"、"处分"这种"坎儿"，而是三颗唾沫星子将你射于马下，这是她的强势——而且，在此前，她与教育局局长通了电话，会有好话？教育局好心设定的奖励表彰，你一个实验中学副校长竟然釜底抽薪！局长原本窝火，说不定也在电话里将他来了几钢鞭：比如，"实验中学是全市重点，四一班连续两个学年全市第一，这样的班级我们不表彰？难堪啊！""我们自然以为这是学校支部的意见，听您说才感到意外，我们也有责任啊！"等等。完了！他没有想到"程序"之外还有更柔软的"程序"，"致命阴招"！

现在的问题是，"写检查"往哪里写？什么叫"南瓜开花"？这如同禅语！他苦思冥索，七天下来，没成一字，他努力回想秦老太的每一句话，她的话外之话，寓意深刻。末了，他还是想到了一个人：蓝西。

蓝西弓腰上门，听完一切细琐，便开始代笔书写"检查"，关于"是不是给祖宗上坟"的问题，这样写的："旧说数典忘祖，应从革命者的立场加以审视。能传三十六世而有序如孔氏且存记载者，无不是剥削阶级和封建统治者，对他们不应当忘却，实应痛彻批判，粉骨扬灰！而我乃一下中农家庭子弟，社会改造后，上溯三辈依然各顾各食，往来甚少，所以没有年年祭奠，以后应当牢记阶级苦不忘阶级仇。”关于“唯物问题”：“是我的世界观的要害，唯物非主义不行，唯物主义加辩证法才是我要努力学习的。唯心就是唯人唯情唯性，是资产阶级民粹派的旗帜，这一反动世界观的核心是将‘物质生产’的推动力加以否定。眼前的物质困难就是这样造成的。人，事实是物的人化与人的物化相统一的。只有人的高度统一、规范化、标准化，才能与物质生产工业化达成契合，从而促进社会进步。也就是一切服从一个目标，灭私欲而张共志，灵光一闪的东西要灭绝，才能克服眼前困难”。关于“衣服穿法问题”，“是我的小资产阶级面子主义在作怪，总想，衣服穿在身上才是自己的。这是小土地私有者的烙印。其次，我的专业是师范，但数学、逻辑学科没有深究，一件衣裳与三件衣裳，在概念上是一样的！譬如皮带，我习惯里面一条缩筋（汗裤），又一根布带（绒裤），外面一根皮带（外裤），事实上这也是同样的错误；还有书记没有提及的我通常穿三双袜子，也是‘烦琐主义’的错误……”等等。

蓝西警告说，八千字为宜。千万不能是九千字——因为这样通常被认为是“万言书”，这是一个“非常危险”的界限。

至于“南瓜开花”问题，蓝西犯难了，“你是农家子弟，难道你不知道南瓜什么时候开花？我挨了砸，只知道南瓜的分量……很重很重！”

明全光想了一个整天，他确实不知道“南瓜”何时开花，不仅南瓜，西瓜、黄瓜、冬瓜，一概模糊，稻子开花吗？什么时候？其更遥不可知。肯定不是冬天，那是春天？他的“停职”要到那个时候？如果灾年无花，他就永远等待衰期的结束。看来，秦老太的训斥，极有深意。肯定不在字句表面！南瓜是一种物质，“开花”是什么？是物质再生与转化，这是一个自然的过程！除非他证实南瓜确实开花了——对了！题解了！蓝西——浑蛋腐儒！

他夜里在足球场行走三圈思考的结果就是这样：他需要去栽一些南瓜！以保证能控制这个过程，让秦老太在瓜花面前说，啊，花开了。

他在足球场的南端找了一块空地，连夜开垦了一垧地，耘得很细，然后跑到南瓜房里找到一些瓜子，按他的想法，埋在土中，浇了水，才昏昏沉沉回去睡觉。不想，梦里惊醒，他忘记施肥了！跑到他的地里一看，布满晨练学生的脚印。他哀叹，苦不堪言，回去写了一个牌子，上书：“明全光实验地”，插稳、踩实。终于心安理得！

四一班的计划在周密安排中。

筲箕突然回来报告：“明全光抢先动手了！在足球场南面开了很大一块地，不知下了什么种！刚才用大粪在灌地呢！还竖了他的牌子！接下来，可能是任义等人动手——圈地运动开始！再迟疑一步，足球场就被列强瓜分！”

柯男觉得实属荒唐！明全光脑袋不如瓜，你用不着去揣测他在做什么。

雄式新提供的情况是，他夜里经常在足球场周边无聊游荡。大约是“探宝”。

而大龙的消息比较“正式”，他被“停职”了，总不外“劳动改造”！

小蜜蜂提出：“在计划实施前，要不要让吕志文知道，他毕竟是班主任。”

正说着，吕公进来了，说：“开发足球场！太好了！我支持！‘分工名单’把我列上！我来做参谋可以吧！”

大家面面相觑。大龙猛然想起什么，走上讲台，一把扯了一张纸条——这是沈周出的错，原本叫他按名单私下通知，他竟然大咧咧把“名单”贴在了黑板一侧！

自从发表了关于“榫卯”的宣言，应当承认，大家对吕公印象有些好转，但他究竟是不是“自己人”，有待考察。但吕公下面一番话，让大家看法陡然转变。

“1951年春季攻势前，我们在战壕外栽了一些蔬菜，战士们根本不期望能吃到它，因为战火随时会烧到离你最近的地方，轰炸会将土地和整个山头翻过来……但是，那是一星星绿色，如果堑壕里的秧秧长出两片叶子，通常这需要三天，这三天我们的阵地就是稳固的；长到一尺高了，通常这需要七天，那么，阵地还在我们手里；如果战壕绿了，棉花分茬打苞，甜菜肥了出块根，和平就到来了！”他说——这个文化教员兼战地通讯员文辞表达似乎真的无语法错误。

筲箕问：“为什么是棉花？甜菜是什么？甜的？”

吕公取下眼镜，撩起衣角使劲儿擦：“问得好！志愿军的军棉衣是絮棉花的，在枪弹打爆或蹭破后，棉花跑出来，通常能拈出硬硬的小籽，就是棉花籽！时间长了，战士们能从棉花里藏什么籽，区别这是哪里为我们絮的棉衣……祖国的一粒土都亲啊！何况是种子！江南的油菜、江北的麦粒、关外的甜菜……那个亲！躲轰炸时，战士们将这些风能吹走的种子撒在培了土的罐头筒里，小心地给它浇水；轰炸解除，推到坑道口去晒晒阳光，看着那一点点绿，你会想起家乡，江南江北，关内关外，大好田畴，无限风光！就这样。”

罗润说：“你的故事缺一个人。”

“什么人？谁是最可爱的人？这问句在修辞上成立，在战时生活中多余！我们那个营，一个通讯员在转移阵地时，两手紧紧抱着他的甜菜苗……流弹打中他，牺牲了！才十七岁！一个老兵伸手去摘他的棉花苞，死于狙击手的步枪——多了！这些都要听吗？”他两眼血红。

星期一，“黑狼队”贴出海报：“下午两点：实验中学足球队对阵冶金工校校队。地点：实验中学足球场。”

沈周画的海报为历史记录最大最美：整整四平方米，骄阳当空，绿色洇染的足球场，“黑狼队”标志——一只在荒原上嗷叫的野狼。为了突出绿茵场，“黑狼”被设计在一个高跷的山冈上，呈一个中央耸立左右平伸的构图。“黑狼队”对此非常满意。上沿——图画的顶端，有浅隐的穗形叶形花形图案，缠绕成“41”又成飘落之势——这是一个暗示，除了出战者和他的“母舰”四一班，没有人知道其中的意思——一个历史终结又惨烈开辟的起点！

实验中学为之轰动！

毕竟，两年，这个场地没有球赛。声名远扬，带来无数荣誉的“黑狼队”消逝无闻！球场荒芜，垃圾遍地。但没有人注意到在一夜间，它经过了休整、画线、球门扶正换上雪白的球网，东西南北四角角旗飘扬！

星期天是秘密训练，下午，领队赵芹召集全体队员开会。她先说，对这样一场球赛她事先毫不知情，但她十分感激“黑狼队”还认她这个领队。她非常兴奋。大家终于决定在自己的球场上搞一次“邀请赛”。

对赵芹也要保密，是柯男与壶把约定的。因为全体队员希望这是一次真正的球赛，如果透露些许秘密，那么，将会产生一种“告别”带来的消极气氛。这对友队也是不公平的。因此他们希望暂时忘却“球场命运”这个“最终结果”，一如往常，还要奋力在自己心爱的“九岁”场地上奔跑！就像还要与每棵草相伴一百年。柯男完全不能预料，足球队能如此表达他们的意志，他那会儿流泪了，反倒是壶把安慰他：“不要难过，我们将来弄一个更好的足球场，其实，这些草老衰了，铁线草漫长，你根本没力气来清理……以后我们种黑麦草，澳洲种，很好，又耐踏。”

但赵芹毕竟是赵芹，作为领队，她要解决的问题恰恰是原来根本不存在的问题：体力如何？冶金工校校队可是中专学校之“王”，而且，星期三得到通知后，按她分内事，已经充分了解了该队的近况。他们平均年龄大于“黑狼”1.5 岁。为了保住这支球队，冶金厅甚至下令将全队以“提前实习”的名义安排到生活最有保障的厂矿去，以免他们受饿。

壶把承认对方体力很强，有明显优势。但他补充，在训练上，彼此相差不多。同样，两三年没有教练。以战术论，这一年，我们在赵芹领队带领下，打了六场无一场输，但进球太少，反映了队员“细活”做不了了，这有体力原因，“也有脑子问题”——赵芹知道其中意思，他们交流过多次，壶把最不满意自己队员的是“你们在想什么？想饭？输球就别吃饭！”

剩下来的问题是，赵芹要求确定“替补队员”，因为“净十一人不行！谁体力问题突出，总不能让他疲死了继续跑，也丢球啊！”

壶把按事先商量的回答：“两个：大龙、夏天。”

“他们行吗？大龙以前是篮球(队员)啊！”

“当然行。可以打后卫，高大队员，哪里都行！再要补充，就是启霞！她是市少体校排球队队长！带队打过冠军。”

“启霞？你开玩笑！她是女的！”

“昨天刚剪了头发——不信你看！至少可以吸引两个对方前锋！”

23

收假回校的第二个星期一，是“校庆”。由于实验中学建校才两周年，而明光中学则在辛亥革命第二年建校，已经五十年整，过去“与民国同龄，与共和同春”，何等炫耀。如今历史老去，记忆埋藏，谁也不敢说“辛亥”事。所以，教学楼月台上挂出的红色标语是“1962 年·校庆”，似乎也无人计较。学校原本无大型庆祝活动，所以，“足球友谊赛”给人的印象是由学校组织的唯一庆祝赛事。连明全光都笃定要应付混乱，加固了他“实验地”的围栏，各级各班则多半在下午挪移课时，通知观看比赛，加之时移两年，根本没有在这块场地上进行过任何体育“聚会”。其新鲜程度不亚于“放了一颗卫星”！

两千多师生的兴奋溢于言表，甚至有人认为这是一个形势全面好转的信号，因为，学校下午加餐，每人有一份大约二两的红糖米糕和一份红烧肉，后者又是秦舒金向部队求援得来的。说不上是因为“红烧肉”还是足球赛，总之，球场跑道和周边空地“人山人海”！

赵芹借此与学校协商，足球队从中午开始加餐，但“红烧肉”刚下锅——两个师傅用斧砍刀剁奋战一昼夜，方才对付了坚硬如铁的“冰冻肉”，到上午十点，化冻的温水仍在 4℃以下。足球队只吃到了一份米糕。

客队是在下午一点到达的，连同观战的人马及“拉拉队”大约两百人，“冶金校队”的领队是个半老头，与壶把相识，很客气，队长姓朱，是原冶金队队长，与壶把他们曾合编省少年队参加过培训，也熟。但换装出场练球时，双方阵容一目了然。“冶金”队个个壮硕如牛，他们的集体绕场小跑，竟然采取腾跳跃进的方式，四百米下来，身上不冒气！接下来又打半场试场地，一个队员使劲儿踩草皮，眨眼就蹬起无数草泥，似乎完全不屑场地的简陋，全场“哇”一声响起，艳羡中含着失意——“黑狼队”糟了！

壶把最晚出场，他需要加厚左腿的垫衬来保护他的伤腿。赵芹招呼队员点名后，包括替补的大龙、夏天上场热身，她返回来对壶把说：“他们有两个队员是留校的，不是在读生……”壶把表示不在意，既然是邀请，人家能来就不错了，“这年月，哪里还有人踢球？”

有一层意思是必须沟通的，胜球还是如何？这关系战略战术的调整。

壶把不假思索："一定要胜球！"——明白了：拼！

赵芹往肚子里叹息：这怎么能！对方十七名球员，交换名单时她看得清楚，单"替补"就六名，首发阵容中两个前锋都不上场，足见对方的轻蔑。

"前锋玩儿的是腿，你打后腰如何？注意保护你自己。"这是她唯一重要的交代，"主裁是国家二级'铁面龙'，我请来的。他执法很严。"

"知道，可以，你看谁跟不上就换下来喘气。"他已经换上他的 11 号球衣——没想到踏过边线，全场瞬间一片欢呼！"火把！火把！火把——"——将壶把吆喊成"火把"是实验中学的习惯，以表示对队长的敬佩和热爱！

秦老太来了，后面有人端个椅子，她问："打上了？怎么还不打？"

赵芹说还有十分钟，去迎接裁判了。

短暂交涉。主裁判核对双方名单，申明，因为是"友谊赛"，打满九十分钟即告结束，除伤停补时，终场平球不加时。双方同意。

主裁判看了看场地，忽然问赵芹："怎么场上有那么多鸽子？"

赵芹回头看看："不知道。只有一种原因，盐。就要泼洒大量汗水了。"

龙主裁判一笑："大概是吧，哎——"

开球！"黑狼"选边在南，迎西南阳光，似乎开局不祥。

现在能看出，"黑狼"战术保守，中场盘带，短传，而"冶金"队似乎深谙内中原因，不断抢断，二夹一，冲撞猛烈，只见满地乱滚的是"黑狼"，全场一片"哎呀"声。但控球的优势显然在"黑狼"。至第七分钟，"冶金"断球，一个长传，左边锋得球，沿边沉底，壶把封堵，但全场看得十分清楚，他转身稍缓，对方一个小挑，晃过去了，后卫钢炮急起直追，一步，仅仅一步，他无法做出铲断的动作，对方右边锋已经到达位置——没有越位！好！一个右倒，守门员奥弟企图封死角度，再晃过，射门，入网！仅仅八分钟！1:0。"冶金"暂时领先！全场忽起叹息声"啊——"

再次开球时，壶把举手向自己的队员致歉，是他的失误。

接下来，"冶金"战术改变，整个排阵后压，得球后再快速反攻，其意图明显，吸引"黑狼"满场奔跑，扯断"黑狼"擅长的短传。如此胶着，26 分钟过去，"黑狼"完全突破不了对方防区，一步，总是一步，他们跟不上！壶把有些狂躁了，大声嚷嚷。大约做了战术调整，"黑狼"在完全没有体力优势的情况下，采取中场缠绕，利用对方空当，大力远射！三次，不中！

赵芹看得明白，对方打算在先得一分的优势下，用上半场耗尽"黑狼"有限的体力，然后在后半场全线反攻！

前锋得球了，对方失误很愚蠢，两个后卫撞在了一起。是小雄！单刀赴会！全场欢呼！“黑狼！黑狼！黑狼！”——那是六十米的绝速奔跑，突然，对方的两个后卫、一个前锋出现在门区，呈三角夹击——他们是飞来的？“啊——”就要弦断，雄式新一对三，小摆，过了，两人封堵，已经没有入射的空当，忽然，雄式新一个小挑，转身腾空，一个倒挂金钩，射门！“啊——”全场落潮：球擦门柱飞过……

43 分钟，后卫钢炮突然出现在左边锋位置，利用对方传球失误，再次得球，沉底，小雄已经斜插到右边线，好，控住了钢炮传来的球，再次上演……对方后卫利用小雄寻找钢炮位置的一瞬，夺了球，但雄式新已经同时起脚，仅 20 码，推射入网，全场欢呼半起——边裁的哨声响了！刚才钢炮处于越位位置——主裁判过来，宣布进球无效！

全场一片哗然！

在赵芹看来这是误裁，她看得很清楚，对方踩住球的同时小雄是从他脚底射门的，她急忙跑上场与主裁判交涉，但边裁坚称 9 号在“对方控球”时越位。大约赵芹不服，说，对方是背向球门，你看清他“控球”了吗？踩住球与射球同时，怎么判？在你那个位置你看清了？队长壶把上来了，轻轻推开赵芹，表示服从裁判！

对方踢门球，“黑狼”中场气馁，回传守门员，奥弟接球，一个大力冲天，球坠落时，千人仰望，有乌云聚来……

哨音响，上半场终了。

中场休息，“黑狼”们倒在场边，有的已呕苦胆水。小蜜蜂、罗润等负责后勤的立即将“姜汁红糖水”送上。不知她们从哪里弄来三扇红糖，小雄等根本顾不得化开，大嚼狼吞。0:1，什么都不用说。对“争议球”不置一词——赵芹问壶把，需不需要换人？壶把答：战术不错，只是对方“拖刀计”旨在拖垮你，他们两个前锋都不上，是藐视我们，这时换人，更生得怯！不换！打下去！再无话了。

主裁判叫赵芹议事，说如果下雨，按足球比赛规定，除非大暴雨不能停赛，这你是知道的！又补一句，“很多犯规我没有吹，你心里有数。”他指 6 号小雄、9 号钢炮边线突破有明显拉人动作——这算是与“误判”扯平？但赵芹忍了，自己的队员体力就要耗尽，意念里只有一个“拼”，方才的“警告”似乎算个提示，下半场他的哨子里要带刀了，但这也是个提示，应当造成对方失误，整个锋线向前压！壶把说，我想法也一样，“蜂窝战”！如果“打水球”，我们熟悉自家场地，机会更多……

话声未落，雨来了！

乱中开球，对方两个前锋仍未上。

壶把迅速调整队形，4-4-2！全面压上！这似乎很奏效！对方改攻北向，这里草略深，弹跳失准，虽两次打门，皆成“空炮”——机会着实来了。全线紧压，牢牢控球，第 14 分钟，对方要求换人，二号前锋上，恶战正式拉开帷幕！

雨，越来越大，喊声越来越大，两队滚成泥人，不辨彼此，全然靠移动和呼号组织进攻，破裂的嗓子，破裂的天空，浑然成一体！21分钟，北半场有明显积水，只见球落处，水花腾起，对方二号前锋一个铲射，水幕竟然遮蔽半个门框，但奥弟竟先一步突出水帘，抱球滚地！欢呼声骤起，“黑狼！黑狼！黑狼！”——这是无法想象的节日！

实验中学师生疯了，全部压到场边，裁判不得不暂时中止比赛，要求观赛者退离三米！“冶金”朱队长乘机来到壶把跟前，一擦肩，低声道：“这球没法打了，我们让一球，平了如何？”壶把不应。边线掷球来了……

场边秦老太裹着军用雨衣，在椅子上蹿，也疯了！

混战！泥与水，水与球，球与人！

赵芹不断看表，39分钟，40分钟……“黑狼”在对方半场滚打，撕咬成一团！对方坚持不住了，最后一次换人机会，下场的是主攻前锋！机会就在此刻！壶把在中场得球，是小雄与钢炮一个长传配合，撕开了对方防线，一个明显的30码空当，壶把胸口停球，稳稳落在脚下，一个发力，进入门区……15码！13码！12码！起脚——

突然，对方斜刺里闪出后卫——铲球！不！蹬踏！不！什么也看不清！总之，球是那样缓慢地滚动着，毫无意向地飘移——尖利的哨音响起！对方严重犯规！壶把呢？他在哪里？直到主裁判奔来，人们看清了，他蜷缩着在泥水里翻滚，再翻滚——对方后卫几乎没有辩解，龙总裁判比画的裁定动作十分明显：身后铲球、蹬踏！红牌！

罚点球！全场爆炸了！

壶把的左腿拖在地上，但似乎想站立起来，但还是轰然倒下！第43分钟！计时停顿！赵芹能判断他的伤情——他的左腿完了！那只装了钢板的左腿，如同假肢的义腿粉碎了——她大喊着冲进场地！跟上她的是柯男！

主裁判示意壶把必须下场救治，但他抹了一把脸上的泥水，露出了白牙，他还伸出舌头，这是干什么？他在佯装笑脸，他表示他即使不咬牙也能站立起来！他拒绝柯男的搀扶，示意领队，希望得到支持，他不下场！而且，要由他主罚点球！

全场欢呼！他从泥水里站了起来，原本他倒地位置就在罚球点！

“火把！火把！火把！”全场喊声雷动——裁判举手，示意安静，很明白，他不能违拗全场沸腾的激情。

显然，方才一幕，只是若干比赛中再寻常不过的一次“严重犯规”——“冶金”队全线后撤，只有那个犯规的后卫在场边捂牢眼睛。

这是什么站姿？他用右腿独立支撑！对方守门员——全场盯死了那一幕！裁判找到模糊的点球位置，放好球，退开，哨音——长声！

起脚！天哪！不是用他的右脚，用那只自膝关节以下扭摆，如同一只折断的拖把的左脚内侧，一扫——门员盯住的是右脚，也许他昏糊了，在足球史上没有人用一只也许关节脱出、骨头粉碎的脚来射门——他向右扑——但那只球以一种准确但悠然行走的速度进入了左边网底！

“万岁——万岁——”全场欢呼，无节制地发出狼的嗥声！

1:1！第45分钟的赛场结果。

壶把在裁判垂下手指时，砰然倒地！校医进场，担架随后，壶把左腿开放性骨折——原先的钢板脱榫，穿过钢板与小腿尺骨卯眼，而卯定的两根空心钢针已经刺破外皮，顶着血肉和泥，在雨水中颤抖，仿佛红色的“笋芽”……

加伤停补时，再次开球时，“冶金”队朱队长与场上临时队长雄式新面对面，他说：“上半场你那一脚是错判！我就在旁边，看得很清楚。”

哨声响后，朱将球磕向后，随即“冶金”队全线后撤，在最后两分钟里，他们完全停止进攻，缓慢的平直几次倒球后，全体一致仰面迎向倾泻而下的暴雨，仿佛接受一场洗礼！

为此，只剩10人的“黑狼队”也以同样的阵形同样的姿态在暴雨中汲饮汗水和泪水。而壶把拒绝离场，只是躺在担架上，由两把雨伞在遮雨……

长长的哨声——全场比赛结束。

“冶金”队全体结手高举，齐声高喊：“向获胜队致敬！”

朱队长小跑来到壶把担架前，俯身道：“本人没有机会做一次你这样的英雄！就在你用断腿推球入网时，我决定，从此告别足球！兄弟，与你们同场，我不配！不与你们同场，无味！”

接下来，是谁也没有想到的一幕：最初，赵芹以为是实验中学球迷拥入赛场，他们理所当然要庆贺，要拥戴英雄！但他们将担架上的壶把举起，向球场中心移动——天哪，学校正联系救护车！他需要及时抢救！

只在一秒，秦老太喊叫起来了，她独自起立鼓掌！是四一班全体！他们举着一面旗子，上面八个字：“告别球场，生产自救”！大约是班长大龙将一把镐头交到壶把手上，他被搀扶起来，在担架上侧着身，在球场上凿下了第一镐！眨眼，“黑狼”每人手里出现一把锹、锄或镐，破开了球场圆心！散发着腥味儿的泥土，散发着腥味儿的水，有数百学生拥了进来，他们用手刨，用十指掀起草团，使劲儿地抖，他们将新泥抹在脸上，狂笑，泥水飞溅！翻出七色浪花！

彩虹！当空一座桥，架在城市之上，你能确认，起点在这里！

太阳！冬末的暖阳，西悬天的极边，你能确认，它是不落的！

第五章

24

明全光发现他的“实验地”被踩成一潭烂泥。

早先播种的瓜子，被这场球赛前飞来的一群鸽子——也许是鹧鸪，总之，是一种饥饿乃至凶猛的鸟类在眨眼间啄食干净。接下来，是乌鸦——在整整一周内占据附近所有屋顶、电杆，并且逐走所有分食者。因为，这块广阔的平野，在瞬间抹掉了名字，并飞快淡出人们记忆——如今，它是近四十亩的新地，整齐的垧隔、田溪、井字形田间道路和中间六个将开挖的“水井”。而每翻开一锄泥土，都有冬眠的无数虫虫。

这是1962年春天，这个城市唯一一块被翻新的泥土。

明全光写了一个报告，呈实验中学校委会——这个名义比较恰当，因为他这个副校长既没有免职，也没有“复职”，建议性的言辞隐忍而克制，他指出：足球场是学校重要的教育设施，破坏乃至更换用途，需要得到学校，乃至更高级别领导机关的批准。这种纯属破坏性的行为竟然在初始以至泛滥的过程中没有受到任何阻止，是一个十分严重的问题！

当然，蓝西在“润色”时将“足球场”改成了“运动场”，因为，“跑道”、“沙坑”及周边“备用草地”也被弄坏了。另加“这种自由主义、无政府主义及极端突出的非组织行为说明，我们面临的斗争形势是如何严峻！”

《报告》没有提及“实验中学足球队”和四一班，因为此时，任何一点儿有损“黑狼”的言辞将受到全体学生的猛烈抨击。他们会为此做出什么？简直难以估量！一个班的班主任稍稍提及“足球场怎么一下就变成菜地了？”话音未落，咣一声，教室玻璃碎了一块！这个女老师惊慌之余，说：“我的意思是你们是不是要去当菜农？”学生立即恶言相向，甚至声称要“罢课”！至于没有提及四一班，一则没有任何根据，这个事件是四一班策划的；二则“足球校队”只要不撤销，就相对独立，它隶属学校管理，不属一个班级！而不提四一班，也因为这个班“死猪不怕开水烫”，他们根本不会搭理你，不提，可以将问题“泛化”，有利于对问题性质的提升——蓝西的主意！就明全光，他那光头！脑子，有过？

学校并没有召开“校委会”，《报告》湮没无闻。但一个星期后支部例行组织生活会上，魏玛突然发言，说：“破坏学校教育设施，应当追查！明全光同志，不是由你带的头吗？你在学校体育场范围内私自开荒，搞自留地，还竖牌！唯恐天下不晓！听说是种瓜点豆？这又属什么性质？你那么多的‘主义’，哪一个‘主义’适合你自己？你先带头，然后怂恿学生上去，再嫁祸栽赃——按一般逻辑，就是这样！我所看到的，一切光明坦荡，我喜欢种菜，我去申请，种了一垧小白菜，毛叶品种，初一班的孩子来帮我，拣尽土里的小石头子，我很感动！现在小秧已出三叶片，七天可以收获一茬，如何？学校食堂将有菜汤可喝，你的瓜呢？听说二十天了，没有出苗？该不会是种金豆吧？”——全场哄然大笑。

秦舒金微笑不应，将两手交叠胸前，一副泰然舒坦的样子。

吕公属于那种既不雅也不博、既不文也不武、既不深也不浅、既不温也不火，尤其缺少幽默感的人。他发表过一些激情言论，大约是四一班唯一能接受他的理由。他“盯事”，绵密纤细，稍有不遂愿，就大发雷霆。这后一条，让学生极为讨厌。自从开垦了菜地，他把“语法、修辞”置之脑后，俨然变成了“生产队队长”——一切要经由他来规划、实施、监督。在班委会看来，这很好，而被“盯”的同学，痒痒得不耐烦。

他提出，翻犁后的“足球场”在定义上应当是“菜地”，因为，学生眼下最缺乏的是“多种维生素”，要实验至少十种果蔬：西红柿、黄瓜、青菜、白菜、豆角、莴苣、萝卜等等。而粮食供应，绝不可能在今春还那么艰难。柯男不同意他的意见，认为吕公对形势估计过于乐观，当下之急，是解决饥饿并兼顾补充维生素的问题。全市的粮食供应，学校是重点保障单位，但下达的通知是，三至六月的“春荒”时节，主要供应品种仍然是蚕豆和刀豆！所谓“春荒”的措辞极为荒唐，两年多来，哪一季不是“荒”？因此，最大面积的土地应当用于种植兼具粮食和蔬菜属性的作物。吕公说，这是一种“误会”，这么大的土地面积，一定要“实用”，应当有“主力品种”，他考虑过，并且首选的是“甜菜”——大家讪笑不已。又是“甜菜”，“志愿军甜菜”？你别把你的“战地通讯”和“生产自救”混为一谈！吕公立即表现了他执着而细密、“顶真”如牛的本性，立即说，他从朝鲜回来先在吉林待了一年，与休整部队一同种甜菜！“那玩意儿，根可以榨糖！菜叶可以吃！绿白两色兼济！就是你说的粮食与蔬菜两得！”让人意想不到的是，他早在与四一班稍稍议及此事后，就写信给他在辽宁、吉林、山东的战友，询问了种甜菜的问题，人家还给他寄来一包“甜菜籽”，“人家可是农机站的书记，会骗咱们？”——志愿军一下变成“东北佬”。“最终决定”似乎已成定局——种“甜菜”。三十亩——忒大胆！小蜜蜂开玩笑：“甜菜很好，譬如酸梅！一下嘴里就甜起来了，有刺激内分泌的作用！”——谁也没有见过，什么是甜菜？负责查阅资料的罗润后来说：“可能是我们云南人说的牛皮菜吧？那是喂猪的！”大龙说：“只要能催猪膘，糖分肯定有！蚕豆是马料，也吃了一年；刀豆，不是连马都不吃吗？能活到猪的级别，进步了！”

就着春雨，菜地已经在十天内理出墒来了！

吕公真是“菜农”，他修改了大龙和沈周的规划，要在“足球场”中央沿东西两个方向开挖六口“水井”，解决灌溉问题。竟然没有想到要“灌溉”，沈周有些羞愧。实验中学地势原本低洼，一米下见水，水井成了水池便不再深掘。

筲箕大喜，说：“我们可以养鱼了！”他带了两个人去，一个整天，抓了三十多条不足三寸的“马鱼”来。柯男一笑：“我以为你至少带来草鱼！你不知道马鱼长不大？要我去，带几条水蛇来！或许成蛟！”筲箕还带来三个洋芋，皱皱巴巴，是隔年老种，似乎还掰过芽，再无生发了——大龙还是把它小心地埋在土里——“土豆计划”是他的主张，但寻遍昆明周边三十里，找不到一个土豆！柯男原来也倾心于“土豆计划”，这下绝了望：“怎么这样干净！”——“干净”早二年，成了四一班的“班用语”，代表疑惑、不解，甚至莫名惋惜，根本无心根究！

事实上，“足球场变菜地”发生的震荡效应远在四一班的意料之外。四二班和初三四班提出，他们应当分得这些土地的某些份额。尤丽已经不打算“转班”了，她抗议四一班要“霸占”所有土地，是“地主阶级”！至少，是“地主阶级余孽”！其时，学校完全被动，丝毫不能左右事件的发生发展。秦老太来四一班菜地上溜达，每天一小时，不时看看“甜菜苗”，杵把小锄头，这里拢拢，那里刨刨，“乐观其成”——于是，这块作为“公共财产”的菜地，自始就是各展才能的自由领地——四一班只负责自己开垦的土地，它是整个球场。而初一年级小同学尤其活跃，他们破开了南段跑道，沿“预留走廊”开挖了十几垧大小不等的土地。种了几百“窝”的向日葵！

奇怪的是，没有任何一个学生，对“球场”改变性质提出异议！只是“土改运动”——“斗地主”，由尤丽发起后，迅速消沉。安娜率领四二班六个女生来参加四一班的劳动。每天两小时，几乎没有间断。实际上，到“甜菜苗”移植那天，初三年级不分班集体来了一百多位同学，“苦干”至天黑。

只有一件事，波澜微起。四二班男生在议论壶把点球和那个“争议球”时，尤丽说：“别烦！天天壶把——胡爸，你爸？”立刻就挨了一个墨水瓶。他现在，是英雄，是实验中学最大的骄傲和荣光，谁敢诋毁，“小心你的老命！”——这是四二班的警告语。初一“小足球队”则更名为“小黑狼队”。

但学校已经由校医室担任协调的任务,并承担所有医疗费用。秦老太三次去医院看望他。询问伤情及治疗方案,需不需要“转院”?市第一人民医院表示,胡迅伤情严重,手术却并不复杂,原创伤固定是很有效的,主要是取出因钢板脱榫与空心铆钉脱出后碎裂的大约三条小于三毫米的碎骨,待恢复后二次手术,重新榫卯,即可复原。但“这孩子以后是踢不了足球了”。秦老太说:“知道吗?这孩子再不需要踢球了!”

柯男每晚与柯婴都守护着壶把。柯婴带来戈明,被医院说服带回,但他执意守夜,医院无法拒绝。第二天,老壶把来了,什么也不说,只问柯男:“球进了?”柯男说:“进了!”又问:“赢了?”柯男说:“平球。”他转身:“什么球!”走了。

夜深人静,壶把问柯男:“我那一脚,可以吧?”柯男笑着点头。他伸伸两臂,笑了,很满足,说:“守门员其实根本没有看着球,他盯住我的断腿,血流进袜子,地上积了一摊,他吓坏了,他在发抖……哈哈!”

柯婴问:“你怎么能用叮当甩的烂脚射门?”

壶把认真地说:“不知道。那是我的脚!对吗?钢钉榫卯跟我长了三年多,它应当听话,你说呢?”

25

翠湖,是个小小的城中湖泊。早先这片湖水是很大的,有一个很平俗的名字叫“菜海子”,有水道码头与滇池连通。至少在明代,杨升庵谪滇,就留下笔墨,说这里星星点点开满了海菜花——一种有长长的茎,落根湖池泥底,在水面上开放白色、黄色小花的水生植物。杨状元自恃才高,得罪朝廷,在一场文字狱腥腥血洗后,发落滇中。昆明的雨洗尽血污,在笺头洇漶成无数山水诗话,如同这里的雨后湖景,墨淡如烟。吴三桂“平西”,在湖边莲花山侧的寺里用弓弦勒死永历皇帝,又“填菜海子之半”大造宫闱,收藏陈圆圆和后来的“四面观音”、“八面观音”。康熙平三蕃,逼反吴氏,他死在了湖南衡阳。这位叛服无常、引清入关的大将军只留下“冲冠一怒为红颜”的美名——其实,这是闲诗过度夸饰的事。被冷落的陈圆圆在翠湖中央的莲花寺颇感凡尘浸淫,就移庐商山,在一个同样叫“莲花池”的水泽里筑庐为庵,又兴三十六庵于昆明城池各处。到康熙的人马掩杀过来,无论如何寻不见圆圆踪影——这就是昆明一概有头无尾的故事之一……

直至清末“辛亥”,这里练新军,建“演武学堂”,未承想就“演出”了后来的“重九”、“护国”——蔡松坡“为共和人格而战”的宣言,激起多少涟漪……

但这一切似乎与今天并无多大关系。

柯男和四一班全体受到邀请要来翠仪饭店“赴宴”，发出邀请的是壶把的爹——这个全省唯一涉外宾馆的经理老壶把。柯男在医院再次碰上他时，他说下午你们来宾馆吃饭吧，随便约多少人都可以。柯男说，什么叫随便？你是叫球队？四一班？老壶把就说：“就叫上你们一个班！”柯男问：“他呢？”他指在病床上做“牵引”的壶把。老壶把觉得多余：“他不是躺着吗？”

现在，四一班的四十个人全部在翠仪饭店外濒湖的一侧路边闲等着，几乎一律趴在栏杆上看翠湖风景，没个人来传唤，宾馆门禁森严。雄式新去“联系”，大家难得无聊，看湖上蜻蜓翔起如云，有人说：“要下雨了！”

春水大发后，湖水依旧清澈，据说湖心的“九龙池”却大吐浑水，泉涌高达两米！泉池边的自来水厂反而紧急关闭，说取样化验，水质“悬浮物超标”——这是灾年的标志！按柯男对小湖的熟悉程度，也稍觉异样，湖边的芦苇死了大半，有人干脆蹚了去挖笋芽吃，且殃及莲藕，故已初夏，不见“莲叶何田田”；这里与滇池一样，湖中不见大鱼，只见指头大的小鱼在浮萍间咂咂有声，也有人游弋到水边泥岸，用撮箕逮鱼；往年，会有留鸟——唐鸭、野鸭、鸳鸯之属在湖心岛据地筑巢，这会儿天空不见飞鸟，大约湖心岛也被人踏平了——至于开白花黄花的海菜是一种“鲊料”，早三年，已经被彻底打捞一空——濒湖而居的市民，是知道如何向这个小湖“淘食”并理所当然的，即便湖再小，他们也会抓走最后一只虾！

只有凶猛的蜻蜓，像战斗机群在巡游，如果，这并非适生水域，它们会由数百只绿头公蜻蜓领航，投向不知所在的繁衍地……

宾馆外广场奏起了军乐，雄式新跌跌撞撞跑出来说，这是迎宾曲，第三遍后我们再入场。

红地毯！从广场向辉煌的大厅延伸。“哦呀——”一声叹，没见过！红地毯啊！惊羡、盘桓，小雄警告不要停留。白色大理石的台阶、汉白玉栏杆和龙凤“丹墀”，仰伏莲雕座上是青铜巨鼎——一切像拉开神话的帷幕。即便是多次出省参加大区比赛的“黑狼队”也没有见过这样的场面，但至少，他们全体着“队服”，由他们做前导，看上去稍稍整齐。四一班女生是精明的，即便这样，在她们穿着稍许整齐干净外，连同男生仍有十来人穿着补丁裤、半衫、短裤和赤脚套连襻布鞋。那些一律着海蓝色西服裙的女服务生却目不斜视，将眼光从这些形同乞丐的孩子们头顶上望过去，然后向东张西望、步履杂沓的“嘉宾”鞠躬致意，然后由两位女服务员引导他们进入宴会大厅，在西角的五张大圆桌前，一一安排他们落座。柯男关注的是宴会厅主宾台上方小舞台悬垂下来的红色丝绒帷幕、走廊两侧的罗马柱、顶端的石膏花色雕饰和穹顶的巨型水晶吊灯，它肯定聚合了这个城市的所有光明、所有隐没的艳丽和被阴霾窃取的星光,装饰为华丽一瞬,证明着某种可能性——即原本人工可以打造的"希望"。

人约有近五十张圆桌,看不清已经有多少"嘉宾"入席,但可以肯定,由几十个神色严肃的工作人员往来穿梭烘托的气氛,有点儿像个大厨房。军乐队转移到乐池里,开始一曲曲演奏轻松的华尔兹。大约有"领导"通过麦克风讲了一段话,却在开头第一句话指示贯通大厅中央的红地毯要向左向右挪移,灯光分层打开,最亮的一刻,是"满天星"和走廊枝形壁灯全部大放光明!瞬间耀如白昼!

而大圆桌则按谱上菜、在高脚大杯里斟上金红色葡萄酒!

小蜜蜂拈拈面前金边大盘下的垫布,对罗润说:"是空花麻纱的!""哎呀,怎么用这些刀叉?""葡萄酒是酸的吗?"

罗润却正襟危坐,两手扶膝,轻易不搭话,两眼向前注视大厅中心。

服务员上来,示意使用餐巾;又一个司酒的男服务员上来,预备需要时,再往大杯里斟少许葡萄酒。

筲箕说:"怎么不满上?这还不够一口!"

开胃菜、素点,接着便是轮番轰炸式的中西式大餐的珍馐美味,色香味,五光十色!没人叫得出名堂。小蜜蜂能认出来的只有开胃小菜中的油炸鸡纵、萝卜干和小巧可爱的甘露子。首样占据餐碟的是一个坩埚式大盅,上面覆盖着一个大大的嫩黄色面泡,谁也不知道如何下手,如何去吃掉它!

老壶把过来了,看孩子们太规矩也过于拘束,说:"吃吃吃!吃啊!一年多没开宴了!今天是试吃!吃饱了啊——动手啊!"走了。

雄式新游弋过来:"试吃!国家领导人要过几天才来,访问缅甸和印尼。今天没多少正式规矩,也不奏国歌!酒喝干,可以再要!待会儿我们过来敬酒——为壶把早日恢复健康!"

柯男为端木先生留了一小份"烤乳猪"。

"甜菜"在补种了两次秧苗后,已经顺利抽出大叶。吕公迅速由"地主"上升为"奴隶主",将四一班编成四个"作业组",实行"准军事化管理"——每个组负责每日的除草施肥。他的吆喊声响彻菜地。被驱使的四一班,恨不得脚后跟儿上装风火轮!

筲箕被任命为"大组长",主要任务是看守好学校的大厕所,以防止"偷粪",并将"生粪"舀起来,攒在两个化粪池中沤成"熟粪"。作业组再将熟粪兑水,浇灌在甜菜的根部。柯男第一个下粪坑舀粪。筲箕有些难过,说:"你是荣誉军人,已经四级残废了,使使嘴得了!"但吕公和柯男还是把第一桶大粪挑到了地头。整片菜地散发着灌粪的臭气,弥散至整个校园,等女生加入进来,忽然发现她们的花衬衣,尤其是黄色衣裤上瞬间就沾满了挥之不去的黏虫!魏玛老师和初一班的白菜地黏虫抱团。生物教研组老师采集了十几种标本,连蜗牛也是害虫,小同学惊讶不已——整个城市唯一的菜地,吸引了千军万马无数害虫的攻击——初一班的同学,开始晚上打着灯,捉拿数不尽的蠢大蜗牛!

可叶片肥厚墨绿色的甜菜不上虫,哈!奇迹!何至于此?罗润和胜春栽了三分地的玫瑰田初绽花蕾,她们用“野坝蒿”水灭虫,效果不错。小蜜蜂宣布第一期“玫瑰糖”将实验成功——至此,四一班才真正体验到什么是“生产自救”!

四月底,原明光中学初三四个班极少数人升入各校“普高”,多数中考后,被录入财贸、冶金、纺织、机械、地质、农林、水利、卫生等中等专科学校,继续两年学业——国家恢复建设,急需大量中等专业技术人才。令人艳羡的是“人家不交学费,还有伙食补贴!”

实验中学褪去旧明光中学最后的一件“外衣”,四一等班顶了尖儿,正式成为初三年级,实验中学“老大”。

原初三一班向四一班移交了他们在最北端“老屋基”开垦的八亩苞谷地。全体同学与筲箕在“北大荒”合影留念。这让筲箕倍感自豪。但他随即发现,这片苞谷地出苗不齐,翻开土地,邀吕公一看,叹息不止,说:“种子多半没有胚芽,在仓里就被老鼠吃了一半,完了!”筲箕说:“翻了再种!”吕公极为不屑:“节令!你知道节令吗?误了!”筲箕说:“你不是志愿军吗?”吕公退出一段视线距离:“这与志愿军有什么关系?”筲箕说:“你想从上甘岭退下来?弃阵是死罪!你好好想想得了!这是革命立场问题。”吕公掐掐指头,“子丑寅卯”念了一阵说:“可以种点儿晚油菜——试试。可种子呢?”筲箕说:“我这个大队长何以高人一筹,是万事不言难!上马村有个榨房,关张两年了,我们在那里炼过钢,人熟,去扫扫磨盘,抖抖麻袋,什么晚油菜,一问便知,手到擒来——在我们面前你不要夸耀自己有本事!你要尊重我,教学相长,所以,你当到奴隶主了,我得当参谋长!什么‘大粪’瓢长?你建议一下:改‘生产部部长’,如若不然,我辞职!你下粪坑!”

二十天后,甜菜可以采摘菜帮子来吃了。将每棵甜菜的外帮子掰下三片,留内里的叶子“继续光合作用”,以养育它的块根。到现在,才知道甜菜是两年生宿根植物,种一年吃两年,是很划算的。大约四十亩菜地分每次两亩采收,净得一千多公斤,足够全校“半菜半‘饭’”。但这种菜叶没有白菜的甜,也没有菠菜的涩、韭菜的腥,大致是无味略带“乌涂”,就是绵软发闷的意思。后来,食堂一个师傅醒了似的,说在老家度春荒也吃这东西。不过城里人讲究,用“腐乳”或“老酱”炒吃,味道大可改善。但哪里去找那么多腐乳和酱?只能“闷闷”地吃。学生许久不见绿菜,还是很高兴。

到五月底，雨季到来，菜地一片葱郁，晚油菜竟然长了两尺许就开花，很多蜜蜂、粉蝶穿绕在黄色的菜花间，实验中学兀自有了一廊风景。尤丽就在菜花地边组织初一的“歌咏活动”，规定上唱《我们的祖国是花园》。恰逢四一班每周灌粪，尤丽来找筲箕“抗议”，筲箕指指菜地边的牌子说：“你没看见‘闲人免进’？”就不再搭理她，对分层站在椅子上的小同学们说：“我来指挥如何？唱《南泥湾好地方》！”大家鼓掌，他就一手镰刀一手扁担，指挥齐唱。尤丽立即申明，不按比赛曲目唱，成绩无效。初一年级一下散了大半，都去扑蝴蝶了。

26

直至1962年夏秋，陆续有消息传来。昆明市市级单位和企业纷纷在城市外围山地寻求荒山荒地开辟“农场”或“生产基地”。柯男妈所在的机器厂在大板桥附近的浑水塘开荒三百亩，还养了牛羊。但新荒未醒，梦里没有人们的希望。千百年人们疏远遗弃，绝无理由即刻得到这些土地的回报。于是垦荒者只匆匆撒了一季荞籽，看看出苗不齐，开始营建永久性住房、寻找可利用水源等等。

种植季节已经过去——这很像一个学校的升学期，你漏考了！——人们开始将饥馑的蓝色的目光投向山地——那些长满荆棘、野草，大约也会长粮食的地方——它们大多在距离城中50公里范围内，海拔1200至1600米，村落稀少的国育林边缘地带——新的“城市圈地运动”向外围扩张，城乡藩篱在这年出现一些洞罅和类似隧道一样的东西，企业、机关实行轮班制，开始安排人员“上山”驻守耕耘、养殖。但显然，人们已经放下焦灼与极度不安，也放下等待和预测，但多数人十分肯定：1962年冬至1963年春，将是最凌厉最难持熬的一个季节。

明全光写了一篇通讯《“南泥湾精神”在实验中学发扬光大》，其中隐约地提到实验中学“宁可舍弃球场也要向土地要粮”，是受到领导的“启发示范”——这里明显指的就是他自己。蓝西在删去“反饥饿”一词后，对他说“反饥饿、反内战”是以前进步学生反对国民党独裁统治的口号，你让我出一身冷汗！明全光说：“噫！我说怎么那么熟，没多想拿来就用了！”蓝西将这篇修改后看来没什么问题的稿子送到他新闻界老关系人的手里。说明天见报。但好几个明天后，没有回音。其实，第二天报社就有熟人打电话告诉蓝西，现在上面没有“发扬”什么“抗灾自救”精神的说法。报社也从未用过这方面的稿子。蓝西自然不便明讲，只说发稿“快了快了”。

蓝西自己并不闲，他在初二两个班的历史课上开了一个题目是“我们为什么要吃饭？”的讨论会。他的本意是，人类其实用谷物作为主粮是自原始社会以来，相对晚于采集、狩猎的时期，“这种食性加大了人类对土地的依赖，从而降低了人类对自然的适应能力”，人类应当“扩大食源”——他没有给出答案，而是“启发”学生去思考。但最后归结到要落到“发扬延安精神”、“向自然开战的同时改造自身及社会”上。他没有想到的是，学生做了课堂笔记，并且将这样一个问题带回家向家长求教，某位在机关工作的爸爸大为恼怒，立即投书实验中学“党委”，义愤填膺、措辞激烈，斥问道：“难道我们的学校要告诉学生，人类要回到茹毛饮血的时代？人类为发展文明所做的努力将彻底告终？”“一个重点中学居然在宣扬虚无主义的历史观，散布悲观情绪，消磨意志，毒害学生，我们能视而不见吗？”“‘我们为什么要吃饭’——这算是问题吗？如果算，那么一定是某些人神经出了问题！”“按我个人的看法，这颇类似邪恶宗教的说法。”等等。

秦舒金在读到这封信后，雷霆震怒，立即停止蓝西的历史课授课及所有教学活动。责成教研组检讨并回复家长。但秦老太并不屑于与一个有“政治前科”的什么“分子”对话，蓝西本人听到的仅仅是“延安精神”是“政治课内容”，与你有什么关系？

就在学校历史教研组将“处理结果”向秦舒金汇报的当天下午，派出所来了两位干警，他们报告的事由让秦大吃一惊：公安局收到某人的检举信，并各种实物证据，其中有学校食堂因偷窃粮食而“畏罪自杀”的戚某的一个小本子。里面详细记录了他窃取粮食后的主要分配对象，除了社会上的“投机倒把分子”，其中竟赫然出现副校长、教导主任“明全光”的名字，其中还有一些隐秘的“记号”，据检举人（死者家属）称，是“卯字洞”里挖到的“金子”等物件！公安局据此要重新审查此案，并不排除“他杀”或“胁迫自杀”的可能，希望学校积极配合！

但随即要进行的传唤无法进行——明全光在前一晚失踪！公安派出所迅速立案出警，严查车站和滇池码头，并果断地对明全光住所进行了突击搜查。传讯连连，明全光的一个女儿说，当晚九点半，蓝西老师来家与他父亲聊了一会儿，随后两人一起离开，明全光再没回来。公安局于当天下午五点将蓝西带走。

一个教书读书、照本宣科、传授某种数理化定律公式的地方是承受不了这些充满悬疑和血腥事件的。即使出于重新立案侦查的需要，许多细节，譬如“卯字洞”里究竟被盗挖了什么东西，是否在搜查中获取了相关赃证，一概不知。但“明全光原来是一个江洋大盗，现在亡命天涯”及“蓝西是邪教大教主，控制明全光并将其灭口”的传闻和接下来迅速成章成节的“故事演义”立即播散。

而四一班对此反应最为平淡，足球场变成了大菜园子，泥土腥腥，似乎可以消化最多的腐败。亦学亦农的这个班忙得跟蜜蜂似的。

一贯充当“发言人”的筲箕管住了自己的嘴，他只是说：“明什么人，你们懂‘称骨法'吗？一斤二两三钱！这样的人，不值一提！我们与这些机会主义分子斗争的历史太久远了！偷鸡摸狗尚且手脚不灵，他能起什么事？自己脚绊脚都能摔死！"至于监西，他避免评价，淡淡一句："'刁钻人遇古怪事'——昆明老话，听说过吗？"

小蜜蜂过来插一句："僵尸！遇到僵尸怎么办？知道吗？不要喊他名，不要从身后拍他肩膀——门板走路自然倒！"听得小班同学一愣一怔，抽了筋似的，成了"木耳人"。

据说讯问蓝西碰到绝大困难，他开始讲"社会自然法则"，声称这是他的最新理论成果。希望警察不要耽误他"贵比金子"的时间。"社会及构成社会的人都有一个轨迹。生命个体存在的意义如同围绕地球引力轨道运行的尘埃，只是如何围绕着引力中心旋转的问题。脱离轨道的个体是某种物质总和，引力使它获得能量——鲜有背离者。能量与引力的平衡被破坏就燃烧毁灭——你们知道彗星吗？就是俗话说的'扫帚星'！"

民警翻翻他的档案说，这是个老神经病！耐活！

他不能提供任何有效的线索，只是说那天晚上他们在明全光家楼口分手后，明就独自走了。但派出所随后在蓝西办公室和家里进行搜查，发现大量文稿，多数是残章断篇，为慎重起见，公安局请两所大学的老师协助整理，但初步的结论是"议论散乱，无法判读"。于是，关于蓝西是否涉嫌组织邪恶宗教，交由公安局某科继续侦查……

明全光已经失踪十二天。案件毫无进展。

倒是任义提供了一个情况，接连好几个晚上，他和炉灶师傅在实验"结煤炉灶"，如果没有记错的话，那天晚上下工后，他走出食堂，在拐角处，看见一个身影往菜地南端走了。"晚上很黑，但蓝色涤卡外衣看得很清楚……他天天就一件外衣……墙头上有几只猫，一排荧荧的眼，我被吓一跳，所以有记忆。"

派出所并不重视这个线索，因为，实验中学的地形并不复杂，教学楼与操场由一道大门贯通，是敞着的，在菜地周边走走，又只见一个人，极有可能就是溜达溜达。但第十九天，接到省供销社幼儿园报告，他们院子北墙角有极浓烈的尸臭，"看样子有一具尸体被埋了，露着一只手，是蓝色衣袖……"

派出所立即赶往现场，勘察结果很快出来，尸体被整个垮塌的墙体掩埋，清理碎砖乱石后检视，已经高度腐烂，但指认结果就是明全光！碎砖下提取了一个手电筒，居然明亮，电池没有耗尽！实验中学菜地南端是"他的实验地"，与隔壁幼儿园一墙之隔。但他何以深夜来这里呢？沿着隐约可见的脚印(只有这一组脚印)，他似乎顺着瓜蔓爬上了墙头。他上墙头去干什么？——他腐黑的右手紧紧攥着，法医将手指分开，里面是一朵南瓜花！黄色花瓣已经稀烂、瓜蒂是完好的，还有一截大约五厘米的管状瓜茎……

复原的现场是明全光来到菜地，用手电筒在寻找什么，他看见瓜蔓顺地延伸至围墙上了，大盏大盏的瓜叶，他看见了瓜花！于是攀爬到墙上去摘一朵南瓜花，突然，出现一群野猫，一墙荧眼，啸鸣如风！（因为后来发现这里有野猫的多个洞穴），于是大惊失措，从围墙上滚下，摔到另一侧的供销社幼儿园杂草中，被随即倒塌下来的墙体掩埋，只有一只手——那只攥紧黄色瓜花的手拼死昂然上举！他摘它干什么？南瓜花！

没有人能解得此中秘密！

墙，是草草堆垒起来的"卯字砖"墙。明代古城砖，早些时，这一带遍地都是，也多数被人用来垒墙以分割地界，甚至不打糨子，仅仅胡乱错杂堆码而已。这些砖在打坯时，模板上就有凹形"卯"字，随性的楷体，末了的"竖"画特长，如剑。所以，卯城人也把这种沉重憨实的青砖叫"长卯"砖。明全光死于"长卯"砖，致命处为颅骨，被一整块"长卯"砖自三米左右高度落下，正中左太阳穴！致左脑颅粉碎——故而，副校长在死前只将瞬间的有效思维固定在盛开的黄色瓜花上。永远不知道自己是如何死的。

派出所很快结案。据说，明全光家中所获"赃物"，主要是一个"白铜盆"，道光款，有浅草纹。这种东西民间很多，无文物价值。一钗一簪，一铁一铜，压根儿不是金子物件。一包断线佛珠也不是什么稀罕玩意儿，玛瑙的。一对琉璃烛台，腰断一个，一钱不值。至于明全光利用职务之便，收取他人盗窃的粮食，经查属实，但是否还胁逼盗窃者自杀——鉴于二人均死，已无法追究。

明的死亡，属意外事故。

尽管如此，学校党支部仍然在不久后做出了开除明全光党籍的决定，校委会做出撤销其副校长、教务主任，开除公职的建议，报上级批准。在"明全光事件"中唯一庆幸的应当是任义。

他在校委会随后的"通报会"上揭发了明全光的很多罪行，他的"夺权阴谋"，在去弥勒西山的路上他的"反动言论"以及与蓝西意图组织"反革命小集团"等等。他对党组织及时发现明全光的阴谋，在年前就将他停职，减轻了他"对革命事业的危害"感到庆幸和敬佩，也由衷感激党对他个人的挽救，因为在较长一段时间内他是那样信任这个"阶级敌人"，仅仅由于党组织的警示，才使他及时与之划清界限等等，情激时声色大变，涕泗长流。

秦舒金将两手垫在下巴下，半趴在桌子边上，听得出神，仿佛任义说的是另外一部“天书”,她不时看看其他人的反应——大家有多少吃惊,就有多少鄙夷——任义不这样说,不立即撇清自己,反倒奇了怪。有一点是真的,这两人曾经走得如此之近,以至你唱我和,很难分清谁是谁,但显然,任义讲话空洞无物,除了死人不能辩驳的一切。他并没有分清他干的或主张的是什么?而另外一位干的又是什么?——这只是一个“通报会”,并没有要求谁表态,他竟然讲了三十五分钟——那么,前代理书记、现总务主任又想干什么呢?

更让人意外的是,秦舒金刚想宣布散会,任义却让厨房送上来十多碗“甜菜疙瘩”——热腾腾,刚出甑子,每粒切成大约1.5立方厘米白色小块,有诱人淡甜气味的甜菜根,请大家品尝。他解释说,“学校蔬菜基地”出产了第一茬甜菜食品,叶子大家早吃了,原本甜菜根茎可以养得更大些,但为了即时为学生补充营养,采取了按计划分期采收的办法,“越到后来,块根越大,含糖越高”——这里显然有两个问题:何时学校把学生自主开发的菜地命名为“实验中学蔬菜基地”了?第二,看样子任义已经自命为这一切的主管,把学生种植的蔬菜说成他的“产品”,并“按计划采收”,那么,征得学生的同意了吗?他自始至终就没有提到四一班师生一个字!

秦舒金忽地大生感慨,她已经看到了与会者接连的惊讶,但她轻轻叹息后,什么也没说。从容地用分发来的筷子搛起一块“甜菜疙瘩”,放在嘴里嚼嚼,细细品过,说:“好吃。半筋半面,但有甜味儿。”末了突然问:“任义,怎么不见你动手?”任义连忙说:“我先前试吃了,很多!”秦道:“试吃?多少?当饭?”任义笑逐颜开:“两大碗!”秦说:“你胃口真大!消化得如何?”任义应道:“不好意思——全部消化,当日大便很通畅!”大家哄笑不已。

秦舒金说:“怎么我觉着有渣呢?你是全吞,连渣都不留!面,是淀粉;渣,是植物纤维,全部吞食,故而‘通畅’!你这样的人,久长!”

任义立即应道:“谢谢书记!”

27

散会后,看看离晚饭时间还早,秦舒金来到四一班。教室里空空的,黑板上写着:“三组:苗地薅草;四组:第十七地块补种;一、二组:十至十五地块施肥。生产部。”

她来到菜地。大片的墨绿,甜菜有看相,叶片硬挺、宽大、肥厚,菜帮子雪白,两色相间,煞是好看。大约开初缺乏经验,种得密了些,全然不见地表土。

每个整齐的地块都有木牌标号。

挑着粪桶的胜春沿小路走来,先发现了她,喊了一声:“老书记!”

秦老太连忙闪避,说:“我挡你的道了?啊呀,对不起!”

胜春说："没有，我就浇这块地。很臭的，您要检查？"

秦老太说："哪里？种菜，我多少也会一点儿，我来当你的帮手，可以吗？刚吃了你们的甜菜根，不是得表现表现？猪也不白吃，末了要献肉，是吗？"

胜春哈哈大笑："您吃了？好吃？"

秦老太说："那当然！好吃。"

胜春一撇嘴说："一点儿不好吃！有壁虱，就是臭虫味儿，您怎么吃不出来呢？"

秦老太啊啊一阵，暗里舔舔嘴唇，对"试吃"，明白了一大半。她注意到了，胜春挑的可是新粪桶。

笸箕赶来了，给老太敬军礼："报告，生产部长邵纪听候指示。"

秦老太说："笸箕啊，你们鸟枪换炮了，一式新家伙？"

笸箕说："报告，学校总务处按您的指示，更换了十只桶、十把锄头，还有其他小农具。十七地块的甜菜地，因为低洼淹水，我们提前采收，可惜了！现在开沟排水，补种新苗，甜菜不大讲究时令，可以试试……"

这下，她全明白了！

吕志文在初三年级他教的两个班里接连进行了三次测验，只有四一班合格，总平均分达 78 分，而四二班不及格。原因很简单，他们没有翻印教材，而是传看传抄。这是一个无奈的结果。但语文教研组立即发出警告，经过本校审核通过的"自编教材"列入考试科目。如果出现两次不及格，将取消期末考试资格！

这对吕公显然是一个支持。从那天起，他换上了一件稍微新样的旧军装，风纪扣一锁，脖子短了半截，在校园里走来走去。对业已成形的大菜园，他居功至伟，这也让他显得意得志满。然而，他与四一班的关系始终紧张，他吆三喝四、动则训斥的习惯，让多数人反感。女生反应尤其敏感。胜春甚至在园子里给了他两扁担！他一个躲闪，立足不稳，摔到了水塘里。但女生围上来，没有人施以援手，吕公就这样站在齐腰深的水里，几下蹿跳，都没够得上修整得很陡的岸坡。即使后来大龙来了，罗润也不让他上来，说，水很冷，有助于他"清醒头脑"。究其事端，是吕公因启霞、胜春几个女生"每瓢的粪水给的不足"而说了声："你们女人就是麻烦！"——好了！这就够了！这叫"侮辱女性"！直到三根扁担逼了上来，他仍无反应，便落得这样一个结果。大龙蹲在塘子边，负责传达女生群体的"谈判条件"，要他承认错误并"当面赔礼道歉"，否则他休想上来！

吕公就是吕公，他曾是志愿军，一下也强硬起来，他知道的"谈判"只有"三八线"的谈判才是谈判，这里发生的任何事能算有重大军事政治意义的国际间"对等谈判"吗？吕公之所以是吕公，是凡事偏执，而被他执着的事外，尽皆大无所谓。待在水里，好啊，游泳，他游了一个来回，丑态毕现，"志愿军"是跨过鸭绿江的，不是游过去的，所以他的“狗刨澡”大略不如“狗”——胜春什么人，体育健将，大笑不止；罗润以为让班主任下塘子洗澡，况是初秋，见池塘里被蹬踏得泥花四溅，吕公居然忘记了他为什么到池塘里来，一个劲儿说：“哎呀，可以养鱼啊！真的，我们来做个计划……找鱼苗！找鱼苗！”就由着女生嘻嘻哈哈散了。

大龙这才把吕公拽上岸来。大略他自上岸，连续打喷嚏，大龙便脱下外衣给他披上，送他到他的宿舍门口——麻烦事还有呢，他的钥匙不见了，总归是“洗澡”的剧烈运动将钥匙沉塘子里了。水里打捞显然不易，大龙问，有没有备用的钥匙？他说没有，蹲在台阶上直打战。这时，筲箕闻讯来了，说翻进去，从里开！吕公只来得及调整他磕牙的频率，不知所云。筲箕便拿开铁栅子，钻了进去。忽然，只听屋里哗啦一声，大约不止一样家私倒塌了，还有火花连续闪射，忽地死寂，大龙慌神了，大喊：“筲箕！你在吗？”许久，有摸索声，门开了，筲箕一脸黑灰，说：“他妈的，老子差点儿被电死——这叫什么地方！简直狗窝不如，电线蜘蛛网似的……”吕公突然从筛糠中回过神儿来，怒吼道：“你怎么进去了？这是我的私人住宅！”筲箕一刻也不想待留，说：“你还住宅？你怎么不说这是白虎节堂？渣滓洞？勤政殿？大明宫？告诫你！电线别裸着，不然的话，等我来给你收尸！手里别忘攥朵南瓜花！”

筲箕左手有蚕屎般的黑洞——电火花的灼伤，对大龙说：“王八吕藏了支枪！”

大龙一惊，说：“难怪！神秘兮兮。”

筲箕说：“不过，是只小口径步枪，只要有证，也是允许的——当兵的嘛，恋枪。我要是兵，没准把坦克车搁在堂屋里，掷弹筒放在枕头边，谁来打门，嗖！”

四一班与他们班主任的关系就这样不好不坏地维持着。

一切向好转。四一班来了位女老师，是个绝对美人！

是不是美人，得看女生眼里出什么光什么线！这个班的女生能把一只猫的雀斑和胎痣给挑出来，能看出乌龟长什么睫毛，也能把一只松木板凳上的结巴描画成杨贵妃！何况是站到她们面前，在讲台上来回走动，显出正、侧、反及360°全方位的“女人”！

“我叫梁珈。海南人。从今天起，我来和大家一起学习初三数学课程……”

“粮”，还“加”、“佳”、“嘉”——没见啊，饿都饿死了！男生嬉笑。

但女生不。吊上线了，准绳游移，轻轻弹动——没有哪个女人有这般身材！高挑而绝对匀称；深褐色短发，是自然卷曲，恰到好处的大波浪；面颊略瘦，眼窝略陷，使得两只特别有神的眼睛有深含不露的光彩；手，人家的手是什么手！人家穿浅灰色无领半袖华达呢短上装，故而自信地露出手肘以下的一截，白皙、毫无瑕疵、指头尤其修长，仿佛那张破烂讲台是为她预备的三角演奏钢琴！二十二个女生眼睛一齐放光——准了！“梁老师好！”——一点儿不算勉强。

立即开动搜索机关,得来的消息令人吃惊,梁珈,确实是海南人,口音摆在那里,带着拗不过底子的“粤式”普通话,但其身份特殊,她是前中国驻苏联大使馆武官某某的夫人。武官在中苏关系破裂后奉调回国,在军区担任高级职务,是一位将军。据说,她前后随任与丈夫在东欧和苏联待了八年,此前在北京某大学任教,教的却是航空数学!

当然,四一班最在乎的是梁珈的谦和、适度、周到和极重礼仪。这在饥腹吞噬了不少好东西的年代,有人郑重地保有体面,这是一个珍藏世界的回归。

四一班的女生与别的班,就说四二吧,不同。她们绝不与女老师黏糊。喜欢谁,接受谁,不熟悉的人肯定看不出来。她们只要做到聆听对方的讲话,而不是使用“扁担”驱逐,就已经有相当信任的成分了。

一个星期后,初三四个班前往“黑乔姆”——一个西山区的偏远农村“支援春收春种”。因为此地地名有个“黑”字,引起四一班普遍的“恋旧”情绪和广泛的联想。但随即的安排,出乎意料。时间为七天。学生与农民实行“三同”:同吃同住同劳动。这意味着“分散”,已经无法捏合这个班集体了。

梁珈老师的表现绝对抢眼,她打了一个军用背包,四四方方的“豆腐块”,与军营战士背包一般无二。于是,胜春故意出了一道难题:她的背包散了,请梁珈老师帮忙整理。只见那双白皙的美手上下翻飞,不过一分钟,胜春服了,她的背包出现六条立方体的直线,每个扣结规规矩矩,最重要的是,其体积,小于原来三分之一。

小蜜蜂有些不忍,说:“胜春,你也真做得出来——当面考师?还有,你的小东小西,怎么暴露给男生看了!分寸!”

黑乔姆是个彝族大村,上过报纸,是“红旗单位”。打倒土司后,“直接过渡到社会主义”。但依“老五一”的眼光看,这里相较“墨雨龙潭”的生产条件差多了。没有水田,只有山地,全年种植苞谷荞子。几乎不派公粮,前年“改地为田”新开一百亩梯田,所以是“大跃进模范单位”,社长上过北京“群英会”。故而总带队赵芹说:“我们去那里,主要是接受贫下中农的教育。”这种把学生像胡椒面撒在农户的做法不新鲜。但“分配”依据什么原则,似乎很混乱。罗润被分配到一个一父二子的家庭,“连老鼠也是公的”,当天就要求调换。

而筲箕则相反,分配到寡母带三女的家庭,他坚决不调整,申明“现在主要是巩固、提高的问题”。结果三天下来,筲箕严重受伤,“被丘比特的箭整个穿透”——主人家的三个女儿,大的十五,依次下来十四、十三。正青笋出土,美不胜收。“最漂亮的当数老三”,“简直就是活脱脱一个仙姑,人家那腰身,要什么有什么,城里的女人哪里能比!”三个女孩一律用“大双眼皮的亮眼睛”从各个方向射着他,谁个一挑眼角，筲箕就连续翻跟斗！他已经打烂人家三个碗并撞损三只凳子。但女主人将他安排在柴棚里住，即便这样，大姑娘仍在草楼小窗边上弹弦子，跟着他去洼子挑水，"故意"走错二个山弯，摘树叶吹《野马调》时，筲箕差点儿失脚从崖子上摔下来。第六天，筲箕已经下定决心"毕业后到这家上门算尿！随便哪个娶来都行！"——按夏天的破解，"谁个不动凡心！筲箕在那家人里，除了担过一次水，是伸手伸脚的老太爷，什么也不用做啊！洗脚水都端上来了——这样的男人，是预备留做'人种'的！"——临到收山告别那天，聪明的女主人天不亮就将三个女儿支去赶羊街了。筲箕失魂落魄，暴走十公里来到供销社，要给三个姑娘每人买面小镜子，以便留个念想。三毛五一个，三个一块零五分。筲箕怎么算还是一块零五分，说，怎么那么贵？人家说，统购统销，国家牌价。筲箕翻遍口袋，只一张一元票。这五分，难倒英雄汉！但筲箕毕竟是筲箕，他对售货员讲，你们看看我身上，要什么卸什么得了！不是收猪鬃吗？拔我的头发如何？人家指指水牌说，你看清了！是甲级猪鬃！筲箕绝望之余，猛一眼看见人家收"生胶"！他的鞋底是生胶底！立即借来一把刀，割下鞋底，甩在秤上。才把三面小镜子带了回来。那天，他赤脚奔袭，二十里山路啊！

胜春、启霞和罗润染上了虱子！这种"黑乔姆"的虱子属高寒地带某一亚种，专一在某一血型某一高度的女人头发上繁衍，其产卵速度大体是普通虱子的三百多倍！不然，何以叫"姆"呢？第七天，三人同时发现浓密的发根上虱子成链成串，大喊救命！胜春找来一把大剪子，当即要"削发为尼"！

这时，穿华达呢的梁珈从田埂上款步而来，说："虱子是福气虫！比生疮好啊！别急，我有办法，来来来！"将三个女生约到河滩上，说，躺下来，打散头发！据说，小蜜蜂听到三个"妖女"要被将军夫人"活埋"，与赵芹笑吟吟地跟上去了。果真"活埋"！潮湿的河沙埋得三女只仰面留眼睛和两个鼻孔。未几，只见大部队的虱子仓皇从发根上撤退，钻出沙子，集群冲锋突围，梁珈用一张长长的"卫生纸"接引这些亡命之师，接着，一团，扔进一个点燃的稻草堆里，噼啪之声犹如引爆炸弹——当然，剩余虱子卵，只要用篦子一篦，便万事大吉！

小蜜蜂用十分夸张的口气讲："梁珈的方法是苏联红军在斯大林格勒保卫战时发明的对付虱子的办法。"这样说来，此胜利是"英特纳雄耐尔"的胜利，具有国际意义！

柯男的际遇平淡得多，他被分配到一个生猪屠宰户那里，睡阁楼。但"屠户"无猪可屠，担任供销社的生猪采购员。恰逢他从威信回来，赶来一百多头"架子猪"——就是比小狗略大，比大狗略小，已经长出身架，可以竞走的猪崽。于是，七天里，柯男的所有劳动是与女主人一同编织一个个箩筐，以备将猪崽"分销"出去，最远到滇西。可称“开眼界”的是，一个个夜晚，在明子火下，那些从贵州赶猪“游牧”千里穿越乌蒙山而来的猪贩子，向女主人讨来大的针和麻线，在火光下，将脚跟、脚底“如娃娃嘴”一样的冻裂豁口，抹上猪油，一针针缝起来……

他收获一个可靠的暗示：熬过明春，昆明的饥饿围城将渐次解除，到时候，就有猪肉吃了……

第 六 章

28

一个女人穿着重孝衣坐在堂屋里。还叫不上名字,老柴虫的续妻,习惯上叫柴嫂。以往没有向老柴虫请教她的名字,甚至老柴虫是否叫柴三、柴四也很模糊,世界上的事情大多是马马虎虎混过去的。及至认真起来,觉得世事无有一样不麻烦。

那天,柴虫对柯男说,我爹死了。也很糊涂。死了就是死了。原本明白,但昆明市环卫站的人在早上十点突然跑来说,柴嫂啊,你们赶快去看看,柴师傅倒了!其实"倒了"就是死了。因为,他突击"十一"的国庆卫生检查,要从环城路开始,右手拿起红袖套往左手上戴,却怎么也戴不上去,他开始拽直棉衣袖口,又把红袖套凑近来看别针是否在,跟嗅嗅有什么味道似的,就要出发的检查队看看队长还在鼓弄那套子,一个人上去说,我来帮你戴。柴虫说:"日你妈哟!棉衣邋遢死了……"就要脱棉衣,扯开前襟,刚解开最后一个扣子,身子就歪了,那人完全没防备,只抓到一个空袖筒,柴四从棉大衣里褪出来,大山一样的身子就轰然垮塌,倒在地上还猛烈地弹动了一下,震倒了一张桌子和一把椅子……

柴嫂赶到时,他还是老样子,大字打开,手脚甩得很开,仿佛没有决定是飞升还是坠落。冷了。柴嫂的呜咽声便如同警报器一样响彻全城。

柴嫂等柯男妈回来,是命定地要亲自来报丧。在这个平头正脸的农村妇女看来,柯男妈是她在这个城市里唯一的亲人。

柴嫂将事情和担忧向柯男妈诉说。半个小时了,柯男妈无语对答。这是她极少见的情态。柯男知道这对妈妈绝非只是意外——通常,她在任何时候任何场合都能找到应对的话语,她生来是生死人情最好的酵子,能发散所有悲哀疑难,但此时,她一句话也说不出来。

终于,她说:“柴虫,你过来。”

原本在堂屋砖地上垂手默立的柴虫,来到了柯男妈身边,这样,他改变了一种似乎无所皈依的地位,一下就将夹得紧紧的肩膀松了下来。极乖顺地侍立在柯男妈身边。这时,柯男妈才平静地应对这个乡下女人:“你说你要回娘家。也是,柴进十七八的大男儿了,爹一死,与你一个寡居女人不好相处——可一句‘不是亲娘’叫我伤心!我看了这些年,你服侍他爷儿俩,并无别样感觉,不是好好一家人吗?从此这个家,知冷有人,知暖也有人,你剪灯芯你起灶,吃粗吃细,总是团成一个热心窝窝了……”

柴嫂就大放悲声,瞬间山摇地动。乡下女人能“哭”,人人畏服。她们通常在婚时哭嫁,诉说爹娘养育恩情,不舍得跟个男人去,要哭三天三夜,长调如歌,简直让人觉得出嫁是入屠,丁忧哭死了的爹娘,与叔嫂妯娌合掺,大半山墙倒塌、田水倒流,但哭丧夫,却是半隐半忍,哭上一截,想想有什么冤屈,再哭;想想日后有什么主意可打,再哭;如绝了路,再再哭——但柴嫂是当过妇女队长的人,还是党员,搞过竹器合作社,当过社长,虽然“大跃进”一下把个小社“下马”了,但历见多了,端得住。所以,要哭,是一通哭了。况且是在柯男妈面前!几个短声,是真情,虽半路夫妻,但柴四好似鳏独半世等的就是这个与他至少身量般配的女人,用情两真不用说。但就这么个女人也敌不过后家强势——如果没有生育,死了丈夫的女人是万无道理与一个即将成年的非婚儿子共处一室的——柯男妈怎么会不知道呢?她弥散而愈加广大的悲哀正出于此。

“你打定主意要走,也是无奈。只是他爹去了才三天,未免太快。怕招后家咒?就不怕邻居、柴虫他爹的同事唾骂?平时人家敬你也不分前后啊!我的主意你听明白,叫你后家兄弟姐妹——无论哪一个,来陪你住上些日子——家里不是还供着灵牌香烛吗?你怎么不想想,你抬起脚就走,走得了?谁人续那盏灯油?大半结果是你一脚回到娘家,魂不随体!”

柯男的心坠得死沉,他此时恨的不是柴嫂,他能明白妈妈述说的一切。他恨的是柴虫!这个浑蛋!他平时学校里小吃一顿,回家里则补吃一大顿,柴四和晚娘的口粮就全供他吃也不够!这是柴嫂在丈夫死后完全不能独立撑持这个“家”的又一个原因。“你这王八蛋应当跪在你爹灵前三天不起!跪在你后娘面前三天不起!一个吃!吃你妈个尿!吃死你爹,还要吃晚娘!你牛鬼肚囊!吃死好端端个家!这个城市最强壮的人死了!他把个心铺在城市街道上,像一张白纸!原本就干干净净的城市,你去洒扫,你去蹭它皮干什么?你撕光自己去擦那些不带腥气的唾沫,去拾掇那些枯萎的落叶,不允春秋衰疲,你当然得死了!”

“如果你不便说,我明天是不上班的,你去叫你大哥来,不是还有两个弟弟吗?

我来说。女人,要坐正自己。你成的家,你撑持的家,就是你的天下!世上女人皆是主,半边江山由你坐——你不明白?”妈妈说。她在等应答。

正准,这是柴嫂最难的结子,她求的就是这个。又要哭,柯男妈说:“好了。去吧。柴虫留我这里几天,你们后家人也好说话。”

柴嫂走了,临到举脚迈槛,突然跪倒在柯男妈面前:“娘娘!我恨不得也死!其实……回头想想,早当柴虫是自己亲生的啊……您刮我!您刮我!啊啊啊……”

妈妈没有待留,也出门了。

柯婴说:“柴虫!你只长肉不长心吗?不孝之子,古来多了,没见你这样的!真他妈柴虫!大粪机器!你看你,你的孝帽怎么戴的,跟他妈的日本人一样!”

柯男立即喝止弟弟。柯婴不买哥哥账,冲他大嚷:“你拿虫子喂他,喂啊!茅厕里不生蛆!”他啐了一口唾沫,领着戈明走了。

柴虫说:“我爹是心脏病。”

柯男说:“不要说了。你有什么打算?”

柴虫说:“我要去当兵。我跟娘说了。”——“娘”指柯男妈。

柯男有些意外:“什么时候跟我妈妈说的?你掐时刻恁紧,也不傻啊!”

柴虫说:“我上娘的工厂去了。你不在时。春季招兵,我等三个月。守孝。”

柯男一笑:“守孝?你哪里学来‘守孝’?服孝三年五年,你三个月?不要说什么守不守!葫芦开口说胡瓜?该你好好伺候你后妈了!端洗脚水!每天早晚喊上十遍‘妈’!她才是你唯一的亲人!真要有一天离家,留她一个念想!我妈妈留你,是为人家好说话。你听见了?就三天,过了,我踢你出去!”

29

喊一声小三娘你莫出闺房!
隔壁二癞子他东张又西望;
府东街拐角摆个烧豆腐摊,
他哄你两分一碗麻辣又香!
西街巷口还有西洋景戏台,
他哄你里面哈毡帽的老美,
带你骑飞机去加尔各答逛!
(小三娘道白:我要去,我就是要去!

说唱人戏外道白:哎呀,劝不过,她不听老人言吃亏怎么办? 客官! 你说怎么办? 接下来你听、你看——)

小三娘她烧豆腐噎了憋气,
癞子上前捶胸捣背又拔簪。
西洋景前她踮脚拔背露脐,
西洋景下癞子手脚又忙乱……
占尽春光他骗了钱又骗色,
还一张状纸将三娘告了官!

(说唱人戏外道白:客官,你说县太爷他如何听得癞子诉状? 癞子他又如何说的呢? 三娘与他早早有私! 二人偷春早非一宵一晚,不信请官叫三娘开襟来验!这风骚女人左奶房上有颗红痦子!舌头尖尖上还有血斑!肚脐眼——老爷,你验她肚脐眼有本人画的鸳鸯! 这还了得! 验! 果然啊果然!)

县爷他本对三娘垂涎有三,
这堂后开验何尝不饱眼馋!
癞子告三娘骗婚银财嫁妆;
此簪为二人信物你可质她;
我要的是去日生米今熟饭!

(客官呀! 可怜小三娘她一个弱女百口莫辩,回家就来了一个小板凳白绫子高高悬梁! 香魂一缕消散尽,冬日瓦上尽寒霜! 客官! 切要看好自己的子女喔! 世上有好人,好人在哪方?)

留声机车轱辘似的转了三天,丫婆自蒙自回来,听从里屋传来老鼠磨牙还磨损了的吱吱声大惊,知道事情不好。赶了进去看,端木已经在他的躺椅上去了。

小茶几上静静搁着一碟——三个一摞的蛋清饼,没有一点儿啃噬的痕迹,哪怕一个小小的门齿缺口? 要有,也是老鼠的。但这里没有老鼠。即便戈明走了不再回来,也没有。

中午来了人,是市政协的一个领导和三个工作人员,在端木先生面前脱帽默立,三鞠躬。问丫婆:"先生高寿有几?大概是101岁了吧?"丫婆哦哦呀呀应不上来。说了语音很混杂的一段话,恰如没说,滇南话、昆明话与北地满蒙三两词汇掺和,犹如西国爪哇声。

柯男知道101的寿岁没错,但不想附声。他在三天前,来看过端木,是柯婴来传话的,他为他修好了留声机,端木伸手从茶几上取来一张破旧的唱片盘子来试,就是这个《小三娘本传》,大约是民国年间的东西,昆明本地唱腔的"莲花落"——这种北地流传来的街头演唱,在抗战后期很流行,说来有些奇怪,这不是流浪艺人干的事，恰恰是西南联大学生在鼓励抗日自编词曲后唱成风的。抗战一结束，街头流浪艺人接着起势，就用来唱民间俗事，反正多的是既“北归”不了也“南还”不了的各色艺人。到了柯男记事的年代，这种演唱竟然进了茶馆，三年后，倏忽亡失。端木先生何以藏有民国年间的这种唱本，居然是为好事者刻录成唱片的！这真是奇事。何以又在这个时候执意翻出破旧唱机，非来一个周而复始、神游不归的赏读不可呢？

“小三娘”是昆明特有的对女孩子的昵称。即便此女排行非“三”，也一律叫“小三娘”！妈妈也有这样一个别号。照一般解释，是《三娘教子》在民间广有影响。草民无不认为有持性有规矩有家训的女子都应当叫“三娘”，加一个“小”，便遍及所有女孩子。曾经把“堂会”当饭吃的端木，末了从他栖身的木楼上走下来，消失在一个关于小女子身世的呀呀声腔里，拐角处一磨，不见了身影……

那天，绝无异常。只是端木听说柴四好端端倒地就死了，突然有些扰动。柴四在地面上是大一号的人物，没有人不识这个丈二金刚。端木是眼光从人头上凭空飞去、视俗无睹的人，虽不至于将柴四当个什么角色，但听说这个把城市地皮当脸皮的人说走就走，还是默念了一阵。突然，他指着茶几上一个小盅，让柯男看——就在今天黎明，他的假牙断了。“早晨大醒，丫婆送漱口水来，漱过就刷牙”——端木的刷牙是刷假牙，全口分上下，如同“尸解”后某种归类的程序，用更小的刷子在小盅里将盐水浸泡一夜的上下牙取出来，在手掌心里咯吱咯吱地刷，然后，送还口中，伸一个指头一顶一压，呵一下咬合，就将瘪了的嘴撑个满当。端木的习惯是，还用小镜子反复照照，看着反射出一口金光，如同勤政殿前的镏金狮子，于是心满意足——全口假牙，大约有上下门齿及数颗臼齿是黄金包成的，其余为德国、日本、英国的瓷粉铸成的，黄金自然是中国的，不仅是中国的，还尤其是云南临安府属边地的“红金”。抗战时，端木就戏称他整日令“盟国”与“法西斯”在口中交战，大凡有骨类食物，就交由“法西斯”去啃，啃不动，自然唾出！“呀呀呸！”精腴肥嫩，留给了“盟国阵线”。算来，这有二十来年的“交战史”了！可就在今天，假牙“兀碌碌地就断了”，上下口都断了，断处都在“桥”上，即连接不同“阵线”的金属过梁上，成了四个不相类属的段儿！

这意味着端木从今日起不能进食了。

柯男说，他可以将假牙拿去牙医那里焊接。一会儿的工夫！

端木大笑：“你看看，臼齿都完了，金皮子穿了，老夫我叫它大战五谷杂粮，充我三年饥馑，如今，战该休，事已毕，各方劳顿，坍的坍，塌的塌，再附人工，是违时违命了。可笑老夫毕生无建树，即便偶有佳构，也全赖这一口黄金屋，伪巧假饰，纳秽藏污！如今黄金已蚀，木身宜朽！”

柯男说，现在形势渐渐好起来了。居民委员会发了“糕点票”，一张票可以买五个“小糖饼”，你属于“特供”，可以买五个豆沙馅的蛋清饼，饼子上的那层蛋清，是我妈妈她们造的孵化箱里出来的小鸡生的。这会儿,先在饼子上刷一层蛋清,过后便有鸡蛋可吃!大食堂停办了。光华街、景星街政府允许开了"包饭"馆,一个月交八块钱,每顿一菜一汤,间日有串荤;宝善街劝业场还开了一家高级"带菜"饭店,一块五一碗,上面盖肉!千张肉、回锅肉、粉蒸肉、红烧肉!开头肯定是皮子多于肉,过后"五花三线"是可以分得清了。

端木说:"恰是好了,便要休了。单衣薄食,可以醒神!老夫日见日升,夜望星明,修得一个素胎,非化亦化,天成我了,再动俗念,是为可耻!如众人糠麸,我也糠麸,也还说得过去;如众人糠麸,我独膏腴,非惹老天动杀机不可,不如自裁!"

柯婴说:"你要乘鹤了?说好了,你死了,我给你裱一个纸鹤!"

端木说:"你过来,我跟你说一句话,不要叫别人听见。"柯婴便凑了过去,过了一会儿,柯婴说:"你没牙,不关风,什么咿咿呀呀?"端木又说一遍。大约是听明白了,柯婴呵呵笑了,道:"你要那东西干什么?"

这大约是端木最后的话,谁都没当真。

事实上,是他将丫婆支遣去蒙自的,他掩门闭户,自绝食水,三天过去,就是眼前这个样子。

柯男看着端木死去的面容,有些陡然的陌生,他满脸的老斑倏而褪尽,百年老褶疏朗开来,成一张水洗似的纸,只是敷了一层灰白,如青瓦上的霜。

他问柯婴,那天,端木跟你说什么了?

柯婴大无所谓:"什么也没说,也就是五荤五素,特别交代上供一只小刀鸭。"

柯男不信,柯婴在敷衍他。

柯婴想想道:"说给你也没什么——他要我裱一个'少女身',就是唱片里的'三娘'的样子——素妆罗裙挽提篮——是提篮观音吗?你说他要这些干什么?大约是丫婆不随他去,要个使唤什么的……反正唱片里的三娘先缢了,他以为现现成成,喊了就来,要不,怎么连放三天唱片呢?不过,端木是有功德的人了,如胎投得准,一个跟斗翻到三娘面前,原来花马将军,先一掌劈死癞子,再娶三娘!想想太美了!要我,我都愿意!"

柯男大出意料:"你大了?说的什么话?"

一切都来得简单,去得更简单。

柴四与端木死了,不过间隔二十一天。

都免了香烛、免了冥钱、免了棺椁、免了号丧。只是没有免三尺孝布。柴四是火化的。烧了三个小时,焚尸炉里还噼啪爆炸。差点儿把炉顶炸飞。有人看见烟囱里出来一团黑烟,升到云顶,成了一个金刚天王的样子。柴嫂那天把黑烟哭了下来,变成大雨。“我守你守到三更天,你五更起来做哪样啊啊啊……你不可怜我命苦,半路接下半路抛啊啊啊……”——哭出这一声时,后家男女无不声泪俱下,这时,天边雷声滚动。众人齐喊:“有应了!有应了!”

至于端木,跟牵走一只羊似的,出嫁的两个姑娘来了,小的那个背个背篓,满是青草,发丧时走在前头。说按滇南习俗,属羊死了要行“归命”礼。柯男觉得实属荒诞,属虎的呢?哪里牵老虎?属鼠呢?袖一只老鼠?不是明摆着欺负羊吗?幸亏!有一个纸扎的“仕女”在前——柯婴终于不忍,将纸人加了些彩绘,怀抱牙板经书,看上去倒像一位“女史”,但人人都说是观音。一路压倒了“青草”——可见端木睿智的不朽。

不过一个月,初冬来临前,府东街一下就走了三位老人。

也都少有惊动。一位姓缪的老人,九十岁了。走时阖族伺立跟前,他最后一句话是:“来那么多人整哪样?走走走……忙你们的去……”

初冬的凌厉倒像隆冬。也不似,飞了点儿面雪。就干冷,老北风吹得屋檐哨子响。天空无云,阳光晃眼,只是风不歇,地面枯焦,时有燥土扬起,成一个昏黄的大幕在东南方移动,到金马山一带,忽又止歇,没死的几个老人就出来说:这是“金马回头”,汉武帝时遣人来寻的金马回“北大陵”去了。柯男也觉荒诞,说的是成吉思汗吧?卯城的人就是这样,他们“摆古”时总把盘古与黄帝混淆,说祖宗总归一路:南京应天府柳树湾!洪武十八年,万里来戎,是如何惨淡,熬到今日,有子及孙,已经很是幸运了!

其实,在中国的省会城市里,它更像一个安邦定边的“桥头堡”,一个锁链的“卯”(铆钉)。大凡国家有难,风诡云谲,它便显身于挺拔的高原,四面乌风不风,四时淫雨不雨,独揽晴明——至少,过来的历史就是这样。但1962年的初冬,就要走出饥荒围困的城市突然遭遇百年未遇的严寒……

区政府在这天发了一个公告:《关于联防火灾的紧急通知》。原因是政府体恤市民越冬困难,特别从已经恢复投产的厂矿调集两万吨“标准煤”,每户发放一百公斤生煤灰,用于过冬取暖。市民立即动用各种工具,将煤灰团成球,或捏成饼。瞬间,满城煤黑,那些粘在墙上的煤饼即刻给卯城穿上了铠甲!即便煤饼燥了收了,石灰泥墙上还留着具有无限符意的“○”号,不知预示什么……

但燃煤的柴引子没有,就砍树拔桩,把个莲花池的庙子差点儿拆了,有的撕墙皮或裱棚纸引火。结果,三天发生四起火灾。

应对的办法还有,小有名声的“云大风炉厂”立即向市民提供了上万个风炉。这种用红色黏土做的风炉有三个不同的型号,有铁丝网线和提手,轻易不会碎裂;大号不过绣墩,小的两手可团。但烧煤块煤球特别发力。柯婴弄来一大一中,造型均为上乘。一试,发力抽风均好!红红一塘火,比邀来神仙强!可煨了开水,煮什么呢?还是老蚕豆!柯婴发蒙:“怎么有那么多吃不完的老蚕豆?哪一颗是宋代的?能吃出苏东坡来?我就吃它一土锅!两腋生风!”柯男说:“你学问渐长了?那是喝茶!你整天不喝水!咳嗽起干火!”柯婴立即回击:“明天留一痰盂尿你来闻!碧螺香!”

柯男再不出声。柯婴自上次医院复检,已经退学一年。看来,留在家里,对他养病并无好处。柯男管不了他,不到十四岁的他,明显佝偻,即使天不冷,也时常通夜咳喘。他甚至拒绝柯男从福林堂给他抓来的中药,把甘草拣出来嚼吃了,其余通通用水沤了,假意煨过,然后涮个空碗,留着药渍,便一罐子倒了……

已经毕业留校,当了大学助教的大姐在回信里焦虑万分,说,如果柯婴状态这样,引起“综合征”,就“太危险了”,信是柯男让姐姐寄到学校的,看了就撕了,他不想让妈妈再添忧虑……

那天,他独自踱到大观河边,将一兜碎纸撒在水里,任泪水横流,风,那么大,将泪冻冷,沿眼角吹到耳郭,于是,风呜嘶哑,他仿佛没在水里,他甚至无意潜划,一任沉、沉……

30

实验中学在入秋时做了一个决定:要开辟一个“农场”,这实际上是仿照其他学校和工矿、事业单位已经迅速推进的“自救”措施,以补充食品来源的不足。但这似乎不是实验中学能做好的事。任义受命勘察,据说跑遍了周围二十五公里的群山,最终仍选定在长虫山西北麓的一处半坡上打桩号地,支起了草棚。留守的是刚刚“释放”的蓝西——他的一切活动经调查与“反动宗教”无关,但保留对其言论的查处,属“监管”对象。

筲箕一听就笑了,这个“农场”就是蓝西他们“四老”留守采石场时开辟的。听说,任义踏勘时,蓝西就是他的“罗盘”。如果属实,那么,这个点,是蓝西“出卖”给任义的。四年前,这里已经略具规模,筲箕找到水源,甚至还给了他们两袋水泥,一百块砖,砌了一个大约四立方米的“水窖”。但筲箕判断,那里水冷,流量也不够,不足以灌溉。但很快消息传来,初二年级两个班上山劳动一个月,已经“开垦了十三亩水稻田”。

“蒙人!我眼皮子底下撑火柴棍?那山洼迎北,风霜胜刀!所谓水田,牛转不过身,蛤蟆屁股大,黄泥沙石的底子,哪里栽得出谷子?冤了——老杂种蓝西暗度陈仓,找了个归隐处!从此闭关修炼,百年不古,江湖险恶如此!”筲箕说。

但无论“老五一”还是“四一班”的陈迹都淡去了。再熬它半年,就毕业!柯男最头疼的是,大菜地的甜菜,在十一月底,就大部分出空——学校是掠夺式采摘,而原本补的苗,根本不能成活。也就是说,四一班辛苦经营的三十六亩甜菜,被巨大的嚼食机器鲸吞狼咽,仅剩八亩“种田”和一亩地的圆白菜。但只长外皮不长芯。根本熬不过这个冬天!

这个下午,夏天把筲箕约到圆白菜地头,说:“你蹲下来!扒开外壳!蘸一指头,啧啧!好味道是吗?”筲箕忽地面色铁青:“你干脆点,想干什么?”夏天:“不干什么!有笔小账要算。你揭我的疤——‘猪油事件’,忘了?我跟踪你好久了。晚上,我奇怪圆白菜长得那么好,怎么就不长芯子呢?你把盐巴撮在芯子里,让它自然腌制成了酸白菜,然后摘吃芯子,再把外皮好好拢上,一点看不出来!这比雪花膏瓶里藏猪油高明多了!”筲箕惨惨地笑着:“我没有独食!班里女生,连小蜜蜂、胜春、丛珊都吃了。口淡得要命——这是给午餐添一点咸菜——‘腌莲花白’。可她们不知道是哪里来的,我骗她们说……”

夏天:“柯男不知道?”筲箕:“天知地知你知我知。”夏天拿出一张纸条:“写下来!”

筲箕:“别弄邪!你我两清,扯平了!”夏天:“我可写好了!签名!”

接着,一根火柴把纸条烧了。

感觉是四一班衰竭了。

吕公召集的班务会,只来了三个人:筲箕、小蜜蜂和柯男。

筲箕私下说:“大龙、罗润叛变了——他们是故意的。先不说这个,我代表兄弟们对端木先生的去世表示哀悼,并请转告他的亲属节哀顺便。其实,应当搞个‘国葬’,他们不搞我们搞,怎么说人家也是辛亥元老、护国英杰啊!他妈的,现在的人,很绝情!据说让老僵尸骑在一头母羊上裸身下葬!什么意思?‘端木母羊’——‘断没模样’!欺人太甚!如何?他们的家人想不想复仇?不过,苦主不伸言,旁人也无奈!你隐忍一点儿,实在是我们这些英雄式微式微……”

柯男因为柯婴生病的事,请假两个星期守候他。没想到回班时,真隐约有感,这个班的期限将至,就要风流云散。他比任何人感受都强烈:菜地大半裸土,完全没有人去锄草,铁线草已经露头,但尚在潜伏期,一旦熬过冬霜,在第一场春雨时,将复原自己的潜在领地,把理想的垦殖者驱逐出去——那也不是原先的足球场地草被,早先的球场种植的是一种短茎麦草,在翻耕时先行死去,而窥视者是优质品种铁线草,它们拉网式地蔓生,足以封杀所有人工植物,也可以绊死一个足球梦游者……

吕公煞有介事地将一份《人民日报》的“评论员文章”《洋丝瓜是个宝》拿来读。其实,这篇文章发表已经有一段时间,影响很大。在极端困难的时期,人们普遍地将它作为一种形势走向的标尺来看待,也就是说,物质匮乏还要加剧,国家主张人们生产自救。而洋丝瓜这种南方作物,要在生活物资稍许丰裕的年代,它根本不为人注意,在云南昆明它连充抵猪饲料尚且不够格,怎么会拿来做饥粮?但今天,《人民日报》这样说了,它“易栽培”、“产量大”,不占耕地,地头宅旁都可以大量栽种等等,就说明度荒超越了“大南瓜·老蚕豆”阶段,已经跌到了“低淀粉谷底”——这个概念是吕公定义的。他对学校过度采收甜菜,而打乱他的“两年保持一半面积(近二十亩)甜菜,养蓄宿根以获得更多淀粉”计划十分不满。但事实已经这样,必须有补救的生产措施!洋丝瓜好像是一种拯救战场危局的秘密战略武器!

不用问,实验中学只有四一班会召开这样的会议,只有四一班想着,并且一贯想着拯救世界。这在小蜜蜂的发言里能听得很清楚,她说:“我们又开始大战洋丝瓜?说明这点不就行了?团委开会总是表彰!表彰‘爱国卫生,预防疾病’的优秀个人和集体,还有‘扫盲’先进分子——我们却老为‘先进’的肚子去找粮食!四一班像个劳改队!我就是不服这口气!洋丝瓜是什么东西?我不知道,也没有吃过!你们——柯男,你吃过吗?加了个‘洋’字,是老美还是英国老王牌弄来的东西?他们吃吗?还是丢弃在半殖民地的垃圾?哈巴狗长毛上带来的种子?无意间在中国流传?我们即使捡拾别人掉的东西,那也是面包渣之类的东西。现在,我们准备吃洋猪的大便?我声明,我坚决不参加这种劳动!”

小蜜蜂虽一贯辣燥,也一贯爱使用“坚决”这样的字眼儿。但她说“坚决不”什么,就一定是真的。奇怪的是,她没有就此离场。她显得很“闷”。

吕公的脾性中的“耐磨”在此时也强化到极点!他说,学校根本无视四一班的贡献,一切理所当然,他也觉着不公。小时候,他家乡三年一荒,三亩地的麦子,一个晚上就被难民“抹光了”,他老爹出来一看,就只叹了口气,说:“麦子还青着,要抢也得,要抢去吃得了啊。可怜可怜麦子!”

小蜜蜂突然说:“不要浪费时间!说吧,洋丝瓜土丝瓜在哪里?怎么栽怎么种?现在是冬月,下霜又下雪,能栽吗?我们离毕业只有四个多月,我不问我们能不能吃上什么瓜!管它洋瓜土瓜——四一班决心把共产主义进行到底,也不管人家搞的什么主义!我——赞成。我收回我的意见。我看,柯男一句话不说,但他的眼光里一点儿不恨我。我就……软了。”

吕公立即忐忑地补充道:“查过资料,正是种植季节……”

柯男真的不打算讲什么话。他的感受更加复杂,弟弟柯婴又病了。如不是病得很重,他不可能半月里弃置班级,守在他身边。他对洋丝瓜一点儿感觉没有,他也不知道这是一种什么“瓜”,但他感激小蜜蜂。她虽然故意坐得很远,但最终判断柯男要干,而她仍然选择站在他一边。

她并不知道,每到极其困顿的时候,柯男如同只有一次出击机会的野兽,总是特别安静。在柯男看来,报纸是报纸,“号召”大种洋丝瓜,是因为大多数人未必知道这是一种什么东西。否则怎么就敢贸然称“宝”。凡“宝”先是“口传”的,是看不见摸不着的,不是及时拿来“吃”的。那么,就是号召大家去“寻宝”吧!这显得非常不实在。而且,他确认自己的感觉,四一班在悄然懈怠,还适合做“志愿军”式突击吗?

筲箕哪里等得细密的逻辑分析,但他的思维与柯男有“老五一”那种天然的一致性,只是对海盗式的“寻宝”即刻就无限地憧憬。他说:“什么‘宝’?不是要找来才算数吗?吕老师可以打个电报问问《人民日报》,没准人家说在北京故宫里就有,我们就去北京!如果是小日本呢?我们就准备去敌国小岛,消灭军国主义分子,再叫他们献宝来!”

这算什么会?空猫猫!吕公的意志无比坚强。他只是一个普通教师,在这里,人家根本不在乎谁曾经在上冈岭种过甜菜!他连个老婆也没有,三十好几的光棍打得油光光,却装着一个全体人民的“胃”,一个永远发酵的巨大器皿,散发酸馊味儿并且涌流着的涎水,一个将各种东西转化为基本能量的永动机!但吕公的好吃是真的,筲箕已经探明,他还珍藏着一罐1954年产的“压缩饼干”和两个猪肉罐头,不到“生死攸关”的最后时刻绝不拿出来!

其实“背景原因”谁不清楚?这个冬天太冷了,到今天为止,霜天已经二十一天!学校水管冻裂三次,路面泼水成冰。放置在室外的小球藻水罐全部冻裂!小班同学几乎全部手足生冻疮,红肿至溃疡,且难以复原——当然是缺乏营养!而柯男的左臂已经三次结痂又脱落,生出来的新皮肤是粉色的,中心有一块褐色的“色素沉着”,形状如一串“岛链”……第三个冬天的饥馑开始了。但人们随即也“习惯”了,强烈的求生欲望渐渐衰微,似乎以极少的胃容物来维生是一种新的进化路径……

这时,这样的话题,说明在座的三个“老五一”包括一个半道“和尚”吕公,至少在这个学校,处于真正的“孤立”状态。

小蜜蜂说:“筲箕,你弄个手笼来烤火,就是罐头筒做的那种。”

筲箕说:“可以。说好了,就你。别人,就免了。”

随着这一打岔,散伙了。

去找一种叫洋丝瓜的“宝”——只能这么着了。

筲箕与柯男并行一段,说,今天你来,我有重要事情要向你通报。只有你蒙在鼓里,全班都传开了!“罗润和大龙好了。成双成对!我在翠湖还撞到一次!你在没在听?”

柯男的旧伤在瞬间电击一般!他听到了。罗润,就在刚才,她和大龙没到会,起初他以为他们的意见与小蜜蜂一致:对“饥饿型共产主义”的怨倦——这离为理想牺牲还远,但大家确实怨倦了。

“罗润是和你好的！大家都以为这样！大龙这王八蛋弟夺兄妻——他妈的竟敢演这出！小蜜蜂打了罗润一耳光——她们现在是仇人了！弟兄们个个不平！你呢？你说，发一句话！至少有三个人参加，但不用别人，单我去把大龙彻底收拾了，叫他妈的大龙成小蛇，至少小残！把罗润抢回来！你说呢？”

那连贯整个左臂的疼痛似乎有一个痛点，它在隆起、弥散血水、随即蒸发……“罗润与大龙好了！”——“好了”是什么？罗润，是他疼痛皮肤的一块，她陪着他走在龙潭村的小路上去找药找医生，她给他贴胶布，她的五个指头像小青蛙一样趴在那灼热的伤口上……那时，他真真确确感到罗润这样走在他一边，是那样自在舒爽；他也时常看到，每每罗润与他接近，就故意向全班乃至所有女生炫耀自己占有的优裕……那是什么呢？

“现在暴露出来了，罗润水性杨花！如何惩罚她再说！你想想，快九年了……当初，她们驱逐尤丽，还不是为这个！没想到这样，完了……”筲箕想哭。

“不准对罗润做任何事。大龙也一样。”柯男想转身，想独自清静！他现在明白何以小蜜蜂在最后的表态中说，她看他一眼就“软”了。

筲箕追上几步：“怎么？就这样算了……算了？你……窝囊呀……”

当天晚上，柯男给弟弟煨好药。妈妈就回来了，抖抖头巾，说：“罗润在门口等你，你不知道？好似站了好大一会儿了。叫她进来她不肯，你去喊她，外面要下雪……”

柯男有些吃惊。他出去了。真是罗润。她没有戴头巾，身上披满雪末子，像个杏仁棒儿。她在路边跺脚，见柯男出来，转身往前面引。柯男跟上几步，她走得更疾。也罢，跟着。就要到翠湖了。罗润突然止步回身，啪啪拍打身上的雪，突然道：“你要说什么尽管说！”

柯男说：“你让我出来，是你有话要说。”

罗润一下哭喊道：“根本不是那么回事！说就说，我恨你！鄙视你！不稀罕你！你难过吧！你去死吧！你在乎谁？你只在乎你自己！我……我不想像你那样。你不觉得事实上你是被‘孤立’的？你正把自己推上那个‘致命’的第六条款？可笑！快马百里一圆周。你去当你的殉道者吧！去吧去吧去吧！去——走啊！”

柯男一句话说不上来，他没有起码的预料和等待。他现在只有麻木与自卑。

“我就知道你不会说一句话。我比你更了解你这个人。”罗润似乎发泄得差不多了，“你会冷冷地看着我，比这雪还冷！我说完了，我不在乎别人说什么。小蜜蜂骂了我，还打了我，还有胜春，扯我的辫子把我摁在雪地里踢！我撑着让她们打！我活该。因为喜欢你，崇拜你，故意跟很多人说过。你说，不是活该是什么？呵呵……”她干笑一声，“顺便说一句，我的钢琴考级失败了，连八级也过不了，我的手指变粗变硬了，所以我准备转大提琴，大龙还是他的小号，我们要考中央音乐学院附中……你呢？”

柯男说：“不知道。”

罗润侧身看着远处，街灯很稀，浑黄的光晕卷在一团雪雾里。

“你恨我吗？”罗润整理了一下她的棉袄领子，短立领下确实有一块红色的方巾，她抽出来抖抖，扫扫肩上、头上的雪，她的头发随即蓬松成一团，两个长绺从鬓角垂到胸前，两腿交叠成一个“V”形。这是她最好看的样子。

“不恨。”柯男说。

“以后会恨，我也一样。”罗润淡淡地说，“我要走了。”

柯男说：“你先走。”

31

柯男爸请假回家三天。耗去路途的两天，他只能在家待一天。因为柯婴病势加重，全家沉浸在哀伤与无奈之中。一向镇定自若、颇能决断的妈妈除了一阵比一阵长的叹息，已经濒临绝望。这点，柯男尤其自责，他既不能分担弟弟的痛苦也不能分担妈妈的悲伤，他甚至绝少说话。只是有一件事，是任何人不能替代的，就是解析柯婴累积起来的秘密——在陪伴他的时候，一点点如同偷吃一根长长的甘蔗，咬一截，嚼出甜汁，与弟弟分享。

戈明越来越少回家，已经三天，它不见踪影。柯婴对此似乎并不在意，柯男甚至怀疑这是他与这只十一岁的老猫之间存在一种秘密契约，这样年岁的猫类似人类的五十至六十岁，因此可以这样理解：深明世故、修持老到的戈明主宰着柯婴的一切行为，因为一个重要理由支持这一结论：戈明、奶奶、柯婴三位同体，后来奶奶过世，自然将一切秘籍传授于戈明，而戈明秉持它上辈的授意，成为柯婴的辅弼大臣或守护使者，并以它繁衍出来的“戈明王国”作为一片隐秘的乐土，他们共同创造欢乐。他们共同决定“王国”存在的形式、公共语言、居住领域、战争和平、社会结构和分配制度，与乱糟糟的人类绝无干涉；每个个体，生死绝地通天，自有安排；要么这个王国的人类首领是柯婴——他甚至透露他用模型滑翔机把一只三龄小猫弹射到了二十米的空中，按预定飞行路线，将它送出大仓库的围墙送到隔着“护城河”的大桉树上——它与猫国的依持关系胜于人类，这是可以肯定的。1958年，柯婴决定有限地开放这一他自由飞翔的“王国”，此后，从未改变他独自隐秘往来的行径——对此，妈妈一无所知。

但柯男有一个心里的记录，自戈明出走的那天，柯婴就很少喝水，甚至多数时间卧床不起了，像大姐预见的那样，由“先心病”引起的并发症使他的肾脏出现衰竭，下肢水肿——家族的魔咒像显影板突然黑白分明！接着，他勉强进食，且多半是

“流食”——所谓“流食”，是妈妈找来的牛骨头熬的汤，煮上苞谷细粒和薏仁、皂角等，半药半食而已，这是适合他并且能找到的最好的饮食了。

对于戈明的消失，柯男诘问无数，柯婴大无所谓，嫌烦，他说，卯城早先就被“除四害”打得不剩一只老鼠，没有老鼠哪里有猫？猫们还留在城里，是因为人要喂养它们，现在人自己没有吃的，不再喂养，猫就集体逃亡，成了野猫！这么简单的道理还用问？你走走看看，哪座屋脊梁上还有猫？你去看呀！

他的语气凶狠，充满鄙夷。

不仅对柯男，对妈妈也如此；唯有对外人，他未言先笑，永远扮演令人爱怜、以跳跃行走的“聪明的青蛙王子”的角色。

柯男在努力回忆最后一次见到戈明的情景：那是一次长时间的对视。夜晚，在祭红梅瓶的一侧，戈明蹲伏着，用圆眼瞪着他，在目光交接时，琥珀色的猫眼渐次放大，如同一个布满星云的宇宙，柯男似乎被邀约做一次飘逸，那里有橙色沙漠无限的温暖，有极地冰海冷峻的蔚蓝，在灰黑色晶状体瞳仁中央，有榫卯的凹凸，它们构建精微得不可思议的城池……戈明在等待、等待。而柯男发现自己的睫毛突然如栅栏般倒下，就在此时，戈明的圆眼倏然关闭，成一条竖线……如同永不开启的窗扉……

爸爸未进门就先拜访了市医院院长柳易先生。柳家与柯家为世交，柳易留学英国并在香港凭执照开业，多仰赖父亲的襄助。就连香港沦陷，柳先生携家亡命，也是父亲安排人去广西接应他们回到昆明的。柯婴幼年的病症及治疗，柳先生是招之即来，正是他最早断言这个孩子宿命般的将来。这下不同了，爸爸必须上门去请，拜求再三。终于柳先生与他的两个助手同时出现在家里。

一个能断生死的先生进门，并非善事。这一点谁都明白。所以，如同接一份生死诏书，妈妈谦恭而紧张，几乎连头也不敢抬。简单寒暄后，柳先生径直走到柯婴的床前，将他细瘦的手抬起来，如同捏着一团软软的棉花，又将柯婴扶起，将随身听诊器在他瘦骨嶙峋的前胸后背听听，末了，翻开眼睑看看眼底，掐掐他的脚指甲……总之一头一尾看过，就与爸妈回到隔壁屋子低声交流。不过十分钟，走了。留下柯男爸妈紧闭房门，柯男心里潮起潮落。

柯男不想追随这一过程，他能判断柳医生“诏书”的文字句读。即使这个人不来。但柳易先生在门口还是将一只绵软白皙的手搁在他的肩上，说：“你还好吧？你好就行。”走了。

柯男无助地承受这“最后的判决”——这相当于宣布他脚下的台阶将陷落。曾经曾经曾经，兄弟俩坐在这三级青石台阶上，如同一对守门的小小石狮子。柯婴即使矮他一肩头，也绝对保持同样的坐姿，总是先问：“今天，我们吃什么？”他多么希望前景浮现,今天,他会回答柯婴,知道爸爸回来,他一大早去滇池,钓了差不多一斤白油鱼,用大喜蛛穿钩,在老北风里将钓线甩出去是如何艰难,须准确把握钓钩的落点落在水口白鱼抢水流路的前面一尺许,且落饵要轻柔得如同一只苍蝇降落,起钩却要迅而不猛……

爸爸在次日中午要返回销假,在柯婴床前坐了一个小时。

“你要多睡一会儿。不要读书了,你的台灯是自己做的?这有点儿像个探照灯!”他翻了翻柯婴床前的一摞书,有《牛虻》、《战争与和平》,还有他永远翻个不歇的《隋唐演义》,这些都是爸爸不喜欢的书。至于鲁迅的《朝花夕拾》,他竟然拂拂封面,甚至读了其中某些坚硬如铁的文字。

柯婴说,“探照灯”是“假的”,他制作了它的底座,上面的软管和灯罩是“飞机师原本用的”,因为停电,从来没有用过100瓦的大灯泡。家里的电线原本很朽,一开,就会“烧线”。

爸爸说:“你很懂事。你哥说你是工程师,我看言犹不及,你是爱迪生!因为爱迪生经历很多实验,他才知道为什么钨丝要做成螺旋状的,因为这发明,钨丝人人知其名,也知道这种金属发光,不是燃烧,而是利用电阻发热。它也有寿命,当断即断。而且,你的手工很巧。”

这是莫大的表扬,果真柯婴极度兴奋,说:“底座上两个蝴蝶螺栓是我费了好大劲儿才配齐的。你如果喜欢,我就送给你,你拿到水库上当探照灯用,他们那里肯定不停电。”

爸爸笑了,说:“等你好些,你们都去玩儿玩儿。只是我们那里基本不供电,水库是土坝,千人堆万人夯,倒是很热闹。你可以把我制作的蛱蝶标本全部带回来。”

妈妈进来说:“你不要引他说那么多话。看好你的时间,要误车了!”

爸爸一走,妈妈将柳医生留下的药分成均等小份,叫柯男来,接续她的工作。柯男试探着问:“弟弟的病,医生怎么说?”

妈妈再隐忍,也不能不回,妈是根骨,但柯男早就是这个家的屋檐撑子。

妈妈道:“还能怎么说。一个流水不复念了那么多年,好多时候我都忘了,真的忘了,啊,忘了多好,我以为会转运,唉,拗不过它。但咒念再起时,就当等木鱼何时闭嘴,石磬儿更碎裂!他会嫉恨我!怎么不是我!”

又回转到“老话”,妈妈一下哽咽,落泪无声。

妈妈原准备告一个长假,但工厂不允,最大的体恤是“事急了,随时可以去”。另外,厂工会特批“困难医药补助”每月十五元,也可以一次领取一个季度四十五元钱。她已然知足,但她自来不表恩谢,只是更加辛苦地值守她的岗位,于是,便有了下面的安排,柯男白天值班,晚上交给她。柯男说:“妈,任你金刚不坏矗在龛里,也看灯油是满盏还是半盏!一黑,什么三世佛准提观音阿罗汉,我们什么都看不见了!

我陪弟弟，他醒我睡，他睡我醒，弟弟与我本同血同体，跟一个人似的，这些天已经习惯。保证分秒不差。他情况稳定，我可以去学校，不好就守，我已经在他旁边支了行军床了！妈，把你拖累进去，要我干什么？”

妈妈说：“你不是只有三四个月就毕业了吗？考试呢？你自废？”

柯男说：“为母不知子？考试，算什么？自来就不算事！我有一百个第一，你在意过？你说‘他该的’！这一句话，我记了十年！成了你生我的脊梁骨！妈，我的事你还行你的老规矩，不问为好。什么什么都不比弟弟眼见天明！就这样！”

“你大了，我不当事了……”妈妈短促的叹息，沉得受不起。但柯男一咬牙，断然不回。

晚上，顶着一路雪末子，秋声来了。一同来的还有她的二妹妹秋祺。自柯婴休学，学校并未放弃对他复原的等待，常常由秋祺送些考试复习提纲之类的东西来，大约仍希望柯婴能参加毕业考试，不误升入初中，以免耽搁学业。因此，对柯婴的病状，秋祺是知道的。大约这样，秋声一进门就哭向妈妈。又奔去柯婴屋里大哭，嘴里总是一句话：“你怎么这样啊……你怎么这样啊……”

柯男妈虽则感动，但两个整日了，伤心不过如此，她实在累了，也并不接受家里悲情太甚，说：“他只是老病，愈是天冷，愈是难熬，屋里又不能生煤火，那股子烟气一逼，他更喘不过来……你就别太难过了，出去吧。”

秋声是个细心人，看柯婴屋里有个氧气瓶，还有些类似急救用的吸氧面罩、药包，瓶瓶罐罐的，还有一张肯定是柯男陪伴的简易床铺，就明白这个狭小的楼梯间里的黑暗凝聚了怎样的沉重。出来坐在长凳上，仍哽咽不止。

妈妈看看秋声的裤脚是湿的，一双胶底鞋满是红泥，知道她是从郊区赶回来的，大约还饿着肚子，就叫柯男去巷子口端上两碗饺掺面来，说，今天柯男爸刚走，给他拾掇冬衣，絮些新棉花，一赶针线，晚饭也无心吃了，正好，我们娘儿俩凑合一个夜宵。

柯男要了三份饺掺面来，又另加一箍子肉汤，热腾腾抬进家来。

那里，话头已然转了，秋声脱了她的棉袄，露出紧身毛衣，妈妈就说：“你还是披上，这屋里屋外一样冷，哈气三尺都是雾，昆明将仿北方，三四十年也没有这样逼人啊！你说你请了假来陪我，怎么动这种心思？也不商量一下就告假了，你团里怎么看？再说，病在人身上，抽丝剥茧，不是一天两天的事！”

秋声说：“娘，我估摸着家里没有人了。柯男总要上学啊！他是文状元，科行里的当首马，应试当前，怎么也不能脚下有绊子啊。哪似我这样的，今日跟斗虫，明日叫天鸟，转来转去，戏台不过三丈深。我要来挨着娘过上几天……”

妈妈一听，笑了，话里有锋芒：“这是什么话？柯男是柯男，你是你，你不要自损自折，天下没有得意人，只有得意势，势乘人时人得意，岂知势去人归空。但三尺枝头栖凤也落鸦，什么声音也得有啊！你跟我进屋去，给你和柯慧每人织了一件毛衣，你身上这件紧巴巴的，你也不会放线加针，没学过？女孩子，上身松些好……”

柯男从妈妈眼里看出，这是带秋声进去说话，他感觉有些异样了。

妈妈给柯慧织的毛衣是爸爸的开司米毛衣拆线重织的，线有些朽，断头多了，颇费劲儿，干脆再拆再织，挑成辫子花，掩盖旧线的不整。到了织秋声的，用两年攒下的毛线票买了新线，半腈半毛的，色艳也时兴。

大约试衣时，秋声感觉接袖处紧了，妈妈要拆了放几针，就要有些时间，秋声依门喊妹妹先回家。秋祺说：“等会儿你听好了，人家司机送你的包来啊！”就走了，原来，秋声从文山带来一箩钢炭，还有一小袋糍粑。是找一个货车司机搭送来的，比她的车晚到。柯男就说他去路口接，停电，路灯不亮，人家哪里找得到？

屋里，妈妈手上引针，道：“秋声，我看你是有话要找我说。这会儿就说吧。”

秋声突然瑟瑟地，浑身不自在，垂头捏着手。

妈妈道：“你进门来我就看出来了。我也算着呢。你二十进二十一了，不是比柯男大三岁吗？这个时候的女孩总会遇到些事……”

秋声抢先说：“娘……有个男的……”

妈妈笑了：“怎么个男的？小生？须生？武生？铜锤花脸？你就一通说了。”

“原本不是这样……只是合练的时候，他老赖在更衣间外面等我……我气了，上《铁弓缘》，我就真刀真枪地戳他……叫他丢了套路，满地乱滚……首长不知内情还热烈鼓掌……但师傅看出来了，把我和他叫去好一顿训斥，团长冲进门来吼说你们差点儿穿帮出大事……他自担责任……说自己扰乱我，被停戏一年，全团都传我们如何如何，难听死了……不知道怎么……”秋声有些语无伦次。

“等等，这个男的是你同行，一个团里的？他追求你？”妈妈问。

“我师兄，他出行早，比我大四岁。他是满戏路，须生武生什么都上……我们这种小团就这样，我还上过老旦……”秋声道。

“别打岔，你们就好了？”

“后来……他挨了处分……我觉着欠人家，就……软了。”

“软了？于是就好了？”

“也没怎么。我们出去吃过一顿饭……没想到他拿酒死浇——那是传说他要被开除——结果醉伤了，倒地不起送医院……”

“事情就闹大了？”

“是。我出是出不去，留是留不住，他醒是醒不来，呼是呼不起……当晚我还有戏……那时真恨死自己，不如出门就投河！”

“看来还真有故事。不说这些，现在呢？”

"他正式向我表白……我烦……就回来了。我说我娘家有急事……我真想娘。接秋祺的信,说柯婴的病,我死活一头撞回来。"

"听来还算正常。"柯男妈叹口气道,"我问你,他人如何?对你。"

秋声吝词,半晌道:"赖得很。但自从被处分,他说再不影响我,哪怕去团里当厨。后来复戏,正经称师妹,眼不斜视……倒叫我觉着欠了人。前些天,他说等我一句话,可以一年回、三年回、永不回……他海枯石烂死不变。"

"你呢?你放不下?"

秋声不说话,哭了,哽咽地点头。

妈妈说:"我听着他还像个人。你也认了。那还有什么可说的?也不算坏事啊,放平心思相处,一年两年,还是要的。从艺这行,年华胜金,三五年后不为晚。你好好思量。试试衣裳,我估摸着合适了。"

一试,正好。

当晚妈妈不留秋声,她等了一会儿,不见柯男回来,妈妈说,大冷的,你先走吧。柯男找个车还不会?秋声就走了,妈妈交代,回去把假销了。

只一会儿,柯男扛着炭、拎着小袋糍粑回来了,连忙就生火,他以为秋声还在,两个风炉全烧红了。妈妈来厨房看了一眼,没说什么。柯男却说:"炭烧糍粑,过年味道!"——再几天,春节到了。

柯婴见柯男端着风炉进来,突然大喊:"扈秋声!叛徒!我才不要她的炭火,端出去!快给我端出去!"妈妈抢上一步帮柯男放下炉子,冲着屋里叫:"你嚷什么?住口!"

柯婴索性坐起来发威,口里喋喋不休:"柯男——大猪头!什么青梅竹马?你还说过要她来当妈妈儿媳妇!大笨蛋!叛徒叛徒叛徒!"

柯男与妈妈眼睛对视,妈妈的眼光滑过去了。他其实不输妈妈的敏感,自秋声进家来,他听她悲怆的哭声,直觉着不仅是因为弟弟病重的伤感,简直就是与这个家离弃前缘的惨绝;她比任何时候都漂亮,艳色毕现!还有一个细节,她额前的刘海儿是烫过的,左一绺鬓发上有一个海蓝色的发卡,手指甲上残留粉色蔻丹……一个女人稍稍多余的装饰可以说明她早早已然处在另一种心境中——她半年多没来家——他猜对了九成!

只余一成,黑炭——红火。

他走进柯婴的屋子。把他摔下地的东西捡了起来,说:"你躺下来行不行?"

柯婴冷笑道:"你以为我在乎?一点儿不!你自以为得意?如何?谁都背你而去了!可怜啊!你这辈子要打光棍了。哈哈,牛顿定律:苹果熟了会落下来——错了!苹果熟了会飞走!"

妈妈无奈地摇头,依在门口低声道:“这个家,就你称大了？行吧！你不说行不行？再这样,又要上氧气了……把药吃了,盖好被子。”

柯男独自坐在台阶上,雪末子未积就化,成冰冰的晶珠。身后是最大号的那个风炉,炭火去了烟焰,已然坍陷,一些白色的灰烬从通红的深处,大片的,看似雪片,无声扬起,竟然升升不落,搅和在雪末里……

妈妈来到柯男身边:“你就这样坐着？炭火随它去,我也受不了烟气,进屋去吧。晚了——”

柯男不动。妈妈挨着坐下来,说:“……你还小。还分不出什么是友情什么是求结求果的情爱,这个年纪,有时,也会搅扰一团的,苦瓜味道。”她伸手接住一片灰烬、一两粒米大的雪团。

柯男说:“我这辈子不要任何女人。我只有妈妈你。”

妈妈拢着他的肩:“大傻话！看人家柳眼渐长、桃腮红透,反转过来看自家儿子,还是小啊,小啊……”

第七章

32

小眯小眼你瞅哪样？
门里的小妹在梳妆。
镰刀弯弯来比画眉，
扁担翘翘来插个簪，
牛屎堆上抓呀把花，
轿子跟前呀板凳短……

相公，抬到你家你咯要，
若要放下制钱三百串！
——不要不要不要！
抬到水边三葛庄！
那里花鸭当凤凰，
鳏夫穷得响叮当！
哈哈哈——走了也！

筲箕唱了一阵觉着无聊。多少有些为柯男解气。但柯男已经和柴虫、夏天走到前头去了。壶把伤愈出院一个月，借着“洋丝瓜运动”来滇池边呼吸新鲜空气。但筲箕坚持他不能丢双拐，这样，逢沟过坎就得背，他和“黑狼”一伙慢了下来，且与柯男他们渐离渐远了。

小蜜蜂、胜春她们寻找“洋丝瓜种”的计划彻底失败。昆明周遭三十里“连个瓜屁股都找不到"。四一班在临近毕业时,无可挽回地"分裂"了,小蜜蜂和几个女生准备考财经学校,尽早工作,她有五个姊妹吃口众多,大凡家境类同者,都有这个想法;大龙、罗润准备赴成都考区考试,已不见人影,出乎意料的是丛姗加入了他们,考声乐,据说她的高音区胜过市里的专业演员,很少见;最最奇特者,是尤丽加盟了"音乐学院附中"投考大军,她刚做了一次扁桃体手术,突然地"假声"如锥,可以透墙。沈周要上"普高",未来目标是清华、北大。最无所谓的是"黑狼队",这当口,立即显露出"吉卜赛流浪本性",相约"投靠"某一大厂,在厂办"半工半读技工学校"混两年出师,先拿学徒工资。但条件是"整锅端",包括"终身队长"——壶把!否则,免谈。大有待价而沽的味道。总之,再见了!"狗屎不如的实验中学"!

柯男考虑眼下情况,"洋丝瓜运动"只能"短途出击",他与筲箕一致,重点搁在六甲大村。那里是宝象河的入滇河口,有广阔的"福海冲积扇",是滇池沿岸最发达的农业区。况且,十年前,柯男有一笔"债"搁在那里,小庙里他遭吊打又得老柴虫解救,末了,几年过去,"以德报怨",还送他们福海公社拖拉机——按筲箕的说法:"事有周圆,句号要画在那里"!"至少,去看看我们的拖拉机"——唯此一点很合柯男此时的心境——筲箕的情报很准确,"福海拖拉机站"就在六甲河尾大村。

眼看六甲村就要到了,忽然有些噼噼啪啪的鞭炮声,间有锣鼓声和镲声,老北风旋着,这声响被撕碎了,忽而东忽而西。筲箕跑上来说:"不是红喜事就是白喜事——如何,来得早不如来得巧!听着,闷头吃,见谁都叫舅爷,见哭就哭,见笑就笑!"他回头喊壶把一伙,他们游戏打闹,落得太远了。

柴虫最近很正经,因为他准备着三天后的"验兵"。柯男妈找了区武装部的陈部长,熟人面子,言辞谦和,可说到送人来,一副酸辣相,口里咝咝抽气,为难至极,说今年昆明没有城市青年招兵名额,都招农村兵了。柯男妈说:"当兵吃饭,自古如此,农村饿,城市也饿,我带来的这个人,妈是农民,爹死了,你当他是农村兵不就行了,也不犯政策错误。"第二天,柯男妈把柴虫带去了,陈部长一见面前这个身材壮伟的青年,嘴角往上翘,已然有了几分笑意,说,你蹲几下我看看,柴虫就做了几个伸展运动,不承想,下蹲间,砰砰几个响屁,在场的一个女干事就笑了。陈部长说,没事,饿的,饱嗝饿屁嘛!其实柴虫不在意放不放屁,只想着是娘带他来,要争面子,顺手抓着天井里的井圈,摇几摇,哗地挺举过头!放下不说,还抱起一个石礅,在天井里转了三圈——陈部长连忙说:"得得得!接下来你是不是要倒拔垂杨柳了?院子里只有棵抓痒树!"

陈回头对柯男妈说:"是块材料。农村里饿伤的,三根筋挑个头,生相百里挑一,灌三桶水还上不了秤!老主委,您的面子。但实话说,这事难,名额在曲靖、陆良!给我个理由。他爹什么政治面貌?别是什么地富反坏右!"

柯男妈有些吃惊："我以为你知道！就是城管队队长啊！老柴虫，四十八年的地下党！刚死的！发丧当天，区长都去了！"

"那是咱干部子弟……"部长说，"回去等着，我想想办法。"

柴虫一只脚已然跨进了兵营，听说要来老六甲，穿了身不知哪里弄来的旧军装，神五神六的。

村口有棵大桉树，站了几十号男女，不知为何，每人腰间系一个油布大围腰，妇女则头顶一块阴丹蓝头帕。柯男觉着这装束很是奇怪，要遮挡补丁裤子也不至于啊。大约锣鼓一直空响，见有人来了，忽地响动如急急风，接着，一个瘦男子领头喊起口号："毛主席万岁！万岁！""总路线万岁！万岁！"柴虫整整军装，傲然迈步在前，顶了"万岁"欢呼，柯男觉着滑稽，想绕道，已经来不及，三个年轻妇女上来，一个夹一个，簇拥到一排搪瓷洗脸盆前，说："请领导净面！请领导随便！"说毕，便将三块新毛巾浸入水中，还有一块火柴盒大小的肥皂，轮流过手。三人不得已洗脸。已经有生产队长迎了上来，热烈握手，口称："欢迎区领导视察河尾养猪场！欢迎！欢迎！"

柯男知道这是个误会，说，我们不是区领导。生产队长说，知道知道，这是第三次演习。昨天秘书来，下达三条指示，我们已经整改了。你们不是大领导也是小领导。看看还要整哪样？我们百分百办到。

不由分说，大队人马簇拥走出半里，来到了"河尾人民养猪场"。

夏天说，你们的门头牌是怎么写的？"人民"两个字很多余！难道非申明是"人民"在养猪不是"地主"在养猪吗？这里有地主吗？没有？把"人民"两个字去掉！

队长满脸苦相，说昨天才说要加"人民"的。夏天说，那你看着办！队长立即说，拿掉拿掉。

所谓"养猪场"，不过一溜儿红砖半截墙，分十来个隔间，上面搭一片厦子，里面储了十来个畸瘦如小狗的小猪。乍看也不似猪！

夏天说，这是猪吗？还"人民猪"？"人民"就这样？

队长赶快告饶，说："昨天区里的秘书也问是不是猪？我们实在没有法子，是不是猪我们也不知道，以前瘦瘪的叫'吹箫猪'，这连靠墙也靠不住啊，吹什么箫？——反正我们也是从中闸借来的，反正大队里也安排了，这里'展'完了，送杨家村接着'展'！"

猪场就算"视察"完了。夏天说，我们要看"拖拉机站"！

队长问，什么拖拉机站？

夏天说，你连福海拖拉机站都不知道？你当什么队长！

会计赶忙上来说，是宝华寺旁边的那个拖拉机房啵？呶——

手一指，东面不远，确实有个寺庙的琉璃瓦顶，残垣断壁，破败仍似当年！

柴虫高喊一声:“对了!就是那里。当年受难处!柯男,你就吊在那个庙子里,然后我们去营救,可惜没把那个老妖道枪毙!”

年纪稍长的会计问:“领导说的是牟道长吗?已经枪毙了!啊呀!这多少年了!贵领导是三支队的?我一看就想起来了!当年,您家带兵来解放我们时背一个盒子炮,公审大会,您家朝天放了三枪!后来放《白毛女》……”

柴虫一挺胸:“休论当年!那妖道真枪毙了?”

会计说:“正法了正法了。连他儿子,他的保甲长舅子!强奸、霸坟、杀人——罪有三条半人命。”

柴虫拂拂柯男的肩膀:“看来,我们革命没有白革!你的仇,报了!”

队长、会计立即肃然垂首。

会计说:“惭愧惭愧!只是领导个个英俊年少,没认出来是开国功臣!”

柯男注意的是周边地形,确实是“宝华寺”,怎么成了道家的场所呢?那个现在说来被处决了的“牟道长”是不是当年的护卫“家坟”的“族长”?其实也糊涂。反正有一个人或三个人被“正法”了。

“拖拉机站”变成了“拖拉机房”,却真真无疑。

这里是中闸大道,唯一通向昆明、可行机动车辆的沿河大路,看得出来,早先,路曾拓宽,也许就为迎接这台披挂着一百六十条红领巾的东风-80型履带式拖拉机!如今它在哪里呢?一座废弃的院子,三间平房,满是尘土,看上去像一个大冢。铁栅栏的大门,跨一把特大的铁锁,隐约可见一个偏厦下,为野草和无名藤蔓覆盖,有高耸暗红色顶盖和垮塌的血色轮齿——那就是“红领巾号拖拉机”了!

会计说:“这里不归我们管。机站早下马了,三年了。周边五甲六甲十来个村,连带我们偶尔帮着带一眼。就怕坏分子来撬铜扭铁。这个拖拉机是十万少年童子红领巾卖血买来的。锈死了还透红。年前给油打电,眼睛还会亮!”

队长说:“宝贝是宝贝,用它带个铲斗,推出十六条乡路,哗哗地,后来榫卯一脱,瘫痪了。滚到河里,用三十头水牛六天才把它拖拉出来,大家说拖拉机这样用,贵伤了,它老死了,给它盖个房子!就是领导看见的样子。要不要找人来开锁?好像中闸有人带工分管钥匙……”

柯男说:“不必了。”

这里,柴虫泪眼婆娑,已经向铁栅栏内的拖拉机下跪,三叩头,不起。

会计一概哭腔:“领导,你家别难过了,我们去拿香烛纸钱来……”

柯男说:“不必了。谢谢你们。”

周围聚了很多人,更多的是孩子,很小的孩子。

夏天也难受,抹抹眼睛说:“有没有洋丝瓜?洋丝瓜!”

会计也眨眨泪湿的眼睛："什么瓜？洋—丝—瓜？您家说的是洋丝瓜？喂猪的……有是有，也不当季啊！有风顺风有雨接雨无娘无爷乱长的。"

夏天冷不丁地抽气，一声叹："一个命！"

说话间，已经有几个小孩翻越栅子门进到"拖拉机房"，更敏捷的则高高站立在顶棚上，翻扯那些满是尘土麻麻乱的藤葛，接着，就有喊声，说找到一个！

一共是三个，大中小各一。大的就是老的，鸭梨状，黄色细皮上有钉——屁股裂子里冒出脚指甲盖儿大的芽了，中的尚有青色，小的太小，是"落果"那种，皱皱巴巴，蔫坏了。

队长说："领导要养猪？年成好时，豆糠麸子都尽着喂，这种水汽东西，无骨无筋一摊水——不攒粪。"

夏天说："我们要种来人吃！你动员全村来找，三个太少，万一死两个呢？单子单传太危险了。"

会计说："自留地一收，老埂挖到门槛脚，下什么种是按计划的，'没有'就是'清水白菜'——一清二楚！蛤蟆叶都撬光了，有这娘母三个我都奇怪了。是'拖拉洋丝瓜'，宝华有灵，寻常人哪里能得到？"

许久不见笸箕一伙。队长见三个人有张望等待的意思，怯怯地问："领导留饭吗？我去安排打火起灶，就是草俗一些……"

柯男握着洋丝瓜，瓜钉是尖锐的，有些扎手，大约有藤蔓覆盖，躲过了霜侵，中年那个竟然皮面青润，有清水玉色，闻闻，有股草腥味——这就是"宝"了？他回头说："不用。"

笸箕等六人终于一蹶一跛地自大路上来了。

笸箕大骂："他妈的，我们被民兵俘虏了！我一再申明老子们是正规军！他们说等的就是吃官粮的正规军——你猜怎么着，一人一碗巴豆汤'慰劳'了，然后把我们押到一个大号厕所，上面写着标语：'八字方针、队为基础、努力积肥、恢复生产'，用枪押着叫拉屎！也怪，小肚子一急，稀里哗啦，眼睁睁看着早上吃进去那点儿稀豆粉原汁原味喷出来了！出大恭，不出不准走——这叫什么事？最惨是壶把，只有尿，没有屎，拄着拐杖半蹲一个小时！事实证明，他的脚力腿功是完全恢复了！"

回头看，队长、会计消失得无影无踪。

笸箕喋喋不休："自古以来，有留下买路钱的，没听说留下一泡屎的……"

三个洋丝瓜放在桌子中央，红色台布衬着，罩上玻璃罩，就有了些粉绿色。笸箕在桌子下沿挂了一个牌"洋丝瓜·YANGSIGUA，仅供参观，请勿动手"。至少半个学校的师生络绎而至，认真观摩，秩序井然。

秦舒金老太来了,看过,说:“洋在哪里呢?切开了芯子是奶油?我听说亚非拉有面包树,怎么不弄那玩意儿来?到时你们猴子上树,我老太张着嘴等它往下砸就行!”众人哄堂大笑。

唯有吕公格外认真,用个放大镜反复观察,他发现老的那个“出芽了,芽苞里还有一丝裂隙,透着绿,就是子叶!要赶紧入土!深坑、重肥!”

筲箕转脸来看柯男的意思,柯男说,把它种到院墙边,那棵大桉树下。

33

柯婴开始发生短暂休克。

小姑来值守了几夜,在堂屋里燃香,念《金刚经》、《地藏经》。供案前还有一个师娘陪同,每每一章诵完,木鱼一响加细镲一击,声震屋瓦,俨然将这里变成十分不类的道场。妈妈对此不得不叫停。烟气、镲声对柯婴均是夺命的,这个简单的道理非但无人理睬,反令小姑不快,说,柯婴的情形坏得不能再坏,已经是“阴游”中人,这是唤他回来,不信,你去看着,檀香一熏,他现在多半睁开眼睛了!

果真,柯婴睁眼了,说,妈妈呢?

柯男妈就在身边,说:“我在。你爸爸后天到家,你挺着……”已经哽咽,不能自已。回头问柯男,你的电报什么时候发的?柯男说,昨天下午。

小姑夺过话来喊:“一个礼拜了,怎么就昨天才转告我哥?赶不上怎么办……”

柯男相信,一个人的死,若不是速死,就是别人的事了。留下一个时段,给相干或不相干的人去与神鬼厮磨,可后者在哪里呢?他并不肯信弟弟会立即死,他太年轻了!看上去,他只是倦怠,只是无力,只是烦腻和这一切聚合起来的躁动对抗——一如他的十二岁到十四岁!他有一途,尚未走到,就是他的“王国”,消失的戈明是前行者,他们结伴,密约深奥,不可理喻,只要他站起来,身后跟着那只猫,他绝不会完全消逝在永不复明的黑暗中……

关于弟弟的病情,只有秋声、柴虫、筲箕知道,这是柯男严密控制的知情范围——它与现今的一切无关,只与那个弥散着皂角烟气、烤麦粒香味、草酸熏熏的年代有关,那时,他们用四轮板车载着柯婴去他的迷宫……

但三个小时前,老君来了,柯婴是醒着的,他哭了一阵,放下十块钱,就黯然离去。出门时与柯男相拥,在耳边说了一句:“我×他妈哟,天不留好人!杀杀杀!杀他个干净……”

“杀”谁?“杀”什么?他在门前向筲箕哭诉,说:“柯婴叫猫牵着魂!你想,他跟猫夜游有多少年?冥路都探清了,一门心思要走,我要去断这条路……”

柯男对此话并不当真。但此时,小姑的“逐魔禳神”总算功成,人马撤走。柯男回去，柯婴突然一把攥住他的手说："你闻闻……"他把枕边的两张五块钱递到柯男鼻子下，叫他嗅，柯男十分诧异，这纸钱并无异味，只是钱的味道，柯婴从币面上提取了一根毛，细细的，大约是白黄色，柯婴说："快去……救戈明……他们在杀猫……真的……我早知道了，所以……我叫戈明不要再回来……危险！快！快……老君在探我的底细……他更狠！"

柯男立即觉得两穴塌陷，他转身出来，一把揪住筲箕，说："老君还说了什么？他在捕猫？柯婴病的事是你传给他的，你有一句隐瞒，我现在就叫你死！"

筲箕把眼睛转向墙角的柴虫，说："你别……我一句不说，说了你也不相信，让他说如何？他验上兵了，现在是准中国人民解放军，你从来不相信我，我忠心耿耿，总换来你一个白眼！你别激动，世界毁灭，有我在你身边……你千万别喊，娘在屋里！"

柴虫说："全城都在打猫吃。金碧路十来个馆子开夜市：'龙虎斗'，一路明晃晃的煤石灯。'龙虎斗'就是炖的蛇和猫。入秋就这样，你怎么就不知道？老君不打猫，但坐收活猫，卖，这是他的营生。"

筲箕的领口被松开了，道："他的理由听起来很勉强，但说要断冥路是真的。你还听柴虫说吧，我一句话不说，柴虫，你接着说——"

柴虫说："他收人家打的猫，问明来路，就朝那个方向烧香磕头……我见过两次。他是'曲线救国'，也别冤枉他……"

筲箕说："'秋进冬补'，老习俗——这你懂，加上没吃的，眼蓝了又绿了，见肉心跳，卯上猫了——卯城犯冲要遭报应，一个'吃'，全体人民丧失人伦，彻底疯了！你呢，总高高在上，冥思苦想，释迦牟尼无冕皇帝！其实，全然懵懂灯下黑！糊涂一片！嘿！什么主意？说来，要灭老君，我上手！"

柴虫递上自己的手绢，对柯男说："擦擦你的嘴，你别咬嘴，淌血了！你站起来吧……"

筲箕还有话说："我知道，你要救戈明，这可以试试，要想救它的王国，救猫的全体，这完全不可能！你知道吗？这相当于拯救半个世界——猫占据了黑夜，你要把它收纳包容进来，不是半个救世主是什么？顺便说一句，为柯婴的事，你不大回学校，蒙在鼓里还抡人——那里也有人在捕猫，什么人我不知道，但确确真真——这是最后的情报。怎么样？要我卧底？捣了他们的窝子？我怨敌多了，极有可能在黎明前遭受暗杀。不管他了，人固有一死。"

柴虫说："其实卯城的猫虽然集体逃亡，成了野猫，但很傻，明知危险，它们离不开城市，仍然在它的边缘活动，他们用钢丝套子勒，探明猫路用网兜捕，最简单的办法是用诱饵笼子——比如捕大耗子……至多在开春，卯城的猫将被捕食殆尽……卯城就是'猫城'，这下完了！"

柯男在湿漉漉的黑夜里独自行走,极远,大约在正义路,每隔一个灯杆,有一盏街灯还亮着,这说明城市并没有停电,而是限电。凌晨三点至卯时,他不时蹲下来,借着街面淡淡的反光,看有没有一只猫穿过马路,要在寻常年代,这是夜城特有的情形,它们会从马路一边坦然漫步到另一边,沿商铺牙子直行,然后在一个夹墙缝里消失,或纵身电线杆子、低矮的柱墩,飞身跃上屋檐,在城市最高的屋脊上巡视,迎接天明——柯婴绝口不提黑土洼大仓库,此时,可以做一种唯一猜想,那个"王国"集中了太多的猫,招致攻陷,已然失守。要不,在柯婴没有卧病前,怎么一次也没有去那里呢?还有他的舞蹈彩绘长壁!他的飞机模型!

街道上,仍有鬼魅般的影子匆匆穿越,或茕茕孑立,在路灯下,在暗处,用同样的眼光注视着对方又倏忽消逝,行色诡异——饥饿,也许是寒冬的饥饿,使城市警醒,抑或几年来,一直是假寐状态,故而,昼夜是不分明了,你要颠倒它,夜归夜,昼归昼,恰若筲箕说的,这是囊括抟转半个世界,妄想!

柯男只想救弟弟,承诺戈明不死,这一头老猫是奶奶的化身,是奶奶——柯婴生命的连体!而猫,这种自来审慎地与人类保持距离,倨傲自尊,尤其记仇,绝不趋炎附势的古老精灵,才是真理的忠诚守望者,唯一职责是忠实于黑白分明——这个世界最基本的秩序。现在,柯男相信,这个城市被打扫得如此干净,没有被寒风卷动的落叶、报纸、草帽、灰烬、破烂的布娃娃,甚至没有一个垃圾箱——卯城,一个虚伪的西洋景片!干净啊干净——这无疑是预设的陷阱!一个在早期酝酿的阴谋!老柴虫知道,城市正张开空洞的大嘴,仅仅露出雪白的槽牙、门齿,要嚼食"真理"的肉身——所以,他倒地忧愤而死……

什么地方有大提琴的声音传来,抑或还有京剧青衣的吊嗓声,咿呀一声又哽咽,再起,在琴弦上,一个音符总在高八度时死亡……

34

2月1日,学校校庆。升任副校长的任义宣布要"隆重庆祝"——每个班将以自助形式奉献一道"菜",大会观摩演示毕,然后分餐回班进食。已经在成都考试完毕单等放榜的大龙突然回来,对学校安排大骂出口,在教学楼下直指任义说:"你什么角色!歇歇你的烂手烂脚瞎指挥!学校拿不出'生日蛋糕',就别搞什么庆典!庆祝你升迁?放个屁嫌多余!"

竟然有人鼓掌!竟然有人把屁股对着台上的任义噗噗拟声。

任义竟然满脸堆笑,绝不回应。

据说,秦舒金老太最近做了一次牙科手术,医生将她的好牙拔了,却留着原本该拔的坏牙,老太全口麻醉,任义去请示时,她呀呀不能语。任义回来就说,书记同意了,高兴得合不拢嘴。

实验中学申请供电,得到批准,1 月 27 日"试线路",满场通明,耀如白昼。这个晚上,竟然全体师生留校享受三年来第一个"光明晚自习"!

两番心情。柴虫的通知到了,春节过后"接新兵",但他哭了三个晚上,有两个晚上在柯婴处值班,让柯男休息;而筲箕联络了大马,甚至独自去监狱探视了一回草墩,通报所有。草墩当场就哭了,他获减刑两年,有期十二年,只有三年不到了,"不能等等我吗?我努力了啊……"筲箕说:"怎么,你出胡子了,还络腮连鬓胡?你也收获不小啊!青砖砖的真他妈羡煞人!再努力再表现,明年出来!"

大马现在是省长途运输公司三大队党支部书记兼大队长,当即决定留下三辆车以备不时之需。筲箕说:"不合适吧,又不是打仗!不过卯城确实沦陷了!"

筲箕来到教室已经八点半,四一班仅有十七八个人在讨论校庆"逗份子菜"的问题。与其说是讨论,不如说是一顿瞎侃,群龙无首,七嘴八舌,形同儿戏,一张桌子上摆了六七张"纸牌",写有"方物"、"特产"、"贡品"、"茶点"、"勒塞"、"和尚"、"尼姑"共七种字样。以筲箕的敏锐,都云里雾里,不知底里,更啻论他人。据说就在前五分钟小蜜蜂还在,大约不屑,抽身走了人。

竟然只有一个"班委",就是夏天。但有梁珈老师在,筲箕便不好脱身。实验中学最美丽最单纯的女老师,被网罗其中,令人唏嘘。说实在的,四一班大势已去,大约说来说去,无非一个什么东西可"吃"。且宜做成花样新颖的"大菜"——向全校"献艺",四一班总不能"无故缺席"。可什么可"吃"?采用的办法就是"投票"。如果你同意"特产",那么就"翻牌",在可选择的不多几种可以寻觅到的食物中投上一票,以多数票"决出",大家服从,然后群起动手。梁珈老师很自然地选"特产",翻开牌底,上面写着"黑蚂蚁:可做'蚂蚁上树';青蛙皮:可以油炸;魔芋:可以做年糕或凉拌,附注:没有辣椒。"筲箕直想笑——这简直就是恶作剧!所谓"黑蚂蚁"是黑芥的代称,现在哪里去找玫瑰黑芥菜呢?但也有一种孩子们的吃法,就是捉真的酸蚁,拿来捣成酱,其味腥酸,难以入口,但治风湿关节痛;所谓"贡品"纯属反讽,借"供养观音"名,实指"观音土";所谓"青蛙皮"非指真正的青蛙扒皮,而是指河里的青苔!至于"勒塞"代指"垃圾","垃圾"可以吃?当然,它反指一切可以收集来可以吃的"弃物",最大宗是已经恢复的"高级餐馆"准备投入潲水的剩菜饭,可以预约,趸买干净的"折箩";糖果厂的糖渣;最邪门落寞者无非返回下马村去碓房打扫面灰!

天真的梁珈果然上当,还真诚地"犯难"了,说,"魔芋"她是认识的,在她的海南家乡很多,但如果是"薯蓣"不是更好吗?"我会做薯蓣糕!很好吃!甜咸两味,也可以做花色的,跟贺岁年糕一样!”于是,十来个女生带头鼓掌!算是得票最多的一款。夏天显然是主持人,提醒梁珈老师:“薯蓣是我们这里的‘山药’吗?是一种东西?”梁珈摆动她栗色的短发,伸出一个指头在眼前晃动,仿佛准备演示魔术,她说:“山药?是是是!拿来磨浆、吊粉、晒干,搓在蒸笼里就行!还有,可以在模子里压成花色点心!”——箦箕直叫苦,什么“山药”?夏天懂个屌!昆明山地能找到的野山药是“黏山药”,砸烂跟鼻涕一样,是邮电局拿来粘邮票的!一个方形盒子里盛上半池,抹一万张邮票粘到北京、上海再折返昆明,拌了防腐剂,就是防人偷吃,可以半年不馊不朽!不过,这些年,什么不拿来吃?到底也是“淀粉”——大家已经鼓掌:通过。梁老师挂帅,做“薯蓣年糕”!还申明要对所有班级“保密”!

梁珈老师高高兴兴说明天要上山,当即有十来个女生表示追随。于是散去。

箦箕哭笑不得,他一个三年连任的“生产部部长”竟然被忽略:上什么山?就算黏山药“中选”,它在哪里?你们谁知道?把一个娇弱的风摆柳似的“驻外将军”夫人哄到山里去?黏山药在长虫山最高峰!叶茎呈什么状貌?冬季伏棵又是什么样子?能找到?开什么玩笑!

夏天说,你认什么真,不就是闹着玩的事?你手气好,翻个牌如何?

箦箕随手拈起“尼姑”,翻来看是:“柴虫:取自杨树残根,可以油炸。雅名:‘庵中拜佛’,附注:无油可以瓦烤。”箦箕想到,柴虫实有其人,“吃”自己人,实在太损,但烤熟的柴虫果真像个坐佛,大笑起来,说:“这成立!”

再拈起“和尚”,翻来看,赫然写着:“猫:净荤,猎取野猫与水蛇文火齐炖,俗名‘龙虎斗’。附注:作料如桂皮花椒草果八角波蔻紫皮大蒜多样缺。”

箦箕脸色大变,一把揪过夏天:“这是谁的主意?谁在猎猫?快说!”

夏天挥手劈开箦箕:“什么谁的主意?这套游戏,全校在玩!四二班选中的就是这道菜!谁在抓猫?你管他!一个吃,涎水积成了游泳池!扑腾扑腾的人多了!四一班当然不会去吃猫!猫是我们的朋友,有九条命!这种侵害佛门的事要遭现世报。但字面上成立!借来的牌就是这样!你急什么?”

箦箕大口喘气:“不,你一定还知道什么?这关乎大事!不是九条命,不到八条,有人就要……死了!”

夏天一怵:“我……明白了,今天吕公来过,他主张拈‘和尚’牌,早几天他还到射击场去校过枪——我们走!就在今晚!”

箦箕踢开门,摸索着拉开灯线,吕公的蜗居像一个垃圾站,箦箕回身对夏天说:“他人不在,你搜他的床铺,他的习惯是枕头边有一个五节电池的大手电筒!我搜他的密室、壁橱……注意,不要碰那些灯线,还有纸啊书啊笔记本……他很在意……要不留痕迹!”

夏天报告:“手电筒不在了……有个小的,钢笔一样。不太亮。”

筲箕小心地打开壁橱,那支小口径步枪不见了!

夏天有发现:“老驴的情书……妈呀,真肉麻……亲爱的圆圆,是陈圆圆?见鬼!啊呀,你来看下面的这段描写……”

筲箕说:“别动他的信!看床底下、他的厨房——”他摸索了柜顶,发现帆布空枪套!回身来看,其实,桌子上有子弹盒,五十发纸盒空了,十来枚空弹壳,他竟然把试枪的弹壳捡回来,那么他至少带走三十发子弹!

“床底下……没有!”夏天紧急转向屋角的锑锅,空的,嗅嗅道,“没有猫味儿!他会到哪里去狩猎呢?等等……学校礼堂!他隐约说过,那里有个野猫窝!”

筲箕差点儿瘫倒——学校礼堂戏台下!那是他泄露给吕公的!那里长年有多个自屋顶贯通的空洞,塌陷的楼板夹层里有流浪猫。鸽子拉的粪,在戏台下堆积如山,于是老鼠偷食鸽子蛋,猫偷猎老鼠,当老鼠被消灭后,鸽子和它们的乳雏成了猫们的美食!但,地上不见一颗粮,鸽子不是飞走了吗?哪里还是绞杀场?当初,吕公可是想掏取鸽子粪来压蔬菜地啊——狗日的驴!

“他在打伏击?我们两面包抄,把他给摁住!”夏天手扯灯线,单等筲箕发令。筲箕突然发现一个细节,桌子上有他的“压缩饼干”碎末,极有可能,他准备彻夜伏击,且不一定在礼堂,也许是一个他侦察到的很大的范围!

果真,这个法式建筑的教堂,几乎从未启用过的“礼堂”,黑暗如鬼蜮,即使是舞台乐池和地下室入口,灰尘垃圾堆积很厚,根本没有脚印和趴卧的痕迹。显然,野猫群早已放弃了昔日领地,转移到旷野中去了……

筲箕当机立断:“去找更多的人来,分路搜索,哪里有枪声,就往哪里集中……如果在一个小时内找不到,就喊话!他妈的,人手太少太少了……”

35

墙上的石灰皮剥落了一块。

不是一块,是很多块。

不知道它在什么时候剥落,为什么剥落?先是干燥的秋季,继后是绵延不绝的潮湿寒冷的冬季,接下来是突然的晴朗,是春的预兆?冷热盈缩,岁月崩解!

总之,这面老墙一直在剥落,可以清晰地按剥落的层次,分解出它的年代,最深层是道光,昆明被义军围城十年,卯城浴血,瓮城屯兵如蚁,此屋为义军盘踞,毁梁炊爨,故墙面森黑;接下来是“辛亥护国”后的重建,重施粉黛,描眉画眼,附丽太平;到了“民国”、“抗日”,国破家亡,倭寇飞机轰炸,它曾有一次巨大的震裂,于是石灰糨子将破碎墙体虚与弥合……这一切,厚薄不一的层次剥落,都有诡异的边缘,于是,这个墙面是历史拼图——飞龙、栖凤、将军、侍女、宦官、徙滇汉民、救亡才子、千骑万军、铁流入海……最近的是弟弟四岁乔迁来此的蜡笔铅笔画:飞机、蝴蝶、猫猫猫……

他可以从任何一个“断裂画”的中心或那些微小的缝隙里,进入任何一个历史的期间……因此空间自由往还,时间对他已经毫无意义。

闹钟突然大作,剧烈的铃声!那个小小的红色双铃闹钟毫无征兆地跳跃起来,以至颠覆,在小茶几上翻滚,柯男赶忙摁住它,接着,与爸妈面面相觑:绝望在瞬间化为冰水,化为一种无色无味的气,轻得无可承载……

妈妈平静地说:“柯男,去灌一个热水袋来。再预备热水。”

卯时,弟弟走了。他的脚一直抱在妈妈怀里,冰冷。

柯男不知道他是如何移动脚步的,在厨房里他给热水袋注热水,没有丝毫颤动。

小姑哭叫嘶喊声骤然而起:“念啊,念长寿灭罪护诸童子陀罗尼经……”

爸爸变成一堵墙,坍塌在弟弟身上,然后缓缓竖起,向屋外走去——他永远有一种事要做:未亡者之不可贷——去安排亡者末日善后。

小姑横在台阶上哭喊着,咒念如泣:“诸行无常,是生灭法,生灭灭已,寂灭为乐啊啊啊……”

爸爸在跨越台阶时说:“你就免了吧。”

柯男将热水袋护在弟弟的胸前,再将他的四肢一律向里弯曲,用被子整个裹紧,使他准备好的带子往背上一背,夺门而出……

妈妈在身后紧追:“你带他到哪里?他死了,你弟弟死了——”

黑土洼!大仓库不见了!

夜的书写,用最淡最淡的墨色在天边画了一条水平线。

没有遮障,没有任何突兀的建筑,就一条线,箭的迹,如同弟弟的归路。

舞蹈彩绘墙不见了,车间大梁不见了,飞机模型不见了,猫——戈明,不用说,无踪影。不是黑土,是黑土下的红土,红土下的黑土,是红土与黑土团合的土;不是洼,是浅平荒野稍许的沉陷,是沉陷中稍许的突兀——一切都被平毁,没有未来建筑的任何标志物,有车辙,交错成无数个“×”……

妈妈跟上来,与柯男,与还暖和的弟弟拥着,她的泪一飞出眼角,就被北风横扯成冰晶,藏进丝丝绕绕的白发里……

荧眼!是一簇,不,是一个团!

在游荡，不，在做一种舞蹈般上下地悠动！

在一个挤促的空间里！这有一个被禁囿上下跳动的空间！如网罗。

近了，越来越近！在一个埂子上！

枪声！连续的枪声！短促连射！小口径枪声清脆响过，又在瞬间消逝！

没有弹道曳光，伏击位置不确，大约在左边坟堆里！

筲箕大喊：“分兵！冲啊！上去摁死他——缴他的枪！”

冲在前面，登上高埂的夏天突然止步，凄然一声喊：“这里倒下去一个……是个人！打死人了——他在淌血！”

筲箕的手电光下，一个人横滚在草茬儿里，他凄然喊道：“老君！是你——”

老君爬着，将一只手伸来够筲箕，但还是先抓住铁笼，拔了栅子门销，放出六七只猫，说：“我……我找不见戈明……找不到……”

尾　声

黑暗还未退尽。城市假寐。卯时极其暧昧，但似乎是个晴日，西山月落，东山日升。

日月同天的景象也许在冬尽春来时是常见的，只是阴霾沉沉，遮蔽了低层的天空而已，在雨雪之上，肯定是明净的天街。那里，天体默然关照，却并不相亲如戚，冷光与炽焰，只在这里交相媾和，氤氲顿生，演化成长长的连续不断的生与死。于是，你知道人们自诩的伟岸只是云翳负载的一角……那个冷寂的月亮悬在稍稍偏西的天空，淡淡如一圈银晕，却恋恋地不忍离去。

柯男不知道该往哪里走，他每踏出一步，这个城市就向两边倾斜，脚下的狗头石死死卯定了旧时足迹，以一种猫的轻柔细碎步伐引领着他。

突然，他看见在这个城市最高的屋脊，有一丝透过黑云裂隙的阳光——只是一线，在那里团成一个闪亮的绒球，它蓦然抖擞、伸展，将前肢奋力向前，后肢紧紧扣住瓦当，成一个反弓，然后弹起，将紧压在脊梁上的天空弹了起来，在所有灰瓦上跳荡——戈明！不是它还有谁？

城市上空，不，只在那些几乎接檐的雨巷间传来丝弦急响，骤然如飓风：

……不知他在荒山何处安身，
到三更真个是月明人静，
猛听得窗儿外似有人行，
外面声响，莫非是他父子回来了？

是《荒山泪》，青衣唱段，凄然如诉，她要唱到“五更”，为何唱到五更？这太长太长了，打住吧……但她一定要唱到卯时，青的衣，水的袖，一摆摆渡到天明……

忙移步隔花荫，
留神觑定，原来是秋风起扫叶之声。
听画鼓报四更，
愈添凄冷。
……数更筹交五鼓空房愈静，
果然是晓鸡唱天已黎明！

弦子太急，它扯起风，扯起雨，将一个世界扯得长长的，突然碎断、崩解、毁在一个戛然而止的停顿里；于是，你等待等待，不，只是一呼一吸，急弦一起再起，这时没有唱词，世界在弦上……